STEPHEN KING

LOVE
A história de Lisey

TRADUÇÃO
Fabiano Morais

3ª reimpressão

Copyright © 2006 by Stephen King
Publicado mediante acordo com o autor através da The Lotts Agency.

*Grafia atualizada segundo o Acordo Ortográfico da Língua Portuguesa de 1990,
que entrou em vigor no Brasil em 2009.*

Título original
Lisey's Story

Capa
Estúdio Nono

Foto de capa
Montagem sobre fotos de Marina Vorona/ Adobe Stock

Preparação
Jana Bianchi

Revisão
Camila Saraiva
Marise Leal
Adriana Bairrada

Dados Internacionais de Catalogação na Publicação (CIP)
(Câmara Brasileira do Livro, SP, Brasil)

King, Stephen, 1947-
    Love : A história de Lisey / Stephen King ; tradução
Fabiano Morais. — 1ª ed. — Rio de Janeiro : Suma, 2021.

    Título original: Lisey's Story
    ISBN 978-85-5651-122-5

    1. Romance 2. Ficção 3. Ficção norte-americana
I. Título.

21-65670   CDD-813

Índice para catálogo sistemático:
1. Ficção: Literatura norte-americana   813

Aline Graziele Benitez – Bibliotecária – CRB-1/3129

[2022]
Todos os direitos desta edição reservados à
EDITORA SCHWARCZ S.A.
Praça Floriano, 19, sala 3001 — Cinelândia
20031-050 — Rio de Janeiro — RJ
Telefone: (21) 3993-7510
www.companhiadasletras.com.br
www.blogdacompanhia.com.br
facebook.com/editorasuma
instagram.com/editorasuma
twitter.com/editorasuma

Para Tabby

Where do you go when you're lonely?
Where do you go when you're blue?
Where do you go when you're lonely?
I'll follow you
When the stars go blue.

[Para onde você vai quando está sozinha?
Para onde você vai quando está tristonha?
Para onde você vai quando está sozinha?
Eu seguirei você
Quando as estrelas ficarem azuis.]

Ryan Adams

baby

babyluv

PARTE 1: CAÇA À DIDIVA

Se eu fosse a lua, sei onde iria cair.

D. H. Lawrence, *O arco-íris*

I. LISEY E AMANDA
(TUDO NA MESMA)

1

Aos olhos do público, as esposas de escritores famosos são invisíveis, e ninguém sabia disso melhor do que Lisey Landon. O marido dela ganhara o Pulitzer e o National Book Award, mas Lisey dera apenas uma entrevista na vida. Fora para a conhecida revista feminina que publica a coluna "Sim, sou casada com *ele!*". Ela gastou praticamente metade das quinhentas palavras da matéria explicando que seu apelido rimava com "Sisi". A outra metade quase inteira tinha a ver com sua receita de rosbife de cozimento lento. Amanda, irmã de Lisey, disse que ela saiu gorda na foto que acompanhava o texto.

Nenhuma das irmãs de Lisey era imune aos prazeres de ver o circo pegar fogo ("armar um barraco", como dizia o pai delas) ou de lavar a roupa suja alheia, mas a única de que Lisey tinha dificuldade de gostar era justamente Amanda. Amanda, a mais velha (e mais estranha) das Debusher de Lisbon Falls. Ela morava sozinha em uma casa pequena e à prova de intempéries que Lisey lhe arranjara perto de Castle View, onde Lisey, Darla e Cantata poderiam ficar de olho nela. Lisey a comprara para a irmã havia sete anos, cinco antes de Scott morrer. Morrer jovem. Morrer Antes da Hora, como diziam. Ainda era difícil para Lisey acreditar que ele estava morto havia dois anos. Parecia que mais tempo se passara, mas também que acontecera em um piscar de olhos.

Quando Lisey finalmente conseguiu começar a limpar o escritório dele — uma longa e bem iluminada série de cômodos que antes não passava de um estúdio em cima de um celeiro —, Amanda aparecera no terceiro dia, depois de Lisey ter acabado o inventário de todas as edições estrangeiras do esposo (havia centenas delas), mas antes de começar realmente a listar a mobília, colocando estrelinhas ao lado daquelas que achava que devia manter. Imaginou que Amanda fosse perguntar por que ela não estava sendo mais *rápida*, pelo amor de Deus, mas Amanda não perguntou nada.

Enquanto Lisey se dedicava à análise indiferente das caixas de papelão cheias de correspondência empilhadas no armário principal, Amanda parecia continuar concentrada nos impressionantes montes e pilhas de mementos que cobriam toda a extensão da parede sul do escritório. Ela ia e voltava ao longo do aglomerado serpeante, falando pouco ou nada, mas escrevendo o tempo todo no bloquinho de anotações que tinha à mão.

O que Lisey não falou foi: *O que você está procurando?* Conforme Scott comentara mais de uma vez, Lisey tinha aquele que certamente estava entre os mais raros talentos humanos: cuidava da própria vida e não ligava muito se os outros cuidavam ou não das suas. Quer dizer, a menos que estivessem fazendo bombas caseiras para jogar em alguém — e, no caso de Amanda, bombas caseiras eram sempre uma possibilidade. Ela era o tipo de mulher que não conseguia deixar de se intrometer; o tipo de mulher que, cedo ou tarde, acabaria abrindo a boca.

O marido dela tinha ido para Rumford, ao sul, onde eles haviam morado ("espremidos como dois carcajus presos numa calha", disse Scott depois de uma visita vespertina que jurou nunca mais repetir) em 1985. A filha única deles, que se chamava Intermezzo e cujo apelido era Metzie, fora para o Canadá (com o paquera caminhoneiro) em 1989. "Uma voou para o norte, a outra para o sul escapou, a terceira falava tanto que todo mundo espantou" — era a riminha que o pai delas repetia quando eram crianças, e a filha do papito Dave Debusher que falava demais era sem dúvida Manda, abandonada primeiro pelo marido e depois pela própria filha.

Por mais difícil que às vezes fosse gostar de Amanda, Lisey não queria que ela ficasse sozinha lá em Rumford; não confiava nela sozinha, e tinha certeza de que Darla e Cantata achavam o mesmo, embora nunca tivessem admitido. Então ela conversou com Scott e encontrou a casinha em Cabo Cod à venda por noventa e sete mil dólares à vista. Amanda se mudara logo em seguida para um lugar perto o bastante para ficar de olho nela.

Agora Scott estava morto, e Lisey finalmente conseguira começar a esvaziar o local em que ele escrevia. Na metade do quarto dia, as edições estrangeiras estavam todas encaixotadas, a correspondência mais ou menos organizada, e ela tinha uma boa noção de quais móveis iriam embora e quais ficariam. Então por que parecia que fizera tão pouco? Sabia desde o início que aquele era um trabalho que não poderia ser feito às pressas. Que se danassem as cartas importunas e os telefonemas que recebera desde a morte de Scott (e uma boa quantidade de visitas também). Ela imaginava que, no fim das contas, as pessoas interessadas nas obras não publicadas dele iriam conseguir o que queriam, mas não antes de ela estar pronta para entregar o material. No começo, não tinham sido claros; não estavam *tão a fim*, como diziam. Agora, ela achava que a maioria deles estava.

Havia muitas palavras para as coisas que Scott deixara para trás. A única que ela entendia totalmente era memento — mas tinha uma outra, engraçada, que soava como *catrapaço*. Era o que queriam os impacientes, os bajuladores e os nervosinhos — os *catrapaços* de Scott. Lisey começou a chamar aquela gente de Caçacatras.

2

O que ela sentia acima de tudo, especialmente depois de Amanda aparecer, era desânimo, como se tivesse subestimado o trabalho ou superestimado (imensamente) sua capacidade de alcançar a inevitável conclusão dele — os móveis restantes guardados no celeiro abaixo, os tapetes enrolados e lacrados com fita, a van amarela na entrada da garagem lançando sua sombra na cerca de tábuas entre o jardim dela e o dos Galloway.

Ah, sem esquecer o triste coração daquele lugar: os três computadores (já tinham sido quatro, mas o que ficava no "cantinho da memória" não estava mais lá, graças à própria Lisey). Cada um era mais novo e mais leve do que o anterior, mas mesmo o mais recente era um modelo de mesa grande, e todos ainda funcionavam. Estavam bloqueados por senhas, também, e ela não sabia quais eram. Nunca tinha perguntado e não imaginava que tipo de entulho eletrônico poderia estar adormecido nos discos rígidos. Listas de compras? Poemas? Histórias eróticas? Ela não tinha dúvida de que ele usava a internet, mas não fazia ideia das páginas que visitava. Amazon?

Sites de notícias? Blogs com lendas urbanas tipo "Hank Williams não morreu"? Vídeos pornô com a Cruella de Vil? Ela tendia a achar que não tinha nada a ver com aquela última hipótese, porque teria visto o valor na fatura do contão (ou pelo menos notado um furo no orçamento mensal da casa), mas sabia que aquilo era bobagem: se Scott quisesse ter escondido mil dólares por mês dela, ele o teria. Mas e as senhas? O engraçado é: talvez ele tivesse lhe dito, só que ela esquecia aquele tipo de coisa. Fez um lembrete mental de tentar o próprio nome. Talvez depois de Amanda voltar para casa. O que, pelo jeito, não aconteceria tão cedo.

Lisey se recostou e soprou o cabelo do rosto. *Neste ritmo, não vou chegar aos manuscritos antes de julho*, pensou ela. *Os Caçacatras ficariam doidos se vissem como estou indo devagar. Especialmente aquele último.*

O último — que a procurara cinco meses antes — tinha conseguido não explodir, mantendo um linguajar muito civilizado até ela começar a pensar que ele talvez fosse diferente. Lisey lhe dissera que, àquela altura, o escritório em que Scott escrevia estava vazio havia quase um ano e meio, mas que ela estava perto de juntar toda a energia e determinação necessárias para subir, começar a limpar os cômodos e dar um jeito no lugar.

O visitante se apresentara como professor Joseph Woodbody, do Departamento de Inglês da Universidade de Pittsburgh. Pitt era a *alma mater* de Scott, onde ele se formara, e a aula expositiva de Woodbody sobre Scott Landon e o Mito Americano era extremamente popular e extremamente longa. Ele também tinha quatro alunos de pós-graduação escrevendo teses sobre Scott Landon naquele ano, então não seria de se admirar que seu lado guerreiro Caçacatra viesse à tona ao ouvir Lisey falar em termos tão vagos quanto *em breve* e *quase com certeza em algum momento deste verão*. Foi só quando ela garantiu a ele que ligaria "assim que a poeira assentasse", porém, que Woodbody começou mesmo a se revelar.

Disse que o fato de ela ter dividido a cama com um grande escritor americano não a qualificava a cuidar do seu espólio literário. Falou também que aquilo era trabalho para um especialista e que, até onde sabia, a senhora Landon não tinha ensino superior completo. Recordou-a do tempo que já se passara desde a morte de Scott Landon e dos boatos que continuavam crescendo. Supostamente, havia montes de ficção inédita de Landon — contos, romances até. Será que ela não poderia deixá-lo entrar em seu escritório nem um pouquinho? Deixá-lo garimpar um pouco os fichários e gavetas, nem que fosse para acabar com os boatos mais escandalosos? Ela poderia acompanhá-lo o tempo todo, é claro — isso nem precisava dizer.

— Não — respondera ela, acompanhando o professor Woodbody até a porta. — Ainda não estou pronta. — Ignorava os golpes mais baixos do homem; tentava, pelo menos, pois ele era claramente tão louco quanto os outros. Só escondera melhor e por mais tempo. — E, quando eu estiver, vou querer olhar tudo, não só os manuscritos.

— Mas...

Ela assentiu com seriedade para ele.

— Tudo na mesma.

— Não entendo o que a senhora quer dizer com isso.

É claro que não entendia. Fazia parte do dialeto interno do casamento dela. Quantas vezes Scott tinha entrado em casa dizendo: "Lisey, cheguei. Tudo na mesma?". O que significava *tudo bem, tudo legal*. Porém, como a maioria das frases de efeito (Scott explicara isso a ela uma vez, mas Lisey já sabia), aquela tinha um significado oculto. Um homem como Woodbody jamais entenderia o significado oculto de *tudo na mesma*. Lisey poderia explicar o dia inteiro e ele continuaria sem entender. Por quê? Porque ele era um *Caçacatra* e, no que dizia respeito a Scott Landon, apenas uma coisa o interessava.

— Deixa para lá — foi o que ela dissera ao professor Woodbody naquele dia, cinco meses antes. — *Scott* teria entendido.

3

Se Amanda tivesse perguntado a Lisey onde ela guardara as coisas do "cantinho da memória" de Scott — os prêmios, as condecorações e coisas do gênero —, Lisey teria mentido (uma coisa que ela fazia razoavelmente bem para alguém que mentia tão pouco). Teria dito algo como "em um depósito em Mechanic Falls". No entanto, Amanda não a indagou. Apenas folheou o bloquinho de anotações de forma mais ostensiva, sem dúvida tentando fazer com que a irmã mais nova abordasse o assunto com a pergunta certa. Lisey não fez nenhuma pergunta, porém. Estava pensando em como aquele canto estava vazio, como estava vazio e *desinteressante* depois de tantas lembranças de Scott terem sido retiradas dali. Ou tinham sido destruídas (como o monitor do micro) ou estavam danificadas demais para ficarem à mostra; exibi-las levantaria muito mais perguntas do que forneceria respostas.

Amanda enfim desistiu e abriu seu bloco de anotações.

— Veja isso — disse ela. — Só dê uma olhada.

Manda mostrava a primeira página. Escritos nas linhas azuis, espremidos da espiral de arame à esquerda até a borda direita da página (*como um código daqueles malucos de rua com os quais a gente esbarra em Nova York porque não há mais dinheiro o bastante para instituições psiquiátricas públicas,* pensou Lisey com desânimo), havia números. A maioria estava circulada. Alguns poucos estavam dentro de quadrados. Manda virou a página e ela viu que havia *duas* páginas cheias da mesma coisa. Na metade da página seguinte, os números paravam. O último parecia ser 846.

Amanda disparou um olhar arrogante de esguelha, com o rosto corado e a expressão de certa forma hilária que, quando tinha doze anos e a Lisey lindinha apenas dois, significava que Manda tinha Resolvido Alguma Coisa Sozinha, e que portanto alguém ia chorar. A própria Amanda, geralmente. Lisey se pegou esperando com algum interesse (e um pouco de medo) para ver o que aquela expressão poderia significar daquela vez. Amanda vinha agindo estranho desde que chegara. Talvez fosse apenas o clima feio e abafado. Porém, era mais provável que tivesse a ver com o súbito desaparecimento do seu namorado de longa data. Se Manda estivesse prestes a dar outro chilique emocional tempestuoso porque Charlie Corriveau terminara com ela, Lisey achava que era melhor se preparar. Ela nunca gostara de Corriveau ou confiara nele, independentemente de ele ser banqueiro. Como confiar em um homem depois de entreouvir, no chá beneficente de primavera em prol da biblioteca, que os caras que bebem no Tigre Meloso o chamavam de Gozadinha? Que tipo de apelido era aquele para um banqueiro? O que *significava*, para começo de conversa? E é claro que ele sabia que Manda havia tido problemas mentais no passado, e…

— Lisey? — perguntou Amanda. Sua testa estava bastante franzida.

— Desculpe, eu só… — começou Lisey. — Eu só fiquei um tempinho fora do ar.

— Você sempre faz isso — falou Amanda. — Acho que pegou do Scott. Preste atenção, Lisey. Eu numerei cada uma das revistas, periódicos e *troços* acadêmicos. Tudo o que está empilhado e apoiado naquela parede ali.

Lisey assentiu como se entendesse aonde aquilo ia levar.

— Escrevi os números a lápis, clarinho — prosseguiu Amanda. — Só quando você estava de costas ou em algum outro lugar, porque achei que, se visse, você teria me mandado parar.

— Não teria, não. — Ela pegou o bloquinho de anotações, que estava mole com o suor da sua dona. — Oitocentas e quarenta e seis! Tudo isso? — E ela sabia que as publicações que ocupavam aquela parede não eram do tipo que ela leria ou teria em casa, como a *O*, a revista da Oprah, a *Good Housekeeping* e a *Ms.*, mas sim exemplares de revistas literárias como a *Little Sewanee Review*, a *Glimmer Train*, a *Open City* e outras com nomes incompreensíveis, como a *Piskya*.

— Bem mais que isso — disse Amanda, apontando com um polegar o amontoado de livros e revistas. Quando Lisey olhou bem para ele, viu que a irmã tinha razão. Eram muito mais do que oitocentas e quarenta e poucas. Tinham de ser. — Quase três mil ao todo, e com certeza não sei dizer onde você pode enfiar tudo isso ou quem ia querer ficar com elas. Não, oitocentas e quarenta e seis é só a quantidade das que têm fotos suas.

Isso foi dito de forma tão estranha que a princípio Lisey não conseguiu entender. Quando conseguiu, ficou encantada. A ideia de que poderia haver uma fonte tão inesperada de fotografias — um registro tão escondido do tempo dela com Scott — nunca lhe passara pela cabeça. Quando ela parou para pensar, porém, viu que fazia todo o sentido. Estavam casados havia mais de vinte e cinco anos quando ele morrera. No decorrer daqueles anos, Scott fora um viajante inveterado e incansável: fazia leituras, dava palestras, zigue-zagueava pelo país quase sem parar quando estava entre um livro e outro, visitava até noventa campi por ano, isso sem nunca deixar cair a peteca em sua aparentemente interminável enxurrada de contos. E ela o acompanhara na maioria daquelas perambulações. Em quantos motéis passara um dos ternos do esposo com o pequeno ferro a vapor, a TV murmurando salmos em programas de auditório evangélicos no lado dela do quarto enquanto a máquina de escrever portátil dele não parava de estalar (no começo do casamento) ou o laptop de clicar baixinho (mais tarde) enquanto ele ficava sentado, olhando para baixo com uma mecha de cabelo caindo sobre a testa?

Manda olhava para ela emburrada, claramente reprovando a reação da irmã até então.

— As que estão circuladas, mais de seiscentas, são aquelas em que você foi tratada com desrespeito na legenda da foto.

— É mesmo? — Lisey ficou bestificada.

— Vou mostrar.

Amanda consultou o bloco, foi até o amontoado capenga ao longo de toda a parede, fez outra consulta e selecionou dois itens. Um era um bianuário luxuoso de capa dura da Universidade do Kentucky, em Lexington. O outro, uma revista em formato de livreto que parecia feita por estudantes, chamada *Push-Pelt*: um daqueles nomes inventados por alunos de Inglês para serem charmosos e não significarem absolutamente nada.

— Abra, abra! — comandou Amanda. À medida que ela os enfiava em suas mãos, Lisey sentiu o cheiro forte e acre do suor da irmã. — As páginas estão marcadas com titicas de papel, está vendo?

Titicas. A palavra da mãe delas para tiras. Lisey abriu primeiro o bianuário, virando até a página marcada. A foto dela e de Scott nele era muito boa, muito bem impressa. Scott estava se encaminhando para um pódio enquanto ela aplaudia ao fundo. A fotografia dos dois na *Push-Pelt* não era nem de perto tão bem impressa; os pontos na imagem matricial eram enormes, como se tivessem sido feitos com um lápis com a grafite gasta, e havia fibras marcando o papel-jornal — mas, ao olhar para ela, Lisey teve vontade de chorar. Scott estava entrando em um porão escuro e barulhento. Estava com um bom e velho sorriso *à la* Scott na cara que dizia: pode crer, aqui é o lugar. Ela estava a um ou dois passos dele, o próprio sorriso visível nas rebarbas do que devia ter sido um *flash* poderoso. Conseguia até ver a blusa que estava usando, aquela azul da Anne Klein com a curiosa listra vermelha solitária que descia pelo lado esquerdo. O que usava embaixo estava perdido nas sombras, e ela não conseguia se lembrar daquela noite em especial, mas sabia que fora jeans. Quando saía à noite, sempre botava uma calça jeans desbotada. A legenda dizia: A LENDA VIVA SCOTT LANDON (ACOMPANHADO DA PATROA) FAZ UMA APARIÇÃO NO STALAG 17 CLUB DA UNIVERSIDADE DE VERMONT, NO MÊS PASSADO. LANDON FICOU ATÉ ALTAS HORAS LENDO, DANÇANDO E CURTINDO. O CARA SABE METER BRONCA.

Sim. O cara sabia meter bronca. Disso ela estava de prova.

Lisey olhou para todas as outras publicações e, de repente, foi esmagada pelas riquezas que poderia encontrar nelas. Percebeu então que, no fim das contas, Amanda a magoara, abrira uma ferida nela que sangraria por um longo tempo. Será que só ele ficara sabendo sobre os lugares obscuros? Os lugares sujos e obscuros onde você se sentia muito só e desgraçadamente sem palavras? Talvez ela não soubesse tudo o que ele ficara sabendo, mas sabia o suficiente. Sem dúvida sabia que ele era atormentado e nunca olhava em um espelho — ou em qualquer outra superfície refletora, se pudesse evitar — depois do pôr do sol. E que o amara apesar disso tudo. Porque o homem sabia meter bronca.

Não mais. Agora o homem estava *acabado*. Tinha *feito a passagem*, como diziam. A vida dela passara para uma nova fase, uma fase solo, e era muito tarde para voltar atrás.

A frase a fez estremecer e pensar em coisas

(*a roxidão, a coisa com o interminável lado matizado*)

que era melhor esquecer, então afastou o pensamento delas.

— Fico feliz que você tenha encontrado essas fotos — disse ela com ternura para Amanda. — Você é uma ótima irmã mais velha, sabia?

E, conforme Lisey imaginava (mas não a ponto de ousar esperar), Manda perdeu de supetão seu rebolado arrogante e sarcástico. Ela olhou indecisa para Lisey, parecendo procurar sem sucesso por falsidade. Aos poucos, relaxou, tornando-se aquela Amanda dócil e mais fácil de lidar. Ela pegou o bloco de volta e franziu o cenho para ele, como se não soubesse ao certo de onde tinha saído. Lisey pensou, considerando a natureza obsessiva dos números, que aquele poderia ser um ótimo sinal.

Em seguida Amanda assentiu, como se tivesse se lembrado de algo que nem deveria ter esquecido.

— Nos que não estão circulados, você pelo menos é chamada pelo *nome*: Lisa Landon, uma pessoa de verdade. Por último, mas nem de perto menos importante, você vai ver que alguns números estão dentro de quadrados. São fotos suas *sozinha*! — Ela lançou um olhar impressionante, quase proibitivo, para Lisey. — *Essas* você vai querer olhar.

— Sem dúvida.

Tentou parecer empolgadíssima, embora não conseguisse imaginar por que teria o mínimo interesse em fotos suas sozinha durante aqueles anos tão breves em que tivera um homem — um homem bom, um anticaçacatras que sabia como *engatilhar* — para dividir com ela os dias e as noites. Ergueu os olhos para as pilhas e montes desorganizados de periódicos, de todos os tamanhos e formatos, imaginando como seria vasculhar pilha a pilha, um a um, sentada com as pernas cruzadas no chão do cantinho da memória (onde mais?) caçando aquelas imagens dela e de Scott. E, naquelas que tinham deixado Amanda tão irritada, ela sempre se veria andando um pouco atrás dele, olhando-o de baixo para cima. Se os outros estivessem aplaudindo, ela também estaria. Seu rosto estaria liso, quase inexpressivo, demonstrando apenas uma atenção educada. Seu rosto diria: *Ele não me entedia.* Seu rosto diria: *Ele não me exalta.* Seu rosto diria: *Eu não colocaria minha mão no fogo por ele, nem ele por mim* (a mentira, a mentira, a mentira). Seu rosto diria: *Tudo na mesma.*

Amanda odiava aquelas fotografias. Olhava para elas e via a irmã fazendo o papel de sal para a carne, de engaste para a joia. Via a irmã às vezes ser identificada como senhora Landon, outras como senhora Scott Landon e, algumas vezes — ah, que ódio — ela nem mesmo era identificada. Rebaixada a *patroa.* Para Amanda, aquilo devia parecer uma espécie de assassinato.

— Mandy?

Amanda olhou para ela. A luz era cruel, e Lisey se lembrou com um choque real e absoluto de que Manda faria sessenta anos no outono. Sessenta! Naquele instante, Lisey se pegou pensando sobre a coisa que assombrara seu esposo durante tantas noites insones — a coisa que os Woodbody do mundo jamais descobririam, não se tudo corresse como ela queria. Algo com um interminável lado, algo comumente visto por pacientes de câncer olhando dentro de frascos sem mais nenhum analgésico; nenhum para tomar até o amanhecer.

Está muito perto, querida. Não consigo vê-lo, mas dá para ouvir ele se alimentando.

Cale a boca, Scott, não sei do que você está falando.

— Lisey? — perguntou Amanda. — Você disse alguma coisa?

— Estava só resmungando. — Ela tentou sorrir.

— Estava falando com Scott?

Lisey desistiu de tentar sorrir.

— É, acho que sim. Às vezes eu ainda faço isso. Maluquice, né?

— Não acho. Não se estiver funcionando. Acho que maluquice é o que não funciona. E disso eu entendo. Já tenho experiência. Não é?

— Manda...

Mas Amanda tinha se virado para olhar os montes de periódicos, anuá-rios e revistas de alunos. Quando voltou a encarar Lisey, estava com um sorriso indeciso.

— Eu fiz bem, Lisey? Só queria fazer minha parte...

Lisey pegou uma das mãos de Amanda e a apertou de leve.

— Fez, sim. Que tal sairmos daqui? Cara e coroa para ver quem toma banho primeiro.

4

Eu estava perdido no escuro e você me encontrou. Eu estava com calor — com calor demais — e você me deu gelo.

A voz de Scott.

Lisey abriu os olhos, pensando que devaneara em meio a algum afazer ou momento cotidiano e tivera um sonho breve, porém incrivelmente deta-lhado, em que Scott estava morto e ela estava envolvida no trabalho hercúleo de limpar os celeiros em que ele escrevia. Com as pálpebras abertas, Lisey compreendeu imediatamente que Scott *estava* morto; ela estava dormindo na própria cama depois de deixar Manda em casa, e aquele era o seu sonho.

Ela parecia estar flutuando na luz do luar. Sentia o cheiro de flores exóticas. Um vento granulado de verão lhe penteava os cabelos para longe do rosto, um vento do tipo que sopra bem depois da meia-noite em algum lugar secreto longe de casa. Sim, aquela *era* a casa dela, *tinha* de ser, pois adiante estava o celeiro que abrigava o escritório de Scott, alvo de tanto in-teresse dos Caçacatras. E agora, graças a Amanda, ela sabia que ele guardava todas aquelas fotografias dela e do falecido marido. Todo aquele tesouro enterrado, aquele espólio emocional.

Talvez seja melhor não olhar aquelas fotos, sussurrou o vento em seus ouvidos.

Ah, disso ela não tinha dúvida. Mas ela *olharia*. Era inevitável, agora que sabia que estavam lá.

Ficou encantada ao ver que estava flutuando em um grande pedaço de tecido iluminado pelo luar, com as palavras A FARINHA NÚMERO UM DE

PILLSBURY escritas repetidas vezes nele; as beiradas tinham sido amarradas como as de um lenço. Ela ficou fascinada com a extravagância daquilo; era como flutuar em uma nuvem.

Scott. Tentou dizer o nome dele em voz alta e não conseguiu. O sonho não deixava. Notou que a entrada para carros que levava ao celeiro sumira. Assim como o jardim entre ela e a casa. No lugar deles, havia um campo de flores roxas, sonhando sob o luar assombrado. *Scott, eu amei você, eu salvei você, eu*

5

De repente ela estava acordada e podia se ouvir no escuro, repetindo como se fosse um mantra: "Eu amei você, eu salvei você, eu trouxe gelo para você. Eu amei você, eu salvei você, eu trouxe gelo para você. Eu amei você, eu salvei você, eu trouxe gelo para você."

Ficou deitada ali por um tempo, lembrando-se de um dia quente de agosto em Nashville e pensando — não pela primeira vez — que ser uma depois de ser dois por tanto tempo era estranho pra cacete. Tinha imaginado que dois anos seriam o suficiente para que a estranheza passasse, mas não eram; o tempo parecia ter apenas cegado a lâmina afiada da dor de modo que ela cutucava em vez de cortar. Pois *nada* estava na mesma. Nem do lado de fora, nem do lado de dentro, nem para ela. Deitada na cama em que antes cabiam dois, Lisey pensou que estar só nunca parecia tão solitário quanto ao acordar e descobrir que ainda tinha a casa apenas para si. Que ela e os ratos nas paredes eram os únicos que ainda respiravam.

II. LISEY E O LOUCO
(A ESCURIDÃO O ADORA)

1

Na manhã seguinte, Lisey se sentou de pernas cruzadas no chão do cantinho da memória de Scott, olhando para os montes e pilhas de revistas, relatórios de alunos, boletins do Departamento de Inglês e "periódicos" universitários que cobriam a parede sul do escritório. Ocorreu a ela que talvez uma olhada fosse suficiente para dispersar o jugo furtivo de todas aquelas fotografias ainda não vistas sob sua imaginação. Agora que estava lá de fato, sabia que tinha sido uma esperança vã. Tampouco precisaria do bloquinho de anotações molenga de Manda com os números escritos. Ele estava largado no chão perto dela, e Lisey o colocou no bolso de trás do jeans. Não gostava da aparência dele, o estimado artefato de uma mente não muito sã.

Mediu novamente o longo amontoado de livros e revistas na parede sul, uma cobra poeirenta de um metro e vinte de altura por menos nove de comprimento. Não fosse por Amanda, ela provavelmente teria empacotado tudo em caixas de papelão e as despachado sem nem olhar ou se perguntar por que Scott quis guardar tantas publicações.

Minha mente não funciona assim, disse a si mesma. *Realmente não sou muito de pensar.*

Talvez não, mas você sempre arrasou em se lembrar.

Aquele era Scott em um de seus momentos mais provocantes, charmosos e irresistíveis, mas a verdade era que ela era melhor em esquecer. Assim como ele, e ambos tinham as próprias razões. Ainda assim, como se para provar o que ele dizia, ela ouviu um pedaço fantasmagórico de conversa. Um dos falantes, Scott, era conhecido. A outra voz tinha um discreto sotaque sulista. Um *pretensioso* sotaque sulista, talvez.

— *O Tony aqui vai fazer a cobertura para o* (blablablá, rum-tum-tum, sei-lá-o-quê). *Gostaria de receber um exemplar, senhor Landon?*

— *Hmmmm? Claro, pode ter certeza que sim!*

Murmúrios os cercavam. Scott mal ouvia sobre o que Tony estava escrevendo, usara aquele jeitão quase de político de dar uma atenção de fachada para as pessoas que o procuravam quando ele estava em público. Ele ouvia as vozes da multidão crescente já pensando em encontrar o momento de conexão, aquele instante prazeroso em que a eletricidade fluía dele para os outros e depois voltava para ele em dobro ou até em triplo. Ele adorava aquela corrente elétrica, mas Lisey estava convencida de que adorara mais ainda aquele momento instantâneo de conexão. Ainda assim, ele demorara um pouco para responder.

— *Pode mandar fotos, jornais, artigos ou resenhas universitários, textos de departamento, qualquer coisa do gênero. Por favor. Eu gosto de receber tudo. Mande para o Escritório, RFD #2, Sugar Top Hill Road, Castle Rock, Maine.* Lisey sabe o CEP. *Eu sempre esqueço.*

Aquilo fora tudo sobre ela, apenas *Lisey sabe o CEP.* Como Amanda ficaria louca se tivesse ouvido! Mas ela *gostava* de ser esquecida durante aquelas viagens, de estar e ao mesmo tempo não estar lá. Gostava de observar.

Como o cara no filme pornô? Scott perguntara para ela uma vez, e ela deu o meio-sorriso que dizia que ele estava perto do limite. *Se você diz, querido…,* respondera ela.

Ele sempre a apresentava quando eles chegavam, e aqui e ali para outras pessoas quando era necessário, mas quase nunca era. Fora de suas próprias áreas, acadêmicos são estranhamente pouco curiosos. A maioria ficava encantada em ter o autor de *A filha do acomodado* (National Book Award) e *Relíquias* (Pulitzer) entre eles. Também houvera um período de uns dez anos em que Scott de certa forma virara um mito — para os outros e, às vezes, para si mesmo. (Não para Lisey, que era quem lhe levava um rolo de papel higiênico novo se o do banheiro acabasse quando ele estivesse na privada.) Ninguém exatamente energizava o palco quando ele estava lá com o microfone na mão, mas até Lisey sentia a conexão que ele estabelecia com a plateia. Aqueles volts. Era uma coisa intrínseca, não tinha nada a ver com o trabalho dele como escritor. Talvez não tivesse a ver com coisa nenhuma, e sim com o que fazia dele Scott, de certa forma.

Parecia loucura, mas era verdade. E não parecia afetá-lo muito, ou feri-lo, pelo menos até...

Os olhos dela pararam de se mexer, parando na lombada de um livro de capa dura com letras douradas que diziam *U-Tenn Nashville 1988 Review*.

1988, o ano do romance *rockabilly*. O que ele nunca escreveu.

1988, o ano do louco.

— *O Tony aqui vai fazer a cobertura*

— Não — disse Lisey. — Está errado. Ele não disse Tony, disse...

— *Toneh.* — É, isso mesmo, ele disse *Toneh*, ele disse: — *O Toneh aquiah vai fazeah a cobertura...*

— ...a cobertura para o *U-Tenn '88 Year in Review* — disse Lisey. — Ele disse...

— *Posso mandar por correio expresso e*

E aquele projetinho de Tennessee Williams não tinha praticamente dito correio *spresso*? A voz era a dele, sem dúvida, era a daquele sulistinha borra-botas. Dashmore? Dashman? Mas não era isso. Era...

— Dashmiel! — murmurou Lisey para os cômodos vazios, cerrando os punhos. Olhou para o livro com a lombada de letras douradas como se ele fosse desaparecer no instante em que desviasse o olhar. — O nome do sulistinha pedante era Dashmiel e ELE CORREU FEITO UM COELHO!

Scott tinha recusado a ideia de receber por correio expresso ou Sedex; achava aquele tipo de coisa um gasto desnecessário. Nunca tinha pressa quanto à correspondência — ele a pegava à medida que vinha chegando. Quando eram resenhas de seus livros, era bem menos relaxado e bem mais apressadinho, mas para artigos sobre aparições públicas, correio normal estava bom demais. Já que O Escritório tinha endereço próprio, Lisey percebeu que teria sido muito pouco provável ela ver aquelas coisas chegando. E uma vez que chegavam... Bem, aqueles cômodos bem arejados e iluminados tinham sido o playground criativo de Scott, não o dela. Um clubinho bastante saudável de um garoto só, onde ele escrevia suas histórias e ouvia música na altura que quisesse na área à prova de som que ele chamava de Minha Sala Acolchoada. Nunca havia uma placa de NÃO PERTURBE na porta: ela subira até lá muitas vezes e Scott ficava sempre feliz em vê-la. Somente graças a Amanda, porém, ela conseguiu ver o que havia nas entranhas da cobra de livros adormecida na parede sul. Amanda, a sem papas na língua.

Amanda, a suspeita. Amanda, a obsessiva compulsiva, que de alguma forma se convencera de que sua casa queimaria inteira se ela não alimentasse o forno da cozinha com exatamente três pedaços de lenha de cada vez, nem mais, nem menos. Amanda, que possuía o hábito inalterável de dar três voltas no alpendre se tivesse que voltar para casa para pegar alguma coisa que esquecera. Ver coisas como aquelas (ou ouvi-la contar as escovadas nos dentes) já era o bastante para tomar Manda por apenas outra tiazinha completamente pirada, ou pedir para alguém por favor dar uma receita de Zoloft ou Prozac para essa senhora. Porém, se não fosse por Manda, será que a Lisey lindinha descobriria a existência de centenas de fotos do marido morto ali em cima, só esperando para serem olhadas? Centenas de lembranças esperando para serem convocadas? E a maioria certamente mais agradável do que a lembrança de Dashmiel, aquele sulistinha borra-botas e cagão.

— Pare — murmurou ela. — Pare agora mesmo. Lisa Debusher Landon, largue mão disso e deixe estar.

No entanto, ela não parecia estar pronta para fazer aquilo, pois se levantou, atravessou a sala e se ajoelhou diante dos livros. Com a mão direita flutuando à frente como em um truque de mágica, pegou o exemplar chamado *U-Tenn Nashville 1988 Review*. Seu coração batia forte; não de emoção, mas de medo. A cabeça podia dizer ao coração que aquilo acontecera dezoito anos antes, mas, no que dizia respeito às emoções, o coração tinha seu próprio e brilhante vocabulário. O cabelo do louco era tão louro que parecia quase branco. E era um *aluno da pós-graduação*, bradando coisas que não eram exatamente bobagens. Um dia depois de levar o tiro — quando a condição de Scott passara de crítica para estável —, ela lhe perguntara se o louco da pós-graduação tinha *engatilhado*, ao que Scott sussurrou que não achava que um maluco tivesse a *mínima* condição de engatilhar. *Engatilhar* era um ato de heroísmo, que dependia de força de vontade, coisa que os doidos não tinham muito... ou ela discordava?

— *Não sei, Scott. Vou pensar.*

Sem intenção de fazê-lo. Querendo nunca mais pensar naquilo, se pudesse evitar. Se fosse por Lisey, aquele picareta e sua pequena arma poderiam se unir às outras coisas que ela conseguira esquecer desde que conhecera Scott.

— *Estava quente, né?*

Deitado na cama. Ainda pálido, pálido *demais*, mas começando a ganhar um pouco da cor de volta. Falando casualmente, sem nada de especial no olhar, só jogando conversa fora. E Lisey do Agora, a Lisey Sozinha, a viúva Landon, tremeu.

— Ele não se lembrava — murmurou ela.

Tinha quase certeza que não. Nada sobre quando ele estivera caído na calçada e os dois haviam estado mais do que certos de que ele jamais se levantaria novamente. Que ele estava morrendo e que qualquer coisa que tivesse se passado entre eles seria tudo, eles que tinham descoberto tanto a dizer um ao outro. O neurologista com o qual ela reuniu coragem para conversar disse que esquecer o tempo ao redor de um acontecimento traumático era normal, e que pessoas que se recuperavam daquele tipo de trauma geralmente descobriam que uma determinada área fora queimada no filme da sua memória. A área poderia abranger cinco minutos, cinco horas ou cinco dias. Às vezes, fragmentos e imagens desconexas surgiam anos ou até décadas mais tarde. O neurologista chamou isso de um mecanismo de defesa.

Fez sentido para Lisey.

Do hospital ela foi de volta ao hotelzinho em que estava hospedada. Não era um quarto muito bom — de fundos, sem nada para se ver além de uma cerca de tábuas e sem nada para se ouvir além de uns cem cães latindo —, mas ela já deixara de se importar com aquele tipo de coisa. Certamente queria distância do campus em que o marido levara um tiro. E, enquanto chutava os sapatos para longe e se deitava na cama de casal dura, pensou: *A escuridão o adora.*

Era verdade?

Como poderia dizer aquilo, se nem sabia o que significava?

Você sabe. O prêmio do papai era um beijo.

Lisey virou a cabeça tão depressa no travesseiro que era como se tivesse levado um tapa de uma mão invisível. *Cale a boca!*

Nenhuma resposta... Nenhuma resposta... E então, maliciosamente: *A escuridão o adora. Ele dança com ela como um amante e a lua se ergue sobre a colina roxa e o que era doce cheira a azedo. Cheira a veneno.*

Ela virara a cabeça de volta para o outro lado. E, fora do quarto do hotelzinho, os cachorros — cada joça de cachorro em Nashville, ao que parecia — tinham ficado latindo até o sol se pôr na névoa laranja de outono, abrindo uma fresta para a noite. Quando criança, sua mãe lhe dissera que não havia nada a temer no escuro, e ela acreditara. Sentia-se muito contente na escuridão, mesmo quando ela era iluminada por um relâmpago e cortada por um trovão. Enquanto Amanda, alguns anos mais velha, escondia-se sob as cobertas, a Lisey lindinha se sentava na cama, chupando o dedo e pedindo que alguém trouxesse a lanterna e lesse uma história para ela. Contara isso a Scott uma vez, e ele segurara suas mãos e dissera:

— Então, você é *minha* luz. Seja *minha* luz, Lisey.

E ela tentara, mas...

— Eu estava em um lugar escuro — murmurou Lisey, sentada no escritório deserto com o *U-Tenn Nashville Review* nas mãos. — Você falou isso, Scott? Falou, não falou?

— *Eu estava em um lugar escuro e você me encontrou. Você me salvou.*

Talvez em Nashville aquilo fora verdade. Mas não no fim.

— *Você estava sempre me salvando, Lisey. Lembra da primeira noite em que dormi no seu apartamento?*

Sentada agora com o livro no colo, Lisey sorriu. É claro que lembrava. Sua lembrança mais nítida era a dos muitos *schnapps* de hortelã, que tinham lhe dado azia. E ele tivera dificuldade primeiro em ter uma ereção e depois em mantê-la, mas no fim tudo dera certo. Lisey achara na época que a culpa era da bebida. Só mais tarde ele contou que *nunca* tinha conseguido antes dela: ela fora sua primeira e única, e cada história que contara sobre sua vida sexual louca na adolescência fora mentira. E Lisey? Lisey o enxergava como um projeto inacabado, uma coisa a fazer antes de ir para a cama. Tomar conta da lavadora durante a parte mais barulhenta da lavagem; pôr a caçarola de molho; chupar o jovem escritor bambambã até ele ficar decentemente duro.

— *Quando acabou e você foi dormir, fiquei acordado ouvindo o relógio no seu criado-mudo e o vento lá fora e entendi que estava mesmo em casa, que estar na cama com você era estar em casa, e algo que vinha se aproximando no escuro tinha sumido de repente. A coisa não podia mais ficar. Tinha sido expulsa. Sabia como voltar, sem dúvida, mas não podia ficar, e eu podia dormir tranquilo. Meu coração se partiu de gratidão. Acho que foi a primeira vez que senti gratidão de verdade. Fiquei deitado do seu lado e lágrimas rolaram pelo meu rosto até o travesseiro. Eu a amei naquele momento e a amo agora e a amei em cada instante desde então. Não me importa se você me compreende ou não. As pessoas dão importância demais a serem compreendidas, mas ninguém consegue segurança o bastante. Nunca vou me esquecer de como me senti seguro quando aquela coisa desapareceu da escuridão.*

— O prêmio do papai era um beijo. — Lisey disse a frase em voz alta dessa vez e, embora estivesse quente no escritório vazio, sentiu um calafrio.

Ainda não sabia o que significava, mas com certeza se lembrava de quando Scott lhe dissera que o prêmio do papai era um beijo, que ela fora sua primeira mulher e que ninguém consegue segurança o bastante: foi logo antes de se casarem. Ela lhe dera toda a segurança que sabia dar, mas não fora o suficiente. No fim, a coisa de Scott voltou para pegá-lo de qualquer maneira — aquela coisa que às vezes aparecia de relance em espelhos e copos d'água, a coisa com o interminável lado matizado. O garoto espichado.

Lisey correu os olhos pelo escritório, sentindo medo apenas por um instante, e se perguntou se a coisa a observava.

2

Ela abriu o *U-Tenn Nashville 1988 Review*. O estalo da lombada foi como um tiro de revólver, o que a fez gritar de susto e largar o livro. Ela então riu (com algum nervosismo, é preciso admitir).

— Lisey, sua tonta.

Dessa vez, um pedaço de jornal dobrado caiu de dentro do livro, amarelado e quebradiço. O que ela desdobrou foi uma fotografia granulada, com legenda, revelando um sujeito de uns vinte e três anos que parecia muito mais jovem graças à expressão de espanto. Na mão direita, segurava uma pá de cabo curto com a parte metálica feita de prata. A tal parte tinha uma inscrição ilegível na foto, mas Lisey se lembrava de qual era: *MARCO ZERO, BIBLIOTECA SHIPMAN.*

O rapaz estava meio que... bem... *examinando* a pá. Lisey soube, não só pela expressão dele, mas pelo jeitão torto do corpo magro, que ele não fazia ideia do que estava olhando. Poderia ser um projétil de artilharia, uma árvore bonsai, um detector de radiação ou um porquinho de porcelana com uma fresta nas costas para moedas; poderia ser um sei-lá-o-quê, um filactério testemunhando o *pompetus* do amor, ou um chapéu *cloche* feito de pele de coiote. Poderia ser o pênis do poeta Píndaro. Aquele cara estava aturdido demais para saber. Lisey poderia apostar que tampouco percebera que, agarrando sua mão esquerda — e também congelado para sempre na profusão de pontos pretos — havia um homem que parecia fantasiado de Patrulheiro Rodoviário: sem arma, mas com um cinto cruzando o peito e o que Scott, rindo e arregalando os olhos, chamaria de "um prefeitamente eita-norme distontivo". Ele também estava com um sorriso prefeitamente eita-norme na cara, o tipo de sorriso aliviado de ah-graças-a-Deus, que dizia: *Filho, você nunca vai precisar comprar um drinque em qualquer bar que eu esteja, desde que eu tenha na carteira um tostão furado.* Ao fundo, conseguia ver Dashmiel, o sulistinha pedante que fugira. Roger *C.* Dashmiel, ela se lembrou, o C maiúsculo de cagão.

Teria ela, a Lisey Landon lindinha, visto o alegre segurança do campus apertar a mão do rapaz espantado? Não, mas... digamos...

Digaaaaamos, meninada... Prestem atenção... Vocês querem um instantâneo da vida real que se compare a imagens de contos de fadas, como Alice caindo no buraco do coelho ou um sapo de cartola dirigindo um carro? Então saquem só *isso*, no canto direito da fotografia.

Lisey se inclinou até quase grudar o nariz na foto amarelada do *American* de Nashville. Havia uma lupa no gavetão do centro da mesa principal de Scott. Ela a vira várias vezes, guardada eternamente entre o maço fechado de cigarros Herbert Tareyton mais velho do mundo e o carnê mais velho do mundo de cupons comerciais não trocados. Ela poderia ter pegado a tal lupa, mas não se deu ao trabalho. Não precisava de nenhum apetrecho para confirmar o que estava vendo: metade de um mocassim marrom — metade de um mocassim de *cordovão*, na verdade — com um saltinho embutido. Ela se lembrava muito bem daqueles mocassins. Como eram confortáveis... E certamente os usara naquele dia, não? Não vira o segurança alegre ou o rapaz espantado (Tony, não tinha dúvidas, o famoso *Toneh aquiah vai fazeah a cobertura*) e tampouco notara Dashmiel, o sulistinha borra-botas, quando a merda batera no ventilador. Todos tinham deixado de importar para ela, todos, sem tirar nem pôr. Àquela altura, só uma coisa passava pela sua cabeça, e essa coisa era Scott. Ele certamente não estava a mais de três metros de distância, mas ela sabia que, se não o alcançasse logo, a multidão à sua volta não a deixaria passar... E, se a impedissem, aquela mesma multidão poderia matá-lo. Matá-lo com seu amor perigoso e sua preocupação voraz. E, que joça, Violet, ele talvez já estivesse morrendo de qualquer maneira. Se estivesse, ela queria estar lá quando ele partisse. Quando ele Batesse as Botas, como diria o pessoal da geração dos seus pais.

— Tive *certeza* de que ele ia morrer — falou Lisey para o escritório silencioso e banhado pelo sol, para a empoeirada e serpeante cobra de livros.

Então ela correra em direção ao marido caído e o fotógrafo do jornal — que estava lá apenas para tirar a foto obrigatória dos dignitários da faculdade e de um famoso autor visitante reunidos para a inauguração do terreno com a pá de prata, a ritualística Primeira Pá de Terra no futuro local da nova biblioteca — acabara tirando uma foto muito mais dinâmica, não foi? Uma foto de *primeira página*, talvez até uma foto para a *posteridade*, daquele tipo que faz você interromper uma colherada de cereal entre a tigela e a boca, respingando os classificados, como a foto do assassino de John Kennedy com as mãos na barriga e a boca aberta em um último grito de agonia, o tipo de imagem congelada que não se esquece. Só a própria Lisey perceberia que a esposa do escritor também estava naquela foto. Exatamente um salto de sapato dela.

A legenda sob a foto dizia:

O capitão **S. Heffernan** da Segurança do Campus da U-Tenn cumprimenta **Tony Eddington**, que salvou a vida do famoso autor visitante **Scott Landon** segundos antes de esta foto ser tirada. "Ele é um verdadeiro herói", disse **cap. Heffernan**. "Nenhuma outra pessoa estava perto o suficiente para ajudar." (continua p. 4, p. 9)

Subindo a margem esquerda, havia uma mensagem relativamente longa em uma letra que ela não reconhecia. Subindo a direita, duas linhas do garrancho de Scott, a primeira um pouco maior do que a segunda... e uma setinha, por Deus, apontando o sapato! Ela sabia o que significava a seta: ele reconhecera o sapato. Depois de ouvir a história da esposa — pode chamá-la de Lisey e o Louco, uma emocionante história real de aventura —, ele entendera tudo. E ficou furioso? Não. Porque sabia que sua esposa não ficaria. Sabia que ela acharia engraçado. E *era* engraçado, era hilário, então por que ela estava à beira das lágrimas? Nunca em toda a sua *vida* se sentira tão surpresa, ludibriada e subjugada pelas próprias emoções quanto nos últimos dias.

Lisey largou os recortes de jornal em cima do livro, temendo que uma enxurrada repentina de lágrimas os dissolvesse do jeito que a saliva dissolve um bocado de algodão-doce. Colocou as mãos em concha sobre os olhos e esperou. Quando teve certeza de que as lágrimas não transbordariam, pegou o recorte e leu o que Scott escrevera:

Preciso mostrar pra Lisey! Como ela vai RIR
Mas será que vai entender? (Nossas pesquisas dizem que SIM*)* ☺

Ele transformara o grande ponto de exclamação em uma alegre carinha sorridente ao estilo década de 1970, como se estivesse desejando um bom dia a ela. E Lisey entendeu. Com dezoito anos de atraso, mas e daí? A memória era relativa.

Muito zen, pequeno gafanhoto, diria Scott.

— Zen uma ova. Eu me pergunto por onde está Tony, isso *sim*. Salvador do famoso Scott Landon. — Ela riu, e as lágrimas que ainda estavam em seus olhos escorreram pelas bochechas.

Em seguida, ela virou a foto de lado e leu a outra mensagem, mais longa.

18-08-88
Caro Scott (se me permite): imaginei que gostaria de ter essa fotografia de C. Anthony ("Tony") Eddington III, o jovem estudante da pós que salvou sua vida. A U-Tenn o homenageará, obviamente. Imaginamos que você também gostaria de manter contato com ele. Seu endereço é 748 Coldview Avenue, Nashville North, Nashville, Tennessee 37235. O senhor Eddington, "Pobre, porém Honrado", vem de uma boa família do sul do Tennessee e é um excelente aspirante a poeta. Tenho certeza de que irá querer agradecê-lo (e talvez recompensá-lo) à sua maneira.
Respeitosamente, Roger C. Dashmiel
Prof. Adjunto, Depto. de Inglês
Universidade do Tennessee, Nashville

Lisey leu a mensagem uma, duas vezes (*"three times a laaaady"*, teria cantado Scott àquela altura), ainda sorrindo, mas agora com uma amarga mistura de espanto e compreensão. Roger Dashmiel provavelmente sabia tão pouco do que acontecera de fato quanto o segurança do campus. O que significava que existiam apenas duas pessoas no mundo inteiro que sabiam a verdade sobre aquela tarde: Lisey Landon e Tony Eddington, o camarada que escreveria para o anuário. Era possível que mesmo o próprio "Toneh" não tivesse percebido o que acontecera depois da primeira pá de terra cerimonial. Talvez tivesse sofrido um apagamento induzido pelo medo. Saca só: *ele pode até mesmo acreditar que salvou Scott Landon da morte.*

Não. Ela não acreditava naquilo. Achava que aquele recorte e o bilhete apressado e puxa-saco era a vingança mesquinha de Dashmiel contra Scott por... por quê?

Por ter sido apenas educado?

Por olhar para o *Monsieur de Litérature* Dashmiel e não enxergá-lo?

Por ser um poço de criatividade cheio da grana, que ia ganhar quinze mil dólares em um dia para dizer algumas palavras enaltecedoras e jogar uma única pá de terra? *Terra pré-afofada*, ainda por cima.

Por tudo isso. E por mais. Para Lisey, Dashmiel acreditava que as posições dos dois estariam invertidas em um mundo mais autêntico e justo; que, nesse outro mundo, ele, Dashmiel, seria o foco de interesse intelectual e adulação estudantil, enquanto Scott Landon — isso sem falar naquela sua mulherzinha de nada que não daria um peido nem se sua vida dependesse disso — estaria ralando no campus, sempre puxando saco, sondando o clima das políticas de departamento e na correria para garantir o próximo salário.

— Seja qual for o motivo, ele não gostava de Scott, e essa foi sua vingança — falou ela, admirada, para os cômodos vazios e ensolarados acima do longo celeiro. — Este... bilhete cheio de veneno.

Quando se recuperou um pouco, ela folheou o *Review* até encontrar o artigo que procurava: O ESCRITOR MAIS FAMOSO DA AMÉRICA INAUGURA TÃO SONHADA BIBLIOTECA. Era assinado por **Anthony Eddington**, às vezes chamado de Toneh. E, à medida que passava os olhos pelo texto, Lisey descobriu que era capaz de sentir raiva, afinal. Fúria, até. Pois não havia menção à maneira como o dia terminara, tampouco ao suposto heroísmo do autor. A única insinuação de que algo dera incrivelmente errado estava nas linhas finais:

"O discurso do senhor Landon após a pá de terra inaugural e sua leitura no *lounge* dos alunos foram cancelados por causa de imprevistos, porém esperamos ver este gigante da literatura americana de volta ao nosso campus em breve. Talvez para a cerimônia de inauguração da Shipman, quando ela abrir as portas em 1991!".

Lembrar a si mesma de que aquilo era um anuário estudantil, pelo amor de Deus — uma edição cara, de capa dura e em papel acetinado, enviada para ex-alunos supostamente endinheirados —, ajudou bastante a diminuir sua raiva. Até parece que o *U-Tenn Review* deixaria seus escritores de aluguel recriarem a sangrenta cena de pastelão daquele dia. Lembrar a si mesma de que Scott também teria achado aquilo engraçado ajudou... mas não tanto assim. Scott, afinal de contas, não estava ali para envolvê-la com os braços, beijá-la na bochecha, distraí-la com uma beliscada de leve em um de seus mamilos e dizer que tinha hora para tudo — uma hora para plantar, uma para colher, uma para engatilhar e, da mesma forma, uma para desengatilhar, sim, de fato.

Scott, maldito fosse ele, estava morto. E...

— E ele *sangrou* por vocês — murmurou ela numa voz ressentida que soou assustadoramente como a de Manda. — Ele quase *morreu* por vocês. É uma espécie de milagre de olhos azuis ele não ter morrido.

E Scott falou com ela de novo, como costumava fazer. Lisey sabia que era apenas o ventríloquo dentro dela, imitando a voz do marido — quem teria amado mais ou se lembrado melhor daquela voz? —, mas não *parecia* isso. Parecia *ele* falando.

Você foi meu milagre, disse Scott. Você foi meu milagre de olhos azuis. Não só naquele dia, mas sempre. Foi você quem manteve a escuridão afastada, Lisey. Você brilhou.

— Imagino que você tenha pensado assim às vezes — falou ela, distraída.

Estava quente, né?

Sim. Estava quente. Mas não *só* quente. Estava...

— Úmido — disse Lisey. — *Abafado*. E eu tive um mau pressentimento desde o início.

Sentada diante da cobra de livros, com o *U-Tenn Nashville 1988 Review* aberto no colo, Lisey teve um vislumbre passageiro, porém claríssimo, da vó D alimentando as galinhas, muito tempo atrás, em sua casa de infância.

— Foi no banheiro que comecei a me sentir muito mal. Por ter quebrado

3

Ela não para de pensar no vidro, naquela joça de vidro quebrado. Isto é, quando não está pensando em como gostaria de fugir daquele calor.

Lisey está atrás e um pouco à direita de Scott, as mãos unidas com recato na frente do corpo, observando-o se equilibrar em um pé, com o outro na espádua da pazinha idiota enterrada pela metade na terra fofa que foi claramente trazida para a ocasião. O dia está enlouquecedoramente quente, enlouquecedoramente úmido e enlouquecedoramente abafado, e a multidão considerável que se juntou só deixa tudo pior. Ao contrário dos dignitários, os curiosos não estão vestidos nem de perto com suas melhores roupas; embora os jeans, bermudas e calças corsário talvez não os deixem exatamente confortáveis naquele ar superúmido, Lisey os inveja mesmo assim, parada em frente à multidão, cozinhando no calor de alto-forno daquela tarde do Tennessee. Só ficar de pé, vestida nas suas melhores roupas de verão, preocupando-se com as manchas de suor que logo se formarão na blusa de linho marrom-claro que está usando sobre a segunda pele de raiom azul, já é estressante. Embora esteja com um sutiã que é ótimo para dias de calor, ele pinica a lateral dos seios como o diabo. Bons tempos, babyluv.

Enquanto isso, Scott continua se equilibrando em um pé só. Seu cabelo, longo demais na nuca — precisa de um corte urgentemente, ela sabe que ele se olha no espelho e vê um astro do rock, mas ela vê um vagabundo saído de uma música de Woody Guthrie —, balança ao sabor da eventual brisa quente. Ele está sendo simpático enquanto o fotógrafo anda em círculos ao redor dele. Simpático *pra cacete*. À sua esquerda está Tony Eddington, que vai escrever sobre todo aquele oba-oba para um jornal universitário qualquer; à sua direita, está o dublê de anfitrião, um assecla do Departamento de Inglês chamado Roger Dashmiel. Dashmiel é um daqueles homens que parecem mais velhos do que são não só porque perderam muito cabelo e ganharam muita barriga, mas porque insistem em manter uma aura quase sufocante em torno de si. Até quando fazia suas piadinhas, Lisey tinha a impressão de o estar ouvindo ler as cláusulas de uma apólice de seguro. Para piorar, Dashmiel não gosta do seu marido. Lisey percebeu isso de cara (é fácil, porque a maioria dos homens *gosta* dele), o que lhe deu um alvo para sua apreensão. Pois ela *está* apreensiva, profundamente. Tentou dizer a si mesma que é só a umidade e as nuvens que estão se juntando a oeste, prenunciando uma tarde de fortes tempestades ou até mesmo tornados: um desses negócios de fazer o barômetro despencar. Mas o barômetro não estava baixo no Maine quando ela se levantou da cama às quinze para as sete; já fazia uma bela manhã de verão, com o sol recém-erguido fazendo reluzir um trilhão de gotas de orvalho no gramado entre a casa e o escritório de Scott. Nenhuma nuvem no céu, o que papito Dave Debusher chamaria de "um baita dia de fritar ovo na calçada". Porém, assim que seus pés tocaram as tábuas de carvalho do assoalho do quarto e seus pensamentos se voltaram para a viagem a Nashville — sair às oito para ir até o aeroporto de Portland, pegar o voo da Delta às nove e quarenta —, seu coração se afundou de medo e seu estômago matinal vazio, geralmente tranquilo, irritou-se com um temor despropositado. Ela recebeu tais sensações com uma aflição que a surpreendeu, pois geralmente *gostava* de viajar, especialmente com Scott: os dois sentados com companheirismo lado a lado, ele com seu livro aberto, ela com o dela. Às vezes, ele lia um trecho do dele para ela; às vezes, vice-versa. Às vezes, ela se sentia observada e erguia os olhos para encontrar os dele. O olhar solene. Como se ela ainda fosse um mistério para ele. Sim, e às vezes passavam por alguma turbulência, algo de que ela gostava também. Era como os brinquedos do parque de diversões quando ela e as irmãs eram crianças, as Xícaras Malucas e a Montanha-Russa. Scott também não se importava com os interlúdios turbulentos. Ela se lembrava de uma chegada particularmente complicada em Denver — ventos fortes, trovoadas, o aviãozinho de passageiros das Linhas Aéreas Morte Certa chacoalhando de um lado para outro na joça do céu — e de como o vira saltitar no assento como um garotinho que precisava ir ao banheiro, com um sorriso louco no rosto. Não, as viagens que deixavam Scott com medo eram os mergulhos tranquilos que ele às vezes dava no meio da noite. De vez em quando ele falava — com lucidez, sorrindo até — sobre as coisas que dava para ver na tela de uma TV desligada. Ou em um copinho, se você o inclinasse da maneira certa. Ela ficava apavorada ao ouvi-lo falar daquele jeito. Porque era maluquice, e porque ela meio que sabia do que ele estava falando, mesmo sem querer.

Então não é o barômetro baixo que a está incomodando e certamente não a perspectiva de entrar em mais um avião. Porém, no banheiro, ao estender a mão para acender a luz sobre a pia, algo que ela fizera sem maiores incidentes ou acidentes diariamente ao longo de todos os oito anos em que eles haviam morado juntos na Sugar Top Hill — o que dava aproximadamente três mil dias, menos o tempo passado na estrada —, ela esbarrou no copo de vidro com as escovas de dente deles e o derrubou no chão, onde ele se espatifou em aproximadamente três mil pedacinhos idiotas.

— Mas que grandessíssima merda *fedida*! — exclamou ela, assustada e irritada por se ver tão... Pois ela não acreditava em presságios, não Lisey Landon, esposa do escritor, e nem Lisey Debusher da Sabattus Road, em Lisbon Falls. Presságios eram coisa de irlandeses caipiras.

Scott, que acabara de voltar para o quarto com duas xícaras de café e um prato de torradas com manteiga, parou no ato.

— O que você quebrou, babyluv?

— Nada que tenha caído do cu do cachorro — disse Lisey com raiva, ficando um tanto pasma.

Aquela era uma das frases da vovó Debusher, e a vó D certamente acreditava em presságios. No entanto, aquela velha irlandesa estava no caixão desde que Lisey tinha uns quatro anos. Era possível que Lisey se lembrasse dela? Parecia que sim, pois enquanto estava parada ali, com o olhar baixo mirando os cacos do copo das escovas de dente, a *articulação* daquele presságio lhe veio na voz estragada pelo tabaco da vó D... E voltava agora, enquanto ela observava seu marido ser simpático em seu mais leve paletó de verão (que mesmo assim começaria a ficar com marcas de suor nas axilas logo, logo).

— *Vidro quebrado pela manhã, corações partidos à noite.*

Aquele era o evangelho da vó D, sem dúvida, do qual pelo menos uma menininha se lembrava, armazenado em sua memória antes de a vó D cair dura no galinheiro, morrendo com um grunhido preso na garganta, um avental cheio de alpiste amarrado em volta da cintura e um saco de tabaco de mascar da Beechnut enfiado dentro da manga do vestido.

Então.

Não é o calor, a viagem, ou aquele tal de Dashmiel, que só acabou fazendo as honras da casa porque o chefe do Departamento de Inglês está no hospital se recuperando de uma remoção de emergência da vesícula biliar feita no dia anterior. É uma... joça... de um *copo de escovas de dente* quebrado, junto com o ditado de uma avó irlandesa morta há tempos. E o mais engraçado (conforme Scott apontaria mais tarde) é que aquilo foi o bastante para fazê-la ficar de orelha em pé. O bastante para deixá-la pelo menos semiengatilhada.

Às *vezes*, ele lhe dirá em breve, já em uma cama de hospital (ah, mas com que facilidade ele poderia ter acabado no caixão, todas as suas noites insones e meditativas terminadas), falando com sua nova voz sussurrante e dificultosa, *às vezes, o mínimo já é o bastante. Como dizem.*

E ela saberá exatamente o que ele quer dizer.

4

Lisey sabe que naquele dia Roger Dashmiel já estava com dores de cabeça de sobra, embora isso não faça com que ela goste mais dele. Se é que um dia houve um roteiro para a cerimônia, o professor Hegstrom (o da crise de emergência com a vesícula biliar) estava desorientado demais depois da cirurgia para dizer a Dashmiel ou a qualquer um qual era ou onde estava. Consequentemente, tudo o que Dashmiel tinha era pouco mais do que o horário do evento e uma lista de participantes, entre eles um escritor com o qual antipatizara de imediato. Quando o pequeno grupo de dignitários deixou o Inman Hall para a curta, embora quentíssima, caminhada até o local da futura Biblioteca Shipman, Dashmiel disse a Scott que a coisa seria mais ou menos de improviso. Scott deu de ombros jovialmente. Ele não tinha o menor problema com aquilo. Para Scott Landon, improviso era um estilo de vida.

— Eu vou apresentah o senhoahr — disse o homem que Lisey anos mais tarde chamaria em seus pensamentos de sulistinha borra-botas.

Isso à medida que andavam em direção ao monte de terra seca e tremeluzente onde ficaria a nova biblioteca (em dashmielnês, a palavra é pronunciada bi-blio-TEH-cah). O fotógrafo encarregado de imortalizar tudo aquilo dançava incansavelmente de um lado para outro, tirando foto atrás de foto, atarefado como uma abelhinha. Lisey conseguia ver um retângulo de terra marrom fresca logo adiante, de uns dois metros e meio por um e meio, calculou, e trazido naquela manhã, pela aparência de começando-a--secar. Ninguém tinha pensado em colocar um toldo, e a superfície da terra fresca já adquirira um verniz acinzentado.

— É melhor *mesmo* — disse Scott.

Ele falou em um tom brincalhão, mas Dashmiel franziu o cenho como se tivesse sido atingido por um boato imerecido. E, com um vigoroso suspiro, continuou andando.

— Depois da apresentação virão os aplausos...

— Como depois do dia vem a noite — murmurou Scott.

— ...e o senhoahr dirá umah ou duas palavras — concluiu Dashmiel.

Para além do deserto que aguardava a construção da biblioteca, um estacionamento recém-asfaltado bruxuleava sob a luz do sol, todo asfalto liso e faixas amarelas inertes. Lisey viu o ondear fantástico de águas inexistentes no outro lado dele.

— Com prazer — disse Scott.

A invariável boa índole de suas respostas parecia incomodar Dashmiel.

— Espero que o senhor não tenha de falar muitoah na pazada inaugural — disse ele a Scott à medida que se aproximavam da área isolada.

Aquele pedaço fora isolado; depois dele, porém, havia uma multidão tão grande que quase se estendia até o estacionamento. Outra maior ainda seguira Dashmiel e os Landon desde o Inman Hall. Logo as duas se misturariam, e Lisey — que geralmente não se importava com multidões, da mesma forma que não se importava com turbulências a seis mil metros de altitude — não gostou nada daquilo. Ocorreu a ela que tanta gente junta em um dia quente como aquele roubaria todo o ar da atmosfera. Uma ideia idiota, mas...

— Está quente à beça até para Nashville em agosto, você não acha, Toneh?

Tony Eddington assentiu educadamente, mas não disse nada. Seu único comentário até então fora para identificar o fotógrafo que dançava incansavelmente como Stefan Queensland, do *American* de Nashville — também formado pela U-Tenn Nashville, turma de 1985.

— Esperoah que vocês possam ajudá-loah — Tony Eddington disse a Scott enquanto começavam a andar até o local. — Depois que o senhoahr acabar de falar — prosseguiu Dashmiel —, vamos ter outrah rodada de aplausos. *E aíah*, senhoahr Landon...

— Scott.

Dashmiel abriu um sorriso forçado, que durou apenas um instante.

— E aíah, *Scott*, você vai virar aquelah tão importanteah pá de terrah inaugural.

Lisey teve de se esforçar para entender o que Dashmiel estava dizendo em seu quase inacreditável sotaque arrastado da Louisiana.

— Tudo me parece ótimo — respondeu Scott, e aquilo foi tudo que teve tempo de dizer, pois tinham chegado.

5

Talvez seja um resquício do copo de escovas de dente quebrado — aquela sensação *agourenta* —, mas, para Lisey, o monte de terra que trouxeram parece um túmulo. Tamanho GG, como se fosse para um gigante. As duas multidões se misturam em uma só ao redor dela e criam aquela sensação de calor sufocante e de alto-forno no centro. Há um segurança do campus em cada canto da barreira ornamental de corda de veludo, por debaixo da qual Dashmiel, Scott e "Toneh" Eddington passaram abaixados. Queensland, o fotógrafo, dança implacavelmente com sua Nikon enorme erguida na frente do rosto. *É como aquele fotógrafo Weegee, só que mais novo*, pensa Lisey, e percebe que o inveja. Ele é livre, esvoaçando como um mosquito no calor; tem vinte e cinco anos e ainda está com tudo em cima. Dashmiel, por sua vez, olha para ele com uma impaciência cada vez maior, o que Queensland finge não perceber até conseguir exatamente a foto que quer. Lisey imagina que queira uma de Scott sozinho, com o pé na ridícula pá de prata, os cabelos esvoaçando ao sabor da brisa. Seja como for, Weegee Júnior enfim baixa a grande câmera e recua até a beirada da multidão. E é enquanto está olhando a movimentação de Queensland com seu olhar um tanto melancólico que Lisey vê pela primeira vez o louco. Ele tem aquele olhar, conforme escreveria mais tarde um repórter da região, "de John Lennon nos últimos dias do seu romance com a heroína — olhos fundos e alertas, contrastando de forma estranha e inquietante com o que de outra forma seria um tristonho rosto de criança".

Naquele instante, Lisey dá atenção a não mais do que o cabelo loiro desgrenhado do sujeito. Não está muito interessada em observar as pessoas. Só quer que aquilo acabe logo para ir atrás de um banheiro no Departamento de Inglês do outro lado do estacionamento e desatolar aquela calcinha rebelde do rego. Também precisa fazer xixi, mas naquele momento isso é secundário.

— Senhoras e senhores — fala Dashmiel numa voz ressonante. — É com o maioah prazer que apresentoah o senhoahr Scott Landon, autor de *Relíquias*, vencedor do prêmioah Pulitzer, e de *A filha do acamado*, ganhador do National Book Award. Ele veio lá do Maine com sua adorável esposah Lisa para inaugurar a construção (é isso mesmo, finalmente chegou a horah) da nossa querida Bibliotehcah Shipman. Scott Landon, minha gente, quero ouvir todos vocês lhe dando as boas-vindas à moda de Nashville.

A multidão aplaude de imediato, *com brio*. A adorável esposa se junta a ela, batendo as palmas das mãos, olhando para Dashmiel e pensando: *Ele ganhou o NBA por* A filha do acomodado. *É acomodado, e não acamado. E acho que você sabe. Acho que mandou essa de propósito. Por que não gosta dele, seu mesquinho?*

Calha então de ela olhar para além dele e dessa vez nota *de verdade* Gerd Allen Cole, parado ali com aquela cabeleira loura fabulosa caindo nas sobrancelhas e com as mangas da camisa branca grande demais para ele enroladas até os bíceps mirrados. A bainha da camisa está para fora e bate quase nos joelhos esbranquiçados do jeans. Nos pés, usa botas de motoqueiro com fivelas laterais. Para Lisey, elas parecem terrivelmente quentes. Em vez de aplaudir, o Loiraço juntou as mãos com bastante afetação e traz um sorriso assustador-e-tenro nos lábios, que se mexem discretamente, como numa prece. Ele tem os olhos fixos em Scott, e nunca os desvia. Lisey saca o Loiraço de cara. Tem uns sujeitos — quase sempre tem uns sujeitos — que Lisey chama de Caubóis do Espaço Sideral. Caubóis do Espaço Sideral têm muito a dizer. Querem pegar Scott pelo braço e contar que entendem as mensagens secretas dos livros dele; que entendem que os livros são na verdade guias de Deus, Satanás ou possivelmente dos Evangelhos Gnósticos. Caubóis do Espaço Sideral podem falar sobre cientologia, numerologia ou (em um caso) As Mentiras Cósmicas de Brigham Young, o cara d'A Igreja de Jesus Cristo dos Santos dos Últimos Dias. Às vezes, querem falar sobre outros mundos. Dois anos antes, um Caubói do Espaço Sideral veio de carona desde o Texas até o Maine para conversar com Scott sobre o que ele chamava de *sobras*. Era mais comum encontrá-las, disse ele, nas ilhas inabitadas do hemisfério sul. Ele sabia que era sobre elas que Scott escrevera

43

em *Relíquias*. Mostrou-lhe palavras sublinhadas para provar. O cara deixou Lisey muito nervosa — aqueles olhos vidrados davam uma impressão de *alheamento* —, mas Scott conversou com ele, ofereceu-lhe uma cerveja, discutiu um pouco sobre os monólitos da Ilha da Páscoa, pegou alguns dos seus panfletos, autografou um exemplar novo de *Relíquias* para o rapaz e o mandou embora, feliz. Feliz? Dançando na joça do ar. Quando Scott engatilha pra valer, ele é incrível. Nenhuma outra palavra serve.

A ideia de violência real — de que o Loiraço pretende fazer com seu marido o que Mark David Chapman fez com John Lennon — não passa pela cabeça de Lisey. *Minha mente não funciona desse jeito*, ela poderia ter dito. *Só não gosto do modo que os lábios dele estão se mexendo.*

Scott agradece os aplausos — e alguns gritos rebeldes estridentes — com o sorriso Scott Landon que já apareceu em milhões de contracapas, o tempo todo com o pé descansando sobre a pá idiota enquanto ela se afunda lentamente na terra importada. Ele deixa os aplausos rolarem por dez ou quinze segundos, guiado pela intuição (e raramente sua intuição se engana), e depois os interrompe com um aceno. E eles param. De uma vez só. *Vup.* Muito legal, de um jeito um pouco assustador.

Quando ele fala, sua voz não parece nem de perto tão alta quanto a de Dashmiel — porém Lisey sabe que, mesmo sem microfone ou megafone a bateria (a falta de um dos dois naquela tarde é provavelmente lapso de alguém), ela será ouvida por toda a multidão. E a multidão está se esforçando para ouvir cada palavra. Um Homem Famoso está entre eles. Um Pensador e um Escritor. Ele está ali para espalhar pérolas de sabedoria.

Pérolas aos porcos, pensa Lisey. *Porcos suados, ainda por cima.* Mas o pai dela não lhe dissera certa vez que porcos não suam?

De frente para ela, o Loiraço tira o cabelo desgrenhado das sobrancelhas brancas e finas, empurrando-o para trás. As mãos dele são tão pálidas quanto sua testa e Lisey pensa: *Tem um porquinho que fica bastante em casa. Um porco muito caseiro. E por que seria diferente? Ele tem um monte de ideias estranhas para remoer.*

Ela joga o peso do corpo de um pé para outro e a seda da calcinha praticamente *guincha* no rego dela. Que saco! Ela se esquece novamente do Loiraço e tenta calcular se não poderia... enquanto Scott faz seus comentários... muito discretamente...

Mãezinha Querida fala. Com rispidez. Três palavras. Sem margem para discussão. *Não, Lisey. Espere.*

— *Não vou fazer nenhum sermão* — diz Scott, e ela reconhece o dialeto de Gully Foyle, o personagem principal de *The Stars My Destination*, de Alfred Bester. O livro favorito dele. — Está quente demais para isso.

— *Teletransporte a gente, Scotty!* — Alguém grita exuberantemente da quinta ou sexta fileira da multidão no estacionamento.

— Não vai dar, amigo — diz Scott. — Os teletransportadores estão quebrados, e estamos sem cristais de lítio.

A multidão, para quem a resposta era tão nova quanto a piada (Lisey ouvira ambas pelo menos cinquenta vezes), ruge em aprovação e aplaude. Do outro lado, o Loiraço dá um sorriso discreto, sem suar, e agarra o delicado pulso esquerdo com a mão direita de dedos longos. Scott tira o pé da pá — não por ter perdido a paciência, mas como se tivesse, pelo menos por ora, encontrado outra utilidade para ela. E parece que encontrou. Ela observa, não sem fascinação, pois aquilo é Scott em sua melhor forma, improvisando.

— Estamos em 1998 e o mundo mergulhou em trevas — diz ele, deslizando o pequeno cabo de madeira da pá cerimonial com facilidade pelo seu punho semicerrado.

A parte metálica da pá joga um único reflexo de sol nos olhos de Lisey, e em seguida fica quase toda escondida pela manga do paletó de Scott. Escondendo a parte de baixo, ele brande o fino cabo de madeira como um indicador, assinalando infortúnios e tragédias no ar à sua frente.

— Em março, Oliver North e o vice-almirante John Poindexter são indiciados por conspiração. É o maravilhoso mundo do escândalo Irã-Contras, no qual armas controlam a política e o dinheiro controla o mundo.

"Em Gibraltar, membros do Serviço Especial Aéreo Britânico, o SAS, matam três integrantes desarmados do IRA. Talvez devessem mudar o lema do SAS de 'A vitória é dos ousados' para 'Atire primeiro, pergunte depois'."

Ouve-se uma onda de risos da plateia. Roger Dashmiel parece estar com calor e irritado com aquela inesperada aula de atualidades, porém Tony Eddington está finalmente fazendo anotações.

— Mas digamos que o lema é nosso também. Em julho a gente faz besteira e derruba um avião iraniano com duzentos e noventa civis a bordo. Sessenta e seis deles crianças.

"A epidemia de AIDS mata milhares de pessoas, aflige... Bem, não sabemos, não é mesmo? Centenas de milhares? Milhões?

"O mundo mergulha em trevas. A maré de sangue do poema do senhor Yeats está alta. Ela cresce. E cresce."

Ele olha para baixo, fitando apenas a terra cinzenta, e de repente Lisey morre de medo de que ele a esteja vendo, que esteja vendo a coisa com o enorme lado remendado e matizado, que ele vá perder o controle e talvez até chegar ao colapso que ela sabe que ele teme (na verdade, ela tem tanto medo disso quanto ele). Antes que o coração dela possa fazer mais do que começar a acelerar, ele ergue a cabeça, sorri como um garoto num festival e faz o cabo da pá deslizar até a metade no punho cerrado. É um movimento espalhafatoso de jogador de sinuca, e o pessoal na frente da multidão faz *oooh*. Mas Scott ainda não terminou. Segurando a parte metálica diante de si, ele roda o cabo com agilidade por entre os dedos, acelerando até uma velocidade inacreditável. É tão fascinante quanto as manobras de um baliza — por conta da lâmina de prata rodando sob a luz do sol — e docemente inesperado. Ela está casada com ele desde 1979, e não fazia *ideia* de que uma manobra tão sutilmente maneira fazia parte de seu repertório. (Quantos anos leva, ela se perguntará duas noites depois, deitada sozinha na cama em seu quarto de hotelzinho barato enquanto ouve cães latirem sob uma lua laranja incandescente, para o estúpido peso acumulado dos dias finalmente sugar todo o "uau" de um casamento? Quanta sorte você precisa ter para seu amor superar o tempo?) A mancha prateada criada pelo giro rápido da pá projeta um lampejo de luz do sol que diz *Acordem! Acordem!* na superfície entorpecida pelo calor e melada de suor da multidão. O marido de Lisey de repente se torna Scott, o Mascate, e ela nunca se sentiu tão aliviada em ver o totalmente não confiável sorriso de bufão estilo *querida, eu sou o máximo* no rosto dele. Ele os botou para baixo; agora vai tentar vender a eles uma golada de um remédio duvidoso, a coisa com a qual espera mandá-los para casa. E ela acha que eles vão cair, mesmo sendo uma tarde quente de agosto. Quando fica assim, Scott seria capaz de vender gelo para os esquimós, como se costuma dizer... E Deus abençoe a lagoa da linguagem de que todos vamos beber, como o próprio Scott sem dúvida acrescentaria (e de fato acrescentou).

— Porém, se cada livro é uma pequena fonte de luz na escuridão... e acredito que sim, tenho de acreditar, por mais piegas que seja, pois escrevo essas porcarias, não escrevo?... então cada biblioteca é uma bela de uma fogueira eterna em volta da qual dez mil pessoas vêm para se aquecer todos os dias e todas as noites. Nada de *Fahrenheit 451*. Tentem *Fahrenheit 4000*, pessoal, porque não estamos falando de fornos de cozinha aqui, estamos falando daqueles bons e velhos altos-fornos do cérebro, capazes de derreter o intelecto. Estamos celebrando a construção de uma dessas grandiosas fogueiras nesta tarde, e me sinto honrado de fazer parte disso. É aqui que cuspimos na cara do esquecimento e damos um chute nos *cojones* velhos e enrugados da ignorância. *Ei, fotógrafo!*

Stefan Queensland se vira para ele, sorrindo.

Scott, também sorrindo, diz:

— Tire uma foto disso. Os chefões talvez não queiram usá-la, mas aposto que você vai querê-la no seu portfólio.

Scott segura a ferramenta ornamental como se quisesse rodopiá-la novamente. A multidão solta um pequeno arquejo de expectativa, porém dessa vez é apenas provocação. Ele desliza a mão esquerda até o colarinho da pá e a enfia no chão, afundando-a até o fim da lâmina e apagando seu brilho quente com a terra. Joga a pazada recolhida para o lado e exclama:

— *Declaro o canteiro de obras da Biblioteca Shipman ABERTO!*

O aplauso que saúda a declaração faz com que as explosões anteriores pareçam o tipo de palminha educada que se ouve em partidas de tênis universitário. Lisey não sabe se o jovem senhor Queensland capturou a primeira pazada cerimonial; no entanto, quando Scott ergue a pazinha de prata boba no céu como um herói olímpico, Queensland sem dúvida documenta o momento, rindo atrás da câmera enquanto fotografa. Scott mantém a pose por um instante (calha de Lisey olhar para Dashmiel e pegar o distinto cavalheiro revirando os olhos para o senhor Eddington — Toneh). Ele então baixa a pá e a segura diante do peito, na diagonal, sorrindo. Suor brotou em gotículas nas suas bochechas e testa. Os aplausos começam a diminuir. A multidão acha que ele acabou. Lisey acha que ele só passou para a segunda marcha.

Quando tem certeza de que eles podem ouvi-lo novamente, Scott cava para uma pazada extra.

— Esta é para o Louco Bill Yeats! — exclama ele. — O doido de pedra! E esta é por Poe, também conhecido como Eddie de Baltimore! Esta é por Alfie Bester; e, se vocês ainda não o leram, deveriam se envergonhar!

Ele parece sem fôlego, e Lisey está começando a ficar um pouco preo-cupada. Está muito *quente*. Tenta se lembrar do que ele comeu no almoço: foi algo pesado ou leve?

— E esta é para... — Ele enfia a pá no que agora é uma depressão de tamanho respeitável e ergue o último punhado de terra. A parte da fren-te da sua camisa está escura de suor. — Querem saber, por que vocês não pensam na pessoa que escreveu o primeiro bom livro que leram? Estou falando daquele que se meteu embaixo de vocês como um tapete mágico e os arrancou do chão. Sabem do que eu estou falando?

Eles sabem. Está claro em todos os rostos que encaram o dele.

— Aquele que, em um mundo perfeito, vocês procurariam primeiro quando a Biblioteca Shipman enfim abrir as portas. Esta é para aquela pessoa que escreveu esse livro. — Ele dá uma última balançada de despedida na pá e se volta para Dashmiel, que deveria estar satisfeito com a habilidade de Scott como *showman*; afinal, pediram que ele improvisasse, e Scott foi brilhante. Em vez disso, porém, o homem parece apenas estar com calor e irritado. — Acho que terminamos aqui — diz Scott, tentando entregar a pá para Dashmiel.

— Não, ela é suah — fala Dashmiel. — De lembrança, e como prova da nossa gratidão. Junto com seu cheque, é claro. — Seu sorriso forçado aparece e some com um espasmo. — Que tal se fôssemos pegar um pouco de ar-condicionadoah?

— Ótima ideia — diz Scott, parecendo bestificado.

Depois entrega a pá para Lisey, como já entregara tantas lembranças indesejadas no decorrer dos seus últimos doze anos de fama: tudo, desde remos cerimoniais e bonés dos Boston Red Sox em caixas de acrílico até máscaras de Comédia e Tragédia... Mas, em sua maioria, conjuntos de caneta e lapiseira. Uma porção de conjuntos de caneta e lapiseira. Da Wa-terman, da Scripto, da Schaeffer, da Mont Blanc, pode escolher. Ela olha para a parte reluzente da pá de prata, tão bestificada quanto o amado (ele ainda é seu amado). Há alguns restos de terra nas letras gravadas que dizem MARCO ZERO, BIBLIOTECA SHIPMAN, e Lisey as limpa com um sopro. Onde um objeto inusitado daqueles vai parar? Naquele verão de 1988, o escritório de Scott ainda está em construção, embora já seja possível en-viar correspondências para lá e ele já esteja começando a armazenar coisas nos estábulos e baias do celeiro embaixo. Em várias das caixas de papelão, ele rabiscou **SCOTT! JUVENTUDE!** em traços grossos de caneta piloto preta. O mais provável é que a pá de prata acabe junto com aquele tipo de coisa, desperdiçando seu brilho na escuridão. Talvez ela mesma a coloque lá e escreva **SCOTT! MEIA-IDADE!** como uma espécie de piada… ou prêmio. O tipo de presente bobo e inesperado que Scott chama de…

Mas Dashmiel está a caminho. Sem falar nada — como se estivesse enojado com tudo aquilo e determinado a dar um basta assim que possível —, ele atravessa o retângulo de terra fresca pisando firme, contornando a depressão que a última generosa pazada de Scott quase conseguiu transformar em um buraco. Os saltos do sapato preto reluzente eu-sou-um-professor-adjunto- -em-ascensão-e-não-se-esqueça-disso de Dashmiel se afundam na terra a cada passo pesado. Ele tem de se esforçar para manter o equilíbrio, e Lisey imagina que aquilo não ajuda nem um pouco a melhorar seu humor. Tony Eddington vem atrás dele, parecendo pensativo. Scott para por um instante, como se não soubesse ao certo o que está acontecendo, e também começa a andar, se metendo no meio do seu anfitrião e do seu biógrafo temporário. Lisey os segue, como de hábito. Ele a encantou a ponto de ela esquecer aquela sensação *agourenta*

(*vidro quebrado pela manhã*)

por pouco tempo, mas agora ela voltou

(*corações partidos à noite*)

e *com tudo*. Ela acha que deve ser porque todos aqueles detalhes parecem grandes demais para ela. Tem certeza de que o mundo voltará a uma perspectiva mais normal assim que chegar ao ar-condicionado. E assim que tirar aquela praga de pedaço de tecido do rego.

Está quase acabando, lembra a si mesma, e — como a vida pode ser engraçada — é naquele exato instante que o dia começa a descarrilar.

Um segurança do campus que é mais velho do que os demais membros da equipe (dezoito anos mais tarde ela o identificará na foto de Queensland como capitão S. Heffernan) levanta a corda que isola o outro lado do retângulo de terra cerimonial. Tudo que ela percebe a respeito dele é que está usando o que seu marido teria chamado de *prefeitamente eita-norme distontivo* na camisa cáqui. Seu marido e os acompanhantes que o flanqueavam passam por debaixo da corda em um movimento tão sincronizado que parece uma coreografia.

A multidão os segue em direção ao estacionamento... com uma exceção. O Loiraço não está andando em direção ao estacionamento. Ainda está parado na parte do canteiro inaugural que dá para o estacionamento. Algumas pessoas esbarram nele e ele é *forçado* a andar para trás, até a terra seca e morta onde a Biblioteca Shipman será estabelecida em 1991 (se é que se pode confiar nas promessas da construtora). Ele então passa a seguir contra o fluxo, as mãos desgrudando uma da outra para tirar uma garota da sua frente, empurrando-a para a esquerda, e depois um cara, empurrando-o para a direita. Sua boca ainda está se mexendo. A princípio, Lisey pensa novamente que ele está balbuciando uma prece silenciosa, e então ouve o falatório entrecortado — como algo que um mau imitador de James Joyce poderia escrever. Pela primeira vez, fica verdadeiramente alarmada. Os olhos azuis e estranhos do Loiraço estão fixados no seu marido, nele e em nada mais, mas Lisey compreende que ele não quer discutir *sobras* ou os subtextos religiosos ocultos dos romances de Scott. Este não é um mero Caubói do Espaço Sideral.

— Os sinos da igreja ecoam pela Angel Street — diz o Loiraço.

É o que diz Gerd Allen Cole, que, conforme se descobrirá, passou a maior parte do seu décimo sétimo ano em um hospital psiquiátrico de luxo na Virgínia e recebeu alta como curado e são. Lisey ouve cada palavra. Elas abrem caminho pelo burburinho cada vez mais alto da multidão, por aquele zumbido de vozes, como uma faca cortando um bolo fofo e doce.

— Aquele som murmurante, como chuva em um teto de zinco! Flores sujas, sujas e doces, é assim que é o som dos sinos no meu porão, *como se você não soubesse*!

Uma de suas mãos, que parece toda feita de dedos longos e pálidos, desce até as pontas da camisa branca, e Lisey compreende exatamente o que está acontecendo ali. A compreensão lhe vem na forma de breves imagens de TV

(*George Wallace, Arthur Bremmer depois de acertar George Wallace*)

da sua infância. Ela olha na direção de Scott, mas Scott está falando com Dashmiel. Dashmiel está olhando para Stefan Queensland, a carranca irritada dizendo que *Já! Chega! De fotos! Por hoje! Obrigado!*. Queensland está olhando para a câmera, fazendo algum ajuste, e Anthony "Toneh" Eddington faz anotações no bloquinho. Ela espia o segurança do campus, o do uniforme cáqui e o prefeitamente eita-norme distontivo; ele está olhando para a multidão, mas para *a joça da parte errada*! É impossível que ela consiga ver toda aquela gente e também o Loiraço, mas *ela* consegue, ela vê, ela consegue até ver os lábios de Scott formarem as palavras *acho que correu tudo bem*, o que é um comentário-teste que ele geralmente faz depois de eventos como aquele e, ah Deus, ah Jesus, Maria e Josezinho, o Carpinteiro, ela tenta gritar o nome de Scott e avisá-lo, mas sua garganta *trava*, vira uma cavidade seca e sem saliva, ela não consegue dizer nada e o Loiraço está com a parte de baixo da camisa grande e branca toda levantada e embaixo dela estão os passadores vazios do cós da calça sem cinto e uma barriga lisa e sem pelos, uma barriga de peixe, e, contra aquela pele pálida, o cabo de uma arma que ele agora pega e ela o escuta dizer se aproximando de Scott pela direita:

— Se isso calar o dobrar dos sinos, eu terei feito o serviço direito. Desculpe, papai.

Ela corre para a frente, ou pelo menos tenta, mas tem um prefeitamente eita-norme acesso de pé-colado e os ombros de alguém à sua frente, de uma aluna parruda com o cabelo amarrado com uma fita de seda branca larga com NASHVILLE escrito nela em letras azuis contornadas de vermelho (está vendo como ela vê tudo?). Lisey a empurra com a mão que segura a pá de prata e a aluna grasna "*Ei!*", mas o som é mais lento e arrastado do que isso, como um *Ei* gravado em 45 RPM e então tocado em $33^1/_3$ ou talvez até em 16. O mundo inteiro virou asfalto quente, e a aluna parruda com NASHVILLE no cabelo a impede por uma eternidade de ver Scott; o máximo que consegue enxergar é o ombro de Dashmiel. E Tony Eddington, folheando para trás as páginas do maldito bloco de anotações.

A aluna enfim libera o campo de visão de Lisey e, à medida que Dashmiel e seu marido voltam a ficar totalmente visíveis, ela vê o professor de inglês erguer o rosto de supetão e seu corpo entrar em alerta vermelho. Acontece em um segundo. Lisey vê o mesmo que Dashmiel. Ela vê o Loiraço com a arma (que se mostrará uma Ladysmith calibre 22 feita na Coreia e comprada em uma venda de garagem em South Nashville por trinta e sete dólares) apontada para o marido, que enfim notou o perigo e parou. Na escala de tempo-Lisey, tudo isso acontece muito, muito lentamente. Ela não chega a ver a bala saindo do cano da calibre 22 — não exatamente —, mas ouve Scott dizer, com muita brandura, como se arrastasse as palavras durante dez ou até quinze segundos:

— Que tal a gente conversar, filho?

Depois ela vê o fogo brotar do cano niquelado da arma em um pequeno e desigual buquê amarelo-branco. Ouve um estalo — idiota, insignificante, o som de alguém estourando um saco com a palma da mão. Vê Dashmiel, aquele sulistinha borra-botas, disparar feito um coelho para a esquerda. Vê Scott capengar para trás com os calcanhares. Ao mesmo tempo, ele projeta o queixo para a frente. A combinação é estranha e graciosa, como um passo de dança. Um buraco negro se abre no lado direito do seu paletó.

— Filho, por Deus, você não quer fazer isso — diz ele naquela voz arrastada na escala de tempo-Lisey.

Mesmo na escala de tempo-Lisey, ela consegue ouvir como sua voz vai ficando fina a cada palavra, até ele soar como um piloto de testes numa câmara de simulação de grandes altitudes. Ainda assim, Lisey acha que ele ainda não sabe que levou um tiro. Tem quase certeza disso. Seu paletó se abre como um portão enquanto ele estende a mão em um gesto que ordena *pare-com-isso*, e ela percebe duas coisas ao mesmo tempo. A primeira é que a camisa sob o paletó está ficando vermelha. A segunda é que ela finalmente começou algo parecido com uma corrida.

— Eu preciso parar com todo esse *blém-blém* — diz Gerd Allen Cole com perfeita e impaciente clareza. — Preciso parar com todo esse *blém--blém* pelas frésias.

E, de repente, Lisey tem certeza de que, assim que Scott estiver morto, assim que o estrago estiver feito, o Loiraço vai ou cometer suicídio ou forjar uma tentativa. Por ora, no entanto, ele tem aquele negócio para terminar. Aquele negócio com o escritor. O Loiraço gira um pouco o punho de modo que o cano fumegante da Ladysmith calibre 22 aponte para o lado esquerdo do peito de Scott; na escala de tempo-Lisey, o movimento é suave e lento. Ele acertou o pulmão; agora vai acertar o coração. Lisey sabe que não pode deixar isso acontecer. Se quiser que o marido tenha alguma chance, não deve deixar que aquele picareta mortífero meta mais chumbo nele.

Como se a repudiasse, Gerd Allen Cole diz:

— Nunca acaba até você cair. Você é o responsável por todas essas repetições, coroa. Você é o inferno, você é um macaquinho, e agora é o *meu* macaquinho.

Aquele discurso é o mais perto que ele chega de fazer sentido e, ao fazê-lo, dá o mínimo de tempo necessário para Lisey primeiro chegar com a pá de prata — o corpo sabe o que faz, e suas mãos já encontraram a posição perto do fim do cabo de um metro da coisa — e depois brandi-la. Ainda assim, é por pouco. Se fosse uma corrida de cavalo, o painel eletrônico teria sem dúvida mostrado a mensagem de PEGUEM SEUS TÍQUETES DE APOSTA E AGUARDEM A FOTO. Porém, quando a corrida é entre um homem com uma arma e uma mulher com uma pá, você não precisa de foto. No tempo em câmera lenta de Lisey, ela vê a pá de prata bater na arma, jogando-a para cima na hora em que o buquê de fogo brota novamente (ela consegue ver apenas um pedaço dele dessa vez, e a lâmina da pá cobre totalmente o cano). Ela vê a parte metálica da pá cerimonial ir para a frente e para cima, enquanto o segundo tiro segue inofensivamente em direção ao céu quente de agosto. Vê a arma sair voando e tem tempo de pensar *Cacete! Eu botei força mesmo!* antes de a pá se chocar com o rosto do Loiraço. A mão dele ainda está lá (três daqueles dedos finos e longos se quebrarão), mas a pá de prata bate com força assim mesmo, quebrando o nariz de Cole, esmigalhando seu osso malar e a órbita ossuda em volta do olho direito arregalado, destroçando nove dentes também. Um capanga da Máfia com um soco-inglês não teria feito melhor.

E então — ainda lentamente, ainda na escala de tempo-Lisey — os elementos da fotografia premiada de Queensland começam a se juntar.

O capitão S. Heffernan viu o que estava acontecendo apenas um ou dois segundos depois de Lisey, mas também tem de lidar com o problema dos espectadores — no seu caso, um sujeito gordo e espinhento usando uma bermuda larga e uma camisa com a cara sorridente de Scott Landon estampada. O capitão Heffernan empurra o rapaz para o lado com um ombro musculoso.

A essa altura, o Loiraço já está caindo no chão (e saindo do quadro da futura foto) com uma expressão atordoada em um olho e sangue escorrendo do outro. O sangue também está jorrando do buraco que em algum momento do futuro pode voltar a lhe servir de boca. Heffernan não vê nada do golpe.

Roger Dashmiel, talvez se lembrando de que deveria ser o mestre-de-cerimônias e não um grande e velho coelho, vira na direção de Eddington, seu protegido, e Landon, seu problemático convidado de honra, bem na hora de assumir sua posição com uma cara espantada e ligeiramente borrada ao fundo da fotografia que está por vir.

Scott Landon, enquanto isso, caminha em choque direto para fora da foto premiada. Ele anda como se não se importasse com o calor, em direção ao estacionamento e ao Nelson Hall mais além, que abriga o Departamento de Inglês e tem, abençoadamente, ar-condicionado. Caminha com bastante energia, pelo menos no começo, e boa parte da multidão o segue, sem saber da maior parte do ocorrido. Afinal, quantos deles viram o Loiraço com aquela pistolinha safada na mão? Quantos deles perceberam que os sons de saco de papel estourando eram tiros? O buraco no paletó de Scott poderia ser uma mancha de terra de quando ele cavou, e o sangue que encharcou sua camisa ainda está invisível para o mundo externo. Ele produz um estranho assovio a cada vez que inspira, mas quantos deles estão ouvindo aquilo? Não, é para *ela* que estão olhando — alguns deles, pelo menos —, a maluca que inexplicavelmente acabou de sair correndo e acertou um sujeito na cara com a pá de prata cerimonial. Muitos estavam até *sorrindo*, como se acreditassem que tudo fazia parte do espetáculo armado para eles, o Show Itinerante de Scott Landon. Bem, eles que se fodam, e que se foda Dashmiel, e que se foda o segurança do campus atrasadinho com seu prefeitamente eita-norme distontivo. Ela só se importa com Scott agora. Joga a pá não muito às cegas para a direita e Eddington, o Boswell de aluguel deles, pega o objeto no ar. Era isso, ou ela o acertaria no nariz. Depois, ainda naquela terrível câmera lenta, Lisey corre atrás do marido, cuja energia evapora assim que ele alcança o calor de alto-forno do estacionamento. Atrás dela, Tony Eddington está olhando para a pá de prata como se ela fosse um projétil de artilharia, um detector de radiação, ou a *sobra* de alguma grande raça extinta, e na direção dele vem o capitão S. Heffernan com sua ideia equivocada de quem deve ser o herói do dia. Lisey não percebe essa parte, não saberá de nada dela até ver a foto de Queensland dezoito anos depois, mas não se importaria nem um pouco mesmo se *tivesse* ficado sabendo; toda sua atenção está voltada para o marido, que acaba de cair de quatro no estacionamento. Queensland tira sua foto, pegando apenas metade de um sapato no canto direito do quadro — algo que não vai notar no momento, ou talvez nunca.

6

O ganhador do prêmio Pulitzer, o *enfant terrible* que publicou seu primeiro romance com tenros vinte e dois anos de idade, cai. Scott Landon *beija a lona*, como dizem.

Lisey faz um esforço supremo para se desgrudar da enlouquecedora cola temporal na qual parece estar presa. Ela precisa se libertar, pois se não o alcançar antes que a multidão o faça, obstruindo a passagem, eles provavelmente o matarão com seu zelo. Com seu amor sufocante.

— *Eeeeeele está feriiiiido* — grita alguém.

Ela grita para si mesma na própria mente

(*engatilhe AGORA MESMO*)

e aquilo finalmente resolve. A cola na qual estava grudada some. De repente, ela avança como uma *faca*; o mundo inteiro é barulho e calor e suor e corpos se acotovelando. Ela dá graças a Deus pela realidade veloz daquilo tudo mesmo enquanto usa a mão esquerda para agarrar a nádega esquerda e *puxar*, arrancando a droga da calcinha da droga do rego, pronto, pelo menos uma coisa naquele dia equivocado e arruinado estava consertada.

Uma aluna com uma blusa daquelas com faixas amarradas no ombro em laços grandes e moles ameaça bloquear o caminho cada vez mais estreito que leva até Scott, mas Lisey passa por baixo dela e aterrissa no chão quente. Só perceberá os joelhos ralados e cheios de bolhas muito mais tarde — somente no hospital, na verdade, onde um paramédico gentil os notará e colocará uma pomada neles, uma coisa tão fria e confortante que a fará chorar de alívio. Mas isso é para mais tarde. Agora, é como se fosse apenas ela e Scott sozinhos na extremidade daquele estacionamento quente, aquela terrível pista de dança preta e amarela que deve estar a pelo menos uns cinquenta graus, talvez mais de sessenta. Sua mente tenta presenteá-la com a imagem de um ovo fritando com a gema para cima na frigideira preta de ferro da Mãezinha Querida e Lisey a afasta.

Scott está olhando para ela.

Ele ergue os olhos e seu rosto está branco como um lençol, exceto pelas manchas fuliginosas que se formam debaixo dos olhos cor de avelã e pelo fio gordo de sangue que começou a escorrer do canto direito da boca, descendo pelo queixo.

— Lisey! — Aquela voz fina de câmara de simulação de grandes altitudes. — Aquele cara atirou mesmo em mim?

— Não tente falar. — Ela coloca uma das mãos no peito do marido. A camisa dele (ah, bom Deus) está *encharcada* de sangue e, debaixo dela, ela consegue sentir o coração dele batendo muito rápido e fraco; não os batimentos de um ser humano, mas os de um passarinho. *A pulsação de um pardal*, pensa Lisey, e é nessa hora que a garota com os laços moles amarrados nos ombros cai em cima dela.

Ela teria aterrissado em Scott, mas Lisey o protege por instinto, aguentando o tranco do peso da garota (*Ei! Merda! Caralho!*, exclama ela, espantada) nas costas; o peso dura apenas um segundo, depois some. Lisey vê a garota levar as mãos para a frente para amortecer a queda — ah, *os divinos reflexos dos jovens*, pensa ela, como se fosse uma velha em vez de ter apenas trinta e um anos. Ela consegue, mas depois começa a ganir "Ai, ai, ai", enquanto o asfalto queima sua pele.

— Lisey — sussurra Scott e (ah, Cristo) a respiração dele guincha quando ele inspira o ar, como vento em uma chaminé.

— *Quem me empurrou?* — pergunta a garota com os laços nos ombros. Está agachada, com os cabelos de um rabo de cavalo desfeito sobre os olhos, chorando lágrimas de choque, dor e vergonha.

Lisey se abaixa para mais perto de Scott. O calor que emana dele a aterroriza, enchendo-a de uma pena mais profunda do que imaginava ser possível sentir. Ele chega a estar *tremendo* com o calor. De forma desajeitada, usando apenas um braço, Lisey tira o paletó dele.

— Sim, você levou um tiro. Então fique quieto e tente não...

— Estou com tanto calor — diz ele, começando a tremer mais. O que vem em seguida, convulsões? Os olhos cor de avelã dele se erguem de encontro aos azuis dela. Sangue escorre do canto da sua boca. Ela consegue sentir o cheiro dele. Até o colarinho da sua camisa está empapado de vermelho. *O chá medicinal dele não vai adiantar dessa vez*, pensa ela, sem saber ao certo no que está pensando. *É sangue demais. Demais da conta.* — Estou com tanto calor, Lisey, por favor me traga gelo.

— Vou trazer — diz ela, e coloca o paletó embaixo da cabeça dele. — Vou trazer, Scott. — *Graças a Deus ele está com o paletó de verão*, pensa ela, e tem uma ideia. Agarra a garota agachada e chorosa pelo braço. — Como você se chama?

56

A garota a encara como se estivesse com raiva, mas responde à pergunta.

— Lisa Lemke.

Outra Lisa, mundo pequeno, pensa Lisey, sem falar. O que ela diz é:

— Meu marido levou um tiro, Lisa. Você pode ir até o... — Ela não consegue lembrar o nome do prédio, somente sua função. — ...o Departamento de Inglês e chamar uma ambulância? Disque 911...

— Senhora? Senhora Landon? — É o segurança do campus com o prefeitamente eita-norme distontivo, abrindo caminho pela multidão com bastante ajuda dos cotovelos robustos. Ele se agacha ao lado dela e seus joelhos estalam. *Estalos mais altos do que os da pistola do Loiraço*, pensa Lisey. O homem tem um rádio comunicador em uma das mãos. Fala devagar e com cautela, como se estivesse se dirigindo a uma criança aflita. — Liguei para a enfermaria do campus, senhora Landon. Eles estão mandando a ambulância deles, que levará o seu marido para o Nashville Memorial. A senhora está me entendendo?

Ela entende, e sua gratidão (o policial compensou pelo atraso com louvor, na opinião de Lisey) é quase tão grande quanto a pena que sente pelo marido, deitado no asfalto fervente e tremendo como um cão doente. Ela assente, chorando a primeira das muitas lágrimas que virão antes que consiga levar Scott de volta para o Maine... não em um voo da Delta, mas em um avião particular e com uma enfermeira particular a bordo, e com outra ambulância e outra enfermeira particular à espera deles no terminal de Aviação Civil do Aeroporto de Portland. Ela se vira para a tal Lemke e diz:

— Ele está pelando... dá pra arranjar gelo? Você consegue pensar em algum lugar que tenha gelo? Qualquer lugar?

Ela diz aquilo sem muita esperança, então fica surpresa quando Lisa Lemke assente de imediato.

— Tem uma lanchonete com uma máquina de Coca logo ali.

Ela aponta na direção do Nelson Hall, que Lisey não consegue ver. Tudo o que vê é uma floresta espessa de pernas nuas, algumas peludas, outras lisas, algumas bronzeadas, outras vermelhas de sol. Percebe que eles estão completamente cercados, que ela está cuidando de marido caído em um espaço do tamanho de um comprimido de vitamina gigante ou de um antigripal, e sente um fiapo de pânico de multidão. O nome certo daquilo era agorafobia? Scott saberia dizer.

— Se puder trazer um pouco de gelo para ele, eu agradeceria — diz Lisey. — E depressa. — Ela se vira para o segurança, que parece estar conferindo a pulsação de Scott; uma coisa totalmente inútil, na opinião de Lisey. A coisa chegou ao ponto de ele ou estar vivo ou morto. — O senhor pode fazer essa gente se afastar? — pede ela. Quase implora. — Está tão *quente*, e...

Antes que possa terminar, ele salta de pé como um boneco de uma caixa de surpresas, gritando:

— Afastem-se! Deixem a garota passar! Afastem-se e deixem a garota passar! Que tal vocês deixarem o homem respirar, pessoal?

A multidão se arrasta para trás... com muita relutância, na opinião de Lisey. A impressão que tem é que eles não querem perder nem uma gota do sangue.

O calor sobe do asfalto. Ela meio que esperava se acostumar com ele, do mesmo jeito que você se acostuma com uma ducha quente, mas não é o que está acontecendo. Tenta ouvir o uivo da ambulância se aproximando, mas não ouve nada. Então escuta algo. Escuta Scott, dizendo seu nome. *Gemendo* seu nome. Ao mesmo tempo, ele puxa com a mão o lado da blusa encharcada de suor dela (o sutiã faz relevo contra a seda tão claramente quanto uma tatuagem inchada). Ela olha para baixo e vê algo de que não gosta nem um pouco. Scott está sorrindo. O sangue cobriu seus lábios com um vermelho forte que lembra a calda de um doce, de cima a baixo, de um lado a outro, e o sorriso parece mais o de um palhaço. *Ninguém gosta de um palhaço à meia-noite*, pensa ela, e se pergunta de onde saiu *aquilo*. Somente em algum momento da noite longa e quase toda insone que a aguarda, ouvindo o que parecerão ser todos os cachorros de Nashville latindo para a lua de agosto, ela vai se lembrar de que aquele era o epigrama do terceiro romance de Scott, o único que tanto ela quanto os críticos odiaram, aquele o que os tornou ricos: *Demônios vazios*.

Scott continua a puxar a blusa de seda azul dela, os olhos ainda muito brilhantes e febris nas órbitas escurecidas. Ele quer dizer algo e — com relutância — ela se agacha para ouvir. Ele sorve o ar aos poucos, em arquejos entrecortados. É um processo ruidoso e assustador. O cheiro de sangue é mais forte ainda de perto. Nojento. Um cheiro de minério.

É a morte. É o cheiro da morte.

E, como se para ratificar isso, Scott diz:

— Ele está muito perto, querida. Não consigo vê-lo, mas... — Outra inspiração longa e chiada. — Dá para ouvir ele se alimentando. E grunhindo — diz isso com aquele sorriso de palhaço sangrento.

— Scott, não sei do que você está falan...

A mão que agarrava a blusa dela ainda tem alguma força sobrando, afinal. Ele belisca o lado do corpo de Lisey, com crueldade — quando ela tirar a blusa bem mais tarde, no quarto do hotelzinho, verá um hematoma, um verdadeiro chupão.

— Você... — Inspiração chiada. — Sabe... — Outra inspiração chiada, mais profunda. E, ainda sorrindo, como se eles compartilhassem de algum segredo terrível. Um segredo *roxo*, da cor dos hematomas. Da cor de certas flores que crescem em certas

(*shiu Lisey ah shiu*)

sim, em certas colinas.

— Você... sabe... então não... insulte minha... inteligência. — Outra inspiração chiada, sibilante. — Ou a sua.

E ela acha que tem uma *ideia*, sim. O garoto espichado, como ele o chama. Ou a coisa com o interminável lado matizado. Certa vez ela quis procurar *matizado* no dicionário, mas esqueceu... Esquecer é uma habilidade que Lisey teve motivos para aprimorar durante os anos em que ela e Scott passaram juntos. Mas ela sabe, sim, do que ele está falando.

Ele a solta, ou talvez apenas perca a força para continuar agarrando a blusa dela. Lisey se afasta um pouco — não muito. Os olhos dele a fitam de suas órbitas fundas e escurecidas. Carregam o mesmo brilho de sempre, mas ela nota que estão também cheios de terror e (o que mais a assusta) de certa jocosidade perversa e inexplicável. Ainda falando baixo — talvez para que somente ela ouça, talvez por ser o máximo que consegue fazer —, Scott diz:

— Ouça, Lisey lindinha. Vou imitar o som que ele faz quando olha ao redor.

— Scott, não... Você tem de parar.

Ele não dá atenção. Inspira ruidosamente mais uma vez, faz um O apertado com os lábios molhados de vermelho e produz um barulho *resfolegante* grave, detestável. O esforço faz jorrar um jato fino de sangue de sua garganta contraída no ar abafado. Uma garota vê e grita. Dessa vez, a multidão não precisa que o segurança peça para recuar; as pessoas o fazem por conta própria, deixando Lisey, Scott e o capitão Heffernan com um espaço de pelo menos um metro e vinte ao redor deles.

O som — bom Deus, *é* mesmo uma espécie de grunhido — é misericordiosamente curto. Scott tosse, seu peito arfa, a ferida verte mais sangue em pulsações ritmadas. Depois ele chama a esposa de volta para baixo com um dedo. Ela obedece, apoiando-se nas mãos fervilhantes. Os olhos arregalados dele a atraem, assim como seu sorriso mortal.

Ele vira a cabeça para o lado, cospe uma massa de sangue meio coagulado no asfalto quente, e depois se volta para ela.

— Eu poderia... chamá-lo assim — sussurra ele. — Ele viria. Você ficaria... livre do meu... eterno... quá-quá.

Ela entende o que ele quer dizer e, por um instante (sem dúvida por conta do poder dos olhos dele), acredita ser verdade. Scott fará aquele som novamente, só um pouquinho mais alto, e em algum outro mundo o garoto espichado, aquele senhor das noites insones, virará a cabeça indescritivelmente faminta. Um instante depois, neste mundo, depois de simplesmente tremer no asfalto, Scott Landon estará morto. As palavras no atestado de óbito farão sentido, mas ela saberá: a coisa sombria dele finalmente o encontrou, veio ao encalço dele e o comeu vivo.

Chega então a hora das coisas sobre as quais eles jamais conversarão no futuro, seja com outras pessoas ou em particular. É terrível demais. Cada casamento tem dois âmagos, um luminoso e outro obscuro. Esse é o âmago obscuro deles, o verdadeiro segredo demente. Ela se agacha mais perto dele no asfalto, certa de que Scott está morrendo, mas não obstante determinada a se agarrar a ele se puder. Mesmo que signifique lutar com o garoto espichado em seu lugar — com nada além das próprias unhas, se necessário.

— Bem... Lisey? — Com aquele sorriso repulsivo, astuto e terrível no rosto. — O que... você... me diz?

Ela se agacha mais ainda. Adentra a nuvem de fedor oscilante de suor--e-sangue. Agacha-se até sentir o mais tênue fantasma do xampu e da espuma de barbear que ele usou naquela manhã. Agacha-se até seus lábios tocarem-lhe a orelha. Ela sussurra:

— Fique quieto, Scott. Pelo menos uma vez na vida, fique quieto.

Quando ela volta a encará-lo, os olhos dele estão diferentes. A empáfia desapareceu. Está ficando mais fraco, mas talvez não haja problema, porque parece são novamente.

— Lisey...?

Ela continua sussurrando. Olha bem em seus olhos.

— *Deixe aquela joça em paz e ela irá embora.* — Por um instante, ela quase acrescenta *você pode cuidar do resto dessa piração depois*, mas a ideia não faz sentido. Por ora, a única coisa que Scott pode fazer é não morrer. Em vez disso, ela diz: — Nunca mais faça aquele som.

Scott lambe os beiços. Lisey vê o sangue na língua dele e aquilo embrulha seu estômago, mas ela não se afasta. Imagina que vá ficar naquela posição até a ambulância levar Scott embora ou até ele parar de respirar lá mesmo no asfalto quente a mais ou menos cem metros do seu mais recente triunfo; se conseguir aguentar aquilo, ela acha que consegue aguentar qualquer coisa.

— Estou com tanto calor — diz ele. — Se pelo menos eu tivesse um gelo para chupar...

— Está a caminho — diz Lisey, sem saber se a promessa é precipitada e pouco se importando com isso. — Mandei buscarem para você. — Finalmente ela ouve a ambulância berrando na direção deles. Já é alguma coisa.

De repente, surge uma espécie de milagre. A garota com os laços nos ombros e os novos arranhões nas palmas das mãos luta para abrir caminho até a frente da multidão. Está ofegante como alguém que tivesse acabado de correr, e suor escorre por seu rosto e pescoço, mas está segurando dois copos de papel grandes.

— Derramei metade da merda da Coca voltando para cá — diz ela, dando uma breve e maléfica olhadela por sobre os ombros para a multidão —, mas consegui trazer o gelo. O gelo está óti... — Então seus olhos reviram quase até mostrar a parte branca e ela cambaleia para trás, toda molenga.

O segurança — ah, que ele seja abençoado com muitas bênçãos, com o eita-norme distontivo e tudo — a segura, endireita-a e pega um dos copos. Entrega-o a Lisey, depois manda a outra Lisa beber do outro copo. Lisey Landon não dá atenção àquilo. Mais tarde, recordando tudo, ficará um pouco espantada com a própria determinação. Ma ali, pensa apenas *só não a deixe cair em cima de mim de novo se ela voltar a desmaiar, Policial Amigo,* e se vira para Scott.

Ele está tremendo mais do que nunca e seus olhos estão ficando baços, perdendo o foco nela. E, mesmo assim, ele tenta.

— Lisey... Tanto calor... gelo.

— Está aqui, Scott. Agora será que você pode calar essa bocona grande?

— Uma voou para o norte, a outra para o sul escapou — grasna ele. Depois, para a surpresa dela, obedece. Talvez tenha ficado sem palavras, o que seria inédito para Scott Landon.

Lisey enfia a mão no fundo do copo, fazendo a Coca transbordar. O frio é chocante e completamente maravilhoso. Ela agarra um bom punhado de cubos de gelo, pensando em como aquilo é irônico: sempre que ela e Scott param na área de descanso à beira da estrada e ela usa máquinas de refrigerante em copo em vez de em lata, aperta o botão de SEM GELO, sentindo-se corretíssima — outras pessoas podem permitir que as malvadas companhias de refrigerante as enganem com meio copo de refrigerante e meio copo de gelo, mas não Lisa, a caçula de Dave Debusher. Como o velho papito falava? *Eu não nasci ontem!* E agora cá está ela, querendo mais gelo e menos Coca ainda... Não que ache que vá fazer muita diferença. Mas não acharia nada ruim se fosse surpreendida.

— Aqui, Scott, gelo.

Ele está com olhos semicerrados, mas abre a boca e, logo que ela esfrega um punhado de gelo nos seus lábios e depois coloca um dos cubos na língua cheia de sangue, a tremedeira para de repente. Deus, é como mágica. Encorajada, ela esfrega a mão gelada e gotejante na bochecha direita dele, depois na esquerda e na testa, onde gotas de água cor de Coca pingam em suas sobrancelhas e escorrem pelos lados do nariz.

— Ah, Lisey, que delícia — diz ele.

Embora ainda esteja fraca, Lisey acha que a voz parece mais alerta... mais *presente*. A ambulância parou à esquerda da multidão com um último guincho da sua sirene e, alguns segundos depois, ela ouve uma voz masculina impaciente gritando:

— *Paramédicos! Deixem a gente passar! Paramédicos, vamos, pessoal, que tal deixarem a gente passar e fazer nosso trabalho?*

Dashmiel, o sulistinha babaca, escolhe esse momento para falar no ouvido de Lisey. A solicitude em sua voz, considerando a rapidez com que saiu correndo, a faz sentir vontade de ranger os dentes.

— Como ele está, queridah?

Sem virar a cabeça, ela responde:

— Tentando sobreviver.

7

— Tentando sobreviver — murmurou ela, correndo a palma da mão pela página acetinada do *U-Tenn Nashville Review*. Pela foto de Scott com o pé apoiado naquela pá de prata estúpida.

Ela fechou o anuário de supetão e o atirou sobre a cobra empoeirada de publicações. Seu apetite por fotos — por lembranças — estava mais do que satisfeito pelo dia. Começava a sentir um latejar forte atrás do olho direito. Queria tomar algum analgésico — não aquele Tylenol de nada, mas o que seu falecido marido chamava de arrasa-dor de cabeça. Uns dois dos Excedrin dele dariam conta, se não estivessem fora da validade havia muito tempo. E depois ela daria uma deitadinha no quarto deles até a dor de cabeça incipiente passar. Talvez até dormisse um pouco.

Ainda penso no quarto como nosso, devaneou ela, andando em direção às escadas que desciam até o celeiro — que já não era exatamente um celeiro, mas apenas uma série de baias de depósito… embora ainda cheirasse a feno, cordas e óleo de trator, os velhos cheiros teimosos e doces de fazenda. *Ainda penso nele como nosso, mesmo depois de dois anos.*

E daí? O que tinha de mais?

Ela deu de ombros.

— Nada, imagino.

Ficou um pouco chocada com a maneira como as palavras soaram como um resmungo, quase como se estivesse bêbada. Supôs que a vivacidade de todas aquelas recordações a tivesse deixado esgotada. Todo aquele estresse revivido. Por uma coisa ela poderia ficar grata: nenhuma outra foto de Scott na barriga da cobra de livros poderia trazer à tona lembranças tão violentas, já que ele levara apenas um tiro na vida e nenhuma daquelas faculdades teria mandado fotos para ele do seu pa…

(*cale a boca sobre isso shiu*)

— Isso mesmo — concordou ela, chegando ao pé da escada e sem saber de fato o que estava prestes

(*Scoot velho Scoot*)

a pensar. Sua cabeça pendia sobre o peito e ela se sentia toda suada, como alguém que acabou de escapar de um acidente.

— Cala-te boca, já chega.

E, como se ativado pela sua voz, um telefone começou a tocar atrás da porta de madeira fechada à direita. Lisey se deteve no corredor principal do andar de baixo do celeiro. No passado, aquela porta se abria para um estábulo grande o bastante para comportar três cavalos. Agora, a placa nela dizia apenas **ALTA VOLTAGEM!**. Aquilo fora uma tentativa de piada de Lisey. Ela pretendera fazer um pequeno escritório ali, um lugar onde pudesse guardar a papelada e pagar as contas do mês (eles tinham — ela ainda tinha — um contador em tempo integral, mas ele ficava em Nova York e não se podia esperar que resolvesse ninharias como a conta mensal dela no varejão). Chegara até a instalar a mesa, o telefone, o fax e alguns arquivos... Mas aí Scott morreu. Será que ela já entrara ali desde então? Uma vez, pelo que lembrava. No começo daquela primavera. No fim de março, quando ainda havia algumas poças estagnadas de neve no chão, com a única missão de limpar a secretária eletrônica ligada ao telefone. O painel da máquina mostrava o número **21**. As mensagens que iam da primeira até a de número dezessete e as que iam da dezenove até a vinte e um tinham sido daqueles vendedores que Scott costumava chamar "praga de telefone". A de número dezoito (e isso não surpreendeu nem um pouco Lisey) fora de Amanda. "Só queria saber se algum dia você atendeu a esse negócio", dissera ela. "Você deu o número para mim, para Darla e para Canty antes de Scott morrer." Pausa. "Acho que deu." Pausa. "Atenda." Pausa. Depois, bem rápido: "Mas passou um *tempão* entre a mensagem e o bipe, nossa, você deve ter um monte de mensagens, Lisey lindinha, devia checar esse treco caso alguém queira lhe dar um jogo de porcelana, ou sei lá." Pausa. "Bem... tchau."

Ali, parada diante da porta fechada do escritório, sentindo a dor pulsar atrás do olho em sincronia com as batidas do coração, ela ouviu o telefone tocar uma terceira vez, e uma quarta. Na metade do quinto toque, ouviu um clique, seguido da própria voz, dizendo a quem quer que estivesse do outro lado da linha que a pessoa tinha ligado para o número 727-5932. Não havia falsas promessas de que a ligação seria retornada, nem mesmo um convite para que deixassem uma mensagem depois do que Amanda chamava de blipe. De qualquer forma, qual seria o sentido? Quem ligaria para *lá* para falar com *ela*? Depois da morte de Scott, o motor daquele lugar pifara. Sobrara apenas o outro, a Lisey Debusher lindinha de Lisbon Falls, agora a viúva Landon. A Lisey lindinha vivia sozinha em uma casa grande demais para ela e escrevia listas de compras, não romances.

A pausa entre a mensagem e o bipe foi tão longa que ela achou que a fita para as mensagens estava cheia. Mesmo que não estivesse, a pessoa que ligou se cansaria e desligaria; tudo que ela ouviria através da porta fechada do escritório seria a mais chata de todas as mensagens telefônicas pré-gravadas, a mulher que diz para você (ralha com você): "Se quiser fazer uma ligação... Por favor, desligue e disque o número do seu *telefonista!*" Ela não acrescenta *seu otário*, ou *seu cabeça-oca*, mas Lisey sempre pressentiu que essas palavras eram o que Scott teria chamado de "subtexto".

Em vez disso, Lisey ouviu uma voz de homem falar três palavras. Não havia motivo para lhe darem um frio na espinha, mas deram.

— Vou tentar novamente — disse a voz.

Depois, um clique.

E depois, silêncio.

8

Este é um presente muito mais agradável, pensa ela, mas sabe que não é passado ou presente; é apenas um sonho. Ela está deitada na cama de casal grande no

(*nosso nosso nosso nosso nosso*)

quarto, sob o ventilador que gira lentamente. Apesar dos cento e trinta miligramas de cafeína nos dois Excedrin (data de validade: OUT 07) que ela tomou do reduzido estoque de remédios de Scott no armariozinho do banheiro, ela caiu no sono. Se tiver alguma dúvida disso, basta conferir onde está — a UTI do terceiro andar do Nashville Memorial Hospital — e o seu peculiar meio de transporte: está se locomovendo novamente sobre um grande pedaço de tecido com as palavras A FARINHA NÚMERO UM DE PILLSBURY escritas nele. E ela fica mais uma vez encantada em ver que as pontas daquele tapete mágico tosco estão amarradas como as de um lenço. Ela flutua tão perto do teto que quando A FARINHA NÚMERO UM DE PILLSBURY passa por baixo de um dos ventiladores de teto lentos (no sonho, são iguais ao que ela tem no banheiro), ela precisa se deitar para que as pás não batam nela e a machuquem. As pás de madeira envernizada não param de fazer *vup, vup, vup* enquanto dão suas voltas lentas e de certa forma solenes. Embaixo dela, enfermeiras vêm e vão com seus sapatos cujas solas guincham contra o piso. Algumas usam os macacões coloridos que um dia dominarão a profissão, mas a maioria ainda usa vestidos brancos, meias brancas e aqueles chapéus que sempre fazem Lisey pensar em pombas empalhadas. Dois médicos — ela imagina que sejam médicos, embora um não pareça ter idade nem para ter barba — conversam perto do bebedouro. As paredes de azulejos são verde--claras. O calor do dia não parece ter efeito ali dentro. Ela imagina que haja ar-condicionado além dos ventiladores, mas não consegue ouvi-lo.

Não no meu sonho, é claro que não, diz a si mesma, e isso lhe parece razoável. Mais adiante está o quarto 319, que é para onde Scott foi para se recuperar depois que tiraram a bala de dentro dele. Chegar à porta não é problema, mas ela descobre que está grande demais para conseguir passar pela abertura quando chega lá. E quer entrar. Não teve a chance de dizer a ele *Você pode cuidar do resto dessa piração depois*, mas será que era necessário? Afinal, Scott Landon não tinha *nascido ontem*. O que lhe parecia ser a verdadeira questão era qual seria a palavra mágica correta para fazer um tapete mágico daqueles da FARINHA NÚMERO UM DE PILLSBURY descer.

De repente, aquilo lhe vem à cabeça. Não é uma palavra que ela queira ouvir saindo da própria boca (é uma palavra do Loiraço), mas a necessidade faz o homem — como papito *também* dizia —, então...

— Frésias — diz Lisey, e com obediência o tecido desbotado com as pontas amarradas desce por um metro a partir de onde pairava sob o teto do hospital.

Ela olha pela porta aberta e vê Scott, talvez com cinco horas de pós--operatório, deitado em uma cama estreita, mas surpreendentemente bonita, com curvas graciosas na cabeceira e nos pés. Monitores que soam como secretárias eletrônicas apitam e bipam. Duas bolsas de algo transparente estão penduradas em uma haste entre ele e a parede. Ele parece estar dormindo. Do lado da cama, Lisey-de-1988 está sentada em uma cadeira de encosto reto com a mão do marido envolta em uma das suas. Na outra mão, Lisey-de-1988 segura o livro que levou para o Tennessee consigo — não esperava ter tempo para ler muito dele. Scott lê obras de gente como Borges, Pynchon, Tyler e Atwood; Lisey lê Maeve Binchy, Collen McCullough, Jean Auel (embora esteja perdendo um pouco a paciência com o rude povo das cavernas da senhora Auel), Joyce Carol Oates e, recentemente, Shirley Conran. O livro que está com ela no quarto 319 é *Savages*, o romance mais recente desta última, do qual Lisey está gostando bastante. Ela chegou à parte em que as mulheres presas na selva aprendem a usar os sutiãs como estilingues. Tanta lycra! Lisey não sabe se os leitores da América estão prontos para aquele último livro da senhora Conran, mas ela o acha corajoso e muito bonito, ao seu modo. A coragem não é sempre meio bonita?

A última luz do dia se derrama pela janela do quarto num fluxo vermelho e dourado. É sinistro e adorável. Lisey-de-1988 está muito cansada: emocionalmente, fisicamente e de estar no Sul. Se mais uma pessoa falar com ela naquele sotaque, ela acha que é capaz de gritar. A parte boa? Ela não crê que vá ficar ali tanto quanto *eles* pensam, porque... bem... Basta dizer que ela tem motivos para saber que Scott se cura rápido.

Logo ela voltará para o hotelzinho e tentará alugar o mesmo quarto que eles pegaram mais cedo (Scott quase sempre aluga um esconderijo, mesmo que o evento seja o que ele chama de "o velho dar-uma-passadinha"). Imagina que não vá conseguir — eles te tratam bem diferente se você está com um homem, seja ele famoso ou não —, mas de lá é bem fácil chegar ao hospital e à faculdade e, desde que consiga *qualquer quarto* ali, está pouco se lixando. O doutor Sattherwaite, que está encarregado de Scott, prometeu que ela pode despistar os repórteres saindo pelos fundos naquela noite e nos próximos dias. Segundo ele, a senhora McKinney da Recepção pedirá para um táxi esperar em frente à entrada de cargas da lanchonete "assim que você der sinal verde". Ela já teria ido embora, mas Scott ficou inquieto durante a última hora. Sattherwaite disse que ele ficaria apagado até pelo menos a meia-noite, mas Sattherwaite não conhece Scott como ela, de modo que Lisey não fica muito surpresa quando ele começa a recuperar a consciência por breves intervalos quando a manhã se aproxima. Ele a reconheceu duas vezes, duas vezes lhe perguntou o que acontecera e duas vezes ela dissera que um perturbado mental atirara nele. Na segunda vez ele disse: "Aiô, joça de Silver" antes de fechar os olhos novamente, e aquilo até a fez rir. Agora ela quer que ele acorde mais uma vez para que possa lhe dizer que não vai voltar para o Maine, apenas para o hotelzinho, e que eles se veem pela manhã.

Lisey-de-2006 sabe de tudo isso. Lembra-se. Intui. Tanto faz. De onde está em seu tapete mágico da FARINHA NÚMERO UM DE PILLSBURY, pensa: *Ele abre os olhos. Olha para mim. E diz: "Eu estava perdido no escuro e você me encontrou. Eu estava com calor — com calor demais — e você me deu gelo."*

Mas foi isso mesmo que ele disse? Foi isso mesmo que aconteceu? Ou aquilo foi mais tarde? E, se ela estiver escondendo coisas — escondendo-as de si mesma —, *por que* as esconde?

Na cama, sob a luz vermelha, Scott abre os olhos. Olha para a esposa lendo seu livro. Sua respiração não chia mais, mas ainda é possível ouvir um som de vento quando ele suga o ar o mais forte que consegue e meio sussurra, meio grasna o nome dela. Lisey-de-1988 baixa o livro e olha para ele.

— Ei, você está acordado de novo — diz ela. — Vamos começar o jogo de perguntas e respostas, então. Você se lembra do que aconteceu?

— Tiro — sussurra ele. — Garoto. Tubo. Costas. Doem.

— Daqui a pouco você vai poder tomar alguma coisa para a dor — diz ela. — Por enquanto, não quer...?

Ele aperta a mão dela, dizendo-lhe que pode parar. *Agora ele vai me dizer que estava perdido no escuro e que eu lhe dei gelo,* Lisey-de-2006 pensa.

Porém, o que ele diz à esposa — que mais cedo naquele dia salvou sua vida arrebentando os miolos de um louco com uma pá de prata — é apenas o seguinte:

— Estava quente, né?

Seu tom é casual. Não há nada de especial no olhar: ele está apenas jogando conversa fora. Só passando o tempo enquanto a luz vermelha ganha mais profundidade e as máquinas apitam e bipam e, flutuando no batente da porta, Lisey-de-2006 vê o tremor — sutil, mas perceptível — correr pelo seu eu mais jovem; vê o indicador do seu eu mais jovem se descolar do exemplar de capa mole de *Savages*.

Estou pensando "Ou ele não se lembra ou está fingindo não se lembrar do que disse quando estava caído — sobre como ele poderia chamá-lo se quisesse, como poderia chamar o garoto espichado se eu quisesse me ver livre dele — e do

68

que eu respondi, sobre como ele deveria calar a boca e deixá-lo em paz... Que se ele fechasse a matraca, aquela coisa iria embora". Estou pensando se aquilo era de fato um caso de esquecimento — da mesma forma que ele esqueceu que tinha levado um tiro — ou se estava mais para aquele tipo de esquecimento especial, que, por sua vez, está mais para colocar as coisas ruins em uma caixa e lacrá-la bem. Estou pensando se isso tem alguma importância, desde que ele se lembre de como melhorar.

Deitada na cama (voando no tapete mágico no eterno presente do seu sonho), Lisey se agitou e tentou gritar para seu eu mais jovem, tentou berrar que *era* importante, era *sim*! *Não o deixe se safar dessa!*, tentou gritar. *Não se pode esquecer para sempre!* Porém, outro dito do passado lhe veio à mente, vindo desta vez das intermináveis partidas de copas e uíste na comunidade de Sabbath Day Lake no verão, sempre gritado quando algum jogador queria olhar além da primeira carta do morto: *Tire a mão! Não se pode desenterrar os mortos.*

Não se pode desenterrar os mortos.

Ainda assim, ela tenta mais uma vez. Com toda a considerável força mental e determinação que tem, Lisey-de-2006 se inclina para a frente em seu tapete mágico e grita para seu eu mais jovem: *Ele está fingindo! SCOTT SE LEMBRA DE TUDO!*

E, por um momento louco, pensa que está sendo ouvida... *Sabe* que está sendo ouvida. Lisey-de-1988 estremece na cadeira e o livro chega a escapar da sua mão e bater no chão com um estalido. Porém, antes que aquela versão dela mesma possa olhar em volta, Scott Landon encara a mulher pairando no batente da porta, a versão da sua esposa que viverá para ser sua viúva. Ele aperta os lábios novamente, mas em vez de fazer o horrível som resfolegante, ele *sopra*. Não é um sopro muito forte; como poderia ser, levando em conta tudo pelo que vinha passando? Mas é suficiente para fazer o tapete mágico da FARINHA NÚMERO UM DE PILLSBURY voar para trás, oscilando no ar como um pé de algodãozinho-do-campo em meio a um furacão. Lisey se agarra desesperadamente enquanto as paredes do hospital passam batidas, mas a droga do negócio vira e ela cai e

9

Lisey acordou, sentando-se de súbito na cama com suor secando na testa e nas axilas. Estava relativamente frio ali, graças ao ventilador de teto, mas ela ainda estava quente...

Bem, quente como um alto-forno.

— Seja lá o que for *isso* — disse ela, com uma risada nervosa.

O sonho já estava começando a se esfarrapar — a única coisa de que ela se lembrava com alguma clareza era da luz vermelha sobrenatural de um sol se pondo. No entanto, ela acordara com uma certeza louca em primeiro plano na sua mente, um imperativo louco: precisava encontrar aquela droga de pá. Aquela pá de prata.

— Por quê? — perguntou para o quarto vazio.

Pegou o relógio da mesinha de cabeceira e o segurou perto do rosto, certa de que ele diria que se passara uma hora, talvez até duas. Ficou pasma ao ver que dormira exatos vinte minutos. Colocou o relógio de volta na mesinha e limpou as mãos na frente da blusa, como se tivesse pegado uma coisa suja e infestada de germes.

— Por que *aquela* coisa?

Esqueça. Era a voz de Scott, não a dela. Àquela altura, era difícil ouvi-la com tanta clareza — mas, minha nossa, como ela a ouviu naquele instante. Em alto e bom som. *Não é da sua conta. Apenas a encontre e coloque onde... Bem, você sabe.*

É claro que sabia.

— Onde eu possa engatilhá-la — murmurou Lisey. Esfregou o rosto com as mãos, dando uma risadinha.

Isso mesmo, babyluv, concordou o falecido marido. *Sempre que necessário.*

III. LISEY E A PÁ DE PRATA
(ESPERE O VENTO MUDAR DE DIREÇÃO)

1

O sonho vívido de Lisey não a ajudou nem um pouco a se livrar das memórias de Nashville, especialmente de uma: Gerd Allen Cole afastando a arma para evitar o tiro no pulmão, ao qual Scott talvez conseguisse sobreviver, e a guiando para um tiro no coração, ao qual ele certamente não sobreviveria. Àquela altura, o mundo ficara em câmera lenta, e o que lhe voltava sempre — como a língua fica voltando à superfície de um dente muito lascado — era como o movimento fora totalmente *suave*, como se a arma estivesse em um suporte giratório.

Lisey passou o aspirador de pó na sala de estar, embora não houvesse necessidade, depois lavou a louça que não enchia nem metade da máquina; o cesto de roupas sujas demorava *demais* para ficar cheio agora ou era só impressão dela? Dois anos, e ainda não conseguia se acostumar. Finalmente, ela colocou o maiô e cruzou nadando a piscina dos fundos: cinco chegadas, depois dez, depois quinze, depois dezessete e ficou sem fôlego. Agarrou-se à beirada da parte rasa com as pernas estendidas atrás de si, ofegante, o cabelo preto caído no rosto, nas sobrancelhas e no pescoço como um capacete brilhante, e mesmo assim viu a mão pálida de dedos longos se movendo, viu a Ladysmith (era impossível pensar nela como apenas uma arma depois de saber seu nome mortífero e safado) se movendo, viu o buraquinho preto com a morte de Scott enfiada dentro dele ir para a esquerda, e a pá de prata era tão *pesada*. Parecia impossível que ela fosse conseguir chegar a tempo, que conseguisse ser mais rápida do que a loucura de Cole.

Ela bateu os pés devagar, espirrando um pouco de água. Scott adorava a piscina, mas nadava mesmo apenas em raras ocasiões; fora o tipo de cara que fica sentado na boia com uma cerveja e um livro. Isso quando não estava em turnês. Ou no escritório, escrevendo com a música no volume máximo. Ou sentado na cadeira de balanço da sala de estar no coração partido de uma noite de inverno, enrolado até o queixo em uma das colchas da mamãe Debusher, duas da manhã e ele ainda com os olhos arregalados-arregalados--arregalados enquanto um vento terrível, vindo lá de Yellowknife, ribombava do lado de fora — aquele era o outro Scott; um voou para o norte, o outro para o sul escapou — e, puxa vida, ela amara os dois da mesma forma, *tudo na mesma*.

— Pare — disse Lisey, irritada. — Eu cheguei a tempo, eu *cheguei*, então esqueça isso. O tiro no pulmão foi tudo que aquele biruta conseguiu.

Ainda assim, na sua mente (onde o passado é sempre presente), ela viu a Ladysmith começar a se mover de novo, e Lisey se içou para fora da piscina numa tentativa de afastar fisicamente a imagem. Funcionou, mas o Loiraço voltou quando ela estava no banheirinho, secando-se depois de uma ducha rápida. Gerd Allen Cole estava de volta, *está* de volta, dizendo: *Preciso parar com todo esse blém-blém pelas frésias*, e Lisey-de-1988 está brandindo a pá de prata, mas desta vez a joça do ar na escala de tempo-Lisey é muito espesso, ela chegará com apenas um instante de atraso, verá *todo* o segundo buquê de fogo em vez de apenas um pedaço, e um buraco negro também se abrirá na lapela esquerda de Scott enquanto seu paletó se torna sua mortalha...

— *Chega!* — grunhiu Lisey, e atirou a toalha no cesto. — Dá um *tempo!*

Nua, marchou de volta para a casa, com as roupas debaixo do braço. Era pra isso que servia a cerca alta em volta de todo o quintal dos fundos.

2

Ela ficou com fome depois de nadar — morrendo de fome, na verdade. Embora ainda não fossem cinco horas, decidiu fazer um belo refogadão. O que Darla, a segunda mais velha das garotas Debusher, teria chamado de comer para esquecer as mágoas, e Scott — com muito prazer — teria chamado de *se entupir de comer*. Havia meio quilo de carne moída na geladeira e, escondida em uma prateleira dos fundos da despensa, uma opção maravilhosamente nojenta: um macarrão instantâneo sabor *cheeseburger*. Lisey juntou aquilo com a carne na frigideira. Enquanto a mistura fervia, preparou uma jarra de suco de saquinho sabor limão, caprichando no açúcar. Às cinco e vinte, os cheiros do refogadão já haviam enchido a cozinha, e todos os pensamentos sobre Gerd Allen Cole tinham deixado sua cabeça, pelo menos por ora. Ela só conseguia pensar em comida. Ela se serviu duas vezes do refogado de macarrão com carne e tomou dois copos grandes de suco. Quando terminou o segundo prato e o segundo copo (deixou apenas os restos brancos de açúcar no fundo), soltou um arroto retumbante.

— Que vontade de uma joça de um cigarro...

Era verdade; poucas vezes quisera tanto um. Um Salem Light. Scott era fumante quando eles tinham se conhecido na Universidade do Maine, onde ele fora tanto aluno da pós quanto o que chamava de *O Mais Jovem Escritor da Instituição*. Ela cursava meio período (*aquilo* não durou muito) e trabalhava como garçonete em tempo integral no Café do Pat do centro, servindo pizzas e sanduíches. Pegou o hábito de fumar de Scott, que era fiel aos cigarros Herbert Tareyton. Eles largaram as guimbas juntos, ajudando um ao outro no processo. Isso fora em 1987, um ano antes da retumbante demonstração de Gerd Allen Cole de que cigarros não são o único problema que uma pessoa pode ter com os pulmões. Nos anos que se seguiram, Lisey passava dias sem pensar neles, depois caía em crises horríveis de abstinência. Mas, de certa forma, pensar em cigarros era um avanço. Era melhor do que pensar no

(Preciso parar com todo esse blém-blém pelas frésias, *diz Gerd Allen Cole com perfeita e impaciente clareza, girando de leve o punho*)

Loiraço

(*suavemente*)

e em Nashville

(*fazendo o cano fumegante da Ladysmith calibre 22 apontar para o lado esquerdo do peito de Scott*)

e joça, lá foi ela de novo.

Para a sobremesa, ela tinha um bolinho pronto e creme de chantily industrializado — talvez o ápice do *se entupir de comer* — para colocar em cima, mas Lisey ainda estava cheia demais para considerar aquela hipótese. E angustiada ao ver aquelas inúteis memórias antigas voltarem mesmo depois de ter enchido a barriga de comida quente e altamente calórica.

Imaginou que agora tinha uma ideia da barra que os veteranos de guerra tinham de encarar. Aquela fora sua única batalha, mas

(*não, Lisey*)

— Pare — sussurrou ela, empurrando o prato

(*não, babyluv*)

com violência para longe. *Cristo*, como ela queria

(*você sabe que não*)

um cigarro. E mais do que um fuminho, ela queria que todas aquelas antigas memórias fossem embo...

Lisey!

Era a voz de Scott, mais alta do que seus pensamentos, para variar, e tão clara que ela respondeu em voz alta na mesa da cozinha, sem vergonha alguma:

— O quê, meu bem?

Encontre a pá de prata e todo esse lixo vai sumir... Como o cheiro do moinho quando o vento mudava de direção e soprava do sul. Lembra?

É claro que ela se lembrava. O apartamento dela ficava na cidadezinha de Cleaves Mills, ao leste de Orono. Apesar do nome, o lugar não tinha nenhum moinho na época em que Lisey morara lá, mas ainda havia muitos em Oldtown. Quando o vento soprava do norte — especialmente se o dia calhasse de estar nublado e úmido —, o fedor era atroz. Mas se o vento mudasse de direção... Deus! Dava pra sentir o cheiro de maresia, e era como nascer de novo. Por um tempo, *esperar o vento mudar de direção* se tornara parte da linguagem interna do casamento dos dois — como *engatilhar*, *espane* e *joça* em vez de *porra*. Depois a expressão caiu em desuso em algum ponto do caminho, e ela passara anos sem pensar naquilo: *esperar o vento mudar de direção*, no sentido de aguente firme, benzinho. No sentido de não desista ainda. Talvez tenha sido o tipo de atitude docemente otimista que apenas um casamento jovem pode sustentar. Ela não sabia. Scott talvez pudesse ter dado uma opinião embasada; ele mantinha um diário na época, na sua

(JUVENTUDE!)

fase conturbada, escrevendo por quinze minutos todas as noites enquanto ela assistia a seriados ou cuidava da contabilidade da casa. E, às vezes, em vez de ver TV ou preencher cheques, ela o observava. Gostava da maneira como a luz da lâmpada brilhava nos seus cabelos, projetando sombras triangulares profundas nas suas bochechas enquanto ele ficava sentado com a cabeça baixa sobre o bloco-fichário. O cabelo dele era mais longo e mais preto naquela época, intocado pelo cinza que começara a aparecer mais para o fim da vida. Ela gostava das suas histórias, mas gostava igualmente do jeito que seu cabelo ficava sob a luz derramada da lâmpada. Achava que o cabelo dele iluminado pela lâmpada era uma história por si só, ele só não sabia disso. Também gostava da sensação da pele dele sob sua mão. Tocar a cabeça de cima ou a de baixo, gostava de ambas. Não trocaria uma pela outra. O que servia para ela era o conjunto.

Lisey! Encontre a pá!

Ela tirou a mesa, depois guardou o resto da comida em um pote de plástico. Tinha certeza de que nunca mais comeria aquilo agora que sua loucura passara, mas era coisa demais para jogar pelo ralo da pia; imagine o escândalo que a mamãe Debusher, que ainda era dona de casa na cabeça dela, faria diante de um desperdício daqueles! Muito melhor esconder os restos na geladeira atrás dos aspargos e do iogurte, onde eles poderiam envelhecer em paz. E, enquanto fazia aquelas tarefas simples, perguntou-se como, em nome de Jesus, Maria e Josezinho, o Carpinteiro, encontrar aquela pá cerimonial idiota poderia ajudá-la a ganhar paz de espírito. Será que tinha algo a ver com as propriedades mágicas da prata? Ela se lembrava de ter visto um filme de madrugada com Darla e Cantata, uma coisa supostamente assustadora com um lobisomem... Só que Lisey não ficara muito assustada, se é que chegara a ficar. Ela achava lobisomens mais tristes do que assustadores — além do mais, dava pra ver que o pessoal que fez o filme mudava o rosto do ator parando a câmera de vez em quando para colocar mais maquiagem e botando-a para rodar de novo. Era preciso dar um crédito para eles pelo esforço, mas o produto final não convencia muito, pelo menos na humilde opinião dela. Mas a história era mais ou menos interessante. A primeira parte se passava em um pub inglês, e um dos velhinhos que bebiam lá dizia que só é possível matar um lobisomem com uma bala de prata. E Gerd Allen Cole não era uma espécie de lobisomem?

— Ora, minha filha — disse ela, enxaguando o prato e o enfiando na lavadora quase vazia. — Talvez Scott pudesse colocar isso para funcionar em um de seus livros, mas histórias fantásticas nunca foram seu departamento. Não é mesmo? — Fechou a lavadora com uma pancada. Na velocidade que ela estava enchendo, estaria pronta para lavar os pratos só por volta do Quatro de Julho. — Se quiser procurar aquela pá, é melhor ir logo! Não *é*?

Antes que pudesse responder àquela pergunta completamente retórica, a voz de Scott surgiu novamente — aquela voz clara, mais alta que seus pensamentos.

Deixei um bilhete para você, babyluv.

Lisey congelou no ato de pegar um pano de prato para secar as mãos. Conhecia aquela voz; é claro que sim. Ainda a ouvia três ou quatro vezes por semana; a voz dela imitando a dele, um pouquinho de companhia inofensiva em uma casa grande e vazia. Mas tinha chegado cedo demais depois de toda aquela conversa-fiada sobre a pá...

Que bilhete?

Que bilhete?

Lisey secou as mãos e pendurou o pano de prato para secar. Depois se virou, ficando de costas para a pia e com a cozinha diante de si. O cômodo estava banhado por uma luz adorável de verão (e pelo cheiro de macarrão instantâneo, muito menos saboroso agora que seu pequeno apetite pela coisa fora saciado). Ela fechou os olhos, contou até dez, depois os abriu novamente. A luz de verão do fim do dia *explodiu* ao redor dela. Dentro dela.

— Scott? — falou Lisey, sentindo-se absurdamente como Amanda, sua irmã mais velha. Meio biruta, em outras palavras. — Você não virou fantasma pra cima de mim, não é?

Ela não esperava resposta — não a lindinha da Lisey Debusher, que vibrara durante tempestades e zombara do lobisomem do filme do programa da noite, descartando-o como um simples caso de efeito quadro a quadro malfeito. Porém, a súbita ventania que entrou pela janela sobre a pia — inflando as cortinas, erguendo as pontas do seu cabelo ainda úmido e trazendo o pungente aroma de flores — poderia quase ser interpretada como uma resposta. Ela voltou a fechar os olhos e pareceu ouvir uma música distante. Não aquela das esferas, mas apenas uma velha música *country* de Hank Williams: *Good-bye Joe, me gotta go, me-oh-my-oh...* Adeus Joe, preciso ir, preciso, ai, como preciso.

Seus braços ficaram arrepiados.

O vento foi então parando e ela voltou a ser apenas Lisey. Não Mandy, não Canty, não Darla; sem dúvida não

(*uma voou para o sul*)

Jody que-fugiu-pra-Miami. Ela era a Lisey Totalmente Moderna, a Lisey--de-2006, a viúva Landon. Não havia fantasmas. Ela era a Lisey Sozinha.

Mas ela *queria* encontrar aquela pá de prata, a que salvara seu marido por outros dezesseis anos e sete livros escritos. Isso sem falar na capa da *Newsweek* em 1992, que trazia um Scott psicodélico com REALISMO FANTÁSTICO E O CULTO A LANDON estampado em letras desenhadas por Peter Max. Ela se perguntou o que Roger "O Coelho Fujão" Dashmiel tinha achado *daquilo*.

Lisey decidiu procurar a pá imediatamente, enquanto a luz longa da tardinha de fim de verão não desaparecia. Com fantasma ou sem fantasma, ela não queria estar lá no celeiro — ou no escritório em cima dele — depois do anoitecer.

3

Os estábulos que ficavam de frente para o escritório nunca-exatamente--concluído formavam um espaço escuro e bolorento que um dia abrigara ferramentas, selas e peças sobressalentes de veículos de fazenda e maquinários da época em que a casa Landon fora a Fazenda Sugar Top. A baia maior fora a das galinhas e, embora tivesse sido faxinada por uma companhia de limpeza profissional e depois caiada (por Scott, que fez o serviço com várias referências ao livro *Tom Sawyer*), ainda guardava o tênue aroma de amoníaco das aves de tempos atrás. Era um cheiro que Lisey recordava da sua mais tenra infância e detestava... provavelmente porque vovó D caíra de pernas para o ar e morrera enquanto alimentava as galinhas.

Duas das baias estavam abarrotadas com caixas empilhadas até o teto — caixas de papelão de bebida, em sua maioria —, mas não havia utensílios de escavação, de prata ou não. Havia uma cama de casal forrada no antigo galinheiro, a única sobra da experiência dos dois na Alemanha, que durara breves nove meses. Tinham comprado a cama em Bremen e a enviado de volta a um preço exorbitante — Scott insistira. Lisey se esquecera completamente da cama de Bremen até aquele instante.

Isso sim caiu do cu do cachorro!, pensou ela com uma espécie de regozijo triste. Depois disse em voz alta:

— Se você acha que vou dormir em uma cama depois de ela ficar vinte e poucos anos dentro de um maldito galinheiro, Scott…

…*você está maluco!* era como ela pretendia terminar a frase, mas não conseguiu. Em vez disso, explodiu em gargalhadas. Cristo, a maldição do dinheiro. A joça da *maldição* da grana. Quanto aquela cama tinha custado? Mil dólares americanos? Digamos que tenham sido mil. E quanto para mandá-la de volta? Mais mil? Talvez. E aqui está ela, benhaqui, diria Scott, na penumbra do galinheiro. E, por Lisey, benhaqui poderia continuar até o mundo acabar em fogo ou gelo. Toda aquela história de Alemanha fora uma *bomba*, nenhum livro para Scott, uma discussão com o senhorio que por um fio não desandou para uma troca de socos, e até as palestras de Scott tinham dado errado, as plateias ou não tinham senso de humor ou não entendiam o dele, e…

E atrás da porta do outro lado do corredor, a que tinha a placa de **ALTA VOLTAGEM!**, o telefone começou a berrar de novo. Lisey congelou onde estava, sentindo mais calafrios. E, ainda assim, havia também uma sensação de inevitabilidade, como se fosse para aquilo que ela tivesse ido até ali — não pela pá de prata, mas para atender ao telefonema.

Ela se virou enquanto o telefone tocava uma segunda vez e atravessou a passagem central mal iluminada do celeiro. Alcançou a porta no começo do terceiro toque. Passou o dedo pela tranca antiquada e a porta se abriu com facilidade, apenas rangendo um pouco nas suas dobradiças não usadas, bem--vinda à cripta, Lisey lindinha, estamos *morrendo* de vontade de conhecer você, he-he-he. Uma corrente de ar passou por ela, colando sua blusa à base das costas. Ela tateou em busca do interruptor e o apertou, sem saber ao certo o que esperar, mas a lâmpada se acendeu. É claro que sim. Para a Companhia de Energia do Maine, tudo aquilo era O Escritório, RFD #2, Sugar Top Hill Road. Para eles, o andar de cima era um caso inquestionável de tudo na mesma.

O telefone em cima da mesa tocou uma quarta vez. Antes que o Toque 5 pudesse acordar a secretária eletrônica, Lisey puxou o fone.

— Alô.

Houve um instante de silêncio. Já ia dizer alô novamente quando a voz do outro lado da linha fez isso por ela. O tom era perplexo, mas Lisey reconheceu quem era assim mesmo. Aquela única palavra fora suficiente. Você conhece os seus.

— Darla?

— Lisey… é *você*!

— Claro que sou eu.

— Onde você está?

— No antigo escritório de Scott.

— Não está, não. Já tentei ligar pra lá.

Lisey só precisou pensar um pouco sobre o assunto. Scott gostava de ouvir música alta — na verdade, gostava de ouvi-la numa altura que pessoas normais achariam absurda — e o telefone lá de cima ficava na área à prova de som que ele achava engraçado chamar de Minha Sala Acolchoada. Não era de surpreender que ela não o tivesse escutado lá embaixo. Não parecia valer a pena explicar nada daquilo para a irmã.

— Darla, como você conseguiu este número, e por que está ligando?

Houve outra pausa. Em seguida, Darla falou:

— Estou na casa da Amanda. Peguei esse número na agenda dela. Ela tem quatro números seus. Eu simplesmente liguei para todos eles. Este foi o último.

Lisey sentiu o peito e o estômago se contraírem. Quando crianças, Amanda e Darla haviam sido grandes rivais. Tinham entrado em inúmeras picuinhas — por conta de bonecas, livros de biblioteca, roupas. O último e mais exagerado confronto fora por um garoto chamado Richie Stanchfield, e fora sério o suficiente para colocar Darla na ala de emergência do Hospital Geral do Maine, onde ela precisou levar seis pontos para fechar o corte fundo no supercílio esquerdo. Ainda tinha a cicatriz, um traço branco fino. Passaram a se entender melhor quando adultas até o seguinte ponto: ainda havia muitas discussões, mas nada de derramamento de sangue. Evitavam uma à outra o máximo possível. Os jantares mensais ou bimestrais de domingo (com os respectivos maridos) ou almoços entre irmãs no Olive Garden ou no Outback às vezes eram difíceis, mesmo com Manda e Darla sentadas separadas e Lisey e Canty como mediadoras. Para Darla estar ligando da casa de Amanda, boa coisa não tinha acontecido.

— Algum problema com ela, Darl? — Pergunta idiota. A única pergunta possível era qual o *tamanho* do problema.

— A senhora Jones a ouviu gritando, chorando e quebrando coisas. Dando um de seus Grandes Cs.

Um de seus Grandes Chiliques. Entendido.

— Ela tentou ligar primeiro para Canty, mas ela e Rich estão em Boston. Quando a senhora Jones ficou sabendo pela secretária eletrônica deles, me ligou.

Aquilo fazia sentido. Canty e Rich moravam a menos de dois quilômetros de Amanda na rota 19; Darla morava mais ou menos três quilômetros ao sul. De certa forma, era como o pai delas dizia antigamente: uma voou para o norte, a outra para o sul escapou, a terceira falava tanto que todo mundo espantou. A própria Lisey morava a uns oito quilômetros de distância. A senhora Jones, que morava de frente para a casinha à prova de intempéries de Mandy, em Cape Cod, saberia muito bem que era melhor ligar para Canty primeiro — e não só pela proximidade dela em termos de distância.

Gritando, chorando e quebrando coisas.

— Qual o tamanho do estrago dessa vez? — Lisey se ouviu perguntar naquele tom de voz monocórdio e estranhamente formal. — Preciso ir até aí? — No sentido de, é claro, *quão rápido preciso ir até aí?*.

— Ela está... acho que está bem por enquanto — falou Darla. — Mas voltou a fazer aquilo. Nos braços, e também em alguns lugares bem pra cima das coxas. Os... você sabe.

Lisey sabia, sim. Em três ocasiões anteriores, Amanda tinha entrado no que Jane Whitlow, sua analista, chamava de "semicatatonia passiva". Era diferente do que acontecera com

(*Não fale nisso*)

(*Não vou falar*)

do que acontecera com Scott em 1996, mas assustador pra cacete do mesmo jeito. E, todas as vezes, aquele estado fora precedido por arroubos de irritabilidade — do tipo que Manda exibira no escritório de Scott, deu-se conta Lisey — seguidos de histeria e, depois, por breves crises de automutilação. Durante uma delas, Manda aparentemente tentara arrancar o próprio umbigo. Ficara com uma leve cicatriz em forma de auréola em volta dele. Certa vez, Lisey sugerira a possibilidade de cirurgia plástica, sem saber se seria possível, mas querendo deixar claro para Manda que ela, Lisey, estaria disposta a pagar se a irmã quisesse pelo menos considerar a ideia. Amanda recusou com um grasnido insolente de escárnio.

— Eu gosto dessa auréola — dissera. — Se um dia me sentir tentada a me cortar de novo, talvez olhe para ela e desista.

Talvez, ao que parecia, fora a palavra-chave.

— Qual o tamanho do estrago, Darl? Sinceramente?

— Lisey... querida...

Lisey percebeu, alarmada (e sentindo os órgãos vitais se contraírem mais), que a irmã mais velha estava lutando contra as lágrimas.

— *Darla!* Respire fundo e me diga.

— Eu estou bem. É só que... foi um dia longo.

— Quando Matt volta de Montreal?

— Daqui a duas semanas. Nem pense em me pedir para ligar para ele, também. Ele está garantindo nossa viagem para St. Bart no inverno que vem e não deve ser incomodado. Podemos lidar com isso sozinhas.

— Podemos?

— Sem dúvida.

— Então me diga com o que a gente está lidando.

— Beleza. Certo. — Lisey ouviu Darla respirar fundo. — Os cortes no antebraço foram superficiais. Coisa de botar um curativo. Os das coxas foram mais fundos e vão deixar cicatrizes, mas estancaram, graças a Deus. Nenhuma porra de ferimento arterial. Uh, Lisey?

— O que foi? Só enga... desembucha logo.

Ela quase mandara Darla engatilhar, o que não teria significado algum para a irmã mais velha. O que quer que Darla tivesse para contar em seguida, seria algo podre. Dava para perceber pela sua voz, que entrava e saía pelos ouvidos de Lisey desde que ela nascera. Ela tentou se preparar. Apoiou-se na mesa, olhando para outro lado... E santa Mãe de Deus, lá estava, no canto, recostada com indiferença do lado de outra pilha de caixas de bebida (que tinham de fato **SCOTT! JUVENTUDE!** escrito nelas). No canto em que a parede norte se juntava à parede leste, estava a pá de prata de Nashville, tão grande quanto o raio-que-o-parta. Era impressionante que ela não a tivesse visto ao entrar; com certeza teria visto se não estivesse doida para pegar o telefone antes de a secretária eletrônica atender. De onde estava, conseguia ler as palavras gravadas na concavidade prateada: *MARCO ZERO, BIBLIOTECA SHIPMAN*. Ela quase conseguia ouvir o sulistinha borra-botas dizendo ao marido dela que o Toneh cobriria o evento para o anuário e perguntando se ele gostaria de um exemplar. E Scott respondendo...

81

— Lisey? — Darla pareceu realmente aflita pela primeira vez, e Lisey voltou depressa para o presente. É *claro* que Darla parecia aflita. Canty estava em Boston por uma semana ou mais, fazendo compras enquanto o marido cuidava do negócio de automóveis por atacado deles comprando carros usados, carros de leilão e carros de locadora em lugares como Malden e Lyn (Lynn, a Cidade do Pecado). O Matt de Darla, enquanto isso, estava no Canadá, dando palestras sobre os hábitos migratórios de diversas tribos indígenas americanas. O que, como Darla certa vez dissera a Lisey, era uma atividade surpreendentemente lucrativa. Não que dinheiro fosse ajudá-las agora. Agora que a coisa se resumia a elas duas. Ao poder fraterno. — Lisey, você me ouviu? Ainda está na li...

— Estou aqui — disse Lisey. — Só perdi o que você falou por alguns segundos, desculpe. Talvez seja o telefone, ninguém usava este aqui há um tempão. Fica no celeiro do andar de baixo. Onde ia ser meu escritório, antes de Scott morrer?

— Ah, sei. Claro. — Darla parecia totalmente confusa. *Não faz a menor joça de ideia do que eu estou falando*, pensou Lisey. — Está me ouvindo?

— Perfeitamente. — Olhando para a pá de prata enquanto falava. Pensando em Gerd Allen Cole. Pensando: *preciso parar com todo esse blém-blém pelas frésias.*

Darla respirou fundo. Lisey ouviu, como um vento soprando pela linha telefônica.

— A Amanda não chegou a admitir, mas acho que ela... bem... bebeu o próprio sangue dessa vez, Lise... Os lábios e o queixo dela estavam ensanguentados quando eu cheguei aqui, mas não tinha corte nenhum dentro da boca. Ela estava igual a gente ficava quando a Mãezinha Querida nos dava um dos batons dela para brincar.

O que pipocou na cabeça de Lisey não foram aqueles longínquos dias em que elas se vestiam e se maquiavam, aqueles dias de andar-se-equilibrando--nos-saltos-altos-da-Mãezinha Querida, mas sim aquela tarde quente em Nashville, Scott deitado no asfalto, tremendo, os lábios sujos de sangue cor de calda doce. Ninguém gosta de um palhaço à meia-noite.

Ouça, Lisey lindinha. Vou imitar o som que ele faz quando olha ao redor.

Porém, no canto, a pá de prata brilhou... E ela estava *dentada*? Lisey achava que sim. Se um dia duvidara que tivesse chegado a tempo... Se um dia acordara no escuro, suando, certa de que chegara apenas um segundo depois e que os anos restantes do seu casamento tinham consequentemente se perdido...

— Lisey, você vem? Quando ela está legal, pergunta por você.

Alarmes soaram na cabeça de Lisey.

— Como assim quando ela está legal? Pensei que você tinha dito que ela estava bem.

— Ela está... Eu *acho* que está. — Uma pausa. — Ela perguntou por você e pediu chá. Fiz um pouco e ela bebeu. Fiz certo, não fiz?

— Sim — disse Lisey. — Darl, você sabe qual foi o estopim disso?

— Ah, pode apostar. Parece que está na boca do povo, embora eu não soubesse até a senhora Jones me contar ao telefone.

— O que é? — Lisey já tinha um bom palpite, porém.

— Charlie Corriveau está de volta — falou Darla. Baixou a voz antes de continuar: — O bom e velho Gozadinha. O banqueiro favorito da galera. Ele trouxe uma garota com ele. Um cartãozinho-postal francês lá do vale St. John. — Ela falou aquilo com o sotaque do Maine, de modo que saiu arrastado, quase *Senjun*.

Lisey ficou olhando para a pá de prata, esperando o outro baque chegar. Não tinha dúvidas de que *havia* outro.

— Eles estão casados, Lisey — disse Darla e, pela linha telefônica, veio uma série de gorgolejos estrangulados que a princípio Lisey pensou serem soluços reprimidos. No instante seguinte, ela percebeu que a irmã estava tentando rir sem que Amanda, que só Deus sabia onde estava na casa, ouvisse.

— Vou até aí. Chego o mais rápido possível — disse ela. — E, Darl?

Nenhuma resposta, apenas mais daqueles sons estrangulados — *uíg, uíg, uíg*, era como soavam ao telefone.

— Se ela te ouvir rindo, pode ser que a próxima a levar uma facada dela seja você.

Depois disso, os sons de risada pararam. Lisey ouviu Darla respirar fundo, controlando-se.

— A analista dela não está mais por aqui, sabia? — disse Darla, por fim. — Aquela tal de Whitlow? A que sempre usava uns colarzinhos no pescoço? Foi pro Alasca, parece.

Lisey achava que era Montana, mas não tinha importância.

— Bem, vamos ver o tamanho do estrago. Tem um lugar que Scott procurou... Greenlaw, lá nas Cidades Gêmeas...

— Ah, *Lisey!* — A voz da Mãezinha Querida, a mesmíssima voz.

— Lisey o quê? — perguntou ela com rispidez. — Lisey *o quê? Você* vai se mudar pra casa dela e impedir que ela talhe as iniciais de Charlie Corriveau nos peitos na próxima vez que o juízo dela for para as cucuias? Ou talvez tenha recrutado Canty para essa tarefa.

— Lisey, eu não quis dizer...

— Ou talvez Billy possa abandonar a faculdade para tomar conta dela. Que diferença faz um bom aluno a mais, um a menos?

— Lisey...

— Bem, o *que* você propõe? — Ela ouviu o tom prepotente da própria voz e o odiou.

Aquele era outro efeito que o dinheiro exercia sobre as pessoas depois de dez ou vinte anos: ele faz você pensar que tem o direito de se safar à força de qualquer situação difícil. Ela se lembrava de Scott dizendo que casas com mais de dois banheiros para cagar deveriam ser proibidas, pois faziam as pessoas terem delírios de grandeza. Lisey olhou para a pá novamente. A pá brilhou para ela. Acalmou-a. *Você o salvou*, disse a pá. *Não deixou acontecer no seu plantão*, falou. Aquilo era verdade? Ela não conseguia lembrar. Será que era outra daquelas coisas que esquecera de propósito? Também não conseguia se lembrar daquilo. Que droga. Que bela droga.

— Lisey, desculpe... Eu só...

— Eu sei. — O que ela sabia era que estava cansada, confusa e envergonhada por ter explodido. — A gente vai dar um jeito. Já estou indo. Certo?

— Sim. — Alívio na voz de Darla. — Certo.

— Aquele francês — disse Lisey. — Que babaca. Que o diabo o carregue.

— Venha o mais rápido possível.

— Pode deixar. Tchau.

Lisey desligou. Andou até o canto da sala e pegou o cabo da pá de prata. Era como se estivesse fazendo aquilo pela primeira vez, e talvez não fosse de estranhar. Quando Scott entregara o objeto para ela, Lisey só se interessara na parte de prata brilhante com a mensagem gravada; quando se preparara para brandir aquela droga, suas mãos haviam se mexido sozinhas... Pelo menos a impressão fora essa; imaginava que alguma parte primitiva, destinada à sobrevivência, movera suas mãos em vez de ela mesma, em vez da Totalmente Moderna Lisey.

Ela correu a palma de uma das mãos pela madeira, saboreando o deslizar suave. Ao se inclinar, seus olhos pousaram mais uma vez sobre as três caixas empilhadas com a exuberante mensagem gravada na lateral de cada uma com uma caneta piloto preta: **SCOTT! JUVENTUDE!** A caixa de cima já abrigara garrafas de gim da Gilbey's e as abas tinham sido dobradas em vez de lacradas a fita. Lisey limpou a camada de poeira, espantada com a grossura dela, espantada ao perceber que as últimas mãos a tocarem naquela caixa — a enchê-la, dobrar as abas e colocá-la em cima das outras — agora estavam elas mesmas dobradas e a sete palmos do chão.

A caixa estava cheia de papel. Manuscritos, imaginou ela. O título na folha de rosto um pouco amarelada estava em caixa-alta, sublinhado e centralizado. O nome de Scott estava datilografado com esmero embaixo, também centralizado. Tudo aquilo ela reconheceu como teria reconhecido o sorriso dele — era seu estilo de apresentação de quando ela o conhecera na juventude, e nunca mudara. O que ela não reconheceu foi o título daquele manuscrito:

IKE VOLTA PARA CASA
por Scott Landon

Era um romance? Um conto? Só de espiar dentro da caixa era impossível saber. Mas com certeza havia mil ou mais páginas lá dentro, a maioria em uma única pilha alta sob aquela folha de rosto, embora outras ainda tivessem sido enfiadas de lado em duas direções, como um pacote. Se fosse um romance e estivesse todo naquela caixa, seria mais longo do que *E o vento levou*. Seria possível? Lisey imaginou que sim. Scott sempre lhe mostrava seu trabalho quando estava terminado — e também lhe mostrava com prazer durante a escrita, se ela pedisse (um privilégio que ele não concedia a ninguém, nem mesmo a seu editor de longa data, Carson Foray). Se ela não pedisse, porém, ele geralmente o mantinha para si. E fora prolífico até o dia da sua morte. Em turnês ou em casa, Scott Landon *escrevia*.

Mas um calhamaço de mil páginas? Sem dúvida ele teria falado alguma coisa. Aposto que é só um conto, e um de que ele não gostava, ainda por cima. E o resto das coisas nessa caixa, as coisas no fundo e apertadas nos lados? Cópias de alguns de seus primeiros romances, provavelmente. Ou material não definitivo. O que ele costumava chamar de "matéria podre".

Mas ele não costumava enviar toda a matéria podre de volta para Pitt quando ela não servia mais, para a Coleção Scott Landon na biblioteca deles? Para os Caçacatras babarem em cima, em outras palavras? E se houvesse cópias de antigos manuscritos naquelas caixas, como poderia haver mais delas (carbonos da idade das trevas, em sua maioria) nos armários rotulados de DEPÓSITO no andar de cima? E, agora que ela parava para pensar, e quanto às baias nos dois lados do antigo galinheiro? O que estava guardado nelas?

Ela olhou para cima, quase como se fosse a Supergirl e pudesse ver a resposta com sua visão de raio-X, e foi então que o telefone na mesa dela começou a tocar novamente.

4

Ela andou até a mesa e apanhou o fone com uma mistura de medo e irritação... porém com um pouco mais de ênfase na irritação. Era possível — apenas possível — que Amanda tivesse decidido arrancar uma orelha *à la* Van Gogh ou talvez cortado a garganta em vez de apenas uma coxa ou um antebraço, mas Lisey duvidava. Durante toda sua vida, Darla fora a irmã mais propensa a ligar de volta três minutos depois, começando com um *Acabei de lembrar* ou *Esqueci de dizer que*.

— O que foi, Darl?

Houve um ou dois segundos de silêncio, depois uma voz de homem — uma que ela achava que conhecia — disse:

— Senhora Landon.

Foi a vez de Lisey ficar quieta enquanto vasculhava uma lista de nomes masculinos. Era uma lista bem curta àquela altura; impressionante como a morte do seu marido podia enxugar seu número de contatos. Havia Jacob Montano, o advogado deles em Portland; Arthur Williams, o contador em Nova York que não largaria mão de um dólar nem que a vaca tossisse (ou morresse asfixiada); Deke Williams — nenhum parentesco com o Arthur —, o construtor de Bridgton que transformara os palheiros em cima do celeiro no escritório de Scott e que também remodelara o segundo andar da casa deles, transformando os quartos anteriormente mal iluminados em paraísos de luz; Smiley Flanders, o encanador de Motton com o interminável estoque de piadas, tanto limpas quanto sujas; Charlie Haddonfield, o agente de Scott, que ligava para falar de negócios de vez em quando (direitos estrangeiros e coletâneas de contos, em sua maioria); além do punhado de amigos de Scott que ainda mantinham contato. Porém, certamente nenhuma daquelas pessoas ligaria para aquele número, mesmo se ele estivesse na lista telefônica. Aliás, ele *estava*? Ela não conseguia lembrar. De qualquer forma, nenhum dos nomes parecia confirmar de onde ela conhecia (ou achava que conhecia) aquela voz. Mas, cacete...

— Senhora Landon?

— Quem é? — perguntou ela.

— Meu nome não interessa, madame — respondeu a voz e, de súbito, a imagem de Gerd Allen Cole surgiu com clareza à sua frente, os lábios se mexendo no que poderia ter passado por uma prece.

Exceto pela arma na mão de dedos longos, digna de um poeta. *Bom Deus, não deixe que seja outro daqueles*, pensou ela. *Não deixe ser outro Loiraço.* No entanto, viu que estava novamente com a pá de prata na mão — agarrara o cabo de madeira sem pensar quando atendeu o telefone — e que aquilo parecia lhe jurar que era, era sim.

— Interessa para mim — disse ela, ficando pasma com o tom formal da própria voz. Como uma frase tão vigorosa e sem sentido poderia sair de uma boca tão subitamente seca? E então, *vupt*, num estalo, ocorreu a ela onde ouvira a voz antes: naquela mesma tarde, na secretária eletrônica ligada àquele mesmo telefone. E não era de surpreender que não tivesse ligado os pontos na mesma hora, pois a voz dissera apenas três palavras antes: *Vou tentar novamente.* — Ou você se identifica agora mesmo, ou eu desligo.

Houve um suspiro vindo do outro lado da linha. Pareceu ao mesmo tempo cansado e bem-intencionado.

— Não dificulta as coisas pra mim, madame; tô tentando te ajudar. Tô mesmo.

Lisey pensou nas vozes empoeiradas do filme favorito de Scott, *A última sessão de cinema*; pensou novamente em Hank Williams cantando "Jambalaya". *Dress in style, go hog-wile, me-oh-my-oh.*

— Vou desligar agora, adeus, passar bem. — Embora não tenha feito mais do que afastar o telefone da orelha. Por ora.

— Pode me chamar de Zack, madame. Esse nome serve. Certo?

— Zack o quê?

— Zack McCool.

— Ah, beleza, então eu sou a Liz Taylor.

— A senhora pediu um nome, eu dei.

Ponto para ele.

— E como você conseguiu este número, Zack?

— Auxílio à lista. — Então ele *estava* na lista, aquilo explicava tudo. Talvez. — Agora, a senhora pode me ouvir rapidinho?

— Estou ouvindo. — Ouvindo... e agarrando a pá de prata... e esperando o vento mudar de direção. Talvez mais do que tudo. Pois a mudança estava chegando. Cada nervo do corpo dela dizia que sim.

— Um homem visitou a senhora há um tempo pra dar uma olhada na papelada do seu falecido esposo, e me permita dizer que sinto muito pela sua perda.

Lisey ignorou a última parte.

— Muita gente me pediu para dar uma olhada na papelada dele desde que ele morreu. — Ela esperava que o homem do outro lado da linha não fosse capaz de adivinhar ou intuir como o seu coração batia forte àquela altura. — Eu falei a mesma coisa para todos eles: um dia vou ter condições de compartilhar esse material com...

— Esse camarada é da antiga faculdade do seu falecido esposo, madame. Ele diz que é a escolha mais lógica, já que a papelada vai acabar lá de qualquer jeito.

Por um instante, Lisey ficou calada. Refletiu sobre o jeito como aquele homem pronunciara esposo — quase *ispôs*, como se Scott fosse algum tipo exótico de quitute de café da manhã, agora já consumido. Como ele a chamava de *madame*. Não era do Maine, não era do norte dos Estados Unidos e provavelmente não era instruído, pelo menos não no sentido que Scott daria à palavra; ela imaginava que "Zack McCool" nunca tivesse cursado universidade. Também refletiu que o vento de fato mudara. Já não estava assustada. O que estava, pelo menos por ora, era irritada. *Mais* do que irritada. Estava puta da vida.

Em uma voz baixa e estrangulada que mal reconhecia, ela disse:

— Woodbody. É dele que você está falando, não é? Joseph Woodbody. Aquele Caçacatras filho da puta.

Fez-se uma pausa do outro lado da linha. Seu novo amigo então disse:

— Não tô entendendo, madame.

Lisey sentiu a ira chegar ao máximo e a recebeu de bom grado.

— Acho que você está me entendendo muito bem. O professor Joseph Woodbody, Rei dos Caçacatras, contratou você para tentar me coagir a… a quê? Entregar as chaves do escritório do meu marido para que ele possa revirar os manuscritos de Scott e pegar o que quiser? É isso que…? Ele pensa mesmo… — Ela se refreou. Não foi fácil. A raiva era amarga, mas também era doce, e Lisey queria saboreá-la. — É só me dizer, Zack. Sim ou não. Você trabalha para o professor Woodbody?

— Isso num é da sua conta, madame.

Lisey não conseguiu retrucar. Ficou, pelo menos temporariamente, sem ação diante do tamanho descaramento daquilo. O que Scott teria chamado de um prefeitamente eita-norme

(*num é da sua conta*)

absurdo.

— E ninguém me contratou pra *tentar* fazer nada. — Uma pausa. — Agora é melhor a senhora fechar a boca e ouvir. Tá me ouvindo?

Ela ficou parada com o fone apertado contra a orelha, pensando sobre aquilo — *Tá me ouvindo?* — sem dizer nada.

— Consigo te ouvir respirando, então sei que tá. Isso é bom. Quando é contratado, madame, este filho da mãe aqui não *tenta*, ele *faz*. Sei que a senhora num me conhece, mas a desvantagem é sua, não minha. Isso num é… Num tô contando vantagem. Eu num *tento*, eu *faço*. Tu vai dar pra esse homem o que ele quer, entendeu? Ele vai me ligar ou mandar um e-mail do nosso jeito especial e dizer: "Tá tudo certo, consegui o que eu quero." Se isso num… se isso num acontecer dentro dum certo tempo, vou até aí e vou te machucar. *Vou te machucar em lugares que a senhora não deixava os garotos meterem a mão nos bailes da escola.*

Lisey fechara os olhos em algum momento daquele longo discurso, que dava a impressão de ter sido decorado. Conseguia sentir lágrimas quentes descerem pelas bochechas e não sabia se eram de raiva ou…

Vergonha? Será que podiam mesmo ser lágrimas de vergonha? Sim, havia algo de vergonhoso em ouvir aquele tipo de conversa de um estranho. Era como ser nova na escola e levar bronca do professor no primeiro dia.

Não dê trela pra essa joça, babyluv, disse Scott. Você sabe o que fazer.

Claro que sabia. Em situações como aquela, ou você engatilhava ou não engatilhava. Ela nunca *passara* por uma situação daquelas, mas mesmo assim aquilo era bem óbvio.

— Entendeu o que eu acabei de falar, madame?

Ela sabia o que queria lhe dizer, mas ele talvez não entendesse. Então Lisey decidiu adotar termos mais comuns.

— Zack? — Falando muito baixo.

— Sim, madame. — Ele imediatamente desceu para o mesmo tom baixo. O que ele talvez considerasse um tom de conspiração mútua.

— Está me ouvindo?

— Um pouco baixinho, mas… sim, madame.

Ela puxou o ar para o fundo dos pulmões. Segurou-o lá por um instante, imaginando aquele homem que dizia *madame* e *num* em vez de *não*. Imaginando-o com o telefone bem enroscado contra a orelha, esticando-se em direção ao som de sua voz. Quando a imagem ficou clara na sua mente, ela gritou naquele ouvido com toda a força:

— então vá se foder!

Lisey bateu o fone com tanta força de volta no gancho que a poeira chegou a subir do aparelho.

5

O telefone voltou a tocar quase imediatamente, mas Lisey não tinha interesse em continuar conversando com "Zack McCool". Ela suspeitava que já não havia a menor chance de terem o que o pessoal da tv chama de *diálogo*. Não que ela quisesse. Tampouco queria ouvir o homem na secretária eletrônica e descobrir que ele perdera aquele tom enfastiado de boas intenções e passara a querer chamá-la de puta, vadia ou piranha. Seguiu o fio de telefone até a parede — a tomada ficava perto daquela pilha de caixas de bebida — e puxou o plugue. O telefone ficou mudo na metade do terceiro toque. Era uma vez "Zack McCool", pelo menos por ora. Imaginava que voltaria a se preocupar com ele — ou *sobre* ele — no futuro, mas antes tinha Amanda com quem se preocupar. Isso sem falar em Darla, que a esperava e contava com ela. Precisava só voltar para a cozinha, pegar as chaves do carro... e levaria dois minutos para trancar a casa, também, coisa que nem sempre se dava o trabalho de fazer durante o dia.

A casa *e* o celeiro *e* o escritório.

Sim, especialmente o escritório, embora ela de forma alguma desse a importância que Scott costumava dar a ele, como se fosse alguma coisa extraespecial. Porém, falando em coisas extraespeciais...

Ela se pegou espiando dentro da caixa de cima novamente. Não fechara as abas, então era fácil espiar.

IKE VOLTA PARA CASA
por Scott Landon

Curiosa — e, afinal de contas, aquilo levaria apenas um instante —, Lisey recostou a pá de prata contra a parede, levantou a folha de rosto e olhou embaixo. Na segunda página, lia-se o seguinte:

Ike voltou para casa depois da diviva e tudo ficou bem.
DIDIVA! FIM!

Nada mais.

Lisey olhou para aquilo durante quase um minuto, embora Deus soubesse que ela tinha coisas para fazer e lugares aonde ir. Sentiu outro calafrio, mas daquela vez a sensação era quase agradável... E, que diabos, não tinha nada de quase naquilo, tinha? Um pequeno e bestificado sorriso brincava em sua boca. Desde que começara o trabalho de limpar o escritório — desde que perdera a paciência e destruíra o que Scott gostava de chamar de seu "cantinho da memória", para ser exata — ela vinha sentindo aquela presença... mas nunca tão perto assim. Nunca tão *verdadeira*. Enfiou a mão na caixa e folheou o monte grosso de páginas empilhadas ali, sabendo bem o que encontraria. E encontrou. Todas as páginas estavam em branco. Pegou um monte das que estavam enfiadas de lado e elas também estavam. No léxico infantil de Scott, uma diviva era uma viagem curta, já uma didiva... Bem, aquilo era um pouco mais complicado, mas, naquele contexto, quase certamente significava uma brincadeira ou pegadinha inofensiva. Aquele romance falso gigante era a ideia que Scott Landon fazia de uma boa piada.

Será que as outras duas caixas também eram didivas? E as que estavam nas baias e escaninhos do outro lado, também? A piada era tão elaborada assim? E, se fosse, quem deveria cair nela? Ela? Caçacatras como Woodbody? Aquilo fazia um certo sentido, Scott gostava de tirar sarro do pessoal que chamava de "literaloucos", mas aquela ideia apontava na direção de uma terrível possibilidade: a de que ele pudesse ter pressentido seu próprio

(*Morreu Jovem*)

colapso iminente

(*Antes da Hora*)

e não ter dito nada a ela. E isso levava a uma pergunta: ela teria acreditado se ele tivesse contado? Seu primeiro impulso foi dizer não — dizer, ao menos para si mesma: *Eu era a prática, a que conferia as malas dele para ver se havia cuecas o suficiente e ligava com antecedência para me certificar de que os voos estavam no horário.* Porém, ela se lembrou de como o sangue nos lábios dele tinha transformado seu sorriso no sorriso de um palhaço; lembrou-se de como ele lhe explicara certa vez — com o que lhe parecera perfeita lucidez — que era arriscado comer qualquer tipo de fruta depois do pôr do sol e que comidas de toda espécie deveriam ser evitadas entre meia-noite e seis da manhã. Segundo Scott, "lanches noturnos" geralmente eram venenosos e, quando ele disse isso, pareceu fazer sentido. Porque...

(*shiu*)

— Eu teria acreditado nele e pronto — sussurrou ela, baixando a cabeça e fechando os olhos para evitar lágrimas que não vieram. Os olhos que tinham chorado pela fala ensaiada de "Zack McCool" agora estavam secos como pedras. Joças de olhos idiotas.

Os manuscritos nas gavetas abarrotadas das mesas dele e no arquivo principal do andar de cima quase certamente não eram didivas; disso Lisey sabia. Alguns eram cópias de contos publicados; outros, versões alternativas daqueles mesmos contos. Na mesa que Scott chamava de A Jumbona do Dumbo, ela anotara pelo menos três romances inacabados e o que pa-

recia ser uma novela completa — como Woodbody babaria com aquilo...
Também havia meia dúzia de contos finalizados que Scott aparentemente
nunca quisera se dar o trabalho de enviar para publicação — a maioria escrita havia anos, a julgar pela cara da tipologia. Ela não era qualificada para
dizer o que era lixo e o que era tesouro, embora tivesse certeza de que tudo
interessaria aos estudiosos de Landon. No entanto, aquela... aquela didiva,
para usar a palavra de Scott...

Ela agarrava o cabo da pá de prata, com força. Era uma coisa real no
que lhe parecia de repente um mundo bastante diáfano. Abriu os olhos
novamente e disse:

— Scott, isso é só uma brincadeira ou você ainda está de sacanagem
comigo?

Nenhuma resposta. É claro. E tinha duas irmãs precisando dela. Com
certeza Scott entenderia sua necessidade de deixar tudo aquilo de lado
por ora.

De qualquer forma, decidiu levar a pá junto.

Gostava da sensação dela em sua mão.

6

Lisey conectou o telefone e saiu depressa, antes que a droga do negócio começasse a tocar de novo. Lá fora, o sol se punha e um vento oeste começara a
soprar mais forte, o que explicava a corrente de ar que a atravessara quando
ela abrira a porta para atender o primeiro dos dois perturbadores telefonemas: nada de fantasmas ali, babyluv. Aquele dia parecia estar durando no
mínimo um mês, mas o vento, delicioso e de alguma forma granulado, como
o do seu sonho na noite anterior, a acalmou e refrescou. Ela foi do celeiro
para a cozinha sem medo de que "Zack McCool" estivesse à espreita em
algum lugar próximo. Sabia como soavam as ligações de celulares feitas por
lá: entrecortadas e quase inaudíveis. Segundo Scott, eram as linhas de força
(ou o que ele gostava de chamar de "posto de reabastecimento de óvnis").
Seu amigo "Zack" soara claro como água. Aquele Caubói do Espaço Sideral
em especial ligara de um telefone fixo, e ela duvidava muito que o vizinho
de porta tivesse emprestado o telefone a ele para que fizesse suas ameaças.

Ela pegou as chaves do carro e as enfiou no bolso lateral do jeans (sem perceber que ainda carregava o Bloquinho de Compulsões de Amanda no bolso de trás — embora *fosse* perceber, na hora certa); pegou também o chaveiro mais volumoso, com todas as chaves do reino doméstico dos Landon, cada qual etiquetada com a letra bem-feita de Scott Landon. Trancou a casa, em seguida voltou arrastando os pés para fechar as duas portas deslizantes do celeiro e a porta do escritório de Scott no topo da escada externa. Depois que terminou, foi até o carro com a pá apoiada no ombro e sua sombra marchando longa ao seu lado no chão do quintal da frente sob a última luz vermelha e mortiça daquele dia de junho.

IV. LISEY E A DIDIVA DE SANGUE (TODA AQUELA COISA-RUIM)

1

Ir de carro para a casa de Amanda pela recém-ampliada e reasfaltada rota 17 era questão de quinze minutos, mesmo desacelerando no semáforo do cruzamento da 17 com a Deep Cut Road para Harlow. Lisey passou mais do que queria desse tempo pensando sobre didivas em geral e em uma em particular: a primeira. Aquela não fora piada.

— Mas a tolinha de Lisbon Falls foi em frente e se casou com ele assim mesmo — disse ela, rindo, e tirou o pé do acelerador.

Lá estava o Mercadinho do Patel à esquerda — bombas de gasolina *self-service* da Texaco no impecável asfalto preto sob luzes brancas ofuscantes —, e ela sentiu uma vontade enorme de parar para comprar um maço de cigarros. Os bons e velhos Salem Lights. E poderia aproveitar para comprar umas rosquinhas daquelas de que Manda gostava, as de cobertura de abóbora, e talvez uns bolinhos de chocolate para si mesma.

— Você é a doidinha da silva número um — falou ela, sorrindo, e pisou fundo no acelerador novamente. O Patel ficou para trás. Já estava andando com os faróis acesos, embora o crepúsculo ainda fosse durar bastante. Olhou para o retrovisor, viu a pá de prata boba deitada no banco de trás e repetiu, dessa vez rindo: — Você é a doidinha da silva número um, sem dúvida.

E se ela fosse? E *daí*?

2

Lisey estacionou atrás do Prius de Darla. Estava a meio caminho da porta da bem cuidada casinha de Amanda quando Darla saiu, quase correndo e se esforçando para não chorar.

— Graças a Deus você chegou — disse.

Quando Lisey viu o sangue nas mãos de Darla pensou em didivas novamente, pensou em seu futuro marido saindo do escuro e estendendo a mão *dele* na direção dela, só que não parecia mais mão alguma.

— Darla, o que...

— Ela fez de novo! Aquela vaca maluca se cortou de novo! Eu só fui ao banheiro... deixei ela tomando chá na cozinha... Eu perguntei: "Você está bem Manda?"... E...

— Calma — falou Lisey, forçando-se a pelo menos parecer tranquila. Das quatro, ela *sempre* fora a tranquila, ou a que aparentava tranquilidade; a que dizia coisas como *Calma* e *Talvez não seja tão ruim*. Aquele não era o papel da irmã mais velha? Bem, talvez não quando a irmã mais velha era uma joça de uma perturbada mental.

— Ah, ela não vai *morrer*, mas que *zona* — falou Darla, começando enfim a chorar.

Claro, agora que eu estou aqui você entrega os pontos, pensou Lisey. *Nunca passa pela cabeça de nenhuma de vocês que a Lisey lindinha pode ter os próprios problemas para resolver, não é mesmo?*

Na escuridão que caía no gramado, Darla assoou primeiro um lado do nariz e depois o outro com duas trombeteadas nada elegantes.

— Que *zona* do cacete, talvez você esteja certa, talvez um lugar como Greenlawn seja a solução... Isto é, se for particular... e discreto... Não sei mesmo... Talvez você possa dar algum jeito nela, provavelmente sim, ela te escuta, sempre escutou, eu estou ficando maluca...

— Calma, Darl — disse Lisey com brandura, e eis que surge uma revelação: ela não queria nem um pouco os cigarros.

Cigarros eram um mau hábito do passado. Estavam tão mortos quanto o marido, que teve um colapso em uma leitura dois anos antes e morreu logo em seguida em um hospital de Kentucky, uma didiva, fim. O que ela queria estar segurando não era um Salem Light, mas o cabo daquela pá de prata.

Um conforto que nem precisava ser aceso.

3

É uma didiva, Lisey!

Ela ouviu a frase de novo ao acender a luz na cozinha de Amanda. E o viu novamente, andando em sua direção pelas sombras do gramado atrás do apartamento dela em Cleaves Mills. Scott que podia ser louco, Scott que podia ser corajoso, Scott que podia ser os dois ao mesmo tempo, dependendo da situação.

E não é uma didiva qualquer, é uma didiva de sangue!

Atrás do apartamento em que ela o ensinara a trepar e ele a ensinara a dizer joça e eles tinham ensinado um ao outro a esperar, esperar, esperar o vento mudar de direção. Scott cambaleando através do cheiro pesado e intoxicante das várias flores, pois era quase verão, a estufa ficava lá atrás e os respiradouros estavam abertos para o ar da noite entrar. Scott saindo de toda aquela névoa perfumada, daquela noite de fim de primavera, adentrando a luz da porta dos fundos onde ela estava parada, esperando. Puta com ele, mas não *tanto* assim; na verdade, quase pronta para fazer as pazes. Ela já levara bolo antes (embora nunca dele) e tivera namorados que apareceram bêbados (incluindo ele). E, ah, quando ela o *viu*...

Sua primeira didiva de sangue.

E lá estava outra. A cozinha de Amanda estava lambuzada, manchada e respingada com o que Scott às vezes gostava de chamar de — geralmente numa má imitação da voz de locutor de Howard Cosell — "o clarete". Respingos vermelhos cobriam o balcão de fórmica amarelo-vivo; uma mancha turvava a frente do vidro do micro-ondas; havia gotinhas, nódoas e até uma pegada solitária no assoalho. Um pano de prato largado na pia estava encharcado dele.

Lisey olhou para tudo aquilo e sentiu o coração disparar. Era natural, disse a si mesma; a visão de sangue fazia aquilo com as pessoas. Além do mais, ela estava no fim de um dia longo e estressante. *O que você tem de se lembrar é que quase certamente parece muito pior do que é na verdade. Pode apostar que ela espalhou o sangue de propósito — Amanda sempre teve um ótimo talento para o drama. E você já viu coisa pior, Lisey. Aquele negócio que ela fez no umbigo, por exemplo. Ou Scott lá em Cleaves. Certo?*

— O quê? — perguntou Darla.

— Eu não disse nada — respondeu Lisey.

Elas estavam paradas no batente da porta, olhando para a infeliz irmã mais velha sentada à mesa da cozinha — cuja superfície também era de fórmica amarelo-vivo — com a cabeça abaixada e o cabelo caindo no rosto.

— Disse sim, falou "certo".

— Certo, eu falei certo — respondeu Lisey, irritada. — A Mãezinha Querida sempre dizia que gente que fala sozinha tem dinheiro no banco.

E Lisey tinha. Graças a Scott, tinha pouco mais ou pouco menos de vinte milhões, dependendo de como o mercado se comportara em relação aos títulos do tesouro e algumas outras ações naquele dia.

No entanto, a ideia de dinheiro não parecia fazer muita diferença quando se estava em uma cozinha suja de sangue. Ocorreu a Lisey que Mandy talvez nunca tivesse se drogado pelo simples fato de nunca ter pensado no assunto. Se fosse por isso, era uma verdadeira sorte divina, não é mesmo?

— Você escondeu as facas? — perguntou ela a Darla, *sotto voce*.

— É claro que sim — falou Darla, indignada… mas na mesma voz baixa. — Ela se cortou com pedaços da *xícara*, Lisey. Enquanto eu estava fazendo xixi.

Lisey já percebera aquilo sozinha e fizera um lembrete mental de ir ao Wal-Mart para comprar xícaras novas assim que pudesse. Amarelo "cheguei", para combinar com o resto da cozinha, se possível, mas o essencial era que fossem de plástico com aqueles adesivos miúdos que dizem INQUEBRÁVEL do lado.

Ela se ajoelhou ao lado de Amanda e fez menção de pegar sua mão.

— Foi aí que ela se cortou, Lisey — disse Darla. — Nas duas palmas.

Com muita delicadeza, Lisey tirou as mãos de Amanda do colo. A irmã as virou e se encolheu. Os cortes estavam começando a cicatrizar, mas ainda fizeram o estômago de Lisey se revirar. É óbvio que a fizeram pensar novamente em Scott saindo do escuro do verão com a mão gotejante estendida como uma maldita oferenda de amor, uma penitência pelo terrível pecado de ter ficado bêbado e se esquecido de que eles tinham um encontro. E eles ainda chamavam Cole de maluco…

Amanda fizera cortes diagonais da base dos polegares até os mindinhos, rompendo as linhas do coração, do amor e todas as outras linhas no caminho. Lisey conseguia entender como ela fizera o primeiro corte, mas e o segundo? Devia ter sido duro de roer (como diziam). Mas ela conseguira, e depois dera a volta na cozinha como uma mulher colocando a cobertura em um bolo insano — *Ei, olha eu! Olha eu! Você num é a doidinha da silva número um, eu sou a doidinha da silva número um! A Manda é a doidinha da silva número um, pode apostar!* Tudo isso enquanto Darla estava no banheiro, apenas tirando uma aguinha do joelho e molhando a periquita, muito bem, Amanda, você também é a diabinha rapidinha da silva número um.

— Darla… curativos e água oxigenada não vão dar conta disso, querida. Ela tem de ir para uma Emergência.

— Ah, cacilda — falou Darla com desânimo, e voltou a chorar.

Lisey olhou para o rosto de Amanda, que ainda estava ligeiramente visível através das cortinas do cabelo.

— Amanda — disse ela.

Nada. Nenhum movimento.

— Manda.

Nada. A cabeça de Amanda estava caída como a de uma boneca. *Maldito Charlie Corriveau!*, pensou Lisey. *Maldito franco-canadense de meia-tigela!* Mas óbvio que se não tivesse sido o "Gozadinha" teria sido alguma outra pessoa ou coisa. Simplesmente porque as Amandas do mundo eram daquele jeito. É de se esperar que elas desmoronem e parece um milagre quando isso não acontece, mas aí o milagre enfim cansa de acontecer, cai duro, tem um ataque e morre.

— Manda Coelhinha.

Foi o apelido de infância o que finalmente fez efeito. Amanda levantou a cabeça devagar. E o que Lisey viu no rosto dela não foi o vazio sangrento e aturdido que esperava (sim, os lábios de Amanda *estavam* vermelhos, e aquilo sem dúvida não era batom), mas a expressão radiante, infantil e elétrica de arrogância e malícia, a que significava que Amanda tinha Resolvido Alguma Coisa Sozinha e alguém ia chorar.

— Didiva — sussurrou ela, e a temperatura interna de Lisey pareceu despencar quinze graus em um segundo.

4

Elas a levaram para a sala de estar, Amanda andando docilmente entre as duas, e a sentaram no sofá. Em seguida Lisey e Darla voltaram para a porta da cozinha, de onde poderiam manter um olho nela e ainda assim confabular sem serem ouvidas.

— O que ela disse para você, Lisey? Você está branca como um fantasma.

Lisey queria que Darla tivesse dito "branca como papel". Não gostava de ouvir a palavra fantasma, especialmente agora que o sol já se pusera. Idiota, porém verdade.

— Nada — disse ela. — Ela... falou "viva". Tipo "Lisey, veja como estou coberta de sangue, viva!". Olhe, Darl, você não é a única estressada aqui.

— Se nós a levarmos para a Emergência, o que vão fazer com ela? Colocar na ala dos suicidas, ou algo assim?

— É possível — admitiu Lisey.

A mente dela estava mais clara agora. Aquela palavra, aquela didiva, tinha estranhamente funcionado como um tapa, ou uma fungada em sais aromáticos. Claro que também a matara de susto, mas... se Amanda tinha algo a lhe dizer, Lisey queria saber o que era. Tinha a sensação de que todas as coisas que estavam acontecendo com ela, talvez até o telefonema de "Zack McCool", tinham alguma espécie de ligação com... o quê? Com o fantasma de Scott? Ridículo. Com a didiva de sangue dele? Que tal isso?

Ou com seu garoto espichado? A coisa com o interminável lado matizado.

Isso não existe, Lisey, nunca existiu fora da imaginação dele... que às vezes era poderosa o bastante para afetar as pessoas que viviam ao seu redor. Poderosa o bastante para deixar você com medo de comer frutas depois do anoitecer, por exemplo, mesmo sabendo que era só uma superstição infantil que ele nunca superou por completo. E com o garoto espichado também é a mesma coisa. Você sabe disso, certo?

Sabia mesmo? Então por que, quando tentava levar aquilo em consideração, uma espécie de névoa parecia se arrastar para cima de seus pensamentos, dispersando-os? Por que aquela voz interna a mandava se calar?

Darla estava olhando esquisito para ela. Lisey se recompôs, forçando-se a voltar para o momento atual, as pessoas atuais e o problema atual. E, pela primeira vez, notou como Darl parecia *cansada*: as linhas vincadas ao redor da sua boca e as olheiras escuras. Ela pegou a irmã pelo braço, não gostando de como eles pareciam ossudos, ou da facilidade com que as alças do sutiã de Darl deslizaram de seus ombros, ou das saboneteiras fundas demais. Lisey se lembrava de ficar olhando com inveja quando as irmãs mais velhas iam para a Lisbon High, lar dos Greyhounds. Agora Amanda estava beirando os sessenta anos e Darl não estava muito longe disso. Elas tinham mesmo se tornado umas velhotas.

— Mas veja bem, querida — falou ela para Darla. — Eles não chamam de ala dos suicidas. Chamam apenas de ala de observação. — Sem saber ao certo como sabia daquilo, mas quase convicta assim mesmo. — Eles a internam por vinte e quatro horas, acho. Talvez quarenta e oito.

— Podem fazer isso sem permissão?

— Acho que não, a não ser que a pessoa tenha cometido um crime e tenha sido levada pela polícia.

— Talvez você devesse ligar para o seu advogado para se certificar. Aquele tal de Montana.

— O nome dele é Montano, e ele provavelmente está em casa a essa hora. O número da casa dele não está na lista. Eu tenho na agenda, mas ela ficou lá em casa. Acho que se a levarmos ao Stephens Memorial, em No Soapa, vai dar tudo certo.

No Soapa era como o povo da região se referia a Norway-South Paris, no condado vizinho de Oxford, que também calhava de estar a um dia de viagem de locais de nomes exóticos como Mexico, Madrid, Gilead, China e Corinth. Diferentemente dos hospitais urbanos em Portland e Lewinston, o Stephens Memorial era um lugarzinho tranquilo.

— Acho que eles vão enfaixar as mãos dela e deixar a gente trazer a Manda para casa sem muito problema. — Lisey fez uma pausa. — *Se*.

— Se?

— Se a gente *quiser* trazer ela para casa. E se *ela* quiser vir. Quero dizer, não vamos mentir nem inventar nenhuma história, certo? Se eles perguntarem, e tenho certeza de que vão perguntar, nós contamos a verdade. Sim, ela já fez isso antes quando estava deprimida, mas há muito tempo.

— Cinco anos não é tanto...

— Tudo é relativo — disse Lisey. — E *ela* pode explicar que o namorado de muitos anos acabou de aparecer na cidade com uma mulher novinha em folha e que isso a deixou pê da vida.

— E se ela não falar?

— Se ela não falar, Darl, acho que eles provavelmente vão interná-la por pelo menos vinte e quatro horas, e com a permissão de *nós duas*. Quero dizer, você quer que ela volte para cá se ainda estiver viajando por outros planetas?

Darla pensou, deu um suspiro e negou com a cabeça.

— Acho que boa parte disso depende da Amanda — disse Lisey. — O primeiro passo é limpá-la. Entro eu mesma no chuveiro com ela se for necessário.

— É — falou Darla, passando a mão pelo cabelo curtinho. — Acho que esse é o caminho. — Ela bocejou de repente. Abriu uma bocarra imensa, do tipo que daria para ver as amídalas se ainda as tivesse. Lisey prestou atenção de novo nas olheiras dela e percebeu algo que teria sacado muito antes não fosse pela ligação de "Zack".

Ela agarrou os braços de Darla novamente, sem apertar, mas de forma incisiva.

— A senhora Jones não ligou para você hoje, ligou?

Darla piscou para ela com uma expressão carrancuda de surpresa.

— Não, querida — disse ela. — Foi *ontem*. No fim da tarde de ontem. Eu vim, fiz os curativos nela da melhor maneira possível e fiquei acordada com ela a maior parte da noite. Não falei isso?

— Não. Eu estava achando que tinha acontecido tudo hoje.

— Lisey, sua boba — falou Darla, com um sorriso fraco.

— Por que não me ligou antes?

— Não queria incomodar. Você já faz tanto por todas nós...

— Isso não é verdade — disse Lisey. Sempre doía quando Darla ou Canty (ou até Jodotha, ao telefone) dizia aquele tipo de besteira. Ela sabia que era loucura; loucura ou não, porém, era fato. — É só o dinheiro de Scott.

— Não, Lisey. É você. Sempre você. — Darla fez uma pequena pausa, depois balançou a cabeça. — Deixe pra lá. É que pensei que poderíamos resolver isso só nós duas. Estava enganada.

Lisey beijou a irmã na bochecha e deu um abraço nela. Em seguida, foi até Amanda e se sentou ao lado dela no sofá.

5

— Manda.

Nada.

— Manda Coelhinha? — Não custava tentar, funcionara da outra vez.

E sim, Amanda ergueu a cabeça.

— O que. Você quer.

— Temos de levar você ao hospital, Manda Coelhinha.

— Eu. Não. Quero. Ir.

Na metade do discurso curto, porém atormentado, Lisey já assentia e desabotoava a blusa suja de sangue de Amanda.

— Eu sei, mas as pobrezinhas das suas mãos precisam de mais cuidados do que Darla e eu podemos dar. Agora, a questão é se você quer voltar para cá ou passar a noite no hospital lá em No Soapa. Se quiser voltar, vou ser sua colega de quarto. — *E talvez a gente converse sobre didivas em geral e didivas de sangue em particular.* — O que você prefere, Manda? Quer voltar para cá ou acha que precisa ficar um pouco no St. Steve?

— Quero. Voltar. Pra cá.

Quando Lisey mandou Amanda ficar de pé para que pudesse tirar suas calças cargo, ela se levantou de bom grado, mas parecia estar analisando a lâmpada da sala. Se aquilo não fosse o que sua analista chamara de "semi-catatonia", estava perto demais para Lisey ficar tranquila, e ela sentiu um forte alívio quando as palavras seguintes de Amanda saíram mais parecidas com as de um ser humano e menos com as de um robô.

— Se estamos indo… para algum lugar… por que está *tirando minha roupa?*

— Porque você precisa de uma chuveirada — disse Lisey, levando a irmã na direção do banheiro. — E precisa também de roupas limpas. Essas estão… sujas.

Ela olhou para trás e viu Darla apanhando a blusa e a calça do chão. Amanda, enquanto isso, seguia para o banheiro docilmente, mas a visão dela se afastando apertou o coração de Lisey. Não pelo corpo cheio de cascas de ferida e cicatrizes, mas sim pela parte de trás da cueca samba-canção branca. Amanda usava cuecas havia anos; elas tinham um caimento bom em seu corpo anguloso e eram até sexy. Naquela noite, o lado direito da que usava estava manchado com um marrom barrento.

Ah, Manda, pensou Lisey. *Ah, minha querida.*

Ela então passou pela porta do banheiro, um esqueleto antissocial vestido com cuecas e meias brancas. Lisey se virou para Darla. Darla estava lá. Por um instante, todos os anos e vozes clamorosas das Debusher também. Lisey se virou e entrou no banheiro atrás daquela que um dia chamara de irmãzona Manda Coelhinha, que estava parada sobre o tapete com a cabeça caída e as mãos pendendo ao lado do corpo, esperando que lhe tirassem o resto das roupas.

Lisey estava para soltar o sutiã de Manda quando ela se virou de repente e a agarrou pelo braço. Suas mãos estavam terrivelmente frias. Por um instante, Lisey ficou convencida de que a irmãzona Manda Coelhinha botaria tudo para fora, didivas de sangue e tudo. Em vez disso, olhou para Lisey com olhos perfeitamente límpidos, perfeitamente *lá*, e disse:

— Meu Charles se casou com outra. — Depois apoiou a testa pegajosa e fria no ombro de Lisey e começou a chorar.

6

O restante daquela noite fez Lisey se lembrar do que Scott costumava chamar de Regra de Landon para o Mau Tempo: quando você vai dormir esperando que o furacão vá para o mar, ele vem para a terra e arranca o teto da sua casa. Quando acorda cedo e reforça a casa contra a nevasca, só caem uns flocos de neve.

Qual o sentido, então?, perguntara Lisey. Eles estavam deitados na cama juntos — alguma cama, uma das primeiras —, aninhados e esgotados depois de fazerem amor, ele com um de seus Herbert Tareyons e um cinzeiro no peito e uma ventania uivando lá fora. Que cama, que vento, que tempestade ou que ano ela não lembrava mais.

O sentido é ESPANE, respondera ele — disso ela se lembrava, embora a princípio tivesse pensado que não ouvira ou entendera direito.

Aspone? O que é aspone?

Ele amassara o cigarro e colocara o cinzeiro na mesinha de cabeceira. Pegara o rosto dela, cobrindo suas orelhas e a isolando do mundo inteiro por um instante com as palmas das mãos. Beijara seus lábios. Depois afastara as mãos para que ela o ouvisse. Scott Landon sempre queria ser ouvido.

ESPANE, babyluv: Engatilhe Sempre que Parecer Necessário.

Ela refletiu sobre aquilo — não era tão rápida quanto ele, mas geralmente chegava lá — e percebeu que ESPANE era o que ela chamava de agrônimo. *Engatilhe Sempre que Parecer Necessário.* Gostou daquilo. Era bem bobo, o que a fez gostar mais ainda. Começou a rir. Scott riu junto e logo estava dentro dela como eles estavam dentro da casa enquanto a ventania ribombava e sacudia do lado fora.

Com Scott, ela sempre ria bastante.

7

Aquilo que ele dizia sobre como a nevasca passava longe quando você se preparava para a tempestade lhe voltou diversas vezes à cabeça antes de a pequena excursão delas ao pronto-socorro terminar e as três voltarem para a casa à prova de intempéries entre Castle View e Harlow. Diga-se de passagem, Amanda ajudou ao melhorar consideravelmente de humor. Por mais mórbido que fosse, Lisey não conseguia deixar de pensar como às vezes uma lâmpada enfraquecida brilha forte por uma ou duas horas antes de queimar para sempre. Aquela melhora começou no banho. Lisey se despiu e entrou no chuveiro com a irmã, que a princípio se limitou a ficar parada com os ombros curvados e os braços pendendo como os de um macaco. Depois, apesar de ter usado o chuveirinho e tomado o máximo de cuidado possível, Lisey acabou espirrando água morna bem na palma esquerda cortada de Manda.

— Ai! *Ai!* — gritou Manda, retraindo a mão. — Isso *dói*, Lisey! Preste atenção para onde você aponta essa coisa, certo?

Lisey retrucou no mesmíssimo tom — Amanda não teria esperado menos, mesmo com as duas peladas —, mas se alegrou ao ouvir o som da raiva da irmã. Ela estava *viva*.

— Bem, você me perdoe, mas não fui *eu* que tirei um naco do tamanho de um bonde da mão.

— Bom, eu não tinha como atingir *ele*, não é mesmo? — perguntou Amanda, e soltou uma enxurrada de imprecações direcionadas a Charlie Corriveau e sua nova esposa, uma mistura de obscenidades adultas e má-criações infantis que encheram Lisey de surpresa, graça e admiração.

Quando ela fez uma pausa para respirar, Lisey disse:

— Que boca suja do caralho, hein? Uau.

— Vá se foder também, Lisey — respondeu Amanda, emburrada.

— Se quiser voltar para casa, é melhor não usar muitas dessas palavras com o médico que for tratar das suas mãos.

— Você acha que sou idiota, não é?

— Não. Não acho. É só que… dizer que está com raiva dele seria o suficiente.

— Minhas mãos estão sangrando de novo.

— Muito?

— Só um pouquinho. Acho melhor você colocar um pouco de vaselina nelas.

— Sério? Não vai doer?

— O *amor* dói — disse Amanda solenemente… e bufou uma risadinha que iluminou o coração de Lisey.

Quando ela e Darla a enfiaram na bmw de Lisey e pegaram a estrada para Norway, Manda já estava perguntando sobre o progresso de Lisey no escritório, quase como se aquilo fosse o fim de um dia normal. Lisey não mencionou a ligação de "Zack McCool", mas contou a elas sobre o "Ike volta para casa" e citou a única linha de texto: "Ike voltou para casa depois da diviva e ficou tudo bem. DIDIVA! FIM!" Ela queria aquela palavra, aquela *didiva*, na presença de Mandy. Queria ver qual seria a reação dela.

Darla respondeu primeiro.

— Você se casou com um homem muito estranho, Lisa — disse ela.

— Diga algo que ainda *não* sei, querida. — Lisey olhou para o retrovisor e viu Amanda sentada sozinha no banco de trás. *Em solitário esplendor*, teria dito Mãezinha Querida. — O que você acha, Mandy?

Amanda deu de ombros e, a princípio, Lisey achou que aquela seria sua única resposta. Em seguida veio a enxurrada.

106

— Era o *jeito* dele, sei lá. Fomos juntos de carro até o centro da cidade uma vez... Ele precisava ir à papelaria e eu precisava de sapatos novos, de um tênis que eu pudesse usar na floresta para fazer trilha. E calhou de passarmos pela Auburn Novelty. Ele nunca tinha visto a loja de variedades antes e quis porque quis parar o carro e entrar. Parecia um menino de dez anos! Eu precisava de sapatos pesados para poder andar na floresta sem ficar cheia de hera venenosa no pé e tudo que *ele* queria era comprar aquela droga de loja inteira. Pó-de-mico, aquele negócio que dá choque na mão dos outros, chiclete de pimenta, vômito de plástico, óculos de raios X, tudo que você imaginar, ele foi empilhando no balcão do lado daqueles pirulitos que você chupa e no final aparece uma mulher pelada dentro. Deve ter comprado uns cem dólares em cocôs daqueles *made in Taiwan*, Lisey. Lembra?

Ela lembrava. Lembrava-se principalmente da cara dele chegando em casa naquele dia, com os braços cheios de sacolinhas com aqueles rostos gargalhantes desenhados onde se liam as palavras MORRA DE RIR. Como suas bochechas estavam coradas. E cocô era como ele teria falado, não *merda* e sim *cocô*, uma palavra que pegara *dela*, por incrível que pareça. Bem, virar o jogo estava dentro das regras, gostava de dizer Mãezinha Querida, embora *cocô* fosse uma palavra do papito Dave, que às vezes dizia às pessoas que tal coisa não prestava então *eu a estilinguei adiante*. Como Scott adorava aquilo, dizendo que saía da boca com um peso que *joguei fora* ou até mesmo *atirei longe* jamais conseguiriam ter.

Scott e as coisas que fisgava da lagoa das palavras, da lagoa das histórias, da lagoa dos mitos.

Aquele safado do Scott Landon.

Às vezes ela passava um dia inteiro sem pensar nele ou sentir sua falta. E por que não? Tinha uma vida bastante cheia e, francamente, ele muitas vezes não fora uma pessoa fácil de se lidar e com a qual se conviver. *Um projeto*, diriam os ianques da velha guarda como o próprio pai. Mas aí às vezes, num dia nublado (ou ensolarado) qualquer, tinha tanta saudade dele que se sentia vazia, não mais uma mulher, mas apenas uma árvore morta cheia do vento frio de novembro. Sentia-se daquele jeito naquele instante, com vontade de gritar o nome dele, de gritá-lo para a casa, e seu coração se amargurou ao pensar nos anos que teria pela frente, e ela se perguntou de que valia o amor se o resultado era aquele, aquilo de se sentir daquela forma nem que fosse por dez segundos.

8

O ânimo renovado de Amanda foi a primeira coisa boa. Munsinger, o médico de plantão, foi a segunda. Não parecia tão jovem quanto Jantzen, o médico que Lisey conheceu durante a última doença de Scott, mas ela ficaria surpresa se ele tivesse muito mais do que trinta. A terceira boa coisa — algo em que ela jamais acreditaria se alguém lhe tivesse contado antes — foi a chegada do pessoal que sofreu um acidente de carro em Sweden.

Eles não estavam lá quando Lisey e Darla entraram com Amanda no pronto-socorro do Stephens Memorial; àquela altura, a sala de espera estava vazia, com exceção de um garoto de uns dez anos acompanhado da mãe. O menino estava com uma alergia e a mãe ralhava o tempo todo com ele, mandando-o não coçar. Ainda estava ralhando quando os dois foram chamados de volta para um dos consultórios. Cinco minutos depois, o menino reapareceu com curativos nos braços e uma cara emburrada. A mãe levava algumas amostras grátis de pomada e continuava tagarelando.

A enfermeira chamou Amanda.

— O doutor Munsinger vai atender você agora, querida. — Ela pronunciou a última palavra com um sotaque do Maine.

Amanda lançou seu olhar arrogante, de faces coradas, estilo rainha Elizabeth I, para Lisey e depois para Darla.

— Prefiro entrar sozinha — falou ela.

— É claro, vossa misteriosíssima majestade — disse Lisey, e mostrou a língua para Amanda.

Naquela hora, não se importava que internassem aquela vaca esquelética e problemática por uma noite, por uma semana ou por um ano e um dia. Que importância tinha o que Amanda talvez tivesse sussurrado na mesa da cozinha quando Lisey estava ajoelhada ao lado dela? Talvez tivesse sido mesmo "viva", como falara para Darla. Mesmo que tivesse sido a outra palavra, será que ela queria mesmo voltar para a casa de Amanda, dormir no mesmo quarto que ela e respirar suas emanações loucas tendo uma cama perfeitamente boa em casa? *Joça de caso encerrado, babyluv,* teria dito Scott.

— Lembre-se do que combinamos — falou Darla. — Você ficou nervosa e se cortou porque ele não estava lá. Está melhor agora. Já superou.

Amanda lançou um olhar para Darla que Lisey não conseguiu decifrar de forma alguma.

— Isso aí — disse ela. — Eu superei.

9

O pessoal do acidente de carro da cidadezinha de Sweden chegou logo depois. Lisey não consideraria aquilo uma boa coisa se algum deles estivesse gravemente ferido, mas não parecia ser o caso. Todos estavam andando, e dois dos homens até riam de alguma coisa. Apenas uma pessoa — uma garota de uns dezessete anos — estava chorando. Tinha sangue no cabelo e ranho sobre o lábio superior. Eram seis ao todo, quase certamente de dois veículos diferentes, e um cheiro forte de cerveja emanava dos homens que riam, sendo que um deles parecia estar com um braço torcido. O sexteto foi conduzido por dois técnicos de enfermagem que usavam coletes do regaste de East Stoneham por sobre as roupas comuns e dois policiais: um estadual e um rodoviário. De repente, a pequena sala de espera do pronto-socorro parecia totalmente abarrotada. A enfermeira que chamou Amanda de querida colocou a cabeça espantada para fora para dar uma olhada e, logo em seguida, o jovem doutor Munsinger fez o mesmo. Pouco depois, a adolescente deu um ataque histérico escandaloso, anunciando aos quatro ventos que sua madrasta ia esculachá-la. Logo em seguida, a enfermeira foi buscar a menina (não chamou a adolescente histérica de *querida*, notou Lisey) e Amanda saiu do CONSULTÓRIO 2, carregando desajeitadamente as próprias bisnagas de amostra grátis. Havia também algumas receitas dobradas saindo do bolso esquerdo do jeans largo.

— Acho que podemos ir — disse Amanda, ainda no tom de Grande Dama arrogante.

Lisey achou aquilo bom demais para ser verdade, mesmo considerando a relativa juventude do médico de plantão e o novo afluxo de pacientes, e estava certa. A enfermeira se inclinou para fora do CONSULTÓRIO 1 como um mecânico se inclinaria da cabine de uma locomotiva e disse:

— As senhoras são irmãs da senhora Debusher?

Lisey e Darla assentiram. Culpadas, juiz.

— O doutor gostaria de falar um minutinho com as senhoras antes de irem embora. — Com essas palavras, enfiou a cabeça de volta para dentro do consultório, onde a garota ainda chorava.

Do outro lado da sala de espera, os dois homens com cheiro de cerveja explodiram em risos novamente e Lisey pensou: *Não sei o que há de errado com eles, mas não devem ter sido responsáveis pelo acidente.* E, de fato, os policiais pareciam estar se concentrando em um garoto pálido mais ou menos da mesma idade da menina com sangue no cabelo. Outro garoto tinha se apossado do telefone público. Tinha um rasgo feio na bochecha que Lisey tinha certeza de que precisaria de pontos. Um terceiro esperava sua vez de ligar. Este último não tinha ferimentos visíveis.

As palmas das mãos de Amanda estavam cobertas de um creme esbranquiçado.

— Ele falou que pontos só incomodariam — disse Amanda às irmãs. — E parece que os curativos não ficariam no lugar. Tenho de ficar com essa coisa nelas... Eca, como fede, né...? E deixar elas de molho em uma solução três vezes por dia pelos próximos três dias. Estou com uma receita para o creme e outra para a solução. Ele falou para eu tentar não dobrar muito as mãos. Para pegar as coisas entre os dedos, assim. — Ela pinçou um exemplar pré-histórico da *People* com os dois primeiros dedos da mão direita, ergueu um pouquinho a revista e depois a soltou.

A enfermeira apareceu.

— O doutor Munsinger vai falar com vocês agora. Com uma ou com as duas. — O tom dela deixou claro que não havia muito tempo a perder. Lisey estava sentada de um lado de Amanda, Darla do outro. Trocaram olhares com ela no meio. Amanda não notou. Estava analisando as pessoas do outro lado da sala com um interesse sincero.

— Vá você, Lisey — falou Darla. — Eu fico com ela.

10

A enfermeira levou Lisey até o CONSULTÓRIO 2 e em seguida voltou para a garota soluçante, os lábios apertados com tanta força que quase não estavam visíveis. Lisey se sentou na única cadeira e olhou para a única foto do cômodo: um cocker spaniel peludo em um campo cheio de narcisos. Poucos instantes depois (ela estava certa de que teria tido que esperar mais, caso aquele não fosse um assunto que precisava ser dispensado logo), o doutor Munsinger entrou depressa. Fechou a porta, isolando o som dos soluços altos da adolescente, e apoiou a bunda mirrada na mesa de exames.

— Prazer, Hal Munsinger — disse ele.

— Lisa Landon. — Ela estendeu a mão. O doutor Hal Munsinger a apertou brevemente.

— Gostaria muito de ter mais informações sobre a condição da sua irmã... para o nosso cadastro, naturalmente. Como a senhora vê, porém, estou um pouco enrolado aqui. Chamei reforço, mas enquanto isso vou ter uma noite daquelas.

— Agradeço pelo senhor ter aberto pelo menos esta brecha — falou Lisey, sentindo-se mais agradecida ainda pela voz calma que ouviu saindo da própria boca. Era uma voz que dizia *está tudo sob controle.* — Estou disposta a garantir que minha irmã não é um perigo para si mesma, se é essa a preocupação do senhor.

— Bem, isso me preocupa um pouco mesmo, é, um pouco, mas vou confiar na sua palavra. E na dela. Ela não é menor de idade, e de qualquer forma claramente não foi tentativa de suicídio. — Ele estava olhando para algo numa prancheta. Em seguida ergueu os olhos para Lisey, e seu olhar era desconfortavelmente penetrante. — Ou foi?

— Não.

— Não. Por outro lado, não é preciso ser um Sherlock Holmes para ver que este não é o primeiro caso de automutilação da sua irmã.

Lisey suspirou.

— Ela me disse que estava fazendo análise, mas a analista dela foi para Idaho.

Idaho? Alaska? Marte? Que importa para onde, a vaca dos colarzinhos sumiu. Em voz alta, ela disse:

— Acredito que seja verdade.

— Ela precisa voltar a se tratar, certo, senhora Landon? E rápido. Automutilação, assim como anorexia, não é suicídio, mas ambos são *comportamentos suicidas*, se é que a senhora me entende. — Ele pegou um bloco do bolso do jaleco branco e começou a escrever. — Gostaria de recomendar um livro para a senhora e para sua irmã. O título é *Cortando-se* e é de um homem chamado...

— ...Peter Mark Stein — disse Lisey.

O doutor Munsinger ergueu os olhos, surpreso.

— Meu marido o achou depois da última vez que a Manda teve... depois do que o senhor Stein chama de...

(*didiva depois da última didiva de sangue dela*)

O jovem doutor Munsinger estava olhando para ela, esperando que terminasse.

(*então fale Lisey diga logo diga didiva de sangue*)

Ela refreou os pensamentos descontrolados à força.

— Depois da última *catarse* dela, como diz Stein. É essa a palavra que ele usa, não é? Catarse? — A voz dela ainda estava calma, mas ela conseguia sentir pequenos ninhos de suor nas cavidades das têmporas. Pois a voz dentro dela estava certa. Chamar aquilo de catarse ou didiva de sangue dava na mesma. *Tudo* na mesma.

— Acho que sim — disse Munsinger. — Faz muitos anos que li esse livro.

— Como eu disse, meu marido o achou, leu e depois me fez ler. Vou desenterrá-lo e dá-lo para a minha irmã Darla. E temos outra irmã na região. Ela está em Boston agora, mas, quando voltar, vou fazer questão que ela o leia também. E vamos ficar de olho em Amanda. Ela pode ser difícil, mas nós a amamos.

— Certo, ótimo. — Ele tirou a bundinha magra de cima da mesa de exames. O papel que a cobria estalou. — Landon. O marido da senhora era o escritor.

— Sim.

— Sinto muito pela sua perda.

Lisey estava descobrindo que essa era uma das coisas mais estranhas de ter sido casada com um homem famoso; dois anos depois, as pessoas ainda lhe davam pêsames. Ela se perguntava se o mesmo aconteceria dali a dois anos. Talvez dali a dez. A ideia era deprimente.

— Obrigada, doutor Munsinger.

Ele assentiu e voltou ao assunto, o que foi um alívio.

— Casos desse tipo em mulheres adultas são muito raros. É mais comum vermos automutilação em...

Houve tempo suficiente para Lisey imaginá-lo terminar com: *crianças, como aquela chorona no outro consultório*, mas aí um enorme estrondo veio da sala de espera, seguido por uma algazarra. A porta do CONSULTÓRIO 2 foi aberta de supetão e a enfermeira apareceu. Parecia *maior* de alguma forma, como se tivesse inchado por causa da confusão.

— Doutor, o senhor pode vir aqui?

Munsinger não pediu licença, simplesmente picou a mula. Lisey o respeitou por isso: ESPANE.

Ela chegou à porta a tempo de ver o bom doutor quase derrubar a adolescente, que emergira do CONSULTÓRIO 1 para conferir o que estava acontecendo, e depois dar um encontrão em uma Amanda boquiaberta, jogando-a nos braços da irmã com tanta força que as duas quase caíram. O policial estadual e o rodoviário estavam em volta do rapaz aparentemente ileso que esperava para fazer uma ligação. Ele agora estava deitado no chão, inconsciente. O menino com o rasgo na bochecha continuava a falar ao telefone como se nada tivesse acontecido. Isso fez Lisey pensar em um poema que Scott lera para ela uma vez — um poema maravilhoso e terrível sobre como o mundo continuava girando como se o seu sofrimento não valesse

(*cocô*)

droga nenhuma, por maior que fosse. De quem era? Eliot? Auden? O cara que também tinha escrito o poema sobre a morte do atirador? Scott saberia dizer. Naquele instante, ela daria cada centavo que tinha para poder se virar para ele e perguntar qual deles escrevera aquele poema sobre sofrimento.

11

— Tem certeza de que vai ficar bem? — perguntou Darla. Estava parada diante da porta aberta da casinha de Amanda, cerca de uma hora mais tarde, a suave brisa noturna de junho serpeando em volta de seus calcanhares e folheando as páginas de uma revista na mesinha da antessala.

Lisey fez uma careta.

— Se me perguntar isso de novo, vou te jogar de cara no chão. Nós vamos ficar *bem*. Um pouco de chocolate quente… que eu vou ajudá-la a tomar, já que ela vai ter dificuldade com xícaras nas atuais condi…

— Ótimo — falou Darla. — Levando em conta o que ela fez com a última.

— E aí vamos para a cama. Apenas duas senhoras Debusher, sem nem um único consolo de borracha entre elas.

— Muito engraçado.

— Amanhã, de pé bem cedinho! Café! Cereais! Sair para aviar as receitas! Voltar para cá para colocar as mãos de molho na solução! Aí, Darla querida, *você* assume!

— Se você tem certeza disso…

— Tenho. Vá para casa e dê comida para o seu gato.

Darla lançou um último olhar inseguro a ela, seguido de um beijinho no rosto e do seu patenteado abraço de lado. Em seguida desceu o caminho de pedras irregulares em direção ao seu carrinho. Lisey fechou a porta, passou a chave e olhou para Amanda, sentada no sofá em uma camisola de algodão, parecendo serena e em paz. O título de um antigo livro gótico lhe passou pela cabeça… um que ela talvez tenha lido na adolescência. *Madam, Will You Talk?*, era o título dele.

— Manda? — disse ela baixinho.

Amanda ergueu o olhar, e seus olhos azuis dos Debusher estavam tão arregalados e cheios de confiança que Lisey não achou que conseguiria conduzir Amanda ao assunto sobre o qual ela, Lisey, queria saber: Scott e didivas, Scott e didivas de sangue. Uma coisa seria Amanda chegar sozinha a ele, talvez quando as duas estivessem deitadas no escuro. Mas levá-la até lá, depois do dia que Amanda tivera?

Você também teve um dia e tanto, Lisey.

Aquilo era verdade, mas ela não achava que fosse justificativa para estragar a paz que agora via nos olhos de Amanda.

— O que foi, irmãzinha?

— Você *gostaria* de tomar um chocolatinho quente antes de dormir?

Amanda sorriu, parecendo anos mais jovem.

— Chocolate quente antes de dormir seria ótimo.

Então tomaram o chocolate e, quando Amanda teve problemas para segurar a xícara, Lisey achou um canudo de plástico loucamente retorcido — cairia como uma luva nas prateleiras da Auburn Novelty — em um dos armários da cozinha. Antes de enfiar uma das pontas no chocolate quente, Manda ergueu o canudo para Lisey (pinçado entre dois dedos, exatamente como o médico lhe mostrara) e disse:

— Olhe, Lisey, é o meu *cérebro*.

Por um instante, Lisey só conseguiu ficar pasma, incapaz de acreditar que tinha ouvido mesmo Amanda fazer uma piada. Depois caiu na gargalhada. As duas caíram.

12

Elas beberam os chocolates quentes, escovaram os dentes uma de cada vez, como costumavam fazer tanto tempo antes na casa de fazenda em que tinham crescido, e foram para a cama. Assim que o abajur foi apagado e o quarto caiu na escuridão, Amanda falou o nome da irmã.

Ai, ai, lá vem, pensou Lisey com apreensão. *Outra diatribe para cima do bom e velho Charlie. Ou... será que é a didiva? Será que é algo sobre ela, afinal? E, se for, será que quero ouvir?*

— O quê, Manda?

— Obrigada por me ajudar — disse Amanda. — Esse negócio que o médico passou nas minhas mãos está fazendo muito bem a elas. — E virou de lado.

Lisey ficou pasma novamente — era só aquilo mesmo? Parecia que sim, pois um ou dois minutos depois a respiração de Amanda caiu naquele ritmo mais lento e ruidoso do sono. Ela talvez acordasse no meio da noite querendo um Tylenol, mas naquele instante estava apagada.

Lisey não tinha esperanças de ter a mesma sorte. Não dormira com ninguém desde aquela noite antes de o marido partir em sua última viagem e perdera o hábito. Além disso, tinha "Zack McCool" para ocupar seus pensamentos, isso sem falar no empregador de "Zack", o Caçacatras filho da puta do Woodbody. Ela daria uma palavrinha com Woodbody em breve. No dia seguinte, na verdade. Enquanto isso, o melhor a fazer era se contentar com algumas horas insones, talvez uma noite inteira delas, passando as últimas duas ou três na cadeira de balanço de Amanda no andar de baixo... Isto é, se conseguisse achar algo nas estantes da irmã que valesse a pena ler...

Madam, Will You Talk?, pensou ela. *Talvez Helen MacInnes tenha escrito esse livro. Certamente não é do homem que escreveu o poema sobre o atirador...*

E, no meio daquele pensamento, caiu em um sono profundo. Não sonhou com o tapete voador NÚMERO UM DE PILLSBURY. Ou com qualquer outra coisa.

13

Ela acordou na calada mais profunda da noite, quando a lua está baixa e a hora é nenhuma. Mal notava que estava desperta, ou que se aninhara contra as costas quentes de Amanda como se aninhava nas de Scott, ou que encaixara as rótulas dos joelhos na parte de trás dos de Amanda, como costumava fazer com Scott — na cama deles, em cem camas de hoteizinhos. Que nada, em quinhentas, talvez setecentas, *eu ouvi mil?, mil alguém?, quero ouvir um mil*. Ela estava pensando em didivas e didivas de sangue. Em ESPANE e em como às vezes tudo que se pode fazer é baixar a cabeça e esperar o vento mudar de direção. Pensava que se a escuridão amara Scott, então aquilo era amor de verdade, não era?, pois ele também a amara; dançara com ela no salão de baile dos anos até que seus passos o tinham levado embora.

Ela pensou: *Estou voltando para lá.*

E o Scott que ela mantinha na cabeça (pelo menos achava que era aquele Scott, mas como ter certeza?) disse: *Para onde você está indo, Lisey? Para onde agora, babyluv?*

Ela pensou: *De volta para o presente.*

E Scott disse: *O nome do filme era* De volta para o futuro. *Nós vimos juntos.*

Ela pensou: *Não estou falando de filme algum, e sim da nossa vida.*

E Scott disse: *Baby, você engatilhou?*

Ela pensou: *Por que eu estou apaixonada por alguém tão*

14

Ele é tão idiota, pensa ela. *Ele é um idiota, e sou outra por dar bola para ele.*

Ainda assim lá está ela, parada, olhando para o quintal dos fundos, não querendo chamá-lo, mas começando a ficar nervosa, pois ele saiu pela porta da cozinha e adentrou as sombras das onze da noite do quintal dos fundos há quase dez minutos, e o que pode estar fazendo? Não há nada lá além de cercas vivas e...

De algum lugar não muito distante vêm os sons de pneus cantando, um cão latindo, um grito de bêbado. Em outras palavras, todos os sons de uma cidade universitária numa noite de sexta. E ela se sente tentada a gritar por ele — mas, se fizer isso, mesmo que grite apenas seu nome, ele saberá que ela não está mais puta com ele. Pelo menos não *tão* puta assim.

E não está, na verdade. Mas a questão é que ele escolheu uma péssima noite de sexta para chegar alegrinho pela sexta ou sétima vez e muito atrasado pela primeira. O plano era assistir a um filme de um diretor sueco qualquer que ele estava louco para ver e ela só esperava que fosse dublado em inglês em vez de legendado. Por isso ela mandava pra dentro uma salada rápida, imaginando que Scott fosse levá-la ao Bear's Den para comer um hambúrguer depois do cinema (se não fizesse isso, *ela o* levaria). Aí o telefone tocara e ela pensara que era ele, torcera para que tivesse mudado de ideia e decidido levá-la para ver aquele filme com o Redford no shopping em Bangor (pelo amor de Deus, não para dançar no Anchorage depois de ter ficado oito horas em pé). Em vez disso, era Darla, dizendo "só liguei para bater papo" e já indo ao que interessava, que era reclamar (novamente) por ela ter fugido para a Terra do Nunca (termo de Darla), deixando todos os problemas nas mãos dela, de Amanda e de Cantata (referindo-se à Mãezinha Querida, que em 1979 era Mãezinha Gorda, Mãezinha Cega e — o que era pior — Mãezinha Gagá) enquanto Lisey "se divertia com os universitários". Como se trabalhar de garçonete oito horas por dia fosse férias. Para ela, a Terra do Nunca era uma pizzaria a cinco quilômetros do campus da Universidade do Maine, e os Garotos Perdidos eram quase todos *nerds* que ficavam tentando meter as mãos debaixo da saia dela. Deus sabia que os sonhos vãos de fazer algumas matérias — talvez à noite — tinham mirrado e desaparecido. Não era inteligência que lhe faltava, e sim tempo e energia. Ficara ouvindo os desvarios de Darla, tentando manter a calma, que obviamente acabara perdendo, e as duas tinham terminado gritando uma com a outra separadas por mais de duzentos quilômetros de linha telefônica e todas as histórias que existiam entre elas. Foi o que seu namorado sem dúvida chamaria de um completo banzé, que terminou com Darla dizendo o que sempre dizia:

— Faça o que achar melhor... É o que você vai fazer mesmo, o que sempre faz.

Depois daquilo, Lisey não quisera mais a fatia de *cheesecake* que trouxera do restaurante para sobremesa e certamente perdera a vontade de ir ver qualquer filme de Ingmar Bergman... mas tinha desejado estar com Scott. Sim. Porque no decorrer dos dois últimos meses, e especialmente das quatro ou cinco semanas anteriores, ela passara a depender de Scott de um jeito esquisito. Talvez seja piegas — *provavelmente é* —, mas, quando ele a envolve nos braços, ela tem uma sensação de segurança que não teve com nenhum dos outros caras; o que sentia com e por muitos deles era ou impaciência ou retraimento (às vezes desejo passageiro). Mas há bondade em Scott, e desde o início ela sentiu o interesse dele — interesse *nela* —, no qual mal conseguia acreditar, pois ele é muito mais *inteligente* e talentoso do que ela (e, para Lisey, a bondade é mais importante do que as outras duas coisas). Mas ela *acredita*. E ele tem um linguajar que ela assimilou avidamente desde o começo. Não o linguajar das Debusher, mas um que conhece muito bem mesmo assim — é como se já o falasse nos sonhos.

Porém, de que adianta a fala, e uma linguagem especial, se não há *com quem* se conversar? Com quem se *gritar*, até? Era disso que ela precisava naquela noite. Nunca lhe falara sobre a porra da família maluca — ah, perdão, é *joça* de família maluca, na língua de Scott —, mas pretendia falar naquela noite. Sentia que *precisava* falar, ou ia explodir de pura tristeza. Então é claro que, de todas as noites, ele escolhera aquela para não aparecer. Enquanto esperava, tentou dizer a si mesma que Scott certamente não sabia que ela acabara de ter a pior briga do mundo com a escrota da irmã mais velha — mas à medida que as seis horas viravam sete, que viravam oito, estou ouvindo nove?, nove alguém?, quero ouvir nove, à medida que cutucava mais um pouco o *cheesecake* para depois jogá-lo fora porque estava muito fula… Não, muito *puta da vida* para comê-lo, chegamos às nove, quero ouvir dez, dez horas e nada de Ford 1973 com um farol oscilante estacionando diante do prédio dela na North Main Street, ela ficou com mais raiva ainda, quero ouvir *furiosa*.

Ela estava sentada em frente à TV com um copo de vinho quase intocado ao lado e um programa sobre natureza que não estava vendo quando a raiva passou para um estado de fúria, e foi também naquele instante que teve certeza de que Scott não lhe daria um bolo completo. Ele *faria uma cena*, como diziam. Na esperança de *molhar o biscoito dele*. Outra fisgada de Scott da lagoa de palavras em que todos atiramos nossas redes, e como era charmosa aquela! Como todas eram charmosas! Havia também *chamar na chincha*, *lambuzar o pirulito*, *fazer o canguru perneta*, *fazer fuque-fuque* e o muito elegante *tirar uma casquinha*. Que coisa mais Terra do Nunca elas eram, e enquanto ficava sentada lá tentando escutar o som do Ford Fairlane ano 1973 do seu garotão especial — não dava para confundir aquele burburinho gutural, havia um buraco no silencioso, ou algo do gênero —, ela pensou em Darla falando: *Faça o que achar melhor, é o que você sempre faz.* Sim, e lá estava ela, a Lisey lindinha, rainha do mundo, fazendo o que queria, sentada naquele apartamento barato, esperando o namorado que chegaria, além de bêbado, tarde, mas ainda querendo tirar uma casquinha, pois todos queriam aquilo, era até uma piada: *Ei, garçonete, me vê essas carnes no capricho, um cafuné e um pedaço de tu.* Lá estava ela, sentada em uma cadeira de brechó desconfortável com os pés doendo numa ponta e a cabeça latejando na outra, enquanto as imagens na tevê — granuladas, pois a recepção da antena interna de marca genérica era uma bela joça — mostravam uma hiena comendo um esquilo morto. Lisey Debusher, rainha do mundo, levando uma vida glamorosa.

E, no entanto, quando os ponteiros do relógio passaram das dez, ela não teria sentido também uma espécie de felicidade vil e enfezada se infiltrar nela? Naquele instante, olhando ansiosa para o quintal coberto de sombras,

Lisey acha que a resposta é sim. *Sabe* que a resposta é sim. Pois, sentada lá com sua dor de cabeça e uma taça de vinho tinto seco, assistindo à hiena jantar o esquilo enquanto o narrador entoava "O predador sabe que pode passar muitos dias sem uma refeição tão boa", Lisey teve certeza de que o amava e sabia de coisas que poderiam magoá-lo.

Que ele a amava também? Essa era uma delas?

Sim, mas, naquele quesito, o amor dele por ela era secundário. O importante era como ela o enxergava: sem fantasias. Seus outros amigos viam o talento dele e ficavam deslumbrados. Ela via como ele às vezes precisava lutar para olhar estranhos nos olhos. Sabia que, debaixo de todo aquele papo inteligente (e às vezes brilhante), apesar dos dois livros publicados, ela poderia magoá-lo pra valer, se quisesse. Ele estava, nas palavras do pai dela, *pedindo pra chorar*. Vinha pedindo durante toda sua joça de vidinha encantada — não, prestem atenção —, sua porra de vidinha encantada. Naquela noite, o encanto seria quebrado. E quem o quebraria? Ela.

A Lisey lindinha.

Ela desligou a tevê, foi à cozinha com a taça de vinho e o jogou na pia. Não o queria mais. Além de um gosto seco, naquele momento ele tinha também um amargo. *É você que o está deixando amargo*, pensou ela. *De tão puta que está*. Não duvidava. Havia um velho radinho de pilha equilibrado no parapeito da janela sobre a pia, um Philco antigo com a parte de fora rachada. Fora do papito; ele o deixava no celeiro e o ouvia enquanto cuidava do serviço. Era a única coisa dele que Lisey ainda tinha, e o deixava na janela por ser o único lugar onde ele ainda pegava as estações locais. Jodotha o dera para ele de presente de Natal, e naquela época já era de segunda mão, mas, quando papito o desembrulhara e vira o que era, sorrira até parecer que seu rosto ia partir em dois e lhe agradecera até não poder mais! Sem parar! Jodi era a favorita dele, e foi ela quem se sentou à mesa de jantar em um domingo e anunciou aos pais — ora, anunciou a todo mundo — que estava grávida, e que o menino que a deixara naquela situação fugira para se alistar na Marinha. Ela queria saber se a tia Cynthia, lá de Wolfeboro, New Hampshire, poderia ficar com ela até o bebê ter idade para *ser colocado para a adoção* — fora assim que Jodi falara, como se ele fosse algo em um bota-fora no quintal. A notícia fora recebida com um estranho silêncio à mesa. Foi uma das únicas vezes de que Lisey se lembrava — talvez a única — em que a constante conversa entre facas e garfos batendo no prato à medida que sete Debusher famintos devoravam o assado até o osso parou. Finalmente, Mãezinha Querida perguntou: *Você já falou com Deus sobre isso, Jodotha?* E Jodi — sem deixar a peteca cair: *Foi Don Cloutier que me embarrigou, não Deus.* Foi quando papai deixou a mesa e sua filha favorita sem dizer palavra e sem olhar para trás. Logo depois, Lisey ouviu o som do rádio vindo do celeiro, bem baixinho. Depois de três semanas, ele tivera o primeiro dos derrames. Jodi então fora embora (mas não ainda para Miami, isso aconteceria anos mais tarde) e é Lisey quem tem de segurar o rojão das ligações furiosas de Darla — a Lisey lindinha, e por quê? Porque Canty está do lado de Darla, e ligar para Jodi não adianta para elas. Jodi é diferente das outras Debusher. Darla a chama de fria, Canty a chama de egoísta e as duas a chamam de insensível, mas Lisey acha que ela é outra coisa — algo melhor e mais admirável. Das cinco, Jodi é a única verdadeira sobrevivente, completamente imune à fumaça de culpa que sai da tenda da antiga família. Houve uma época em que vovó D emanava aquela fumaça, depois fora a vez da mãe delas, mas Darla e Canty estão dispostas a assumir a responsabilidade, tendo compreendido que, se você chamar aquela fumaça venenosa e viciante de "dever", ninguém manda você apagar o fogo. Quanto a Lisey, ela só gostaria de ser mais parecida com Jodi, para que pudesse rir e dizer quando Darla ligasse: *Vai tomar no cu, Darla querida; você fez sua cama, agora vai ter de se deitar nela.*

15

Parada na porta da cozinha. Olhando para o quintal dos fundos longo e em aclive. Esperando vê-lo sair voltando da escuridão. Querendo gritar para ele voltar — sim, mais do que nunca —, mas segurando com teimosia o nome dele atrás dos lábios. Esperou por ele a noite inteira. Esperaria um pouco mais.

Mas só um pouco.

Está começando a ficar tão assustada.

16

O rádio de papito só toca AM. A estação WGUY se recolhia junto com o sol e estava havia muito fora do ar, mas a WDER tocava música das antigas enquanto ela enxaguava a taça de vinho — algum herói da década de 1950 cantando sobre amor adolescente. Quando voltou para a sala, bingo, lá estava ele, parado na porta com uma lata de cerveja na mão e um sorriso torto na cara. Ela provavelmente não ouvira o som do Ford chegando por causa da música. Ou do latejar na cabeça. Ou dos dois.

— Fala, Lisey — disse ele. — Desculpe o atraso. Desculpe *mesmo*. Uma galera que estava comigo no seminário de David Honors começou a discutir sobre Thomas Hardy, e...

Ela lhe deu as costas sem dizer uma palavra e retornou para a cozinha, de volta para o som do Philco. Agora era um bando de caras cantando "Sh--Boom". Ele a seguiu. Ela sabia que ele a seguiria, era assim que aquelas coisas aconteciam. Sentia todas as coisas que tinha para dizer se avolumando na garganta, coisas ácidas, coisas venenosas, e uma voz solitária e aterrorizada lhe dizia para não as falar, não para aquele homem, e ela estilingou aquela voz adiante. A raiva não lhe deixaria fazer outra coisa.

Ele apontou um dedo para o rádio e disse, estupidamente orgulhoso de sua cultura inútil:

— São os Chords. A formação original.

Ela se voltou para ele e disse:

— Você acha que eu lá quero saber quem está cantando no rádio depois de ter trabalhado oito horas e esperado por você outras cinco? E você enfim aparece às quinze para as onze com um sorriso na cara, uma cerveja na mão e uma história sobre como um poeta morto qualquer acabou sendo mais importante para você do que eu?

Ele ainda tinha um sorriso no rosto, mas estava diminuindo, desaparecendo até sobrar apenas uma covinha. Enquanto isso, seus olhos marejavam. A voz perdida e assustada tentou dar outro aviso, mas ela a ignorou. Agora era a hora da brincadeira de magoar. Tanto no sorriso que sumia quanto na dor cada vez maior em seus olhos, ela via o quanto ele a amava e sabia que isso aumentava sua capacidade de feri-lo. Mesmo assim, ela o magoaria. Por quê? Porque podia.

Parada na porta da cozinha enquanto o esperava voltar, ela não conseguia se lembrar de todas as coisas que dissera, apenas que cada uma era um pouco pior que a anterior, um pouco mais perfeitamente talhada para magoar. Chegou uma hora em que ficou horrorizada ao ver como parecia Darla em seus piores momentos — apenas mais uma Debusher prepotente — e, àquela altura, já não havia mais nem sombra do sorriso dele. Scott a encarava solenemente, e ela ficou apavorada ao ver como os olhos dele estavam arregalados, ampliados pela umidade reluzente que os cobria até parecerem estar comendo seu rosto. Ela parou no meio de algo sobre como as unhas dele estavam sempre sujas e como ele as roía como um rato quando estava lendo. Ela parou e, naquele instante, não havia sons de motores vindos da frente do The Shamrock and The Mill no centro, nenhum pneu cantando, nem mesmo o som fraco da banda da semana tocando no The Rock. O silêncio era enorme e ela percebeu que queria voltar atrás e não fazia ideia de como. A coisa mais simples — *eu te amo assim mesmo, Scott, venha para a cama* — só lhe ocorreu mais tarde. Depois da didiva.

— Scott... Eu...

Ela não fazia ideia de como continuar dali e parecia não haver necessidade. Scott ergueu o indicador da mão esquerda como um professor que quer falar algo especialmente importante e o sorriso ressurgiu nos seus lábios. Uma espécie de sorriso, pelo menos.

— Espere — disse ele.

— Esperar?

Ele parecia satisfeito, como se ela tivesse entendido um conceito difícil.

— Espere.

E, antes de ela poder falar qualquer outra coisa, ele simplesmente saiu andando para a escuridão, a coluna ereta, o andar reto (sem mais nenhuma embriaguez), os quadris magros balançando sob o jeans. Ela o chamou uma vez — "Scott" —, mas ele apenas ergueu o dedo novamente: *espere*. E aí as sombras o engoliram.

17

Agora ela está parada olhando ansiosa para o gramado. Desligou a luz da cozinha, achando que seria mais fácil vê-lo assim; mesmo com a ajuda da luz da varanda do quintal vizinho, porém, as sombras tomam mais da metade da subida. No quintal ao lado, um cachorro late roucamente. O nome dele é Pluto, e ela sabe disso porque ouve as pessoas do lado de lá gritarem com ele de vez em quando, o que não adianta coisíssima nenhuma. Ela pensa no som de vidro quebrando que ouviu um minuto atrás: como o latido, aquele som pareceu vir de perto. Mais de perto do que os outros sons que povoam a noite agitada e infeliz.

Por que, ah, por que tinha que explodir para cima dele daquele jeito? Nem queria ver aquele filme sueco idiota, para começo de conversa! E por que sentiu tanto deleite com aquilo? Todo aquele deleite cruel e sujo?

Para isso ela não tem resposta. A noite de fim de primavera respira ao redor, e há quanto tempo exatamente ela *está* no escuro? Só dois minutos? Cinco, talvez? Parece mais. E aquele som de vidro quebrando, será que teve algo a ver com Scott?

A estufa fica para lá.

Não há motivos para isso fazer seu coração bater mais depressa, mas é o que acontece. E, assim que ela sente aquele aumento no ritmo das batidas, vê movimento além da distância a partir da qual seus olhos já não conseguem enxergar muito. Um segundo depois, a coisa que se move se transforma em um homem. Lisey sente alívio, mas ele não dissipa seu medo. Não consegue parar de pensar no som de vidro quebrando. E há algo de errado com a maneira como ele está se movendo. O caminhar ereto e ágil sumiu.

Ela o *chama*, mas o que sai é pouco mais do que um sussurro:

— Scott?

Ao mesmo tempo, sua mão está tateando a parede, à procura do interruptor que acende a luz do alpendre.

Seu chamado é baixo, mas a figura banhada em sombras se arrastando pelo gramado — sim, o nome daquilo é se arrastar, e não caminhar — levanta a cabeça no instante em que os dedos curiosamente dormentes de Lisey encontram o interruptor e o acendem.

— É uma didiva, Lisey! — grita ele assim que a luz se acende, e será que ele teria feito melhor se tivesse ensaiado antes? Ela acha que não. Na voz dele, ela reconhece um alívio louco e jubiloso, como se ele tivesse consertado tudo. — *E não é uma didiva qualquer, é uma didiva de sangue!*

Ela nunca tinha ouvido aquela palavra antes, mas não a confunde com nenhuma outra — nem com dívida ou dúvida. É didiva, outra palavra de Scott, e não uma didiva qualquer, mas uma didiva de sangue. A luz da cozinha salta para o gramado para encontrá-lo e ele está lhe estendendo a mão esquerda como um presente, ela tem certeza de que ele pensa no gesto como a oferta de um presente, assim como tem certeza de que ainda existe a mão de alguém em algum lugar debaixo daquilo, ah, Jesus, Maria e Josezinho, o Carpinteiro amado, ainda tem a mão de alguém em algum lugar debaixo daquilo ou ele vai terminar o livro que está escrevendo e qualquer outro que venha depois datilografando só com a direita. Pois no lugar da sua mão esquerda há apenas uma *massa* vermelha e gotejante. Sangue escorre entre as estrelas do mar que ela imagina serem seus dedos, e, mesmo voando ao encontro dele, seus pés descendo espasmodicamente os degraus da varanda dos fundos, ela conta aquelas formas vermelhas abertas, um dois três quatro e ah graças a Deus, o quinto ali é o polegar. Tudo ainda está no lugar, mas o jeans dele está manchado de vermelho e ainda assim ele lhe estende a mão lacerada e sanguinolenta, a que ele usou para varar uma vidraça grossa da estufa, abrindo caminho por uma cerca viva no pé do quintal para alcançá-la. Ele lhe estende seu presente, sua penitência por ter se atrasado, sua didiva de sangue.

— É para você — diz ele, e Lisey arranca a blusa e a enrola em volta da massa vermelha e gotejante, sentindo-a encharcar o pano imediatamente, sentindo o calor louco do ferimento e entendendo (é claro!) por que aquela vozinha estava com tanto medo das coisas que ela disse, entendendo o que a voz sabia desde o começo: aquele homem não está apenas apaixonado por ela, ele está um pouco apaixonado pela morte e mais do que disposto a concordar com qualquer coisa cruel e nociva que qualquer pessoa lhe disser.

Qualquer pessoa?

Não exatamente. Ele não é tão vulnerável assim. Só qualquer pessoa que ele ame. E Lisey compreende de súbito que não é a única que não contou quase nada sobre o próprio passado.

— É para você. Para dizer que sinto muito por ter esquecido e que não vai acontecer de novo. É uma didiva. A gente...

— Calma, Scott. Está tudo bem. Não estou...

— A gente chama de didiva de sangue. É especial. Papai contou pra mim e para o Paul...

— Não estou brava com você. Nunca fiquei brava com você.

Ele se detém ao pé dos degraus irregulares dos fundos, olhando embasbacado para ela. Parece ter uns dez anos de idade com aquela expressão no rosto. A blusa dela envolve a mão de forma precária como uma manopla de pano; era amarela, mas agora está toda rosada e vermelha. Ela fica parada no gramado, só de sutiã, sentindo a grama roçar seus calcanhares nus. A melancólica luz amarelada que da cozinha incide sobre eles deposita uma profunda sombra curvada entre seus seios.

— Você aceita?

Ele a encara com um ar infantil de súplica. Tudo que havia de homem nele desapareceu por um momento. Ela vê a dor no olhar demorado e ansioso dele e sabe que não é por causa da mão dilacerada, mas não sabe o que dizer. Está além da compreensão dela. Fez bem em colocar uma espécie de compressa no terrível estrago que ele fez acima do pulso, mas agora está paralisada. Existe alguma coisa certa para falar? E, mais importante, existe alguma coisa errada? Que o faça surtar novamente?

Ele a ajuda.

— Se você aceitar uma didiva, principalmente uma didiva de sangue, fica tudo bem com as desculpas. Foi o papai quem disse. O papai falou isso um montão de vez pra mim e para o Paul. — Não um *monte de vezes*, mas um *montão de vez*. Ele regrediu para a dicção da infância. Jesus Cristo. Meu Jesus Cristinho.

Lisey diz:

— Acho que vou aceitar, então, porque nunca quis ver nenhum filme sueco idiota com legendas, pra começo de conversa. Meus pés estão doendo. Eu só queria ir para a cama com você. E agora olhe só, em vez disso vamos ter de ir para uma joça de pronto-socorro.

Ele nega com a cabeça — devagar, mas com firmeza.

— *Scott...*

— Se você não estava brava, por que gritou comigo e me chamou de toda aquela coisa-ruim?

Toda aquela coisa-ruim. Certamente outro cartão-postal da infância dele. Ela registra aquilo e coloca a informação de lado para considerações futuras.

— Porque eu já não tinha mais como gritar com a minha irmã — diz ela.

Acha graça daquilo e começa a rir. Ri alto, e o som a assusta de tal forma que ela começa a chorar. Em seguida fica tonta. Senta-se nos degraus da varanda, achando que vai desmaiar.

Scott se senta ao lado dela. Tem vinte e quatro anos, o cabelo bate na altura do ombro, está com uma barba por fazer de dois dias e é magro como um bambu. Está com a blusa dela na mão esquerda, uma das mangas solta e caída. Ele beija a cavidade pulsante da sua têmpora, depois olha para ela com perfeita e afetuosa compreensão. Quando fala, soa quase como ele mesmo novamente.

— Eu entendo — diz ele. — Família é uma droga.

— Se é... — sussurra ela.

Ele a envolve com o braço — o esquerdo, no qual ela já está pensando como o braço da didiva de sangue, o presente dele para ela, sua joça de presente insano de sexta à noite.

— Eles não precisam ter importância — diz ele. Sua voz soa estranhamente serena. É como se não tivesse transformado a mão esquerda em um monte de carne crua e sangrenta. — Veja bem, Lisey: dá para esquecer qualquer coisa.

Ela o encara com desconfiança.

— Tem certeza?

— Tenho. Essa é a nossa hora. Eu e você. É isso que importa.

Eu e você. Mas será que ela quer aquilo? Agora que está vendo como o equilíbrio dele é tênue? Agora que tem um vislumbre de como a vida com ele pode ser? Ela então pensa na sensação dos lábios dele na cavidade da sua têmpora, tocando aquele local secreto especial, e pensa, *talvez queira sim. Todo furacão não tem um olho?*

— É? — pergunta ela.

Ele fica vários segundos calado. Apenas a abraça. Sons de motores, gritos e risadas loucas e escandalosas vêm do minúsculo centro de Cleaves. É sexta à noite, e os Garotos Perdidos estão farreando. Mas não há nada daquilo ali. Ali, o que há é o cheiro do longo quintal dos fundos, o som de Pluto latindo sob a luz da varanda vizinha e a sensação do braço dele ao redor dela. Mesmo a pressão úmida e quente da sua mão ferida é reconfortante, marcando a pele nua do seu diafragma como um tição.

— Baby — diz ele por fim.

Pausa.

E em seguida:

— Babyluv.

Para Lisey Debusher, vinte e dois anos, cansada da família e igualmente cansada de estar sozinha, aquilo basta. Finalmente. Ele a chamou de volta para casa e, na escuridão, ela se entrega ao Scott que há nele. Dali até o fim, jamais olhará para trás.

18

Quando já estão de volta à cozinha, ela desenrola a blusa para ver o estrago. Olhando para a ferida, sente outra onda de tontura primeiro erguê-la até a lâmpada brilhante e depois jogá-la em direção à escuridão; tem de lutar para manter a consciência, e consegue dizendo a si mesma: *Ele precisa de mim. Precisa que o leve de carro para o pronto-socorro do Derry Home.*

De alguma forma, ele por pouco não cortou as veias do pulso — um milagre de olhos azuis —, mas a palma da mão está rasgada em pelo menos quatro lugares diferentes, um pedaço da pele está pendurado como papel de parede e três dos que o pai dela chamava de "os dedos gordos" também estão cortados. A cereja no bolo é um talho horrível no antebraço com um triângulo de vidro verde saltando para fora como uma barbatana de tubarão. Ela se ouve soltar um inevitável *ai!* quando Scott o arranca — quase casual-mente — e o atira no lixo. Ele segura a blusa encharcada de sangue sob a mão e o braço enquanto faz isso, tentando evitar, atencioso, que o sangue caia no chão da cozinha dela. *Mesmo assim* um pouco ainda respinga o as-soalho, mas, surpreendentemente, quase não há o que limpar depois. Há um banco alto na cozinha em que ela às vezes se senta quando está descas-cando legumes ou até lavando pratos (quando você fica em pé oito horas por dia, aproveita qualquer oportunidade de se sentar), e Scott o puxa com um pé para poder se sentar com a mão pingando dentro da pia. Ele diz que vai falar o que ela deve fazer.

— Você tem de ir para o pronto-socorro — diz ela. — Scott, seja razoável! Mãos são cheias de tendões e tal! Você quer que ela fique inútil? Porque ela pode ficar! Pode ficar mesmo! Se estiver preocupado com o que vão falar, você pode inventar alguma história, é isso que você faz, inventa histórias, e eu posso confir...

— Se você ainda quiser que eu vá amanhã, a gente vai — diz ele. Agora voltou *completamente* ao seu eu normal, racional, charmoso e de uma persuasão quase hipnótica. — Não vou morrer disto esta noite, o sangramento já quase estancou. Além do mais, você sabe como ficam os prontos-socorros na noite de sexta? Verdadeiros Desfile de Bêbados! Seria bem melhor a gente ir na manhãzinha de sábado. — Ele está sorrindo para ela agora, aquele maravilhado sorriso *querida, eu sou demais* que quase obriga as pessoas a sorrirem de volta (o que ela tenta evitar, embora esteja perdendo a batalha). — Além do mais, todos os Landon se curam rápido. Tínhamos de nos curar. Vou lhe mostrar exatamente o que deve fazer.

— Você age como se já tivesse enfiado a mão em uma dúzia de janelas de estufa.

— Não — diz ele, o sorriso diminuindo um pouco. — Nunca tinha dado um murro numa estufa até hoje à noite. Mas já aprendi algumas coisas sobre me machucar. Tanto Paul quanto eu aprendemos.

— Ele era seu irmão?

— É. Ele já morreu. Lisey, encha uma bacia de água morna, pode ser? Morna, mas não muito quente.

Ela quer fazer todo tipo de perguntas sobre o irmão

(*Papai falou um montão de vez pra mim e para o Paul*)

que nunca soube que ele tinha, mas não é a hora. Tampouco vai continuar brigando com ele para irem ao pronto-socorro, não por enquanto. Inclusive porque, se ele concordasse em ir, ela teria de levá-lo de carro, e não tinha certeza se conseguiria pois ficou toda trêmula por dentro. E ele tem razão sobre o sangramento, diminuiu bastante. Graças a Deus pelas pequenas bênçãos.

Lisey pega sua bacia de plástico branca (da Mammoth Mart, setenta e nove centavos) debaixo da pia e a enche de água morna. Ele enfia a mão dilacerada nela. No começo, ela segura a onda — os anéis de sangue subindo preguiçosamente até a superfície da água não a incomodam muito —, mas, quando ele enfia a outra mão na bacia e começa a esfregar com suavidade o ferimento, a água fica rosa e Lisey se vira para o outro lado, perguntando por que ele está fazendo os cortes sangrarem de novo daquele jeito, pelo amor de Deus.

— Quero me certificar de que estão limpos — diz ele. — Eles precisam estar limpos quando eu for... — Faz uma pausa, depois completa — para a cama. Posso dormir aqui, não posso? Por favor?

— Sim, é claro que pode — diz ela. E pensa: *Não era isso que você ia falar.*

Quando ele termina de deixar a mão de molho, joga fora a água cheia de sangue pessoalmente, para que ela não tenha de fazê-lo, e em seguida lhe mostra a mão. Molhados e brilhando, os cortes parecem menos graves e, ainda assim, de certa forma, mais horríveis, como guelras entrecruzadas, o rosa ficando mais vermelho na parte de dentro.

— Posso usar sua caixa de chá, Lisey? Prometo que compro outra para você. Estou com um cheque de acerto de direitos autorais para cair. Mais de cinco mil. Meu agente jurou pela honra da mãe dele. Eu respondi que nem sabia que ele tinha uma. Isso é uma piada, aliás.

— Eu sei que é uma piada, não sou *tão* burra assim...

— Você não é nada burra.

— Scott, por que você quer uma caixa inteira de saquinhos de chá?

— Traga pra mim que você vai descobrir.

Ela pega o chá. Ainda sentado no banquinho e trabalhando só com uma das mãos, Scott enche a bacia com mais água não-muito-quente.

— Foi Paul quem inventou isso — diz ele com empolgação. É uma empolgação de menino, pensa ela. *Olha que aeromodelo maneiro que eu fiz sozinho, olha a tinta invisível que eu fiz com os produtos do meu kit de química.* Ele joga os saquinhos de chá dentro da bacia, todos os dezoito, mais ou menos. Eles começam a tingir a água de um âmbar fosco à medida que afundam. — Arde um pouco, mas funciona muito muito bem. Olhe só!

Muito muito bem, observa Lisey.

Ele coloca a mão no chá fraco que preparou e, por um instante apenas, seus lábios se retraem, revelando os dentes, que são tortos e um pouco manchados.

— Dói um pouco, mas funciona — diz ele. — Funciona muito muito bem, Lisey.

— É — diz ela.

É bizarro, mas imagina que talvez possa mesmo ajudar um pouco a evitar uma infecção, ou a cicatrizar, ou os dois. Chuckie Gendron, o cara que faz as porções no restaurante, é um grande fã do *Insider*, e ela dá uma olhada no jornal de vez em quando. Leu um artigo em uma das páginas de trás, algumas semanas antes, sobre como chá é bom para todo tipo de coisa. É claro que estava na mesma página de um artigo sobre como os ossos do pé-grande foram encontrados em Minnesota.

— É, imagino que tenha razão.

— Eu não, o Paul. — Ele está empolgado, e a cor lhe voltou ao rosto. *É quase como se não tivesse se machucado*, pensa ela.

Scott aponta o bolso do peito com o queixo.

— Me dê um cigarro, babyluv.

— Você acha que deve fumar com a mão toda...

— Claro, claro.

Ela então pega os cigarros do bolso do peito, coloca um na boca dele e o acende. Fumaça cheirosa (ela sempre vai adorar aquele cheiro) sobe aos montes em direção ao teto vergado e manchado de infiltrações da cozinha. Ela quer lhe fazer mais perguntas sobre didivas, especialmente sobre didivas de sangue. Está começando a entender.

— Scott, você e seu irmão foram criados pelo seu pai e pela sua mãe?

— Não. — Ele estava com o cigarro em dos cantos da boca e um olho apertado por causa da fumaça. — Mamãe morreu durante o meu parto. Papai sempre disse que eu a matei por ter sido um dorminhoco e ficado grande demais. — Ele ri disso como se fosse a piada mais engraçada do mundo, mas é também um riso nervoso, uma criança rindo de uma piada suja que não entende muito bem.

Ela não fala nada. Tem medo de falar.

Ele olha para o local em que sua mão desaparece na bacia, que agora está cheia de chá tingido de sangue. Dá baforadas rápidas no Herbert Tareyton e as cinzas ficam longas. Ainda está com o olho apertado, e isso de alguma forma o deixa com uma aparência diferente. Não exatamente como se fosse um estranho, mas *diferente*. Como...

Ah, como um irmão mais velho, talvez. Um que tenha morrido.

— Mas papai disse que não tive culpa de ter ficado dormindo quando estava na hora de sair. Ele disse que mamãe devia ter me dado um tapa pra eu acordar, o que ela não fez, aí fiquei grande demais e ela morreu por isso, didiva, fim. — Ele ri. As cinzas caem do cigarro no balcão. Ele parece não notar. Olha para a mão no chá espesso, mas não fala mais nada.

O que deixa Lisey em um delicado dilema. Será que deve fazer outra pergunta ou não? Tem medo de que ele não responda, que exploda para cima dela (ele *é capaz* de explodir, disso ela sabe, participou como ouvinte de um de seus seminários sobre os Modernistas certa vez). Também tem medo de que ele *responda*. Acha que vai responder.

— Scott? — diz ela muito baixinho.

— Ahn? — O cigarro já desceu três quartos do caminho até o que parece um filtro, mas, em um Herbert Tareyton, não passa de uma espécie de piteira.

— O seu papai fazia didivas?

— Didivas de sangue, sem dúvida. Para quando a gente não tinha coragem ou para botar pra fora a coisa-ruim. Paul fazia didivas ótimas. Engraçadas. Tipo caças ao tesouro. Siga as pistas. "Didiva! Fim!" e ganhe um prêmio. Tipo um doce ou um refrigereco. — As cinzas caem do cigarro de novo. Os olhos de Scott estão fixos no chá sanguinolento da bacia. — Mas papai dá um beijinho. — Ele a encara, e Lisey entende de súbito que Scott sabe tudo o que ela queria perguntar mas foi impedida pela timidez, e está respondendo da melhor forma possível. Da melhor forma que se atreve. — Este é o prêmio do papai. Um beijo quando a dor para.

19

Não há gaze o suficiente no armarinho de remédios, então Lisey acaba rasgando longas tiras de um lençol. O lençol é velho, mas ela lamenta sua morte assim mesmo — com um salário de garçonete (mais as gorjetas mesquinhas dos Garotos Perdidos e aquelas ligeiramente melhores dos professores da faculdade que almoçam no Pat) ela não tem condições de atacar o armário das roupas de cama daquele jeito. Porém, quando pensa nos cortes entrecruzados na mão dele — e na mais profunda e longa guelra em seu antebraço —, não hesita em fazê-lo.

Scott dorme quase antes de pousar a cabeça no travesseiro no seu lado da cama ridiculamente estreita de Lisey. Ela imagina que vá ficar algum tempo acordada, remoendo as coisas que ele lhe contou. Em vez disso, cai no sono quase de imediato.

Ela acorda duas vezes durante a noite, a primeira porque precisa fazer xixi. A cama está vazia. Ela anda sonolenta até o banheiro, puxando no caminho a camiseta larga da Universidade do Maine que usa para dormir, dizendo:

— Rápido, Scott, estou doida pra ir...

Porém, quando entra no banheiro, a lâmpada que sempre deixa acesa lhe mostra um cômodo vazio. Scott não está lá. Nem o assento da privada está levantado, do jeito que ele sempre deixa depois de dar uma mijada.

De repente, Lisey perde a vontade de urinar. De repente, morre de medo de que a dor o tenha acordado, de que ele tenha se lembrado de todas as coisas que lhe contou e tenha sido esmagado pelas — como eles chamam no *Insider* de Chuckie? — lembranças recuperadas.

Será que foram *mesmo* recuperadas, ou ele apenas as vinha guardando para si? Ela não sabe ao certo, mas sabe que o jeito infantil com o qual ele falou por um instante foi muito sinistro... E quem sabe não voltou à estufa para terminar o serviço? Com o pescoço dessa vez, em vez de com a mão?

Ela se vira em direção à entrada escura da cozinha — o apartamento consiste apenas nela e no banheiro — e o vê enrolado na cama. Está dormindo na sua habitual posição semifetal, joelhos quase no peito, testa encostada na parede (quando eles saírem daquele lugar no outono, haverá uma marca fraca, mas perceptível, ali — a marca de Scott). Ela lhe disse várias vezes que ele teria mais espaço se dormisse do outro lado, mas Scott não quer. Ele se mexe um pouco, as molas rangem e, sob o brilho da luz da rua, Lisey consegue ver uma mecha negra do cabelo dele cair sobre a bochecha.

Ele não estava na cama.

Mas lá está ele, no quarto. Se tiver alguma dúvida, ela pode colocar a mão debaixo da mecha de cabelo que está olhando, erguê-la, sentir seu peso.

Então talvez eu tenha apenas sonhado que ele não estava aqui?

Isso faz sentido — mais ou menos —, mas, quando ela volta para o banheiro e se senta na privada, volta a pensar: *Ele não estava lá. Quando me levantei, a joça da cama estava vazia.*

Ela levanta o assento depois de terminar, porque se *ele* acordar à noite vai estar sonolento demais para isso. Depois volta para a cama. Está quase dormindo quando chega nela. Ele está ao lado dela agora, e é isso que importa. Sem dúvida é isso que importa.

20

Na segunda vez, ela não acorda sozinha.

— Lisey.

É Scott, sacudindo-a.

— Lisey, Lisey lindinha.

Ela resiste, teve um dia duro — uma *semana* dura, isso sim —, mas ele insiste.

— Lisey, acorde!

Ela espera que a luz do sol perfure seus olhos, mas ainda está escuro.

— Scott. Quifoi?

Ela quer perguntar se ele está sangrando de novo, ou se o curativo saiu, mas esses pensamentos parecem grandes e complicados demais para sua mente confusa. *Quifoi* vai ter de servir.

O rosto de Scott está pairando sobre o dela, totalmente desperto. Ele parece empolgado, mas não aflito ou com dor. Diz:

— Não dá pra gente continuar vivendo assim.

Isso a acorda quase por completo, porque a assusta. O que ele está falando? Que quer terminar?

— *Scott?* — Ela tateia o chão, pega o relógio de pulso e aperta os olhos para ele. — São quatro e quinze da manhã! — Soa chateada, soa irritada, e de fato *está*, mas também está assustada.

— Lisey, nós temos de arranjar uma casa de verdade. Comprar uma. — Ele balança a cabeça. — Não, estou com os pensamentos fora de ordem. Acho que a gente devia se casar.

O alívio a inunda e ela se deixa cair de costas. O relógio cai dos dedos relaxados e bate no chão. Não tem problema; aqueles da Timex levam uma bordoada e continuam funcionando. O alívio é seguido de espanto; acabaram de pedir a mão dela em casamento, como uma dama em um livro romântico. E o alívio é seguido por um pequeno vagão vermelho de terror. O cara que está fazendo isso é o mesmo que lhe deu um bolo na noite anterior, destroçou a própria mão quando ela brigou com ele por isso (e por algumas outras coisas, tudo bem, é verdade), e depois apareceu no gramado estendendo a mão ferida para ela como se fosse alguma joça de presente de Natal. Aquele era o homem com um irmão morto sobre o qual ela só ficou sabendo esta noite e a mãe morta que ele supostamente matou porque — quais foram mesmo as palavras do escritor bambambã? — ficou grande demais.

— Lisey?

— Cale a boca, Scott, estou pensando.

Ah, mas é difícil pensar quando a lua está baixa e a hora é nenhuma, independentemente do que diga o seu confiável Timex.

— Eu te amo — diz ele com brandura.

— Eu sei. Eu também te amo. Essa não é a questão.

— Pode ser, sim — diz ele. — Que você me ama, quero dizer. Talvez essa seja exatamente a questão. Ninguém me amou desde Paul. — Uma longa pausa. — E de papai, eu acho.

Ela se levanta, apoiando-se nos cotovelos.

— Scott, *um monte* de gente ama você. Quando você fez uma leitura do seu último livro; e do que está escrevendo agora... — Ela franze o nariz. O novo se chama *Demônios vazios*, e o que leu e o ouviu ler dele, ela não gostou. — Quando você fez a leitura, quase quinhentas pessoas apareceram! Eles tiveram de passar você do Maine Lounge para o Hauck Auditorium! Quando terminou, eles o aplaudiram de pé!

— Isso não é amor — diz ele. — É curiosidade. E, cá entre nós, é um esquema *freakshow*. Quando você publica seu primeiro livro aos 21 anos, passa a sacar tudo sobre esse lance de show de esquisitices, mesmo que a droga do livro só venda para bibliotecas e só saia em edições de bolso. Mas você não liga pra essa história de menino-prodígio, Lisey...

— Ligo, sim... — Estava totalmente acordada àquela altura, ou quase.

— Liga, mas… Um cigarro, babyluv? — Os cigarros dele estão no chão, no cinzeiro de tartaruga que ela guarda para ele. Ela lhe entrega o cinzeiro, coloca um cigarro na boca de Scott e o acende. Ele prossegue. — Mas também liga se eu escovo ou não os dentes…

— Bem, *sim*…

— E se o xampu que eu estou usando acaba com a caspa ou se só está piorando a situação…

Isso a faz se lembrar de uma coisa.

— Comprei aquele xampu que falei. Está no boxe. Quero que você experimente.

Ele dispara a rir.

— Está vendo? Está vendo? Um exemplo perfeito. Você faz uma abordagem holística.

— Não conheço essa palavra — diz ela, franzindo o cenho.

Ele apaga o cigarro depois de fumar só um quarto dele.

— Significa que, quando você olha para mim, me vê dos pés à cabeça e de cabo a rabo e para você tudo tem o mesmo peso.

Ela pensa naquilo, depois assente.

— Acho que sim, claro.

— Você não sabe o que é isso. Eu escondo uma infância em que eu era só… em que eu era uma coisa. De seis anos para cá, tenho sido outra. É uma coisa melhor, mas, ainda assim, para a maioria das pessoas aqui e lá em Pitt, Scott Landon não passa de uma… uma máquina de músicas milagrosa. É só colocar um dinheirinho que sai uma joça de história.

Ele não soa rancoroso, mas ela percebe que pode *ficar*. Com o tempo. Se não tiver um porto seguro, um lugar onde possa ser podado. E sim, ela pode ser aquela pessoa. Pode criar tal lugar. De certa maneira, eles já fizeram isso.

— Você é diferente, Lisey. Eu soube desde a primeira vez que vi você, na Noite do Blues no Maine Lounge, lembra?

Jesus, Maria e Josezinho, o Carpinteiro, como ela se lembra. Fora à Universidade naquela noite para assistir à exposição de Hartgen em frente ao Hauck, ouviu a música saindo do bar e entrou por simples capricho. Ele chegou alguns minutos depois, passou os olhos pela casa praticamente cheia e perguntou se a outra ponta do sofá em que ela estava sentada estava ocupada.

Ela quase não ficou para o show. Poderia ter conseguido pegar o ônibus das oito e meia para Cleaves se não tivesse ficado. Por um fio, ela esteve perto de ir para a cama sozinha naquela noite. A ideia a faz se sentir como se olhasse para baixo de uma janela alta.

Ela não diz nada disso, apenas assente.

— Para mim, você é como… — Scott faz uma pausa, depois sorri. Seu sorriso é divino, com dentes tortos e tudo. — Você é como aquela lagoa em que todos bebemos. Já te falei sobre a lagoa?

Ela assente mais uma vez, sorrindo também. Não tinha — não diretamente —, mas ela já o ouviu falar sobre aquilo nas suas leituras e durante as palestras a que assistiu depois de convidada com entusiasmo por ele, sentada bem no fundo nas salas 101 ou 112. Quando fala sobre a lagoa, ele sempre estende o braço, como se quisesse colocar as mãos nela, ou fisgar coisas — peixes linguísticos, talvez — de lá de dentro. Ela acha aquilo um gesto cativante, de menino. Às vezes, ele a chama de lagoa dos mitos; outras, de lagoa das palavras. Diz que cada vez que você chama alguém de sangue--bom ou maçã podre, está bebendo daquela lagoa ou pegando girinos às margens dela; que cada vez que manda uma criança arriscar a própria vida na guerra porque ama sua bandeira e a ensinou a amá-la também, está nadando naquela lagoa… bem fundo, onde os grandões com dentes famintos também nadam.

— Eu procuro você e você me vê por inteiro — diz ele. — Você me ama de cabo a rabo e não só por causa de alguma história que eu escrevi. Quando a sua porta se fecha e o mundo fica lá fora, ficamos no mesmo nível, olho no olho.

— Você é muito mais alto do que eu, Scott.

— Você sabe do que estou falando.

Ela acha que sim. E também está abalada o suficiente para combinar algo de que talvez se arrependa pela manhã.

— A gente conversa sobre isso pela manhã — diz ela. Depois pega os apetrechos de fumar dele e os coloca de volta no chão. — Me pergunte de novo, se ainda quiser.

— Ah, eu vou querer — diz ele, com confiança total.

— Vamos ver. Por enquanto, volte a dormir.

Ele vira para o lado. Está com o corpo quase reto, mas, à medida que adormece, começa a se dobrar. Seus joelhos chegarão até o peito estreito; a testa, atrás da qual todos os peixes-histórias nadam, vai se encostar na parede.

Eu o conheço. Estou começando a conhecê-lo, pelo menos.

Nesse instante, ela sente outra onda de amor por ele e precisa selar os lábios para evitar palavras perigosas. Do tipo que são difíceis de retirar uma vez que são ditas. Talvez impossíveis. Decide então apertar os seios contra as costas dele e a barriga contra seu traseiro nu. Alguns grilos atrasados cantam além da janela e Pluto continua latindo outro plantão noturno adentro. Ela começa a cair no sono de novo.

— Lisey? — É quase como se a voz dele viesse de outro mundo.

— Ahnnnn?

— Eu sei que você não gosta do *Demônios*...

— D'testo — consegue dizer ela, o que é o mais próximo que consegue chegar de uma análise crítica em seu atual estado; ela está caindo, caindo, caindo no sono.

— É, e não vai ser a única. Mas meu editor adora o livro. Diz que o pessoal da editora decidiu que é um romance de horror. Por mim, tudo bem. Como é aquele velho ditado? Pode me chamar do que quiser, só não me chame tarde para a janta.

Caindo no sono. A voz dele vem de um corredor longo e escuro.

— Não preciso de Carson Foray ou do meu agente para saber que *Demônios vazios* vai me pagar muitos boletos. Já cansei de brincadeira, Lisey. Estou no caminho certo, mas não quero ir sozinho. Quero que você venha comigo.

— Cal'boca, Sco. Vai dunhir.

Ela não sabe se ele foi dormir ou não, mas, por milagre (um *milagre de olhos azuis*), Scott Landon cala mesmo a boca.

21

Lisey Debusher acorda no inacreditavelmente extravagante horário das nove da manhã do sábado, sentindo cheiro de bacon frito. A luz do sol se espalha pelo chão e pela cama numa listra brilhante. Ela vai até a cozinha.

Scott está fritando bacon de cuecas, e ela fica horrorizada ao ver que ele tirou os curativos que ela fez com tanto cuidado. Quando ela reclama, ele diz simplesmente que estava coçando.

— Além do mais — continua ele, estendendo a mão para ela (isso a faz lembrar tanto de como ele saiu andando das sombras na noite anterior que ela precisa conter um calafrio) —, não parece tão ruim à luz do dia, não é?

Ela pega a mão dele, inclina-se como se a fosse ler e fica olhando até ele a puxar de volta, dizendo que se não virar o bacon ele vai queimar. Não fica estarrecida, tampouco assustada; talvez tais emoções estejam reservadas para noites escuras e quartos sombrios, não para manhãs de fim de semana ensolaradas com o radinho Philco na janela tocando aquela música sobre um carro daqueles rebaixados que parecem dançar — uma canção que ela nunca entendeu, mas de que sempre gostou. Não estarrecida e nem assustada... mas *sim* perplexa. Tudo em que consegue pensar é que deve ter achado que os cortes eram muito piores do que de fato eram. Que entrou em pânico. Pois os ferimentos, embora não sejam exatamente arranhões, são bem menos sérios do que ela pensava. Não só estão fechados como já começaram a fazer *casca*. Se ela o tivesse levado para o pronto-socorro do Derry Home, eles provavelmente a teriam mandado cair fora.

Além do mais, todos os Landon se curam rápido. Tínhamos de nos curar.

Enquanto isso, Scott tira o bacon tostado da frigideira com um garfo, colocando-o sobre duas folhas de toalha de papel. Para Lisey, ele pode ser um bom escritor, mas é *ótimo* com frituras. Pelo menos quando leva a sério o que está fazendo. Ele precisa de cuecas novas, porém — os fundilhos da que está usando estão caídos de um jeito muito engraçado, e o elástico da cintura está nas últimas. Ela vai ver o que pode fazer para convencê-lo a comprar novas quando o prometido cheque de acerto de direitos autorais cair, e é claro que sua mente não está preocupada com cuecas, não exatamente; a mente dela quer comparar o que viu na noite passada — aquelas guelras profundas e repugnantes, de um rosa que vira um vermelho-fígado — com o que está às vistas naquela manhã. É a diferença entre meros cortes e talhos — e ela acredita de verdade que *alguém* possa se curar tão depressa assim fora de uma história da Bíblia? Acredita mesmo? Afinal, ele não varou com a mão uma vidraça de janela, e sim um vidro de estufa, o que a faz lembrar que precisam fazer alguma coisa sobre aquilo, Scott vai ter de...

— Lisey.

Ela é arrancada dos seus devaneios e se vê sentada à mesa da cozinha, enrolando nervosamente a blusa entre as coxas.

— Oi?

— Um ou dois ovos?

Ela pensa no assunto.

— Dois. Acho.

— Gema coberta ou quer ele zoiando pra tu?

— Coberta — diz ela.

— A gente há de se casar? — pergunta ele no mesmíssimo tom, quebrando os dois ovos com a mão direita boa e jogando-os na frigideira, caploft.

Ela sorri um pouco, não por conta do tom casual, mas pela maneira de falar ligeiramente arcaica, e percebe que não está nada surpresa. Vinha esperando aquilo… aquela, como-se-diz-mesmo? Aquela retomada; ela deve ter remoído a proposta dele em algum recanto profundo da sua mente mesmo enquanto dormia.

— Tem certeza? — pergunta ela.

— Absoluta — diz ele. — O que você acha, babyluv?

— Babyluv acha que temos um plano.

— Ótimo. Que ótimo. — Ele faz uma pausa. Depois: — Brigadão.

Por um ou dois minutos, nenhum dos dois diz nada. No parapeito da janela, o velho radinho Philco rachado toca o tipo de música que papito Debusher nunca ouviu. Na frigideira, os ovos estalam. Ela está faminta. E feliz.

— No outono — diz ela.

Ele assente, pegando um prato.

— Ótimo. Outubro?

— Talvez seja cedo demais. Que tal por volta do Dia de Ação de Graças? Sobrou algum ovo pra você?

— Um só, e só quero um.

— Só me caso se você comprar cuecas novas — diz ela.

Ele não ri.

— Então farei disso uma prioridade.

Ele coloca o prato na frente dela. Bacon e ovos. Ela está com muita fome. Começa a comer e ele quebra o último ovo na frigideira.

— Lisa Landon — diz. — O que você acha?

— Acho que vou querer. Formou um... como é que se diz quando todas as palavras começam com o mesmo som?

— Aliteração.

— Isso aí. — Ela repete: — Lisa Landon. — Assim como os ovos, é gostoso.

— Lisey Landon lindinha — diz ele e joga o ovo no ar. Ele gira duas vezes e cai bem em cima da gordura do bacon, splat.

— Você, Scott Landon, promete engatilhar e não desengatilhar de jeito nenhum? — pergunta ela.

— Engatilhado na saúde e na doença — concorda ele, e os dois começam a rir como loucos enquanto o rádio toca sob a luz do sol.

22

Com Scott, ela sempre riu bastante. E, uma semana depois, os cortes na mão dele, até o do antebraço, estavam praticamente sarados.

Não deixaram nem cicatriz.

23

Quando Lisey acordou, já não sabia *onde* estava — no passado ou no presente. Porém, a primeira luz da manhã já adentrara o quarto o bastante para que ela pudesse ver o papel de parede azul-claro e a paisagem marítima na parede. Então aquele era o quarto de Amanda, o que parecia certo, mas, ao mesmo tempo, errado; parece estar tendo um sonho sobre o futuro na cama estreita do próprio apartamento, a que ela ainda divide com Scott quase todas as noites e continuará dividindo até o casamento em novembro.

O que a acordou?

Amanda estava virada para o outro lado, e Lisey ainda estava encaixada nela de conchinha, os seios contra as costas de Manda e a barriga contra o seu traseiro magro, mas o que a acordou? Não está com vontade de fazer xixi... não muito, pelo menos, então *o que...*?

Amanda, você disse alguma coisa? Quer alguma coisa? Um copo d'água, talvez? Um pedaço de vidro de estufa para cortar os pulsos?

Essas coisas lhe passaram pela cabeça, mas Lisey não queria dizer nada, pois teve uma ideia estranha. A ideia é que, embora veja a cabeleira grisalha de Amanda e o babado da gola da sua camisola, ela na verdade estava na cama com Scott. Sim! Que em alguma hora da noite Scott tinha... o quê? Passado das lentes da memória de Lisey para o corpo de Amanda? Algo do gênero. É uma ideia esquisita, mas mesmo assim ela não quer dizer nada, pois tem medo de que Amanda possa responder na voz de Scott. E o que ela faria se isso acontecesse? Gritaria? Gritaria para *acordar os mortos*, como se diz? Sem dúvida a ideia é absurda, mas...

Mas olhe para ela. Olhe como está dormindo, com os joelhos para cima e a cabeça inclinada. Se tivesse uma parede, a testa estaria encostada nela. Não é de admirar que você pense...

Até que, naquela penumbra pré-alvorada das cinco da manhã, com o rosto virado de modo que Lisey não consiga vê-lo, Amanda falou.

— Baby — disse ela.

Uma pausa.

Em seguida:

— Babyluv.

Se na noite anterior a temperatura interna de Lisey pareceu ter despencado quinze graus, naquele instante parece despencar trinta, pois, embora a voz que falou a palavra tenha sido indubitavelmente feminina, também foi a de Scott. Lisey viveu com ele por mais de vinte anos. Sabe reconhecer Scott quando o escuta.

Isto é um sonho, diz ela para si mesma. *É por isso que nem consigo saber se estou no passado ou no presente. Se olhar à minha volta, verei o tapete mágico NÚMERO UM DE PILLSBURY flutuando no canto do quarto.*

Ela não conseguia olhar em volta, porém. Por um bom tempo, não conseguia nem se mexer. O que finalmente a impele a falar é a luz que fica mais forte. A noite está quase acabando. Se Scott voltou — se ela estava de fato acordada e não apenas sonhando —, deve haver algum motivo. E não seria para feri-la. Nunca para feri-la. Pelo menos... não de propósito. Mas ela descobre que não consegue falar o nome dele e nem o de Amanda. Nenhum dos dois parece certo. Os dois parecem errados. Ela se imagina agarrando o ombro de Amanda e a virando de barriga para cima. Qual rosto veria sob a franja grisalha da irmã? E se fosse o de Scott? Ah, bom Deus, *e se fosse?*

A luz do dia se aproxima. E ela tem a súbita certeza de que, se deixar o sol nascer sem falar nada, a porta entre o passado e o presente se fechará, e qualquer chance de conseguir respostas irá desaparecer.

Que se danem os nomes. Que se danem quem está vestido com esta camisola.

— Por que Amanda disse didiva? — perguntou ela.

A voz dela no quarto — ainda penumbroso, mas ficando mais e mais claro — soa rouca, áspera.

— Eu deixei uma didiva para você — afirma a outra pessoa na cama, a dona do traseiro contra o qual a barriga de Lisey está encostada.

Ah Deus ah Deus ah Deus essa é a pior de todas as coisas ruins, isso é...

Em seguida: *Controle-se. Engatilhe, porra. Agora mesmo.*

— É um... — A voz estava mais seca e mais áspera do que nunca. E o quarto parece se iluminar rápido demais agora. O sol vai clarear o horizonte leste a qualquer momento. — É uma didiva de sangue?

— Uma didiva de sangue está para vir — diz a voz, parecendo ligeiramente arrependida. E, ah, como parece a voz de Scott. Mas agora pareceu mais a de Amanda, também, e isso assustou Lisey mais do que nunca.

A voz se animou.

— A de agora é uma didiva boa, Lisey. Fica atrás da roxidão. Você já achou as três primeiras estações. Faltam só mais algumas para ganhar o prêmio.

— Qual é o meu prêmio? — pergunta ela.

— Uma bebida. — A resposta foi imediata.

— Uma Coca? Um refrigereco?

— Cale a boca. A gente quer ficar vendo o malva-rosa.

A voz falou com um anseio estranho e infinito, e o que lhe parece familiar nele? Por que pareceu o nome de alguma coisa, em vez de apenas arbustos? Será outra das coisas escondidas atrás da cortina roxa que às vezes a separa das próprias lembranças? Não havia tempo para pensar a respeito, quanto mais para fazer perguntas, pois raios de luz vermelha entravam pela janela. Lisey sentiu o tempo entrar de volta em foco e, por mais assustada que tivesse ficado, sentiu uma forte tristeza.

— Quando a didiva de sangue vai vir? — perguntou ela. — Me diga.

143

Não teve resposta. Ela sabia que não teria, mas ainda assim sua frustração aumentou, tomando o lugar do terror e da perplexidade de antes de o sol espreitar por cima do horizonte, emitindo seus raios dispersivos.

— *Quando ela vai vir? Quando, cacete?!* — Já estava gritando e sacudindo o ombro sob a camisola branca com tanta força que o cabelo se agitava... E continuou sem resposta. A fúria de Lisey arrefeceu. — *Não me atice desse jeito, Scott! Quando?*

Dessa vez, ela deu um *puxão* no ombro sob a camisola em vez de apenas balançá-lo, e o outro corpo na cama rolou molenga de barriga para cima. Era Amanda, é claro. Seus olhos estavam abertos e ela ainda respirava — o rosto estava até um pouco corado —, mas Lisey reconheceu aquele olhar pra lá de distante de outras rupturas com a realidade da sua irmãzona Manda Coelhinha. E não só das dela. Lisey já não fazia ideia se Scott realmente a visitara ou se ela simplesmente se iludira durante um estado de semiconsciência, mas de uma coisa tinha certeza: em algum momento da noite, Amanda tinha ido para longe novamente. E, daquela vez, podia ser para sempre.

PARTE 2: ESPANE

Ela se virou e viu uma grande lua branca fitando-a além da colina. Abriu o peito para recebê-la e foi penetrada pela luz como uma joia transparente. Ficou lá, preenchida pela lua cheia, entregando-se. Os dois seios abertos para lhe dar passagem, o corpo escancarado como uma anêmona tremulante, um convite macio e dilatado sob o toque da lua.

D. H. Lawrence, *O arco-íris*

V. LISEY E A LONGA, LONGA QUINTA-FEIRA (ESTAÇÕES DA DIDIVA)

1

Lisey não demorou muito para perceber que aquilo era muito pior do que as três vezes anteriores em que Amanda tivera rupturas com a realidade — seus períodos de "semicatatonia passiva", nos termos da analista. Era como se sua irmã geralmente irritante e às vezes problemática tivesse se tornado uma boneca viva gigante. Lisey conseguiu (com um esforço considerável) colocar Amanda sentada e a girar para que ficasse na beirada da cama, mas a mulher de camisola branca de algodão — que poderia ou não ter falado na voz do falecido marido de Lisey pouco antes do amanhecer — não respondia ao próprio nome, fosse ele falado, chamado ou gritado quase desesperadamente na sua cara. Ficou parada com as mãos no colo, com o olhar fixo na irmã mais nova. E quando Lisey se afastou Amanda não desviou os olhos do local em que ela estava antes.

Lisey foi até o banheiro para molhar uma toalha com água fria e, quando voltou, Amanda caíra de bruços novamente com a metade de cima do corpo na cama e os pés no chão. Lisey começou a puxá-la de volta e parou quando as nádegas de Amanda, que já estavam perto da beirada da cama, começaram a escorregar. Se insistisse, Amanda acabaria no chão.

— Manda Coelhinha!

Nenhuma resposta ao apelido de infância daquela vez. Lisey decidiu arriscar o pacote completo.

— Irmãzona Manda Coelhinha.

Nada. Em vez de ficar assustada (o que aconteceria logo), Lisey foi dominada pelo tipo de raiva que Amanda quase nunca fora capaz de provocar na irmã mais nova, mesmo quando tentara.

— *Pare com isso! Pare com isso e coloque essa bunda de volta na cama para se sentar direito.*

Nada. Zero. Ela se inclinou, passou a toalha de rosto molhada na face inexpressiva de Amanda e continuou sem nada. Seus olhos não piscaram nem quando a toalha passou por cima deles. Aí sim Lisey *começou* a ficar assustada. Olhou para o rádio-relógio digital ao lado da cama e viu que ele acabara de marcar as seis horas. Poderia ligar para Darla sem medo de acordar Matt, que estaria dormindo o sono dos justos em Montreal, mas não queria fazer aquilo. Ainda não. Ligar para Darla seria o mesmo que admitir derrota, e ela não estava pronta para tal.

Deu a volta na cama, pegou Amanda pelas axilas e a puxou para trás. Foi mais difícil do que esperava, graças ao corpo esquelético da irmã.

Porque ela é peso morto agora, babyluv. É por isso.

— Cale a boca — disse ela, sem ter a mínima ideia de com quem estava falando. — Por favor.

Ela também subiu na cama, com as coxas de Amanda entre os joelhos e as mãos plantadas ao lado do pescoço da irmã. Naquela posição, montada por cima, podia olhar diretamente para o rosto erguido e de olhos vidrados dela. Durante os colapsos anteriores, Manda fora obediente... Quase como alguém sob hipnose, pensara Lisey na época. Aquilo parecia muito diferente. Só podia torcer para que não fosse, pois existiam algumas coisas que uma pessoa precisava fazer pela manhã. Isso se essa pessoa quisesse continuar vivendo uma vida privada na sua casinha em Cape Cod.

— *Amanda!* — gritou ela na cara da irmã. Depois, para completar, e se sentindo um pouquinho ridícula (afinal, as duas estavam sozinhas), continuou: — *Irmãzona... Manda... Coelhinha! Quero... que você... se levante... se LEVANTE!... vá pro banheiro... e use o TRONINHO! Use o TRONINHO, Manda Coelhinha! No três! UM... e DOIS!... e TRÊS!*

No *TRÊS*, Lisey puxou Amanda de novo e a colocou sentada, mas ela não fez menção de se levantar.

Por volta das seis e vinte, Lisey até conseguiu tirar a irmã da cama e colocá-la mais ou menos em pé. Ela se sentia igual a quando tinha seu primeiro carro, um Ford Pinto 1974, e, depois de dois intermináveis minutos castigando a ignição, o motor finalmente pegava e funcionava um pouco antes de a bateria morrer. Porém, em vez de se endireitar e deixar Lisey conduzi-la ao banheiro, Amanda caiu de volta na cama — toda torta ainda por cima, de modo que Lisey teve que correr para pegá-la por debaixo dos braços e empurrá-la para trás, xingando, para que não caísse no chão.

— *Você está fingindo, sua escrota!* — gritou para Amanda, sabendo perfeitamente que não era verdade. — *Bem, vá em frente! Vá em frente...* — Ela ouviu como estava falando alto. Ia acordar a senhora Jones do outro lado da rua se não tomasse cuidado, e se forçou a baixar o tom. — Vá em frente, se deite. Isso. Mas se está pensando que eu vou passar a manhã inteira a seu dispor, está muito enganada. Vou descer para fazer café e mingau de aveia. Se vossa majestade gostar do cheiro, é só gritar. Ou, sei lá, mande um de seus criados comprar alguma coisa na rua.

Ela não sabia se a irmãzona Manda Coelhinha estava gostando do cheiro, mas, para Lisey, ele estava ótimo, especialmente o do café. Tomou um puro antes da tigela de mingau de aveia e outro com bastante creme e açúcar depois. Enquanto bebericava o segundo, pensou: *Tudo que preciso agora é de um cigarrinho para encarar este dia com um pé nas costas. Uma joça de um Salem Light.*

Sua mente tentou voltar em direção aos sonhos e lembranças da noite anterior (**SCOTT E LISEY, JUVENTUDE**, *sem dúvida*, pensou), mas Lisey não permitiu. Tampouco se permitiu tentar examinar o que acontecera com ela ao acordar. Haveria tempo para pensar sobre aquilo mais tarde. Naquele momento, tinha de cuidar da irmãzona.

E vamos supor que a irmãzona tenha encontrado um simpático barbeador descartável cor-de-rosa em cima do armarinho de remédios e decidido cortar os pulsos com ele? Ou a garganta?

Lisey se levantou depressa da mesa, perguntando a si mesma se Darla se lembrara de tirar os objetos cortantes do banheiro do segundo andar... Ou de qualquer um dos quartos lá de cima, por sinal. Subiu as escadas quase correndo, com medo do que poderia encontrar no quarto principal, preparando-se para não encontrar nada na cama além de dois travesseiros ortopédicos.

Amanda ainda estava lá, ainda encarando o teto. Não parecia ter se movido um centímetro. O alívio de Lisey foi substituído por um presságio. Ela se sentou na cama e pegou a mão da irmã entre as suas. Estava quente, mas não respondia a estímulos. Lisey forçou os dedos de Manda a se fecharem sobre os seus, mas eles continuaram moles. Flácidos.

— Amanda, o que a gente faz com você?

Não houve resposta.

Em seguida, por estarem na companhia apenas dos próprios reflexos no espelho, Lisey perguntou:

— Scott não fez isso, fez, Manda? Por favor, diga que Scott não fez isso ao... sei lá... entrar?

Amanda não assentiu nem negou. Pouco depois, Lisey vasculhava o banheiro em busca de objetos cortantes. Imaginou que Darla tivesse mesmo passado por lá antes dela, pois só encontrou uma tesoura de unha no fundo da gaveta mais baixa do pequeno lavatório de Manda. Era evidente que aquilo bastaria, se caísse em certas mãos. Ora, o próprio pai de Scott

(*shiu Lisey não Lisey*)

— Tudo bem — disse ela, assustada com o pânico que encheu sua boca com um gosto de cobre, a luz roxa que pareceu florescer atrás dos seus olhos e a maneira como sua mão se fechou em volta da tesourinha. — Certo, esqueça. Deixe pra lá.

Ela escondeu a tesoura atrás de um monte de amostras grátis de xampu bem no alto do armário de toalhas de Amanda e — por não conseguir pensar em nada melhor para fazer — tomou um banho. Quando saiu do banheiro, viu que uma grande mancha molhada se espalhara em volta dos quadris de Amanda e compreendeu que aquilo era algo que as irmãs Debusher não conseguiriam resolver sozinhas. Enfiou uma toalha debaixo da bunda encharcada de Amanda. Em seguida olhou para o relógio no criado-mudo, suspirou, pegou o telefone e discou o número de Darla.

2

Lisey ouvira Scott dentro de sua cabeça no dia anterior, em alto e bom som: *Deixei um bilhete para você, babyluv.* Não levara aquilo a sério, achando que era a própria voz interior imitando a dele. Talvez tenha sido — *provavelmente* —, mas às três horas daquela tarde longa e quente de quinta-feira, sentada com Darla no Café do Pop em Lewiston, de uma coisa ela tinha certeza: ele lhe deixara um baita de um presente póstumo. Um baita de um prêmio-didiva, na língua de Scott. Aquele fora um dia de cão, mas teria sido bem pior sem Scott Landon, mesmo que ele estivesse morto havia dois anos.

Darla parecia tão cansada quanto Lisey. No caminho, arranjara tempo para se maquiar de leve, mas não tinha munição o suficiente na bolsa para esconder os círculos debaixo dos olhos. Certamente não havia sinal da mulher invocada de trinta e poucos anos que, no fim dos anos 1970, fizera questão de ligar uma vez por semana para Lisey para lhe passar um sermão sobre suas obrigações com a família.

— Uma moeda pelos seus pensamentos, Lisey lindinha — disse ela.

Lisey estava estendendo a mão para pegar a cestinha com os pacotes de adoçante. Ao som da voz de Darla, mudou de ideia, apanhou o açucareiro e derramou um fluxo espesso do conteúdo na xícara.

— Eu estava pensando que essa está sendo uma Quinta-feira de Café — disse ela. — Está mais para Quinta-feira de Café com Muito Açúcar. Este deve ser o meu décimo.

— Para nós duas — falou Darla. — Já fui ao banheiro meia dúzia de vezes e pretendo ir de novo antes de sairmos deste charmoso estabelecimento. Deus abençoe os antiácidos.

Lisey mexeu o café, fez uma careta e deu outro gole.

— Tem certeza de que quer fazer uma mala para ela?

— Bem, alguém tem de fazer. E você está com cara de quem morreu e esqueceu de se deitar — respondeu Darla.

— Obrigada pela parte que me toca.

— Se a sua irmã não for sincera com você, quem vai ser?

Lisey ouvira aquilo muitas vezes, junto com *O dever não pede licença* e a Frase Número Um na Parada de Sucessos de Darla: *A vida não é justa*. Mas não doeu daquela vez. Até evocou a sombra de um sorriso.

— Já que você quer, Darla, não vou sair no tapa pelo privilégio.

— Eu não disse que queria, só disse que vou fazer. Você ficou com ela na noite passada e acordou com ela hoje. Acho que já fez sua parte. Com licença, preciso tirar água do joelho.

Lisey ficou olhando enquanto ela ia, pensando: *Essa é outra*. Na família Debusher, havia um jeito especial de dizer tudo, urinar era *tirar água do joelho* e colocar o intestino para funcionar era — por mais estranho que soasse — *enterrar um frade*. Scott adorava essa, dizia que provavelmente era de origem escocesa. Lisey achava possível; a maioria dos Debusher vinha da Irlanda e todos os Anderson da Inglaterra, pelo menos era o que dizia Mãezinha Querida, mas toda família não tinha sua cota de desgarrados? Porém, aquilo pouco lhe interessava. O que lhe interessava era que *tirar água do joelho* e *enterrar um frade* vinham da lagoa, da lagoa de Scott, e desde o dia anterior ele parecia tão próximo dela...

Aquilo hoje de manhã foi um sonho, Lisey... Você sabe disso, não sabe?

Ela não tinha certeza do que sabia e do que não sabia a respeito do que acontecera no quarto de Amanda pela manhã — tudo parecia um sonho, até mesmo as tentativas de fazer Amanda se levantar e ir ao banheiro —, mas de uma coisa estava certa: agora Amanda estava internada na Clínica de Reabilitação Greenlawn por pelo menos uma semana. Fora mais fácil do que ela e Darla poderiam imaginar, e só podiam agradecer a Scott. Aqui

(*benhaqui*)

e agora, aquilo parecia o suficiente.

3

Darla chegara à casinha aconchegante de Manda em Cape Cod antes das sete da manhã, com o cabelo geralmente estiloso penteado às pressas e um botão da camisa fora da casa, deixando o rosa do sutiã desavergonhadamente à mostra. Àquela altura, Lisey já comprovara que Amanda também não comeria nada. Deixou Lisey enfiar uma colherada de ovos mexidos em sua boca depois de ter sido colocada sentada e recostada contra a cabeceira da cama e aquilo deu um pouco de esperança à irmã — Amanda estava conseguindo engolir, então talvez engolisse os ovos —, mas a esperança foi em vão. Depois de simplesmente ficar sentada por talvez trinta segundos com os ovos escapando por entre os lábios (para Lisey, aquela pontinha amarela era uma coisa horrível, como se a irmã tivesse tentado comer um canário), Amanda simplesmente os empurrou para fora com a língua. Alguns pedacinhos ficaram grudados no queixo. O resto caiu na camisola. Amanda continuou a olhar serenamente para longe. Ou *into the mystic* — para o oculto —, para fãs de Van Morrison. Scott com certeza fora um deles, embora sua paixão por Van, o Cara, tivesse diminuído um pouco lá pelo começo dos anos 1990. Foi quando Scott começou a voltar a Hank Williams e Loretta Lynn.

Darla se recusara a acreditar que Amanda não queria comer até tentar ela mesma a experiência com o ovo. Para tanto, preparou uma nova leva de ovos mexidos; Lisey jogara os restos dos dois primeiros na lixeira. O olhar para lá de distante de Amanda lhe tirara qualquer apetite pelos restos da irmãzona.

Quando Darla entrou marchando no quarto, Amanda não estava mais escorada na cabeceira, pois deslizara para baixo novamente — *escorrera* para baixo —, e Darla ajudou Lisey a levantar a outra mais uma vez. Lisey ficou grata pela ajuda. Já estava com as costas doendo. Mal conseguia imaginar o preço de se carregar uma pessoa daquela maneira todos os dias, por tempo ilimitado.

— Amanda, quero que você coma isso — falou Darla, no tom proibitivo de não-aceito-um-não-como-resposta que Lisey recordava de um monte de conversas ao telefone da sua juventude.

O tom de voz, combinado com o queixo empinado de Darla e sua postura, deixava claro que ela achava que Amanda estava fingindo. *Fingindo feito um maquinista*, teria falado papito; apenas mais uma de suas quase cem frases divertidas, pitorescas e sem sentido. Porém (refletiu Lisey), aquela não era quase sempre a conclusão de Darla quando não faziam exatamente o que ela queria? Que a pessoa estava *fingindo feito um maquinista*?

— Quero que você coma esses ovos, Amanda... *Agora!*

Lisey abriu a boca para dizer algo, mas mudou de ideia. Chegariam lá mais rápido se Darla visse com os próprios olhos. E onde era lá? Greenlawn, muito provavelmente. A Clínica de Reabilitação Greenlawn, em Auburn. O lugar no qual ela e Scott tinham dado uma olhada depois da última catarse de Amanda, na primavera de 2001. Só que a relação de Scott com a clínica se tornara um pouco mais profunda do que a esposa imaginara, e Graças a Deus por isso.

Darla enfiou os ovos na boca de Amanda e se voltou para Lisey esboçando um sorriso triunfante.

— Pronto! Acho que ela só precisava de um pulso fir...

No mesmo instante, a língua de Amanda apareceu por entre seus lábios frouxos, empurrando de novo os ovos cor de canário para a frente e *plop*. Bem na camisola ainda úmida da última esponjada.

— O que você estava dizendo? — perguntou Lisey com brandura.

Darla encarou a irmã mais velha por um longo, longo tempo. Quando voltou a olhar para Lisey, sua determinação ranzinza sumira. Ela parecia ser o que era de fato: uma mulher de meia-idade que fora arrancada da cama cedo demais por conta de uma emergência na família. Não estava chorando, mas quase; seus olhos, daquele azul-claro compartilhado por todas as Debusher, nadavam em lágrimas.

— Não é igual às outras vezes, é?

— Não.

— Aconteceu alguma coisa na noite passada?

— Não. — Lisey não hesitou.

— Nenhuma crise de choro ou ataque?

— Não.

— Ai, querida, o que vamos fazer?

Lisey tinha uma resposta prática para aquilo, o que não era nenhuma surpresa; Darla poderia discordar, mas Lisey e Jodi sempre tinham sido as mais práticas das quatro.

— Deitá-la de volta, esperar o horário comercial e depois ligar para aquele lugar — disse ela. — Greenlawn. E torcer para ela não mijar na cama de novo nesse meio-tempo.

4

Enquanto esperavam, beberam café e jogaram *cribbage*, um jogo de cartas que todas as Debusher tinham aprendido com papito bem antes de pegarem pela primeira vez o ônibus escolar grande e amarelo de Lisbon Falls. A cada três ou quatro rodadas, uma delas dava uma conferida em Amanda. Ela estava sempre do mesmo jeito, deitada de costas e olhando para o teto. No primeiro jogo, Darla ganhou de lavada da irmã mais nova; no segundo, saiu na frente formando uma série de três no *crib*, deixando Lisey na pior. O fato de aquilo deixá-la de bom humor mesmo com Manda fora do ar no andar de cima deu a Lisey o que pensar... Não era nada que quisesse comentar em voz alta, porém. Seria um longo dia, e se Darla o começasse com um sorriso na cara, ótimo. Lisey não quis jogar uma terceira partida, e elas assistiram a um cantor de *country* qualquer no último bloco de um programa de auditório. Lisey quase conseguia ouvir Scott dizendo: *Esse aí não vai tirar o Velho Hank de circulação* — referindo-se, obviamente, a Hank Williams. No terreno da música *country*, para Scott havia o Velho Hank... e o resto.

Às nove e cinco, Lisey se sentou diante do telefone e conseguiu o número da Greenlawn no Auxílio à Lista. Deu um sorriso fraco e nervoso para Darla.

— Me deseje sorte, Darl.

— Ah, eu desejo. Pode acreditar que desejo.

Lisey discou. O telefone do outro lado da linha tocou exatamente uma vez.

— Alô — disse uma voz feminina agradável. — Clínica de Reabilitação Greenlawn, um serviço da Corporação Americana Fedders Health.

— Alô, meu nome é... — Foi até onde Lisey chegou antes de a agradável voz feminina começar a enumerar todas as opções disponíveis para quem estivesse ligando... desde que a pessoa tivesse um telefone de teclas. Era uma gravação. Lisey caíra em uma didiva.

Mas também, eles ficaram bons demais nisso, pensou ela, discando cinco para Informações sobre Internações de Pacientes.

— Por favor, aguarde enquanto sua ligação é transferida — disse a agradável voz feminina, e depois foi substituída pela Orquestra Prozac tocando algo que lembrava vagamente "Homeward Bound", de Paul Simon.

Lisey olhou em volta para contar a Darla que ela estava sendo transferida, mas ela subira para dar uma olhada em Amanda.

O cacete, pensou ela. *Ela simplesmente não conseguiu aguentar o suspen...*

— Alô, aqui é Cassandra, em que posso ajudar?

Um nome agourento, babyluv, opinou o Scott que morava em sua cabeça.

— Meu nome é Lisa Landon... Senhora Scott Landon?

Ela provavelmente se referira a si mesma como senhora Scott Landon menos de meia dúzia de vezes durante todos os anos de sua vida de casada, e nunca durante seus vinte e seis meses de viuvez. Não era difícil entender por que o fizera naquela situação. Era o que Scott chamava de "carteirada", e ele mesmo as aplicava com parcimônia. Em parte, dizia ele, porque dar uma carteirada o fazia se sentir um babaca convencido, e em parte porque tinha medo de não funcionar; medo de que, se murmurasse alguma espécie de *Você sabe com quem está falando?* no ouvido do gerente, ele pudesse murmurar de volta: *Não, monsieur, quem é o senhor?*

Enquanto Lisey falava, relatando os episódios anteriores de automutilação e semicatatonia da irmã e sua grande recaída daquela manhã, ouvia os cliques baixinhos de teclas de computador. Quando fez uma pausa, Cassandra disse:

— Entendo a preocupação, senhora Landon, mas a Greenlawn está lotada no momento.

O coração de Lisey se apertou. Visualizou imediatamente Amanda em um quarto do tamanho de um armário no Stephens Memorial em No Soapa, usando uma camisola suja de comida e olhando por uma janela com grades para o semáforo do cruzamento da rota 117 com a 19.

— Ah. Entendo. Hum... tem certeza? Não pretendemos usar nenhum plano de assistência médica... pagaríamos em dinheiro... — Na base do desespero. Parecendo uma sonsa. Quando tudo falhar, saque o dinheiro. — Se fizer alguma diferença — concluiu ela, de forma lamentável.

— Na verdade não faz, senhora Landon. — Lisey pensou ter detectado uma ligeira frieza na voz de Cassandra, e seu coração se apertou mais ainda. — É uma questão de espaço e número de pacientes. Veja bem, nós temos apenas...

Lisey então ouviu um pequeno *bing!* Parecia muito com o som que seu micro-ondas fazia quando os Pop-Tarts ou burritos do café da manhã ficavam prontos.

— Senhora Landon, posso pedir que aguarde na linha?

— Claro, faça o que for preciso.

Depois de um pequeno clique, a Orquestra Prozac voltou, dessa vez com o que um dia poderia ter sido o tema de *Shaft*. Lisey ficou escutando com uma ligeira sensação de irrealidade, pensando que, se Isaac Hayes ouvisse aquilo, provavelmente entraria na banheira com um saco plástico na cabeça. Dessa vez, a espera demorou até ela começar a suspeitar de que tinha sido esquecida — Deus sabe que já acontecera antes, especialmente ao tentar comprar passagens de avião ou mudar os termos do contrato de locação de algum carro. Darla desceu as escadas e abriu os braços em um gesto de *O que está acontecendo? Fala!* e Lisey balançou a cabeça, o que dizia ao mesmo tempo *Nada* e *Não sei.*

Naquele instante, a horrorosa música de espera sumiu e Cassandra voltou. A frieza desaparecera da sua voz e, pela primeira vez, ela soou a Lisey como um ser humano. Na verdade, soou de certa maneira *familiar*.

— Senhora Landon?

— Sim?

— Me desculpe por deixar a senhora tanto tempo na espera, mas havia um lembrete no meu computador para entrar em contato com o doutor Alberness caso a senhora ou o seu marido ligassem. O doutor Alberness está no consultório dele no momento. Posso transferir a senhora?

— Sim — disse Lisey.

Agora ela sabia onde estava pisando, exatamente onde estava pisando. Sabia que, antes de falar qualquer coisa, o doutor Alberness lhe diria o quanto lamentava sua perda, como se Scott tivesse morrido no mês ou na semana anterior. E ela agradeceria. Na verdade, se o doutor Alberness prometesse tirar a problemática Amanda de suas mãos, apesar do atual estado de lotação da Greenlawn, Lisey provavelmente teria o maior prazer em se ajoelhar e lhe pagar com um belo boquete. Ao pensar naquilo, ela ameaçou soltar uma enorme gargalhada, e teve de apertar os lábios com força por alguns segundos. Depois descobriu por que Cassandra de repente lhe parecera tão familiar: era daquele jeito que as pessoas falavam quando reconheciam Scott e percebiam estar lidando com alguém que aparecera na capa da joça da revista *Newsweek*. E se aquela pessoa famosa estivesse com os braços em volta de alguém, ora, *a outra pessoa* também devia ser famosa, nem que fosse apenas por associação. Ou, como Scott dissera certa vez, por injeção.

— Alô? — disse uma voz masculina agradavelmente grossa. — Aqui é Hugh Alberness. Estou falando com a senhora Landon?

— Sim, doutor — disse Lisey, gesticulando para Darla se sentar e parar de andar em círculos na frente dela. — Aqui é Lisa Landon.

— Senhora Landon, antes de tudo, gostaria de dizer o quanto lamento sua perda. O seu marido autografou cinco livros dele para mim, que estão entre as minhas mais preciosas aquisições.

— Obrigado, doutor Alberness — disse ela. Para Darla, fez um círculo com o polegar e o indicador que dizia *Está no papo*. — É muita gentileza sua.

5

Quando Darla voltou do toalete do Café do Pop, Lisey disse que achava melhor dar um pulinho lá também — eram trinta quilômetros até Castle View, e geralmente o trânsito da tarde era lento. Para Darla, aquilo seria apenas a primeira metade da viagem. Depois de arrumar uma mala para Amanda — algo que ambas tinham esquecido de fazer naquela manhã —, teria de voltar à Greenlawn com ela. Depois de entregá-la, faria uma segunda viagem de volta para Castle View. Estaria parando em frente à sua casa pela última vez por volta das oito e meia, isso se a sorte — e o trânsito — estivesse a seu favor.

— Se eu fosse você, respiraria fundo e taparia o nariz antes de entrar — falou Darla.

— Tá brabo?

Darla deu de ombros e bocejou.

— Já vi piores.

Lisey também, especialmente durante as viagens com Scott. Ela contraiu as coxas e deixou a bunda pairando sobre o assento — a inesquecível Agachadinha das Turnês Promocionais — para fazer xixi, deu a descarga, lavou as mãos, jogou água no rosto, penteou o cabelo e se olhou no espelho.

— Uma nova mulher — falou para o reflexo. — Beleza Americana.

Exibiu para si mesma um catálogo de tratamentos dentários caros. Os olhos sobre aquele sorriso de jacaré, no entanto, pareciam inseguros.

— *O senhor Landon disse que se um dia eu a encontrasse, deveria lhe perguntar...*

Pare de falar nisso, deixe para lá.

— *Deveria lhe perguntar sobre como ele enganou a enfermeira...*

— Só que Scott jamais diria *enganou* — disse ela para o reflexo.

Cale a boca, Lisey lindinha!

— *...como ele enganou a enfermeira daquela vez em Nashville.*

— Scott disse *pregou uma didiva*. Não disse?

Estava com aquele gosto de cobre na boca novamente, o gosto de moedas e de pânico. Sim, Scott tinha dito *pregou uma didiva*. Sem dúvida. Scott dissera que o doutor Alberness deveria perguntar a Lisey (se ele a encontrasse um dia) como ele pregara uma didiva na enfermeira daquela vez em Nashville, sabendo perfeitamente que ela captaria a mensagem.

Ele estava mandando mensagens para ela? *Estava?* Naquela época inclusive?

— Deixe para *lá* — sussurrou ela para o reflexo, e saiu do toalete.

Teria sido bom se aquela voz tivesse ficado presa lá dentro, mas agora parecia estar sempre por perto. Ficara muito tempo calada, ou dormindo, ou concordando com a consciência de Lisey que sobre algumas coisas simplesmente não se falava, nem mesmo entre as várias versões de si mesmo. O que a enfermeira dissera no dia depois que Scott levara o tiro era uma delas. Ou

(*shiu agora shiu*)

o que tinha acontecido

(*Shiu!*)

no inverno de 1996.

(*SHIU AGORA MESMO!*)

E por um milagre de olhos azuis, aquela voz se calou... Mas ela o sentia observando e ouvindo, e teve medo.

6

Lisey saiu do toalete bem a tempo de ver Darla colocando o telefone público no gancho.

— Estava ligando para aquele hotelzinho em frente à Greenlawn — disse ela. — Parecia limpinho, então reservei um quarto para hoje à noite. Não quero voltar dirigindo lá de Castle View de jeito nenhum, e assim posso visitar Manda amanhã cedinho. Só preciso fazer como a galinha e atravessar a rua. — Ela olhou para a irmã mais nova com uma expressão apreensiva que Lisey achou bastante surreal, considerando todos os anos que passara ouvindo Darla ditar as regras; geralmente em um tom de voz estridente, do tipo atire-para-matar. — Você acha que é bobagem?

— Acho uma ótima ideia. — Lisey apertou a mão de Darla e o sorriso aliviado dela partiu um pouco seu coração. Ela pensou: *É isso que o dinheiro faz. Faz de você a esperta. Faz de você a chefe.* — Vamos, Darla. Deixe que eu dirijo de volta, que tal?

— Por mim, tudo bem — falou Darla, e saiu com a irmã mais nova em direção ao dia já avançado.

7

A volta a Castle View foi tão lenta quanto Lisey temera; elas acabaram atrás de um caminhão madeireiro sobrecarregado e bamboleante, e nas subidas e curvas não havia espaço para ultrapassar. O melhor que Lisey podia fazer era ficar distante para não precisar engolir muita fumaça do escapamento meia-boca do sujeito. Aquilo lhe deu tempo para refletir sobre o dia. Pelo menos isso.

Falar com o doutor Alberness fora como pegar um jogo de beisebol no fim do quarto tempo, mas até aí nada de novo — correr atrás do prejuízo sempre fizera parte da vida com Scott. Ela se lembrava do dia em que uma van de Portland aparecera com um sofá modular de dois mil dólares. Scott estava no escritório, escrevendo com a música na altura ensurdecedora de sempre — ela conseguia ouvir ao longe Steve Earle cantando "Guitar Town", mesmo com o revestimento à prova de som —, e interrompê-lo poderia causar outros dois mil de dano aos seus ouvidos, na opinião de Lisey. Os entregadores falaram que "o doutor" lhes dissera que ela saberia dizer onde eles deveriam colocar o novo móvel. Lisey os mandou carregarem o sofá antigo — o sofá antigo *perfeitamente bom* — para o celeiro e colocar o novo no lugar dele. A cor pelo menos combinava com a sala, o que era um alívio. Ela sabia que eles nunca tinham conversado sobre um sofá novo, modular ou não, assim como sabia que Scott afirmaria — ah, sim, com muita veemência — que *tinham, sim.* Não duvidava que ele tivesse conversado sobre aquilo com ela na própria cabeça; às vezes ele simplesmente esquecia de vocalizar aquele tipo de coisa. Esquecer era uma habilidade que ele afiara.

Seu almoço com Hugh Alberness talvez fosse apenas outro caso daqueles. Ele talvez tivesse pretendido contar tudo para Lisey e, se alguém lhe perguntasse seis meses ou um ano depois, poderia muito bem ter dito que tinha contado tudo para ela: *O almoço com Alberness? Claro, falei com ela naquela noite mesmo.* Quando, na verdade, o que fizera naquela noite fora ir para o escritório, colocar o novo CD do Dylan e trabalhar em um conto novo.

Ou talvez tivesse sido diferente daquela vez — não com Scott se esquecendo (como ele esquecera que tinham um encontro, como esquecera de contar a ela sobre sua infância extremamente problemática), mas sim escondendo pistas para ela achar depois de uma morte que já previra; largando o que ele mesmo teria chamado de "estações da didiva".

De qualquer forma, Lisey já estava acostumada a correr atrás do prejuízo e conseguiu preencher a maioria das lacunas pelo telefone, dizendo os *Ahã*, os *Ah, é mesmo!* e os *Nossa, tinha me esquecido* todos nos momentos certos.

Quando Amanda tentara arrancar o próprio umbigo na primavera de 2001, entrando em seguida em um estado de letargia que a analista chamava de semicatatonia, a família discutira a possibilidade de mandá-la para a Greenlawn (ou para *alguma* instituição psiquiátrica) em um longo, emotivo e por vezes rancoroso jantar de família do qual Lisey se lembrava muito bem. Ela também se lembrava de que Scott ficara calado durante boa parte da conversa, e apenas cutucara a comida naquele dia. Quando a discussão começou a morrer, ele disse que, se ninguém se importasse, ia pegar alguns panfletos e catálogos para todas elas darem uma olhada.

— Parece que você está falando de um cruzeiro de férias — falara Cantata (um tanto agressivamente, pensou Lisey).

Enquanto passava pela placa com furos de bala que dizia BEM-VINDO AO CONDADO DE CASTLE, atrás do caminhão madeireiro, Lisey se lembrou de que Scott dera de ombros.

— Ela está viajando mesmo — dissera ele. — Talvez seja bom alguém lhe mostrar o caminho de casa enquanto ela ainda quer voltar.

O marido de Canty rira com desdém daquilo. O fato de Scott ter feito milhões com seus livros nunca impedira Richard de ver o concunhado como um típico sonhador ingênuo e, quando Rich formava uma opinião, era garantido que Canty Lawlor a apoiaria. Nunca ocorrera a Lisey lhes dizer que Scott sabia do que estava falando — mas, pensando bem, ela também não tinha comido muito naquele dia.

De uma forma ou de outra, Scott levara para casa uma série de catálogos e panfletos da Greenlawn; Lisey se lembrava de vê-los espalhados no balcão da cozinha. Um deles, que trazia uma foto de uma construção grande que parecia bastante com a casa da fazenda Tara em *E o vento levou*, tinha o título de *Doença mental, sua família e você*. Mas ela não se lembrava de ter voltado a falar sobre a Greenlawn e, pensando bem, por que voltaria? Assim que Amanda começou a se recuperar, ela melhorou rápido. E Scott certamente nunca mencionara seu almoço com o doutor Alberness, que acontecera em outubro de 2001 — meses depois de Amanda ter voltado ao que no caso dela poderia ser considerado normal.

De acordo com o doutor Alberness (isso Lisey ficou sabendo pelo telefone, em resposta aos seus compreensivos *Ahã* e *Ah, é mesmo!* e *Nossa, tinha me esquecido*), Scott lhe dissera naquele almoço que estava convencido de que Amanda Debusher estava a caminho de uma ruptura com a realidade mais grave, talvez permanente — e que, depois de ler os catálogos e dar uma volta na clínica com o bom doutor, achava que a Greenlawn seria exatamente o lugar certo para ela caso aquilo acontecesse. O fato de Scott ter arrancado do doutor Alberness a promessa de que haveria lugar para sua cunhada se e quando fosse preciso — tudo em troca de um único almoço e de cinco livros autografados — não surpreendia Lisey nem um pouco. Não depois dos anos que passara observando o efeito inebriante da fama em algumas pessoas.

Ela estendeu a mão para ligar o rádio do carro, querendo ouvir alguma música *country* alta (aquele era outro hábito que Scott lhe ensinara nos últimos anos de vida, e que ela ainda não abandonara). Depois olhou para Darla e viu que ela adormecera com a cabeça encostada contra a janela do carona. Não era a hora certa para Shooter Jennings ou Big & Rich. Suspirando, Lisey tirou a mão do rádio.

8

O doutor Alberness queria relembrar em detalhes seu almoço com o grande Scott Landon, e Lisey estava disposta a permitir, apesar dos sinais que Darla não parava de fazer com as mãos, a maioria significando *Não dá pra você apressar esse cara?*.

Lisey provavelmente poderia ter feito isso, mas achava que seria ruim para a causa delas. Além do mais, estava curiosa. Mais que isso, estava ávida. Pelo quê? Por novidades sobre Scott. De certa forma, escutar o doutor Alberness era como olhar para aquelas antigas lembranças escondidas na cobra de livros do escritório. Não sabia se a *íntegra* das recordações de Alberness constituía uma das "estações da didiva" de Scott — suspeitava que não —, mas estava certa de que elas lhe causavam uma mágoa ao mesmo tempo ferrenha e irresistível. Era aquilo que sobrava da dor, depois de dois anos? Aquela tristeza implacável e cinzenta?

Primeiro Scott ligara para Alberness. Sabia de antemão que o médico era um prefeitamente eita-norme fã ou aquilo era apenas coincidência? Lisey não achava que fosse coincidência, embora fosse um pouco, *caham*, coincidente demais — mas, se Scott sabia, *como* ficara sabendo? Ela não fora capaz de pensar em uma maneira de perguntar sem interromper o fluxo de recordações do médico, mas tudo bem; provavelmente não tinha importância. De qualquer forma, Alberness ficara intensamente lisonjeado em receber aquele telefonema (praticamente *caíra para trás*, como diziam), e mais que receptivo às perguntas de Scott sobre a cunhada e à sugestão de que os dois almoçassem juntos. Teria algum problema, perguntara o doutor Alberness, se levasse alguns dos seus Landon favoritos para ele autografar? Problema nenhum, respondera Scott, seria um prazer.

Alberness levara seus Landon favoritos; Scott, o prontuário médico de Amanda. O que fez Lisey, agora a menos de dois quilômetros da casinha de Amanda em Cape Cod, questionar outra coisa: como Scott havia conseguido o tal prontuário? Teria persuadido Amanda a entregá-lo? Ou então convencera Jane Whitlow, a analista dos colarzinhos? Ou as duas? Lisey sabia que aquilo era possível. A capacidade de persuasão de Scott não era universal — Dashmiel, o sulistinha borra-botas, estava ali para provar que não —, mas muitos tinham sido suscetíveis a ela. Sem dúvida Amanda a sentira, embora Lisey tivesse certeza de que a irmã nunca confiara plenamente em Scott (Manda *tinha* lido todos os livros dele, até *Demônios vazios...* que, segundo a própria, fizera Amanda dormir de luzes acesas por uma semana inteira). Quanto a Jane Whitlow, Lisey não fazia ideia.

Como Scott conseguira o histórico médico de Manda talvez fosse outra questão sobre a qual a curiosidade de Lisey jamais seria saciada. Talvez tivesse que se contentar em saber que ele conseguira, e que o doutor Alberness se dispusera a analisá-los e concordara com a opinião de Scott: Amanda Debusher provavelmente teria mais problemas pela frente. E, em algum momento (provavelmente bem depois de terminarem a sobremesa), Alberness prometera a seu escritor favorito que, caso o temido colapso acontecesse, ele arranjaria uma vaga para a senhora Debusher na Greenlawn.

— Isso é tão maravilhoso da sua parte — dissera Lisey com afeto.

E agora, entrando na garagem de Amanda pela segunda vez naquele dia, ela se perguntava em que ponto da conversa o médico perguntara a Scott de onde ele tirava suas ideias. No começo ou no fim? Durante os aperitivos ou o café?

— Acorde, Darla querida — disse ela, desligando o motor. — Chegamos.

Darla se empertigou, olhou para a casa de Amanda e disse:

— Ah, merda.

Lisey caiu na gargalhada. Não conseguiu evitar.

9

Fazer as malas para Amanda acabou se mostrando uma coisa inesperadamente triste para as duas. Elas encontraram as bolsas dela no cubículo do terceiro andar que fazia as vezes de sótão. Eram apenas duas malas da Samsonite, surradas e ainda com as etiquetas do Aeroporto Internacional de Miami da viagem que ela fizera à Flórida para visitar Jodotha... quando? Sete anos antes?

Não, pensou Lisey, *dez*. Olhou para as malas com tristeza, depois puxou a maior das duas.

— Talvez devêssemos levar as duas — falou Darla, indecisa, e secou o rosto com a mão. — Ufa! Quente aqui em cima...

— Vamos pegar só a maior — disse Lisey. Quase acrescentou que não achava que Amanda iria para o Baile dos Catatônicos naquele ano, mas mordeu a língua. Bastou olhar uma vez para o rosto cansado e suado de Darla para perceber que não era de jeito nenhum a hora de tentar ser engraçadinha. — Dá pra colocar nela o suficiente para pelo menos uma semana. Ela não vai precisar de muita coisa. Lembra do que o médico falou?

Darla assentiu e secou o rosto novamente.

— Ela vai ficar a maior parte do tempo no quarto, pelo menos no começo.

Normalmente, a Greenlawn teria chamado um médico para examiná-la em casa — porém, graças a Scott, Alberness cortara a burocracia. Depois de se certificar de que a doutora Whitlow estava indisponível e de que Amanda não conseguia ou não queria andar (além de estar incontinente), ele dissera a Lisey que ia mandar uma ambulância da Greenlawn — sem identificação, enfatizou ele. Para a maioria das pessoas, pareceria uma van de entregas comum. Lisey e Darla seguiram o veículo até a Greenlawn na BMW de Lisey, as duas extremamente gratas: Darla ao doutor Alberness; Lisey, a Scott. A espera enquanto Alberness a examinava, no entanto, pareceu demorar muito mais do que quarenta minutos, e as notícias não foram nem um pouco animadoras. A única parte delas na qual Lisey queria se concentrar no momento era a que Darla acabara de mencionar: Amanda passaria quase toda a primeira semana em observação, no quarto ou na pequena sacada dele, se conseguissem convencê-la a andar até lá. Não iria nem mesmo ao Salão Comunitário no fim do corredor, a não ser que demonstrasse uma drástica e repentina melhora. "O que acho improvável", dissera o doutor Alberness. "Acontece, mas é raro. Eu acredito em dizer a verdade, senhoras, e a verdade é que a senhora Debusher não vai sair dessa tão cedo."

— Além do mais — disse Lisey, examinando a maior das duas malas —, quero comprar malas novas para ela. Essas aqui estão um bagaço.

— Deixe comigo — falou Darla. Sua voz tinha ficado pastosa e trêmula. — Você já faz tanta coisa, Lisey. Querida Lisey lindinha. — Ela pegou a mão da irmã, levou-a aos lábios e deu um beijo nela.

Lisey ficou surpresa — quase chocada. Ela e Darla tinham passado uma borracha nas antigas desavenças, mas aquele tipo de carinho vindo da irmã mais velha ainda era muito estranho.

— Você quer mesmo, Darl?

Darla assentiu com veemência, abriu a boca para falar algo, mas desistiu e só limpou o rosto de novo.

— Você está bem?

Darla começou a assentir, mas em seguida balançou a cabeça.

— Malas novas! — gritou ela. — Que piada! Você acha que ela vai precisar de malas novas? Não ouviu o que ele disse? Nenhuma reação ao teste do estalar de dedos, nenhuma reação ao teste das palmas, nenhuma reação ao teste das agulhas! Eu sei do que as enfermeiras chamam pessoas como ela; chamam de *zumbis*, e estou cagando para o que ele diz sobre terapia e remédios milagrosos. Se ela voltar a si, vai ser um milagre de olhos azuis!

É o ditado, pensou Lisey, sorrindo… Mas só por dentro, onde era seguro sorrir. Ela ajudou a irmã ligeiramente chorosa a descer o pequeno e

165

íngreme lance de escadas do sótão, tirando-a da área mais quente. Depois, em vez de lhe dizer que onde há vida há esperança, ou de pedir que ela fizesse do limão uma limonada, ou que depois da tempestade vem a bonança, ou qualquer outra coisa que tivesse acabado de cair do cu do cachorro, ela simplesmente a abraçou. Porque às vezes um abraço é a melhor opção. Essa era uma das coisas que ela ensinara ao homem cujo sobrenome ela assumira — que às vezes é melhor calar; às vezes é melhor simplesmente calar a bocona grande e segurar firme.

10

Lisey perguntou de novo se Darla não queria companhia na viagem de volta a Greenlawn, e a irmã se limitou a balançar a cabeça. Tinha um livro antigo de Michael Noonan em fita cassete, disse ela, e seria uma boa oportunidade de mergulhar de cabeça nele. Àquela altura, Darla já lavara o rosto no banheiro de Amanda, recolocara a maquiagem e fizera um rabo de cavalo. Estava com boa aparência e, pela experiência de Lisey, quando uma mulher parecia bem, geralmente se sentia bem também. Então apertou de leve a mão de Darla, recomendou que ela dirigisse com cuidado e a observou partir até perdê-la de vista. Em seguida, deu uma lenta volta pela casa de Amanda, primeiro por dentro e depois por fora, certificando-se de que estava tudo trancado: janelas, portas, alçapão do porão, garagem. Deixou duas das janelas da garagem meio centímetro abertas para evitar que o calor aumentasse. Aquilo era algo que Scott ensinara a *ela*, algo que ele aprendera com o pai, o temível Faísca Landon… Que também o ensinara a ler (à idade precoce de dois anos), a somar na pequena lousa que guardavam atrás do fogão, a pular do banco no corredor principal gritando *Jerônimo!*… E, é claro, sobre didivas de sangue.

— *Estações da didiva… é tipo a Via Crúcis, imagino.*

Ele diz isso e depois ri. É um riso nervoso, um riso desconfiado. Como uma criança rindo de uma piada suja.

— É, exatamente — murmurou Lisey e estremeceu, apesar do calor de fim de tarde. A maneira como aquelas lembranças vinham à tona no presente era perturbadora. Como se o passado nunca tivesse morrido;

como se, em algum nível da grande torre do tempo, tudo ainda estivesse acontecendo.

Esse é um jeito errado de pensar, pensar assim vai trazer a coisa-ruim.

— Não duvido — falou Lisey, e deu ela mesma uma risada nervosa.

Foi até o carro com o molho de chaves de Amanda — que era surpreendentemente pesado, mais pesado do que o dela, embora a casa de Lisey fosse muito maior — pendurado no indicador da mão direita. Tinha a sensação de que a coisa-ruim *já* estava lá. Amanda louca era só o começo. Havia também "Zack McCool" e aquele detestável Caçacatras, o professor Woodbody. Os acontecimentos do dia haviam tirado aquelas coisas da cabeça dela, mas isso não significava que tinham desaparecido. Sentia-se cansada e desanimada demais para enfrentar Woodbody naquela noite, cansada e desanimada demais até para segui-lo até seu covil... Mas achava melhor fazê-lo assim mesmo, nem que fosse porque seu amigo do telefone, "Zack", lhe parecera capaz de ser perigoso de verdade.

Ela entrou no carro, colocou as chaves da irmãzona Manda Coelhinha no porta-luvas e saiu de ré da entrada de carros. Assim que o fez, o sol poente jogou uma teia de reflexos brilhantes que se projetou atrás dela e no teto. Assustada, Lisey pisou no freio, olhou por sobre o ombro e viu a pá de prata. *MARCO ZERO, BIBLIOTECA SHIPMAN.* Estendeu o braço para trás, tocou o cabo de madeira e sentiu a mente se acalmar um pouco. Olhou para os dois lados da rua, não viu nada vindo e tomou o caminho de casa. A senhora Jones estava sentada na varanda e levantou a mão num aceno. Lisey ergueu a dela em resposta. Depois estendeu o braço mais uma vez por entre os bancos da BMW para tocar o cabo da pá.

11

Se quisesse ser honesta consigo mesma, pensou ela enquanto começava a curta viagem até a própria casa, teria de admitir que estava mais assustada com o retorno daquelas lembranças — com a sensação de que estavam acontecendo *novamente*, que estavam acontecendo *naquele momento* — do que com o que podia ou não ter acontecido na cama antes de o sol raiar. Aquilo ela poderia desconsiderar (bem... quase) como sendo um sonho de uma mente ansiosa começando a acordar. Porém, fazia séculos que não pensava em Gerd Allen Cole e, se alguém lhe perguntasse o nome do pai de Scott e onde ele trabalhava, ela teria respondido honestamente que não lembrava.

— U.S. Gypsum — disse ela. — Só que Faísca chamava aquele lugar de U.S. Gyppum. — Depois, falando baixo e com raiva, quase rosnando, acrescentou: — Pare, agora. Chega. Pare com isso.

Mas *como*? Aquela era a questão. E era uma questão importante, pois seu falecido marido não era o único que fugira de certas memórias dolorosas e assustadoras. Ela colocara uma espécie de cortina mental entre a LISEY AGORA e a LISEY! JUVENTUDE!, e sempre achara que ela era forte, mas já não tinha tanta certeza naquele fim de tarde. Certamente estava esburacada e, se alguém olhasse através dos buracos, correria o risco de ver coisas na névoa roxa atrás dela que talvez não quisesse ver. Era melhor não olhar, da mesma forma que era melhor nem mesmo se olhar no espelho depois do anoitecer, a não ser que todas as luzes estivessem acesas, ou não comer

(*comida noturna*)

uma laranja ou uma tigela de morangos depois do pôr do sol. Algumas lembranças eram tranquilas, mas outras eram perigosas. Era melhor viver no presente. Pois se ela capturasse a lembrança errada poderia...

— Poderia *o quê*? — perguntou Lisey a si mesma com uma voz raivosa, trêmula. Acrescentou logo em seguida: — Não quero saber.

Uma PT Cruiser vindo na direção oposta saiu do sol poente, e o cara atrás do volante acenou para ela. Lisey acenou de volta, embora não conseguisse pensar em ninguém conhecido que tivesse uma PT Cruiser. Não tinha importância, ali em Sticksville você sempre acenava de volta; era uma questão de cortesia interiorana. A cabeça dela estava em outro lugar, de qualquer forma. O fato era que não podia se dar ao luxo de recusar *todas* as lembranças só porque havia algumas coisas

(*Scott na cadeira de balanço, todo olhos enquanto o vento uiva lá fora, um vendaval terrível vindo lá de Yellowknife*)

que ela não se achava capaz de revisitar. E nem todas estavam perdidas na roxidão; algumas estavam apenas guardadas na própria cobra de livros mental, acessíveis até demais. A questão das didivas, por exemplo. Scott abrira o jogo com ela sobre as didivas certa vez, não abrira?

— Sim — disse ela, baixando o visor para bloquear o sol poente. — Em New Hampshire. Um mês antes de nos casarmos. Mas não me lembro onde exatamente.

O nome é Antlers.

Certo, beleza, grande coisa. Antlers. E Scott chamara aquilo de lua de mel precoce, ou algo assim...

Lua de mel antecipada. Ele chama de lua de mel antecipada. Ele diz: Vamos, babyluv, faça as malas e engatilhe.

— E quando babyluv perguntou para onde estávamos indo... — murmurou ela.

...e quando Lisey pergunta para onde eles estão indo, ele diz: "Vamos saber quando chegarmos lá". E eles chegam. Àquela altura, o céu está branco e o rádio diz que haverá neve, por incrível que pareça, com as folhas ainda nas árvores e apenas começando a ficar...

Eles tinham viajado até lá para comemorar as vendas da edição de bolso de *Demônios vazios*, o livro horroroso e assustador que colocara Scott Landon nas listas de mais vendidos pela primeira vez e os deixara ricos. No fim das contas, tinham sido os únicos hóspedes do local. E caíra uma nevasca aberrante de começo de outono. No sábado, colocaram sapatos de neve, pegaram uma trilha que entrava na floresta e se sentaram debaixo

(da árvore nham-nham)

de uma árvore, uma árvore especial, e ele acendeu um cigarro e disse que tinha algo para contar a ela, algo pesado, e, se aquilo a fizesse mudar de ideia sobre o casamento, ele ficaria triste... bem, ficaria *arrasado*, mas...

Lisey manobrou abruptamente para o acostamento da rota 17 e parou, levantando uma nuvem de poeira atrás de si. A luz do sol ainda brilhava, mas sua qualidade estava mudando, pendendo para a luz onírica sedosa e extravagante que é propriedade exclusiva dos fins de tarde de junho na Nova Inglaterra, o fulgor de verão de que os adultos nascidos ao norte de Massachusetts se lembravam com tanta clareza.

Não quero voltar ao Antlers e àquele fim de semana. À neve que achávamos tão mágica, à árvore nham-nham sob a qual comemos os sanduíches e bebemos o vinho, à cama que dividimos aquela noite e às histórias que ele contou — sobre bancos e didivas e pais loucos. Estou com muito medo de que tudo ao meu alcance me leve a tudo que não tenho coragem de encarar. Por favor, chega.

Lisey percebeu que estava repetindo a última palavra baixinho, sem parar:

— Chega, chega, chega.

Mas ela estava em uma caça à didiva, e talvez fosse tarde demais para dizer chega. Segundo a coisa que estivera na cama com ela naquela manhã, Lisey já tinha encontrado três estações. Mais algumas e ela poderia reivindicar seu prêmio. Às vezes um doce. Às vezes uma bebida, uma Coca ou um refrigereco! Sempre um cartão que dizia DIDIVA! FIM!.

Eu deixei uma didiva para você, tinha dito a coisa na camisola de Amanda... E, agora que o sol estava se pondo, ela estava tendo novamente dificuldade em acreditar que aquela coisa tinha mesmo *sido* Amanda. Ou *apenas* Amanda.

Uma didiva de sangue está para vir.

— Mas uma didiva *boa* primeiro — murmurou Lisey. — Só mais algumas estações e ganharei meu prêmio. Uma bebida. Eu gostaria de um uísque duplo, por favor. — Ela riu, com bastante força. — Mas, se as estações me levarem para além da roxidão, como ela pode ser *boa*? Não quero ir além da roxidão.

Seriam as *lembranças* dela as estações da didiva? Se fossem, poderia contar três bem vívidas nas últimas vinte e quatro horas: nocautear o louco, ajoelhar-se com Scott no asfalto fervente e vê-lo sair do escuro com a mão sanguinolenta estendida para ela como um presente... O que era exatamente sua intenção.

É uma didiva, Lisey! E não é uma didiva qualquer, é uma didiva de sangue!

Deitado no asfalto, ele dissera que o garoto espichado — a coisa com o interminável lado matizado — estava muito perto. *Não consigo vê-lo, mas dá para ouvir ele se alimentando*, dissera Scott.

— *Não quero mais pensar nessas coisas!* — Ela se ouviu quase gritar, mas sua voz parecia vir de muito longe, do outro lado de um enorme golfo; de repente, o mundo real lhe pareceu muito tênue, como gelo. Ou um espelho para o qual você não ousa olhar por mais de um ou dois segundos.

Eu poderia chamá-lo assim. Ele viria.

Sentada atrás do volante da BMW, Lisey pensou em como o marido implorara por gelo e como ele chegara — uma espécie de milagre —, e colocou as mãos sobre o rosto. Inventar histórias em cima da hora era o forte de

Scott, não de Lisey, mas, quando o doutor Alberness lhe perguntara sobre a enfermeira em Nashville, Lisey fizera o melhor possível, inventando algo sobre Scott prendendo a respiração e abrindo os olhos em seguida — em outras palavras, se fingindo de morto —, e Alberness rira como se aquela fosse a coisa mais engraçada que já ouvira na vida. Aquilo não fez Lisey invejar a equipe sob comando daquele cara, mas pelo menos a tirara de Greenlawn e a levara, por fim, até ali, no acostamento de uma estrada do interior com velhas lembranças latindo nos seus calcanhares como cães famintos e mordiscando sua preciosa cortina roxa.

— Cara, estou perdida — disse ela, e deixou as mãos caírem. Conseguiu dar uma risadinha fraca. — Perdida na joça da floresta mais fechada e escura que existe.

Não, acho que as florestas mais fechadas e escuras ainda estão por vir. Lá onde as árvores são grossas e o cheiro delas é doce e o passado está acontecendo. Sempre acontecendo. Lembra como você o seguiu naquele dia? Como o seguiu para dentro da floresta através da estranha nevasca de outubro?

Claro que ela lembrava. Ele saiu da trilha e ela o seguiu, tentando acompanhar o passo do desconcertante jovem namorado. E o que estava acontecendo naquele momento não era muito parecido? Só que, se ela fosse fazer aquilo, precisava antes de outra coisa. De outro pedaço do passado.

12

O próprio Naresh Patel, dono do Mercadinho do Patel, estava lá quando Lisey entrou às cinco e pouco da tarde daquela longa, longa quinta-feira. Ele estava sentado atrás da máquina registradora em uma cadeira de quintal, comendo um curry e vendo Shania Twain rodopiar no canal de música *country*. Ele pôs o curry de lado e chegou a se levantar para receber Lisey. A camisa dele dizia EU ♥ DARK SCORE LAKE.

— Um maço de Salem Lights, por favor — disse Lisey. — Na verdade, melhor dois.

O senhor Patel trabalhava no comércio — primeiro como empregado no mercado do pai em Nova Jérsei, depois como dono do próprio estabelecimento — havia quase quarenta anos, e sabia que era melhor não falar nada sobre abstêmios que de repente começavam a comprar bebida ou supostos não fumantes que de repente começavam a comprar cigarros. Ele simplesmente pegou o veneno preferido daquela senhora das bem-arrumadas prateleiras do negócio, colocou no balcão e comentou como o dia estava bonito. Fingiu não notar a expressão quase chocada que a senhora Landon fez ao ouvir o preço. Aquilo apenas mostrava quanto tempo ela passara sem fumar. Pelo menos ela tinha dinheiro para o seu veneno; o senhor Patel tinha fregueses que tiravam comida da boca dos filhos para comprar aquela porcaria.

— Obrigada — disse ela.

— Não por isso. Volte sempre — disse o senhor Patel, voltando a se sentar para assistir a Darryl Worley cantando "Awful, Beautiful Life". Era uma de suas favoritas.

13

Lisey estacionara na lateral do mercado para não bloquear o acesso a nenhuma das bombas de gasolina — havia catorze, em sete ilhotas imaculadas. Assim que voltou para trás do volante, deu partida no motor para poder baixar a janela do lado do motorista. O rádio XM via satélite sob o painel (como Scott teria adorado todas aquelas estações de música) ligou na mesma hora, tocando baixinho. Estava sintonizado na estação de música dos anos 1950, e Lisey não ficou exatamente surpresa ao ouvir "Sh-Boom". Não eram os Chords tocando, porém — aquela era a versão *cover*, gravada por um quarteto que Scott insistia em chamar de Os Quatro Meninos Brancos. Exceto quando estava bêbado. Quando estava, ele os chamava de Os Quatro Branquelos Esnobes.

Ela abriu um dos maços rasgando a embalagem e colocou um Salem Light entre os lábios pela primeira vez em... Quando fora sua última recaída? Cinco anos atrás? Sete? Quando o acendedor elétrico da BMW estalou, ela o encostou na ponta do cigarro e deu uma cautelosa tragada de fumaça mentolada. Tossiu-a de volta imediatamente, com os olhos se enchendo d'água. Tentou outra tragada. Aquela desceu um pouco melhor, mas sua cabeça começou a anuviar. Uma terceira tragada. Não tossiu, apenas teve a sensação de que ia desmaiar. Se caísse para a frente e batesse no volante, a buzina começaria a tocar e o senhor Patel sairia correndo para ver qual era o problema. Talvez chegasse a tempo de evitar que ela tacasse fogo no seu eu idiota — aquele tipo de morte era imolação ou defenestração? Scott saberia, assim como sabia quem tinha gravado a versão negra de "Sh-Boom" — os Chords — e quem era o dono da sinuca em *A última sessão de cinema* — Sam, o Leão.

No entanto, Scott, os Chords e Sam, o Leão, estavam todos mortos.

Ela apagou o cigarro no antes imaculado cinzeiro. Também não conseguia se lembrar do nome do hotelzinho em Nashville para o qual voltara depois de finalmente sair do hospital ("Pois sim, retornastes como um bêbado para teu vinho e um cachorro para o próprio vômito", ela ouviu o Scott na sua cabeça entoar), recordava apenas que o recepcionista lhe dera um dos quartos fuleiros dos fundos sem vista nenhuma além de uma cerca alta de madeira. Parecia que todos os cachorros de Nashville estavam atrás dela, latindo e latindo e latindo. Aqueles cães faziam o Pluto de tempos atrás parecer um amador. Ela se deitara em uma das duas camas sabendo que jamais conseguiria dormir, que toda vez que fechasse os olhos veria o Loiraço dizendo *Preciso parar com todo esse blém-blém pelas frésias* e acordaria de novo. Mas ela acabara *conseguindo* dormir, o suficiente para se arrastar pelo dia seguinte — três horas, talvez quatro. Como conseguira aquela impressionante façanha? Com a ajuda da pá de prata, isso sim. Lisey a colocara no chão do lado da cama onde poderia baixar a mão para tocá-la sempre que começasse a achar que tinha demorado ou sido lenta demais. Ou que a condição de Scott pioraria naquela noite. E aquilo não lhe passara pela cabeça em todos aqueles anos. Lisey estendeu o braço para trás e tocou a pá. Acendeu outro Salem Light com a mão livre e se forçou a lembrar de quando o visitara na manhã seguinte, subindo as escadas até o terceiro andar da UTI no já calor sufocante, pois havia uma placa na frente dos únicos dois elevadores para pacientes naquela parte do hospital que dizia FORA DE SERVIÇO. Ela pensou no que acontecera enquanto se aproximava do quarto. Era uma bobagem, na verdade, só uma daquelas

14

É uma daquelas situações bobas em que você quase mata alguém de susto sem querer. Enquanto Lisey desce o corredor vindo das escadas no fim da ala, a enfermeira está saindo do quarto 319 com uma bandeja nas mãos, olhando para o quarto por cima dos ombros com uma cara fechada. Lisey diz olá para que a enfermeira (que não deve ter mais de uns vinte e poucos anos e parece mais jovem ainda) note sua presença. É um cumprimento brando, um olá digno de uma Lisey lindinha, mas a enfermeira solta um gritinho agudo e derruba a bandeja. O pires e a xícara de café sobrevivem — são velhos guerreiros de cafeteria —, mas a jarra se despedaça, esparramando suco de laranja pelo assoalho e pelos sapatos brancos antes imaculados da enfermeira. Ela arregala os olhos para Lisey como um cervo diante dos faróis de um carro, parece por um instante que vai sair correndo, mas se recompõe e diz o de sempre:

— Ah, me desculpe, a senhora me assustou.

Ela se agacha, a bainha do uniforme subindo acima dos joelhos vestidos com meias brancas, e coloca o pires e a xícara de volta na bandeja. Em seguida, movendo-se com uma graça que é ao mesmo tempo ágil e cuidadosa, ela começa a catar os pedaços de vidro quebrado. Lisey se agacha e começa a ajudar.

— Ah, senhora, não precisa — diz a enfermeira. Ela fala com um forte sotaque sulista. — A culpa foi toda minha. Eu não estava olhando por onde ia.

— Não tem problema — diz Lisey. Ela consegue catar alguns cacos a mais do que a jovem enfermeira e os deposita na bandeja. Depois usa o guardanapo para começar a secar o suco derramado. — É a bandeja de café da manhã do meu marido. Eu ia me sentir culpada se não ajudasse.

A enfermeira olha engraçado para ela, um olhar do tipo *Você é casada com ELE?* que Lisey estava mais ou menos acostumada a receber, mas não *exatamente*. Depois volta a fitar o chão e começa a caçar pedaços de vidro que possam ter passado despercebidos.

— Ele comeu, não foi? — diz Lisey, sorrindo.

— Sim, senhora. Comeu muito bem, se a gente levar em conta pelo que passou. Meia xícara de café, que é tudo que ele pode tomar por enquanto, um ovo mexido, um pouco de purê de maçã e um potinho de gelatina. O suco ele não terminou. Como a senhora pode ver. — Ela se levantou com a bandeja. — Vou pegar uma toalha na sala de enfermagem e limpar o resto.

A jovem enfermeira hesita, depois dá uma risadinha nervosa.

— O marido da senhora é meio mágico, não é?

Por nenhum motivo em especial, Lisey pensa: ESPANE — *Engatilhe Sempre que Parecer Necessário*. No entanto, apenas sorri e diz:

— Ele tem lá seus truques, sim. Bem ou mal de saúde. Qual ele pregou em você?

E, em algum lugar lá no fundo, será que estará ela se lembrando da noite da primeira didiva, andando sonolenta para o banheiro do apartamento de Cleaves Mills, dizendo *Rápido, Scott* no caminho? Falando aquilo porque ele tem de estar lá dentro, já que com certeza não está mais na cama com ela?

— Eu entrei para ver como ele estava, e poderia ter jurado que a cama estava vazia — diz a enfermeira. — Quero dizer, a haste do soro estava lá, e os sacos ainda estavam pendurados nela, mas... Acho que ele deve ter tirado a agulha e ido ao banheiro. Os pacientes fazem todo tipo de esquisitice quando estão medicados, sabe?

Lisey assente, esperando que o mesmo sorrisinho de expectativa esteja no próprio rosto. O que diz: *Já ouvi essa história antes, mas ainda não enjoei dela*.

— Daí, fui até o banheiro e *também* estava vazio. Mas quando me virei...

— Lá estava ele — Lisey termina para ela. Ela fala com brandura, o sorrisinho no mesmo lugar. — Tcharam, abracadabra.

E didiva, fim, pensa.

— Isso. Como a senhora sabia?

— Bem — diz Lisey, ainda sorrindo —, Scott sabe se misturar ao ambiente.

Deveria soar estranhamente idiota — uma mentira fajuta de alguém sem imaginação —, mas não soa. Porque não é mentira. Ela está sempre o perdendo de vista em supermercados e lojas de departamento (lugares nos quais, por algum motivo, ele quase nunca é reconhecido), e certa vez o caçou por quase meia hora na biblioteca da Universidade do Maine antes de achá-lo na Sala de Periódicos, que já verificara duas vezes. Quando Lisey brigou com ele por tê-la deixado esperando e fazê-la caçá-lo em um lugar em que não podia nem mesmo erguer a voz para chamar por ele, Scott dera de ombros e retrucara que estivera o tempo todo na Sala de Periódicos, olhando as novas revistas de poesia. E a questão era que ela nem achava que Scott estivesse a enrolando, quanto mais mentindo. De alguma forma, ela simplesmente... não o vira.

A enfermeira sorri.

— Foi exatamente isso que Scott disse, que ele meio que se mistura. — Ela fica vermelha. — Ele nos disse para chamá-lo de Scott. Praticamente exigiu. Espero que não se importe, senhora Landon. — O sotaque daquela jovem enfermeira do sul é forte, mas não irrita Lisey como o de Dashmiel.

— Não tem o menor problema. Ele diz isso para todas as garotas, especialmente as bonitas.

A enfermeira sorri e fica mais vermelha ainda.

— Ele disse que me viu passar e ficar olhando. Falou mais ou menos assim: "Sempre fui um dos brancos mais brancos do mundo, mas agora que perdi tanto sangue, devo estar entre os dez mais."

Lisey ri com educação, sentindo o estômago embrulhar.

— E é claro que com os lençóis brancos e com a camisola branca que ele está vestindo...

A jovem enfermeira começa a falar mais devagar. Ela *quer* acreditar — e Lisey não duvida que *tenha* acreditado enquanto Scott falava com ela, encarando-a com os olhos cor-de-avelã brilhantes —, mas agora está começando a perceber o absurdo por trás do que está dizendo.

Lisey aproveita para dar uma ajuda.

— Ele também sabe ficar muito *quieto* — diz ela, embora Scott seja um dos homens mais *agitados* que conhece.

Mesmo quando está lendo um livro, fica o tempo todo mudando de posição na cadeira, roendo as unhas (um hábito que largou por um tempo depois do sermão dela, mas o retomou mais tarde), coçando os braços como um viciado precisando de uma dose e às vezes até fazendo séries com os pesos de mão que estão sempre debaixo da poltrona favorita. Ela só vê Scott parado em sono profundo ou escrevendo, desde que esteja produzindo excepcionalmente bem. Porém, a enfermeira ainda parece confusa, de modo que Lisey continua inventando, falando num tom alegre que soa terrivelmente falso até para ela.

176

— Juro que às vezes ele parece parte da mobília. Já passei direto por ele várias vezes. — Ela toca a mão da enfermeira. — Tenho certeza de que foi isso que aconteceu, querida.

Ela não tem certeza alguma daquilo, mas a enfermeira lhe dá um sorriso agradecido e o assunto do desaparecimento de Scott fica para trás. *Ou nós o expelimos*, pensa Lisey. *Como uma pequena pedra nos rins.*

— Ele está muito melhor hoje — diz a enfermeira. — O doutor Wendlestadt estava aqui para as rondas da manhã e ficou completamente *assombrado*.

Lisey aposta que sim. E diz à enfermeira o que Scott lhe disse todos aqueles anos atrás, no apartamento de Cleaves Mills. Na época, ela pensou que fosse só uma dessas coisas que a gente diz à toa, mas agora acredita. Ah, sim, agora acredita plenamente.

— Todos os Landon se curam rápido — diz, e vai ver o marido.

15

Ele está deitado com os olhos fechados e a cabeça virada para um lado, um homem muito branco numa cama muito branca — aquela parte sem dúvida é verdade —, mas é impossível não ver aquele monte de cabelos pretos na altura dos ombros. A cadeira em que ela se sentou na noite passada está no mesmo lugar de antes, e ela retoma sua posição ao lado da cama. Pega o livro que está lendo — *Savages*, de Shirley Conran. Está tirando a caixa de fósforos amassada que marca a página em que parou quando sente o olhar de Scott e levanta a cabeça.

— Como você está se sentindo esta manhã, querido? — pergunta ela.

Ele fica um bom tempo calado. Sua respiração está chiando, mas já não *guincha* como quando estava deitado no estacionamento implorando por gelo. *Ele está bem melhor*, pensa ela. Com algum esforço, ele move a mão até pousá-la sobre a de Lisey. Dá uma apertadinha. Seus lábios (que parecem estar terrivelmente secos, ela comprará um protetor labial para eles mais tarde) se abrem em um sorriso.

— Lisey — diz ele. — Lisey lindinha.

Ele volta a dormir com a mão ainda sobre a dela e Lisey não vê problema algum nisso. Ela pode virar as páginas do livro com apenas uma das mãos.

16

Lisey se agitou como uma mulher acordando de um cochilo, olhou pela janela do motorista e viu que a sombra do próprio carro crescera perceptivelmente sobre o asfalto preto e limpo do senhor Patel. Não havia nem uma nem duas guimbas no seu cinzeiro, mas sim três. Olhou pelo retrovisor e viu um rosto olhando de volta para ela de uma das janelinhas nos fundos do mercado, no que só podia ser o depósito. O rosto sumiu antes de ela identificar se era a esposa do senhor Patel ou uma de suas filhas adolescentes, mas teve tempo de reconhecer a expressão: curiosidade ou preocupação. De qualquer forma, estava na hora de seguir em frente. Lisey saiu de ré da vaga, feliz por ter pelo menos apagado os cigarros no próprio cinzeiro em vez de os ter jogado naquele asfalto estranhamente limpo, e tomou de novo o caminho de casa.

Lembrar-se daquele dia no hospital — e do que a enfermeira falou — foi outra estação da didiva.

Foi? Foi.

Algo tinha estado com ela na cama naquela manhã e, por ora, continuaria acreditando que fora Scott. Por algum motivo, ele a colocara numa caça à didiva, como as que seu irmão mais velho Paul costumava inventar para ele quando eram garotos infelizes crescendo no interior da Pensilvânia. Só que, em vez de pequenas charadas para levá-la de uma estação a outra, ela estava sendo conduzida...

— Você está me conduzindo ao passado — disse ela numa voz baixa. — Mas por que faria isso? *Por que*, se é lá que está a coisa-ruim?

A de agora é uma didiva boa, Lisey. Fica atrás da roxidão.

— Scott, eu não quero atravessar a roxidão. — Já se aproximava de casa. — Não quero atravessar a roxidão de jeito nenhum.

Mas acho que você não tem escolha.

Se aquilo fosse verdade, e se a próxima estação da didiva fosse reviver a visita de fim de semana ao Antlers — a lua de mel antecipada de Scott —, ela queria a caixa de cedro da Mãezinha Querida. Era tudo o que lhe sobrara da mãe, agora que as

(*trouxas*)

colchas já não existiam, e Lisey imaginava que aquela era sua versão mais humilde do cantinho da memória do escritório de Scott. Era um lugar em que ela guardara todo tipo de lembranças referentes à

(SCOTT E LISEY! JUVENTUDE!)

primeira década do casamento: fotos, cartões-postais, lenços, caixas de fósforos, menus, descansos para copos, esse tipo de bobagem. Quanto tempo passara colecionando aquele tipo de coisa? Dez anos? Não, nem tanto. Seis, no máximo. Talvez menos. Depois de *Demônios vazios*, as mudanças tinham vindo a toda — não só a experiência na Alemanha, mas tudo. O casamento deles se tornara algo como o carrossel descontrolado do final de *Pacto sinistro*, de Alfred Hitchcock. Ela desistira de guardar coisas como guardanapos de coquetel e caixas de fósforos de lembrança, pois tinham sido saguões demais e restaurantes demais em hotéis demais. Logo, não guardaria mais nada. E onde estava a caixa de cedro da Mãezinha Querida, que tinha aquele cheirinho gostoso quando era aberta? *Em algum lugar* da casa, tinha certeza, e pretendia encontrá-la.

Talvez acabe sendo outra estação da didiva, pensou ela, e viu sua caixa de correio logo adiante. A portinhola estava baixada e um punhado de cartas estava preso a ela com um elástico. Curiosa, Lisey parou o carro perto da caixa. Geralmente, quando Scott era vivo, ela chegava em casa e encontrava a caixinha cheia, mas desde então sua correspondência tendia a ser pouca — e na maioria das vezes endereçada ao MORADOR(A) ou ao SR. OU SRA. PROPRIETÁRIO(A). Na verdade, o maço que estava lá parecia bem fino: quatro envelopes e um cartão postal. O senhor Simmons, o carteiro, devia ter enfiado um pacote na caixa — embora, em dias de tempo bom, ele costumasse usar um ou dois elásticos para prender pacotes à resistente bandeirola de metal. Lisey olhou para as cartas — contas, propaganda, um cartão-postal de Cantata — e em seguida enfiou a mão na caixa de correio. Tocou algo macio, peludo e molhado. Gritou de susto, puxou a mão de volta, viu o sangue nos dedos e gritou de novo, desta vez de horror. Naquele primeiro instante, teve certeza de que fora mordida: algo subira pela haste de cedro da caixa de correio e rastejara lá para dentro. Talvez um rato, talvez algo pior ainda — algo com raiva, como uma marmota ou um filhote de guaxinim.

Ela limpou a mão na blusa, respirando em arquejos sonoros que não eram exatamente gemidos, e ergueu a mão com relutância para ver quantas eram as feridas. E quão profundas. Por um momento, sua convicção de que fora mordida foi tão forte que ela chegou a ver as marcas. Depois piscou e a realidade se reafirmou. Havia manchas de sangue, mas nenhum corte, marca de mordida ou ranhura na pele. Sem dúvida havia algo dentro da caixa de correio, alguma surpresa terrível e peluda, porém seus dias de morder os outros já haviam acabado.

Lisey abriu o porta-luvas e o maço de cigarros ainda fechado caiu. Ela fuçou até encontrar a lanterninha descartável que tirara do porta-luvas do outro carro, um Lexus que dirigira durante quatro anos. Era um bom carro, aquele Lexus. Ela o trocara apenas porque o associava a Scott, que o chamava de Lexus Sexy da Lisey. É impressionante como coisas pequenas podem machucar quando alguém próximo morre; um negócio de dar inveja àquela princesa da história e sua joça de ervilha debaixo do monte de colchões; agora, ela esperava apenas que ainda houvesse energia na lanterna.

Havia. O facho de luz saiu claro, firme e confiante. Lisey se virou para o lado e respirou fundo, mirando a lanterna dentro da caixa de correio. Estava tão concentrada que franzia os lábios sobre os dentes e os apertava tanto que chegava a doer. A princípio, viu apenas um vulto e um brilho verde, como luz refletindo de uma bolinha de gude. E umidade na base de metal corrugado da caixa de correio. Imaginou que aquele tivesse sido o sangue que sujara seus dedos. Foi um pouco mais para a esquerda, apoiando todo o lado do corpo contra a porta do motorista, empurrando cautelosamente a lanterna mais para dentro da caixa de correio. Surgiram pelos no vulto, além de orelhas e um focinho que provavelmente teria sido rosa à luz do dia. Os olhos eram inconfundíveis; mesmo embotados pela morte, a forma deles era característica. Havia um gato morto na sua caixa de correio.

Lisey começou a rir. Não exatamente um riso normal, mas também não um totalmente histérico. Aquilo era engraçado de verdade. Ela não precisava de Scott para saber que um gato assassinado na caixa de correio era *Atração fatal* demais. Aquele não era nenhum filme sueco idiota com legendas, e ela o vira duas vezes. A graça era que Lisey não *tinha* um gato.

Ela deixou as risadas correrem soltas, depois acendeu um Salem Light e estacionou na entrada para carros da própria casa.

VI. LISEY E O PROFESSOR
(É NISSO QUE DÁ)

1

Lisey não sentia mais medo, e a graça que achara em um deslize momentâneo fora substituída por raiva pura e simples. Ela estacionou a BMW diante das portas trancadas do celeiro e seguiu a passos largos até a casa, tentando imaginar se encontraria a carta de seu novo amigo na porta da cozinha ou na da frente. Não duvidou nem por um instante de que haveria uma carta, e tinha razão. Estava nos fundos, um grande envelope branco preso entre a porta de tela e o batente. Com o cigarro entre os dentes, Lisey rasgou o envelope e desdobrou uma única folha de papel. A mensagem estava batida à máquina.

> Sra: sinto muito fazer isso já que adoro bichos mas mlhor seu Gato do que a Senhora. Não quero te machucar. Não quero mas a senhora tem que ligar para 412-298-8188 e falar para "O Cara" que tá doano aqueles papéis de que a gente falou pra biblioteca da faculdade através dEle. A gente não quer que a Sra enrole mais com isso, então liga pra ele as oito da noite de hoje e ele vai entrar em contato comigo. Vamos terminar esse negócio sem ninguém firido além do seu pobre bichinho sobre o qual eu SINTO MUITO.
>
> Seu amigo,
> Zack
>
> P.S.: Não estou com raiva da Sra por ter me mandado me "F". Sei que estava com raiva.
>
> Z

Lisey olhou para o Z, que era o último pedacinho do contato que "Zack McCool" estabelecera com ela, e pensou no Zorro, galopando pela noite com a capa ondulando atrás de si. Os olhos dela começaram a marejar. Por um instante, achou que estava chorando, mas depois percebeu que era por causa da fumaça. O cigarro entre os dentes queimara até o filtro. Ela o cuspiu no chão de tijolos e, irritada, amassou a guimba com o salto. Ergueu os olhos para a cerca de tábuas que dava a volta no quintal... embora apenas por uma questão de simetria, uma vez que os únicos vizinhos deles ficavam ao sul, à esquerda de Lisey, que estava parada diante da porta da cozinha com a enervante e mal datilografada carta de "Zack McCool" — a sua joça de ultimato — nas mãos. Do outro lado da cerca ficavam os Galloway, e os Galloway tinham meia dúzia de gatos — o que as pessoas chamavam de "gatos de celeiro" naquela parte da floresta. Eles às vezes procuravam comida no quintal dos Landon, especialmente quando não havia ninguém em casa. Lisey não tinha dúvidas de que era um gato dos Galloway na caixa de correio, da mesma forma que não tinha dúvidas de que fora Zack na PT Cruiser que ela vira passando logo depois de ter fechado a casa de Amanda e saído de lá. O senhor PT Cruiser estava indo para o leste, saindo quase de dentro do sol poente, então ela não conseguira dar uma boa olhada nele. O desgraçado ainda tivera a audácia de acenar. *Olá, madame, deixei uma coisinha pra senhora na sua caixa de correio!* E ela acenara de volta, porque era assim que se fazia em Sticksville.

— Seu desgraçado — murmurou ela, com tanta raiva que nem sabia qual deles estava xingando, Zack ou o Caçacatra enlouquecido que incitara Zack a atormentá-la.

No entanto, já que Zack tivera a consideração de lhe dar o número de telefone de Woodbody (ela reconhecera imediatamente o código de área de Pittsburgh), ela sabia com qual dos dois pretendia lidar primeiro, e descobriu que estava ansiosa para fazer aquilo. Porém, antes de lidar com quem quer que fosse, ela precisava realizar um desagradável serviço doméstico.

Lisey enfiou a carta de "Zack McCool" no bolso de trás, tocando brevemente o Bloquinho de Compulsões de Amanda sem nem ao menos notá--lo, e sacou as chaves de casa. Ainda estava com raiva demais para pensar em muita coisa, inclusive na possibilidade de haver impressões digitais do remetente na carta. Agora, estava pensando em ligar para a delegacia do condado, embora aquilo já estivesse na lista de afazeres dela desde antes. A fúria estreitou o pensamento racional até deixá-lo muito parecido com o facho de luz da lanterninha que ela usara para olhar dentro da caixa de correio e, naquele instante, aquilo a limitava a apenas duas ideias: livrar-se do gato e depois ligar para Woodbody e mandá-lo se livrar de "Zack McCool". Dispensá-lo. Senão.

2

Ela pegou dois baldes do armário embaixo da pia da cozinha, alguns panos de chão limpos, um velho par de luvas de borracha e um saco de lixo que enfiou no bolso de trás do jeans. Esguichou produto de limpeza em um dos baldes e o encheu com água quente, usando o chuveirinho manual da pia para fazer espuma mais rápido. Depois saiu, parando apenas para apanhar um pegador de cozinha de dentro do que Scott chamava de Gaveta de Tralhas — o pegador grande, que usava quando decidia fazer churrasco. Ela se ouviu cantando o verso principal de "Jambalaya" sem parar enquanto resolvia aquelas pequenas e desagradáveis coisas.

— *Son of a gun, we'll have big fun on the bayou!*

Seu filho da mãe, a gente vai se divertir à beça lá no riacho...

Se divertir à beça. Sem dúvida.

Já lá fora, ela encheu o segundo balde com água fria da torneira do quintal e foi até a entrada para carros com um balde em cada mão, os panos jogados por cima do ombro, o pegador saindo de um dos bolsos de trás e o saco de lixo do outro. Quando chegou à caixa de correio, largou os baldes e franziu o nariz. Conseguia sentir o cheiro de sangue ou era só imaginação? Olhou para dentro do compartimento. Difícil ver alguma coisa; a luz vinha do lado errado. *Devia ter trazido a lanterna*, pensou ela, mas não voltaria para pegá-la de jeito nenhum. Não enquanto estivesse engatilhada e pronta.

Lisey vasculhou o interior da caixa com o pegador, parando ao bater em algo que não era macio, mas também não era muito duro. Abriu o utensílio o mais que pôde, apertou e puxou. A princípio nada aconteceu. Depois o gato — na verdade apenas uma sensação de peso na ponta de seu braço — começou a vir para a frente com relutância.

O pegador escapou, uma extremidade batendo na outra. Lisey o puxou para fora. Havia sangue e alguns pelos cinza na ponta em forma de espátula — parte que Scott sempre chamava de "as pegadoras". Ela se lembrava de ter dito a ele que *pegadoras* era um peixe que ele devia ter encontrado morto na superfície da sua preciosa lagoa. Aquilo o fez rir.

Lisey se agachou e olhou para dentro da caixa de correio. O gato fora puxado por metade do caminho e era fácil de ver agora. Era de uma cor de fumaça indefinível, um gato de celeiro dos Galloway, sem dúvida. Ela bateu as extremidades do pegador duas vezes, para dar sorte, e estava prestes a enfiá-lo de novo lá dentro quando ouviu um carro vindo ao leste. Virou-se com um nó no estômago. Não apenas *achou* que era Zack voltando na pequena PT Cruiser esportiva; teve certeza. Ele ia parar, inclinar-se para fora e perguntar se ela queria uma mãozinha. *Madame*, diria ele, *a senhora não quer uma mãozinha aí?* Mas era algum utilitário esportivo, e a pessoa atrás do volante era mulher.

Você está ficando paranoica, Lisey lindinha.

Provavelmente. E, dadas as circunstâncias, tinha o direito de estar.

Acabe com isso. Você saiu pra isso, então faça logo o que tem de fazer.

Ela enfiou o pegador na caixa novamente, dessa vez olhando lá dentro para ver o que estava fazendo. Ao abrir as pegadoras e as posicionar em volta de uma das patas enrijecidas do gato azarado, pensou em Dick Powell em algum filme preto e branco antigo, cortando um peru e perguntando: *Quem quer uma coxa?* E, sim, dava para sentir o cheiro de sangue. Teve uma pequena ânsia de vômito, baixou a cabeça e cuspiu entre os tênis.

Acabe com isso.

Lisey fechou as pegadoras (no fim das contas, não era uma palavra ruim, depois que você fazia amizade com ela) e puxou. Abriu desajeitadamente o saco de lixo verde com a outra mão e o gato caiu lá dentro, de cabeça. Ela torceu o saco para fechá-lo e deu um nó na ponta, já que a Lisey lindinha e cabeça de vento também tinha se esquecido de levar uma daquelas braçadeiras de plástico. Depois começou a esfregar com vontade a caixa de correio para tirar o sangue e os pelos.

3

Quando terminou, Lisey se arrastou de volta pela entrada para carros carregando os baldes sob a luz alongada do fim de tarde. Seu café da manhã fora café e mingau de aveia; o almoço, pouco mais de uma colher de atum com maionese e uma folha de alface — apesar do gato morto, ela estava faminta. Decidiu adiar a ligação para Woodbody para depois de forrar um pouco o estômago. A ideia de ligar para a delegacia — para qualquer pessoa com um uniforme policial, por sinal — ainda não lhe voltara à cabeça.

Ela passou três minutos lavando as mãos, usando água bem quente e se certificando de que todas as manchas de sangue tinham saído de debaixo das unhas. Depois achou o Tupperware que continha os restos do macarrão instantâneo, colocou tudo em um prato e enfiou no micro-ondas. Enquanto esperava o forno apitar, caçou uma Pepsi na geladeira. Lembrava-se de ter pensado que nunca acabaria com aquele macarrão depois de ter saciado seu desejo inicial por ele. Aquilo podia ser acrescentado ao fundo da longa, longa lista de Coisas na Vida Sobre as Quais Lisey Tinha se Enganado, mas e daí?

E o quico?, como gostava de falar Cantata na adolescência.

— Eu nunca disse que era o cérebro do grupo — falou Lisey para a cozinha vazia, e o micro-ondas apitou como se respondesse.

A gororoba requentada estava quase quente demais para comer, mas Lisey a mandou para dentro assim mesmo, refrescando a boca com goladas borbulhantes de Pepsi. Ao terminar o último bocado, ela se lembrou do chiado que o pelo do gato produzira contra o metal da caixa de correio e da estranha sensação de estar sendo *puxada* de quando o corpo começou a vir com relutância para a frente. *Ele deve ter socado o gato lá dentro*, pensou ela, e Dick Powell lhe veio novamente à cabeça, um Dick Powell preto e branco, desta vez dizendo: *E coma um pouco de recheio!*

Ela se levantou e correu para a cozinha tão depressa que derrubou a cadeira, certa de que ia vomitar tudo que acabara de comer; ia *botar tudo pra fora, chamar o Hugo, se livrar do almoço, espalhar as tripas*. Ela se debruçou na pia, com os olhos fechados, a boca aberta, o plexo solar fechado e retesado. Depois de cinco segundos de expectativa, emitiu um arroto de refrigerante monstruoso que zumbiu como uma cigarra. Ficou mais um instante debruçada, querendo ter absoluta certeza de que aquilo era tudo. Quando teve certeza, enxaguou a boca, cuspiu e tirou a carta de "Zack McCool" do bolso do jeans. Estava na hora de ligar para Joseph Woodbody.

4

Ela esperava que a ligação fosse cair no escritório dele na Pitt — quem daria o número de casa para um biruta como seu novo amigo Zack? — e estava pronta para deixar o que Scott teria chamado de "um recado eita--normemente provocativo" na secretária eletrônica de Woodbody. Em vez disso, o telefone foi atendido no segundo toque, e uma voz de mulher, muito agradável e talvez lubrificada por aquele fundamental drinque de antes do jantar, disse a Lisey que ela ligara para a casa dos Woodbody antes de perguntar quem estava falando. Pela segunda vez naquele dia, ela se identificou como senhora Scott Landon.

— Eu gostaria de falar com o professor Woodbody — disse ela. A voz suave e educada.

— Posso perguntar do que se trata?

— É sobre os manuscritos do meu falecido marido — falou Lisey, girando o maço aberto de Salem Lights na mesa de centro diante dela.

Percebeu que mais uma vez tinha cigarros, mas não fogo. Talvez fosse um sinal de que deveria largar o hábito de novo, afinal, antes que ele voltasse a fincar seus pequenos ganchos amarelos no seu tronco encefálico. Pensou em acrescentar um *Tenho certeza de que ele vai querer falar comigo*, mas não se deu ao trabalho. A esposa dele saberia daquilo.

— Só um instante, por favor.

Lisey esperou. Não planejara o que falaria. Aquilo estava de acordo com outra das Regras de Landon: você só planejava o que ia falar em caso de *desentendimento*. Quando estava com muita raiva — quando queria *abrir um novo cu em alguém*, como dizia o ditado —, geralmente era melhor botar as pernas para o alto e deixar o pau cantar.

Então ficou sentada, com a mente cuidadosamente vazia, girando o maço de cigarros. E ele rodava e rodava.

Finalmente, uma suave voz masculina que ela achou reconhecer disse:

— Alô, senhora Landon, que surpresa agradável.

ESPANE, pensou ela. *ESPANE, babyluv.*

— Não — disse Lisey. — Não vou ser nem um pouco agradável.

Fez-se uma pausa. Em seguida, com cautela:

— Perdão? É Lisa Landon quem está falando? Senhora Landon, eu...

— Ouça bem, seu filho da puta. Um homem está me atormentando. Acho que é um homem perigoso. Ontem, ele ameaçou me machucar.

— Senhora Landon...

— Em lugares que eu não deixava os garotos meterem a mão nos bailes da escola, foi como ele disse, se não me engano. E hoje à noite...

— Senhora Landon, eu não...

— *Agora à noite* ele deixou um gato morto na minha caixa de correio e uma carta enfiada na minha porta, e a carta tinha um número de telefone, *este* número, então não me diga que não sabe do que eu estou falando porque eu sei que *sabe!*

Na última palavra, Lisey bateu com as costas da mão no maço de cigarros. Bateu nele como se fosse uma peteca de badminton. Ele atravessou a sala voando, espalhando Salem Lights no caminho. Ela estava respirando pesado e rápido, mas com a boca escancarada. Não queria que Woodbody ouvisse aquilo e confundisse a raiva dela com medo.

Woodbody não respondeu nada. Lisey lhe deu tempo. Vendo que continuaria quieto, ela disse:

— O senhor ainda está aí? É melhor que esteja.

Ela sabia que era o mesmo homem que respondia, mas os tons suaves de palestrante tinham desaparecido. Aquele cara parecia ao mesmo tempo mais jovem e mais velho.

— Aguarde na linha, senhora Landon, que eu vou atender no meu escritório.

— Onde sua esposa não pode ouvir, o senhor quer dizer.

— Aguarde, por favor.

— É melhor não demorar, Woodbundão, ou...

Ouviu-se um clique e, depois, silêncio. Lisey quis estar com o telefone sem fio na cozinha, queria andar de um lado para outro, talvez pegar um cigarro e acendê-lo na boca do fogão. Mas talvez fosse melhor daquele jeito.

Assim, não podia extravasar raiva nenhuma. Assim, tinha de continuar tão engatilhada que chegava a doer.

Dez segundos se passaram. Vinte. Trinta. Ela estava se preparando para desligar quando ouviu outro clique na linha e o Rei dos Caçacatras falou com ela de novo com sua voz jovem-velha. Havia algo de estranho nela, uma pequena trepidação. *São as batidas do coração dele*, pensou ela. O pensamento foi Lisey, mas o *insight* poderia ter sido de Scott. *O coração dele está batendo tão forte que estou conseguindo ouvir. Será que eu queria assustá--lo? Eu o assustei. Agora, por que isso deveria me assustar?*

E, sim, de repente ela *ficou* assustada. Era como uma linha amarela cerzindo o cobertor vermelho-vivo da sua raiva.

— Senhora Landon, o nome deste homem é Dooley? James ou Jim Dooley? Alto e magro, com um pouco de sotaque serrano? Tipo de West Vir...

— Não sei o nome dele. Ele se chamou de Zack McCool ao telefone e foi esse nome que usou para assinar a...

— Merda — disse Woodbody. Só que ele esticou a palavra, *Mee-eeerda*, transformando-a quase em um encantamento. Em seguida emitiu um som que poderia ter sido um grunhido. Na cabeça de Lisey, uma segunda linha amarela se juntou à primeira.

— O quê? — perguntou ela com rispidez.

— É ele — falou Woodbody. — Só pode ser. O endereço de e-mail que ele me deu era Zack991.

— O senhor mandou que ele me ameaçasse para eu lhe entregar o material inédito de Scott, não foi? Foi esse o acordo.

— Senhora Landon, a senhora não está entenden...

— Acho que estou, sim. Já lidei com gente bem maluca desde que Scott morreu. Os acadêmicos deixam os colecionadores no chinelo, mas o senhor faz os outros acadêmicos parecerem normais, Woodbundão. Deve ser por isso que conseguiu esconder no começo. As pessoas malucas de verdade *têm* de saber fazer isso. É uma estratégia de sobrevivência.

— Senhora Landon, se a senhora ao menos me deixar expli...

— Estou sendo ameaçada e o senhor é o responsável, não precisa explicar isso. Então ouça, e ouça bem: mande-o parar agora. Ainda não entreguei seu nome para as autoridades, mas sinceramente acho que o fato de eu dar seu nome à polícia é a menor das suas preocupações. Se eu receber mais uma ligação, mais uma carta ou mais um animal morto desse Caubói do Espaço Sideral, vou chamar a imprensa. — A inspiração bateu. — Vou começar com os jornais de Pittsburgh. Eles vão adorar. ACADÊMICO LOUCO AMEAÇA VIÚVA DE ESCRITOR FAMOSO. Quando isso aparecer na primeira página, algumas perguntas da polícia do Maine vão ser o menor dos seus problemas. Adeus, academia.

Lisey achou que tudo aquilo soou bem e escondeu as linhas amarelas de medo — pelo menos por ora. Infelizmente, o que Woodbody disse em seguida as trouxe de volta, mais fortes do que nunca.

— A senhora não está entendendo, senhora Landon. Não posso mandá-lo parar.

5

Por um instante, Lisey ficou estupefata demais para falar. Enfim disse:

— O que o senhor quer dizer com *não posso*?

— Quero dizer que já tentei.

— O senhor tem o endereço de e-mail dele! Zack999 ou o que quer que seja…

— Zack991 arroba Sail ponto com, mas não faz diferença. Poderia muito bem ser qualquer porcaria. Não funciona. Funcionou nas primeiras duas vezes que tentei entrar em contato, mas desde então meus e-mails voltam dizendo NÃO FOI POSSÍVEL ENVIAR A MENSAGEM.

Ele voltou a balbuciar sobre tentar novamente, mas Lisey mal prestou atenção. Estava relembrando a conversa com "Zack McCool" — ou Jim Dooley, se aquele fosse o verdadeiro nome dele. Tinha dito que Woodbody ou telefonaria para ele ou…

— O senhor tem alguma conta de e-mail especial? — perguntou ela, interrompendo Woodbody no meio do raciocínio. — Ele disse que o senhor lhe mandaria um e-mail de algum jeito especial para avisar quando tivesse conseguido o que queria. De onde esse e-mail seria enviado? Do seu escritório na faculdade? De um café?

— *Não!* — Woodbody quase uivou. — Ouça o que eu estou falando: é *claro* que tenho um endereço de e-mail na Pitt, mas nunca o dei para Dooley!

Teria sido maluquice! Dois alunos meus da pós acessam regularmente o e-mail lá, isso sem falar na secretária do Departamento de Inglês.

— E o pessoal?

— Dei, sim, meu e-mail pessoal para ele, mas ele nunca usou.

— E quanto ao número de telefone dele que o senhor tem?

Houve outro momento de silêncio na linha e, quando Woodbody voltou a falar, parecia sinceramente confuso. Isso a assustou mais ainda. Ela olhou pela ampla janela da sala de estar e viu que o céu ao noroeste estava ficando rosado. Logo seria noite. Lisey tinha um palpite que ela seria longa.

— Número de telefone? — disse Woodbody. — Ele nunca me deu número de telefone nenhum. Só um endereço de e-mail que funcionou duas vezes e depois parou. Ou ele estava mentindo ou fantasiando.

— E qual é o seu palpite?

Woodbody quase sussurrou:

— Não sei.

Lisey achou que aquele era o jeito borra-botas de Woodbody de evitar admitir o que achava de verdade: que Dooley era louco.

— Espere um instante. — Ela começou a largar o telefone no sofá, mas pensou melhor. — É melhor o senhor estar aí quando eu voltar, professor.

No fim das contas, não havia necessidade de usar um dos acendedores de fogão. Havia longos fósforos decorativos numa escarradeira de bronze perto dos utensílios da lareira. Ela apanhou um Salem Light do chão e riscou um dos fósforos longos numa pedra. Pegou um dos vasos de cerâmica para servir temporariamente de cinzeiro, pondo as flores que estavam nele de lado e refletindo (não pela primeira vez) que fumar era um dos piores hábitos do mundo. Em seguida voltou ao sofá, sentou-se e apanhou o telefone.

— Me conte o que aconteceu.

— Senhora Landon, eu e minha esposa temos planos de sair...

— Seus planos acabaram de mudar — disse Lisey. — Comece do início.

6

Bem, é claro que no início havia os Caçacatras, aqueles adoradores pagãos de textos originais e manuscritos inéditos. Havia também o professor Joseph

Woodbody, que, na opinião de Lisey, era o rei deles. Só Deus sabia quantos artigos acadêmicos ele publicara sobre as obras de Scott Landon, ou quantos deles poderiam, naquele instante, estar juntando poeira silenciosamente na cobra de livros no escritório sobre o celeiro. Ela tampouco se importava com o quanto a ideia de obras inéditas de Scott também juntando poeira no escritório vinha atormentando o professor Woodbody. O que importava é que Woodbody tinha o hábito de tomar três cervejas duas ou três noites por semana ao voltar do campus para casa; parava sempre no mesmo bar, um lugar chamado The Place. Havia vários estabelecimentos estilo universitário onde se beber perto da Pitt. Alguns eram botecos com cerveja na jarra; outros, bares bacanas frequentados pelos docentes e por alunos da pós com consciência social — o tipo de lugar com plantas ornamentais nas janelas e Bright Eyes tocando em vez de My Chemical Romance. The Place era um bar frequentado por trabalhadores a menos de dois quilômetros do campus, e a coisa mais parecida com rock na *jukebox* era um dueto de Travis Tritt com John Mellencamp. Woodbody disse que gostava de ir lá porque era tranquilo nas tardes e noitinhas dos dias de semana. E também porque o ambiente o fazia se lembrar do pai, que trabalhara em uma das fábricas da U.S. Steel. (Lisey estava cagando e andando para o pai de Woodbody.) Foi naquele bar que ele conheceu o homem que se apresentara como Jim Dooley. Dooley também gostava de beber no fim da tarde ou comecinho de noite, um sujeito de fala mansa que dava preferência para camisas sociais azuis de cambraia e o tipo de calça de peão com bainha que o pai de Woodbody usava. Woodbody descreveu Dooley como um homem de cerca de um metro e oitenta e cinco, magricela, um pouco encurvado, com cabelos pretos ralos que ficavam caindo sobre a testa. Achava que os olhos de Dooley eram azuis, mas não tinha certeza, apesar de terem bebido juntos por um período de seis semanas e se tornado o que Woodbody descreveu como "meio camaradas". Não haviam trocado histórias de vida, e sim fragmentos de histórias de vida, como fazem os homens em bares. Da parte dele, Woodbody afirmou ter dito a verdade. Agora tinha motivos para duvidar que Dooley tivesse feito o mesmo. Sim, Dooley poderia muito bem ter chegado à cidade vindo de West Virginia doze ou catorze anos atrás e provavelmente *havia* tido uma série de empregos como trabalhador braçal que pagavam pouco desde então. Sim, talvez tivesse ficado um tempo preso;

tinha aquele jeitão de ex-detento, sempre dando a impressão de olhar para o espelho atrás do balcão do bar quando ia pegar cerveja, sempre espiando por sobre o ombro pelo menos uma vez a caminho do banheiro. E, sim, poderia mesmo ter arranjado a cicatriz em cima do punho direito durante uma breve, porém feroz, briga na lavanderia do presídio. Ou não. Ei, talvez ele tenha apenas capotado com o triciclo quando criança e caído de mau jeito. A única coisa de que Woodbody tinha certeza era que Dooley lera todos os livros de Scott Landon e era capaz de discuti-los com inteligência. E ele ouvira com solidariedade a história triste de Woodbody sobre a intransigente Viúva Landon, que estava sentada em cima de um tesouro intelectual de manuscritos inéditos do autor, que, diziam os boatos, incluía um romance completo. Solidariedade era uma palavra muito amena, porém. À medida que escutava, ele se sentira cada vez mais ultrajado.

De acordo com Woodbody, fora Dooley quem começara a chamar Lisey de Yoko.

Woodbody caracterizou os encontros dos dois no bar The Place como "algo entre ocasionais e frequentes". Lisey analisou aquela lengalenga intelectual e decidiu que significava que Woodbody e Dooley se juntavam para fazer a caveira de Yoko Landon quatro ou às vezes cinco vezes por semana e que, quando Woodbody disse "uma ou duas cervejas", ele provavelmente queria dizer uma ou duas jarras de cerveja. Então lá estavam eles, aqueles Oscar e Felix intelectuais, como os colegas de quarto da peça com suas personalidades completamente diferentes, enchendo a cara quase toda tarde — primeiro falando sobre como os livros de Scott eram bons, até o assunto progredir naturalmente para como a viúva dele acabara se mostrando uma escrota infeliz e egoísta.

De acordo com Woodbody, fora Dooley quem levara a conversa para aquela direção. Lisey, que sabia como Woodbody falava quando não lhe davam o que ele queria, duvidou que tivesse sido muito difícil.

E, em determinada altura, Dooley tinha dito a Woodbody que poderia persuadir a viúva a mudar de ideia sobre aqueles manuscritos inéditos. Afinal de contas, já que os textos do homem quase certamente acabariam indo para a Universidade de Pittsburgh junto com o restante da Coleção Landon, não deveria ser tão difícil convencê-la, não é? Ele era *bom* em fazer as pessoas mudarem de ideia, falou Dooley. Tinha jeito para a coisa. O

Rei dos Caçacatras (olhando para o novo amigo com uma lucidez turva de bêbado, Lisey não tinha dúvidas) perguntara quanto ele queria por um serviço daquele tipo. Dooley respondera que não pretendia *lucrar* com aquilo. Estavam falando sobre um serviço para a humanidade, não estavam? Tirando um grande tesouro de uma mulher que era burra demais para entender sobre o que estava sentada, como uma galinha chocando ovos. Bem, era verdade, respondeu Woodbody, mas era justo que ele recebesse pelo trabalho.

Dooley pensou sobre aquilo e disse que anotaria as despesas. Depois, quando se encontrassem para a entrega do material a Woodbody, eles poderiam discutir a questão do pagamento. E, com essas palavras, Dooley estendera a mão sobre o balcão para o novo amigo, como se tivessem fechado um negócio que fazia algum sentido. Woodbody a apertara, sentindo-se ao mesmo tempo encantado e altivo. Pensara sem parar em Dooley no decorrer das cinco ou sete semanas desde que o conhecera, disse a Lisey. Havia dias em que pensava que Dooley era osso duro de roer, um ex-presidiário intelectual e autodidata, cujas histórias de gelar o sangue sobre assaltos, brigas e cabos de colher sendo usados como faca eram todas verdadeiras. Mas também havia dias (o do aperto de mão fora um deles) em que ele tinha certeza de que Jim Dooley era só conversa-fiada, e que o crime mais perigoso que cometera fora roubar uma ou duas latas de tíner do Wal-Mart de Monroeville em que trabalhara por uns seis meses em 2004. Então, para Woodbody, aquilo fora pouco mais que uma piada entre dois caras meio bêbados, especialmente quando Dooley mais ou menos disse que convenceria Lisey a se livrar dos manuscritos do falecido marido pelo bem da Arte. Pelo menos foi isso o que o Rei dos Caçacatras lhe narrou naquela tarde de junho — mas é claro que aquele era o mesmo Rei dos Caçacatras que se sentara meio bêbado em um bar com um homem que mal conhecia, um confesso "ex-presidiário da pesada", chamara Lisey de Yoko e concordara que Scott devia ter ficado com ela por um motivo só — afinal, para o que mais ia querê-la? Woodbody disse que, para ele, a coisa não tinha sido mais do que uma piada, apenas dois caras viajando num bar. *Era* verdade que os dois caras em questão haviam trocado endereços de e-mail, mas hoje em dia todo mundo tem e-mail, não é mesmo? O Rei dos Caçacatras encontrara seu leal súdito apenas uma vez depois do dia do aperto de mão, duas tardes depois. Dooley se limitara a apenas uma cerveja na ocasião, dizendo a Woodbody que estava "em treinamento".

Depois daquela cerveja, descera da banqueta, afirmando que precisava ir "encontrar um camarada". Também disse a Woodbody que provavelmente encontraria com ele no dia seguinte, com certeza na próxima semana. No entanto, Woodbody nunca mais vira Dooley. Depois de algumas semanas, ele deixara de procurar o homem, e o endereço de e-mail Zack991 parara de funcionar. De certa forma, pensou ele, perder contato com Jim Dooley era uma coisa boa. Ele vinha bebendo demais, e havia algo simplesmente *errado* em relação a Dooley. (*Demorou um pouco para perceber isso, não foi?*, pensou Lisey, irritada.) Woodbody voltou a beber uma ou duas cervejas por semana e, sem nem pensar direito no assunto, passou a frequentar um bar a alguns quarteirões de distância. Somente mais tarde (*quando minhas ideias clarearam*, nas palavras dele) foi perceber que estava se distanciando inconscientemente do último lugar em que encontrara Dooley; que estava, na verdade, arrependido daquilo tudo. Isto é, caso aquilo fosse mais do que uma mera fantasia, mais do que um castelo de areia de Jim Dooley que Joe Woodbody ajudara a mobiliar enquanto bebia as semanas minguantes de outro triste inverno em Pittsburgh. E era naquilo que acreditara *de fato*, concluiu ele, arrematando com a veemência de um advogado cujo cliente está fadado à injeção letal caso pise na bola. Chegara à conclusão de que a maioria das histórias de banditismo e sobrevivência em Brushy Mountain fora pura invenção, e de que a ideia de convencer a senhora Landon a desistir dos manuscritos do seu falecido marido também. O acordo deles não passara de uma brincadeira infantil de faz de conta.

— Se isso é verdade, me diga uma coisa — falou Lisey. — Se Dooley tivesse aparecido com uma montanha de manuscritos de Scott, isso teria impedido o senhor de aceitá-las?

— Não sei.

Aquilo, pensou ela, era uma resposta honesta, então fez outra pergunta.

— O senhor sabe o que fez? O que desencadeou?

Diante daquilo, o professor Woodbody ficou calado, e Lisey achou que ele estava sendo honesto novamente. O mais honesto, talvez, que conseguia ser.

7

Depois de uma pausa para refletir, Lisey falou:

— O número que Dooley usou para me ligar, foi o senhor que deu a ele? Tenho de lhe agradecer por isso também?

— Não! De maneira alguma! Não dei número *nenhum* para ele, juro! Lisey acreditou.

— O senhor vai fazer uma coisa para mim, professor — disse ela. — Se Dooley entrar em contato, mesmo que seja só pra falar que está mandando brasa e que as coisas estão promissoras, o senhor vai dizer que o acordo está cancelado. Totalmente cancelado.

— Direi. — A sofreguidão daquele homem era quase abjeta. — Acredite, eu...

Ele foi interrompido por uma voz de mulher — a da esposa, Lisey tinha certeza — perguntando alguma coisa. Ouviu um som farfalhante quando ele cobriu a parte de baixo do fone com uma das mãos.

Lisey não se importou. Ela estava calculando a situação ali e não gostava do resultado. Dooley lhe dissera que ela poderia diminuir a pressão entregando a Woodbody os textos e manuscritos inéditos de Scott. O professor então ligaria para o louco, diria a ele que estava tudo tranquilo e pronto. O único problema era que o antigo Rei dos Caçacatras afirmava não ter mais como entrar em contato com Dooley, e Lisey acreditava nele. Seria aquilo um lapso da parte de Dooley? Uma falha no seu plano? Ela duvidava. Achava que Dooley poderia mesmo ter alguma vaga intenção de aparecer no escritório de Woodbody (ou no castelo dele nos bairros mais distantes do centro) com o material de Scott... Antes disso, porém, pretendia aterrorizar e depois machucar Lisey em lugares em que ela não deixava os garotos meterem a mão nos bailes da escola. E por que faria isso, depois de se esforçar tanto para convencer o professor e a própria Lisey de que havia um sistema à prova de falhas em ação para evitar que algo de mau acontecesse se ela cooperasse?

Talvez porque precise se permitir isso.

Aquilo soou convincente. E mais tarde — depois que ela estivesse morta, talvez, ou mutilada de forma tão grotesca que *preferiria* estar morta — a consciência de Dooley seria capaz de se convencer de que a culpa fora da própria Lisey. *Dei todas as chances*, pensaria seu amigo "Zack". *A culpa foi toda dela, que insistiu em ser Yoko até o fim.*

Certo. Beleza. Se ele aparecesse, ela simplesmente lhe daria as chaves do celeiro e do escritório e lhe diria para pegar tudo que quisesse. *Vou falar para ele se esbaldar, fazer a festa.*

No entanto, ao pensar naquilo, os lábios de Lisey se afinaram, formando aquele meio-sorriso sem humor que talvez apenas as irmãs e o falecido marido — que o chamava de Cara de Tornado de Lisey — teriam reconhecido.

— Vou fazer isso *uma pinoia* — murmurou ela e olhou em volta, procurando a pá de prata. Não estava lá. Ficara no carro. Se a quisesse, seria melhor ir pegá-la antes de a noite cair por compl...

— Senhora Landon? — Era o professor, parecendo mais ansioso do que nunca. Ela se esquecera completamente dele. — A senhora ainda está aí?

— Estou. É nisso que dá, está vendo?

— Perdão?

— O senhor sabe do que estou falando. Tudo aquilo que queria tanto, tudo o que achava que precisava ter. É nisso que dá. O senhor fica se sentindo desse jeito. Isso sem falar nas perguntas que vai ter que responder quando desligar, é claro.

— Senhora Landon, eu não...

— Se a polícia ligar para o senhor, quero que conte tudo o que me contou. O que significa que é melhor responder antes às perguntas da sua esposa, o senhor não acha?

— Senhora Landon, *por favor!* — Woodbody parecia em pânico àquela altura.

— O senhor entrou nessa. O senhor e seu amigo Dooley.

— Pare de chamá-lo de meu *amigo!*

A Cara de Tornado de Lisey ficou mais feia, os lábios se afinando até mostrarem a parte de cima dos dentes. Ao mesmo tempo, os olhos se estreitaram até virarem pouco mais que faíscas azuis. Era uma expressão ferina e genuinamente Debusher.

— Mas ele *é!* — exclamou ela. — Foi o senhor quem bebeu com ele e lhe contou sua história triste e riu quando ele me chamou de Yoko Landon. Foi o senhor que o mandou para cima de mim, quer tenha dito isso com todas as letras ou não, e ele acabou se mostrando um doido de pedra e agora o senhor não consegue fazê-lo parar. Então, sim, professor, vou ligar para o xerife do condado, *simssenhor*. Vou lhe dar seu nome e qualquer coisa que possa ajudá-lo a achar seu amigo, porque ele ainda não *terminou*, o senhor sabe disso e eu também. Ele não *quer* terminar, está *se divertindo à beça com essa joça*, e é *nisso* que dá. O senhor entrou nessa, agora não tem como sair! Certo? *Certo?*

Nenhuma resposta. Mas ela conseguia ouvir o som molhado de respiração e percebeu que o antigo Rei dos Caçacatras estava segurando o choro. Ela desligou, pegou outro cigarro do chão e o acendeu. Voltou ao telefone, depois balançou a cabeça. Ligaria para a delegacia em um instante. Primeiro, queria tirar a pá de prata de dentro do carro, e sem demora, antes que a luz desaparecesse e sua parte do mundo trocasse o dia pela noite.

8

O jardim lateral — que Lisey imaginava que fosse chamar até a morte de jardim da entrada — já estava escuro demais para oferecer tranquilidade, embora Vênus, a estrela d'alva, ainda não tivesse aparecido no céu. As sombras onde o celeiro se juntava ao barracão de ferramentas estavam especialmente escuras, e a bmw estava parada a pouco mais de cinco metros dali. Claro que Dooley não estava escondido naquele poço de sombras — e, se *estivesse* por ali, poderia estar em qualquer lugar: recostado no banheirinho em frente à piscina, olhando pela beirada do muro da cozinha, agachado embaixo do alçapão de portas duplas do porão...

Lisey girou nos calcanhares ao pensar naquilo, mas a luz ainda era suficiente para ver que não havia nada em nenhum dos dois lados do alçapão. E as portas estavam trancadas, de modo que ela não precisava se preocupar com a possibilidade de Dooley estar lá dentro. A não ser, claro, que ele tivesse invadido de alguma forma a casa e se escondido lá embaixo antes de ela chegar.

Pare, Lisey, você está se deixando nervo...

Ela parou com os dedos apertando a maçaneta da porta da bmw. Ficou daquele jeito por cinco segundos, talvez, depois deixou o cigarro cair da mão livre e amassou a guimba com o pé. Havia alguém parado no ângulo pronunciado em que o celeiro e o barracão de ferramentas se encontravam. Parado lá, muito alto e quieto.

Lisey abriu a porta traseira do carona e apanhou a pá de prata. A luz de dentro do carro continuou acesa quando ela voltou a fechar a porta. Tinha se esquecido daquilo, de como as luzes internas dos carros mais recentes ficavam um pouquinho acesas, o que chamavam de luz de cortesia. Porém, não via nada de cortês na ideia de que Dooley conseguia vê-la enquanto ela não o via graças à maneira como aquela joça de luz estragava sua visão. Afastou-se do carro, com o cabo da pá na horizontal diante dos seios. A luz de dentro da bmw enfim se apagou. Por um instante, aquilo piorou a situação. Ela conseguia ver apenas um mundo de vultos roxos sob o escurecer violeta do céu e esperava sinceramente que o homem fosse pular em cima dela, chamando-a de madame e perguntando por que ela não dera ouvidos a ele enquanto fechava as mãos em volta da sua garganta e sua respiração estrepitava até parar.

Aquilo não aconteceu e, depois de mais uns três segundos, os olhos dela se readaptaram à luz baixa. Conseguia vê-lo novamente, alto e empertigado, grave e quieto, parado lá na junção da construção grande com a pequena. Com algo aos pés. Uma espécie de embrulho quadrado. Poderia ser uma maleta.

Bom Deus, ele não está achando que vai conseguir enfiar todos os manuscritos de Scott ali dentro, está?, pensou ela e deu outro passo cauteloso para a esquerda, segurando a pá de prata com tanta força que seus punhos latejavam.

— Zack, é você? — Outro passo. Dois. Três.

Ela ouviu um carro chegando e compreendeu que os faróis dele passariam pelo quintal, revelando-o por inteiro. Quando aquilo acontecesse, ele pularia em cima dela. Ela girou a pá de prata para trás por cima dos ombros, como em agosto de 1988, terminando o arco quando o carro que se aproximava contornou a Sugar Top Hill e inundou o quintal com uma luz momentânea que revelou o cortador de grama que ela mesma deixara entre o celeiro e o barracão. A sombra do cabo foi projetada na lateral do celeiro e sumiu junto com a luz dos faróis. O cortador de grama voltou a parecer um homem com uma maleta aos pés, achou ela, embora depois que se sabia a verdade...

198

Em um filme de terror, pensou Lisey, *seria nessa hora que o monstro pularia da escuridão para me agarrar. Exatamente quando estou começando a ficar tranquila.*

Nada pulou para agarrá-la, mas Lisey não achou que faria mal levar a pá de prata para dentro consigo, nem que fosse para dar sorte. Carregando-a agora com apenas uma das mãos, segurando no ponto onde o cabo se juntava à parte metálica, Lisey foi ligar para Norris Ridgewick, o xerife do Condado de Castle.

VII. LISEY E A LEI
(OBSESSÃO E A MENTE EXAURIDA)

1

A mulher que atendeu a ligação de Lisey se identificou como atendente Soames e disse que não poderia passar Lisey para o xerife Ridgewick pois o xerife Ridgewick se casara na semana anterior. Ele e sua nova esposa estavam em uma ilha de Maui e ficariam por lá pelos próximos dez dias.

— Com quem eu *posso* falar? — perguntou Lisey. Não gostou do tom quase estridente da própria voz, mas era compreensível. Meu Deus, como era compreensível. Aquele fora uma droga de um longo dia.

— Aguarde um instante, senhora — disse a atendente Soames.

Em seguida Lisey ficou no limbo com McGruff, o Cachorro Detetive, que falava sobre grupos de Vigilância Comunitária. Lisey achou aquilo um progresso considerável em relação às Músicas Clássicas Comatosas. Depois de um ou dois minutos de McGruff, um policial cujo nome Scott teria adorado pegou a linha.

— Aqui é o vice-xerife Andy Clutterbuck, senhora, em que posso ajudá-la?

Pela terceira vez naquele dia — *a terceira vez é a da sorte*, Mãezinha Querida teria dito, *a terceira vez compensa todas as outras* —, Lisey se apresentou como senhora Scott Landon. Depois contou ao vice-xerife Clutterbuck uma versão ligeiramente reduzida da história de Zack McCool, começando com o telefonema que recebera na noite anterior e terminando com o que dera naquela noite, o que lhe revelara o nome Jim Dooley. Clutterbuck se contentou em responder com *ahãs* e outras variações do gênero até ela terminar, em seguida perguntou quem lhe dera o outro nome, possivelmente o verdadeiro, de "Zack McCool".

Com uma pontada de remorso

(*atirei o pau no gato, mas o gato não morreu*)

que lhe causou um instante de amargo divertimento, Lisey entregou o Rei dos Caçacatras. Ela não o chamou de Woodbundão.

— O senhor vai falar com ele, vice-xerife Clutterbuck?

— Creio que seria o mais indicado, a senhora não acha?

— Imagino que sim — falou Lisey, perguntando-se se o xerife interino do Condado de Castle conseguiria ao menos tirar de Woodbody o que ela não conseguira. Imaginava que deveria haver algo; estava muito nervosa naquela hora. Também percebeu que não era aquilo que a incomodava. — Ele vai ser preso?

— Com base no que a senhora me contou? Nem de longe. Talvez haja base para um processo civil, a senhora teria de perguntar ao seu advogado. No tribunal, porém, tenho certeza de que ele ia dizer que até onde *ele* sabia tudo o que esse tal de Dooley pretendia fazer era bater na porta da senhora e forçar um pouco a barra para vender o seu peixe. Afirmaria não saber nada sobre gatos mortos em caixas de correio ou ameaças de violência pessoal... E estaria dizendo a verdade, baseado no que a senhora acabou de falar. Certo?

Lisey concordou, um tanto desanimada. Era aquilo *mesmo*.

— Vou querer a carta que esse sujeito que está perseguindo a senhora deixou — disse Clutterbuck. — O gato também. O que a senhora fez com os restos mortais?

— A gente tem um negócio, tipo um caixote de madeira anexo à casa — falou Lisey. Ela pegou um cigarro e pensou em acendê-lo, mas o largou. — Meu marido tinha uma palavra para aquilo, ele tinha uma palavra para quase *tudo*, mas não consigo lembrar qual era de jeito nenhum. Enfim, serve para manter os guaxinins longe do lixo. Coloquei o corpo do gato em um saco e joguei o saco na entreponte. — Agora que não estava lutando para se lembrar dela, a palavra de Scott lhe veio sem esforço à mente.

— Ahã, ahã, a senhora tem congelador?

— Tenho... — Já temendo o que ele a mandaria fazer em seguida.

— Quero que a senhora coloque o gato no congelador, senhora Landon. Pode deixá-lo no saco sem o menor problema. Alguém irá pegá-lo amanhã e levá-lo para Kendall e Jepperson. São os veterinários que prestam serviço para o condado. Eles vão tentar determinar a causa da morte...

— O que não deve ser difícil — disse Lisey. — A caixa de correio estava cheia de sangue.

— Ahã. Que pena que a senhora não tirou umas fotos instantâneas antes de limpar tudo.

— Bem, mil perdões! — exclamou Lisey, ofendida.

— Calma — disse Clutterbuck. — Entendo que a senhora esteja abalada. Qualquer um ficaria.

Não você, pensou Lisey, ressentida. *Você ficaria com a cabeça fria... como um gato morto em um congelador.*

— Isso resolve a questão do professor Woodbody e a do gato morto — disse ela. — Agora, e quanto a mim?

Clutterbuck falou que mandaria um policial imediatamente — oficial Boeckman ou oficial Alston, o que estivesse mais próximo — para pegar a carta. Pensando melhor, disse ele, o policial que fosse à casa dela poderia tirar algumas fotos instantâneas do gato morto também. Todos os policiais tinham câmeras Polaroid nos carros. Então ele (e, mais tarde, seu substituto das onze da noite) montaria guarda na rota 19, de onde poderia ver a casa. A não ser, é claro, que houvesse uma chamada de emergência — um acidente ou algo do gênero. Se Dooley pensasse em "fazer uma visitinha" (nas palavras estranhamente sutis de Clutterbuck), ele veria a viatura do condado e passaria direto.

Lisey esperava que Clutterbuck tivesse razão.

Homens como aquele tal Dooley, prosseguiu Clutterbuck, geralmente eram mais papo do que ação. Quando não eram capazes de assustar uma pessoa a ponto de conseguirem o que queriam, costumavam desistir.

— Meu palpite é que a senhora nunca mais verá a cara dele.

Lisey esperava que ele tivesse razão quanto àquilo também. Ela tinha suas dúvidas. O que lhe voltava à cabeça a todo instante era a maneira como "Zack" armara tudo. De modo a não poder ser impedido, pelo menos não pelo homem que o contratara.

2

Menos de vinte minutos depois de terminar a conversa com o vice-xerife Clutterbuck (que sua mente cansada não parava de querer chamar de vice-xerife Butterhug ou — talvez numa alusão às câmeras Polaroid — vice-xerife Shutterbug, aquela revista sobre fotografia), um homem esguio de calças cáqui e com uma arma na cintura apareceu à porta de Lisey. Ele se apresentou como oficial Dan Boeckman e disse que tinha recebido ordens para buscar "uma certa carta" e fotografar "um certo animal falecido". Lisey segurou o riso, embora tenha precisado morder a parte de dentro das bochechas para conseguir tal proeza. Boeckman colocou a carta (juntamente com o envelope branco) em um saco plástico que Lisey providenciou, e em seguida perguntou se ela colocara o "animal falecido" no congelador. Lisey o fizera logo depois de falar com Clutterbuck, depositando o saco de lixo verde no canto esquerdo do grande eletrodoméstico, onde não havia nada além de uma pilha de bifes de cervo velhos em sacos plásticos congelados — um presente para Lisey e Scott do eletricista deles, Smiley Flanders. Smiley tirara a licença para caçar alces no ano de 2001 ou 2002 — Lisey não se lembrava qual dos dois — e derrubara "um grandalhão" lá no St. John Valley. Onde Charlie Corriveau tinha fisgado a nova esposa, atinou Lisey. Aquele era o único lugar para um gato de celeiro morto dos Galloway, do lado da carne que Lisey quase certamente jamais comeria (exceto talvez no caso de uma guerra nuclear), e ela pediu para o oficial Boeckman não a guardar em nenhuma outra parte que não fosse lá depois de tirar a foto. Ele prometeu, com toda a seriedade, "atender à requisição", e ela precisou novamente morder a parte interna das bochechas. Mesmo assim, daquela vez foi por pouco. Assim que ele começou a descer as escadas para o subsolo com passos pesados e lentos, Lisey se virou para a parede como uma criança travessa, colocando a testa contra o reboco e as mãos sobre a boca, rindo em guinchos sussurrantes e esgoelados.

Foi depois de passar tal acesso que ela começou a pensar de novo na caixa de cedro da Mãezinha Querida (apesar de já ser de Lisey havia trinta anos, ela nunca pensara na caixa como sendo *dela*). Pensar na caixa e em todas aquelas pequenas lembranças guardadas lá dentro ajudou a acalmar a histeria que saía borbulhando do seu íntimo. O que a ajudou mais ainda foi a certeza cada vez maior de que a guardara no sótão. Os detritos da vida profissional de Scott estavam no celeiro e no escritório; os detritos da vida que ela vivera enquanto ele trabalhava estariam lá, na casa que ela escolhera e que ambos tinham aprendido a amar.

No sótão, havia pelo menos quatro tapetes turcos caros que Lisey um dia adorara e que, a partir de certo ponto, por motivos que ela não entendia, tinham começado a lhe dar arrepios...

Pelo menos três conjuntos de malas aposentadas que tinham aguentado todos os castigos que duas dúzias de linhas aéreas, muitas delas companhias fajutas de teco-tecos, tinham para oferecer; guerreiras surradas com sua merecida aposentadoria no sótão (ora, pessoal, é melhor do que o lixão)...

A mobília de sala de estar estilo dinamarquês moderno que Scott disse que parecia pretensiosa. Aquilo a deixara fula da vida, em grande parte por achar que ele provavelmente tinha razão...

A escrivaninha de tampo corrediço, uma "pechincha" que no fim das contas tinha uma perna mais curta que teve de ser calçada. Porém, o calço vivia saindo e, um belo dia, o tampo fechou em cima dos dedos dela e aquilo foi *a gota d'água*, minha amiga, direto para a joça do sótão...

Cinzeiros com pedestal da época em que os dois fumavam...

A antiga máquina de escrever IBM Selectric de Scott, que ele costumava usar para correspondências até começar a ficar difícil achar as fitas comuns e corretivas.

Coisas *assim*, coisas *assado*, *tal e coisa*, *coisa e tal*. Outro mundo, na verdade, e, no entanto, estava tudo *benhaqui*, ou pelo menos bem *ali* em cima. E, em algum lugar — provavelmente atrás de uma pilha de revistas ou em cima da cadeira de balanço com o pouco confiável espaldar rachado —, estaria a caixa de cedro. Pensar nela era como pensar em água gelada quando você estava com sede em um dia quente. Ela não sabia o motivo daquilo, mas era assim.

Quando o oficial Boeckman voltou do porão com as tais fotos instantâneas, ela já estava ansiosa para que ele fosse embora. Perversamente, ele continuou lá (*teimoso como uma dor de dente*, teria dito papai Debusher) — primeiro dizendo que o gato parecia ter sido perfurado com algum tipo de ferramenta (possivelmente uma chave de fenda), depois assegurando a ela que estaria com a viatura estacionada logo em frente. Eles podiam não ter o lema SERVIR E PROTEGER adesivado nas suas unidades (eles as chamavam de unidades), mas o pensamento estava presente a cada instante, e ele queria que ela se sentisse perfeitamente segura. Lisey disse que se sentia segura e que, na verdade, estava pensando em ir para a cama — aquele fora um longo dia. Além daquele negócio de ter alguém a perseguindo, ela passara por uma emergência familiar e estava morta de cansaço. O oficial Boeckman enfim se mancou e foi embora depois de repetir uma última vez que ela estava o mais segura possível, segura até dizer chega, e que não havia necessidade de dormir com um olho aberto nem nada. Em seguida desceu com passos pesados os degraus da entrada, tão lentamente quanto descera as escadas para o porão, folheando uma última vez as fotos do gato morto enquanto ainda havia luz o suficiente para enxergá-las. Um ou dois minutos depois, ela ouviu o que parecia ser um motor prefeitamente eita--norme roncar duas vezes. Luzes de farol atravessaram o gramado e a casa, depois se apagaram abruptamente. Ela pensou no oficial Daniel Boeckman sentado do outro lado da rua com a viatura estacionada a olhos vistos no acostamento. Abriu um sorriso. Enfim subiu até o sótão, sem fazer ideia de que, duas horas depois, estaria deitada de bruços na cama, toda vestida, exausta e chorando.

3

A mente exaurida é presa fácil para a obsessão e, depois de meia hora de buscas infrutíferas no sótão, onde o ar estava quente e parado e a luz era fraca e as sombras pareciam avidamente dispostas a esconder cada canto que ela quisesse investigar, Lisey cedeu à obsessão sem nem mesmo perceber. Para começo de conversa, não tinha um motivo claro para querer a caixa, apenas uma forte intuição de que algo dentro dela, alguma lembrança do início do casamento, era a próxima estação da didiva. Algum tempo depois, no entanto, a própria caixa se tornou o objetivo, a caixa de cedro da Mãezinha Querida. As didivas que se danassem; se ela não botasse as mãos naquela caixa — de trinta centímetros de comprimento, uns vinte e poucos de largura e quinze de profundidade —, não conseguiria dormir nunca. Ficaria deitada na cama, torturada pelos pensamentos de gatos mortos, maridos mortos, camas vazias, guerreiros Caçacatras, irmãs que se mutilam e pais que mutilam...

(*shiu Lisey shiu*)

Digamos que ela ficaria apenas rolando na cama.

Uma hora de procura foi suficiente para convencê-la de que, no fim das contas, a caixa de cedro não estava no sótão. No entanto, àquela altura, estava certa de que ela provavelmente estava no quarto de hóspedes. Era perfeitamente razoável pensar que tivesse migrado de volta para lá... Porém, outros quarenta minutos (que incluíram uma escada bamba e a exploração da prateleira de cima do armário) a convenceram de que o quarto de hóspedes era outra pista fria. Então a caixa estava no porão. *Tinha* de estar. Muito provavelmente tinha ido parar embaixo das escadas, onde havia um monte de caixas de papelão contendo cortinas, tapetes antigos, velhos aparelhos de som e alguns equipamentos esportivos: patins de gelo, um conjunto de croqué, uma rede de badminton com um buraco. Enquanto descia às pressas as escadas do porão (sem pensar um instante no gato morto que repousava ao lado da pilha de carne de cervo no congelador), Lisey começou a acreditar que tinha até *visto* a caixa lá embaixo. Naquele momento, já estava muito cansada, mas apenas vagamente consciente disso.

Ela levou vinte minutos para arrastar todas as caixas de papelão para fora do seu jazigo de longa data. Algumas estavam úmidas e rasgadas no meio. Quando terminou de revirar as coisas dentro delas, seus membros estavam tremendo de cansaço, suas roupas tinham grudado no corpo e uma dorzinha de cabeça chata começara a pulsar atrás do seu crânio. Ela empurrou as caixas ainda inteiras para o lugar e deixou as rasgadas onde estavam. A caixa da Mãezinha Querida estava no sótão, afinal. Devia estar, estivera lá o tempo todo. Enquanto ela desperdiçava o tempo ali embaixo entre patins de gelo enferrujados e quebra-cabeças esquecidos, a caixa de cedro a esperava pacientemente lá em cima. Agora, Lisey conseguia pensar em meia dúzia de lugares nos quais esquecera de procurar, incluindo aquele vão debaixo do beiral, bem lá no fundo, que só dava para alcançar se arrastando. Muito provavelmente estava ali. Ela devia ter colocado a caixa lá e esquecido completamente...

O pensamento se interrompeu no ato assim que Lisey percebeu que havia alguém parado atrás dela. Conseguia vê-lo com o rabo do olho. Fosse seu nome Jim Dooley ou Zack McCool, ele iria, no instante seguinte, colocar uma das mãos no ombro suado dela e chamá-la de madame. E aí ela teria um motivo *de verdade* para se preocupar.

A sensação foi tão real que Lisey chegou a ouvir o arrastar dos pés de Dooley. Voltou-se, erguendo as mãos para proteger o rosto, e teve apenas um instante para ver o aspirador de pó que ela mesma tirara de sob as escadas. Depois tropeçou na caixa de papelão mofada com a rede de badminton dentro. Girou os braços para ganhar equilíbrio, quase conseguiu, perdeu-o de novo, teve tempo pra pensar *cocô-de-galinha*, e desabou. Não bateu com a cabeça no primeiro degrau da escada por um triz, o que foi bom, pois aquilo teria causado uma fratura muito feia, talvez do tipo que faz você cair desmaiado. Cair morto, se batesse com força o bastante no chão de cimento. Lisey conseguiu amortecer a queda com as mãos espalmadas, um joelho aterrissando com segurança na borda elástica da rede de badminton apodrecida, o outro sofrendo um impacto mais duro contra o chão do porão. Por sorte, ela ainda estava com a calça jeans.

Teve outro tipo de sorte na queda, pensou ela, deitada na cama quinze minutos depois, ainda toda vestida, mas depois de acabada a parte mais violenta do choro; já chegara aos soluços espaçados e arquejos tristes e úmidos que compõem a ressaca das emoções fortes. A queda — e o susto que a antecedera, imaginava ela — clareara sua cabeça. Ela poderia ter passado outras duas horas atrás da caixa — até mais, se sua energia tivesse durado. De volta para o sótão, de volta para o quarto de hóspedes, de volta para o porão. *De volta para o futuro*, Scott certamente teria acrescentado; ele tinha mania de soltar piadinhas exatamente na hora errada. Ou no que se mostraria, mais tarde, exatamente a hora certa.

De qualquer forma, ela poderia muito bem ter continuado até o amanhecer, o que lhe renderia um punhado de nada em uma das mãos e um monte de bosta na outra. Agora, Lisey estava convencida de que a caixa ou estava em um lugar extremamente óbvio, pelo qual ela já passara meia dúzia de vezes, ou tinha apenas *sumido*, talvez roubada por uma das faxineiras que haviam trabalhado para os Landon no decorrer dos anos, ou por um prestador de serviço qualquer que a avistara, achando que a esposa gostaria de uma caixa bonita como aquela e que a madame (engraçado como aquela palavra grudava na sua cabeça) do senhor Landon nunca daria falta dela.

Nã-nã-ni-nã-não, Lisinha, disse o Scott que morava na sua cabeça. *Pense nisso amanhã, pois amanhã é outro dia.*

— Boa — disse Lisey, e se sentou, percebendo de repente que era uma mulher suada e fedorenta dentro de roupas suadas e imundas.

Tirou-as o mais rápido possível, deixou-as em uma pilha ao pé da cama e foi para o chuveiro. Ralara as palmas das mãos ao amortecer a queda no porão, mas ignorou a ardência e lavou o cabelo duas vezes, deixando a espuma escorrer pelos lados do rosto. Em seguida, depois de quase cochilar debaixo da água quente por mais ou menos cinco minutos, girou com decisão a chave do chuveiro até o VERÃO, enxaguou-se debaixo da ducha quase glacial e saiu, arquejando. Usou uma das toalhas grandes e, ao jogá-la no cesto, percebeu que se sentia ela mesma novamente, sã e pronta para deixar aquele dia para trás.

Foi para a cama, e seu último pensamento antes de o sono a derrubar na escuridão foi sobre o oficial Boeckman montando guarda. Era um pensamento reconfortante, especialmente depois do susto no porão, e ela dormiu profundamente e sem sonhos até o toque do telefone a despertar.

4

Era Cantata, ligando de Boston. Óbvio. Darla telefonara para ela. Darla sempre telefonava para Cantata quando acontecia alguma coisa, geralmente sem demora. Canty queria saber se deveria voltar para casa. Lisey assegurou à irmã que não havia o menor motivo para ela voltar de Boston mais cedo, independentemente do quão aflita Darla pudesse ter soado ao telefone. Amanda estava descansando em um lugar confortável, e não havia nada que Canty pudesse fazer.

— Você pode visitá-la, mas, a não ser que haja alguma grande mudança, o que o doutor Alberness nos disse para não esperar, não dá nem para ter certeza se ela vai saber ou não que você está lá.

— Jesus — disse Canty. — Que horror, Lisa.

— É. Mas Amanda está com pessoas que entendem a situação dela... ou pelo menos sabem como cuidar de pessoas nessa situação. E Darla e eu vamos deixar você por dentro de tu...

Lisey estava dando voltas no quarto com o telefone sem fio. Parou, olhando para o bloco de anotações que tinha saído quase todo do bolso de trás esquerdo do jeans jogado no chão. Era o Bloquinho de Compulsões de Amanda, só que agora era Lisey que se sentia compulsiva.

— Lisa? — Canty era a única que a chamava assim regularmente, o que sempre a fazia se sentir como aquelas mulheres que mostram os prêmios em um daqueles programas de TV: *Lisa, mostre a Hank e Martha o que eles ganharam!* — Lisa, você ainda está aí?

— Estou, querida. — Os olhos no bloco. Pequenas argolas brilhando ao sol. Uma pequena espiral de aço refletindo tudo. — Falei que Darla e eu vamos deixar você por dentro de tudo. De *tudo*.

O bloco ainda estava curvado com a forma da nádega contra a qual passara tantas horas e, enquanto ela o olhava, a voz de Canty pareceu sumir. Lisey se ouviu dizendo que estava certa de que Canty teria feito exatamente a mesma coisa se tivesse sido com ela. Ela se agachou e terminou de tirar o bloco do bolso do jeans. Falou para Cantata que ligaria para ela à noite, que a amava, despediu-se e jogou o telefone sem fio na cama quase sem olhar. Tinha olhos apenas para o bloquinho de anotações surrado, setenta e cinco centavos em qualquer rede popular de farmácias. E por que aquilo a fascinava tanto? Por que, agora que era de manhã e ela estava descansada? Limpa e descansada? Com a luz do sol se derramando pelo quarto, sua busca compulsiva pela caixa de cedro na noite passada parecia uma bobagem, apenas uma exteriorização comportamental de toda a ansiedade do dia — mas aquele bloco não parecia bobagem, nem um pouco.

E, só para deixar tudo mais divertido, a voz de Scott falou com ela, mais claramente do que nunca. Deus, como aquela voz era clara! E forte:

Deixei um bilhete para você, babyluv. Deixei uma didiva.

Ela pensou em Scott debaixo da árvore nham-nham, Scott na estranha nevasca de outubro, dizendo a ela que às vezes Paul o provocava com uma didiva difícil… mas nunca difícil *demais*. Não pensava naquilo havia anos. Tinha afastado aquela lembrança, é claro, junto com todas as outras coisas sobre as quais não queria pensar; havia colocado aquela memória atrás da cortina roxa. Mas que mal havia naquilo?

— Ele nunca era malvado — dissera Scott. Havia lágrimas nos seus olhos, mas não em sua voz; sua voz saía clara e firme. Como sempre, quando tinha

209

uma história para contar, queria ser ouvido. — Quando eu era pequeno, Paul nunca era malvado comigo e eu nunca era malvado com ele. Éramos unidos. Tínhamos de ser. Eu o amava, Lisey. Eu o amava demais.

Àquela altura, ela já passara das páginas com os números — os números da pobre Amanda, todos loucamente espremidos no papel. Achou apenas páginas em branco depois deles. Lisey as folheou cada vez mais rápido, a certeza de que havia algo ali enfraquecendo, até chegar a uma folha perto do fim onde se lia uma única palavra:

MALVA-ROSA

Por que aquilo lhe era familiar? A princípio, Lisey não se lembrava, então lhe ocorreu. *Qual é o meu prêmio?*, ela perguntara à coisa na camisola de Amanda, a coisa virada para o outro lado. *Uma bebida*, fora a resposta. *Uma Coca? Um refrigereco?*, perguntara ela, e a coisa dissera:

— Ela disse... ela ou ele disse... "Cale a boca, a gente quer ficar vendo o malva-rosa" — murmurou Lisey.

Sim, era isso mesmo, ou quase isso; já dava para o gasto. Não significava nada para ela, mas, ao mesmo tempo, quase significava. Ficou olhando um pouco mais para a palavra, depois folheou o bloco até o final. Todas as páginas estavam em branco. Estava prestes a deixá-lo de lado quando viu palavras fantasmagóricas atrás da última folha. Ela a virou e encontrou o seguinte escrito na parte de dentro da quarta capa do bloco:

4ª estação: Olhe debaixo da cama

No entanto, antes de se inclinar para olhar debaixo da cama, Lisey voltou para os números no começo do bloco e depois para MALVA-ROSA, que encontrara a meia dúzia de páginas do fim, confirmando o que ela já sabia: Amanda escrevia o quatro fazendo um ângulo do lado direito e um risco para baixo, como elas tinham aprendido na escolinha: ꟼ. Era *Scott* que fazia o quatro parecido com um "e comercial": ꝰ. Era Scott que tinha o hábito de escrever em cursiva e sublinhar anotações e lembretes. Já Amanda sempre tivera o hábito de escrever em letras maiúsculas pequenas... com letras redondinhas um pouco desleixadas: o C, o G, o Y, o S.

210

Lisey folheou para a frente e para trás entre MALVA-ROSA e 4^a *estação:* *Olhe debaixo da cama.* Achou que se mostrasse as duas caligrafias para Darla e Canty elas identificariam sem titubear a primeira como sendo de Amanda e a segunda como sendo de Scott.

E a coisa na cama com ela na manhã anterior...

— Parecia com os *dois* — sussurrou ela. Sua pele estava formigando. Ela não sabia que a pele podia fazer aquilo. — Podem me chamar de maluca, mas parecia mesmo com os dois.

Olhe debaixo da cama.

Ela enfim fez o que o bilhete mandava. E a única didiva que viu foi um velho par de chinelinhos de quarto.

5

Lisey Landon estava sentada em uma faixa de sol da manhã com as pernas estendidas e cruzadas e as mãos sobre os joelhos. Dormira nua, e assim continuava; as sombras das cortinas transparentes fechadas sobre a janela ao leste cobriam seu corpo como a sombra de uma meia-calça. Ela voltou a olhar para o bilhete que a direcionava para a quarta estação da didiva — uma didiva curta, uma didiva boa, mais algumas e ela ganharia seu prêmio.

Às vezes Paul me provocava com uma didiva difícil... mas nunca difícil demais.

Nunca difícil demais. Com aquilo em mente, ela fechou o bloco de chofre e olhou para a quarta capa. Lá, escrito em letrinhas pretas debaixo do nome da marca, havia o seguinte:

mein gott

Lisey se levantou e começou a se vestir com pressa.

6

A árvore os encerra em um mundo só deles. Do lado de fora, a neve. E, debaixo da árvore nham-nham, a voz de Scott, a voz hipnótica de Scott. E ela achando que *Demônios vazios* era a história de terror dele... *Isso* sim é a história de terror dele e, exceto pelas lágrimas quando ele fala sobre Paul e sobre como eles suportaram juntos todos os cortes e todo o terror e sangue no chão, ele a conta sem titubear.

— Nunca saímos em caça à didiva quando papai estava em casa, só quando ele estava trabalhando. — Scott já se livrou da maior parte do sotaque do oeste da Pensilvânia, mas agora ele reaparece. Soa muito mais forte do que o próprio sotaque ianque dela e, de alguma forma, infantil. — Paul sempre deixava a primeira perto. Ela podia dizer "5 estações da didiva", para você ficar sabendo quantas eram as pistas, e de vez em quando algo como "Olhe no armário". A primeira às vezes era um enigma, mas as outras quase sempre eram. Eu me lembro de uma que dizia: "Vá para onde papai chutou o gato", que era obviamente o antigo poço. Outra dizia: "Vá para onde a gente 'farmalha' o dia inteiro". Depois de um tempo, entendi que ele estava falando do velho trator Farmall lá no terreno do leste, perto da muralha de pedra, e tinha mesmo uma estação da didiva bem em cima do banco, com uma pedra em cima para segurar. Porque as estações da didiva eram só um pedaço de papel, escritas à mão e dobradas, entende? Eu quase sempre desvendava os enigmas, mas, se ficasse encalhado, Paul me dava mais pistas até eu achar a resposta. E, no fim, eu ganhava o prêmio, que era uma Coca, um refrigereco ou um doce.

Ele a encara. Atrás dele, não há nada além de brancura — uma parede branca. A árvore nham-nham — na verdade um salgueiro — se arqueia ao redor deles formando um círculo mágico, isolando-os do mundo.

Ele diz:

— Às vezes, quando papai estava com a coisa-ruim, se cortar não era suficiente para botar para fora, Lisey. Teve um dia que ele estava assim e me colocou

7

em cima do banco no corredor, fora o que ele dissera em seguida, ela lembrava agora (querendo ou não). Porém, antes que pudesse seguir a memória para mais além da roxidão atrás da qual estivera escondida aquele tempo todo, Lisey viu um homem parado na varanda dos fundos. E *era* um homem, não um cortador de grama ou um aspirador de pó, mas um homem de verdade. Por sorte, teve tempo de registrar o fato de que, embora não fosse o oficial Boeckman, também estava vestido com o uniforme cáqui da polícia do Condado de Castle. Isso a salvou do constrangimento de gritar como Jamie Lee Curtis em um filme da série *Halloween*.

O visitante se apresentou como oficial Alston. Estava lá para levar o gato morto do congelador de Lisey e também para assegurar a ela que viria conferir se estava tudo bem no decorrer do dia. Perguntou se ela tinha um telefone celular e Lisey disse que sim. Estava na BMW, e ela imaginava que estivesse até com bateria. O oficial Alston sugeriu que ela mantivesse o aparelho sempre à mão e que programasse o número da delegacia na discagem rápida. Quando notou a expressão no rosto de Lisey, disse que ele poderia fazer aquilo caso ela "não fosse familiarizada com aquela função".

Lisey, que raramente usava o celular, levou o oficial Alston até a BMW. Descobriram que o aparelho estava com a carga pela metade, mas o carregador estava no console entre os bancos. O policial se estendeu para desligar o isqueiro, viu as poucas cinzas espalhadas em volta dele e parou.

— Vá em frente — disse Lisey. — Pensei que ia retomar o hábito, mas acho que mudei de ideia.

— Provavelmente uma boa escolha, senhora — disse o oficial Alston, sem sorrir.

Ele tirou o isqueiro do painel e encaixou o carregador do telefone no seu lugar. Lisey não fazia ideia de que aquilo era possível; quando por um acaso se lembrava, sempre recarregava o pequeno Motorola na cozinha. Dois anos e ela ainda não tinha se acostumado direito com a ideia de que não havia nenhum homem por perto para ler o manual e desvendar o significado das Fig 1 e Fig 2.

Ela perguntou ao oficial Alston quanto tempo o telefone levaria para recarregar.

— Todo? Uma hora no máximo, talvez menos. A senhora estará com um telefone ao seu alcance enquanto isso?

— Sim, tenho de fazer algumas coisas no celeiro. Tem um lá.

— Ótimo. Assim que este aqui recarregar, prenda ele no cinto ou na cintura da calça. Se houver qualquer motivo para alarme, é só apertar a tecla 1 e *bum*, a senhora estará falando com um policial.

— Obrigada.

— Não por isso. E, como disse, virei conferir se está tudo bem. E essa vai ser a prioridade de Boeckman hoje à noite, a não ser que ele tenha de atender a uma chamada. O que é provável que aconteça; as noites de sexta são cheias em cidadezinhas como esta, mas a senhora tem o nosso telefone e a sua discagem rápida, e ele vai sempre voltar para cá.

— Ótimo. Vocês tiveram alguma notícia do homem que vem me perturbando?

— Nem um pio, senhora — disse o oficial Alston, com bastante tranquilidade...

Mas claro que *ele* podia ficar tranquilo, afinal, *ele* não sofrera ameaça nenhuma, e muito provavelmente jamais sofreria. Tinha quase dois metros de altura e devia pesar uns cento e dez quilos. *Vestido e armado, pode chegar a mais de cento e vinte*, teria acrescentado o pai dela; em Lisbon, papito Debusher era famoso por aquele tipo de gracejo.

— Caso Andy fique sabendo de alguma coisa... quero dizer, o vice-xerife Clutterbuck, que está no comando até o xerife Ridgewick voltar de lua de mel... Tenho certeza de que irá informar a senhora imediatamente. Portas fechadas quando estiver em casa, certo? Especialmente depois de anoitecer.

— Certo.

— E mantenha aquele telefone à mão.

— Pode deixar.

Ele ergueu o polegar e sorriu quando Lisey ergueu o dela em resposta.

— Vou pegar aquele gatinho agora. Aposto que a senhora está feliz em se livrar dele.

— Estou — disse Lisey, mas, na verdade, era do oficial Alston que queria se ver livre, pelo menos por enquanto. Para poder ir até o celeiro e olhar debaixo da cama. A que passara os últimos vinte anos, mais ou menos, em um galinheiro caiado. A que eles tinham comprado

(*mein gott*)

na Alemanha. Na Alemanha onde

8

tudo que pode dar errado dá errado.

Lisey não se lembra de onde ouviu a frase, o que obviamente não tem importância, mas ela lhe vem à cabeça com cada vez mais frequência durante os nove meses deles em Bremen. *Tudo que* pode *dar errado* dá *errado.* Tudo que *pode... dá.*

A casa na Bergenstrasse fica exposta ao vento no outono, é fria no inverno e cheia de goteiras quando o úmido e nublado arremedo de primavera finalmente dá as caras. Os dois chuveiros são temperamentais. A privada do térreo cacareja de forma horrível. O senhorio faz promessas e depois para de atender aos telefonemas de Scott. Finalmente, Scott contrata uma firma de advogados alemães que custa uma fortuna — principalmente, segundo ele, porque não suporta a ideia de o senhorio filho da puta sair impune, não suporta a ideia de deixá-lo vencer. O senhorio filho da puta, que às vezes pisca para Lisey deliberadamente quando Scott não está olhando (ela nunca ousou contar para Scott, que não tem senso de humor quando o assunto é o senhorio filho da puta), não vence. Sob ameaça de ser processado, ele faz alguns consertos: o teto para de gotejar e a privada do térreo para de dar suas terríveis gargalhadas à meia-noite. Ele chega até a trocar o aquecedor. Um milagre de olhos azuis. Certa noite, porém, ele aparece bêbado e grita com Scott numa mistura de alemão com inglês, chamando-o de *escrevinhador ianque comunista*, frase que o marido guarda com carinho até a morte. Até que Scott, também longe de estar sóbrio (na Alemanha, Scott e a sobriedade mal trocavam cartões-postais), oferece um cigarro ao senhorio filho da puta, falando *Vai fundo! Vai fundo, mein Fuhrer, bitte, bitte!*. Naquele ano Scott bebe, Scott faz piadas e Scott ameaça senhorios filhos da puta com advogados, mas Scott não escreve. Não escreve porque está sempre bêbado ou está sempre bêbado porque não escreve? Lisey não sabe. Dá na mesma.

Quando chega maio e seu ciclo de aulas enfim e misericordiosamente acaba, ela já não se importa mais. Quando chega maio, só quer estar em algum lugar em que as conversas no supermercado ou nas lojas da rua principal não lhe soem como as criaturas naquele filme, *A ilha do doutor Moreau*. Ela sabe que isso não é justo, mas também sabe que não conseguiu fazer uma só amizade em Bremen — nem mesmo entre as esposas dos professores que sabem falar inglês — e que seu marido vive na Universidade. Ela passa tempo demais naquela casa exposta ao vento, enrolada em um xale, mas geralmente ainda com frio, quase sempre se sentindo sozinha e triste, assistindo a programas de TV que não entende e ouvindo os caminhões chacoalharem ao fazerem o contorno no alto da colina. Os grandes, os da Peugeot, fazem o chão tremer. O fato de Scott também estar infeliz, de as aulas não estarem dando certo e de suas palestras serem quase desastrosas não ajuda nem um pouco. E, por Deus, por que ajudaria? Quem quer que tenha dito que *a tristeza gosta de companhia* falou uma grande merda. Já *tudo que puder dar errado vai dar errado... Esse* cara sabia do que estava falando.

Quando Scott *está* em casa, ela o vê muito mais do que de costume, pois ele não sobe para o quartinho soturno que escolheu como escritório. A princípio, ele *tenta* escrever — porém já em dezembro seus esforços se tornaram esporádicos e em fevereiro ele já desistiu por completo. O homem que conseguia escrever em um hotelzinho de beira de estrada com o tráfego de oito pistas martelando do lado de fora e uma festa de arromba acontecendo no andar de cima ficou total e completamente desengatilhado. Porém, ele não esquenta a cabeça com isso, não até onde ela pode perceber. Em vez de escrever, passa longos, hilários e, por fim, cansativos fins de semana com a esposa. Muitas vezes ela bebe com ele e fica bêbada com ele, porque além de trepar com ele essa é a única coisa em que consegue pensar. Em algumas tristes segundas-feiras de ressaca, Lisey fica até feliz quando o vê sair de casa — embora, caso ele não volte antes das dez, ela sempre se debruce na janela da sala de estar que dá para o anel viário esperando ansiosamente pelo Audi alugado, perguntando-se onde ele está e com quem está bebendo. O *quanto* está bebendo. Em alguns sábados, Scott a convence a brincar vigorosamente de pique-esconde com ele no casarão frio, dizendo, com razão, que aquilo pelo menos os manterá aquecidos. Ou então eles perseguem um ao outro, subindo e descendo as escadas correndo, ou disparando pelos corredores em suas ridículas *lederhosen*, rindo como uma dupla de moleques chapados (isso sem falar tarados), gritando seus jargões alemães: *Achtung!*, *Jawohl!*, *Ich habe Kopfschmerzen!* e, com bastante frequência, *Mein gott!* Na maioria das vezes, essas brincadeiras bobas acabam em sexo. Com ou sem bebida (mas geralmente com), Scott sempre quer transar durante aquele verão e aquela primavera, e ela acredita que, antes de saírem da casa na Bergenstrasse, eles terão transado em todos os cômodos, na maioria dos banheiros (incluindo o da pavorosa privada gargalhante) e até em alguns cubículos que usam de armário. Todo aquele sexo é um dos motivos pelos quais ela nunca (bem, *quase* nunca) se preocupa com possíveis casos extraconjugais, apesar das longas horas que ele passa fora de casa, apesar das bebedeiras, apesar do fato de não estar fazendo aquilo para o que foi feito, que é escrever histórias.

No entanto, é claro que *ela* também não está fazendo aquilo para o que foi feita — e, às vezes, a consciência disso a atinge. Não pode dizer que ele tenha mentido, ou mesmo a enganado; não, não pode dizer isso. Scott disse aquilo a ela apenas uma vez, mas foi perfeitamente claro: eles não podem ter filhos. Se ela achasse que precisava tê-los — e ele sabia que ela vinha de uma família grande —, eles não poderiam se casar. Ele ficaria arrasado, mas, se ela pensasse assim, não haveria outro jeito. Ele dissera aquilo debaixo da árvore nham-nham, sob a qual eles tinham se isolado durante a estranha nevasca de outubro. Ela só se permite recordar tal conversa durante as solitárias tardes de dia de semana em Bremen, quando o céu sempre parece ser branco e a hora, inexistente, e os caminhões não param de passar chacoalhando e a cama treme sob seu corpo. A cama que ele comprou e futuramente insistirá em mandar de volta para os Estados Unidos. Muitas vezes ela se deita nela com o braço sobre os olhos, pensando que aquela foi uma *péssima* ideia, apesar dos fins de semana hilariantes e do sexo apaixonado (febril, às vezes). Eles fizeram coisas na cama que ela não teria cogitado seis meses antes, e Lisey sabe que aquelas variações pouco têm a ver com amor; elas têm a ver com tédio, saudades de casa, álcool e tristeza. As bebedeiras dele, que sempre foram pesadas, agora começam a assustá-la. Ela vê o inevitável desastre se aproximando caso ele não segure a onda. E o vazio em seu útero começa a deixá-la deprimida. Eles fizeram um acordo, sim, claro — mas, debaixo da árvore nham-nham, ela não compreendia totalmente que os anos passam e o tempo pesa. Talvez ele volte a escrever quando retornarem para os Estados Unidos, mas o que *ela* vai fazer? *Ele nunca mentiu para mim*, pensa ela, deitada na cama de Bremen com o braço sobre os olhos; no entanto, ela vislumbra um tempo — não tão distante — em que aquilo não será suficiente, e a perspectiva a apavora. Às vezes, ela deseja nunca ter se sentado debaixo daquela joça de salgueiro com Scott Landon.

Às vezes, deseja nunca o ter conhecido.

9

— Isso não é verdade — sussurrou ela no celeiro coberto de sombras, mas sentiu o peso morto do escritório sobre sua cabeça a desmentir; todos aqueles livros, todas aquelas histórias, toda aquela vida extinta.

Não se arrependia do seu casamento, mas às vezes desejava *sim* nunca ter conhecido o marido perturbador e perturbado. Desejava ter conhecido alguma outra pessoa. Um pacato e gentil programador, por exemplo, um sujeito que ganhasse setenta mil por ano e que tivesse lhe dado três filhos. Dois meninos e uma menina, um já adulto e casado, dois ainda estudando. Porém, não foi aquela vida que ela encontrara. Ou pela qual fora encontrada.

Em vez de ir direto para a cama de Bremen (o que parecia afobação demais), Lisey foi até o seu patético arremedo de escritório, abriu a porta e o examinou. O que pretendia fazer ali dentro enquanto Scott escrevesse suas histórias no andar de cima? Não conseguia lembrar, mas sabia o que a atraíra para lá: a secretária eletrônica. Olhou para o **1** vermelho brilhando no painel com a indicação MENSAGENS NÃO OUVIDAS e se perguntou se deveria chamar o oficial Alston para ouvi-la. Decidiu que não. Se fosse Dooley, poderia tocá-la para a polícia depois.

É claro que é Dooley, quem mais seria?

Ela se preparou para mais ameaças ditas naquela voz calma e superficialmente racional e apertou o PLAY. Logo em seguida, uma jovem chamada Emma lhe explicava a *extraordinária* economia que Lisey poderia fazer trocando de operadora. Lisey interrompeu a mensagem eufórica na metade, apertou APAGAR e pensou: *Era uma vez a intuição feminina.*

Ela saiu do escritório gargalhando.

10

Lisey olhou para o vulto embrulhado da cama de Bremen sem tristeza ou nostalgia, embora calculasse que ela e Scott tivessem feito amor nela — ou trepado, não conseguia se lembrar quanto de *amor* houvera no período SCOTT E LISEY NA ALEMANHA — centenas de vezes. *Centenas?* Seria aquilo possível durante meros nove meses? Especialmente quando alguns dias, às vezes todos os dias da semana, ela não o via das sete da manhã, quando ele saía quase dormindo de casa com sua pasta batendo no joelho, até a hora em que voltava arrastando os pés, geralmente meio de fogo, às dez ou quinze para as onze da noite? Ela imaginava que sim, caso passassem fins de semana inteiros no que Scott às vezes chamava de "fodelança". Por que ela teria qualquer simpatia por aquela monstruosidade silenciosa coberta de lençóis, por mais vezes que tivessem quicado em cima dela? Lisey tinha mais motivos para odiá-la, pois sabia — de uma maneira que não era intuitiva, e sim obra de uma lógica inconsciente (*Lisey é inteligente pra diabo, desde que não pense no assunto*, ela ouvira Scott falar para alguém numa festa, sem saber se deveria se sentir lisonjeada ou envergonhada) — que o casamento deles quase acabara naquela cama. Foda-se que o sexo tinha sido bom e sacana, ou que ele a tivesse comido até levá-la a orgasmos múltiplos sem o menor esforço e lambido seu cu até ela achar que enlouqueceria com o prazer latejante que aquilo lhe dava; foda-se o lugar que ela encontrou, o que ela podia tocar antes de ele gozar, e que às vezes o fazia apenas tremer, mas, às vezes, o fazia gritar, e aquilo a arrepiava toda, mesmo quando ele estava bem no fundo dela e quente como... bem, quente como um alto-forno. Ela achava correto que a maldita coisa estivesse embrulhada como um enorme cadáver, pois — pelo menos na sua memória — tudo que acontecera entre os dois nela fora errado e violento, como se o casamento fosse estrangulado várias e várias vezes. Amor? Fazer *amor*? Talvez. Talvez em algumas das ocasiões. Em sua maioria, o que ela se lembrava era de uma trepada braba depois da outra. Asfixia... e alívio. Asfixia... e alívio. E a cada vez demorava mais para a coisa que era Scott-e-Lisey voltar a respirar. Finalmente, eles foram embora da Alemanha. Pegaram o *QE2* em Southampton para Nova York e, no segundo dia de viagem, ela voltara de um passeio pelo convés e parara diante da cabine particular deles com a chave na mão e a cabeça inclinada, escutando. De dentro, vinham os estalidos lentos, porém constantes, da sua máquina de escrever, e Lisey sorrira.

Ela não se permitiu acreditar que estava tudo bem, mas, parada diante daquela porta, ouvindo seu recomeço, tivera certeza de que tudo *poderia* ficar. E estava certa. Quando ele lhe dissera que tinha providenciado que a Cama Mein Gott, como gostava de chamá-la, fosse mandada para os Estados Unidos, ela não disse nada, sabendo que eles jamais dormiriam ou fariam amor nela novamente. Se Scott tivesse sugerido isso — *Zó mais uma vez, Lizzie, peloz velhoz tempoz!* —, ela teria se recusado. Na verdade, teria mandado ele se danar. Não conseguia pensar em um melhor exemplo de móvel mal-assombrado.

Aproximou-se dela, ajoelhou-se, jogou para trás a bainha da colcha que a cobria e olhou embaixo. E lá, naquele espaço bolorento e fechado para o qual o cheiro de cocô de galinha velho tinha se arrastado de volta (*como um cachorro para o próprio vômito*, pensou ela), estava o que vinha procurando.

Lá nas sombras, estava a caixa de cedro da Mãezinha Querida.

VIII. LISEY E SCOTT
(DEBAIXO DA ÁRVORE NHAM-NHAM)

1

Ela acabara de entrar na cozinha ensolarada com a caixa de cedro nos braços quando o telefone começou a tocar. Colocou o objeto na mesa e atendeu à ligação com um alô desatento, sem temer mais a voz de Jim Dooley. Se fosse ele, ela simplesmente diria que chamara a polícia e desligaria. Estava muito ocupada para ter medo.

Era Darla, não Dooley, ligando da Sala de Visitas da Greenlawn, e Lisey não ficou exatamente surpresa ao descobrir que Darla se sentia culpada por ter ligado para Canty em Boston. E se tivesse sido o contrário, Canty no Maine e Darla em Boston? Lisey achou que daria quase na mesma. Não sabia o quanto Canty e Darla ainda se gostavam, mas ainda recorriam uma à outra da mesma forma que bêbados recorrem à bebida. Quando eram crianças, Mãezinha Querida costumava dizer que, se Cantata ficasse gripada, Darla se encarregava da febre.

Lisey tentou dar todas as respostas certas, como fizera mais cedo ao telefone com Canty, e pela mesmíssima razão: para poder deixar aquele cocô para trás e cuidar da própria vida. Ela imaginava que voltaria a se importar com as irmãs mais tarde — esperava que sim —, mas, naquele instante, a consciência pesada de Darla lhe era tão indiferente quanto o estado zumbificado de Amanda. Ou quanto o paradeiro de Jim Dooley, pensando bem, desde que ele não estivesse no mesmo lugar que ela, brandindo uma faca.

Não, assegurou a Darla, ela não fizera errado em ligar para Canty. Sim, fizera bem em falar para Canty continuar em Boston. E, sem dúvida, Lisey estaria disposta a visitar Amanda mais tarde.

— É horrível — falou Darla e, a despeito da sua própria preocupação, Lisey reconheceu a tristeza na voz da irmã. — *Ela* está horrível. — E imediatamente, atropelando as palavras: — Quero dizer, não é bem assim, é claro que ela não está horrível, mas é horrível *vê-la*. Ela fica *parada* o tempo todo, Lisey. O sol estava batendo num lado do rosto dela quando eu entrei, o sol da manhã, e a pele dela parecia tão cinza e *velha*...

— Fique calma, querida — disse Lisey, correndo as pontas dos dedos pela superfície macia e envernizada da caixa da Mãezinha Querida. Mesmo fechada, ela conseguia sentir o cheiro doce. Quando a abrisse, ela se inclinaria para a frente, mergulhando naquele aroma, e seria como se inalasse o passado.

— Eles estão alimentando ela por um tubo — falou Darla. — Ficam colocando e tirando. Se ela não começar a comer por conta própria, acho que vão ter que deixar aquilo instalado o tempo todo. — Ela deu uma longa e úmida fungada. — Eles a estão alimentando por um *tubo* e ela já está tão magra e não *fala* e eu conversei com uma enfermeira que disse que às vezes eles ficam *anos* assim, às vezes nunca *voltam*, Lisey, não sei se vou *aguentar*.

Lisey abriu um pequeno sorriso ao ouvir aquilo, movendo os dedos para as dobradiças na parte de trás da caixa. Era um sorriso de alívio. Lá estava Darla, a Rainha do Drama, Darla, a Diva, e isso significava que estavam em terreno conhecido, duas irmãs com roteiros mais que batidos nas mãos. De um lado da linha, Darla, a Sensível. Aplausos, senhoras e senhores. E, do outro, a Lisey Lindinha, Baixinha porém Durona. Vamos ouvir o que ela tem a dizer.

— Estarei aí hoje à tarde, Darla, e vou conversar de novo com o doutor Alberness. Eles terão uma noção melhor do quadro dela até lá...

Darla, incrédula:

— Você acha mesmo?

Lisey, sem fazer a menor joça de ideia:

— Com certeza. E o que *você* tem de fazer é ir para casa e botar as pernas para cima. Talvez tirar um cochilo.

Darla, em um tom dramático de proclamação:

— Ah, Lisey, eu jamais conseguiria dormir!

Por Lisey, Darla poderia comer, enrolar um baseado ou cagar em cima das begônias. Ela só queria sair do telefone.

— Bem, querida, volte para casa e relaxe um pouco mesmo assim. Tenho de desligar, estou com um negócio no forno.

Darla ficou imediatamente encantada.

— Ah, Lisey. *Você?* — perguntou. Lisey achou aquilo extremamente irritante, como se ela nunca tivesse cozinhado nada mais trabalhoso na vida do que... bem, macarrão instantâneo. — É bolo de banana?

— Quase. Bolo de oxicoco. Tenho de dar uma olhada nele.

— Mas você vem visitar Manda mais tarde, não vem?

Lisey teve vontade de gritar. Em vez disso, falou:

— Vou. Hoje à tarde.

— Bem, então... — A dúvida estava de volta. Convença-me, dizia ela. Continue no telefone mais uns quinze minutos para me convencer. — Acho que vou para casa.

— Boa. Tchau, Darl.

— E você não acha mesmo que fiz errado em ligar para Canty?

Não! Ligue pro Bruce Springsteen! Ligue para Hal Holbrook! Ligue para a joça da Condi Rice! Só ME DEIXE EM PAZ!

— Não mesmo. Acho que você fez bem. Você pode mantê-la... — Lisey pensou no Bloquinho de Compulsões de Amanda. — Mantê-la por dentro de tudo.

— Bem... Certo. Tchau, Lisey. Até mais tarde, então.

— Tchau, Darl.

Clique.

Finalmente.

Lisey fechou os olhos, abriu a caixa e inalou o perfume forte de cedro. Por um instante, se permitiu ter cinco anos novamente, vestindo um dos shorts velhos de Darla e as próprias botinhas de caubói, surradas, porém adoradas, aquelas com as alças rosas desbotadas do lado.

Depois olhou dentro da caixa para ver o que havia lá e aonde aquilo a levaria.

2

Por cima, havia um embrulho de alumínio, com uns quinze ou vinte centímetros de comprimento, dez de largura e uns cinco de profundidade. Havia dois calombos nele, esticando o papel metalizado. Quando o levantou, ainda não sabia o que era, até sentir um leve aroma de hortelã — será que não o sentira antes, junto com o cheiro da caixa? A memória veio antes mesmo de desembrulhar um lado e ver a fatia dura como pedra de um bolo de casamento. Enfiadas nela, havia duas figuras de plástico: um boneco de fraque e cartola e uma boneca com um vestido de noiva branco. Lisey pretendera guardar a fatia por um ano e depois dividi-la com Scott no primeiro aniversário deles. Não era aquela a superstição? Se fosse assim, deveria tê-la guardado no congelador. Em vez disso, ela acabara ali.

Lisey tirou um pedacinho da cobertura com a unha e a colocou na boca. Quase não tinha gosto, só um fantasma de doçura e o último sussurro mortiço de hortelã. Eles haviam se casado na capela Newman da Universidade do Maine, numa cerimônia civil. Todas as irmãs dela tinham ido, inclusive Jodi. Lincoln, o irmão vivo de papai Debusher, viera de Sabbatus para entregar a noiva. Os amigos de Scott da Pitt e da UMO estavam presentes, e o agente literário dele fora o padrinho. Ninguém da família Landon estivera presente, é claro; a família de Scott estava morta.

Sob a fatia petrificada de bolo havia um par de convites de casamento. Eles haviam dividido a tarefa de escrevê-los à mão, e ela guardara um de Scott e um dela. Debaixo deles, havia uma caixa de fósforos de lembrança. Tinham pensado em imprimir tanto os convites quanto as caixas de fósforos, uma despesa com a qual provavelmente poderiam ter arcado, embora o dinheiro das vendas de *Demônios vazios* ainda não tivesse começado a cair — mas, no fim das contas, preferiram escrever à mão, por ser mais intimista (isso sem falar em pitoresco). Ela se lembrava de ter comprado uma caixa lisa com cinquenta caixas de fósforos de papel no IGA de Cleaves Mills e desenhado as letras com uma esferográfica vermelha. A caixa que tinha em mãos era muito provavelmente a última da sua tribo, e ela a examinou com a curiosidade de uma arqueóloga e a dor de uma amante.

Scott e Lisa Landon
19 de novembro de 1979
"Agora somos dois"

Lisey sentiu lágrimas alfinetarem seus olhos. O *Agora somos dois* fora ideia de Scott, que disse ser uma brincadeira com o título de um livro do

Ursinho Pooh — *Now We Are Six, Agora somos seis*. Ela soubera imediatamente sobre qual ele estava falando — quantas vezes não insistira que Jodotha ou Amanda o lesse para ela e a transportasse para o Bosque dos Cem Acres? — e achara que *Agora somos dois* era brilhante, perfeito. Beijara-o por isso. Agora mal suportava olhar para a caixa de fósforos com aquele lema estupidamente corajoso. Aquele era o fim do arco-íris, agora ela era uma, e que número idiota era aquele. Ela enfiou a caixa de fósforos no bolso da blusa e secou as lágrimas das bochechas — algumas tinham caído, no fim das contas. Ao que parecia, investigar o passado era um trabalho choroso.

O que está acontecendo comigo?

Ela teria pagado o preço do próprio carro, que era bem caro, e mais ainda para saber a resposta daquela pergunta. Parecia que estava tão bem! Lamentara a morte dele e seguira em frente; deixara o luto para trás e seguira em frente. Por mais de dois anos, a velha ladainha parecia ser verdade: eu me viro muito bem sem você. Então começara o trabalho de limpar o escritório dele e aquilo acordara o fantasma de Scott — não de forma sobrenatural, etérea, mas dentro *dela*. Lisey até sabia quando e onde tudo começara: no fim do primeiro dia, naquele canto não-exatamente-triangular que Scott gostava de chamar de cantinho da memória. Era lá que os prêmios literários estavam pendurados na parede, menções honrosas envidraçadas: seu National Book Award, seu Pulitzer de ficção, seu World Fantasy Award por *Demônios vazios*. E o que acontecera?

— Eu quebrei — disse Lisey numa voz fraca e assustada, e fechou novamente o alumínio sobre a fatia fossilizada de bolo de casamento.

Aquela era a palavra. Ela *quebrou*. Não lembrava com toda clareza o que fizera, apenas que tudo começara porque estava com sede. Foi pegar um copo d'água naquela joça de bar anexo idiota — idiota porque Scott não bebia mais, embora suas aventuras com o álcool tivessem durado muito mais anos do que seu caso com os cigarros — e a água não saía, não saía nada além do enlouquecedor som de descarga dos canos cuspindo jatos de ar. Ela poderia ter esperado pela água, uma hora ela teria vindo, mas, em vez disso, ela fechou as torneiras e voltou para o limiar entre o bar anexo e o tal cantinho da memória, e a luz estava acesa, mas era do tipo com reostato e estava regulada para ficar fraca. Com a luz daquele jeito tudo parecia normal — tudo na mesma, rá-rá. Era quase de se esperar que ele abrisse a porta da escada do lado de fora, entrasse, colocasse a música no máximo e começasse a escrever. Como se não tivesse ficado desengatilhado para sempre. E o que ela esperava sentir? Tristeza? *Nostalgia?* Será? Algo tão civilizado e elegante quanto *nostalgia?* Se fosse, aquilo era de rolar de rir, pois o que tomara conta dela, ao mesmo tempo quente como uma febre e frio como gelo, fora

3

O que toma conta dela — da Lisey prática, da Lisey sempre tranquila (exceto talvez no dia em que teve que brandir a pá de prata e, mesmo naquele dia, ela se gaba de ter mantido o controle), da Lisey lindinha, que mantém a cabeça no lugar quando todo mundo ao redor está perdendo a sua —, o que toma conta dela é uma espécie de raiva incontrolável e crescente, uma ira divina que parece empurrar sua mente de lado e possuir seu corpo. No entanto (ela não sabe se isso é um paradoxo ou não), a fúria parece clarear seus pensamentos, *só pode,* pois ela compreende afinal. Dois anos é muito tempo, mas *a ficha finalmente cai.* Ela *saca a parada.* Ela *vê a luz.*

Ele *bateu as botas,* como dizem. (Gostou dessa?)

Ele *foi pro beleléu.* (Se amarrou nessa?)

Ele *está comendo sanduíche de terra.* (Esse é um grandão que peguei na lagoa onde todos vamos beber e pescar.)

E quando você coloca tudo na balança, o que resta? Ora, ele a deixou na pista. Deu um pé na bunda dela. Passou sebo nas canelas e deu o fora, pegou o trem e saiu da cidade. Zarpou para os Territórios. Abandonou a mulher que o amava com cada célula do corpo e cada neurônio que tinha na cabeça não-tão-inteligente-assim e tudo que lhe resta é essa joça... inútil... de... casulo.

Ela quebra. Lisey quebra. À medida que dispara em direção à joça do estúpido cantinho da memória, parece ouvi-lo falar *ESPANE, babyluv* — *Engatilhe Sempre que Parecer Necessário,* e aí a voz some e ela começa a arrancar as placas, fotografias e menções honrosas emolduradas das paredes. Apanha o busto de Lovecraft que os jurados do World Fantasy Award deram a ele por *Demônios vazios,* aquele livro horroroso, e o atira do outro lado do escritório, gritando: "Vá se *foder*, Scott, vá se *foder*!" Aquela é uma das poucas vezes em que usa a palavra sem eufemismos desde a noite em que ele quebrou o vidro da estufa com a mão, a noite da didiva de sangue. Sentiu raiva dele então, mas nunca tanta raiva quanto naquele instante; se ele estivesse lá, ela poderia tê-lo matado novamente. Ela está completamente fora de controle, arrancando todas aquelas inutilidades presunçosas das paredes até elas ficarem nuas (por conta do carpete grosso, poucas das coisas que joga no chão quebram — sorte dela, pensará Lisey quando a sanidade retornar). Enquanto rodopia sem parar, como um verdadeiro tornado, ela repete o nome dele aos berros, gritando *Scott* e *Scott* e *Scott*, chorando de tristeza, chorando de raiva; pedindo aos prantos que ele explique por que a abandonou daquele jeito, pedindo aos prantos para que ele volte, ah, volte. Que se dane *tudo na mesma* — *nada* está na mesma sem ele, ela o odeia, sente falta dele, há um buraco dentro dela, um vento ainda mais frio do que o que soprava lá de Yellowknife agora sopra através *dela*, o mundo fica tão vazio e tão sem amor quando não há ninguém para gritar seu nome e chamar você de volta para casa... Por fim, ela agarra o monitor do micro que fica no cantinho da memória e algo em suas costas dá um estalo de aviso quando ela o levanta, mas que se *danem* as costas, as paredes nuas caçoam dela e ela está furiosa. Gira desajeitadamente com o monitor nos braços e o atira contra a parede. Ouve um barulho surdo de algo se quebrando — CREC! — e então silêncio novamente.

Não, dá para ouvir grilos lá fora.

Lisey desaba no carpete entulhado, soluçando baixinho, exaurida. E de alguma forma ela *consegue* chamá-lo de volta? Consegue trazê-lo de volta para sua vida pela força da dor raivosa e tardia? Teria ele voltado como água através de um cano havia muito vazio? Ela acha que a resposta a isso é

4

— Não — murmurou Lisey.

Porque, por mais louco que parecesse, aparentemente Scott vinha espalhando as estações daquela caça à didiva para ela *muito antes de morrer*. Ao entrar em contato com o doutor Alberness, por exemplo, que calhara de ser um prefeitamente eita-norme fã. Ao conseguir, de alguma forma, pegar o prontuário médico de Amanda e levá-lo para o almoço, pelo amor de Deus. E, então, o toque final: *O senhor Landon disse que, se um dia eu a encontrasse, deveria lhe perguntar sobre como ele enganou a enfermeira daquela vez em Nashville.*

E... ao colocar a caixa de cedro da Mãezinha Querida debaixo da cama de Bremen lá no celeiro? Porque com certeza fora Scott, ela sabia que jamais a colocara ali.

1996?

(*shiu*)

No inverno de 1996, quando a mente de Scott entrou em colapso e ela teve

(*SHIU, LISEY, AGORA MESMO!*)

Certo... certo, não falaria nada sobre o inverno de 1996 — por enquanto —, mas parecia fazer sentido. E...

Uma caça à didiva. Mas *por quê?* Qual era o propósito? Para lhe permitir encarar em etapas algo que ela não conseguiria encarar de uma só vez? Talvez. Provavelmente. Scott entendia daquele tipo de coisa, certamente sentiria afinidade por uma mente disposta a esconder suas recordações mais terríveis atrás de cortinas ou confiná-las em caixas cheirosas.

Uma didiva boa.

Ah, Scott, o que há de bom nisso? O que há de bom em toda essa dor e tristeza?

Uma didiva curta.

Se fosse verdade, a caixa de cedro era o fim ou algo perto disso, e Lisey tinha um palpite de que, se continuasse procurando, não haveria volta.

Baby, suspirou ele... mas apenas na cabeça dela. Não existiam fantasmas. Apenas recordações. Apenas a voz de seu marido morto. Ela acreditava naquilo; *sabia* daquilo. Podia tampar a caixa. Podia fechar a cortina. Podia deixar o passado ser passado.

Babyluv.

Scott sempre tinha a última palavra. Mesmo depois de morto, ele teria a última palavra.

Ela suspirou — um som infeliz e solitário aos seus ouvidos — e decidiu prosseguir. Fazer o papel de Pandora, afinal.

5

A única outra coisa que escondera lá dentro como lembrança do casamento de baixo orçamento e não religioso (mas que durara apesar de tudo, durara muito bem) era a fotografia tirada na recepção, no The Rock — o bar de rock-and-roll mais vulgar, barulhento e pé de chinelo de Cleaves Mills. A foto mostrava Scott e ela na pista, no começo da primeira dança dos dois. Lisey estava com seu vestido branco de renda, Scott com um terno preto liso — *Meu terno de agente funerário*, como ele o chamava —, que comprara especialmente para a ocasião (e que usara repetidas vezes na turnê promocional de *Demônios vazios* naquele inverno). Ao fundo, ela conseguia ver Jodotha e Amanda, as duas inacreditavelmente jovens e bonitas, os cabelos armados e as mãos congeladas no meio de um aplauso. Lisey olhava para Scott, que sorria para ela, com as mãos na sua cintura e, meu Deus, como o cabelo dele estava comprido, quase batendo nos ombros, ela se esquecera daquilo.

Lisey acariciou a superfície da fotografia com a ponta dos dedos, passando-as por cima das pessoas que eles haviam sido lá em SCOTT E LISEY, O COMEÇO!, e descobriu que conseguia se lembrar até do nome da banda de Boston (The Swinging Johnsons, muito engraçado) e da música que tinham dançado na presença dos amigos: um cover de "Too Late to Turn Back Now" — *Tarde demais para voltar atrás* — dos Cornelius Brothers e Sister Rose.

— Ah, Scott — disse ela.

Outra lágrima escorreu pela sua bochecha e Lisey a limpou, distraída. Depois colocou a foto na mesa da cozinha ensolarada e vasculhou mais fundo. Havia uma pequena pilha de menus, guardanapos de bar e caixas de fósforos de hoteizinhos do Meio-Oeste, além de um panfleto da Universidade de Indiana, em Bloomington, anunciando uma leitura de *Demônios vazios*, de Scott "Linden". Ela se lembrava de ter guardado aquele por causa do erro ortográfico, dizendo a ele que um dia aquilo valeria uma fortuna, ao que Scott respondeu: *Espere sentada, babyluv*. A data no programa era 19 de março de 1980... Então onde estavam as lembranças do Antlers? Ela não pegara nada? Naquela época, quase sempre pegava *alguma coisa*, era uma espécie de hobby, e ela poderia *jurar*...

Ela levantou o programa "Scott Linden" e, debaixo dele, havia um menu roxo-escuro com **The Antlers** e **Rome, New Hampshire** estampado em dourado. E ela conseguia ouvir Scott com tanta clareza que era como se ele estivesse falando no ouvido dela: *Em Roma, faça como os romanos.* Dissera aquilo naquela noite no salão do restaurante (vazio exceto por eles e uma única garçonete) ao pedir o Especial da Casa para os dois. E de novo, mais tarde, na cama, enquanto cobria seu corpo nu com o dele.

— Eu me dispus a pagar por isso — murmurou ela, erguendo o menu para a cozinha ensolarada e vazia. — Aí o cara disse que eu podia simplesmente levar. Porque éramos os únicos hóspedes. E por causa da nevasca.

Aquela estranha nevasca em outubro. Tinham ficado duas noites em vez da uma planejada. Na segunda, ela ficara acordada muito depois de Scott ter dormido. A frente fria que levara a nevasca fora de época já estava passando, e ela conseguia ouvir a neve se derretendo e pingando dos beirais. Ficara deitada naquela cama estranha (a primeira de tantas camas estranhas que dividira com Scott), pensando em Andrew Landon, o Faísca, e em Paul Landon, e em Scott Landon — Scott, o sobrevivente. Pensando em didivas. Didivas boas e didivas de sangue.

Pensando sobre a roxidão. Pensando naquilo também.

Em algum momento, as nuvens tinham se aberto e o quarto fora inundado por um luar bruxuleante. Sob aquela luz, ela finalmente adormecera. No dia seguinte, um domingo, eles atravessaram de carro o interior, que estava voltando do inverno para o outono — e, menos de um mês depois, estavam dançando ao som dos Swinging Johnsons: "Too Late to Turn Back Now". Tarde demais para voltar atrás.

Ela abriu o menu com letras douradas para ver qual fora o Especial da Casa naquela noite distante e a fotografia caiu. Lisey se lembrou dela imediatamente. O dono do lugar a tirara com a pequena Nikon de Scott. O homem desencavara dois pares de sapatos de neve (os esquis dele ainda estavam em um depósito em North Conway, junto com os quatro quadriciclos de neve) e insistira que Scott e Lisey fizessem uma caminhada pela trilha atrás da pousada. *A floresta é mágica na neve,* Lisey se lembrava de ele ter falado. *E ela será toda de vocês, nenhum esquiador ou máquina à vista. É uma chance única.*

Ele chegara a preparar um piquenique para o almoço dos dois, com uma garrafa de vinho tinto por conta da casa. E ali estavam eles na foto, enfiados em calças de neve, parcas e protetores de orelhas que a amável esposa do sujeito lhes arranjara (a parca de Lisey era tão grande que chegava a ser cômico, a bainha indo até os seus joelhos), posando diante de uma pousada do interior em meio ao que parecia uma nevasca hollywoodiana, com sapatos de neve e sorrindo como uma dupla de bobos alegres. A mochila que Scott carregava com o almoço deles e a garrafa de vinho também era emprestada. Scott e Lisey, rumo à árvore nham-nham — embora nenhum dos dois soubesse ainda. Rumo a uma viagem pela Estrada da Memória. Só que, para Scott Landon, a Estrada da Memória era o Beco da Monstruosidade, e não era de espantar que ele não quisesse visitá-lo com frequência.

Mesmo assim, pensou ela, passando a ponta dos dedos sobre aquela fotografia, como o fizera com a da dança nupcial, *você devia saber que teria que visitá-lo pelo menos uma vez antes de se casar comigo, por pior que fosse. Tinha algo para me dizer, não tinha? A história que sustentaria sua condição inapelável. Deve ter passado semanas procurando o lugar certo. E, quando viu aquela árvore, aquele salgueiro tão curvado pela neve que fazia uma gruta, não teve dúvidas de que o havia encontrado e que não podia mais adiar. Fico imaginando o quanto você estava nervoso. O quanto temia que eu o escutasse e depois dissesse que não queria me casar, afinal de contas.*

Lisey pensou que ele estivera nervoso, sim. Lembrava-se do silêncio dele no carro. Não tinha até pensado que havia algo passando pela cabeça dele? Claro, pois Scott era sempre todo falante.

— Mas você já devia me conhecer bem o suficiente àquela altura… — começou Lisey, mas se interrompeu.

O bom de falar sozinho é que, na maioria das vezes, você não precisa terminar o que está dizendo. Em outubro de 1979, ele já devia conhecê-la bem o suficiente para saber que ela ficaria. Caramba, quando não recebera um pé na bunda depois de ter esfacelado a mão na janela da estufa, ele deveria ter se convencido de que ela estava naquela para valer. Mas será que ficara nervoso com o fato de expor aquelas velhas memórias, de tocar naquelas feridas antigas? Na opinião de Lisey, ele ficara *mais* que nervoso. Ficara totalmente apavorado.

Mesmo assim, ele soltara a mão enluvada dela, apontara e dissera:

— Vamos comer ali, Lisey… Vamos para debaixo daquele…

6

— Vamos comer debaixo daquele salgueiro — diz ele, e Lisey está mais que disposta a concordar com o plano.

Primeiro porque está morrendo de fome. Segundo porque suas pernas, principalmente as panturrilhas, estão doendo por ela estar desacostumada ao exercício que é usar os sapatos de neve: levantar, torcer e *sacudir*... Levantar, torcer e *sacudir*. No entanto, o que mais quer é descansar a vista da neve que não para de cair. A caminhada foi tão deslumbrante quanto prometera o dono da pousada, e ela acha que vai lembrar do silêncio dali pelo resto da vida — os únicos ruídos são os dos sapatos esmagando a neve, o som da respiração deles e as incansáveis bicadas de um pica-pau distante. Mesmo assim, a enxurrada constante (não há outra palavra para descrever) de enormes flocos de neve começou a preocupá-la. Está caindo tão grossa e rápida que embaralhou a habilidade dela de se concentrar, o que a deixa desorientada e um pouco tonta. O salgueiro fica na beirada de uma clareira, e tem as frondes ainda verdes pendendo para baixo por conta da capa grossa e branca de neve.

É fronde que se fala?, indaga-se Lisey, e pensa em perguntar a Scott depois do almoço. Scott vai saber. Ela nunca chega a perguntar. Outras questões entram no caminho.

Scott se aproxima do salgueiro e Lisey o acompanha, levantando os pés e torcendo-os para sacudir os sapatos de neve, no encalço do noivo. Quando chega à árvore, Scott abre as frondes — ou galhos, que seja — cobertas de neve como uma cortina e olha para dentro. A bunda vestida de jeans dele aponta convidativamente para ela.

— Lisey! — diz ele. — Olha que legal! Espere só até você...

Ela levanta o Sapato de Neve A e o enfia na Bunda Vestida de Jeans B. O Noivo C desaparece imediatamente dentro do Salgueiro Coberto de Neve D (com um palavrão de surpresa). É divertido, muito divertido, e Lisey começa a rir parada em meio à neve que cai. Está coberta dela; até seus cílios estão pesados.

— Lisey? — De dentro do guarda-chuva branco e curvado.

— O que foi, Scott?

— Está me vendo?

— Não — diz ela.

— Chegue um pouco mais perto, então.

Ela chega, seguindo suas pegadas, sabendo o que esperar; porém, quando o braço dele sai do meio da cortina de neve e agarra seu pulso, ela ainda se surpreende e solta um gritinho em meio às risadas, porque fica um pouco mais do que espantada; na verdade, sente um pouco de medo. Ele a puxa e a brancura fria passa voando pelo seu rosto, cegando-a por um instante. Está com o capuz da parca jogado para trás e neve lhe escorre pelas costas, gelando a pele quente. Os protetores de orelha ficam tortos. Ela ouve um *vuuup* abafado à medida que o acúmulo pesado de neve cai da árvore sobre ela.

— Scott! — arqueja. — Scott, você me assus... — Mas não continua.

Ele está ajoelhado diante dela, o capuz da própria parca jogado para trás, revelando uma cachoeira de cabelos quase tão longos quanto os dela. Está com os protetores de orelha pendurados no pescoço, como fones de ouvido. A mochila ao lado, apoiada no tronco. Ele a encara, sorrindo, esperando que ela entenda. E ela entende. Entende muito bem. *Qualquer um entenderia*, pensa.

É um pouco como receber permissão para entrar na cabana em que sua irmã mais velha Amanda brincava, junto com as amigas, de serem piratas...

Mas não. É melhor do que isso, porque aquele lugar não cheira a madeira antiga, revistas úmidas e cocô de rato velho e mofado. É como se ele a tivesse levado para um mundo completamente diferente, puxado para dentro de um círculo secreto, um domo de teto branco que não pertence a ninguém além deles. Tem uns seis metros de diâmetro. No centro, está o tronco do salgueiro. A grama que cresce ao redor dele ainda tem o tom perfeito de verde da grama do verão.

— Ah, Scott — diz ela, e não sai vapor algum de sua boca. Percebe que está quente lá dentro. A neve presa nos galhos envergados isolou o interior. Ela abre o casaco.

— Legal, né? Agora ouça o silêncio.

Ele se cala. Ela também. A princípio, pensa não haver som algum, mas não é verdade. Existe um. Ela consegue ouvir uma batida lenta abafada por veludo. É o coração dela. Ele estende o braço, tira suas luvas, pega as mãos de Lisey. Beija as palmas, bem no centro. Por um instante, nenhum dos dois diz nada. É Lisey quem quebra o silêncio; sua barriga ronca. Scott cai na gargalhada, jogando-se para trás para se apoiar no tronco da árvore e apontando para ela.

— Eu também — diz ele. — Queria arrancar essas suas calças de neve e te comer aqui dentro, Lisey, afinal, está quente o bastante. Mas, depois de todo esse exercício, estou faminto demais.

— Talvez mais tarde — diz ela, sabendo que mais tarde ela quase certamente estará empanturrada demais para transar, mas tudo bem; se a neve continuar, quase certamente passarão outra noite lá no Antlers; o que, para ela, não é problema algum.

Ela abre a mochila e serve o almoço. Ele consiste em dois grossos sanduíches de frango (com muita maionese), salada e duas fatias grandes do que descobrem ser torta de passas.

— Nham — diz ele, enquanto ela lhe passa um dos pratos de papel.

— É claro — diz ela. — Estamos debaixo da árvore nham-nham.

Ele ri.

— Debaixo da árvore nham-nham. Gostei. — Seu sorriso desaparece e ele a encara de forma solene. — É gostoso aqui, não é?

— É, Scott. Muito gostoso.

Ele se inclina sobre a comida; ela se inclina ao encontro dele. Os dois se beijam sobre a salada.

— Eu te amo, Lisey lindinha.

— Eu também te amo.

E, naquele instante, escondidos do mundo naquele círculo de silêncio verde e secreto, ela o ama como nunca. Isto é agora.

7

Apesar de se dizer faminto, Scott come apenas metade do sanduíche e belisca a salada. Nem encosta na torta de passas, mas bebe mais que a sua metade da garrafa de vinho. Lisey come com mais apetite, mas com menos voracidade do que imaginava. A ansiedade a mordisca por dentro como um verme. Vai ser difícil para Scott contar o que se passa na sua cabeça, e talvez mais difícil ainda para ela ouvir. O que a deixa mais ansiosa é que não consegue imaginar o que pode ser. Algum problema com a lei lá na cidadezinha do oeste da Pensilvânia em que cresceu? Um filho que tenha por aí, talvez? Ou algum tipo de casamento adolescente, uma coisa feita às pressas, que terminou em divórcio ou anulação dois meses depois? Será que tem a ver com Paul, o irmão que morreu? Seja o que for, está vindo. *Tão certo quanto a chuva depois do trovão*, Mãezinha Querida teria dito. Ele olha para sua fatia da torta, parece pensar em dar uma mordida — mas, em vez disso, pega o maço de cigarros.

Ela se lembra de quando ele disse *Família é uma droga* e pensa: *São as didivas. Ele me trouxe aqui para contar sobre as didivas.* Não se surpreende ao notar que a ideia a assusta bastante.

— Lisey — diz ele. — Tenho que lhe explicar uma coisa. E, se isso fizer você mudar de ideia quanto a se casar comi...

— Scott, não sei se quero ouvir...

O sorriso dele é ao mesmo tempo abatido e amedrontado.

— Aposto que não. E eu sei que não quero contar. Mas é como levar uma injeção no consultório do médico... Não, pior, é como abrir um cisto ou perfurar um abscesso. Mas algumas coisas precisam ser feitas. — Seus olhos brilhantes cor-de-avelã fitam os dela. — Lisey, se nos casarmos, não podemos ter filhos. Isso é fato. Não sei o quanto você quer tê-los agora, mas você vem de uma família grande e imagino que seria natural querer encher uma casa grande com uma grande família algum dia. Você precisa saber que, se ficar comigo, isso não tem como acontecer. E não quero você me olhando na cara daqui a uns cinco ou dez anos e gritando "Você nunca me disse que isso fazia parte do acordo".

Scott dá uma tragada no cigarro e solta fumaça pelas narinas. Ela sobe em uma nuvem cinza-azulada. Ele se volta para ela. Seu rosto está muito pálido; os olhos, enormes. *Como pedras preciosas*, pensa ela, fascinada. Pela primeira e única vez, ela o acha não bonito (o que ele não é — embora, dependendo da luz, possa ser atraente), e sim encantador, do jeito que algumas mulheres são encantadoras. Isso a fascina e, por algum motivo, também a deixa horrorizada.

— Eu te amo demais para mentir para você, Lisey. Te amo do fundo do que haja no lugar do meu coração. Suspeito que esse tipo de amor incondicional se torne um fardo para as mulheres com o tempo, mas é o único tipo que tenho para dar. Acho que vamos ser um casal bem rico em termos financeiros, mas tenho quase certeza de que serei um indigente emocional pelo resto da vida. O dinheiro está para vir; quanto ao resto, porém, tenho apenas o suficiente para você, e jamais vou macular ou diluir isso com mentiras. Seja com as palavras que eu possa dizer ou com as que possa omitir. — Ele suspira, um som longo e trêmulo, e põe a base da mão que segura o cigarro contra o meio da testa, como se estivesse com dor de cabeça. Depois, retira a palma do rosto e olha para ela novamente. — Nada de filhos, Lisey. Não podemos, Lisey. *Eu* não posso.

— Scott, você é... Algum médico...

Ele nega com a cabeça.

— Não é físico. Preste atenção, babyluv. É aqui. — Bate com os dedos na testa, entre os olhos. — A Loucura e os Landon combinam como pêssegos com leite condensado, e não estou falando sobre um conto de Edgar Allan Poe ou de algum romance vitoriano para senhoras do tipo nós-mantemos- -a-titia-presa-no-sótão. Estou falando do tipo de loucura real e perigosa que corre no sangue.

— Scott, você não é louco... — começa ela.

Mas depois pensa nele saindo do escuro, estendendo para ela os destroços sanguinolentos da mão, a voz cheia de júbilo e alívio. Um alívio *enlouquecido*. Lembra-se do que pensou enquanto envolvia aquele estrago com a blusa: que ele podia estar apaixonado por ela, mas também estava um pouco apaixonado pela morte.

— Eu *sou* — diz ele com brandura. — *Sou* louco. Tenho delírios e visões. A única diferença é que os coloco no papel. Coloco todos no papel, e as pessoas me pagam para lê-los.

Por um instante, aquilo a deixa chocada demais (ou talvez o choque seja por conta da lembrança da mão destroçada, que ela se esforça para afastar) para responder. Ele está chamando seu ofício — é sempre assim que ele se refere ao que faz nas suas palestras; nunca sua *arte*, mas seu *ofício* — de delírio. E aquilo sim *é* loucura.

— Scott — diz ela finalmente. — Escrever é o seu *trabalho*.

— Você acha que está entendendo, mas não entende nada sobre a parte de *partir* — diz ele. — Espero que continue com essa sorte toda, Lisey lindinha. E eu não vou me sentar debaixo desta árvore e lhe contar a história dos Landon, porque eu mesmo sei pouco dela. Voltei três gerações, fiquei assustado com a quantidade de sangue que estava encontrando pelas paredes e desisti. Já vi sangue o bastante, um pouco do meu, inclusive, quando era pequeno. Quanto ao resto, acreditei no que papai disse. Quando eu era criança, papai me contou que os Landon, e os Landreau antes deles, se dividiam em dois tipos: os pancadas e os da coisa-ruim. Ser o da coisa-ruim era melhor, porque dava para botar aquilo para fora cortando. Você *precisava* cortar para aquilo sair, se não quisesse passar o resto da vida no hospício ou na cadeia. Ele disse que era o único jeito.

— Você está falando de automutilação, Scott?

Ele dá de ombros, como se estivesse na dúvida. Ela também está na dúvida. Afinal de contas, já o viu nu. Ele tinha algumas cicatrizes, mas só algumas.

— Didivas de sangue? — pergunta ela.

Dessa vez ele parece mais convencido.

— Didivas de sangue, isso.

— Naquela noite em que você enfiou a mão no vidro da estufa, estava colocando a coisa-ruim para fora?

— Imagino que sim. Com certeza. De certa forma. — Ele apaga o cigarro na grama. Faz uma longa pausa, durante a qual não olha para ela. — É complicado. Você tem de levar em conta como me senti horrível naquela noite. Um monte de coisas vinha se acumulando...

— Eu nunca devia ter...

— Espere, me deixe terminar — diz ele. — Só consigo falar isso uma vez.

Ela para.

— Eu estava bêbado, me sentindo horrível, e fazia muito tempo que não colocava *aquilo* para fora. Não vinha precisando. Em grande parte por sua causa, Lisey.

Lisey tem uma irmã que passou por uma alarmante crise de automutilação aos vinte e poucos anos. Amanda já superou tudo aquilo, graças a Deus, mas carrega as cicatrizes — a maioria bem no alto da parte interna dos braços e das coxas.

— Scott, se você vinha se cortando, não deveria ter cicatrizes...?

É como se ele não a tivesse escutado.

— Então, na primavera passada, bem depois de achar que ele tinha se calado para sempre, juro por tudo que ele começou a falar comigo de novo.

"Está dentro de você, Scottinho", eu ouvia ele dizer. "Corre no seu sangue como um filho d'uma égua. Não é?"

— Quem, Scott? Quem começou a falar com você? — perguntou. Sabendo que era Paul ou o pai dele, e que provavelmente não era Paul.

— Papai. Ele fala: "Scottinhozinho, se quiser andar na linha, é melhor colocar aquela coisa-ruim pra fora. Vá atrás dela agora, não fique esperando". Então eu fiz isso. De pouquinho... em pouquinho... — Ele faz como se cortasse de leve, primeiro a bochecha, depois o braço, para ilustrar. — Aí naquela noite, quando você ficou brava... — Ele dá de ombros. — Eu fui atrás do resto. Para acabar de vez com aquilo. Acabar com tudo. E a gente ficou bem. A gente ficou *bem*. Ouça o que eu digo: eu me sangraria até secar como um porco pendurado num gancho antes de machucar você. Antes de *pensar* em machucar você. — Ele baixa o rosto com uma expressão de desprezo que ela nunca viu antes. — Nunca vou ser como *ele*. Meu papai. — E depois, quase cuspindo: — A porra do senhor *Faísca*.

Ela não diz nada. Nem ousa. De qualquer forma, não sabe ao certo se conseguiria. Pela primeira vez em meses, pergunta-se como, depois de um corte tão feio na mão, ele ficou com tão poucas cicatrizes. Sem dúvida não é possível. Ela pensa: *A mão dele não estava apenas cortada; estava destroçada.*

Enquanto isso, Scott acende outro Herbert Tareyton com mãos que tremem minimamente.

— Vou lhe contar uma história — diz ele. — Só uma, e vou deixar que ela sirva de exemplo para todas as histórias da infância de um certo homem. Porque histórias são o meu departamento. — Ele olha para a fumaça do cigarro subindo. — Eu as pesco da lagoa. Já falei pra você sobre a lagoa, não falei?

— Já, Scott. Aquela em que todos nós bebemos.

— Isso. E na qual jogamos nossas redes. Às vezes os pescadores corajosos de verdade, os Austen, Dostoiévski e Faulkner, até pegam barcos e vão para onde os grandões nadam, mas a lagoa é traiçoeira. É maior do que parece, e mais funda do que qualquer homem pode imaginar. Além de mudar de aspecto, principalmente depois que escurece.

Ela não fala nada sobre aquilo. Ele passa a mão pelo pescoço dela e essa mão em algum momento entra sorrateira pela parca aberta para lhe segurar o seio. Não por desejo, ela tem certeza, mas para confortá-la.

— Muito bem — diz ele. — Hora da história. Feche os olhos, Lisey lindinha.

Ela os fecha. Por um instante, tudo fica escuro e silencioso debaixo da árvore nham-nham, porém ela não tem medo; sente o cheiro e a presença dele ao seu lado; o toque de sua mão, pousada na sua clavícula. Poderia estrangulá-la com facilidade com aquela mão, mas ela não precisa que Scott diga que jamais irá machucá-la, pelo menos não fisicamente; essa é uma coisa que Lisey apenas sabe. Ele a magoará, sim, mas principalmente com a boca. Com sua *bocona grande*.

— Muito bem — diz o homem com o qual ela se casará em menos de um mês. — Esta história deve ter quatro partes. A Parte Um é chamada "Scottinhozinho em cima do banco". Era uma vez um menino magrelinho e assustado, chamado Scott... só que, quando seu papai estava com a coisa--ruim e se cortar não era o bastante para botá-la pra fora, ele o chamava de Scottinhozinho. E um dia... um dia ruim e louco... o menininho estava parado em cima de um lugar alto, olhando para o piso encerado de madeira lá embaixo e vendo o sangue do irmão

8

escorrer lentamente pelo vão entre duas tábuas.

— *Pule* — diz o pai. E não é a primeira vez. — *Pule, seu desgraçado, seu maricas filho d'uma égua, pule agora!*

— *Estou com medo, papai! É alto demais!*

— *Não é nada, e estou cagando pra se você está com medo ou não, pule de cima dessa joça ou vai se arrepender, e seu amigo mais ainda; agora, para-quedistas, saltar!*

Papai se interrompe por um instante, olhando em volta, os globos oculares se mexendo do jeito que fazem quando ele está com a coisa-ruim, quase *tiquetaqueando* de um lado para outro. Depois olha de novo para o menino de três anos que treme em cima do longo banco no corredor principal do antigo e dilapidado casarão de fazenda com suas mil correntes de ar. Com as costas apoiadas contra a parede rosa com padrão de folhinhas daquela casa bem no interior, onde as pessoas cuidam da própria vida.

— *Pode falar Jerônimo se quiser, Scottinho. Dizem que às vezes ajuda. Se você grita bem alto quando pula do avião.*

Então Scott, disposto a aceitar qualquer ajuda que conseguisse, grita JERÔMINO! — o que não está exatamente correto e, seja como for, não ajuda nada, pois ele ainda não consegue pular do banco para o piso de madeira encerada tão lá embaixo.

— *Ahhhh, cacete de asa, pelo amor de Deus.*

Papai puxa Paul para a frente. Paul tem seis anos, quase sete, é alto e seu cabelo é loiro-escuro, longo na frente e dos lados; ele precisa de um corte, precisa visitar o senhor Baumer na barbearia em Martensburg, o senhor Baumer, com a cabeça de alce na parede e o adesivo apagado na janela que mostra uma bandeira americana e diz EU SERVI — mas eles não vão chegar perto de Martensburg tão cedo e Scott sabe disso. Não vão para a cidade quando papai está com a coisa-ruim, e papai nem está indo trabalhar porque está de férias da U.S. Gyppum.

Paul tem olhos azuis e Scott o ama mais do que qualquer outra pessoa, mais até do que a si mesmo. Naquela manhã os braços de Paul estão cobertos de sangue, cheios de cortes entrecruzados. Papai pega seu canivete de novo, o odioso canivete que bebeu tanto do sangue deles, e o ergue contra o sol da manhã. Papai desce as escadas os chamando aos berros, gritando: *Didiva! Didiva! Vamos entrando, vocês dois!* Se a didiva for para Paul, ele corta Scott; se a didiva for para Scott, ele corta Paul. Mesmo quando está com a coisa-ruim, papai sabe o que é amor.

— *Você vai pular, seu covarde, ou vou ter que cortar o moleque de novo?*

— *Não, papai!* — grita Scott. — *Por favor, não corta ele mais, eu pulo!*

— *Então pule!*

O lábio superior de papai se franze, revelando seus dentes. Seus olhos giram nas órbitas, giram como se ele estivesse procurando gente pelos cantos, e talvez esteja, *provelmente* está, porque de vez em quando os dois o escutam falando com gente que não está lá. Às vezes, Scott e o irmão os chamam de Gente da Coisa-ruim e, às vezes, de Gente das Didivas de Sangue.

— *Vá em frente, Scottinhozinho! Vá em frente, seu molenga! Grite Jerônimo e então, paraquedistas, saltar! Não tem nenhum maricas nessa família! Agora mesmo!*

— *JERÔMINO* — grita ele e, embora seus pés tremam e suas pernas se chacoalhem, ele ainda não consegue se obrigar a pular.

Pernas covardes, pernas maricas. Papai faz um corte fundo no braço de Paul e o sangue escorre. Escorre um pouco no short de Paul, um pouco nos seus tênis e a maioria no chão. Paul faz uma careta, mas não grita. Seus olhos imploram para Scott fazer aquilo parar, mas a boca continua fechada. Sua boca não imploraria.

Na U.S. Gypsum (que os meninos chamam de U.S. Gyppum, porque é assim que o papai deles a chama), os homens chamam Andrew Landon de Faísca ou às vezes de senhor Faisquera. Agora, o rosto dele paira sobre o ombro de Paul, e sua cabeleira grisalha está de pé como se a letricidade com a qual trabalha tivesse entrado nele. Seus dentes tortos revelam um sorriso de Halloween, e seus olhos estão vazios porque papai não está mais lá — ele *partiu*, não há nada nele além da coisa-ruim, ele já não é um homem ou um papai, apenas uma didiva de sangue com olhos.

— *Continue aí em cima e eu corto a orelha dele fora* — diz a coisa com o cabelo létrico do papai, a coisa que tomou o lugar dele. — *Continue aí em cima e corto a joça da garganta dele, estou pouco me lixando. A decisão é sua, Scottinhozinho, Scottinhozinho, seu molenga. Você diz que ama ele, mas não ama bastante pra me impedir de cortar ele, não é? Quando tudo que tem de fazer é pular de um filho d'uma égua de um banco de um metro de altura! O que você acha disso, Paul? O que você tem a dizer pro maricas do seu irmãozinho agora?*

Paul, no entanto, não diz nada, apenas encara o irmão, os olhos azul--escuros fixos nos seus cor-de-avelã, e aquele inferno continuará por mais dois mil e quinhentos dias; sete intermináveis anos. *Faça o que puder e deixe o resto pra lá* é o que os olhos de Paul dizem a Scott, e isso parte seu coração, e quando ele enfim pula do banco (para o que parte dele está convicta de que será sua morte) não é por causa das ameaças do pai, mas porque os olhos do irmão lhe deram permissão para ficar bem onde estava se no fim das contas ele estivesse apavorado demais para pular.

Para ficar no banco mesmo que aquilo fosse matar Paul Landon.

Ele aterrissa e cai de joelhos no sangue das tábuas e começa a chorar, chocado ao ver que ainda está vivo. O braço de seu pai então o envolve, o braço forte do pai o levanta, demonstrando agora amor em vez de raiva. Os lábios do pai primeiro se colam à sua bochecha, apertando-lhe em seguida, com força, o canto da boca.

— *Está vendo, Scottinhozinho, Scottinhozinho, seu molenga? Eu sabia que você ia conseguir.*

O papai então diz que acabou, que a didiva de sangue acabou e Scott pode tomar conta do irmão. O pai diz que ele é corajoso, um safadinho muito corajoso, o pai lhe diz que o ama e, naquele momento de vitória, Scott nem se importa com o sangue no chão — ele também ama o pai, ele ama o pai maluco que inventa didivas de sangue por acabar com aquilo daquela vez, embora saiba, mesmo aos três anos de idade, que haverá uma próxima.

9

Scott para, olha em volta, espia o vinho. Ele não dá atenção à taça, bebe direto da garrafa.

— Não era um salto tão grande assim — diz ele, dando de ombros. — Mas parecia, para um moleque de três anos.

— Scott, meu Deus — diz Lisey. — Ele ficava desse jeito com frequência?

— O suficiente. Eu bloqueei muita coisa. Mas essa vez do banco ficou gravada. E, como disse, pode servir de exemplo para o resto.

— Era por... Ele estava bêbado?

— Não. Ele quase nunca bebia. Está preparada para a Parte Dois da história, Lisey?

— Se for como a Parte Um, não tenho certeza.

— Não se preocupe. A Parte Dois se chama "Paul e a didiva boa". Não, retiro o que disse, chama-se "Paul e a *melhor didiva*", e foi só alguns dias depois de o velho me fazer pular do banco. Ele foi chamado para trabalhar e, assim que sua caminhonete saiu de vista, Paul me disse para ficar bonzinho enquanto ele ia até a loja do Mulie. — Ele se interrompe, ri e balança a cabeça como as pessoas fazem quando percebem que estão falando bobagem. — *Mueller.* Esse era o nome de verdade. Eu contei que voltei para Martensburg quando o banco leiloou nossa casa, não contei? Logo antes de te conhecer?

— Não, Scott.

Ele parece intrigado — por um instante, quase assustadoramente confuso.

— Não?

— Não.

Não é a hora certa de dizer que ele não lhe contou quase nada sobre sua infância. *Quase* nada? Absolutamente nada. Até aquele dia, debaixo da árvore nham-nham.

— Bem — começa ele (um pouco hesitante). — Recebi uma carta do banco de papai: Primeiro Banco Rural da Pensilvânia... como se existisse um Segundo Banco Rural em algum lugar... e eles diziam que o processo tinha sido finalmente julgado depois de todos aqueles anos, e que eu tinha direito a uma parte do dinheiro. Então eu falei "que se dane" e voltei. Pela primeira vez em sete anos. Me formei na Martensburg Township High aos dezesseis. Fiz um monte de provas, ganhei uma dispensa papal. *Isso* eu lhe contei, sem dúvida.

— Não, Scott.

Ele dá uma risada nervosa.

— Bem, contei, sim. Vão, Ravens, acabem com eles. — Ele solta um grasnido, dá uma risada mais nervosa ainda, depois toma um gole generoso de vinho. A garrafa está quase no fim. — A casa acabou sendo vendida por uns setenta mil e eu fiquei com trinta e dois mil. Um baita negócio, não é? Mas, enfim, fui dar uma volta pela nossa parte de Martensburg antes do leilão e a loja ainda estava lá, a mais ou menos um quilômetro e meio da nossa casa... mas, se você falasse que era só um quilômetro e meio quando eu era criança, eu teria te mandado catar coquinho. Estava vazia, coberta de tábuas, com uma placa de VENDE-SE na frente, mas tão apagada que quase não dava pra ler. A placa no telhado até estava em melhor estado e ela dizia ARTIGOS GERAIS DO MUELLER. Só a gente a chamava de loja do Mulie, porque era assim que papai falava. Do mesmo jeito que ele chamava a U.S. Steel de U.S. Beg Borrow and Steal, como na música... E Martensburg de Pittsburgh dos Pobres... e... Ah, droga, Lisey, eu estou chorando?

— Está, Scott. — A voz dela soa distante aos próprios ouvidos.

Ele pega um dos guardanapos de papel que vieram com o almoço e seca os olhos. Quando baixa o guardanapo, está sorrindo.

243

— Paul me disse para ficar bonzinho enquanto ele ia à loja do Mulie e eu obedeci. Sempre obedecia. Entende?

Ela assente. *Você é bom com as pessoas que ama. Quer ser bom com as pessoas que ama, porque sabe que o seu tempo com elas vai acabar sendo curto, por mais longo que seja.*

— Enfim, quando Paul voltou e eu vi que ele trazia duas garrafas de refrigereco, tive certeza de que ele ia fazer uma didiva boa e fiquei feliz. Ele me mandou subir para o meu quarto e ficar um tempo com os meus livros para ele poder preparar tudo. Ele demorou bastante, e eu sabia que seria uma didiva boa e *longa*, e aquilo me deixou feliz também. Finalmente, ele gritou para eu descer até a cozinha e olhar em cima da mesa.

— Ele alguma vez chamava você de Scottinho? — pergunta Lisey.

— Ele não, nunca. Quando cheguei na cozinha, ele tinha sumido. Estava se escondendo. Mas sabia que estava de olho em mim. Tinha um pedaço de papel em cima da mesa que dizia DIDIVA!, e também...

— Espere um instante — diz Lisey.

Scott olha para ela, sobrancelhas erguidas.

— Você tinha três... Ele, seis... quase sete, talvez...

— Isso...

— Quer dizer que *ele* conseguia escrever charadas e *você* conseguia lê-las. Não só ler, mas decifrar.

— E...? — Sobrancelhas erguidas, perguntando o que tinha demais naquilo.

— Scott... o seu papai maluco sabia que estava abusando de uma joça de uma dupla de crianças-prodígio?

Scott a surpreende ao jogar a cabeça para trás e gargalhar.

— Esta seria a última das preocupações dele! Preste atenção, Lisey. Porque esse foi o melhor dia que me lembro da minha infância, talvez por ter sido um dia *longo* daqueles. Alguém na fábrica da Gypsum deve ter feito besteira, e o velho teve que fazer uma baita hora extra, ou sei lá, mas ficamos sozinhos em casa das oito da manhã até o sol se pôr...

— Vocês não tinham babá?

Ele não responde, apenas a encara como se ela tivesse um parafuso a menos.

— Nenhuma vizinha para tomar conta?

— Nossos vizinhos mais próximos ficavam a mais de seis quilômetros de distância. A *loja do Mulie* era mais perto. Papai preferia assim e, acredite, o pessoal da cidade também.

— Tudo bem. Me conte a Parte Dois. "Scott e a didiva boa."

— "*Paul* e a didiva boa. A didiva ótima. A didiva excelente." — A lembrança faz o rosto dele relaxar. Compensa o horror da lembrança do banco. — Paul tinha um bloco com linhas azuis e, quando ele inventava estações da didiva, tirava uma folha e a dobrava para poder cortá-la em tiras. Aquilo fazia o bloco durar mais, entende?

— Sim.

— Só que, naquele dia, ele deve ter arrancado duas folhas, ou até *três*... Lisey, foi uma didiva *tão* longa! — Naquele prazer rememorado, Lisey consegue ver a criança que ele foi. — A tira que estava na mesa dizia DIDIVA!, a primeira e a última sempre diziam aquilo, e aí, logo embaixo...

10

Logo embaixo de DIDIVA!, na letra maiúscula grande e caprichada de Paul, lê-se:

1 ME ENCONTRE PERTO DE UMA COISA DOCE! 16

Porém, antes de pensar na charada, Scott olha para o número, saboreando aquele **16**. Dezesseis estações! Ele é invadido por um entusiasmo arrepiante e agradável. A melhor parte é que Paul nunca o engana. Se a promessa é de dezesseis estações, serão quinze charadas. E, se Scott não conseguir entender alguma delas, Paul o ajudará. Paul irá chamá-lo do seu esconderijo em uma voz assustadora e horripilante (é a voz de papai, embora Scott só vá perceber isso anos mais tarde, quando estiver escrevendo uma história assustadora e horripilante chamada *Demônios vazios*) e vai dar pistas até Scott *entender*. Mas Scott precisa das pistas cada vez menos. Ele se aperfeiçoa rapidamente na arte de desvendar charadas, assim como Paul se aperfeiçoa rapidamente na arte de bolá-las.

Me encontre perto de uma coisa doce.

Scott olha ao redor e quase imediatamente se detém na grande tigela branca em cima da mesa sob uma nesga de sol matinal repleta de poeira. Ele tem de subir numa cadeira para alcançá-la, e dá uma risadinha quando Paul fala na sua assustadora voz de papai: *Não derrube, seu filho d'uma égua.*

Scott levanta a tampa e, sobre o açúcar, há outra tira de papel com outra mensagem escrita nas letras maiúsculas e caprichadas do irmão:

2 ESTOU ONDE CLIDE COSTUMAVA BRINCAR COM CARRETÉUS NO SOL

Até desaparecer na primavera, Clyde era o gato deles, e os dois meninos o adoravam, mas *papai* não o adorava porque Clyde *miava* o tempo todo para entrar ou sair — e, embora nenhum dos dois diga em voz alta (e nem *jamais* ousariam perguntar a papai), eles têm quase certeza de que algo muito maior e mais cruel que uma raposa ou uma marta pegou o gato. Seja como for, Scott sabe perfeitamente onde Clyde costumava brincar no sol e corre até lá, trotando pelo corredor principal até a varanda dos fundos, sem dar uma olhada sequer (bem, talvez só uma) para as manchas de sangue sob seus pés ou para o terrível banco. Na varanda dos fundos, há um sofá grande e encaroçado que exala cheiros estranhos quando alguém se senta nele. *Tem cheiro de peido frito*, disse Paul certa vez, e Scott riu até molhar as calças. (Se papai estivesse em casa, molhar as calças teria significado uma GRANDE ENCRENCA, mas papai estava trabalhando.) Scott vai até o sofá, onde Clyde costumava se deitar de costas e brincar com os carretéis de linha que Paul e Scott balançavam em cima dele, levantando as patinhas da frente e fazendo uma sombra gigante de gato treinando boxe na parede. Scott se ajoelha e olha debaixo das almofadas encaroçadas, uma a uma, até encontrar a terceira tira de papel, a terceira estação da didiva, que o manda para...

Não importa para onde ela o manda. O que importa é aquele longo dia em suspenso. Há dois garotos que passam a manhã zanzando dentro e em volta de uma casa de fazenda caindo aos pedaços e tumultuada bem no interior do país enquanto o sol escala lentamente o céu em direção ao meio-dia chapado e sem sombras. Esta é a simples história de gritos e risadas e poeira do quintal da frente e meias que caem até embolarem em volta de tornozelos sujos; esta é a história de garotos que estão ocupados demais para fazer xixi dentro de casa e, em vez disso, regam os arbustos ao redor dela. É sobre um garotinho que mal saiu das fraldas catando tiras de papel do pé de uma escada que leva ao sótão do celeiro, de debaixo dos degraus íngremes da varanda, de trás da máquina de lavar Maytag quebrada no quintal dos fundos e de debaixo de uma pedra perto do velho poço seco. ("Não vá cair, seu sacaninha!", diz a assustadora voz de papai, dessa vez vindo do mato alto nos limites da lavoura de feijão, que ainda não foi cultivada naquele ano.) E, finalmente, Scott recebe a seguinte instrução:

15 ESTOU DEBAIXO DE ONDE VOCÊ VIVE SONHANDO

Debaixo de onde eu vivo sonhando, pensa ele. *Debaixo de onde eu vivo sonhando... onde fica isso?*

— *Precisa de ajuda, seu sacaninha?* — entoa a voz assustadora. — *Porque eu estou ficando com fome pra almoçar.*

Scott também. Já é de tarde, ele está há *horas* nisso, porém pede mais um minuto. A assustadora voz de papai diz que ele tem trinta segundos.

Scott pensa furiosamente. *Debaixo de onde eu vivo sonhando... Debaixo de onde eu vivo...*

Ele tem a bênção de ser desprovido de ideias sobre o subconsciente ou o id, mas já começou a pensar em metáforas, e a resposta lhe vem em um clarão divino e alegre. Ele sobe as escadas com toda a rapidez que suas perninhas podem oferecer, o cabelo voando para trás da testa bronzeada e imunda. Vai até a cama no quarto que divide com Paul, olha embaixo do travesseiro e, como desconfiava, lá está sua garrafa de refrigereco — e das *grandes* — junto com uma última tira de papel. A mensagem nela é a mesma de sempre:

16 DIDIVA! FIM!

Ele ergue a garrafa como muito mais tarde erguerá uma certa pá de prata (a sensação é a de ser um herói) e se vira. Paul vem andando pela porta, segurando a própria garrafa de refrigereco e carregando o abridor da Gaveta de Trecos da cozinha.

— *Nada mau, Scottzão. Demorou um pouco, mas você chegou lá.*

Paul abre a própria garrafa e depois a de Scott. Eles batem os gargalos. Paul diz que isso é "fazer um brinji" — e que, quando você faz um, tem que fazer também um pedido.

— *Qual o seu desejo, Scott?*

— *Eu desejo que o Livromóvel venha neste verão. Qual o seu desejo, Paul?*

O irmão olha para ele com calma — logo descerão para fazer sanduíches de pasta de amendoim e geleia, pegando o banquinho da varanda dos fundos para apanhar um jarro novo de pasta de amendoim Shedd's da prateleira de cima na despensa — e diz

11

Porém, neste instante, Scott se cala. Ele olha para a garrafa de vinho, mas a garrafa de vinho está vazia. Ele e Lisey tiraram as parcas e as largaram de lado. Ficou quente de verdade debaixo da árvore nham-nham; na verdade, o calor é quase sufocante, e Lisey pensa: *Temos de sair daqui logo. Senão, a neve sobre as frondes vai derreter o suficiente para desabar em cima da gente.*

12

Sentada na cozinha com o menu do Antlers nas mãos, Lisey pensou: *Vou ter de sair dessas* lembranças *logo, logo, também. Senão, algo muito mais pesado que neve vai desabar em cima de mim.*

Mas não era isso que Scott queria? O que planejara? E aquela caça à didiva não era a chance dela de engatilhar?

Ah, mas estou com medo. Porque estou muito perto agora.

Perto do quê? Perto do quê?

— Shiu — sussurrou ela, e tremeu como se sentisse um vento frio. Um que tivesse vindo de Yellowknife, talvez. Em seguida, como tinha duas mentes e dois corações, acrescentou: — Só mais um pouquinho.

É perigoso. Perigoso, Lisey lindinha.

Ela sabia, já conseguia ver pedaços da verdade brilhando atrás de buracos em sua cortina roxa. Brilhando como olhos. Conseguia ouvir vozes sussurrando que havia *motivos* para não se olhar para espelhos a não ser que fosse inevitável (especialmente depois do anoitecer e *nunca* no crepúsculo), *motivos* para evitar frutas frescas depois do pôr do sol e para não comer nada entre meia-noite e seis da manhã.

Motivos para não desenterrar os mortos.

No entanto, ela não queria deixar a árvore nham-nham. Ainda não.

Não queria deixar *Scott*.

Ele tinha desejado a vinda do Livromóvel, mesmo aos três anos de idade, um desejo típico de Scott. E Paul? Qual foi o

13

— Qual, Scott? — ela pergunta a ele. — Qual foi o desejo de Paul?

— Ele disse: "Eu desejo que papai morra no trabalho. Que ele seja letrocutado e morra".

Lisey olha para ele, muda de horror e pena.

Scott começa repentinamente a enfiar as coisas de volta na mochila.

— Vamos sair daqui antes que a gente comece a assar — diz ele. — Pensei que conseguiria contar muito mais, Lisey, mas não consigo. E não me diga que não sou como o meu pai, pois a questão não é essa, sacou? A questão é que *todo mundo* na minha família é um pouco assim.

— Paul também?

— Não sei se consigo falar mais sobre Paul agora.

— Certo — diz ela. — Vamos voltar. A gente tira um cochilo, depois faz um boneco de neve, sei lá.

O olhar de intensa gratidão que Scott lança em sua direção a deixa envergonhada, porque, na verdade, ela estava *pronta* para que ele parasse — ouviu tudo quanto podia processar, pelo menos por um tempo. Em uma palavra, ela está estarrecida. Porém, não pode esquecer o assunto por completo, pois tem uma boa ideia de como é o resto daquela história. Quase chega a pensar que poderia terminá-la *para* ele. Mas, antes, tem uma pergunta.

— Scott, quando o seu irmão foi buscar os refrigerecos naquela manhã... Os prêmios da didiva boa...

Ele assente, sorrindo.

— Da didiva ótima.

— Ahã. Quando ele foi até aquela vendinha... a loja do Mulie... ninguém achou estranho ver um garoto de seis anos aparecer todo cheio de cortes? Mesmo que eles estivessem cobertos por curativos?

Ele para de fechar as fivelas da mochila e olha para ela com muita seriedade. Ainda está sorrindo, mas a cor nas bochechas quase desapareceu; sua pele fica pálida, quase como cera.

— Os Landon se curam rápido — diz ele. — Já contei isso para você?

— Já — concorda ela. — Já falou. — E, em seguida, estarrecida ou não, vai um pouco mais além. — Foram mais sete anos depois.

— Sete, isso. — Ele a encara, a mochila entre os joelhos vestidos com jeans. Seus olhos perguntam o quanto ela quer saber. O quanto *tem coragem* de saber.

— Então Paul tinha treze anos quando morreu?

— Treze. Isso. — Sua voz está calma, mas, agora, toda a cor se esvaiu de suas faces, embora Lisey consiga ver suor escorrer pela pele e empapar seu cabelo. — Quase catorze.

— E foi o seu pai quem matou ele com o canivete?

— Não — diz Scott naquela mesma voz calma. — Foi com o rifle. O trinta-zero-meia que ele tinha. No porão. Mas, Lisey, não é o que você está pensando.

Não em um acesso de fúria, é o que ela acredita que ele está tentando lhe dizer. Não em um acesso de fúria, mas a sangue-frio. É isso que ela pensa debaixo da árvore nham-nham, enquanto ainda vê a Parte Três da história do noivo como "O assassinato do irmão mais velho bonzinho".

14

Shiu, Lisey, shiu, Lisey lindinha, disse a si mesma na cozinha — apavorada àquela altura, e não só por ter se equivocado tanto a respeito da morte de Paul Landon. Estava apavorada por perceber — tarde demais, tarde demais — que o que está feito não pode ser desfeito. Em perceber que era necessário, de alguma forma, conviver com as próprias lembranças para todo o sempre.

Mesmo que tais lembranças fossem loucas.

— Eu não *tenho* que me lembrar — disse ela, dobrando e desdobrando o menu rapidamente nas mãos. — Não *tenho*, não *tenho*, não *tenho* que desenterrar os mortos, esse tipo de maluquice não acontece, não é

15

— Não é o que você está pensando.

Ela vai pensar o que tiver de pensar, no entanto; pode amar Scott Landon, mas não está presa à roda do passado terrível dele, e vai pensar o que tiver de pensar. Vai saber o que tiver de saber.

— E você tinha dez anos quando aconteceu? Quando seu pai…?

— Isso.

Apenas dez anos quando o pai matou o querido irmão mais velho. Quando o pai *assassinou* o querido irmão mais velho. E a Parte Quatro da história carrega sua própria sombria inevitabilidade, não é? Não há dúvida alguma em sua mente. Ela sabe o que tem de saber. O fato de que ele tinha apenas dez anos não muda isso. Ele era, afinal de contas, um prodígio em outros aspectos.

— E foi você quem matou ele, Scott? Você quem matou seu pai? Matou, não matou?

Ele está com a cabeça baixa. O cabelo está caído, tapando seu rosto. De súbito, de dentro daquela cortina negra, vem um único soluço duro e seco, como um latido. É seguido de silêncio, mas ela consegue ver o peito do noivo arfar, tentando soltar o que está contido ali.

— Eu enfiei uma picareta na cabeça dele enquanto ele estava dormindo e depois joguei ele no velho poço seco. Foi em março, durante a nevasca braba. Arrastei ele pra fora pelos pés. Tentei levar ele pr'onde Paul tava enterrado, mas num consigui. Teimei, teimei e teimei, mas, Lisey, ele num ia de jeito nenhum. Ele era igual aquela primeira pazada. Aí eu joguei ele no poço. Até onde eu sei, ele ainda tá lá, mas quando eles leiloaram a fazenda eu fiquei… eu… Lisey… eu… eu… eu fiquei com *medo*…

Ele estende as mãos para ela sem olhar e, se ela não estivesse ali, ele teria caído de cara no chão, mas ela *está* ali e aí eles estão

Eles estão

De alguma forma estão

16

— *Não!* — rosnou Lisey.

Jogou o menu — tão dobrado que quase virara um tubo — de volta na caixa de cedro, depois fechou a tampa. Já era tarde, porém. Ela fora longe demais. Já era tarde porque

17

De alguma forma estão do lado de fora, sob a neve.

Ela o pegou nos braços debaixo da árvore nham-nham e então

(*viva! didiva!*)

eles estão na neve lá fora.

18

Lisey estava sentada na cozinha com a caixa de cedro à sua frente na mesa, os olhos fechados. A luz do sol que se derramava da janela leste lhe atravessava as pálpebras e formava uma sopa de beterraba vermelho-escura que se movia no ritmo do seu coração — um ritmo que, naquele instante, estava rápido demais.

Ela pensou: *Tudo bem, essa já foi. Acho que posso viver com umazinha. Umazinha não vai me matar.*

Eu teimei e teimei.

Ela abriu os olhos e olhou para a caixa de cedro em cima da mesa. A caixa que procurara com tanto afinco. E pensou em algo que o pai de Scott dissera a ele: *os Landon, e os Landreau antes deles, se dividiam em dois tipos: os pancadas e os da coisa-ruim.*

Os da coisa-ruim sofriam, entre outras coisas, de uma espécie de mania homicida.

E quanto aos pancadas? Scott lhe explicara sobre eles naquela noite. Os pancadas eram catatônicos comuns, como a própria irmã dela, lá em Greenlawn.

— Se isso tudo é para salvar Amanda, Scott, pode esquecer — sussurrou Lisey. — Ela é minha irmã e eu a amo, mas não tanto assim. Eu voltaria para aquele... aquele *inferno*... por você, Scott, mas não por ela ou por qualquer outra pessoa.

O telefone começou a tocar na sala. Lisey saltou na cadeira, como se tivesse levado uma facada, e gritou.

IX. LISEY E O PRÍNCIPE SOMBRIO DOS CAÇACATRAS (O OFÍCIO DO AMOR)

1

Se Lisey soou estranha, Darla não percebeu. Estava se sentindo culpada demais. E também feliz e aliviada demais. Canty estava voltando de Boston para "ajudar a Mandy". *Como se ela pudesse. Como se alguém pudesse, inclusive Hugh Alberness e toda a equipe da Greenlawn,* pensou Lisey enquanto ouvia Darla tagarelar.

Você pode ajudá-la, murmurou Scott — Scott que sempre tinha a última palavra. Aparentemente, nem mesmo a morte o impediria disso. *Você pode, babyluv.*

— ...a ideia foi toda dela — garantia Darla.

— Ahã — disse Lisey.

Poderia ter mencionado que Canty ainda estaria aproveitando a viagem com o marido, sem fazer ideia de que Amanda estava com um problema, se Darla não tivesse sentido necessidade de ligar para ela (não tivesse *metido o bedelho*, como diziam), mas a última coisa que Lisey queria naquele momento era discutir. O que queria era colocar a maldita caixa de cedro de volta embaixo da cama *mein gott* e ver se conseguia esquecer que a encontrara para começo de conversa. Enquanto falava com Darla, outra das antigas máximas de Scott lhe veio à cabeça: no fim das contas, quanto mais você se esforça para abrir um embrulho, menos se interessa pelo que está dentro dele. Ela estava certa de que poderia adaptar a expressão para coisas perdidas — caixas de cedro, por exemplo.

— O voo dela chega ao aeroporto de Portland logo depois do meio-dia — falou Darla, atropelando as palavras. — Ela disse que ia alugar um carro e eu falei que não, falei para ela deixar de ser boba, falei: deixa que eu vou te buscar. — Fez uma pausa, preparando-se para o salto final. — Você pode encontrar a gente lá, Lisey. Se quiser. A gente pode almoçar no Snow Squall, só as meninas, como nos bons e velhos tempos. Depois vamos visitar a Amanda.

Mas que bons e velhos tempos seriam esses?, pensou Lisey. *Aqueles em que você costumava puxar meu cabelo ou aqueles em que Canty costumava me perseguir e me chamar de Miss Lisa Despeitada?* Mas o que disse foi:

— Vão para lá e eu encontro vocês se eu puder, Darl. Tenho algumas coisas aqui para...

— Vai cozinhar de novo? — Agora que confessara ter feito Cantata se sentir culpada o suficiente para voltar para o norte, Darla estava toda brincalhona mesmo.

— Não, tem a ver com a doação do material antigo de Scott.

O que, de certa forma, era verdade. Pois, independentemente do resultado daquela história com Dooley/McCool, ela queria o escritório de Scott *vazio*. Chega de enrolação. Que os manuscritos fossem para Pitt, sem dúvida aquele era *mesmo* o lugar deles, mas com a condição de que seu amiguinho professor não tivesse nada a ver com eles. Woodbundão que se lascasse.

— Ah — falou Darla, soando convenientemente impressionada. — Bem, *nesse* caso...

— Encontro vocês se eu puder — repetiu Lisey. — Senão, vejo vocês duas à tarde, na Greenlawn.

Darla disse que tudo bem por ela. Passou as informações do voo de Canty e Lisey as anotou, diligente. Ora, talvez fosse mesmo até Portland. No mínimo, aquilo a tiraria de dentro de casa — e a afastaria do telefone, da caixa de cedro e da maioria das lembranças que pareciam pairar sobre sua cabeça como o conteúdo de uma terrível e barriguda *piñata*.

E então, antes que pudesse evitar, mais uma ficha caiu. Ela pensou: *Você não saiu debaixo do salgueiro e voltou apenas para a neve, Lisey. Foi um pouco mais que isso. Ele a levou...*

— *NÃO!* — gritou ela, dando um tapa na mesa.

O som do próprio grito foi assustador, mas deu conta do recado, cortando caprichosa e completamente a perigosa linha de raciocínio. Talvez ela voltasse a crescer, porém... Aquele era o problema.

Lisey olhou para a caixa de cedro sobre a mesa. Era o olhar que uma mulher lançaria a um cachorro amado que a tivesse mordido sem motivo. *Você volta para debaixo da cama*, pensou ela. *Volta para debaixo da cama mein gott, e depois?*

— Depois, viva, didiva, fim! — disse ela.

E saiu da casa, atravessando o quintal da frente até o celeiro, segurando a caixa de cedro diante de si como se dentro dela houvesse algo frágil ou altamente explosivo.

2

A porta do escritório dela estava aberta. Da fresta debaixo de porta, um retângulo brilhante de luz elétrica se estendia pelo chão do celeiro. Da última vez em que estivera ali, Lisey saíra do cômodo aos risos. Só *não* lembrava se deixara a porta aberta ou fechada. Ela *achava* que a luz tinha ficado apagada, achava que nunca a ligara para começo de conversa. Por outro lado, não chegara a ter certeza absoluta de que a caixa de cedro da Mãezinha Querida estava no sótão? Seria possível que um dos policiais tivesse entrado ali para dar uma olhada e deixado a luz acesa? Lisey imaginava que sim. Imaginava que tudo era possível.

Apertando a caixa de cedro contra o colo de forma quase protetora, ela foi até a porta aberta do escritório e olhou para dentro dele... Parecia estar vazio... Mas...

Sem um pingo de vergonha, ela colocou um olho na fenda entre o batente e a porta. "Zack McCool" não estava lá dentro. Não havia ninguém. Porém, quando voltou a olhar para dentro do cômodo, viu que o painel de mensagens da secretária eletrônica estava novamente iluminado por um **1** vermelho e brilhante. Ela entrou, enfiou a caixa debaixo do braço e apertou o PLAY. Houve um instante de silêncio, e depois a voz calma de Jim Dooley falou:

— Madame, achei que a gente tinha combinado às oito da noite de ontem — disse ele. — Agora estou vendo os polícias em volta da casa. Parece que a senhora não tá entendendo como esse negócio é sério, apesar de eu achar que um gato morto dentro d'uma caixa de correio é a coisa mais fácil de entender do mundo. — Uma pausa. Ela baixou os olhos para a secretária eletrônica, fascinada. *Dá para ouvir a respiração dele*, pensou. — *A gente se vê, madame* — completou a voz.

— Vá se danar — sussurrou ela.

— Ora, madame, que coisa feia — disse Jim Dooley e, por um instante, ela pensou que a secretária eletrônica tinha lhe respondido.

Depois percebeu que aquela segunda versão da voz de Dooley estava ali ao vivo e em cores, por assim dizer, e vinha de trás dela. Sentindo-se mais uma vez como uma personagem de um de seus sonhos, Lisey Landon se virou para encarar o homem.

3

Lisey ficou chocada ao ver como ele era comum. Mesmo parado à porta do escritório que nunca saíra do papel com uma arma em uma das mãos (carregava na outra o que parecia uma sacola de papel), ela não seria capaz de identificá-lo em uma fileira de suspeitos caso os outros homens também fossem esguios e usassem roupas cáqui e bonés de beisebol dos Portland Sea Dogs. Ele tinha o rosto estreito e liso, os olhos de um azul forte — o rosto típico de um milhão de ianques, sem contar os de seis ou sete milhões de caipiras do centro-sul e do extremo sul. Poderia ter um metro e oitenta, talvez um pouco menos. A mecha de cabelo que escapava por baixo da aba redonda do boné era de um castanho-arruivado como qualquer outro.

Lisey fitou o olho negro da pistola que ele segurava e sentiu a força abandonar suas pernas. Aquela não era nenhuma calibre 22 barata de segunda mão — era uma arma de verdade, uma automática grande (ela achava que era uma automática) que faria um buraco grande. Ela se sentou na beirada da mesa. Se a mesa não estivesse ali, sem dúvidas que teria se estatelado no chão. Por um instante, teve certeza de que ia molhar as calças, mas conseguiu segurar a urina. Pelo menos por enquanto.

— Leve o que quiser — sussurrou ela por entre lábios que pareciam anestesiados com novocaína. — Leve tudo.

— Vamos subir, madame — disse ele. — A gente conversa lá em cima.

A ideia de estar no escritório de Scott com aquele louco a encheu de horror e repulsa.

— Não. Pegue os manuscritos e vá embora. Me deixe em paz.

Ele a encarou com paciência. À primeira vista, parecia ter uns trinta e cinco anos. Mas notando os pequenos leques de rugas no canto dos olhos e boca, dava para perceber que tinha pelo menos uns cinco anos a mais que isso.

— Suba, madame, a não ser que queira começar a brincadeira com um tiro no pé. Ia ser um jeito doloroso de negociar. Tem um monte de ossos e tendões no pé da gente.

— Você não... Nem ouse... O barulho... — A voz dela soava mais distante a cada palavra. Era como se as palavras estivessem vindo de dentro de um trem, e o trem estivesse saindo da estação; elas se debruçavam na janela para lhe dar um carinhoso adeus. *Adeus, Lisey lindinha, temos de ir embora, logo você estará muda.*

— Ah, não tô nem aí pro barulho — falou Dooley, parecendo achar graça. — Seus vizinhos de porta não tão em casa, tão no trabalho, imagino, e seu polícia de estimação tá atendendo a uma chamada. — O sorriso dele desapareceu, mas ainda parecia achar graça da situação. — A senhora ficou toda cinza. Acho que sofreu uma baita pane no sistema. Acho que vai cair durinha, madame. O que talvez me poupe algum trabalho.

— Pare... pare de me chamar...

"...*de madame*", era como ela queria terminar, mas uma série de asas pareceu envolvê-la, asas de um cinza cada vez mais forte. Antes de a camada ficar escura e grossa demais para enxergar, ela notou vagamente que Dooley enfiava a arma na cintura da calça (*Exploda as próprias bolas*, devaneou Lisey. *Faça um favor ao mundo*) e saltava adiante para pegá-la. Não saberia dizer se ele conseguiu. Antes de chegar a uma conclusão, Lisey desmaiou.

4

Ela sentiu algo molhado lhe acariciando o rosto e, a princípio, pensou que um cachorro a lambia — Louise, talvez. Só que Lou fora a collie deles lá em Lisbon Falls, e Lisbon Falls estava muito distante no tempo. Ela e Scott nunca tinham adotado um cachorro, talvez por nunca terem tido filhos, e as duas coisas pareciam combinar naturalmente, como pasta de amendoim e geleia, ou pêssegos e lei...

Suba, madame... a não ser que queira começar isso com um tiro no pé.

Aquilo a trouxe de volta rápido. Abriu os olhos e viu Dooley agachado diante dela com uma toalha úmida em uma das mãos, observando-a com aqueles olhos azuis brilhantes. Tentou se afastar dele. Algo se estendeu atrás dela, e um chocalhar metálico e um golpe surdo de dor em seu ombro a fizeram parar.

— *Ai!*

— Não puxe e não vai se machucar — falou Dooley, como se fosse a coisa mais sensata do mundo. Lisey imaginou que, para um pirado como ele, provavelmente era.

O aparelho de som de Scott tocava música pela primeira vez desde Deus sabia quando, talvez desde abril ou maio de 2004, a última vez em que ele estivera ali, escrevendo. "Waymore's Blues". Não o Velho Hank, mas o *cover* de alguém — The Crickets, talvez. Não superalto, não estourando as caixas de som como Scott costumava colocar a música, mas alto o bastante. Ela podia imaginar muito bem

(*vou te machucar*)

por que o senhor Jim "Zack McCool" Dooley ligara o aparelho de som. Ela não queria

(*em lugares que a senhora não deixava os garotos meterem a mão*)

pensar sobre aquilo — o que queria era voltar a ficar inconsciente, na verdade —, mas não conseguia evitar. "A mente é um macaquinho amestrado", dizia Scott, e Lisey ainda se lembrava da fonte daquilo mesmo ali, sentada no chão, na alcova onde ficava o bar, com um punho aparentemente algemado a um cano debaixo da pia: o livro *Dog Soldiers*, de Robert Stone.

Assim você vai virar a primeira da turma, Lisey lindinha! Isto é, se você ainda puder virar alguma outra coisa na vida.

— Essa não é a música mais linda do mundo? — falou Dooley, sentando-se na entrada da alcova. Ele cruzou as pernas em posição de lótus. A sacola de papel marrom que trazia estava encaixada no espaço entre suas coxas. A pistola estava no chão, ao lado da mão direita do homem. Dooley a encarava com sinceridade. — Ela diz muitas verdades, também. A senhora fez um favor a si mesma desmaiando do jeito que desmaiou, vou lhe contar. — Agora ela conseguia ouvir o sotaque do Sul na voz dele; nada espalhafatoso como o do babaca borra-botas de Nashville, mas presente.

Ele tirou da sacola um pote de meio quilo de maionese ainda com o rótulo da Hellmann's. Dentro, boiando em uma poça de líquido claro, havia um trapo branco embolado.

— Clorofórmio — disse ele, soando tão orgulhoso quanto o encanador Smiley Flanders teria soado ao falar do alce que caçara. — Aprendi a mexer com ele com um cara que tinha fama de saber, mas ele também disse que era fácil errar a mão. No melhor caso, a senhora teria acordado com uma dor de cabeça daquelas, madame. Mas eu sabia que não ia querer vir pra cá pra cima. Tive uma tuição.

Ele lhe apontou um dedo como se fosse uma arma, sorrindo. No aparelho de som, Dwight Yoakam começou a cantar "A Thousand Miles from Nowhere". Dooley devia ter achado um dos CDs de *honky-tonk* que Scott gravava.

— Pode me dar um copo d'água, senhor Dooley?

— Hã? Ah, *claro*! Tá com a boca meio seca? Sempre que uma pessoa sofre uma pane no sistema, acontece isso.

Ele se levantou, deixando a arma onde estava; provavelmente fora do alcance de Lisey, mesmo que ela esticasse a corrente da algema até o limite… E tentar pegá-la e falhar seria uma péssima ideia, sem dúvida.

Ele abriu o registro da pia. Os canos fizeram barulho e gorgolejaram. Depois de um ou dois segundos, ela ouviu a torneira começar a cuspir água. Sim, a arma provavelmente estava fora do alcance dela, mas a virilha de Dooley estava quase em cima da sua cabeça, a menos de trinta centímetros de distância. E ela estava com uma das mãos livres.

Como se lesse sua mente, Dooley falou:

— Imagino que a senhora poderia me dar uma bordoada e tanto nos ovos, se quisesse. Mas estou com botas daquelas bem resistentes nos pés, e a senhora não tá com nadica nas mãos. — Nadica, bem sulista. — Use a cabeça, madame, e se contente com um bom copo d'água gelada. Faz tempo que essa torneira não é usada, mas a água tá clareando que é uma beleza.

— Enxágue o copo antes — disse ela. Sua voz soou rouca, à beira de falhar. — Eles também quase não são usados.

— Xá comigo. — Mais simpático, impossível.

Ele a fazia se lembrar das pessoas da própria cidade natal. Do próprio pai, aliás. É claro que Dooley também a fazia se lembrar de Gerd Allen Cole, o biruta original. Por um instante, ela quase levantou o braço e torceu o saco dele assim mesmo, só pela ousadia de a colocar naquela situação. Por um instante, mal conseguiu se conter.

Dooley enfim se agachou, estendendo para ela um dos copos pesados do bar. Estava três quartos cheio e, mesmo sem ter clareado por completo, a água parecia límpida o bastante para beber. Parecia maravilhosa.

— Devagar e com calma — falou Dooley em um tom solícito. — Vou deixar a senhora segurar o copo, mas se jogar ele em mim vou ter que torcer seu tornozelo. Se me *bater* com ele, vou torcer os dois, mesmo se não me tirar sangue. Tô falando sério, captou?

Ela assentiu e bebericou a água do copo. No som, Dwight Yoakam deu lugar ao velho Hank em pessoa, fazendo as perguntas eternas: *Why don't you love me like you used to do? How come you treat me like a worn-out shoe?* Por que você não me ama como antes? Por que me trata como um sapato velho?

Dooley ficou de cócoras, a bunda quase tocando o calcanhar das botas, envolvendo os joelhos com um braço. Poderia muito bem ser um fazendeiro vendo uma vaca beber do riacho da sua propriedade. Lisey supôs que ele estivesse alerta, mas não em alerta *máximo*. Não esperava que ela fosse jogar o copo rombudo nele — e, obviamente, tinha razão. Ela não queria que ele torcesse seus tornozelos.

Ora, eu nunca cheguei a fazer aquela aula de patinação básica, pensou ela. *E as noites de quinta são para solteiros no Centro de Patinação de Oxford.*

Depois de matar a sede, ela lhe estendeu o copo. Dooley o pegou e o examinou.

— Tem certeza de que não vai tá quereno... não *vai querer* estes dois últimos goles, madame?

Ele se esforçara para falar certo, e a própria Lisey teve uma tuição: Dooley estava exagerando na camaradagem. Talvez de propósito, talvez sem nem perceber. No que dizia respeito à linguagem, ele preferia errar ao se corrigir para mais, porque seria pretensioso se corrigir para menos. E aquilo importava? Provavelmente não.

— Estou satisfeita.

Dooley deu conta dos dois últimos goles ele mesmo, o pomo-de-adão deslizando na garganta magra. Em seguida perguntou se ela estava se sentindo melhor.

— Vou me sentir melhor quando você tiver ido embora.

— Justo. Não vou tomar muito do seu tempo.

Ele enfiou a arma de volta na cintura e se levantou. Seus joelhos estalaram e Lisey pensou novamente (maravilhada, na verdade): *Isto não é um sonho. Isto está acontecendo de verdade comigo.* Ele chutou o copo distraidamente, e o objeto rolou um pouco no carpete branco leitoso que cobria o escritório principal de parede a parede. Puxou as calças para cima.

— Não posso me demorar mesmo, madame. Seu polícia vai voltar, ele ou outro, e já saquei que tem uma irmã sua que tá meio biruta, não é?

Lisey não respondeu nada.

Dooley deu de ombros como se dissesse *você que sabe* e inclinou o corpo para fora do bar. Para Lisey, foi um momento surreal, pois vira Scott fazer a mesmíssima coisa várias vezes, as mãos agarrando os dois lados do batente sem porta, os pés no assoalho de madeira da alcova do bar, a cabeça e o tronco no escritório. Mas Scott jamais se dignaria a usar calças cáqui; mantivera-se fiel ao jeans até o fim. Além disso, não tinha uma careca na parte de trás da cabeça. *Meu marido morreu com a cabeça cheia de cabelo,* pensou ela.

— Lugar bacana pra dedéu, esse — disse ele. — O que é? Um celeiro reformado? Deve ser.

Ela ficou calada.

Dooley continuou inclinado para fora, balançando um pouco para a frente e para trás, olhando primeiro para a esquerda, depois para a direita. *Mestre dos escrutinadores,* pensou ela.

— Lugar bacana *mesmo* — falou ele. — Exatamente como eu esperava. Vocês têm seus três cômodos... eu chamaria de cômodos, pelo menos... e suas três claraboias, então entra muita luz natural. Lá de onde eu venho, a gente chama esse tipo de lugar todo alinhado assim de casa de espingarda ou, às vezes, de barraco de espingarda, mas esse lugar aqui não tem nada de barraco, não é?

Lisey ficou calada.

Ele se voltou para ela, parecendo sério.

262

— Não que eu tenha inveja dele, madame... Ou da senhora, agora que ele tá morto. Eu cumpri pena na Penitenciária Estadual de Brushy Mountain. Talvez o profe tenha dito isso pra senhora. E foi seu marido que me fez aguentar o pior. Li todos os livros dele. Sabe de qual eu gostei mais?

Claro que sei, pensou Lisey. *Foi o* Demônios vazios. *Você deve ter lido umas nove vezes.*

Dooley a surpreendeu, porém.

— *A filha do acomodado*. Gostar é pouco, madame. Eu *adorei*. Fiz questão de ler aquele livro a cada dois ou três anos desde que encontrei ele na biblioteca da prisão, e poderia citar trechos inteiros. Sabe qual a minha parte favorita? Quando Gene finalmente revida e fala pro pai dele que tá indo embora, quer o velho goste ou não. Sabe o que ele fala pr'aquela porra de velho miserável, a senhora perdoe meu linguajar?

Que ele nunca entendeu o ofício do amor, pensou Lisey, mas ficou quieta. Dooley não pareceu se importar; estava no embalo, embevecido.

— Gene fala que o pai dele nunca entendeu o ofício do amor. O *ofício do amor*! Olha como isso é bonito! Quem nunca *sentiu* uma coisa assim, mas nunca conseguiu colocar em *palavras*? Mas seu marido conseguiu. Por todos nós que teríamos ficado quietos, foi isso que o profe disse. Deus deve ter amado o seu marido, madame, pra dar uma língua afiada dessas.

Dooley olhou para o teto. Os tendões do pescoço dele se salientaram.

— O *OFÍCIO* do *AMOR!* E Deus leva pra casa primeiro os que Ele mais ama, pra ficarem junto Dele. Amém. — Dooley baixou a cabeça por um instante. A carteira dele saltava do bolso de trás da calça. Estava presa por uma corrente. Homens como Jim Dooley sempre colocavam correntes nas carteiras, que ficavam presas aos passadores. Depois ele voltou a erguer os olhos e disse: — Ele merecia um lugar bacana desses. Espero que tenha aproveitado, quando não estava sofrendo para criar suas obras.

Lisey pensou em Scott sentado à mesa que chamava de Jumbona do Dumbo, diante do Mac de tela grande e rindo de alguma coisa que acabara de escrever. Roendo um canudo de plástico ou as próprias unhas. Às vezes cantando junto com a música. Fazendo som de peido com o sovaco se fosse verão e estivesse quente e ele sem camisa. Era assim que ele sofria para criar. Continuou calada, porém. No aparelho de som, o velho Hank dava lugar ao seu filho. O Júnior cantava "Whiskey Bent and Hell Bound".

— Me dando o bom e velho gelo? — perguntou Dooley. — Bem, é mais poder na sua mão, mas não vai adiantar muito, madame. A senhora tá pra levar um corretivo. Não vou passar aquela conversa-fiada de que vai doer mais em mim do que na senhora, mas vou *sim* dizer que passei a gostar da sua marra nesse pouco tempo que nos conhecemos, e que vai ser doloroso pra nós dois. Também quero dizer que vô tá pegano... *vou pegar* o mais leve possível, porque não quero arrasar com essa sua personalidade. Só que... a gente tinha um acordo, e a senhora não o cumpriu.

Um acordo? Lisey sentiu um arrepio atravessar seu corpo. Pela primeira vez, compreendeu com clareza a extensão e a complexidade da loucura de Dooley. As asas cinza ameaçaram descer sobre sua visão e, dessa vez, ela as combateu ferozmente.

Dooley ouviu o arrastar da corrente da algema (ele as devia ter trazido na sacola, junto com o pote de maionese) e se virou para ela.

Calma, babyluv, calma, murmurou Scott. *Fale com ele... Coloque sua bocona grande para funcionar.*

Aquele era um conselho do qual Lisey mal precisava. Enquanto estivessem conversando, o corretivo continuaria sendo adiado.

— Preste atenção, senhor Dooley. Nós não tínhamos um acordo, você está enganado... — Ela o viu começar a franzir o cenho, a fechar o rosto, e se apressou em acrescentar: — Às vezes é difícil entender as coisas por telefone, mas estou pronta para cooperar agora. — Ela engoliu e ouviu um nítido clique na garganta. Mais água cairia muito bem, um bom e longo gole, mas aquela não parecia uma boa hora para pedir. Inclinou-se para a frente, fixou o olhar no dele, azul no azul, e falou com toda a intensidade e sinceridade que conseguiu reunir: — Estou dizendo que, para mim, você já deixou claro o que quer. E sabe de uma coisa? Você estava olhando agora mesmo para os manuscritos que o seu... hum... colega mais quer. Sabe os arquivos pretos no meio do escritório?

Agora ele a encarava com as sobrancelhas erguidas e um sorrisinho cético brincando na boca... Mas talvez aquele fosse apenas seu olhar de negociação. Lisey se permitiu ter esperanças.

— Até onde vi, tinha um montão de caixas lá embaixo também — disse ele. — Mais livros dele, pelo que entendi.

— Aqueles são… — O que ela poderia dizer? *Aqueles são didivas, não livros?* Imaginava que a maioria fosse, mas Dooley não entenderia. *São pegadinhas, o pó-de-mico e o vômito de plástico de Scott.* Ele entenderia aquilo, mas era pouco provável que acreditasse.

Ainda olhava para ela com aquele sorriso cético. Não era, de forma alguma, um olhar de negociação. Não, aquele era um olhar que dizia: *Por que não aproveita e conta outra, madame?*

— Não tem nada naquelas caixas de papelão lá embaixo além de documentos copiados com papel carbono, fotocópias e folhas em branco — disse ela, e aquilo pareceu mentira porque *era* mentira, mas o que ela poderia dizer? *Você é maluco demais para entender a verdade, senhor Dooley?* Em vez disso, continuou falando: — O que Woodbundão quer, o melhor, está tudo aqui em cima. Contos inéditos… Cópias de cartas para outros escritores… As respostas que recebeu deles…

Dooley jogou a cabeça para trás e gargalhou.

— Woodbundão! Madame, a senhora pegou o jeitão do seu marido com as palavras. — Em seguida o riso parou e, embora ele continuasse com o sorriso nos lábios, já não havia diversão em seus olhos. Eles pareciam de gelo. — Então o que a senhora acha que eu devo fazer? Ir correndo até Oxford ou Mechanic Falls, contratar um caminhão de mudança, depois voltar aqui e botar os arquivos na caçamba? Talvez a senhora pudesse pedir a um dos polícias pra me ajudar, que tal?

— Eu…

— Cala a boca. — Apontando um dedo para ela. Nem sinal do sorriso àquela altura. — Ora, se eu fosse embora e depois voltasse, a senhora chamaria uma dúzia de polícias pra esperar por mim aqui, imagino. Eles me levariam em cana e, madame, vou lhe dizer uma coisa: eu mereceria mais dez anos de cadeia só de acreditar numa coisa dessas.

— Mas…

— E, além do mais, nosso acordo num… *não* foi esse. O acordo foi que a senhora ligaria pro profe, o velho Woodbundão… Minha nossa, como *gostei* disso… E ele me mandaria um e-mail do nosso jeito especial, e aí *ele* cuidaria dos papéis. Certo?

Alguma parte dele acreditava mesmo naquilo. *Tinha* de acreditar — caso contrário, por que insistiria, se os dois estavam sozinhos?

— Senhora? — perguntou-lhe Dooley. Parecia solícito. — Madame?

Se havia uma parte dele que precisava continuar mentindo, mesmo estando os dois sozinhos, talvez fosse porque havia outra parte dele que precisava ouvir mentiras. Se fosse assim, era *aquela* parte de Jim Dooley que ela precisava atingir. A parte que talvez ainda fosse sã.

— Senhor Dooley, preste atenção. — Seu tom de voz era baixo, e ela falou devagar. Era assim que falava com Scott quando ele estava prestes a explodir por qualquer coisa, fosse por uma resenha ruim ou por um serviço hidráulico malfeito. — O professor Woodbody não tem como entrar em contato com você, e no fundo você sabe disso. Mas *eu* posso entrar em contato com ele. Já entrei. Liguei para ele na noite passada.

— A senhora tá mentindo — disse ele.

Sabia que ela *não* estava, porém, o que por algum motivo o irritou. Aquela reação era exatamente o contrário da que ela queria provocar (ela queria acalmá-lo), mas Lisey achou que deveria prosseguir na esperança de que a parte sã de Jim Dooley estivesse em algum lugar lá dentro, ouvindo.

— Não estou — disse ela. — Você me passou o número dele e eu liguei. — Fitando os olhos de Dooley. Reunindo o máximo de sinceridade possível enquanto voltava para a Terra das Invenções. — Prometi a ele os manuscritos e pedi que mandasse você parar. Ele disse que não *podia* porque não tinha mais como entrar em contato com você, disse que os primeiros dois e-mails que mandou foram enviados, mas depois eles começaram a volt...

— Um mente e o outro jura que é verdade — disse Jim Dooley.

E, depois daquilo, as coisas aconteceram com uma rapidez e brutalidade que Lisey mal conseguiu registrar, embora cada momento da surra e da mutilação que se seguiram fossem permanecer claros em sua mente pelo resto da vida — começando pelo som exato da respiração seca e rápida dele, a maneira exata como sua camisa cáqui repuxava nos botões, fazendo a blusa que usava por baixo aparecer em um lampejo breve enquanto ele lhe estapeava o rosto, primeiro com as costas da mão e depois com a palma, com as costas da mão e depois com a palma, com as costas da mão e depois com a palma, com as costas da mão e depois com a palma novamente. Oito golpes ao todo, *sete-oito-comer-biscoito*, elas cantavam quando crianças, pulando corda em meio à terra do jardim da frente, e o som da pele dele contra a dela era como o de um graveto seco sendo quebrado com o joelho e, embora ele

266

não usasse anéis — pelo menos por isso podia se sentir grata —, o quarto e o quinto tapa tiraram sangue dos lábios dela, o sexto e o sétimo fizeram o sangue voar longe e o último foi forte o suficiente para detonar seu nariz e fazê-lo jorrar sangue também. Àquela altura, ela estava chorando de medo e dor. Sua cabeça batia sem parar na parte de baixo da pia, fazendo seus ouvidos zunirem. Ela se ouviu gritando para que ele parasse, dizendo que ele podia levar o que quisesse se parasse. Ele então *parou* e ela se ouviu dizer:

— Posso lhe dar o manuscrito de um novo romance, o último dele. Está pronto, ele terminou um mês antes de morrer e não teve chance de revisar, é um verdadeiro tesouro, Woodbundão vai adorar. — Teve tempo de pensar: *Muito inventivo, o que você vai fazer se ele acreditar?*

Mas Jim Dooley não estava acreditando em nada. Estava de joelhos diante dela, ofegando intensamente — já estava quente lá dentro, se ela soubesse que levaria uma surra no escritório de Scott naquele dia, certamente a primeira coisa que teria feito seria ligar o ar-condicionado — e remexendo na sacola de papel de novo. Círculos de suor se espalhavam nas axilas da camisa.

— Madame, sinto muito ter que fazer isso, mas pelo menos não é a sua boceta — falou Dooley

Ela teve tempo de registrar duas coisas antes de ele arrastar a mão esquerda pelo seu torso abaixo, rasgando sua a blusa e arrebentando a presilha na frente do sutiã, fazendo seus seios pequenos saltarem para fora. A primeira era que ele não sentia nem um pouco. A segunda era que o objeto na sua mão direita tinha quase certamente saído da sua própria Gaveta de Trecos. Scott o chamava de o *abridor* yuppie *de Lisey*. O abridor de latas da Oxo, o que tinha um cabo de borracha resistente.

X. LISEY E OS ARGUMENTOS CONTRA A LOUCURA (O BOM IRMÃO)

1

Os argumentos contra a loucura caem por terra com um leve farfalhar.

Aquele verso não saía da cabeça de Lisey enquanto ela rastejava do cantinho da memória e atravessava devagar o longo e desorganizado escritório do falecido marido. Deixava atrás de si um rastro feio: manchas de sangue do nariz, da boca e do seio mutilado.

O sangue nunca vai sair deste carpete, pensou ela, e o verso reapareceu como se em resposta: *Os argumentos contra a loucura caem por terra com um leve farfalhar.*

Havia loucura naquela história, sem dúvida; o único som que ela recordava de instantes atrás, porém, não era um zumbido, um ronronado ou um farfalhar; era o som dos próprios gritos quando Jim Dooley encaixou o abridor de latas no seu seio esquerdo como uma sanguessuga mecânica. Ela gritara e desmaiara em seguida, e ele a acordara com um tapa para lhe dizer mais uma coisa. Depois disso, deixara que ela apagasse novamente, mas prendeu um bilhete na blusa dela — isto é, depois de tirar atenciosamente o sutiã arruinado e a abotoar de volta — para garantir que ela não esqueceria. Lisey não precisara consultar o bilhete. Lembrava-se perfeitamente do que ele dissera.

— É melhor eu ter notícias do profe às oito da noite de hoje, ou da próxima vez vou te machucar muito mais feio. E se cuide *sozinha*, madame, tá me ouvindo? Se contar pra alguém que eu estive aqui, eu te mato. — Fora o que Dooley lhe dissera. Ao bilhete preso na sua blusa, acrescentara: *Vamos terminar esse negócio, nós dois vamos ficar mais felizes quando isso acontecer. Assinado, seu bom amigo, "Zack"!*

Lisey não fazia ideia de quanto tempo ficou apagada na segunda vez. Tudo que sabia era que, quando voltou a si, o sutiã estropiado estava no cesto de lixo e o bilhete preso ao lado direito da blusa. O lado esquerdo estava empapado de sangue. Ela o desabotoou o suficiente para dar uma olhada breve, gemeu e desviou os olhos. Parecia pior do que qualquer coisa que Amanda já fizera a si mesma, incluindo a coisa no umbigo. Quanto à dor... Tudo que conseguia se lembrar era de algo enorme e devastador.

As algemas haviam sido retiradas e Dooley lhe deixara até um copo d'água. Lisey o bebeu avidamente. Quando tentou se levantar, no entanto, suas pernas tremiam demais para sustentá-la. Então ela saíra engatinhando do bar, pingando sangue e suor sangrento no carpete de Scott (ah, mas ela nunca gostara daquele branco-leitoso mesmo, deixava à mostra cada grão de poeira), com o cabelo colado à testa, lágrimas secando no rosto e sangue virando uma crosta no nariz, nos lábios e no queixo.

A princípio, achou que estava se encaminhando para o telefone, provavelmente para ligar para o vice-xerife Buttercluck — apesar do aviso de Dooley e do fracasso do Departamento de Polícia do Condado de Castle em protegê-la da primeira vez. Mas aí aquele verso de poesia

(*os argumentos contra a loucura*)

começou a lhe vir à cabeça e ela viu a caixa de cedro da Mãezinha Querida caída de cabeça para baixo no carpete entre a escada que descia para o celeiro e a mesa que Scott costumava chamar de Jumbona do Dumbo. O conteúdo da caixa de cedro estava espalhado pelo chão. Ela compreendeu então que a caixa e seu conteúdo espalhado tinham sido seu destino desde o começo. O que mais queria era a coisa amarela que conseguia ver cobrindo o vulto roxo do menu do Antlers.

Os argumentos contra a loucura caem por terra com um leve farfalhar.

De um dos poemas de Scott. Ele não escreveu muitos e quase nunca *publicou* os que de fato escreveu — dizia que não eram bons, e que os escrevia para si mesmo. Ela achava aquele *muito* bom, porém, embora não soubesse ao certo o que significava, ou sobre o que era. Gostava especialmente daquele primeiro verso, pois às vezes dava para ouvir as coisas *indo embora*, não é mesmo? Elas caíam, nível após nível, deixando um buraco. Dava para olhar dentro dele. Ou cair lá embaixo, se não tomasse cuidado.

ESPANE, babyluv. Você está para entrar na toca do coelho, então engatilhe de jeito.

Dooley provavelmente levara a caixa da Mãezinha Querida para o escritório porque pensara que ela tinha a ver com o que queria. Homens como Dooley e Gerd Allen Cole, também conhecido como Loiraço, também conhecido como Monsieur Blém-Blém pelas Frésias, pensavam que *tudo* tinha a ver com o que eles queriam, não era? Seus pesadelos, suas fobias, suas inspirações na calada da noite. O que Dooley imaginara estar dentro da caixa de cedro? Uma lista secreta dos manuscritos de Scott (talvez em código)? Só Deus sabia. De qualquer forma, ele a jogara de lado depois de ver apenas um monte de quinquilharias desinteressantes (pelo menos para ele) e arrastara a viúva Landon mais para dentro do escritório, procurando por um lugar onde poderia algemá-la antes que ela recobrasse a consciência. Os canos debaixo da pia do bar tinham servido muito bem.

Lisey se arrastou com perseverança em direção ao conteúdo espalhado da caixa, os olhos fixos no quadrado amarelo bordado. Perguntou-se se o teria achado sozinha. Imaginava que a resposta fosse não; já estava farta de lembranças. Agora, porém...

Os argumentos contra a loucura caem por terra com um leve farfalhar.

Era o que parecia. E será que, ao cair, sua preciosa cortina roxa faria aquele mesmo som leve e triste? Não ficaria nem um pouco surpresa se fizesse. Nunca fora muito mais do que teias de aranhas entrelaçadas, para começo de conversa; veja quanta coisa ela já recordara.

Chega, Lisey, nem ouse, shiu.

— Shiu você — grasniu ela.

O seio dilacerado latejou e ardeu. Scott tinha seu ferimento no peito, agora Lisey tinha o dela. Pensou nele voltando pelo jardim naquela noite, saindo das sombras enquanto Pluto latia e latia e latia na casa vizinha. Scott estendendo o que fora sua mão e se transformara em não mais que um coágulo de sangue com coisas que lembravam vagamente dedos saltando dele. Scott lhe dizendo que era uma didiva de sangue, e que era para ela. Scott mais tarde colocando aquela carne fatiada de molho em uma bacia cheia de chá fraco, falando como aquilo era algo

(*foi Paul quem inventou isso*)

que seu irmão lhe ensinara a fazer. Falando que todos os Landon se curavam rápido, tinham de se curar. Aquela lembrança deu lugar à seguinte, àquela em que ela e Scott estavam sentados debaixo da árvore nham-nham três meses depois. *O sangue escorre*, disse Scott, e Lisey perguntou se Paul tinha colocado os cortes de molho no chá depois e Scott disse que não...

Psiu, Lisey... Ele nunca disse isso. Você nunca perguntou, e ele nunca disse.

Mas ela perguntara *sim*. Perguntara todo tipo de coisa, e Scott respondera. Não naquela hora, não debaixo da árvore nham-nham, e sim mais tarde. Naquela noite, na cama. A segunda noite deles no Antlers, depois de fazerem amor. Como ela pudera esquecer?

Lisey se deita por um instante no carpete branco-leitoso para descansar.

— Nunca esqueci — disse ela. — Estava na roxidão. Atrás da cortina. Grande diferença. — Ela fixou o olhar no quadrado amarelo e voltou a rastejar.

Tenho quase certeza de que a cura do chá veio depois, Lisey. É, tenho certeza que sim.

Scott deitado do lado dela, fumando, observando a fumaça do cigarro subir e subir, até aquele lugar onde desaparecia. Assim como desapareciam as listras vermelhas e azuis de postes de barbeiros. Assim como o próprio Scott desaparecia às vezes.

Eu sei, porque naquela época estava aprendendo frações.

Na escola?

Não, Lisey, disse ele em um tom que dizia mais, que dizia que ela já deveria saber. *Faísca Landon nunca foi esse tipo de pai. Eu e Paul fomos educados em casa. Papai chamava as escolas públicas de Curral dos Burricos.*

Mas e os cortes de Paul naquele dia — no dia em que você pulou do banco? Eram feios? Não eram superficiais?

Uma longa pausa enquanto ele observava a fumaça subir, amontoar-se e desaparecer, deixando apenas seu rastro de aroma adocicado-amargo para trás. Finalmente, convicto: *Papai cortava fundo.*

Em seguida, ele disse: *Enfim, não é isso que você quer perguntar. Pergunte o que quer saber, Lisey. Pode perguntar que eu conto. Mas você tem de perguntar antes.*

Ou ela não se lembrava do que tinha acontecido em seguida ou não estava pronta para recordar, mas se lembrava de como tinham saído do refúgio debaixo da árvore nham-nham. Ele a abraçara sob aquela cúpula branca e, um segundo depois, eles estavam lá fora, na neve. E agora, rastejando de quatro em direção à caixa de cedro virada de cabeça para baixo, a lembrança

(*loucura*)

caiu por terra

(*com um leve farfalhar*)

e Lisey finalmente permitiu que a mente acreditasse no que seu segundo coração, seu coração escondido e secreto, já sabia desde o começo. Por um instante, eles tinham estado não debaixo da árvore nham-nham, não lá fora na neve — e sim em *outro* lugar. Um lugar quente e repleto de uma luz vermelha brumosa. Repleto do som de pássaros cantando ao longe e de cheiros tropicais. Alguns ela conhecia — véu-de-noiva, jasmim, buganvília, mimosa, a terra úmida e pulsante sobre a qual eles se ajoelharam como os amantes que sem sombra de dúvida eram —, mas os mais doces lhe eram desconhecidos, e ela ansiava por saber seus nomes. Lembrava-se de ter aberto a boca para falar e de Scott tampando

(*shiu*)

a boca dela. Lembrava-se de ter pensado como era estranho estarem vestidos com roupas de inverno em um lugar tão tropical, e de ter notado que ele estava com medo. E de repente estavam lá fora na neve. Naquela nevasca louca de outubro.

Por quanto tempo tinham ficado no entrelugar? Três segundos? Talvez até menos. Agora, porém, rastejando por estar fraca e chocada demais para se levantar, Lisey estava finalmente disposta a arcar com a verdade. Quando chegaram ao Antlers naquele dia, ela já estava bem perto de se convencer de que aquilo não tinha acontecido, mas tinha.

— Aconteceu de novo, também — disse ela. — Aconteceu naquela noite.

Ela estava com tanta joça de sede. Queria desesperadamente outro copo d'água, mas o bar obviamente ficava atrás dela, e Lisey estava indo na direção oposta, e conseguia se lembrar de Scott cantando uma das canções do velho Hank enquanto dirigiam de volta naquele domingo, cantando *All day I've faced the barren waste, / Without a single taste of water, cool water.* Encarei o dia inteiro a aridez do deserto, / Sem um único gole d'água fresca, fresquinha.

Vá sim beber água, babyluv.

— Vou, é? — Ainda produzindo apenas um grasnido de corvo. — Um copo d'água com certeza ajudaria. Está doendo tanto...

Dessa vez não houve resposta, e talvez ela não precisasse de nenhuma. Enfim alcançara os objetos espalhados ao redor da caixa de cedro virada. Esticou o braço para pegar o quadrado amarelo, tirou o objeto de cima do menu roxo e fechou as mãos com força em volta dele. Deitou-se de lado — sobre o lado que não doía — e o olhou de perto: as pequenas linhas de bordados e picotes, aqueles anéis minúsculos. Havia sangue nos seus dedos e ele manchou a lã, mas ela mal notou. Mãezinha Querida tricotara dezenas de colchas azuis e douradas, colchas verdes e laranja. Eram a especialidade dela e transbordavam de suas agulhas, uma atrás da outra, enquanto ela ficava sentada diante da TV tagarela à noite. Lisey se lembrava de como, quando criança, achava que aquele tipo de cobertor bordado se chamava "trouxa". Suas primas (Angleton, Darby, Wiggens e Washburn, assim como incontáveis Debusher) tinham ganhado trouxas de presente de casamento; cada uma das Debusher ganhara pelo menos três. E, junto de cada trouxa, vinha um quadrado extra do mesmo tom ou padrão de pontos. Mãezinha Querida chamava os quadrados extras de "regalos". Eram para ser decorações de mesa, ou emoldurados e colocados na parede. Como a trouxa amarela fora o presente de casamento de Lisey e Scott, e porque Scott sempre adorara a tal trouxa, Lisey guardara o regalo que viera junto na caixa de cedro. Agora estava deitada sangrando no carpete, segurando o quadrado, e desistiu de tentar esquecer. Pensou *Didiva, fim!* e começou a chorar. Entendia que se encontrava incapaz de ser racional, mas talvez não houvesse problema; a lógica viria depois, se necessário.

E, é claro, se houvesse depois.

Os pancadas e os da coisa-ruim. Para os Landon e os Landreau antes deles, sempre foi um ou outro. E sempre aparece.

Não era de surpreender nem um pouco que Scott tivesse reconhecido Amanda pelo que ela era — sabia o que era automutilação por experiência própria. Quantas vezes ele se cortara? Ela não sabia. Não dava para analisar as cicatrizes de Scott como as de Amanda, porque... Bem, porque não. No entanto, a única incidência de automutilação de que ela tinha certeza — a noite da estufa — fora espetacular. E ele aprendera como se cortar através do pai, que só apontava a faca para os filhos quando o próprio corpo não era suficiente para extravasar toda a coisa-ruim.

Os pancadas e os da coisa-ruim. Sempre um ou outro. E sempre aparece.

E se Scott tinha se livrado da pior parte coisa-ruim, o que sobrava?

Em dezembro de 1995 fizera um frio de rachar. E alguma coisa começou a acontecer com Scott. Ele tinha uma série de palestras para dar depois da virada do ano em escolas no Texas, em Oklahoma, no Novo México e no Arizona (o que ele chamava de Turnê *Yahoo* de Scott Landon pelo Oeste, 1996), mas ligou para seu agente literário e o mandou cancelar tudo. A agência dele fez um escândalo (o que não era surpresa, ele estava falando em mandar trezentos mil dólares em palestras por água abaixo), mas Scott bateu o pé. Disse que era impossível, que estava doente. E estava mesmo; à medida que o inverno fincava suas garras mais fundo, Scott Landon se tornou de fato um homem doente. Já em novembro, Lisey soube que havia algo

2

Ela sabe que há *algo* de errado com Scott, e não é bronquite, como ele vem dizendo. Ele não está tossindo, e sua pele está fria ao toque — embora ele não a deixe medir sua temperatura e nem colocar aquele termômetro adesivo para bebês na sua testa, ela tem quase certeza de que não está com febre. O problema parece ser mais psicológico do que físico, o que a apavora. Na única vez em que reúne coragem o suficiente para sugerir que ele vá se consultar com o doutor Bjorn, Scott *quase arranca a cabeça dela fora*, acusando-a de ser viciada em médicos "como o resto das suas irmãs malucas".

E como ela deveria reagir àquilo? Quais, exatamente, são os sintomas dele? Será que algum médico — mesmo um tão compreensivo quanto Rick Bjorn — os levaria a sério? Para começar, ele parou de ouvir música enquanto escreve. E também não está escrevendo muito, o que é bem mais grave. O andamento do novo romance — que Lisey Landon, que admite não ser nenhuma grande crítica literária, por sinal adora — diminuiu do usual ritmo acelerado e começou a se arrastar penosamente. Mais grave ainda é… Deus do céu, onde foi parar o senso de humor dele? Todo aquele excesso de bom humor pode ser cansativo, mas seu súbito desaparecimento à medida que o outono dá lugar ao frio é simplesmente assustador; é como aquele momento em um daqueles filmes de Tarzan antigos em que os tambores ficam mudos de repente. Ele também está bebendo mais, e até mais tarde da noite. Ela sempre vai para a cama mais cedo que Scott — geralmente muito mais cedo —, mas quase sempre sabe que horas ele vai dormir e qual o cheiro do seu hálito quando se deita. Também sabe o que vê nas latas de lixo do escritório dele e, à medida que vai ficando mais preocupada, faz questão de conferi-las a cada dois ou três dias. Está acostumada a ver latas de cerveja, às vezes um monte delas — Scott sempre gostou de tomar sua cervejinha —, mas em dezembro de 1995 e no começo de janeiro de 1996 também começa a encontrar garrafas de uísque Jim Beam. E Scott está tendo ressacas. Por algum motivo, isso a incomoda mais do que todo o resto. De vez em quando ele só melhora depois de zanzar pela casa — pálido, calado, enjoado — até o meio da tarde. Várias vezes o escutou vomitar escondida atrás da porta do banheiro e, pela velocidade com que a aspirina está sumindo, sabe que ele está tendo fortes dores de cabeça. Não é de estranhar, alguns diriam; quem bebe uma caixa de cerveja ou uma garrafa de uísque entre nove horas e meia-noite depois tem de pagar o preço. E talvez seja só isso, mas Scott bebe pesado desde a noite em que ela o conheceu no *lounge* da universidade, ocasião em que estava com uma garrafa escondida no bolso do paletó (ele a dividira com ela), e nunca teve mais do que uma levíssima ressaca. Agora, quando ela vê as latas vazias na lixeira e nota que apenas uma ou duas páginas foram acrescentadas ao manuscrito de *Lua de mel dos proscritos* na sua mesona (alguns dias não há página nova alguma), Lisey se pergunta quanto mais ele anda bebendo além do que ela sabe.

Ela consegue esquecer suas preocupações por um tempo durante a sucessão de visitas de fim de ano e a correria das compras de Natal. Scott nunca foi muito de ir às compras, mesmo quando o movimento está lento e as lojas estão vazias — mas, naquela temporada, ele assume a tarefa com um entusiasmo febril. Sai com ela toda joça de dia, indo à luta tanto no shopping Auburn quanto nas lojas da rua principal de Castle Rock. Muitas vezes é reconhecido, mas nega com bom humor os frequentes pedidos de autógrafo de pessoas que percebem a chance de conseguir um presente sem igual, dizendo que caso se perca da esposa, provavelmente não a verá de novo até a Páscoa. Ele pode ter perdido seu senso de humor, mas ela nunca o vê perder a cabeça, nem mesmo quando alguns dos sujeitos que querem autógrafos forçam a barra. Então, por um tempo, ele parece *mais ou menos* bem, mais ou menos ele mesmo, apesar da bebida, da turnê cancelada e do progresso lento do livro novo.

A Véspera de Natal é um dia feliz, cheio de trocas de presentes e uma vigorosa trepada no meio do dia. A ceia de Natal é na casa de Canty e Rich, e, durante a sobremesa, Rich pergunta a Scott quando ele vai produzir um dos filmes baseados em suas obras.

— É aí que está a grana *alta* — diz Rich, aparentemente ignorando o fato de que, das quatro adaptações cinematográficas feitas até o momento, três foram uma bomba. Só a versão para cinema de *Demônios vazios* (que Lisey nunca viu) deu algum dinheiro.

No caminho de casa, o senso de humor de Scott volta como um velho avião bombardeiro e ele faz uma imitação hilariante de Rich, que faz Lisey rir até ficar com câimbra na barriga. E, quando chegam em casa, sobem para uma *segunda* trepada. No crepúsculo, Lisey se surpreende pensando que, se Scott está doente, talvez mais gente devesse pegar o que ele tem, pois o mundo seria um lugar melhor.

Ela acorda por volta das duas da manhã do dia de Natal com vontade de ir ao banheiro, e — isso sim é *déjà-vu* — Scott não está na cama. Dessa vez, porém, ele não *partiu*. Ela aprendeu a ver a diferença sem nem saber ao certo o que significa quando pensa

(*partiu*)

sobre aquela coisa que ele faz às vezes, sobre aquele lugar que ele visita de vez em quando.

Ela urina de olhos fechados, escutando o vento lá fora. Ele parece frio, mas ela não sabe quanto. Ainda não. Dentro de algumas semanas, saberá. Dentro de algumas semanas, saberá de um monte de coisas.

Quando termina, dá uma olhada pela janela do banheiro. Ela dá para o celeiro e para o escritório de Scott. Se ele estivesse lá em cima — e quando ficava agitado no meio da noite era geralmente para lá que ia —, ela veria as luzes, talvez até ouviria os sons animados do rock-and-roll tocando bem baixinho. Naquela noite, o celeiro está escuro e a única música que ela ouve é o som do vento. Isso a deixa um pouco aflita; faz brotarem no fundo do seu cérebro pensamentos

(*enfarto derrame*)

que são muito desagradáveis para serem considerados uma possibilidade, porém um pouco intensos demais, levando em conta como... como ele anda *estranho* ultimamente... para serem completamente descartados. Então, em vez de andar como uma sonâmbula de volta para o quarto, ela vai até a outra porta do banheiro, a que dá para o corredor do andar de cima. Lisey o chama e não ouve resposta, mas vê uma barra dourada e fina de luz brilhando sob a porta fechada na outra extremidade. E agora, muito baixinho, ouve música vindo de lá. Não rock-and-roll, mas *country*. É Hank Williams. O Velho Hank está cantando "Kaw-Liga".

— Scott — chama ela novamente.

Como não ouve resposta, vai até lá, afastando o cabelo dos olhos, os pés descalços farfalhando em um carpete que, mais tarde, acabará no sótão, assustada sem saber explicar o porquê, exceto que tem algo a ver com

(*partiu*)

coisas que já acabaram ou deveriam ter acabado. *Morto e vestido com o paletó de madeira*, teria dito papai Debusher; aquela é uma que o velho papito pegou da lagoa, aquela de que todos vamos beber, aquela no qual jogamos nossas redes.

— Scott?

Ela para diante da porta do quarto de hóspedes por um instante e é invadida por uma premonição terrível: ele está sentado morto na cadeira de balanço de frente para a TV, morto pelas próprias mãos, por que ela não previu isso, os sintomas não estão claros há no mínimo um mês? Ele aguentou até o Natal, aguentou por ela, mas agora...

— Scott?

Ela gira a maçaneta e empurra a porta e ele está na cadeira de balanço conforme ela imaginou, mas muito vivo, enrolado na sua trouxa favorita da Mãezinha Querida, a amarela. Na televisão, com o volume baixo, está passando seu filme preferido: *A última sessão de cinema*. Ele não desgruda os olhos da tela para olhar para Lisey.

— Scott? Tudo bem?

Seus olhos não se mexem, não piscam. Ela começa a sentir muito medo e, no fundo de sua mente, uma das palavras estranhas de Scott

(*pancada*)

coloca uma assombrada linha de produção para funcionar, e ela a atira de volta para o seu subconsciente com um mal articulado

(*Vá se danar!*)

xingamento. Ela entra no quarto e repete o nome dele. Desta vez, ele *pisca* — graças a Deus —, vira a cabeça para encará-la e sorri. É o sorriso Scott Landon pelo qual ela se apaixonou na primeira vez em que o viu. Principalmente pelo jeito como faz os olhos se levantarem nas beiradas.

— Fala, Lisey — diz ele. — O que está fazendo acordada?

— Eu pergunto o mesmo — diz ela, procurando bebida, uma lata de cerveja, talvez uma garrafa de uísque pela metade, sem encontrar nenhuma. Isso é bom. — Está tarde, sabia? Tardão.

Faz-se uma longa pausa durante a qual ele parece refletir bastante sobre o assunto. Em seguida, diz:

— O vento me acordou. Estava fazendo uma das calhas bater do lado da casa, e eu não consegui voltar a dormir.

Ela começa a falar, mas se interrompe. Quando se está casado há muito tempo — ela imagina que *quanto* tempo isso significa varie de casamento para casamento —, desenvolve-se uma espécie de telepatia. Naquele instante, a tal telepatia diz a Lisey que ele tem algo mais a dizer. Então ela fica calada, esperando para ver se está certa. A princípio, parece que sim. Ele abre a boca. O vento sopra lá fora e ela escuta — um barulho discreto e rápido, como dentes de metal batendo. Ele inclina a cabeça na direção dela... abre um pequeno sorriso... um sorriso nada bonito... o sorriso de alguém que guarda um segredo... e volta a fechar a boca. Em vez de falar o que quer que seja, ele olha de volta para a tela da TV, onde Jeff Bridges — um Jeff Bridges muito jovem — e seu melhor amigo estão indo de carro para o México. Quando voltarem, Sam, o Leão, estará morto.

— Você acha que consegue voltar a dormir agora? — pergunta ela. Como ele não responde, Lisey começa a sentir medo novamente. — Scott! — repete ela, com um pouco mais de rispidez do que queria. Ele volta a encará-la (com relutância, acredita Lisey, embora tenha visto aquele filme pelo menos umas vinte vezes), e ela repete a pergunta com um pouco mais de brandura. — Você acha que consegue voltar a dormir agora?

— Talvez — concede ele, e ela percebe algo ao mesmo tempo terrível e triste: ele está com medo. — Se você dormir de conchinha comigo.

278

— Com o frio que está fazendo esta noite? Só se for agora. Vamos, desligue essa TV e volte pra cama.

Ele obedece, e ela se deita escutando o vento e se deleitando com o calor do corpo dele.

É quando vê as borboletas. É o que quase sempre acontece quando ela começa a cair no sono. Vê borboletas vermelhas e pretas enormes abrindo as asas no escuro. Já lhe ocorreu que ela as verá quando a hora da sua morte chegar. O pensamento a assusta, mas só um pouco.

— Lisey? — É a voz de Scott, vinda de longe. Ele também está caindo no sono. Ela percebe isso.

— Hmmmm?

— A coisa não gosta que eu fale.

— Que coisa?

— Não sei. — Muito baixinho e distante. — Talvez seja o vento. O vento frio do norte. O que vem lá do...

A última palavra deve ter sido *Canadá*, provavelmente, mas não dá para ter certeza porque, àquela altura, ela está perdida na terra dos sonhos, e ele também — e, quando eles vão para lá, nunca vão juntos. Ela teme que aquilo também seja uma prévia da morte, um lugar em que talvez haja sonhos, mas nunca amor, nunca um lar, nunca a mão de alguém para segurar a dela enquanto bandos de pássaros cruzam o sol laranja-queimado no fim do dia.

3

Ela passa um tempo — duas semanas, talvez — tentando acreditar que as coisas estão melhorando. Mais tarde, perguntará a si mesma como pôde ter sido tão idiota, tão propositalmente ignorante, como pôde confundir a luta frenética dele para se agarrar ao mundo (e a ela!) com qualquer tipo de melhora — mas é claro que, quando fiapos de esperança são tudo o que lhe resta, você se agarra a eles.

Alguns desses fiapos são bem grossos. Durante os primeiros dias de 1996, ele parece cortar totalmente a bebida, com exceção de uma taça de vinho no jantar uma vez ou outra, e sobe ao escritório diariamente. Somente depois — *depois, pois, pó de arroz*, elas costumavam cantar quando eram crianças construindo seus primeiros castelos de palavras na areia das margens da lagoa — ela vai descobrir que ele não acrescentou nem uma única página ao manuscrito do livro naqueles dias, não fez nada além de beber uísque escondido, chupar pastilhas de menta e escrever bilhetes desconexos para si mesmo. Enfiado debaixo do teclado do Mac que ele está usando, ela encontrará um pedaço de papel — um papel de carta, na verdade, com **DA MESA DE SCOTT LANDON** impresso no topo — no qual ele escreveu *A corrente de tração está dizendo que você chegou tarde demais, Scottinho, seu molenga, mesmo agora.* Somente quando aquele vento frio, o que vem lá de Yellowknife, começa a ribombar ao redor da casa, ela finalmente percebe os cortes profundos em forma de lua crescente nas palmas das mãos dele. Cortes que ele só poderia ter feito com as próprias unhas enquanto tentava se agarrar à vida e à sanidade como um alpinista tentando se agarrar a uma joça de uma rocha no meio de uma nevasca. Somente mais tarde ela encontrará seu esconderijo de garrafas vazias de uísque, mais de uma dúzia ao todo — e, em relação àquilo, consegue dar um desconto a si mesma; afinal, elas estavam bem escondidas.

4

Durante os primeiros dias de janeiro de 1996, faz um calor fora de época; o que o pessoal das antigas chamava de Degelo de Janeiro. No entanto, já no dia três, os meteorologistas começam a alertar para uma grande virada, uma espantosa frente fria vinda dos desertos brancos do Canadá central. Os moradores do Maine são aconselhados a se certificarem de que seus tanques de combustível estão cheios e os encanamentos isolados, e de que têm bastante "espaços quentes" para seus animais. A temperatura cairá para trinta graus abaixo de zero, mas a queda de temperatura será o menor dos problemas. Ela virá acompanhada por vendavais que levarão a sensação térmica para menos de cinquenta graus negativos.

Lisey se assusta a ponto de ligar para o empreiteiro geral deles depois de não conseguir fazer com que Scott se preocupe de verdade. Gary lhe garante que os Landon têm a casa mais firme de Castle View, sugere que ela fique de olho nas irmãs (especialmente Amanda, quase nem precisa dizer) e lhe recorda que o frio faz parte de se viver no Maine. Mais algumas noites de cão e eles estarão a caminho da primavera, diz ele.

No entanto, quando o frio abaixo de zero e os ventos barulhentos finalmente chegam, no dia cinco de janeiro, é pior do que tudo de que Lisey consegue se lembrar, mesmo esticando sua memória até a infância, quando cada trovoada que encarava alegremente era transformada em uma grande tempestade, e cada neve que caía era uma nevasca. Ela mantém todos os aquecedores da casa a vinte e quatro graus e a fornalha nova está sempre ligada — entre os dias seis e nove, porém, a temperatura interna nunca vai além dos dezesseis graus. O vento não se limita a uivar em volta dos beirais, ele grita como uma mulher sendo estripada centímetro a centímetro por um louco: um louco com uma faca cega. A neve deixada no chão pelo Degelo de Janeiro é levantada por ventos de sessenta e cinco quilômetros por hora (os vendavais chegam a cem por hora, velocidade alta o suficiente para derrubar metade das torres de rádio do Maine central e de New Hampshire), soprando pelos campos como fantasmas dançantes. Quando batem nas janelas antitempestade, os grãos de terra tamborilam como granizo.

Na segunda noite daquele extravagante frio canadense, Lisey acorda às duas da manhã e novamente Scott não está na cama. Ela o encontra no quarto de hóspedes, mais uma vez enrolado na trouxa amarela da Mãezinha Querida, mais uma vez assistindo a *A última sessão de cinema*. Hank Williams gorjeia "Kaw-Liga"; Sam, o Leão, está morto. Ela tem dificuldade em acordá-lo, mas enfim consegue. Pergunta se ele está bem e Scott diz que sim. Pede a ela que olhe pela janela, diz que é lindo, mas a avisa que deve ter cuidado e não ficar olhando muito.

— Meu papai diz que pode queimar seus olhos quando está brilhante desse jeito — adverte ele.

Lisey fica pasma com a beleza daquilo. Enormes cortinas de teatro balançam no céu, mudando de cor diante dos seus olhos: o verde vira roxo, o roxo vira escarlate e o escarlate, um estranho vermelho-sanguíneo que ela não consegue nomear. Castanho-avermelhado talvez chegue perto, mas não é isso, não exatamente; ela acha que ninguém jamais batizou a cor que está vendo. Quando Scott puxa a parte de trás de sua camisola e lhe diz que chega, que ela precisa parar, Lisey fica chocada ao descobrir, depois de olhar para o relógio digital do videocassete, que passou dez minutos observando a aurora boreal pela janela emoldurada de gelo.

— Pare de olhar — diz ele, naquele tom resmungão e arrastado de quem fala dormindo. — Volte para a cama comigo, Lisey lindinha.

Ela fica feliz em ir, feliz em desligar aquele filme de certa forma horrível e tirá-lo da cadeira de balanço e do friorento quarto dos fundos. No entanto, enquanto o leva pela mão pelo corredor, Scott diz algo que a faz sentir um calafrio.

— O vento me lembra a corrente de tração, e a corrente de tração me lembra papai — diz ele. — E se ele não estiver morto?

— Que bobagem, Scott — responde ela, mas aquele tipo de coisa não parece bobagem no meio da noite, parece? Especialmente quando o vento grita e o céu está tão cheio de cores que parece gritar de volta.

Quando ela acorda na noite seguinte, o vento ainda está uivando — e, dessa vez, quando ela vai até o quarto de hóspedes, a tv não está ligada, mas ele a está encarando do mesmo jeito. Está na cadeira de balanço e enrolado na trouxa, na trouxa amarela da Mãezinha Querida, mas não responde, nem mesmo olha para Lisey. Scott está lá, mas também não está.

Ele ficou pancada.

5

No escritório de Scott, Lisey rolou até ficar de costas e olhou para a claraboia bem acima dela. Seu peito latejava. Sem pensar no que estava fazendo, pressionou o quadrado amarelo bordado contra o seio. A princípio, a dor foi pior ainda… mas depois sentiu um ligeiro alívio. Olhou para a claraboia, ofegante. Sentia o cheiro do caldo azedo de suor, lágrimas e sangue em que sua pele marinava. Gemeu.

Todos os Landon se curam rápido. Tinham de se curar. Se fosse verdade — e ela tinha motivos para acreditar que sim —, então ela nunca quisera tanto ser uma Landon quanto naquele instante. Nada de Lisa Debusher de Lisbon Falls, a temporã da mamãe e do papai, a Pequena Maria Vai Com as Outras.

Você é quem você é, respondeu com paciência a voz de Scott. *Você é Lisey Landon. Minha Lisey lindinha.* Mas estava quente, e ela estava com dor

282

demais, agora era *ela* quem queria gelo e, com voz ou sem voz, Scott Landon nunca lhe parecera tão morto.

ESPANE, babyluv, insistiu ele, mas aquela voz estava longe.

Longe.

Até o telefone na Jumbona do Dumbo, que ela teoricamente podia usar para pedir ajuda, parecia longe. E o que parecia perto? Uma pergunta. Bem simples, na verdade. Como ela pudera ter encontrado a própria *irmã* daquele jeito e não ter se lembrado de ter encontrado o *marido* da mesma forma durante a onda de frio de 1996?

Eu me lembrei, sussurrou sua mente com ela ainda deitada, olhando para a claraboia com o quadrado amarelo bordado ficando vermelho contra o peito. *Lembrei, sim. Mas me lembrar de Scott na cadeira de balanço significava me lembrar do Antlers; e me lembrar do Antlers significava me lembrar do que aconteceu quando saímos debaixo da árvore nham-nham para a neve; me lembrar daquilo significava encarar a verdade sobre seu irmão Paul; encarar a verdadeira história de Paul significava voltar para aquele quarto de hóspedes frio com a aurora boreal enchendo o céu enquanto o vento vinha ribombando do Canadá, de Manitoba e lá de Yellowknife. Não está vendo, Lisey? Estava tudo interligado, sempre esteve, e quando você se permitiu fazer a primeira ligação, derrubar a primeira peça de dominó...*

— Eu teria *enlouquecido* — choramingou ela. — Como *eles*. Como os Landon e os Landreau e como qualquer pessoa que saiba disso. Não é de admirar que tenham ficado loucos, sabendo que existe um mundo tão perto desse... E que a parede divisória é tão *tênue*...

No entanto, aquilo ainda não era o pior. O pior era a coisa que tanto o assombrara, a *coisa* malhada com o interminável lado matizado...

— *Não!* — gritou ela no escritório vazio. Gritou mesmo que aquilo a fizesse doer dos pés à cabeça. — *Ah, não! Pare! Faça isso parar! Faça tudo isso PARAR!*

Mas era tarde demais. E verdadeiro demais para continuar negando, por maior que fosse o risco de enlouquecer. Havia mesmo um lugar onde a comida ficava ruim, às vezes completamente envenenada, depois do anoitecer, e onde a coisa matizada, o garoto espichado de Scott

(*Vou imitar o som que ele faz quando olha ao redor*)

pode ser real.

— Ah, ele é real, sim — sussurrou Lisey. — Eu o vi.

No espaço vazio e assombrado do escritório do morto, ela começou a chorar. Mesmo naquele instante ela não sabia ao certo se aquilo era real, e quando exatamente o vira, caso tivesse mesmo visto… mas *parecia* real. O tipo de coisa desoladora que pacientes de câncer vislumbram nos seus copos turvos do lado da cama, quando todos os remédios já foram tomados e a bomba de morfina está no **0** e a hora é nenhuma e a dor ainda está lá, penetrando mais fundo nos seus ossos insones. E *viva*. Viva, malévola e faminta. O tipo de coisa que o marido tentara, e não conseguira, expulsar com a bebida. E expulsar com risadas. E expulsar escrevendo. A coisa que ela quase conseguira ver em seus olhos vazios quando ele estava sentado no quarto de hóspedes friorento com a TV, daquela vez, apagada e silenciosa. Ele estava sentado

6

Ele está sentado na cadeira de balanço, enrolado até os olhos vidrados na trouxa de um amarelo extraordinariamente vivo da Mãezinha Querida. Ele olha ao mesmo tempo para ela e através dela. Scott não responde ao próprio nome, que ela repete de forma cada vez mais frenética, sem saber o que fazer.

Ligue para alguém, é isso que você tem de fazer, pensa ela, e sai correndo de volta pelo corredor até o quarto deles. Canty e Rich estão na Flórida até o meio de fevereiro, mas Darla e Matt moram na mesma rua e é o telefone de Darla que ela pretende discar; já está pouco se importando se vai acordá-los no meio da noite, precisa falar com alguém, precisa de *ajuda*.

Ela não consegue linha. A ventania cruel — que a faz sentir frio mesmo com a camisola de flanela com um suéter em cima para completar, que faz a fornalha no porão ficar ligada direto enquanto a casa range e geme e às vezes até solta um *craaac* preocupante, aquele pé de vento gelado do Canadá — arrebentou um cabo em algum lugar em View, e tudo o que ela consegue ouvir quando pega o fone é um *tuuuuuu* idiota. Ela bate com a ponta do dedo no gancho do telefone algumas vezes, por hábito, mas sabe que não vai adiantar, e não adianta. Está sozinha no velho casarão vitoriano reformado na Sugar Top Hill enquanto os céus se enchem de loucas cortinas coloridas e a temperatura cai até extremos sobre os quais seria melhor nem pensar. Ela sabe que, se tentar ir até a casa dos Galloway, seus vizinhos, é bem capaz de perder uma orelha ou um dedo — talvez as duas coisas — para o frio. Talvez até morra congelada na varanda deles antes de conseguir acordá-los. Não se pode brincar de forma alguma com aquele tipo de frio.

Ela recoloca o telefone inútil no gancho e volta correndo pelo corredor até o marido, os chinelos farfalhando. Ele está como ela o deixou. A lamurienta trilha sonora de música *country* dos anos 1950 de *A última sessão de cinema* tocando no meio da noite foi ruim, mas o silêncio é pior, pior, pior. E logo antes de uma gigantesca lufada de vento atacar a casa e ameaçar arrancá-la do chão (ela mal pode acreditar que a luz ainda não tenha caído, certamente vai cair em breve), Lisey percebe por que até a ventania é um alívio: ela não consegue ouvi-lo respirar. Ele não parece morto, está até com o rosto mais corado, mas como saber que de fato ainda está vivo?

— Querido? — murmura ela, aproximando-se dele. — Meu bem, você consegue falar comigo? Consegue me olhar?

Ele fica calado e não olha para ela — quando coloca os dedos gelados no pescoço dele, porém, descobre que a pele ali está quente e sente as batidas do coração na veia grande ou na artéria logo abaixo dela. E há outra coisa. Ela consegue sentir Scott pedindo sua ajuda. Sob a luz do dia, mesmo sob aquela luz fria e tempestuosa (do tipo que parece permear todas as externas de *A última sessão de cinema*, pensando bem), ela tem certeza de que poderia zombar daquilo, mas não naquele instante. Naquele instante, ela sabe o que está sentindo. Ele precisa de ajuda, não tanto quanto naquele dia em Nashville, primeiro quando o louco atirou nele e depois quando estava deitado no asfalto quente, tremendo, implorando por gelo.

— Como eu posso ajudar você? — murmura ela. — Como posso ajudar você dessa vez?

É Darla quem responde, Darla quando adolescente — "Toda peitinhos e ruindade", disse Mãezinha Querida certa vez, com incomum vulgaridade, de modo que deveria estar para lá de irritada.

Você não vai ajudar ele, *que história é essa de* ajudar ele?, pergunta Darla, e aquela voz é tão real que Lisey quase consegue sentir o cheiro de pó de arroz Coty que Darla tinha autorização de usar (por causa das manchas no rosto) e ouvir a bola do seu chiclete estourando. E olha só! Ela foi até a lagoa, jogou a rede e fez uma pescaria e tanto! *Ele foi pra cucuia, Lisey, perdeu um parafuso, pirou na batatinha, cheirou cola e comeu a lata, e o único jeito de você ajudar ele é chamando os homens de jaleco branco assim que o telefone voltar a funcionar.* Lisey ouve a risada de Darla — aquela risada de total desdém adolescente — bem no meio da mente enquanto baixa o olhar para o marido de olhos arregalados sentado na cadeira de balanço. *Ajudar ele!,* desdenha Darla. *AJUDAR ELE? Faça-me o favor.*

Mesmo assim, Lisey acha que pode. Lisey acha que existe uma maneira.

O problema é que a forma de ajudar é possivelmente perigosa e nem um pouco garantida. Ela é honesta o bastante para reconhecer que criou alguns dos problemas ela mesma. Escondeu certas memórias, como a fantástica saída deles de debaixo da árvore nham-nham, e insuportáveis verdades secretas — a verdade sobre Paul, o Irmão Bonzinho, por exemplo — atrás de uma espécie de cortina em sua mente. Há um certo som

(*o resfolegar, Deus do Céu, aquele grunhido baixo e horrível*)

vindo detrás dela e certas visões

(*as cruzes o cemitério as cruzes sob a luz sanguínea*)

também. Às vezes ela se pergunta se todos têm uma cortina como aquela em suas mentes, uma com uma área de *Proibido Pensar* atrás dela. Pois deveriam. Vem a calhar. Poupa você de várias noites insones. Há um monte de cacarecos velhos e empoeirados atrás da dela, coisas *assim*, coisas *assado*, tal e coisa, coisa e tal. No fim das contas, é um belo labirinto. *Ah, meu Leesey lindinha, que imprressionánte, mein gott...* o que as crianças acham disso?

— Non vai parra lá — murmura Lisey, mas ela acha que vai; ela acha que, se quiser ter alguma chance de salvar Scott, de trazê-lo de volta, *precisa* ir pra lá... onde quer que *lá* seja.

Ah, mas é logo ali ao lado.

É aí que está o horror.

— Você sabe, não sabe? — diz ela, começando a chorar, mas não é para Scott que está perguntando; Scott foi para onde vão os pancadas.

Um belo dia, debaixo da árvore nham-nham, onde a estranha nevasca de outubro os protegia do mundo, ele disse que seu trabalho de escritor era uma espécie de loucura. Ela protestou — ela, a Lisey prática, para quem tudo estava na mesma —, e ele respondeu: *Você não entende o que significa "partir". Espero que continue com essa sorte toda, Lisey lindinha.*

Porém, naquela noite, enquanto o vento vem ribombando de Yellow-knife e o céu se enche de cores fortes, a sorte dela acaba.

7

Deitada de costas no escritório do falecido marido, segurando o regalo sangrento contra o peito, Lisey disse:

— Eu me sentei ao lado de Scott e tirei a mão dele de debaixo da trouxa para poder segurar. — Ela engoliu. Sua garganta fez um clique. Queria mais água, mas não estava confiante o suficiente para se levantar, ainda não. — A mão dele estava quente, mas o frio do chão

8

O frio do chão chega a atravessar a flanela do pijama, a flanela das ceroulas e a calcinha de cetim debaixo delas. Aquele quarto, como todos os do andar de cima, tem um sistema de aquecimento sob o assoalho, e ela consegue sentir o calor dele se esticar a mão que não está segurando Scott, mas não adianta muito. A fornalha, que trabalha sem parar, manda o calor para cima, os aquecedores o botam para fora, ele se arrasta por cerca de uns 15 centímetros acima do assoalho... e puf! Some. Como as listras em um enfeite giratório na fachada de barbearias. Como fumaça de cigarro quando sobe. Como maridos, às vezes.

Que se dane o chão frio. Que se dane se seu traseiro ficar roxo de frio. Se puder fazer algo por ele, faça logo.

O que é esse algo, porém? Por onde ela deve começar?

— Ele-nunca-me-falou-sobre-isso-antes-porque-eu-nunca-perguntei. — Isso lhe ocorre tão depressa que quase poderia ser uma palavra longa e exótica.

Se fosse, seria uma exótica mentira de uma palavra só. Ele respondeu à pergunta dela sobre usar chá para curar os ferimentos naquela noite no Antlers. Na cama, depois de fazerem amor. Ela fez duas ou três perguntas — mas a que importava, a pergunta-*chave*, acabou sendo aquela primeira. Ela era simples, também. Ele poderia tê-la respondido com um simples sim ou não, mas quando Scott Landon respondeu *qualquer coisa* com um simples sim ou não? E acabou sendo o saca-rolhas no gargalo da garrafa. Por quê? Porque os levou de volta a Paul. E a história de Paul era, essencialmente, a história da sua morte. E a morte de Paul levou a...

— Não, por favor — ela sussurra, e percebe que está apertando demais a mão dele.

Scott, óbvio, não reclama. No linguajar da família Landon, ele ficou pancada. Parece engraçado se colocado daquela maneira, quase como uma piada de um programa de auditório qualquer.

Ei, Buck, cadê o Roy?

Bem, vou te contar, Minnie: o Roy ficou pancada!

(A plateia gargalha aos urros.)

Lisey, no entanto, não acha graça, e não precisa que nenhuma de suas vozes interiores lhe diga que Scott foi para a terra dos pancadas. Se quiser trazê-lo de volta, ela precisa ir atrás dele.

— Ah, Deus, *não* — geme ela, pois o significado daquilo já começa a se avultar no fundo da sua mente, um vulto grande embrulhado em vários lençóis. — Ah, Deus, ah, Deus, não tem outro jeito?

Deus não responde. Ela tampouco precisa da resposta Dele. Sabe o que precisa fazer, ou pelo menos como precisa começar: tem de se lembrar da segunda noite deles no Antlers, depois de fazerem amor. Eles estavam quase caindo no sono, e ela pensou: *Que mal pode haver? É sobre o Irmão Mais Velho Bonzinho que você quer saber, e não sobre o Papai Demoníaco. Pergunte logo.* E foi o que ela fez. Sentada no quarto com a mão dele (está ficando mais fria agora) envolvida nas suas e o vento ribombando lá fora e o céu repleto de cores loucas, ela espia através da cortina que pendurou para esconder suas piores e mais desconcertantes lembranças e vê a si mesma perguntando a ele sobre usar chá para curar os ferimentos. Perguntando a ele

9

— Depois daquele negócio do banco, Paul também colocou os cortes de molho no chá? Como você fez com a sua mão naquele dia, no meu apartamento?

Ele está deitado ao lado dela, o lençol puxado até os quadris, de modo que ela consegue ver a ponta dos caracóis dos seus pelos pubianos. Ele está fumando o que chama de *o sempre fabuloso cigarro pós-coito*, e a única luz no quarto vem do abajur ao lado da cama. Sob o brilho rosa-empoeirado daquele abajur, a fumaça sobe e desaparece no escuro, fazendo-a pensar brevemente

(*houve ou não um som, um rumor de ar se deslocando para debaixo da árvore nham-nham quando fomos embora, quando saímos*)

sobre algo que ela já estava trabalhando para tirar da cabeça.

Enquanto isso, o silêncio se estende. Assim que ela decide que ele não vai responder, ele responde. E o tom dele a faz acreditar que foi uma reflexão cuidadosa — e não relutância — o motivo da pausa.

— Tenho quase certeza de que a cura do chá veio depois, Lisey. — Ele pensa um pouco mais, assente. — É, tenho certeza de que sim. Eu sei, porque naquela época estava aprendendo frações. Um terço mais um quarto igual a sete doze avos, esse tipo de coisa. — Ele sorri, mas Lisey, que está começando a conhecer bem seu repertório de expressões, acha que é um sorriso nervoso.

— Na escola? — diz ela.

— Não, Lisey. — O tom dele diz que já deveria saber e, quando volta a falar, ela reconhece aquela infantilidade um tanto quanto arrepiante

(*eu teimei e teimei*)

se insinuando em sua voz.

— Eu e o Paul, a gente foi educado em casa. Papai chamava as escolas públicas de Curral dos Burricos. — Na mesinha de cabeceira, do lado do abajur, há um cinzeiro em cima do exemplar dele de *Matadouro 5* (Scott leva um livro para o lugar que seja, sem exceções) que ele usa para bater as cinzas do cigarro. Lá fora, o vento sopra forte e a velha pousada range.

De repente, Lisey tem a impressão de que aquilo talvez não seja uma boa ideia, que a boa ideia seria simplesmente virar para o lado e dormir, mas ela está dividida, e sua curiosidade a leva adiante.

— E os cortes de Paul naquele dia, no dia em que você pulou do banco... Eles eram feios? Não eram só uns cortinhos? Quero dizer, você sabe como as crianças veem as coisas... Qualquer cano estourado parece um dilúvio...

Ela vai parando de falar. Há uma longa pausa durante a qual observa a fumaça do cigarro sair do foco de luz do abajur e desaparecer. Quando ele se pronuncia, a voz sai seca, inexpressiva e convicta.

— Papai cortava fundo.

Ela abre a boca para dizer algo convencional que porá um fim àquela conversa (vários tipos de alarme estão soando na cabeça dela àquela altura; fileiras de luzes vermelhas estão piscando), mas, antes que consiga, ele prossegue:

— Enfim, não é isso que você quer perguntar. Pergunte o que quer saber, Lisey. Pode perguntar que eu conto. Não vou esconder nada de você, não depois da tarde de hoje, mas você tem que perguntar.

O que aconteceu *hoje à tarde?* Aquela seria a pergunta lógica, mas Lisey sabe que aquela não é uma conversa lógica, pois é a loucura que eles estão rondando, *loucura*, e agora ela é parte dela, também. Pois Scott a *levou* para algum lugar, ela *sabe* disso, *sabe que não foi sua imaginação.* Se perguntar o que aconteceu, ele lhe dirá, ele já falou isso… Mas essa não é a maneira certa de entrar. Sua sonolência pós-coito desapareceu, e ela nunca se sentiu tão desperta na vida.

— Depois que você pulou do banco, Scott…

— Papai me deu um beijo, o prêmio do papai era um beijinho. Pra mostrar que a didiva de sangue tinha acabado.

— Sim, eu sei, você me disse. Depois que você pulou do banco e ele parou de cortar, o Paul… O Paul foi se tratar em algum lugar? Foi assim que ele conseguiu ir comprar refrigerante na loja e depois correr pela casa para inventar uma caça à didiva tão cedo?

— Não. — Ele amassa o cigarro no cinzeiro sobre o livro.

Ela sente a mais estranha mistura de emoções diante daquela simples negação: um doce alívio e uma profunda decepção. É como ter uma nuvem de chuva dentro do peito. Ela não sabe exatamente o que está pensando, mas *não* significa que ela não precisa mais pensar sobre aquil…

— Ele não podia. — Scott fala no mesmo tom de voz seco e inexpressivo. Com a mesma convicção. — Paul não podia. Não podia ir. — A ênfase na última palavra é sutil, mas inconfundível. — Eu tive de levar ele.

Scott rola para o lado dela e *a* leva… Mas apenas para os seus braços. O rosto dele contra o pescoço dela está quente de emoção contida.

— Existe um lugar. Nós o chamávamos de Boo'ya Moon, não me lembro por quê. É muito bonito. — *Binhito.* — Levei ele quando ele tava machucado e levei ele quando ele tava morto, mas num conseguia levar ele quando ele tava com a coisa-ruim. Depois que papai matô ele eu levei ele pra lá, pra Boo'ya Moon, e interrei ele lá.

A represa se rompe e ele começa a soluçar. Consegue abafar um pouco os sons fechando os lábios, mas a força daqueles soluços balança a cama e, por um instante, tudo que ela pode fazer é abraçá-lo. Em algum momento, ele pede para desligar o abajur e, quando ela pergunta o porquê, ele responde.

— Porque esse é o resto da história, Lisey. E acho que consigo contá-la, desde que você me abrace. Mas não com a luz acesa.

E, embora esteja mais apavorada do que nunca — mais apavorada até do que na noite em que ele saiu do escuro com a mão destroçada, cheia de sangue —, ela solta um braço o suficiente para apagar a luz ao lado da cama, esfregando no rosto dele o seio que, no futuro, sofrerá a loucura de Jim Dooley. A princípio, o quarto fica escuro, mas depois a mobília reaparece fosca enquanto seus olhos se ajustam; o cômodo chega a assumir um brilho fraco e alucinógeno que anuncia a chegada da lua por entre as nuvens.

— Você acha que papai assassinou Paul, não acha? Acha que é assim que essa parte da história termina?

— Scott, você disse que foi isso que ele fez com o rifle...

— Mas não foi assassinato. Eles teriam chamado disso se ele tivesse sido levado à justiça, mas eu estava lá e sei que não foi. — Ele faz uma pausa. Lisey acha que ele vai acender outro cigarro, mas não. Lá fora, o vento sopra forte e a casa antiga grunhe. Por um instante, a mobília se ilumina, só um pouco, mas em seguida a escuridão retorna. — Papai *podia* ter matado o Paul, com certeza. Muitas vezes. Sei disso. *Teria* matado algumas vezes se eu não estivesse lá para ajudar, mas, no fim das contas, não foi isso que aconteceu. Você sabe o que significa eutanásia, Lisey?

— Assassinato por misericórdia.

— É. Foi isso que papai fez com Paul.

Diante da cama, a mobília oscila mais uma vez em direção à visibilidade, depois se recolhe novamente para as sombras.

— Era a coisa-ruim, você não entende? Paul tinha ela igual ao papai. Só que Paul tinha coisa-ruim demais pro papai conseguir cortar e botar para fora.

Lisey meio que entende. Todas aquelas vezes em que o pai cortava os filhos — e a si mesmo também, supõe ela — ele estava praticando uma espécie de medicina preventiva louca.

291

— Papai dizia que ela quase sempre pulava duas gerações e depois voltava duas vezes pior. "Passa por cima de você como uma corrente de tração no seu pé, Scottinho", dizia ele.

Ela balança a cabeça. Não sabe do que ele está falando. E parte dela não quer saber.

— Era dezembro, e uma frente fria estava chegando — diz Scott. — A primeira do inverno. A gente vivia naquela fazenda bem no interior, com campos abertos para todo lado e só uma estrada que seguia até a loja do Mulie e depois para Martensburg. Ficávamos bem isolados do mundo. Bem no nosso canto mesmo, entende?

Ela entende. Entende, sim. Imagina o carteiro subindo aquela estrada de vez em quando e, obviamente, "Faísca" Landon pegava aquela via para ir ao

(*U.S. Gyppum*)

trabalho, mas nada muito além disso. Nenhum ônibus escolar, porque "eu e Paul, a gente foi educado em casa". E os ônibus escolares iam para o Curral dos Burricos.

— A neve piorava as coisas e o frio mais ainda; o frio mantinha a gente dentro de casa. Mesmo assim, aquele ano não foi tão ruim no começo. A gente tinha uma árvore de Natal, pelo menos. Em alguns anos, o papai pegava a coisa-ruim... ou então ficava só emburrado... e a gente ficava sem árvore e sem presente nenhum. — Ele solta uma risada curta, séria. — Teve um Natal que ele nos deixou acordados até as três da manhã, lendo o Apocalipse, sobre jarros se abrindo, pragas, cavaleiros em cavalos de vários tons, até jogar a Bíblia na cozinha e berrar: "*Quem escreve essa merdaiada toda? E que tipo de otário acredita nisso?*". Quando ele estava a fim de berrar, Lisey, ele podia berrar como Ahab durante os últimos dias do *Pequod*. Mas aquele Natal em particular parecia bom o suficiente. Sabe o que ele fez? Fomos todos juntos para Pittsburgh para fazer compras, e papai até nos levou para ver um filme; Clint Eastwood interpretando um policial e enchendo uma cidade qualquer de bala. Fiquei com dor de cabeça, e a pipoca me deu dor de barriga, mas achei a coisa mais maravilhosa que tinha visto na vida. Fui para casa e comecei a escrever uma história igualzinha, que eu li para o Paul naquela noite. Devia ser uma bela porcaria, mas ele falou que era boa.

— Ele parece um ótimo irmão — diz ela, atenciosa.

A atenção dela é inútil. Ele nem dá ouvidos.

— O que estou querendo dizer é que estávamos todos nos dando bem, vinha sendo assim havia meses, quase como uma família normal. Se é que isso existe, o que eu duvido. Mas... *mas.*

Ele se interrompe, pensando. Enfim, volta a falar.

— Aí certo dia, não muito depois do Natal, eu estava lá em cima, no meu quarto. Estava frio, mais frio do que uma teta de bruxa, e prestes a nevar. Eu estava na minha cama, lendo meu dever de história, quando olhei pela janela e vi papai vindo do jardim com uma braçada de lenha. Desci pela escada dos fundos para ajudá-lo a empilhar tudo dentro da caixa de madeira para a lenha não espalhar casca pelo chão inteiro; ele sempre ficava puto com aquilo. E Paul estava

10

Paul está sentado à mesa da cozinha quando seu irmão mais novo, de apenas dez anos e precisando cortar o cabelo, desce pela escada dos fundos com os cadarços desamarrados do tênis balançando. Scott pensa em perguntar a Paul se ele quer descer de trenó a colina atrás do celeiro depois que guardarem a madeira. Isto é, se papai não tiver mais nenhuma tarefa para eles.

Paul Landon, esbelto e alto e já bonito aos treze, está com um livro aberto à sua frente. O livro se chama *Introdução à álgebra* e Scott não tem motivos para achar que ele está fazendo outra coisa além de encontrar o valor x até Paul virar a cabeça para o encarar. Scott ainda está a três degraus do fim da escada quando Paul faz isso. Apenas um segundo depois, Paul investe contra o irmão caçula, para o qual nunca nem mesmo ergueu a mão durante o tempo em que viveram juntos — mas é tempo suficiente para ele perceber que não, Paul não estava apenas sentado ali. Não, Paul não estava apenas lendo. Não, Paul não estava estudando.

Paul estava *esperando para dar o bote.*

Não é o vazio que ele vê nos olhos do irmão quando Paul salta da cadeira com força o bastante para atirá-la para trás contra a parede, e sim pura coisa-ruim. Aqueles olhos já não são azuis. Algo rebentou no cérebro atrás deles e os encheu de sangue. Sementes escarlates se acumulam nos cantos.

Outra criança talvez tivesse ficado paralisada e sido morta pelo monstro que uma hora antes foi um irmão comum com nada em mente além do dever de casa — ou, talvez, do que ele e Scott poderiam comprar de Natal para papai se juntassem o dinheiro dos dois. Scott, no entanto, é tão comum quanto Paul. Crianças comuns jamais teriam sobrevivido a Faísca Landon e é quase certamente a experiência de conviver com a loucura do pai que salva Scott naquele instante. Ele reconhece a coisa-ruim quando a vê e não perde tempo com dúvidas. Vira-se imediatamente e tenta voltar correndo pela escada. Sobe apenas três degraus antes de Paul agarrá-lo pelas pernas.

Rosnando como um cachorro cujo quintal foi invadido, Paul enrola os braços em volta das canelas de Scott e puxa as pernas dele do chão. Scott agarra o corrimão, segurando-se. Ele dá um só grito de duas palavras — *Papai, socorro* — e se cala. Gritar é desperdício de energia. Ele precisa de toda a que tem para se segurar.

Não tem força o bastante para tanto, é claro. Paul é três anos mais velho, vinte quilos mais pesado e muito mais forte. Além disso tudo, está maluco. Se Paul conseguir soltá-lo do corrimão, Scott vai acabar seriamente ferido ou morto apesar de sua reação rápida — mas, em vez de pegar Scott, o que Paul agarra são suas calças de veludo cotelê e seus dois tênis, que ele se esqueceu de amarrar quando desceu pulando da cama.

(— *Se eu tivesse amarrado os tênis* — dirá ele à esposa muito mais tarde, na cama do segundo andar do Antlers em New Hampshire —, provavelmente não estaríamos aqui. Às vezes eu penso que é a isso que se resume minha vida, Lisey: um par de Keds desamarrados, tamanho 38.)

A coisa que antes era Paul ruge, cai para trás com as calças nos braços e tropeça na cadeira na qual um belo rapazinho estava sentado uma hora antes traçando gráficos cartesianos. Um dos tênis cai no assoalho irregular e encalombado. Scott, enquanto isso, está lutando para continuar subindo e chegar ao patamar do segundo andar enquanto há tempo, mas suas meias escorregam no degrau liso e ele volta a cair com um joelho no chão. Suas cuecas esfarrapadas estão puxadas para baixo até a metade, ele sente uma corrente de ar fria soprar no rego e tem tempo de pensar: *Por favor, Deus, não quero morrer assim, com o bumbum ao vento.* A coisa-irmão se levanta, urrando e jogando longe as calças. Elas deslizam pela mesa da cozinha, deixando o livro de álgebra no lugar, mas derrubando a tigela de açúcar —

mandando ela pro beleléu, diria o pai deles. A coisa que era Paul salta para cima dele, e Scott está se preparando para as mãos e a sensação das unhas se enfiando na sua pele quando ouve um grande *tum!* de madeira e um grito rouco e furioso:

— Deixe ele em paz, sua desgraçada filha d'uma égua! Sua coisa-ruim de merda!

Ele tinha se esquecido completamente de papai. A corrente de ar na bunda dele era o homem entrando com a madeira. As mãos de Paul o *agarram*, suas unhas *se enfiam* nele e ele é puxado para trás, arrancado do corrimão como se fosse um bebê. Em instantes, sentirá os dentes de Paul. Ele sabe que sim, aquela é a coisa-ruim de verdade, a coisa-ruim *braba*, não o que acontece com papai quando ele vê gente que não está lá ou faz didivas de sangue consigo mesmo ou com um deles (algo que faz cada vez menos com Scott à medida que ele cresce), e sim a coisa-ruim pra valer — a coisa à qual papai se refere sempre que se limita a rir e balançar a cabeça quando eles lhe perguntam por que os Landreau saíram da França mesmo quando isso significava deixar todo o dinheiro e terras deles para trás, e eles eram ricos, os Landreau eram ricos, e ele vai morder agora, ele vai me morder *bem agora, BENHAQUI...*

Ele nunca chega a sentir os dentes de Paul. Sente algo quente na carne desprotegida à sua esquerda, logo acima da cintura, e ouve outro barulho pesado de madeira *tum!* quando papai volta a descer a tora na cabeça de Paul — com as duas mãos e com toda a força. O baque é seguido pela série de sons que o corpo de Paul faz aos escorregar até o assoalho da cozinha.

Scott se vira. Ele está esparramado nos últimos degraus da escada, vestindo apenas uma velha camisa de flanela, cuecas e meias esportivas brancas com buracos nos calcanhares. Um dos seus pés quase toca o chão. Ele está chocado demais para chorar. Sua boca tem o gosto do fundo de um cofre de porquinho. O som daquele último baque foi terrível e, por um instante, sua imaginação pinta a cozinha com o sangue de Paul. Ele tenta gritar, mas seus pulmões chocados e comprimidos não conseguem produzir mais do que um aterrorizado grasnido. Ele pisca e vê que não há sangue, apenas Paul caído de cara no açúcar da tigela agora destruída, que jaz quebrada em quatro pedaços grandes e mais alguns caquinhos. *Essa aí nunca mais vai dançar tango*, diz papai quando alguma coisa quebra, um copo ou um prato, mas não fala agora, fica apenas parado diante do filho inconsciente com a jaqueta de trabalho amarela. Há neve nos ombros e no cabelo desgrenhado do homem, que está começando a ficar grisalho. Em uma das mãos enluvadas, ele segura a tora. Atrás dele, espalhado na entrada como gravetos, está o resto da braçada de lenha. A porta ainda está aberta e a corrente de ar ainda está soprando. E agora Scott percebe que *há* sangue, só um pouquinho, saindo da orelha esquerda de Paul e descendo pela lateral do rosto.

— *Papai, ele morreu?*

Papai atira a tora na caixa de madeira e afasta os cabelos longos para trás. Há neve derretida nas pontas de barba nas suas bochechas.

— *Não tá não. Num vai morrer tão fácil.*

Ele segue pisando forte até a porta dos fundos e a fecha com um estrondo, cortando a corrente de ar. Cada movimento seu expressa repugnância, mas Scott já o viu agir daquela forma antes — quando recebe cartas oficiais sobre impostos, educação infantil ou coisas assim — e tem quase certeza de que ele está muito assustado.

Papai volta e fica parado diante do filho caído no chão. Fica um tempo jogando o peso do corpo de uma bota para a outra. Depois ergue os olhos para o outro.

— *Me ajude a descer com ele para o porão, Scottinho.*

Não é inteligente questionar papai quando ele lhe pede para fazer alguma coisa, mas Scott está assustado. Também está praticamente nu. Ele desce até a cozinha e começa a vestir a calça.

— Por quê, papai? O que a gente vai fazer com ele?

E, por um milagre, papai não bate em Scott. Nem mesmo grita com ele.

— *Eu sei lá. Pra começar, vamos amarrar ele lá embaixo enquanto eu penso. Rápido. Ele num vai ficar apagado muito tempo.*

— *É mesmo a coisa-ruim? Igual com os Landreau? Igual com o seu tio Theo?*

— *O que você acha, Scottinho? Segura a cabeça dele se não quiser que ela vá batendo no chão até lá embaixo. Tô falando que ele não vai ficar apagado muito tempo e, se ele acordar de novo, talvez você não tenha a mesma sorte. E nem eu. A coisa-ruim é forte.*

Scott faz o que o pai manda. Eles estão nos anos 1960, nos Estados Unidos da América, o homem logo estará pisando na lua, mas têm de lidar com um menino que, aparentemente, virou uma fera de uma hora para outra.

O pai simplesmente aceita o fato. Depois das chocadas perguntas iniciais, o filho também. Quando chegam à base da escada do porão, Paul começa a se mexer novamente e faz sons grossos com o fundo da garganta. Faísca Landon coloca as mãos em volta da garganta do filho mais velho e começa a enforcá-lo. Scott grita de horror e tenta agarrar o pai.

— *Papai, não!*

Faísca Landon solta uma das mãos do que está fazendo por tempo o bastante para dar um tapa distraído com as costas da mão no filho caçula. Scott cambaleia para trás e bate na mesa no centro do cômodo com chão de terra batida. Em cima dela, há uma prensa tipográfica manual que Paul conseguiu de alguma forma botar para funcionar novamente. Ele imprimiu algumas das histórias de Scott nela; foram as primeiras publicações do irmão mais novo. A alavanca daquela besta de duzentos e cinquenta quilos dá uma dolorosa mordida nas costas de Scott e ele se encolhe, fazendo uma careta, enquanto observa o pai voltar a enforcar o irmão.

— *Papai, não mata ele! POR FAVOR, NÃO MATA ELE!*

— *Não vou matar* — diz Landon sem olhar em volta. — *Devia, mas não vou. Pelo menos ainda não. Burrice minha, mas ele é meu filho, a porra do meu primogênito, e num vou matar ele a não ser que precise. E acho que vou precisar. Minha mãezinha do céu! Mas ainda não. De jeito maneira. Só que num posso deixar ele acordar. Você ainda não viu uma coisa assim, mas eu já. Dei sorte lá em cima porque vim por trás. Aqui embaixo, podia passar duas horas correndo atrás dele pra nada. Ele ia subir pelas paredes e até o meio da joça do teto. Aí, depois que eu ficasse cansado...*

Landon tira as mãos da garganta de Paul e olha fixamente para o rosto branco e imóvel. O pequeno filete de sangue do ouvido de Paul parece ter parado de escorrer.

— *Pronto. Que tal isso, seu safado, filho da mãe? Ele apagou de novo. Mas não por muito tempo. Pega aquele rolo de corda debaixo da escada. Isso vai dar conta até a gente poder pegar uma corrente lá do barracão. Depois não sei. Depende.*

— *Depende do quê, papai?*

Está assustado. Alguma vez se sentiu tão assustado assim? Não. E seu pai o olha de um jeito que o assusta mais ainda. Porque é um jeito de quem *sabe das coisas.*

— *Ora, acho que depende de você, Scottinho. Você fez ele melhorar um monte de vezes... E por que essa cara de cachorro que quebrou o vaso? Tava achando que eu não sabia? Jesus, para um garoto tão inteligente você é bem burro!* — Ele vira a cabeça e cospe no chão de terra. — *Você fez ele melhorar dum monte de coisas. Talvez possa fazer ele melhorar disso. Nunca ouvi falar de ninguém que melhorou da coisa-ruim... não da coisa-ruim de verdade... mas também nunca ouvi falar de ninguém igual a você antes, então talvez possa. Manda brasa até o cu fazer bico, como teria dito meu pai. Mas, por enquanto, vá buscar aquele rolo de corda debaixo da escada. E depressa, seu lerdo d'uma figa, porque ele já*

11

— Ele já está se mexendo — disse Lisey, deitada no carpete branco leitoso do escritório do falecido marido. — Ele já

12

— Já está se mexendo — diz Lisey, sentada no chão frio do quarto de hóspedes, segurando a mão do marido, que está quente, porém terrivelmente frouxa e mole entre as dela. — Scott disse

13

Os argumentos contra a loucura caem por terra com um leve farfalhar;
são esses os sons das vozes mortas em discos mortos
flutuando pelo veio partido da memória abaixo.
Quando me viro para o seu lado para perguntar se você se lembra
Quando me viro para o seu lado na nossa cama

14

Na cama com ele é onde ela ouve aquelas coisas; na cama com ele no Antlers, depois de um dia em que algo que ela não sabe explicar de forma alguma aconteceu. Ele as conta para ela enquanto as nuvens se dispersam e a lua se aproxima como um aviso e a mobília nada até as margens da visibilidade. Ela o abraça no escuro e ouve, sem querer acreditar (sem conseguir evitá-lo), à medida que o jovem que logo se tornará seu marido lhe diz:

— Papai me mandou pegar aquele rolo de corda debaixo da escada. "E depressa, seu lerdo d'uma figa", diz ele, "porque ele num vai ficar apagado muito tempo. E quando ele acordar

15

— *Quando acordar, ele vai estar um bicho feio.*

Bicho feio. Como *Scottinhozinho, seu molenga* e *a coisa-ruim, bicho feio* faz parte do idioma interno da família que irá assombrar seus sonhos (e seu jeito de falar) pelo resto da sua vida produtiva, porém curta demais.

Scott pega o rolo de corda debaixo da escada e o leva para papai. Papai amarra Paul com uma parcimônia veloz e dançante, sua sombra se agigantando e rodopiando nas paredes de pedra do porão sob a luz de três lâmpadas de bulbo que são acionadas por um interruptor no topo da escada. Ele amarra os braços de Paul com tanta força às costas dele que as articulações dos ombros do garoto ficam visíveis mesmo por debaixo da camisa. Scott se vê forçado a falar novamente, por mais medo que sinta de papai.

— *Papai, o senhor apertou demais!*

Papai lança um olhar na direção de Scott. É breve, mas Scott reconhece o medo nele. Aquilo o assusta. Mais que isso, aquilo o deixa *pasmo.* Até então, ele teria dito que seu papai não tinha medo de nada além do conselho escolar e de suas malditas cartas registradas.

— *Você não sabe, então cala a boca! Não vou deixar ele se soltar! Ele pode até num matar a gente se isso acontecer, mas eu com toda certeza vou ter que matar ele. Eu sei o que eu tô fazendo!*

Não sabe nada, pensa Scott, observando papai amarrar as pernas de Paul juntas primeiro nos joelhos e depois nos tornozelos. Paul já começou a se mexer novamente e a murmurar daquele jeito gutural. *Está só tentando descobrir*. No entanto, ele compreende a sinceridade do amor que papai sente por Paul. Pode ser um amor feio, mas é verdadeiro e forte. Se não fosse, papai nem tentaria descobrir. Teria apenas continuado a bater em Paul com a tora até ele morrer. Por um instante, parte da mente de Scott (uma parte fria) se pergunta se papai teria corrido o mesmo risco por ele, por Scottinhozinho, o molenga, que só teve coragem de pular de um banco de um metro de altura depois de ver o irmão cortado e sangrando diante de si, mas empurra o pensamento para a escuridão. Não é *ele* que está com a coisa-ruim.

Pelo menos por enquanto.

Papai termina amarrando o tronco de Paul a uma das vigas de aço pintadas que sustentam o teto do porão.

— *Pronto* — diz ele, afastando-se, ofegando como um homem que acabou de amarrar um bezerro numa arena de rodeio. — *Isso vai segurar ele por um tempo. Vai até o barracão, Scott. Pega a corrente fina que tá bem atrás da porta e a corrente de tração pesada que tá no vão da esquerda, junto com as peças da caminhonete. Sabe de onde eu tô falando?*

Paul está todo largado, preso apenas pela corda ao redor do seu tórax, mas se endireita tão de repente que bate com a cabeça na viga com uma força odiosa. Scott faz uma careta. Paul o encara com olhos que eram azuis até pouco tempo antes. Sorri, e os cantos de sua boca se esticam muito além do que deveria ser possível… quase até os lóbulos das orelhas, ao que parece.

— *Scott* — diz o pai.

Pela primeira vez na vida, Scott não lhe dá atenção. Está hipnotizado pela máscara de Halloween que costumava ser o rosto do seu irmão. A língua de Paul sai dançando do meio dos lábios entreabertos e baila no ar úmido do porão. Ao mesmo tempo, sua virilha fica escura à medida que ele mija nas cal…

Scott leva um sopapo no cocuruto que o faz cambalear para trás e bater de novo na mesa da prensa tipográfica.

— *Não olha pra ele, seu bocó, olha pra mim! Aquele bicho feio vai te hipnotizar como uma cobra hipnotiza um passarinho! É melhor acordar, Scottinhozinho: esse não é mais o seu irmão.*

Scott olha boquiaberto para o pai. Atrás deles, como para frisar o que papai disse, a coisa amarrada ao poste solta um rugido alto demais para ter saído de um peito humano. Mas tudo bem, pois não é um som humano. Nem de perto.

— *Vá pegar aquelas correntes, Scottinho. As duas. E rápido. Aquelas cordas não vão segurar ele. Preciso subir para pegar meu trinta-zero-meia. Caso ele se solte antes de você voltar com as correntes...*

— *Papai, por favor, não atira nele! Não atira no Paul!*

— *Traz as correntes. Aí a gente vê o que pode fazer.*

— *A corrente de tração é muito grande! Muito pesada!*

— *Usa o carrinho de mão, seu bocó. O grande. Agora vai, sebo nas canelas.*

Scott olha por sobre os ombros uma vez e vê o pai andando de costas até o pé da escada. Bem devagar, como um domador de leões saindo da jaula depois do fim do número. Diante dele, sob o brilho de uma lâmpada pendurada no teto, está Paul. Ele está batendo com a nuca contra a viga tão rápido que faz Scott pensar em um martelo. Ao mesmo tempo, balança o corpo de um lado para outro. Scott não consegue acreditar que Paul não esteja sangrando ou desmaiando, mas ele não está. E percebe que o pai tem razão. As cordas não irão segurá-lo. Não se ele continuar com aquele ataque constante.

Ele não vai conseguir, pensa Scott enquanto o pai vai para um lado (pegar a arma no armário da frente) e ele mesmo vai para outro (calçar suas botas). *Ele vai se matar antes.* Mas então pensa no rugido que ouviu explodindo de dentro do peito do irmão — aquele impossível rugido assassino — e não acredita muito naquilo.

E, enquanto corre pelo frio sem casaco, pensa que talvez até saiba o que aconteceu com Paul. Há um lugar para o qual ele consegue ir quando papai o machuca, e ele leva Paul para lá quando papai machuca o *irmão*. Sim, já levou muitas vezes. Aquele lugar tem coisas boas, árvores bonitas e água medicinal, mas tem também coisas ruins. Scott evita ir até lá à noite e, quando vai, não faz barulho e volta *depressa*, porque a profunda intuição do seu coração de criança lhe diz que é à noite que as coisas más saem. É à noite que elas caçam.

Se ele consegue ir *até lá*, porque seria tão difícil acreditar que alguma coisa — uma coisa-ruim — possa ser capaz de entrar em Paul e vir *para cá*?

Algo que o tenha visto e marcado, ou talvez só algum germe idiota que subiu pelo nariz dele e se alojou no seu cérebro?

E, se for verdade, de quem é a culpa? Quem levou Paul para lá, para começo de conversa?

No barraco, Scott joga a corrente fina no carrinho de mão. Isso é fácil, leva apenas poucos segundos. Pegar a corrente de tração é muito mais difícil. Ela é prefeitamente eita-norme, e fala durante todo o processo sua língua barulhenta, com todas as suas vogais de aço. Os ganchos pesados escorregam dos braços trêmulos dele duas vezes; da segunda, agarram na sua pele e a repuxam até abrir rasgos que vertem rosetas brilhantes de sangue. Da terceira vez, quando ele já a está colocando no carrinho de mão, a braçada de quase dez quilos de elos cai torta, na lateral do carrinho em vez de no quadrado do centro, e toda a carga de elos de corrente cai em cima do pé de Scott, soterrando-o de aço e fazendo o menino soltar um grito de dor digno de uma soprano.

— *Scottinhozinho, você vai vir antes da virada do século?* — berra papai de dentro da casa. — *Se for pra vir, é melhor vir* logo, *porra!*

Scott olha naquela direção, olhos arregalados e apavorados. Reergue o carrinho de mão e se agacha sobre o monte grande e escorregadio formado pela corrente. O pé continuará visivelmente machucado dali a um mês, e ele sentirá dor no local até o fim da vida (aquele problema específico suas viagens para o outro lugar nunca conseguem resolver), mas naquele instante Scott sente apenas a explosão de dor inicial. Recomeça a encher o carrinho de mão com os elos, sentindo o suor quente descer pela lateral do corpo e pelas costas, sentindo o fedor brabo dele, sabendo que se ouvir um tiro é porque os miolos de Paul estão espalhados pelo chão do porão e a culpa é dele. O tempo se torna uma coisa física, que pesa, como a terra. Como uma corrente. Ele espera o tempo todo papai gritar com ele de novo de dentro da casa. Não escuta nada, e enquanto empurra o carrinho de mão de volta para o brilho amarelo das luzes da cozinha, Scott começa a temer outra coisa: que Paul tenha se soltado, afinal. Que não sejam os miolos de Paul a estarem espalhados na terra de cheiro azedo, e sim as tripas de papai, arrancadas do seu bucho com ele ainda vivo pela coisa que era o irmão de Scott naquela mesma tarde. Que Paul tenha subido as escadas e esteja escondido na casa, e que a caça à caça à didiva comece assim que Scott entrar em casa. Só que, dessa vez, *ele* será o prêmio.

Tudo isso é sua imaginação, obviamente, sua maldita imaginação que corre como um cavalo selvagem à noite — porém, quando o pai aparece na varanda com um salto, ela já fez estrago o suficiente e, por um instante, Scott vê não Andrew Landon, mas Paul, sorrindo como um duende, e grita. Quando ele ergue a mão para proteger o rosto, o carrinho de mão quase vira outra vez. Teria virado, se papai não tivesse vindo segurar. Ele ergue uma das mãos para bater no filho, mas a abaixa quase na mesma hora. Pode até dar uma surra nele mais tarde, mas não agora. Agora, precisa dele. Então, em vez de bater, papai apenas cospe na mão direita e a esfrega na esquerda. Depois se agacha, só de camiseta, ignorando o frio que faz lá na varanda dos fundos, e agarra a ponta do carrinho.

— *Vou puxar, Scooter. Agarra esses cabos, guia o carrinho e não deixe o safado virar. Dei outra paulada nele, não teve jeito, mas ele num vai ficar apagado muito tempo. Se a gente derrubar essa corrente, não acho que ele vá sobreviver até amanhã. Não vou conseguir deixar ele vivo. Entendeu?*

Scott entende que a vida do irmão está em cima de um carrinho de mão extremamente sobrecarregado que pesa o triplo dele. Por um instante de loucura, ele pensa em simplesmente sair correndo para a escuridão tempestuosa, o mais rápido possível. Mas agarra os cabos. Não percebe as lágrimas que seus olhos derramam. Assente para o pai e o pai assente em resposta. Entre os dois, nada menos do que a vida e a morte.

— *No três. Um... dois... Segura ele reto agora, seu cachorro sarnento... Três!*

Faísca Landon ergue o carrinho de mão do chão para a varanda com um grito de esforço que sai em meio a uma névoa branca. Sua camiseta rasga debaixo de um braço e um tufo de pelo amarelo salta para fora. Enquanto o carrinho sobrecarregado está no ar, a droga do negócio tomba primeiro para a esquerda e depois para a direita, e o menino pensa: *fique reto, seu safado, seu cachorro sarnento, seu filho d'uma égua.* Ele corrige cada inclinação, gritando a si mesmo para não puxar forte demais, não exagerar, seu imbecil, seu coisa-ruim filho d'uma égua. E dá certo, mas Faísca Landon não perde tempo com parabéns. O que Faísca Landon faz é voltar andando de costas para dentro de casa, puxando o carrinho à sua frente. Scott o segue mancando com o pé inchado.

Na cozinha, papai gira o carrinho e o empurra direto para a porta do porão, que está fechada e trancada. A roda faz uma trilha no açúcar derramado. Scott jamais se esquecerá daquilo.

— *Abra a porta, Scott.*

— *Papai, e se ele estiver... lá?*

— *Aí eu vou mandar ele pro beleléu com esse negócio aqui. Se quiser ter uma chance de salvar a vida dele, pare de falar besteira e abra a droga da porta.*

Scott tira o ferrolho e abre a porta. Paul não está lá. Scott consegue ver a sombra intumescida dele, ainda preso à viga, e algo que o apertava com força por dentro relaxa um pouco.

— *Sai da frente, filho.*

Scott obedece. O pai empurra o carrinho até o topo da escada do porão. Em seguida, com outro grunhido, levanta um pouco o veículo, apoiando a roda com um pé quando ela ameaça rolar para trás. A corrente escorrega e cai na escada com um poderoso tinido dissonante, rachando dois degraus e depois escorregando quase até o fim dela. Papai joga o carrinho para um lado e começa a descer também, alcança a corrente parada no meio e a chuta pelo resto do caminho. Scott vai atrás e, logo depois de passar pelo primeiro degrau quebrado, vê Paul pendendo de lado na viga com a lateral esquerda do rosto coberta de sangue. O canto da sua boca treme insensivelmente. Um de seus dentes está pendurado no ombro da camisa.

— *O que o senhor fez com ele?* — quase grita Scott.

— *Bati nele com uma tábua, não teve jeito* — responde seu pai, soando estranhamente na defensiva. — *Ele tava acordando e você ainda tava de sacanagem no barracão. Ele vai ficar bem. Não dá pra machucar muito eles quando estão com a coisa-ruim.*

Scott mal o ouve. Ver Paul coberto de sangue daquela forma apagou da sua mente o que aconteceu na cozinha. Ele tenta ultrapassar papai e chegar até o irmão, mas papai o agarra.

— *Não, a não ser que não queira continuar vivendo* — diz Faísca Landon, e o que impede Scott não é tanto a mão no seu ombro, mas a terrível ternura que ouve na voz do pai. — *Porque ele vai sentir seu cheiro se você chegar perto. Mesmo inconsciente. Vai sentir seu cheiro e acordar.*

Ele vê o filho mais novo olhar para cima e assente.

— *Isso mesmo. Ele é igual a um bicho selvagem agora. Uma fera que come gente. E se a gente não der um jeito de prender ele, vamos ter que matar ele. Entendeu?*

Scott aquiesce e soluça alto, de um jeito que parece mais um burrico zurrando. Com aquela mesma ternura terrível, papai estende a mão, limpa o ranho do nariz e joga a meleca no chão.

— *Então pare de choradeira e me ajude com essas correntes. A gente vai usar aquela viga central e a mesa com a prensa tipográfica em cima. Aquela droga de prensa deve pesar uns duzentos quilos.*

— *E se essas coisas não aguentarem segurar ele?*

Faísca Landon balança a cabeça devagar.

— *Aí eu num sei.*

16

Deitado na cama com a esposa, ouvindo o Antlers ranger por conta do vento, Scott diz:

— Elas *aguentaram*. Pelo menos por três semanas. Foi lá que meu irmão Paul passou o último Ano-Novo, as últimas três semanas de vida; naquele porão fedorento.

Ele balança um pouco a cabeça. Lisey sente o movimento do cabelo dele contra sua pele, sente o quanto ele está úmido. É suor. Está no rosto dele, também, tão misturado às lágrimas que ela não consegue diferenciar qual é qual.

— Você não faz ideia de como foram aquelas três semanas, Lisey, principalmente quando papai ia trabalhar e ficávamos só eu e ele, eu e a *coisa*.

— Seu pai foi *trabalhar?*

— A gente tinha de comer, não tinha? E tínhamos de pagar pelo óleo do aquecedor, porque não conseguíamos aquecer a *casa* inteira só com madeira, embora só Deus saiba o quanto a gente tentou. E, acima de tudo, a gente não podia levantar suspeitas. Papai explicou tudo para mim.

Aposto que sim, pensou Lisey, irritada.

— Eu falei pro papai cortar ele e botar o veneno pra fora como ele sempre fez antes e papai disse que não ia adiantar, que cortar não ia adiantar nadica de nada porque a coisa-ruim já tinha ido pro cérebro. E eu sabia que era verdade. Mas aquela coisa ainda conseguia pensar, pelo menos um pouco. Quando papai saía ela gritava meu nome. Dizia que tinha feito uma didiva, uma didiva *boa*, e que no final tinha um doce *e* um refrigereco. Às vezes ela parecia tanto com Paul que eu ia até a porta do porão e colava a cabeça na madeira pra ouvir, mesmo sabendo que era perigoso. Papai *disse* que era perigoso, disse pra num ficar ouvindo e sempre ficar longe do porão quando eu tava sozinho e pra eu enfiar os dedos nos ouvidos e rezar bem alto ou gritar: "*Vai se danar, seu safado, vai se danar seu filho d'uma égua, vai se danar junto com o cavalo que trouxe você até aqui*", porque tanto isso quanto as orações davam na mesma, e pelo menos isolavam o som da coisa, mas que não era pra eu ouvir, porque ele falou que Paul estava morto e que não tinha nada no porão além de um demônio-didiva da Terra das Didivas de Sangue, e disse que "o Demônio pode ser fascinante, Scott, ninguém sabe melhor do que os Landon que o demônio pode ser fascinante. E os Landreau antes deles. Primeiro ele fascina a mente e depois toma o coração". Quase sempre eu obedecia, mas às vezes chegava perto e ouvia… e fingia que era Paul… Porque eu amava ele e queria ele de volta, não porque acreditava de verdade… E eu nunca abri o ferrolho.

Nesse instante, ele faz uma longa pausa. Seu cabelo pesado se esfrega incansavelmente contra o pescoço dela, e ele enfim diz numa vozinha relutante de criança:

— Bem, eu abri *uma vez*… e num abri a porta em si… nunca abri a porta do porão a não ser quando papai tava em casa, e quando papai tava em casa a coisa só gritava e fazia as correntes chocalharem e às vezes piava feito uma coruja. E quando ela fazia isso, às vezes papai piava de volta… Era tipo uma brincadeira, sabe? O jeito que eles piavam um pro outro… Papai na cozinha e ele… bem… acorrentado no porão… E eu ficava com medo mesmo sabendo que era brincadeira, porque era como se os dois estivessem doidos… doidos e conversando conversa de coruja… E eu pensava: "Só sobrou um, e sou eu. O único que num pegou a coisa-ruim, e que não tem nem onze anos, e o que iam achar se fosse até a loja do Mulie e contasse?". Mas não adiantava ficar pensando na loja do Mulie, porque se ele estivesse em casa ia me seguir e me arrastar de volta. E se não estivesse… e eles acreditassem em mim e fossem até minha casa comigo, matariam meu irmão… E meu irmão ainda tava em algum lugar lá dentro... E me levariam embora... e me colocariam no Orfanato. Papai disse que sem ele pra cuidar de mim e do Paul a gente teria que ir pro Orfanato, onde eles colocam alfinete na sua bebida se você fizer xixi na cama... E os garotos mais velhos... Você tem de pagar boquete pros mais velhos a noite inteira...

Ele para e se debate, preso em algum lugar entre onde está e onde estava antes. Fora do Antlers, o vento sopra forte e a construção geme. Ela quer acreditar que o que ele está contando não pode ser verdade — que é alguma alucinação infantil elaborada e medonha —, mas sabe que é. Cada palavra terrível. Quando ele volta a falar, ela nota que está tentando retomar sua voz adulta, seu *eu* adulto.

— Tem algumas pessoas em instituições psiquiátricas, geralmente pessoas que sofreram traumas catastróficos no lobo frontal, que regridem a um estado animalesco. Eu já li a respeito. Porém, é um processo que quase sempre ocorre no decorrer de anos. Isso aconteceu com meu irmão *de uma hora para outra*. E quando aconteceu, quando ele cruzou aquela fronteira...

Scott engole em seco. O estalo na sua garganta é tão alto quanto um interruptor sendo ligado.

— Quando eu descia as escadas do porão com a comida dele, carne e legumes em um prato fundo, como se fosse para um cachorro grande, tipo um dinamarquês ou um pastor alemão, ele corria até o fim das correntes que o prendiam à viga, uma em volta do pescoço e outra em volta da cintura, com baba voando do canto da boca, aí elas davam um puxão para trás e ele saía voando, ainda uivando e latindo feito um demônio-didiva, só que de um jeito meio estrangulado até recuperar o fôlego, sabe?

— Sim — diz ela baixinho.

— Eu tinha de colocar o prato no chão, ainda me lembro do cheiro daquela terra azeda quando eu me agachava, nunca vou esquecer, e aí empurrar a comida até onde ele conseguia alcançar. A gente fazia isso com o cabo de um ancinho quebrado. Não era bom chegar muito perto. Ele arranhava, podia até puxar a gente para junto dele. Eu não precisava do papai para saber que, se ele me pegasse, me comeria até não aguentar mais, comigo vivo e gritando. E aquele era o irmão que fazia as didivas. Que me amava. Sem ele, eu não teria sobrevivido. Sem ele, papai teria me matado antes dos meus cinco anos de idade; não por vontade própria, mas por estar com a própria coisa-ruim. Eu e Paul sobrevivemos juntos. Como irmãos. Entende?

Lisey assente. Ela entende.

— Só que naquele janeiro meu irmão ficou acorrentado no porão, preso à viga e à mesa com a prensa tipográfica, e dava para medir os limites do mundo dele por um arco… um arco de bosta… o ponto até onde ele alcançava antes das correntes terminarem… se agachava… e cagava.

Por um instante, ele coloca a base das mãos sobre os olhos. As cordas vocais ficam salientes no pescoço. Ele respira pela boca — haustos roucos e trêmulos. Ela não vê necessidade em perguntar onde ele aprendeu o truque de manter a dor calada; já sabe onde foi. Quando ele para novamente, ela pergunta:

— Como seu pai conseguiu acorrentar Paul, para começo de conversa? Você se lembra?

— Eu me lembro de tudo, Lisey, mas não significa que *saiba* de tudo. Uma meia dúzia de vezes ele colocou alguma coisa na comida de Paul, disso eu tenho certeza. Acho que era algum tipo de tranquilizante para animais, mas não faço ideia de como ele arranjou aquilo. Paul devorava tudo que a gente dava para ele, menos verduras, e geralmente a comida lhe dava energia. Ele uivava, latia e saltava de um lado para outro; corria até o fim das correntes, tentando quebrá-las, imagino, ou pulava para cima e socava o teto até os punhos sangrarem. Talvez estivesse tentando arrebentar o teto para sair, ou talvez fosse só por diversão. Às vezes ele se deitava no chão e se masturbava.

"Mas de vez em quando ele só ficava agitado por dez ou quinze minutos e depois parava. Era nessas horas que papai dava o negócio para ele. Ele se agachava, murmurando, e aí caía de lado, colocava as mãos entre as pernas e dormia. Na primeira vez que isso aconteceu, papai colocou nele aqueles dois cintos de couro que ele fez, só que eu imagino que a gente chame o que ficou em volta do pescoço de Paul de coleira, não é? Eles tinham presilhas grandes de metal atrás. Ele passou as correntes por elas; a corrente de tração pela presilha do cinto de baixo, a corrente mais fina pela do cinto do pescoço, na nuca. Aí usou um pequeno maçarico de mão para soldá-las. E foi assim que o Paul foi preso. Quando ele acordou, ficou louco ao se ver daquele jeito. Tipo, a ponto de fazer a casa tremer. — O sotaque monocórdio e anasalado do interior da Pensilvânia toma conta de sua voz de tal forma que as palavras soam quase germânicas. — A gente ficou parado no topo da escada, observando ele, e eu implorei pro papai soltar ele antes que ele quebrasse o pescoço ou se estrangulasse, mas o papai disse que ele num ia se estrangular e tinha razão. O que aconteceu depois de três semanas foi que ele começou a arrastar a mesa e até a viga central, a viga central de aço que segurava o chão da cozinha, mas nunca quebrou o pescoço e nem se estrangulou.

"Das outras vezes que papai botava ele pra dormir era pra ver se eu conseguia levar ele pra Boo'ya Moon... Eu te contei que era assim que eu e Paul chamávamos aquele outro lugar?"

— Sim, Scott. — Ela mesma chora agora. Deixa as lágrimas correrem, não querendo que ele a veja enxugando os olhos, não querendo que ele a veja tendo pena daquele garoto naquela casa de fazenda.

— Papai queria ver se eu conseguia levar ele e fazer ele melhorar como nas vezes que papai cortou ele, ou daquela vez que papai cutucou o olho dele com o alicate e fez ele sair um pouco pra fora e Paul cholou e cholou porque não conseguia enxergar direito, ou da vez que papai gritou *comigo* e disse "Scottinhozinho, seu cachorro sarnento, seu safado matador de mãe!" por andar na lama e me empurrou e eu caí e quebrei o cóccix aí não conseguia mais andar direito. Só depois que eu fui e fiz uma caça ao... sabe, pra ganhar um prêmio... meu cóccix ficou bom de novo. — Ele meneia a cabeça encostada ao corpo dela. — E depois que papai vê ele me dá um beijo e diz: "Scott, você é um em um milhão. Eu te amo, seu pequeno filho da puta". E eu beijo ele e digo: "Papai, *você* é um em um milhão. Eu te amo, seu grande filho da puta". E ele riu. — Scott se afasta dela e, mesmo na penumbra, Lisey consegue ver que a expressão dele parece quase o de uma criança. E vê também o assombro idiota nele. — Ele riu tanto que quase caiu da cadeira. Eu fiz meu pai *rir*!

Lisey tem milhares de perguntas e não ousa fazer uma que fosse. Não sabe ao certo se *consegue* fazer uma que seja.

Scott coloca uma das mãos no rosto, esfrega a cara, olha para ela novamente. E está de volta. Num piscar de olhos.

— Cristo, Lisey — diz ele. — Eu nunca falei sobre essas coisas, nunca, com ninguém. Você está tranquila em relação a isso?

— Estou, Scott.

— Então você é uma mulher corajosa pra cacete. Já começou a dizer a si mesma que é tudo conversa fiada? — Ele está até sorrindo um pouco. É um sorriso inseguro, mas sincero o bastante, e ela o considera amável o suficiente para ser beijado: primeiro um canto, depois o outro para ele não ficar com ciúmes.

— Ah, eu tentei — diz ela. — Não deu certo.

— Por causa do jeito que a gente fez uma diviva e saiu de debaixo da árvore nham-nham?

— É assim que você chama?

— Era esse o nome que Paul dava para uma viagem rapidinha. Uma viagem rapidinha que você faz daqui para lá. Ele chamava de fazer uma diviva.

— É igual a didiva, só que troca as sílabas.

— Isso mesmo — diz ele. — Ou igual a viva, só que começando com di.

17

Acho que depende de você, Scottinhozinho.

São as palavras do pai dele. Elas se recusam a ir embora.

Acho que depende de você.

Mas ele tem só dez anos de idade e a responsabilidade de salvar a vida e a sanidade do irmão — talvez até mesmo sua alma — lhe pesa sobre os ombros e rouba seu sono à medida que o Natal e o Ano-Novo passam e o janeiro frio e cheio de neve começa.

Você fez ele melhorar um monte de vezes, você fez ele melhorar de um monte de coisas.

É verdade, mas ele nunca tinha ficado daquele jeito, nem de longe, e Scott descobre que já não consegue comer a não ser que papai esteja do seu lado, obrigando-o a dar cada garfada. O choro quase inaudível e fanhoso da coisa no porão rasga a fina camada do seu sono — mas isso geralmente não tem problema, pois quase sempre o que ele deixa para trás são pesadelos medonhos, tingidos de vermelho. Em muitos deles, ele se vê sozinho em Boo'ya Moon depois do anoitecer, às vezes em um certo cemitério, perto de uma certa lagoa, em uma floresta cheia de lápides e cruzes de madeira, ouvindo as gargalhantes e sentindo a brisa antes doce começar a cheirar mal perto do solo, onde ela acaricia o mato emaranhado. Dá para ir para Boo'ya Moon depois do anoitecer, mas não é uma boa ideia, e, se acabar se vendo lá quando a lua está alta no céu, é melhor ficar quieto. Quieto como um filho d'uma égua. No entanto, nos sonhos, Scott sempre se esquece e fica apavorado ao perceber que está cantando "Jambalaya" a plenos pulmões.

Talvez possa fazer ele melhorar disso.

Da primeira vez que Scott tenta, porém, percebe que é provavelmente impossível. Ele percebe assim que ele coloca um braço titubeante em volta da coisa toda cagada, roncando, fedendo e enrolada ao pé da viga de sustentação de aço. Seria mais fácil amarrar um piano de cauda nas costas e dançar o chá-chá-chá com ele. Antes, ele e Paul teriam ido facilmente para aquele outro mundo (que na verdade é apenas este mundo virado do avesso como um bolso, dirá ele mais tarde a Lisey). No entanto, a coisa que ronca no porão é uma bigorna, um cofre de banco… um piano de cauda amarrado às costas de um menino de dez anos.

Ele foge para perto do papai e, mesmo tendo certeza de que vai levar um tapa, não se arrepende. Ele sente que merece levar um tapa. Ou pior. Mas o papai, que está sentado ao pé da escada com uma tora em uma das mãos observando tudo, não o estapeia ou bate nele com o punho cerrado. O que ele faz é tirar o cabelo sujo e emaranhado da nuca de Scott e plantar um beijo lá com uma ternura que faz o menino estremecer.

— *Não me surpreende, Scott. A coisa-ruim gosta de onde está.*

— *Papai, o Paul já não tá mais lá dentro mesmo?*

— *Não sei.* — Ele coloca Scott entre as pernas abertas, a calça verde se projetando dos dois lados do menino. Papai une as mãos relaxadas em volta do peito de Scott e descansa o queixo no seu ombro. Juntos, eles olham para a coisa adormecida enrolada ao pé da viga. Olham para as correntes. Olham para o arco de bosta que demarca a fronteira do seu mundo no porão. — *O que você acha, Scott? O que sente?*

Ele pensa em mentir para papai, mas apenas por um instante. Não quer fazer isso quando os braços do homem estão ao seu redor, não quando sente o amor do papai ressoando no porão, como a rádio WWMA à noite. O amor do seu papai é tão sincero quanto sua raiva e sua loucura, mesmo que não apareça com tanta frequência e seja demonstrado com menos frequência ainda. Scott não sente nada, e diz isso com relutância.

— *Ah, meu camaradinha, num dá pra gente continuar assim.*

— *Por que não? Ele tá comendo, pelo menos...*

— *Cedo ou tarde alguém vai aparecer e ouvir ele aqui embaixo. Basta uma joça de um vendedor ambulante, um sujeitinho desses que vende utilidades pro lar, e estamos lascados.*

— *Ele vai ficar quieto. A coisa-ruim vai fazer ele ficar quieto.*

— *Talvez sim, talvez não. Num dá pra saber o que a coisa-ruim vai fazer, não mesmo. E ainda tem o cheiro. Eu posso jogar cal até ficar roxo e esse fedor de merda ainda vai continuar subindo pelo chão da cozinha. Mas, acima de tudo... Scottinhozinho, você não percebe o que ele tá fazendo com aquele raio de mesa com a prensa tipográfica? E com a viga? Com a filha d'uma égua da viga?*

Scott olha. A princípio, ele mal acredita no que está vendo — e, é claro, não quer acreditar no que está vendo. Aquela mesa enorme, mesmo com os mais de duzentos quilos da antiga prensa tipográfica manual Stratton em cima, foi puxada pelo menos três metros da posição original. Ele consegue ver as marcas quadradas onde ela costumava ficar sobre a terra batida. Pior ainda está a viga de aço, que se junta a uma borda de metal lisa na extremidade de cima. A borda pintada de branco, por sua vez, junta-se à trave que corre bem embaixo da mesa da cozinha. Scott consegue ver um ângulo reto escuro tatuado no pedaço de metal branco e percebe que era lá que a viga de sustentação costumava ficar. Ele mede a viga com o olho, tentando notar alguma inclinação. Não consegue, ainda não. Mas se a coisa continuar dando puxões nela com toda a sua força sobre-humana... Dia após dia...

— *Papai, posso tentar de novo?*

Papai suspira. Scott vira o pescoço para trás para olhar no seu rosto odiado, temido, amado.

— *Papai?*

— *Manda brasa até o cu fazer bico* — diz papai. — *Manda brasa e boa sorte pra você.*

18

Silêncio no escritório sobre o celeiro, onde estava quente, ela estava ferida e seu marido estava morto.

Silêncio no quarto de hóspedes, onde está frio e o seu marido *partiu*.

Silêncio no quarto no Antlers, onde eles estão deitados juntos, Scott e Lisey, **Agora somos dois**.

E o Scott vivo fala em nome do que está morto em 2006 e do que *partiu* em 1996 e os argumentos contra a loucura fazem mais do que cair por terra; para Lisey Landon, eles finalmente desabam por completo: tudo na mesma.

19

Do lado de fora do quarto deles no Antlers, o vento sopra e as nuvens ficam mais finas. Do lado de dentro, Scott faz uma pausa para dar um gole no copo d'água que sempre deixa na mesinha de cabeceira. A interrupção quebra a regressão hipnótica que começou a tomar conta dele novamente. Quando volta a falar, ele parece estar contando a história em vez de a estar *vivendo*, e ela considera aquilo um enorme alívio.

— Eu tentei de novo — diz ele. *Tentei*, não *teimei*. — Costumava pensar que o fato de eu ter tentado de novo foi o que o matou. Até hoje à noite eu pensava assim; mas falar a respeito, me *ouvir* falar a respeito, me ajudou mais do que eu poderia ter acreditado. Acho que, no fim das contas, os psicanalistas têm alguma razão com aquela conversa de cura pela fala, né?

— Não sei. — E ela pouco se importa. — O seu pai culpou você? — Pensando: *É claro que culpou.*

No entanto, mais uma vez ela parece ter subestimado a complexidade do pequeno triângulo de relacionamentos que existiu por um tempo naquela colina isolada em Martensburg, Pensilvânia. Porque, depois de hesitar por um instante, Scott nega com a cabeça.

— Não. Poderia ter ajudado se ele tivesse me pegado nos braços, como fez depois da primeira vez que tentei, e me dito que não era culpa minha, que não era culpa de *ninguém*, que era só a coisa-ruim, como câncer ou paralisia cerebral ou algo assim, mas ele também não fez isso. Ele só me arrastou para longe com um braço... Eu fiquei caído como uma marionete cujos fios tinham sido cortados... E depois nós só... — Na penumbra que clareava, Scott explica todo o silêncio sobre o seu passado com um gesto terrível. Ele leva um dedo aos lábios por um instante, um pálido ponto de exclamação sob os olhos arregalados, e o deixa lá: *Shiuuuu*.

Lisey lembra de como foi depois que Jodi engravidou e foi embora e demonstra que compreende meneando a cabeça. Scott lança um olhar de gratidão a ela.

— Foram três tentativas ao todo — prossegue ele. — A segunda foi apenas três ou quatro dias depois da primeira. Me esforcei ao máximo, mas foi como a primeira vez. Só que, àquela altura, já *dava* para ver que a viga à qual ele estava acorrentado estava inclinada, e havia um segundo arco de bosta mais adiante, porque ele tinha movido a mesa um pouco mais e afrouxado um pouco mais a corrente. Papai estava começando a ficar com medo de que ele quebrasse uma das pernas da mesa, embora elas também fossem de metal.

"Depois da minha segunda tentativa, falei para o papai que tinha quase certeza do que estava errado. Não dava certo, eu não conseguia *levar* ele para lá, porque ele estava sempre nocauteado quando eu chegava perto. E papai disse: 'Bem, e qual é o seu plano, Scottinhozinho, quer agarrar ele enquanto ele está acordado e furioso? Ele arrancaria a joça da sua cabeça fora'. Eu disse que sabia. Eu sabia mais do que isso, Lisey; sabia que se ele não arrancasse minha cabeça no porão, arrancaria ela do outro lado, em Boo'ya Moon. Aí eu preguntei para o papai se ele não podia nocautear ele só um pouquinho, sabe, deixar ele grogue. O suficiente para eu chegar perto e segurar ele do jeito que eu segurei você hoje, debaixo da árvore nham-nham."

— Ah, Scott — diz ela. Ela teme pelo menino de dez anos mesmo sabendo que deve ter dado tudo certo; sabendo que ele viveu para se tornar o jovem que está deitado ao seu lado.

— Papai disse que era perigoso. "Cê tá brincando com fogo, Scottinho", disse ele. Eu sabia que estava, mas não tinha outro jeito. Não podíamos manter ele no porão por muito mais tempo; até eu conseguia ver isso. E então papai meio que despenteou meu cabelo e disse: "O que houve com o mijãozinho que tinha medo de pular do banco do corredor?". Fiquei surpreso por ele se lembrar daquilo, porque a coisa-ruim tinha pegado ele muito feio naquele dia, e fiquei orgulhoso.

314

Lisey pensa que vida terrível deve ter sido aquela, na qual agradar um homem daquele tipo podia deixar uma criança orgulhosa, e se lembra de que ele tinha apenas dez anos. Dez anos, e sozinho com um monstro no porão a maior parte do tempo. O pai também era um monstro, mas pelo menos um monstro às vezes racional. Um monstro capaz de dar um beijo de esmola vez ou outra.

— E aí... — Scott olha para a penumbra acima. Por um instante, a lua aparece. Ela corre uma pata pálida e brincalhona sobre o rosto dele antes de se retirar para trás das nuvens novamente. Quando ele volta a falar, ela ouve a criança começar a assumir o controle mais uma vez. — O papai... sabe, o papai nunca preguntava o que eu via, ou pra onde eu ia, ou o que eu fazia quando ia pra lá e num acho que ele tenha preguntado para o Paul, num sei se Paul se lembrava de muita coisa, mas ele quase preguntou naquela hora. Ele disse: "E se você levar ele desse jeito, Scottinho? O que vai acontecer se ele acordar? Ele vai ficar bonzinho de repente? Porque, se não ficar, eu num vou estar lá pra te ajudar."

"Mas eu pensei naquilo, entende? Pensei e pensei até parecer que meus miolos iam estourar." Scott se apoia em um cotovelo e olha para ela. "Eu sabia que aquilo tinha que acabar tanto quanto o papai, talvez até mais. Por causa da viga. E da mesa. Mas também por causa do jeito que ele tava perdendo peso e ficando com uns machucados no rosto por não estar comendo a comida certa. A gente dava legume pra ele, mas ele estilingava tudo adiante, menos as batatas e as cebolas, e um dos olhos dele, o que papai tinha machucado antes, tinha ficado todo branco leitoso em cima do vermelho. E ele tava perdendo mais dente e um dos ombros dele tava tudo torto. Ele tava caindo aos pedaços por ficar lá embaixo, Lisey, e o que num tava caindo aos pedaços por falta de luz do sol e comida errada ele estava espancando até a morte. Tá entendendo?"

Ela assente.

— Então eu tive um ideiazinha e contei pro papai. Ele disse: "Você acha que é esperto pra caralho prum moleque de dez anos, não acha?". E eu disse que não, que não era esperto sobre quase nada e se ele achava que tinha algum outro jeito que fosse mais seguro e melhor, tudo bem. Só que ele não achava. Ele disse: "*Eu* acho que você é esperto pra caralho prum moleque de dez anos, isso sim. E acabou mostrando que tem algum culhão no fim das contas. Isso se não for dar pra trás". Aí eu falei: "Não vou dar pra trás". E ele disse: "Num vai precisar, Scottinhozinho, porque eu vou estar bem no pé da escada com o filho d'uma égua do meu rifle

20

Papai está parado ao pé da escada com seu rifle, seu trinta-zero-meia, nas mãos. Scott está do lado dele, olhando para a coisa acorrentada à viga de metal e à mesa da prensa tipográfica, tentando não tremer. No bolso direito do menino está o instrumento fino que o papai lhe deu, uma seringa com uma capa de plástico sobre a agulha hipodérmica. Scott não precisa que o papai lhe diga que é um mecanismo frágil. Se houver luta, ela pode se quebrar. Seu papai se ofereceu para colocá-la em uma caixinha que costumava guardar uma caneta-tinteiro, mas tirar a seringa da caixa levaria uns dois segundos extras — no mínimo — e aquilo poderia significar a diferença entre a vida e a morte caso ele consiga levar a coisa acorrentada ao poste para Boo'ya Moon. Em Boo'ya Moon, não haverá papai com um rifle trinta-zero-meia. Em Boo'ya Moon, serão só ele e a coisa que entrou em Paul como uma mão em uma luva roubada. Só os dois no topo da Colina do Carinho.

A coisa que costumava ser seu irmão está esparramada com as costas apoiadas na viga central e as pernas abertas. Está nua, exceto pela camiseta de Paul. As pernas e os pés estão sujos. Os lados do corpo estão cobertos de merda. O prato fundo, do qual até a gordura foi lambida, está caído sobre uma das mãos imundas. O hambúrguer extragrande que estava nele desapareceu goela abaixo de Paul-coisa em uma questão de segundos, mas Andrew Landon passou quase meia hora preparando a carne, jogando a primeira tentativa em direção à escuridão depois de chegar à conclusão de que jogara muito do "negócio" nele. "O negócio" são pílulas brancas quase idênticas aos antiácidos que papai às vezes toma. Na única vez que Scott perguntou a papai de onde elas saíram, Papai disse: *"Por que você não fecha essa sua maldita boca, seu bedelhudo, antes que eu feche ela pra você?"*. E quando papai diz esse tipo de coisa, você entende a mensagem se tiver alguma coisa na cabeça. Papai triturou as pílulas com o fundo de um copo. Ficou falando enquanto trabalhava — talvez consigo mesmo, talvez com

Scott — enquanto debaixo deles a coisa acorrentada à prensa tipográfica pedia a janta com rugidos monótonos.

— *É muito fácil saber a quantidade quando você quer derrubar ele*, disse papai, olhando do monte de pó branco para o hambúrguer. — *Seria mais fácil ainda se eu quisesse matar o filho da puta irritante. Mas não, o idiota aqui não quer fazer isso, só quer dar a ele a chance de matar o que ainda tá bem. Ora, que se dane, Deus odeia os covardes.*

Ele usou o lado do mindinho com uma delicadeza surpreendente para separar uma pequena fileira de pó branco do monte. Pegou um pouco entre o polegar e o indicador, salpicou na carne como se fosse sal, misturou a massa do hamburguer, depois pegou mais um pouquinho e enfiou no meio da carne também. Não se preocupava muito com o que chamava de *passar no fogo* no que dizia respeito à coisa lá embaixo; dizia que ele ficaria satisfeito em comer a janta crua — quente e pulsante no osso, inclusive.

Agora Scott está ao lado do pai, a seringa no bolso, observando a coisa perigosa recostada na viga que ronca com o lábio superior franzido. Está choramingando pelos cantos da boca. Seus olhos estão entreabertos, mas não há sinal das íris; Scott consegue ver apenas o branco cintilante e liso... *Só que o branco dos olhos dele não é mais branco*, pensa.

— *Vá logo, seu desgraçado* — diz papai, dando-lhe um empurrão no ombro. — *Se vai fazer, faça de uma vez, antes que eu perca a paciência ou tenha um ataque do coração... Ou você acha que ele tá enganando a gente? Que tá só fingindo estar desmaiado?*

Scott nega com a cabeça. A coisa não está tentando enganá-los, ele sente que não... Olha para o pai com curiosidade.

— *O que foi?* — pergunta papai, irritado. — *O que tem aí na sua cabecinha oca além dessa joça de cabelo?*

— *O senhor tá com muito muito...?*

— *Se eu tô com muito medo? É isso que você quer saber?*

Scott faz que sim, subitamente encabulado.

— *Tô, morrendo de medo. Você achou que só você? Agora fecha a bocona e faz o que tem que fazer. Vamos acabar com isso.*

Ele jamais entenderá por que o fato de o pai admitir que está com medo faz com que sinta mais coragem; sabe apenas que é o que acontece. Ele anda em direção à viga central. Toca o cilindro da seringa no bolso mais uma vez no caminho. Chega ao primeiro arco de bosta e passa por cima dele. O próximo passo o leva além do círculo interno e para dentro do que é possível chamar de o covil da coisa. Lá, o cheiro é forte: não de merda, tampouco de cabelo ou pele, mas sim de pelo e couro. A coisa tem um pênis que é maior do que o de Paul costumava ser. A penugem da virilha do irmão deu lugar aos pelos pubianos grossos e densos da coisa, e os pés na extremidade das pernas dele (as pernas são as únicas coisas que continuam iguais) têm um aspecto estranhamente retorcido para dentro, como se os ossos dos tornozelos estivessem empenando. *Tábuas deixadas na chuva*, pensa Scott; o que faz certo sentido.

Depois seu olhar retorna para o rosto da coisa — para os olhos dela. As pálpebras ainda estão quase completamente baixadas e ainda não há sinal das íris, apenas do branco sanguíneo. A respiração também não mudou; as mãos sujas continuam caídas, sem vida, as palmas viradas para cima como em rendição. Ainda assim, Scott sabe que entrou na zona de risco. Ela não vai hesitar agora. A coisa vai sentir o cheiro dele e acordar a qualquer momento. Isso vai acontecer apesar do "negócio" que papai colocou no hambúrguer — então, se ele conseguir, se ele conseguir *levar* a coisa que roubou seu irmão...

Scott continua seguindo adiante, movimentando pernas que mal consegue sentir. Parte da sua mente está totalmente convencida de que ele está se encaminhando para a morte. Ele não vai nem ser capaz de fazer uma diviva, não quando Paul-coisa o agarrar. Mesmo assim, Scott anda até o raio de alcance dela, adentrando a mais íntima concentração do seu fedor selvagem, e botando as mãos no lado nu e pegajoso do seu corpo. Ele pensa

(*Paul venha comigo agora*)

e

(*Didiva Boo'ya Boo'ya Moon água doce da lagoa viva*)

e, por um instante doloroso e decepcionante, quase dá certo. Há a sensação familiar de quando as coisas começam a sair correndo para longe; o zumbido de insetos e o delicioso perfume diurno das árvores da Colina do Carinho sobem no ar. Mas, de repente, as mãos de unhas grandes da coisa estão em volta do pescoço de Scott. Ela abre a boca e seu rugido afasta os sons e cheiros de Boo'ya Moon numa corrente de ar que fede a carniça. Para Scott, parece que alguém atirou uma pedra flamejante na delicada estrutura da sua... da sua o quê? Não é sua mente que o leva para aquele outro lugar, não *exatamente*... E não há tempo para pensar mais sobre aquilo, porque a coisa o pegou, a coisa o *pegou*. Tudo o que o papai temia aconteceu. A boca da coisa se escancara de um jeito que desafia a sanidade, como em um pesadelo, a mandíbula parecendo descer até a

(*caixa jurássica*)

caixa torácica, contorcendo o rosto sujo de tal forma que mesmo o último vestígio de Paul — e da própria humanidade — desaparece. Aquela é a coisa-ruim sem máscara. Scott tem tempo de pensar: *Ela vai arrancar minha cabeça com uma mordida só, como se eu fosse um pirulito.* A boca monstruosa boceja, os olhos vermelhos faíscam sob o brilho nu das lâmpadas pendentes e Scott não está indo para lugar nenhum, exceto para a morte. A cabeça da coisa cai para trás até bater na viga, depois ricocheteia para a frente.

Porém Scott se esqueceu novamente do papai. As mãos dele saem da penumbra, agarram Paul-coisa pelos cabelos e, de alguma forma, puxam a cabeça dela para trás. A outra mão do papai aparece, o polegar enrolado em volta da coronha da espingarda, onde ela fica mais fina, o indicador no gatilho. Ele enfia o cano da arma na parte debaixo do queixo erguido da coisa.

— *Papai, não!* — grita Scott.

Andrew Landon não dá ouvidos, não *pode se dar ao luxo* de dar ouvidos. Embora tenha agarrado um belo punhado do cabelo da coisa, ela está se livrando do punho assim mesmo. Agora está rugindo, e o rugido parece terrivelmente com uma palavra.

Com "papai".

— *Diga olá ao inferno, sua coisa-ruim filha da puta* — diz Faísca Landon, e aperta o gatilho.

O disparo do trinta-zero-meia é ensurdecedor no espaço fechado do porão; ele retinirá nos ouvidos de Scott por duas horas ou mais. O cabelo desgrenhado de trás da cabeça da coisa voa para cima, como se uma brisa tivesse soprado de repente, e um grande jorro escarlate pinta a viga central inclinada. As pernas da coisa dão um único chute enlouquecido, como em um desenho animado, e param. As mãos em volta do pescoço de Scott se apertam mais num espasmo momentâneo e em seguida caem espalmadas, *ploft*, no chão. Papai envolve Scott com os braços e o levanta.

— *Você tá bem, Scottinho? Tá conseguindo respirar?*

— Eu tô bem, papai. Você precisou matar ele?

— Tá doido ou o quê?

Scott se larga nos braços do pai, incapaz de acreditar no que aconteceu, embora soubesse que era bem possível. Ele queria poder desmaiar. Queria — pelo menos um pouco — poder morrer também.

Papai o sacode.

— Ele ia matar você, não ia?

— I-i-ia.

— Pode apostar que ia. Cristo, Scottinho, ele tava arrancando os próprios cabelos pelas raízes pra te pegar. Para pegar a joça da sua garganta!

Scott sabe que aquilo é verdade, mas sabe de outra coisa também.

— Olha pra ele, papai... Olha pra ele agora!

Por mais um ou dois segundos, ele fica pendurado nos braços do pai como um boneco de pano ou uma marionete cujos fios foram cortados. Em seguida, Landon desce lentamente o corpo e Scott sabe que o pai está vendo o que o filho queria que ele visse: apenas um garoto. Apenas um garoto inocente que foi acorrentado no porão pelo pai enlouquecido e pelo subserviente irmão mais novo, e passou fome até ficar magro feito um palito e coberto de feridas; um garoto que lutou tanto pela liberdade, e de forma tão lamentável, que conseguiu mover a viga de aço e a mesa cruelmente pesada às quais estava acorrentado. Um garoto que viveu três semanas de pesadelo como um prisioneiro lá embaixo até finalmente levar um tiro na cabeça.

— Estou vendo — diz papai, e a única coisa mais sombria que sua voz é seu rosto.

— Por que ele não tava assim antes, papai? Por que...

— Porque a coisa-ruim foi embora, seu palerma. — E eis que surge uma ironia que até um menino de dez anos severamente abalado consegue perceber, pelo menos um tão brilhante quanto Scott: agora que Paul está morto, acorrentado a uma viga no porão com os miolos explodidos, papai parece e soa mais são do que nunca. — E se alguém vir ele assim, eu vou parar ou na prisão estadual de Waynesburg ou internado naquela joça de hospício lá em Reedville. Isso se não me lincharem antes. A gente vai ter que enterrar ele, só que não vai ser moleza com o chão do jeito que tá, duro feito o diabo.

Scott diz:

— Eu levo ele, papai.

320

— *E como você vai fazer isso? Não conseguiu nem quando ele tava vivo!*

Ele não sabe explicar com palavras que agora não vai ser diferente do que ir para lá só com as roupas do corpo, coisa que faz sempre. Aquele peso de bigorna, de cofre de banco, de piano, foi embora da coisa acorrentada à viga; agora, a coisa acorrentada à viga é igual à palha verde que você arranca de uma espiga de milho. Scott diz apenas:

— *Agora eu consigo.*

— *Deixa de ser atrevido, moleque* — diz papai, mas apoia o rifle na mesa da prensa tipográfica. Passa uma das mãos pelo cabelo e suspira. Pela primeira vez, ele parece a Scott um homem que pode envelhecer.

— *Então vai, Scott, por que você num tenta? Mal não pode fazer.*

Porém, agora que não há perigo de verdade, Scott fica tímido.

— *Vira pra lá, papai.*

— *Mas QUE PORRA foi essa que você disse?*

Há uma surra em potencial na voz de papai — mas, pela primeira vez, Scott não se intimida. Não é *levar* o irmão que o incomoda; ele não se importa se papai vir aquilo. O que o envergonha é o papai o ver pegar o irmão morto nos braços. Ele vai chorar. Já sente as lágrimas vindo, como chuva em um fim de tarde de primavera, em um dia que foi quente com uma prévia do verão.

— *Por favor* — diz ele na sua voz mais apaziguadora. — *Por favor, papai.*

Por um instante, Scott tem quase certeza de que o pai vai atravessar o porão correndo até onde está o filho sobrevivente, com a sombra triplicada nas paredes de pedra atrás de si, e lhe dar um tapa com as costas da mão — talvez derrubando Scott bem no colo do irmão mais velho. Ele já foi estapeado daquele jeito muitas vezes, e geralmente se encolhe só de pensar nisso, mas agora fica parado entre as pernas abertas de Paul, olhando dentro dos olhos do pai. É difícil, mas ele consegue. Pois os dois passaram por algo terrível juntos e sobreviveram, e terão de manter aquilo entre eles para sempre: *Shiuuuu.* Então ele merece pedir, e merece olhar dentro dos olhos de papai enquanto espera a resposta.

Papai não vai para cima dele. Em vez disso, respira fundo, solta o ar e se vira.

— *Daqui a pouco você vai me mandar lavar o chão e limpar a privada, pelo jeito* — resmunga ele. — *Vou contar até trinta, Scottinho*

21

— "Vou contar até trinta e me virar de novo" — conta Scott. — Tenho quase certeza de que foi isso que ele disse, mas não ouvi porque àquela altura eu tinha sumido da face da Terra. Paul também, deixando as correntes para trás. Eu o levei comigo com a mesma facilidade de sempre depois que ele morreu; talvez tenha sido até mais fácil. Aposto que papai nunca terminou de contar até trinta. Terminou é o cacete, aposto que ele nem começou antes de ouvir o barulho das correntes, ou talvez o som do ar correndo para preencher o espaço em que estávamos antes, e ao se virar percebeu que estava completamente sozinho no porão. — Scott está relaxado contra o corpo dela; o suor do rosto e corpo dele está secando. Ele contou, tirou o pior de dentro dele, botou para fora.

— O som — diz ela. — Fiquei pensando sobre isso, sabia? Se houve algum som debaixo do salgueiro quando a gente… bem… saiu.

— Quando a gente fez uma diviva.

— É, quando a gente fez… isso aí.

— Quando a gente fez uma diviva, Lisey. Diga.

— Quando a gente fez uma diviva — ela diz, perguntando-se se está louca. Perguntando-se se ele está, e se ela está pegando dele.

Agora ele acende outro cigarro e, sob a luz do fósforo, seu rosto revela uma curiosidade sincera.

— O que você viu, Lisey? Você se lembra?

Ela fala, hesitante:

— Havia muito roxo, descendo uma colina… E parecia que havia sombra, como se tivesse árvores bem atrás da gente, mas foi tudo tão *rápido*… No máximo um ou dois segundos.

Ele ri e lhe abraça com um braço só.

— Você está falando da Colina do Carinho.

— Colina…?

— O nome foi ideia de Paul. Aquelas árvores são todas cercadas de terra, uma terra macia e profunda, acho que nunca é inverno lá, e foi nela que eu o enterrei. Foi lá que enterrei meu irmão. — Ele a encara com solenidade e diz: — Você quer ir até lá para ver, Lisey?

22

Lisey caíra no sono no chão do escritório, apesar da dor, e...

Não. Ela não adormecera, porque não *seria possível* dormir com uma dor daquelas. Não sem ajuda médica. Então, em que estado estivera?

Hipnotizada.

Lisey experimentou a palavra e decidiu que ela se encaixava perfeitamente. Ela entrara em um duplo (talvez até triplo) redemoinho de lembranças. Porém, daquele ponto em diante, suas recordações sobre o quarto de hóspedes frio em que ela o encontrara catatônico e sobre os dois na cama que rangia no segundo andar do Antlers (estas memórias dezessete anos mais velhas, mas ainda mais claras) ficavam borradas. *Você quer ir até lá para ver, Lisey?*, ele perguntara a ela — sim, sim. No entanto, o que quer que vira em seguida estava imerso em luz roxa brilhante, escondido atrás daquela cortina, e quando ela tentava estender a mão até ela, vozes autoritárias da infância (da Mãezinha Querida, de papito, de todas as suas irmãs mais velhas) gritavam alarmadas. *Não, Lisey! Já está perto até demais, Lisey! Pare, Lisey!*

Sua respiração ficou presa. (Teria ficado daquele jeito enquanto ela estava lá deitada com seu amado?)

Seus olhos se abriram. (Estavam arregalados quando ele a pegou nos braços, disso ela tinha certeza.)

A luz de junho de uma manhã clara — uma luz de junho do século XXI — substituiu o roxo vivo e berrante de um bilhão de tremoceiros. A dor do seu peito estraçalhado a inundou novamente junto com a luz. Porém, antes que Lisey pudesse reagir à luz ou às vozes que lhe mandavam não seguir adiante, alguém a chamou do celeiro do andar de baixo, assustando-a de tal forma que ela não gritou por um triz. Se a voz houvesse terminado com um *madame*, ela teria gritado.

— Senhora Landon? — Uma breve pausa. — A senhora está aí em cima?

Nenhum vestígio das terras do Sul naquela voz, apenas um sotaque ianque arrastado e monocórdio que fez Lisey reconhecer quem estava lá embaixo: o oficial Alston. Ele dissera que ficaria vindo para conferir se estava tudo bem, e lá estava, conforme prometido. Aquela era sua chance de dizer a ele que sim, estava lá em cima, estava deitada no chão sangrando porque o Príncipe Sombrio dos Caçacatras a ferira, que Alston tinha de levá-la para

No Soapa com as luzes e as sirenes ligadas, que ela precisava levar pontos no seio, um monte deles, e precisava de proteção, precisava dela dia e noite...

Não, Lisey.

Foi sua própria mente que trouxe aquele pensamento à tona (disso ela tinha certeza), como uma explosão em um céu escuro (bem... *quase* certeza), mas ele lhe veio na voz de Scott. Como se ganhasse autoridade daquela forma.

O que deve ter funcionado, pois "Sim, estou aqui!" foi tudo o que ela respondeu.

— Tudo na paz? Quero dizer, tudo bem aí?

— Tudo na paz, afirmativo — disse ela, impressionada ao ver que realmente *soava* "na paz". Especialmente para uma mulher cuja blusa estava encharcada de sangue e cujo seio esquerdo latejava como um... Bem, não havia nada com que comparar. Estava apenas *latejando.*

Lá embaixo — bem ao pé da escada, calculou Lisey — o policial riu, gostando daquilo.

— Só quis dar uma passada aqui antes de ir para Cash Corners. Tem uma casa pegando fogo por lá. Estão dizendo que foi premeditado. A senhora vai ficar bem se eu a deixar sozinha durante as próximas três horas, mais ou menos?

— Vou.

— Está com o celular?

Ela de fato estava com o celular e queria estar falando nele naquele instante. Se tivesse de continuar gritando para o policial, provavelmente desmaiaria.

— Benhaqui! — gritou em resposta.

— Hein? — Com uma leve suspeita na voz. Deus, e se ele subisse e a encontrasse daquele jeito? Se subisse, acharia aquilo muito suspeito, suspeito à enésima potência. Porém, quando voltou a falar, sua voz estava se afastando. Ela mal conseguia acreditar que estava feliz por isso, mas estava. Agora que tinha começado com aquilo, queria terminar. — Bem, ligue se precisar de alguma coisa. E eu volto mais tarde. Se for sair, deixe um bilhete para eu saber que a senhora está bem e a hora em que pretende voltar, certo?

E Lisey, que já começava a divisar — vagamente — um plano de ação, gritou em resposta:

— Beleza!

Tinha de começar voltando para casa. Mas, primeiro, antes de tudo, um copo d'água. Se não bebesse mais um pouco d'água, e logo, sua garganta poderia pegar fogo como aquela casa em Cash Corners.

— Vou passar no mercadinho do Patel na volta, senhora Landon, a senhora quer que eu compre alguma coisa?

Sim! Um engradado de Coca bem gelada e uma caixa de Salem Lights!

— Não, obrigada. — Se tivesse de falar mais, sua voz falharia. Mesmo que não falhasse, ele perceberia algo de errado nela.

— Nem umas rosquinhas? As rosquinhas deles são uma delícia. — Com um sorriso na voz.

— Estou de dieta! — foi tudo que ela teve coragem de dizer.

— Opa, opa, já *entendi* — disse ele. — Tenha um bom dia, senhora Landon.

Por favor, Deus, chega, implorou ela, gritando de volta:

— Para o senhor também!

E plac-plac-plac-ti-plac, lá se foi ele.

Lisey esperou ouvir um som de motor e, depois de um tempo, achou ter ouvido algum dando partida, mas muito baixinho. Ele devia ter estacionado perto da caixa de correio e depois atravessado a entrada para carros a pé.

Lisey ficou deitada onde estava por mais um tempo, recompondo-se, e depois se sentou. Dooley tinha cortado o seio dela na diagonal, subindo até a axila. O talho desigual e sinuoso tinha começado a cicatrizar e fechara um pouco, mas o movimento o fez abrir novamente. A dor foi imensa. Lisey gritou e isso piorou mais ainda a situação. Ela sentiu sangue fresco descer pelas costelas. Aquelas asas escuras começaram a tomar sua visão mais uma vez e ela as obrigou a ir embora, repetindo o mesmo mantra sem parar até o mundo ficar sólido: *Preciso acabar com isso, preciso atravessar a roxidão. Preciso acabar com isso, preciso atravessar a roxidão. Preciso acabar com isso, preciso atravessar a roxidão.*

Sim, atravessar a roxidão. Na colina, tinham sido os tremoceiros; na sua mente, a cortina pesada que erguera por conta própria — talvez com a ajuda de Scott, certamente com a aprovação tácita dele.

Eu já a atravessei antes.

Atravessou? Sim.

E posso atravessar de novo. Atravesse ou rasgue aquela droga se for preciso.

Pergunta: ela e Scott tinham falado alguma vez sobre Boo'ya Moon depois daquela noite no Antlers? Lisey achava que não. Eles tinham suas palavras em código, é claro, e Deus sabia que aquelas palavras vinham flutuando da roxidão nas vezes em que ela não conseguia encontrá-lo em shoppings ou mercados... Isso sem falar da vez em que a enfermeira o perdera de vista na joça da cama de hospital... Além da referência murmurada de Scott ao seu garoto espichado quando estava caído no estacionamento depois que Gerd Allen Cole atirou nele... e Kentucky... Bowling Green, na hora de sua morte...

Pare, Lisey!, disseram as vozes em coro. *Não faça isso, Lisey lindinha!*, gritaram elas. Mein gott, *non ouze facer isso!*

Ela tentara deixar Boo'ya Moon para trás, mesmo depois do inverno de 1996, quando...

— Quando eu fui até lá novamente. — Sua voz soou seca, porém clara, no escritório do falecido marido. — No inverno de 1996, eu voltei para lá. Para trazer Scott de volta.

Pronto, o mundo não acabou. Homens de jalecos brancos não se materializaram das paredes para levá-la embora. Na verdade, ela achou até que estava se sentindo um pouco melhor, o que talvez não fosse tão surpreendente. Talvez, quando se ia até onde a porca torce o rabo, a verdade era uma didiva, e tudo o que ela queria era sair.

— Beleza, agora eu botei para fora, a parte sobre Paul pelo menos. Então, posso beber uma joça de um copo d'água?

Nada a proibiu e, se apoiando na beirada da Jumbona do Dumbo, Lisey conseguiu se levantar. As asas negras voltaram, mas ela jogou a cabeça para trás, tentando manter o máximo de sangue possível naquele patético arremedo de cérebro; dessa vez, a sensação de desmaio passou mais depressa. Ela zarpou para a área do bar, caminhando sobre sua própria trilha de sangue, dando passos lentos com os pés separados, pensando que deveria parecer uma velhinha cujo andador fora roubado.

Ela conseguiu, dando apenas uma olhadela para o copo caído no carpete. Não queria mais saber daquele. Pegou outro do armário, usando novamente a mão direita — a esquerda ainda segurava o bordado em forma de quadrado e cheio de sangue —, e abriu a torneira da água gelada. Ela voltara a fluir e os canos mal fizeram barulho. Ela abriu o espelho de vidro sobre a pia e, dentro dele, encontrou o que esperava: o frasco de aspirina de Scott. Sem nenhum lacre à prova de crianças para detê-la, inclusive. Ela recuou diante do cheiro avinagrado que saiu do frasco depois que tirou a tampa e conferiu a data de validade: **JUL 05**. *Bem*, pensou ela, *uma garota faz o que tem de fazer.*

— Acho que foi Shakespeare quem disse isso — grasniu, engolindo três comprimidos.

Não sabia o quanto eles ajudariam, mas a água estava divina e ela bebeu até sentir a barriga doer. Lisey ficou agarrada à borda da pia do bar do falecido marido, esperando as cólicas passarem. Enfim, passaram. Aquilo a deixava apenas com a dor no rosto castigado e com o latejar muito mais profundo no seio. Na casa, havia algo muito mais forte do que os arrasa-dores de cabeça de Scott (embora certamente tão velho quanto): Vicodin, o opiáceo do último flerte de Amanda com a automutilação. Darla também tinha alguns, e Canty tinha o frasco do outro analgésico forte de Manda Coelhinha. Todas haviam concordado sem nem discutir que a própria Amanda não poderia ter acesso aos remédios mais pesados; ela poderia muito bem se sentir um cocô e decidir tomar tudo de uma vez só. Como se fosse um drinque, um Tequila Sunset.

Lisey tentaria ir até a casa, e até o Vicodin, em breve, mas ainda não. Andando com a mesma cautela — os pés bem separados, um copo de água pela metade em uma das mãos e o quadrado encharcado de sangue na outra — chegou até a cobra de livros empoeirada e se sentou ali, esperando para ver o que três aspirinas idosas poderiam fazer pela sua dor. E, enquanto esperava, seus pensamentos se voltaram mais uma vez para a noite em que encontrara Scott no quarto de hóspedes — dentro do quarto, embora tivesse *partido*.

Eu não parava de pensar que estávamos sozinhos. Aquele vento, aquela joça de vento

23

Ela escuta aquele vento assassino gritar ao redor da casa, escuta o granizo açoitar as janelas, sabendo que eles estão sozinhos — que *ela* está sozinha. E, enquanto escuta, seus pensamentos se voltam novamente para aquela noite em New Hampshire, quando a hora era nenhuma e a lua insistia em atiçar as sombras com seu brilho inconstante. Ela se lembra de como abriu a boca para perguntar se ele podia mesmo fazer aquilo, se podia mesmo levá-la, e depois a fechou de volta, sabendo que aquele é o tipo de pergunta que só se faz quando se quer ganhar tempo... e só se quer ganhar tempo quando não se está do mesmo lado que a outra pessoa, não é?

Nós estamos do mesmo lado, ela se lembra de ter pensado. *Se vamos nos casar, é melhor estarmos.*

Porém, *havia* uma pergunta que precisava ser feita, talvez porque aquela noite no Antlers fosse a vez de *Lisey* pular do banco.

— E se for noite lá? Você disse que as coisas más saem à noite.

Scott sorri para ela.

— Não é noite lá, querida.

— Como você sabe?

Ele balança a cabeça, ainda sorrindo.

— Apenas sei. Do jeito que o cachorro de um menino sabe que está na hora de se sentar junto à caixa de correio porque o ônibus da escola está chegando. O sol está quase se pondo lá. Geralmente está.

Ela não entendeu aquilo, mas não perguntou nada — segundo sua experiência, uma pergunta sempre levava a outra, e já não havia mais tempo para perguntas. Caso pretendesse confiar nele, não havia mais tempo para perguntas. Então ela respirou fundo e disse:

— Certo. Esta é nossa lua de mel antecipada. Me leve para algum lugar que não seja New Hampshire. Desta vez eu quero dar uma boa olhada.

Ele amassou o cigarro fumado pela metade no cinzeiro e a pegou de leve pelos antebraços, os olhos dançando de empolgação e bom humor — e como ela se lembra bem dos dedos dele na sua pele naquela noite...

— Você tem coragem para dar e vender, Lisey lindinha... Vou dizer isso aos quatro ventos. Se segure e vamos ver no que dá.

E ele me levou, pensa Lisey, sentada no quarto de hóspedes, segurando a mão flácida e gelada do homem-boneco que respira na cadeira de balanço. Porém, sente o sorriso no rosto — um sorriso grande para uma Lisey tão pequena — e se pergunta há quanto tempo ele está lá. *Ele me levou, tenho certeza. Mas isso aconteceu há dezessete anos, quando éramos os dois jovens e corajosos e ele estava presente de corpo e alma. Agora ele* partiu.

328

Só que seu *corpo* ainda está lá. Será que isso significa que ele já não consegue ir fisicamente, como quando era criança? Da maneira que ela sabe que ele havia ido uma vez ou outra desde que ela mesma o conheceu? Da maneira que ele foi no hospital em Nashville, por exemplo, quando a enfermeira não conseguia encontrá-lo?

É nessa hora que Lisey sente a mão dele apertar de leve a sua. É quase imperceptível, mas ela o ama, então sente. Seus olhos ainda encaram, vidrados, a tela apagada da TV por cima das dobras da trouxa amarela — mas, sim, a mão dele está apertando a sua. Ele está muito distante, embora seu corpo *esteja* ali, e, onde está, talvez a esteja apertando com toda a força.

De repente, Lisey tem um estalo brilhante: Scott está segurando uma brecha para ela. Só Deus sabe o que aquilo está lhe custando, ou por quanto tempo ele vai conseguir mantê-la aberta, mas é isso que está fazendo. Lisey solta a mão do marido e se ajoelha, ignorando as alfinetadas e agulhadas do formigamento em suas pernas, quase dormentes àquela altura, e ignorando também outra grande lufada fria de vento que estremece a casa. Ela afasta a trouxa o suficiente para poder deslizar os braços em volta de Scott e dos seus braços impassíveis, de modo a unir as mãos no meio de suas costas e abraçá-lo. Coloca, em seguida, o rosto aflito diante do olhar vazio dele.

— Me puxe — sussurra ela, balançando o corpo mole do marido. — Me puxe para onde você está, Scott.

Nada acontece, e ela ergue a voz em um grito.

— *Me puxe, seu desgraçado! Me puxe para onde você está para eu te trazer para casa! Vai! SE QUISER VOLTAR PARA CASA, ME LEVE PARA ONDE VOCÊ ESTÁ!*

24

— E você puxou — murmurou Lisey. — *Você* puxou e *eu* fui. Não faço a mínima ideia de como essa coisa deveria funcionar agora que você está morto e enterrado, em vez de apenas catatônico no quarto de hóspedes, mas esse é o motivo por trás de tudo isso, não é? De *tudo* isso.

Mas ela *fazia* ideia de como aquilo deveria funcionar. Bem no fundo da mente, apenas um vulto atrás daquela sua cortina, mas estava lá.

Naquele meio-tempo, o analgésico fizera efeito. Não muito, mas talvez o suficiente para ela conseguir descer até o andar do celeiro sem desmaiar e quebrar o pescoço. Se conseguisse chegar até lá, poderia entrar na casa, onde os remédios bons *de verdade* estavam guardados... supondo que ainda fizessem efeito. Era *melhor* que fizessem, pois ela tinha coisas para fazer e lugares aonde ir. Alguns deles muito distantes.

— Uma viagem de mil quilômetros começa com um passo, Lisey-san — disse ela, e se levantou ao lado da cobra de livros.

Ainda andando com passos lentos e arrastados, Lisey zarpou para as escadas. Levou quase três minutos para vencê-las, agarrando-se ao corrimão a cada passo e parando nas duas vezes em que se sentiu tonta; no entanto, conseguiu descê-la sem cair, sentou-se um pouco na cama *mein gott* para recuperar o fôlego e enfim começou a longa jornada até a porta dos fundos da casa.

XI. LISEY E A LAGOA VIVA (SHIUUUU — AGORA VOCÊ TEM DE FICAR QUIETA)

1

O maior medo de Lisey, de que o calor do fim da manhã a vencesse e ela desmaiasse no meio do caminho entre o celeiro e a casa, mostrou-se infundado. O sol teve a gentileza de se esconder atrás de uma nuvem, e uma brisa fria se materializou para aliviar brevemente sua pele superaquecida e seu rosto afogueado e inchado. Quando chegou à varanda dos fundos, o talho profundo no seio já voltara a latejar, mas as asas negras continuavam distantes. Houve um momento de tensão em que ela não conseguia achar as chaves de casa, mas os dedos ansiosos acabaram encontrando o chaveiro — um pequeno elfo de prata — debaixo do maço de Kleenex que ela costumava carregar no bolso direito da frente, então, *quanto àquilo*, tudo bem. E a casa estava fresca. Fresca, silenciosa e, graças a Deus, *vazia*. Agora só precisava continuar vazia enquanto ela cuidava dos ferimentos. Sem telefonemas, sem visitas, sem policiais de um metro e oitenta andando desajeitados até a porta dos fundos para conferir se estava tudo bem. E também, por favor, Deus (*por favorzinho*), sem outra visita do Príncipe Sombrio dos Caçacatras.

Ela atravessou a cozinha e pegou a bacia de plástico branca que ficava debaixo da pia. Doeu se agachar, doeu *muito*, e mais uma vez ela sentiu o calor do sangue escorrendo pela pele e encharcando os restos do top esfarrapado.

Você sabe que ele sentiu tesão em fazer isso, não sabe?

É claro que ela sabia.

E ele vai voltar. Não importa o que você prometa, não importa o que você dê, ele vai voltar. Você também sabe disso, não é?

Sim, ela também sabia disso.

Porque para Jim Dooley, seu acordo com Woodbody e os manuscritos de Scott são tão importantes quanto o blém-blém pelas frésias. E existe um motivo para ele ter escolhido seu seio em vez de sua orelha ou talvez um dedo.

— Claro — disse ela para a cozinha vazia e escura, e em seguida subitamente iluminada à medida que o sol saía navegando de trás de uma nuvem. — Essa é a versão de Jim Dooley de uma bela trepada. E da próxima vez vai ser minha boceta, se a polícia não o impedir.

Você tem que impedi-lo, Lisey. Você.

— Deixe de bobagem, benzinho — disse ela à cozinha na sua melhor imitação de Zsa Zsa Gabor.

Usando mais uma vez a mão direita, ela abriu o armário acima da torradeira, tirou uma caixa de saquinhos de chá Lipton e os colocou na bacia branca. Guardou lá dentro também o quadrado cheio de sangue da trouxa que encontrara na caixa de cedro da Mãezinha Querida, embora não fizesse a menor ideia de por que ainda o estava carregando. Depois começou a arrastar os pés na direção das escadas.

Bobagem por quê? Você impediu o Loiraço, não impediu? Talvez não tenha levado o crédito, mas foi você quem o impediu.

— Aquilo foi diferente.

Ela ficou parada, olhando escada acima com a bacia de plástico branca debaixo do braço direito e apoiada contra o quadril para que a caixa de chá e o quadrado bordado não caíssem. A escada parecia ter aproximadamente treze quilômetros de altura. Lisey imaginou que deveria haver nuvens girando no topo dela.

Se foi diferente, por que você está subindo as escadas?

— Porque é lá que está o Vicodin! — gritou ela para a casa vazia. — Os malditos comprimidos da felicidade!

A voz disse mais uma coisa e se calou.

— ESPANE, babyluv tem razão — concordou Lisey. — Pode acreditar. — E começou a longa e lenta caminhada escada acima.

2

Na metade do caminho, as asas voltaram, mais escuras do que nunca; por um instante, Lisey teve certeza de que ia apagar. Ela dizia a si mesma para cair para a frente — *nas* escadas, e não para trás, no espaço vazio — quando sua vista clareou novamente. Sentou-se com a bacia sobre as pernas e ficou daquele jeito, a cabeça pendida, contando até cem e dizendo *elefante* entre cada número. Em seguida se levantou e terminou a subida. As correntes de ar se cruzavam no segundo andar, e ele estava mais fresco ainda do que a cozinha; quando Lisey chegou até lá, porém, estava suando em bicas novamente. O suor entrava no talho que atravessava seu seio, e logo o sal dele acrescentou uma ardência enlouquecedora à dor mais forte. E ela estava com sede de novo. Uma sede que parecia descer pela garganta inteira até o estômago. Aquilo, pelo menos, poderia ser remediado, cedo ou tarde.

Ela olhou para o quarto de hóspedes ao passar lentamente por ele. Fora reformado depois de 1996 — duas vezes, na verdade —, mas Lisey teve muita facilidade em ver a cadeira de balanço preta com o emblema da Universidade do Maine atrás... E a tela escura da tevê... E as janelas cheias de gelo que mudavam de cor junto com as luzes do céu...

Esqueça, Lisey lindinha, isso pertence ao passado.

— Tudo isso pertence ao *passado*, mas nada *acabou!* — gritou ela, irritada. — Esta é a joça do *problema!*

A isso não houve resposta, mas lá, finalmente, estava o quarto principal e seu banheiro anexo — o que Scott, cujo forte nunca foi a delicadeza, costumava chamar de Il Grande Cagatorium. Ela largou a bacia, esvaziou o copo das escovas de dente (duas ainda — agora ambas dela, infelizmente) e o encheu até a borda de água gelada. Bebeu dele com avidez, depois *se permitiu* reservar um instante para se olhar no espelho. Para o rosto, pelo menos.

O que viu não era encorajador. Seus olhos pareciam brilhantes faíscas azuis despontando de cavernas escuras. A pele debaixo deles assumira um tom marrom-escuro. Seu nariz estava inclinado para a esquerda. Lisey não achava que estivesse quebrado, mas como saber? Pelo menos conseguia respirar por ele. Sob o nariz havia uma grande crosta de sangue seco que escorria tanto para a esquerda quanto para a direita em volta da boca, dando-lhe um grotesco bigode Fu Manchu. *Olha, mamãe, sou um motoquei-*

ro, tentou dizer, mas as palavras não queriam sair. Era uma piada horrível, de qualquer forma.

Seus lábios estavam tão inchados que chegavam a virar do avesso, dando ao seu rosto um beicinho grotescamente exagerado de "vem me beijar".

Eu estava pensando em ir até Greenlawn, lar do famoso Hugh Alberness, nessas condições? Estava mesmo? Muito engraçado: só de olhar eles chamariam uma ambulância para me levar até um hospital de verdade, do tipo que tem UTI.

Não era nisso *que você estava pensando. Você estava pensando em...*

Mas ela afastou aquilo, lembrando de algo que Scott costumava dizer: *Noventa por cento das coisas que passam pela cabeça das pessoas não são da joça da conta delas.* Talvez fosse verdade, talvez não, mas, por ora, o melhor que ela podia fazer era lidar com aquilo como lidara com as escadas: com a cabeça abaixada e um passo de cada vez.

Lisey teve outro momento de tensão por não conseguir achar o Vicodin. Quase desistiu, pensando que alguma das três faxineiras poderia ter levado o frasco, mas depois o encontrou escondido no meio dos complexos de vitaminas de Scott. E que coincidência, a validade daquelas gracinhas expirava naquele mês.

— Quem não desperdiça não passa necessidade — disse Lisey, e tomou três comprimidos.

Depois encheu a bacia com água morna e jogou um punhado de saquinhos de chá nela. Observou manchas acastanhadas começarem a aparecer na água límpida, deu de ombros e jogou o resto dos saquinhos. Eles se depositaram no fundo da água cada vez mais escura, e ela pensou em um jovem dizendo que *Arde um pouco, mas funciona muito muito bem.* Aquilo acontecera em outra vida. Agora Lisey poderia ver ela mesma.

Ela pegou uma toalha de rosto limpa do gancho ao lado da pia, mergulhou-a na bacia e a torceu de leve enquanto a tirava de volta. *O que está fazendo, Lisey?* perguntou a si mesma... Mas a resposta era óbvia, não era? Ela ainda estava seguindo a trilha que o marido lhe deixara. A que levava ao passado.

Lisey deixou os frangalhos da sua blusa caírem no chão do banheiro e, com uma careta de apreensão, levou a toalha encharcada de chá ao seio. *Doeu* — se comparado às pontadas urticantes do seu próprio suor, porém, era quase agradável, como fazer um bochecho em cima de uma afta.

334

Funciona. Funciona muito muito bem, Lisey.

Houvera uma época em que ela acreditava naquilo — mais ou menos —, mas tinha vinte e dois anos e estava disposta a acreditar em um monte de coisas. Agora, acreditava era em Scott. E em Boo'ya Moon. Sim, imaginava que naquilo também. Um mundo que estava esperando logo ao lado, e atrás da cortina roxa na sua mente. A questão era se ele estaria ou não ao alcance da famosa patroa do escritor agora que ele estava morto e ela estava sozinha.

Lisey torceu sangue e chá da toalha de rosto e a mergulhou novamente, recolocando-a sobre o seio ferido. Desta vez, ardeu menos ainda. *Mas isso não é uma cura*, pensou ela. *É apenas outro marco na estrada para o passado.* Em voz alta, ela disse:

— Outra didiva.

Segurando a toalha de rosto delicadamente contra o corpo e carregando o quadrado da trouxa — o regalo da Mãezinha Querida — na mão dobrada sob o seio, Lisey entrou devagar no quarto e se sentou na cama, olhando para a pá de prata com MARCO ZERO, BIBLIOTECA SHIPMAN gravado na colher. Sim, ela conseguia ver a pequena falha onde ela colidira primeiro com a arma do Loiraço e depois com o rosto dele. Lisey tinha a pá e, embora a trouxa amarela na qual Scott se enrolara durante aquelas noites frias de 1996 já não existisse havia muito, aquele vestígio ela ainda tinha, aquele regalo.

Didiva, fim.

— *Quem me dera* fosse o fim — disse Lisey, e se deitou com a toalha de rosto ainda contra o peito.

A dor estava indo embora aos poucos, mas era apenas o Vicodin de Amanda assumindo o controle, fazendo o que nem a cura do chá de Paul ou as aspirinas vencidas de Scott conseguiriam fazer. Quando o efeito do Vicodin passasse, a dor voltaria. Assim como Jim Dooley, o homem que a causara. A questão era, o que ela *faria* naquele meio-tempo? *Era capaz de fazer alguma coisa?*

A única coisa que não pode fazer de maneira alguma é cair no sono.

Não, isso seria ruim.

É melhor eu ter notícias do profe às oito da noite de hoje, ou da próxima vez vou te machucar muito mais feio, dissera Dooley, e Dooley arranjara as coisas para que ela ficasse em um beco sem saída. Também lhe dissera para se cuidar sozinha e não falar a ninguém sobre a visita. Até ali, era o que Lisey fizera, mas não por medo de ser assassinada. De certa forma, saber que ele pretendia matá-la de alguma maneira lhe dava uma vantagem. Pelo menos, não precisava mais se preocupar em se entender com ele. Se ligasse para a delegacia, porém... Bem...

— Não dá pra fazer uma caça à didiva com a casa cheia de policiais grandalhões atravancando o caminho — disse ela. — E além disso...

Além disso, acredito que Scott ainda esteja dando a última palavra. Ou pelo menos tentando.

— Querido — disse ela ao quarto vazio —, eu só queria saber do que se trata.

3

Lisey olhou para o relógio digital na mesinha de cabeceira e ficou chocada ao ver que ainda eram vinte para as onze. Aquele dia já parecia durar cem anos, mas ela imaginava que era por ter passado tanto tempo revivendo o passado. Lembranças ferravam com a sua perspectiva, e as mais vívidas poderiam aniquilar totalmente o tempo enquanto estivessem no controle.

Mas chega de passado, pensou. O que estava acontecendo naquele momento?

Bem, continuou Lisey, *vamos ver. No Reino de Pittsburgh, o ex-Rei dos Caçacatras está sem dúvida sofrendo o tipo de pânico que meu falecido marido costumava chamar de Síndrome do Testículo Fedorento. O oficial Alston está lá para os lados de Cash Corners, indo verificar uma casa que pegou fogo. Estão dizendo que foi premeditado. Jim Dooley? Talvez deitado na floresta aqui perto, lascando um graveto com meu abridor de latas Oxo no bolso, esperando o dia passar. Sua PT Cruiser pode estar escondida em qualquer um dos vários celeiros ou barracos abandonados em View, ou na Deep Cut, na rodovia de Harlow. Darla está provavelmente a caminho do aeroporto de Portland para buscar Canty. Mãezinha Querida diria que ela ficou lelé da cuca. E Amanda? Ah, Amanda partiu, babyluv. Como Scott sabia que ele partiria, cedo ou tarde. Exceto reservar uma joça de um quarto pra ela, ele fez tudo, não fez? Porque um maluco reconhece o outro. Como diziam.*

Em voz alta, disse:

— Devo ir para Boo'ya Moon? É a próxima estação da didiva? É isso, não é, Scott? Scott, seu safado, como eu faço agora que você está morto?

Você está colocando o carro na frente dos bois de novo, não é mesmo?

Claro — ao insistir na inabilidade de chegar a um lugar do qual ainda nem se permitira lembrar por completo.

Precisa fazer muito mais do que apenas erguer aquela cortina e olhar por debaixo dela.

— Tenho de arrancá-la — disse ela, desanimada. — Não tenho?

Nenhuma resposta. Lisey interpretou aquilo como um sim. Ela rolou de lado e apanhou a pá de prata. A inscrição brilhou sob a luz do sol da manhã. Enrolou o pedaço cheio de sangue da trouxa no cabo e a segurou naquela posição.

— Certo — disse ela. — Eu vou arrancar a cortina. Ele me perguntou se eu queria ir, e eu respondi que tudo bem. Falei Jerônimo.

Lisey fez uma pausa, refletindo.

— Não. Não foi isso. Eu falei do jeito dele. Falei *Jerômino*. E o que aconteceu? O que aconteceu em seguida?

Ela fechou os olhos, viu apenas uma roxidão brilhante, e poderia ter chorado de frustração. Em vez disso, pensou *ESPANE, babyluv: Engatilhe Sempre que Parecer Necessário*, e apertou mais forte o cabo da pá. Viu a si mesma girando o objeto. Viu a pá reluzir sob o sol enevoado de agosto. E a roxidão se rasgou diante dela, abrindo como a pele depois de um corte, vertendo não sangue, mas luz: uma luz laranja surpreendente que encheu seu coração e sua mente de uma terrível mistura de alegria, horror e tristeza. Não era de espantar que tivesse reprimido aquela lembrança durante todos aqueles anos. Era demais. Demais da conta. Aquela luz parecia conferir à atmosfera esmaecida do fim de tarde uma textura sedosa, e o grito de um pássaro atingiu seu ouvido como um seixo feito de vidro. Uma brisa encheu suas narinas com uma centena de perfumes exóticos: véu-de-noiva, buganvília, rosa seca e, ah, Deus do céu, dama-da-noite. Porém, o que mais lhe feriu foi a lembrança da pele dele contra a sua, a pulsação do sangue dele correndo em contraponto à pulsação do seu, pois antes estavam deitados nus na cama do Antlers e agora se ajoelhavam sobre os tremoceiros roxos perto do topo da colina, nus sob as sombras cada vez mais espessas das árvores adoráveis. E, erguendo-se sobre um dos horizontes, como uma mansão laranja, a lua surgiu, intumescida e dotada de um frio ardente, à medida que o sol se punha no outro horizonte, fervilhando até se tornar uma casa de fogo escarlate. Ela pensou que aquela mistura de luzes furiosas poderia matá-la com sua beleza.

Deitada na cama de viúva agarrando a pá com as mãos, uma Lisey muito mais velha gritou de alegria pelo que recordava e de dor pelo que fora perdido. Seu coração se curava, mas ao mesmo tempo se partia novamente. As cordas vocais saltavam no pescoço. Ela repuxou os lábios inchados para baixo e os abriu, expondo os dentes e fazendo sangue fresco jorrar nos sulcos das gengivas. Lágrimas correram pelos cantos dos olhos e desceram pelas bochechas até as orelhas, onde ficaram penduradas como joias exóticas. E o único pensamento claro na mente dela era: *Ah, Scott, nós não fomos feitos para tamanha beleza, nós não fomos feitos para tamanha beleza, deveríamos ter morrido naquele instante, ah, meu querido, deveríamos ter morrido, nus nos braços um do outro, como amantes em uma história.*

— Mas não morremos — murmurou Lisey. — Ele me abraçou e disse que não poderíamos ficar muito mais tempo porque estava escurecendo e não era seguro depois do anoitecer, pois até as árvores mais adoráveis se tornavam malvadas à noite. Porém, ele falou que queria me

4

— Quero te mostrar uma coisa antes de a gente voltar — diz ele, ajudando-a a se erguer.

— Ah, Scott — ela se ouve dizendo, em uma voz muito fraca e baixa. — Ah, Scott.

Parece que é o máximo que consegue fazer. De certa forma, aquilo a faz lembrar da primeira vez que sentiu um orgasmo se aproximando, só que a sensação se prolonga, se prolonga, se prolonga, como se estivesse apenas a caminho e nunca chegasse de fato.

Ele a conduz a algum lugar. Ela sente grama alta sussurrando contra as coxas. A grama some em seguida e Lisey percebe que estão em um caminho muito gasto que corta as fileiras de tremoceiros. Ele conduz até o que

338

Scott chama de árvores adoráveis e ela se pergunta se existem pessoas ali. *Se existem, como aguentam?*, pergunta-se Lisey. Ela quer olhar novamente para a lua malévola que se ergue no céu, mas não tem coragem.

— Fique quieta debaixo das árvores — diz Scott. — A gente ainda deve ficar seguro por mais um tempinho, mas "é melhor prevenir do que remediar" é uma boa regra a seguir, mesmo na entrada da Floresta das Fadas.

Lisey não acha que conseguiria produzir mais do que um sussurro mesmo que ele exigisse. Conseguir falar *Ah, Scott* já está de bom tamanho.

Ele está parado sob uma das árvores adoráveis. Parece uma palmeira, mas o tronco é felpudo, coberto de um verde que mais parece uma pelagem do que limo.

— Meu Deus, espero que esteja tudo de pé — diz ele. — Estava em ordem da última vez que vim aqui, na noite em que você ficou muito brava e eu enfiei a mão pelo vidro daquela estufa idiota... Ah, pronto, aqui está!

Ele a puxa para a direita, saindo da trilha. E, perto de uma das duas árvores que parecem guardar o local em que o caminho adentra a floresta, ela vê uma cruz simples feita com duas tábuas. Para Lisey, parecem apenas ripas de um caixote de madeira. Não há relevo algum na terra — na verdade, o terreno parece até um pouco afundado —, mas a cruz basta para ela saber que é uma cova. Na tábua horizontal, lê-se uma palavra pintada com esmero: **PAUL**.

— Da primeira vez, escrevi a lápis — diz ele. Sua voz soa clara, mas é como se viesse de muito longe. — Depois tentei com uma esferográfica, mas é claro que não deu certo, não numa madeira bruta como essa. A canetinha funcionou melhor, mas depois apagou. Por fim, pintei com tinta preta, de uma das maletinhas de pintura antigas de Paul.

Ela olhou para a cruz sob a estranha luz mista do final do dia, começo da noite, pensando (até onde *conseguia* pensar): *Tudo aquilo foi verdade. O que pareceu acontecer quando saímos de debaixo da árvore nham-nham aconteceu mesmo. Está acontecendo agora, só que por mais tempo e com mais clareza.*

— Lisey! — Ele está pulando de felicidade; e por que não estaria? Não pôde dividir aquele lugar com ninguém desde a morte de Paul. Nas poucas vezes que vai até lá, vai sozinho. Para lamentar sozinho. — Tem outra coisa. Deixa eu te mostrar!

Em algum lugar, um sino toca, muito baixinho. Um sino que lhe parece familiar.

— Scott?

— O quê? — Ele se ajoelha na grama. — O que foi, babyluv?

— Você ouviu...? — Mas já parou. E com certeza *foi* imaginação dela. — Nada. O que você quer me mostrar? — Pensando: *Como se já não tivesse me mostrado o suficiente.*

Ele passa as mãos pela grama alta em volta da base da cruz, mas não parece haver nada ali, e o sorriso bobalhão e feliz no rosto dele começa a desaparecer.

— Talvez eu tenha levado... — começa a falar ele, mas se interrompe. Seu rosto fica tenso, encolhendo-se por um momento, depois relaxa e ele solta uma risada quase histérica. — Aqui está. Cacete, pensei que tivesse me espetado. Isso sim seria uma piada, depois de todos esses anos, mas ela ainda está com a capa! Olhe, Lisey!

Pouco antes ela teria dito que nada a poderia retirar do assombro que sente por estar naquele lugar — o céu, vermelho-alaranjado ao leste e escurecendo até um estranho tom azul-esverdeado a oeste, a exótica mistura de aromas e, em algum lugar, sim, o repique baixo de algum sino perdido. No entanto, o que Scott está segurando sob a última luz mortiça do dia consegue essa proeza. É a seringa hipodérmica que seu pai lhe deu, a que Scott deveria enfiar em Paul assim que os dois chegassem ali. Há partículas de ferrugem na parte de metal da base, mas, afora isso, parece nova em folha.

— Era tudo que eu tinha para deixar — diz Scott. — Eu não tinha uma foto. Os garotos que iam para a Escola dos Burricos pelo menos costumavam ter fotos.

— Você cavou a sepultura... Scott, você cavou a sepultura com as mãos?

— Eu tentei. E, como o solo aqui é macio, consegui cavar um buraco pequeno, mas a grama... Arrancar a grama me atrasou... Rapaz, tinha umas ervas daninhas brabas... E aí começou a escurecer e os gargalhantes começaram a...

— Os gargalhantes?

— Tipo hienas, eu acho, só que malvadas. Eles vivem na Floresta das Fadas.

— A Floresta das Fadas... Foi Paul quem deu esse nome para ela?

340

— Não, fui eu. — Ele aponta as árvores com um gesto. — Paul e eu nunca vimos os gargalhantes de perto, na maioria das vezes a gente só os escutava. Mas vimos outras coisas... *Eu* vi outras coisas... Tem um negócio que... — Scott lança um breve olhar para o aglomerado de árvores adoráveis que escurece rapidamente, depois se vira para a trilha, que some depressa ao entrar na floresta. É impossível não notar o tom de advertência quando ele torna a falar: — Temos de voltar logo.

— Mas você consegue nos levar, não consegue?

— Com a sua ajuda? Claro.

— Então me conte como você o enterrou.

— Posso te contar depois que a gente voltar, se você...

No entanto, ele se cala ao vê-la balançar a cabeça devagar.

— Não. Eu entendo por que não quer ter filhos. Agora eu entendo. Se um dia você chegar para mim e disser: "Lisey, mudei de ideia, quero arriscar", a gente pode conversar sobre isso, porque teve o caso do Paul... E depois teve você.

— Lisey...

— A gente pode conversar sobre isso *depois*. Ou então nunca mais vamos falar sobre pancadas, sobre a coisa-ruim ou sobre esse lugar, certo? — Lisey vê a maneira como ele a está olhando e abranda o tom de voz. — Não é por sua causa, Scott... Nem tudo é, entende? Isso é por *minha* causa. Aqui é lindo... — Ela olha ao redor. E estremece. — É lindo *demais*. Se eu passar muito tempo aqui, ou até muito tempo pensando sobre esse lugar, acho que a beleza dele me enlouqueceria. Então já que nosso tempo aqui é curto, pela primeira vez na sua joça de vida, encurte *você* a história. Me diga como o enterrou.

Scott vira metade do corpo para o outro lado. A luz laranja do sol poente o delineia: flange da omoplata, dobra da cintura, curva da nádega, o longo e esbelto arco de uma coxa. Ele toca o braço da cruz. Na grama alta, quase imperceptível, o cilindro de vidro da seringa hipodérmica brilha como a ponta esquecida de um tesouro sem valor.

— Eu cobri ele com grama e depois fui para casa. Fiquei quase uma semana sem conseguir voltar. Tava dodói. Tive febre. Papai me dava mingau de aveia pela manhã e sopa quando voltava do trabalho. Fiquei com medinho do fantasma do Paul, mas nunca vi nada assim. Aí melhorei e teimei em vir

341

pra cá com a pá do papai que ficava no barracão, mas ela não *vinha*. Só eu. Pensei que os bicho, os *bichos*, tinham comido ele, os gargalhantes e tal, mas ainda não tinham, então voltei e teimei em vir de novo, dessa vez com uma pá de brinquedo que achei na nossa caixa de brinquedos antiga no sótão. Ela veio, e foi com ela que cavei a sepultura, Lisey, com uma pá de plástico vermelha da caixa de areia que a gente tinha quando era muito neném.

O sol poente já começou a ficar rosa, apagando-se. Lisey coloca um braço em volta dele e o abraça. Os braços de Scott a envolvem e, por um ou dois segundos, ele esconde o rosto nos cabelos dela.

— Você o amava muito, muito — diz ela.

— Ele era meu irmão — é o que ele responde, e aquilo é o suficiente.

Enquanto estão parados na penumbra cada vez mais espessa, ela vê algo, ou pensa que vê. Outro pedaço de madeira? É o que parece, outra ripa de caixote caída depois de onde a trilha abandona a colina coberta de tremoceiros (cuja cor de alfazema começa a se tornar um roxo inexoravelmente mais escuro). Não, não é só um — são dois pedaços de madeira.

Será outra cruz, ela se pergunta, uma que tenha se despedaçado?

— Scott? Tem alguma *outra* pessoa enterrada aqui?

— Hã? — Ele parece surpreso. — Não! Tem um cemitério, sim, mas não é aqui, é perto do… — Scott segue o olhar dela e dá uma risadinha. — Ah, uau! Aquilo não é uma cruz, é uma *placa*. Paul a fez bem na época das primeiras caças à didiva, quando ele ainda conseguia vir sozinho às vezes. Eu tinha me esquecido completamente dessa placa velha! — Ele se desvencilha do abraço e corre até lá. Desce correndo um pouco da trilha. Corre sob as árvores. Lisey não sabe ao certo se gosta daquilo.

— Scott, está escurecendo. Você não acha melhor a gente ir embora?

— Daqui a pouco, babyluv, daqui a pouquinho. — Ele apanha uma das placas e a leva para Lisey. Ela consegue decifrar as letras, mas elas estão desbotadas. Precisa aproximar bastante a ripa dos olhos para conseguir ler o que está escrito:

PARA A LAGOA VIVA.

— Lagoa Viva? — pergunta Lisey.

— É, Lagoa Viva — concorda ele. — Rima com didiva, percebeu? — E, por incrível que pareça, ri. Porém, naquele exato momento, de algum lugar nas profundezas do que ele chama de Floresta das Fadas, os primeiros gargalhantes erguem suas vozes.

Apenas dois ou três — mas, ainda assim, o som é mais aterrorizante do que qualquer coisa que Lisey já ouviu na vida. Para ela, aquelas coisas não soam como hienas, soam como *pessoas*, loucos jogados nos recônditos mais fundos de algum manicômio do século XIX. Ela agarra o braço de Scott, cravando as unhas na pele dele, e diz numa voz que mal reconhece como sua que quer voltar, que ele precisa levá-la de volta *agora*.

Fraco e distante, um sino badala.

— Certo — diz ele, jogando a placa na grama. Acima deles, uma corrente sinistra de ar balança as árvores adoráveis, fazendo-as suspirar e desprender um perfume que é mais forte do que o dos tremoceiros; enjoativo, quase nauseante. — Aqui não é mesmo um lugar seguro depois do anoitecer. A lagoa é segura, e a praia… O litoral… Talvez até o cemitério, mas…

Mais gargalhantes se juntam ao coro. Em uma questão de segundos, há dezenas deles. As vozes de alguns sobem em uma escala assimétrica e viram gritos de rachar que fazem Lisey ter vontade de gritar de volta. Depois voltam a decrescer, às vezes até se tornarem risadas guturais que parecem vir de dentro de um lamaçal.

— Scott, o que *raios* são essas coisas? — sussurra ela. Acima do ombro dele, a lua é um balão de gás cheio. — Não parecem nem um pouco animais.

— Não sei. Eles correm com as quatro patas, mas às vezes… Deixa pra lá. Nunca os vi de perto. Nenhum de nós dois viu.

— Às vezes eles o quê, Scott?

— Ficam de pé. Igual gente. Olham em volta. Não tem importância. O que importa é a gente ir embora. Você quer ir embora agora, certo?

— Claro!

— Então feche os olhos e visualize nosso quarto no Antlers. O melhor que puder. Vai me ajudar. Vai nos dar impulso.

Ela fecha os olhos e, por um instante terrível, não surge nada. Mas enfim consegue ver como a escrivaninha e as mesas ladeando a cama saem flutuando da escuridão quando a lua se desvencilhava das nuvens, e isso traz de volta o papel de parede (rosas trepadeiras), o formato da cama e a ópera cômica das molas rangendo a cada vez que um deles se mexia. De repente, o som aterrorizante daquelas coisas rindo na

(*Floresta Floresta das Fadas*)

floresta escura parece desaparecer. Os cheiros vão desaparecendo, também, e parte dela está triste em partir daquele lugar, porém o que ela mais sente é alívio. Por seu corpo (é claro) e por sua mente (com toda certeza), mas, principalmente, por sua alma, sua joça de *alma* imortal, pois talvez pessoas como Scott Landon possam ir passear em lugares como Boo'ya Moon — no entanto, algo tão estranho e bizarro como aquilo não foi feito para pessoas comuns como ela, a não ser que esteja entre as capas de um livro ou dentro da escuridão segura de uma sala de cinema.

E eu só vi um pouco, pensa ela.

— Ótimo! — ele diz, e Lisey ouve tanto o alívio quanto o prazer maravilhado em sua voz. — Lisey, você é craque... — *nisso* é como ele termina; porém, antes mesmo de ele completar, antes de a soltar e de ela abrir os olhos, Lisey sabe

5

— Eu sabia que estávamos em casa — concluiu ela, abrindo os olhos.

A intensidade da recordação é tão grande que, por um instante, esperou ver a tranquilidade sob as sombras do luar do quarto que eles tinham dividido por duas noites em New Hampshire vinte e sete anos antes. Ela estava agarrando com tanta força à pá de prata que precisou obrigar os dedos a se abrirem, um por um. Depois, pousou o quadrado amarelo do regalo — incrustado de sangue, porém confortante — sobre o seio novamente.

E agora? Vai me dizer que, depois daquilo, depois de tudo aquilo, vocês se viraram para o lado e foram dormir?

Mas foi basicamente isso que aconteceu. Ela estava ansiosa para começar a esquecer tudo aquilo, e Scott estava mais do que disposto a fazer a mesma coisa. Ele tivera de juntar toda a coragem que tinha para trazer o passado à tona para começo de conversa, então não era de espantar. No entanto, ela se lembrava *sim* de ter feito mais uma pergunta naquela noite, e de quase ter feito outra no dia seguinte, quando estavam voltando de carro para o Maine, antes de perceber que não havia necessidade. A pergunta que fez tinha a ver com algo que Scott dissera logo antes de os gargalhantes começarem a rir, espantando toda a curiosidade de sua mente. Ela queria saber o que Scott quisera dizer ao falar: *Quando ele ainda conseguia vir sozinho às vezes*. Referindo-se a Paul.

Scott pareceu espantado.

— Há muitos anos eu não pensava nisso — disse ele. — Mas sim, ele conseguia ir sozinho. Era difícil para ele, do mesmo jeito que acertar a bola com o taco de beisebol era difícil para mim. Então, na maioria das vezes, ele me deixava fazer. Acho que depois de um tempo ele perdeu o jeito completamente.

A pergunta que ela pensara em fazer no carro era sobre a tal Lagoa Viva para a qual a placa quebrada apontara um dia. Era a mesma sobre a qual ele sempre falava nas suas palestras? Lisey desistiu porque a pergunta, no fim das contas, respondia-se sozinha. Suas plateias poderiam acreditar que a lagoa dos mitos, a lagoa da linguagem (de que todos vamos beber, em que vamos nadar ou talvez pegar um peixinho) era uma metáfora; mas ela sabia a verdade. Havia uma lagoa de verdade. Ela sabia daquilo porque a *conhecia*. Sabia porque estivera lá. Dava para chegar até ele através da Colina do Carinho, pegando a trilha que leva até a Floresta das Fadas; tinha de passar pela Árvore do Sino e pelo cemitério para chegar até lá.

— Eu fui buscá-lo — sussurrou ela, segurando a pá. Em seguida falou, atropelando as palavras: — Ah, Deus, eu me lembro da *lua*. — E teve um calafrio tão doloroso que se contorceu na cama.

A lua. Sim, ela. Uma lua laranja e sangrenta, delirante, muito subitamente distinta da aurora boreal e do frio de matar que Lisey acabara de deixar para trás. Aquela era uma lua sexy e louca de verão, sinistramente encantadora, que iluminava mais do que ela gostaria a fissura rochosa que compunha o vale próximo à lagoa. Agora, ela conseguia vê-la quase tão bem quanto antes, pois cortara a cortina roxa, e a rasgara com muita justiça — mas a memória tinha seus limites, e Lisey achava que a sua a levara tão longe quanto possível. Talvez um pouco além — uma ou duas fotos da própria cobra de livros —, mas não muito, e depois ela teria mesmo de voltar até lá, de ir de novo até Boo'ya Moon.

A pergunta era: ela conseguiria?

Outra lhe veio à mente logo em seguida: *E se agora ele fosse um dos amortalhados?*

Por um instante, uma imagem lutou para se clarear na mente de Lisey. Ela viu fileiras de vultos silenciosos que poderiam ter sido cadáveres envolvidos em mortalhas antiquadas. Eles estavam de pé, porém. E ela achava que estavam respirando.

Um arrepio atravessou seu corpo. Fez seu seio dilacerado doer apesar do Vicodin que mandara para dentro, mas não havia como interromper o calafrio até ele terminar seu caminho. Quando isso aconteceu, ela se viu capaz de encarar questões racionais novamente. A principal era se ela poderia ou não ir até aquele outro mundo sozinha... Pois *precisava* ir, com ou sem os amortalhados.

Scott conseguia ir sozinho, e fora capaz de levar o irmão Paul. Como adulto, conseguira levar Lisey partindo do Antlers. A questão mais importante é o que havia acontecido dezessete anos depois, naquela noite fria de janeiro de 1996.

— Ele não *partira* completamente — murmurou ela. — Ele apertou minha mão. — Sim, e o pensamento que lhe passara pela cabeça na hora era que, em algum lugar, Scott a estava apertando com toda a força, mas aquilo significa que ele a levara? — Gritei com ele, também. — Lisey chegou a sorrir. — Disse que se ele queria voltar para casa, precisava me levar para onde estava... E sempre pensei que foi isso que ele fez...

Bobagem, Lisey lindinha, você nunca nem pensou nisso. Ou pensou? Não até o dia de hoje, quando ficou quase literalmente desmamada e teve de pensar. Então, já que está pensando a respeito, pense de verdade. Ele puxou você naquela noite? Puxou mesmo?

Ela estava prestes a concluir que era uma daquelas perguntas para as quais não há resposta definitiva, tipo a do ovo e da galinha, quando se lembrou de Scott falando: *Lisey, você é craque nisso!*

Ela *fora* sozinha em 1996. Mesmo assim, Scott estivera vivo, e o apertão dele em sua mão, por mais fraco que tivesse sido, fora suficiente para lhe dizer que ele estava lá do outro lado, abrindo uma brecha para ela...

— Ela ainda está lá — disse Lisey, agarrando novamente o cabo da pá. — A brecha ainda está lá, *tem* de estar, porque ele deixou isso tudo pronto. Deixou uma joça de uma caça à didiva para me preparar. E ontem de manhã, na cama com Amanda... Era *você*, Scott, tenho certeza de que era. Você disse que uma didiva estava por vir... E um prêmio... E uma bebida, você disse... E me chamou de babyluv. Então, onde está você agora? Onde está agora que eu preciso de você para me levar para lá?

Nenhuma resposta além do tique-taque do relógio na parede.

Feche os olhos. Ele também dissera aquilo. *Visualize. O melhor que puder. Vai ajudar. Lisey, você é craque nisso.*

— É melhor que eu seja — disse ela para o quarto vazio, ensolarado, ausente de Scott. — Ah, querido, é melhor mesmo que eu seja.

Se tivesse de apontar um defeito fatal em Scott Landon, apontaria o de pensar demais, mas aquilo nunca fora problema *de Lisey*. Se ela tivesse parado para pensar sobre a situação naquele dia quente em Nashville, Scott quase certamente teria morrido. Em vez disso, ela apenas agiu, salvando a vida dele com a pá que agora tinha em mãos.

Teimei em vir pra cá com a pá do papai que ficava no barracão, mas ela não vinha.

Será que a pá de prata de Nashville iria?

Lisey achava que sim. E isso era bom. Ela a queria consigo.

— Amigas para sempre — sussurrou ela, fechando os olhos.

Ela invocava as lembranças de Boo'ya Moon, agora muito vivas, quando uma pergunta perturbadora quebrou sua concentração cada vez mais profunda: outro pensamento importuno para distraí-la.

Que horas são lá, Lisey lindinha? Não quero saber a hora exata, não é isso, mas é dia ou noite? Scott sempre sabia — ele dizia que sim, pelo menos —, mas você não é Scott.

Não, mas ela se lembrava de uma de suas músicas de *rock-and-roll* favoritas: "Night Time Is the Right Time". *À noite é a hora certa.* Em Boo'ya Moon, a noite era a hora *errada*, quando os cheiros ficavam podres e a comida poderia envenená-lo. A noite era a hora em que os gargalhantes saíam — coisas que corriam em quatro patas e às vezes ficavam de pé feito gente e olhavam em volta. E havia outras coisas, coisas piores.

Coisas como o garoto espichado de Scott.

Está muito perto, querida. Fora o que ele dissera, deitado sob o sol quente de Nashville no dia em que ela tivera a certeza de que ele estava morrendo. *Dá para ouvir ele se alimentando.* Lisey tentou lhe dizer que não sabia do que ele estava falando; ele então a beliscou, falando para ela não insultar sua inteligência. Ou a dela.

Porque eu estive lá. Porque ouvi os gargalhantes e acreditei nele quando disse que havia coisas piores à espreita. E era verdade. Eu vi as coisas sobre as quais ele falou. Em 1996, quando fui até Boo'ya Moon para trazê-lo de volta para casa. Só o lado dele, mas foi o suficiente.

— Era imenso — murmurou Lisey, e ficou horrorizada ao perceber que realmente acreditava que aquilo era verdade. Em 1996, estivera noite lá. Quando saíra do frio quarto de hóspedes para o outro mundo de Scott. Ela descera a trilha, entrando na floresta, na Floresta das Fadas, e...

Um motor despertou com uma explosão nas cercanias. Lisey abriu os olhos depressa e quase gritou. Voltou a relaxar em seguida, pouco a pouco. Era apenas Herb Galloway, ou talvez o filho dos Luttrell que Herb às vezes contratava, cortando a grama do vizinho. Aquilo era completamente diferente da noite de janeiro de 1996, com seu frio de rachar, quando ela encontrara Scott no quarto de hóspedes, lá dentro e ainda respirando, embora tivesse *partido* em todos os demais aspectos que importavam.

Ela pensou: *Mesmo que eu pudesse, não conseguiria nessas condições, com todo esse barulho.*

Ela pensou: *O mundo é demais para nós.* Ela pensou: *Quem escreveu isto?* E, como acontecia com uma bela frequência, aquele pensamento veio arrastando seu doloroso vagãozinho vermelho: *Scott saberia.*

Sim, Scott saberia. Lisey pensou nele em todos os quartos de motel, inclinado sobre uma máquina de escrever portátil (SCOTT E LISEY, JUVEN-TUDE!) e depois, mais tarde, com o rosto iluminado pelo brilho do laptop. Às vezes com um cigarro fumegando em um cinzeiro ao lado, às vezes com um drinque, sempre com a mecha de cabelo caindo desapercebida sobre a testa. Pensou nele deitado em cima dela naquela cama, perseguindo-a a toda velocidade por toda aquela casa horrorosa em Bremen (SCOTT E LISEY NA ALEMANHA!), os dois nus e gargalhando, com tesão, mas não exatamente felizes, enquanto caminhões e carros sacolejavam sem parar, fazendo o retorno no fim da rua. Ela pensou nos braços dele ao seu redor, em todas as vezes que os braços dele estavam ao seu redor, e no cheiro dele, no jeito que a bochecha dele raspava a dela como uma lixa, e pensou que venderia a alma, sim, sua joça de alma imortal, se pudesse ao menos ouvi-lo bater na porta no fim do corredor e depois gritar: *Lisey, cheguei. Tudo na mesma?*

Shiu, e feche os olhos.

A voz era a dela, mas era quase como se fosse a *dele*, uma ótima imitação, então Lisey fechou os olhos e sentiu as primeiras lágrimas mornas, quase reconfortantes, escaparem pelo gradil dos cílios. Havia muitas coisas que ninguém contava sobre a morte, descobrira ela, e umas das principais fora que as pessoas mais amadas demoravam para morrer no seu coração. *É um segredo, pensou Lisey, e é melhor que seja assim, pois quem ia querer se aproximar de outra pessoa se soubesse como a parte de deixá-la para trás é difícil? No nosso coração, elas só morrem aos poucos, não é mesmo? Como uma planta quando você vai viajar e se esquece de pedir para um vizinho dar um pulinho em casa de vez em quando com o velho regador, e é tão triste...*

Ela não queria pensar sobre aquela tristeza, e tampouco queria pensar sobre seu seio ferido, no qual a dor começava a brotar novamente. Em vez disso, voltou os pensamentos para Boo'ya Moon. Lembrou-se de como fora completamente deslumbrante e maravilhoso sair da cruel noite abaixo de zero do Maine para aquele lugar tropical num piscar de olhos. Na textura de certa forma triste do ar e nos aromas sedosos de véu-de-noiva e buganvília. Recordou a tremenda luz do sol poente e da lua que nascia e como, ao longe, um sino tocava. Aquele mesmo sino.

Lisey percebeu que o som do cortador de grama no jardim dos Galloway já lhe parecia estranhamente distante. Assim como o balido de uma motocicleta passando. Algo estava acontecendo, ela tinha quase certeza. Um olho-d'água serpeava, um poço se enchia, uma roda girava. Talvez o mundo não fosse demais para ela, afinal.

Mas e se você chegar lá e for noite? Supondo que o que está sentindo não seja produto de uma mistura de narcóticos com autossugestão, o que vai fazer se chegar lá e for noite, quando as coisas más saem? Coisas como o garoto espichado de Scott?

Aí eu volto para cá.

Se der tempo, você quer dizer.

Sim, é isso que eu quero dizer, se der t...

Súbita e espantosamente, a luz que atravessava as pálpebras dos seus olhos fechados passou de vermelha para um roxo escuro que era quase preto. Era como se um véu tivesse sido retirado. Mas um véu não daria conta da gloriosa mistura de cheiros que encheu de repente seu nariz: o perfume misto de todas aquelas flores. Tampouco daria conta da grama que ela passou a sentir alfinetando as panturrilhas e costas nuas.

Ela conseguira. Chegara até lá. Atravessara.

— Não — disse Lisey com os olhos ainda fechados. A palavra saiu fraca, porém, pouco mais do que um arremedo de protesto.

Você sabe que sim, Lisey, sussurrou a voz de Scott. *E o tempo é curto. ESPANE, babyluv.*

E, por saber que a voz tinha toda a razão — o tempo era de fato curto —, Lisey abriu os olhos e se sentou no refúgio da infância do talentoso marido.

Lisey se sentou em Boo'ya Moon.

6

Não era dia *nem* noite e, agora que estava lá, isso não a surpreendia. Chegara logo depois do crepúsculo nas duas viagens anteriores; não era de espantar que o horário fosse o mesmo novamente, não é mesmo?

O sol, de um laranja brilhante, estava parado sobre o horizonte no final de um campo de tremoceiros aparentemente interminável. Olhando para a direção oposta, Lisey conseguia ver o primeiro arco nascente da lua — muito maior do que a maior lua cheia que vira na vida.

Esta não é a nossa lua, é? Como pode ser?

Uma brisa agitou as pontas suadas dos cabelos dela e, em algum lugar não muito distante, aquele sino soou. Um som de que ela se lembrava, um sino de que ela se lembrava.

É melhor se apressar, você não acha?

Sem dúvida. A lagoa era segura, pelo menos fora o que Scott dissera, mas o caminho até lá passava pela Floresta das Fadas, que não era. A distância era curta, mas era melhor se apressar.

Ela subiu quase correndo a encosta até as árvores, procurando a cruz de Paul. A princípio, não conseguiu achá-la, mas enfim a viu caída de lado. Não havia tempo para ajeitar a cruz... Mas ela o fez assim mesmo, pois era o que Scott teria feito. Largou a pá de prata por um instante (tinha conseguido vir com ela, e também com o quadrado amarelo bordado) para poder usar as duas mãos. O tempo devia agir ali, pois a única palavra pin-

350

tada a duras penas na cruz — **PAUL** — evanescera até virar pouco mais do que um fantasma.

Acho que eu a ajeitei da última vez também, pensou ela. *Em 1996. E cheguei a pensar que gostaria de procurar pela seringa hipodérmica, mas não havia tempo.*

Tampouco havia naquele instante. Aquela era sua terceira viagem de verdade para Boo'ya Moon. A primeira não fora tão ruim, pois ela estava com Scott e eles não foram além da placa quebrada que dizia **PARA A LAGOA** antes de voltar ao quarto no Antlers. Da segunda vez, no entanto, em 1996, ela tivera que pegar a trilha que cruzava a Floresta das Fadas sozinha. Não conseguia recordar que tipo de bravura tivera de invocar, sem saber quão longe ficava a lagoa ou o que encontraria ao chegar lá. Não que aquela viagem não tivesse o próprio leque de dificuldades. Ela estava nua da cintura para cima, com o seio esquerdo estraçalhado começando a latejar novamente, e só Deus sabia o que o cheiro de sangue poderia atrair. Bem, tarde demais para se preocupar com aquilo.

E se alguma coisa vier mesmo para cima de mim, pensou ela, pegando a pá pelo cabo de madeira curto, *um dos gargalhantes, por exemplo, dou uma bordoada nela com o Infalível Mata-Maníacos da Lisey Lindinha, Desde 1988, Sem Patente, Todos os Direitos Reservados.*

Em algum lugar mais adiante, aquele sino soou novamente. Descalça, com o seio nu, suja de sangue, usando apenas um short jeans e carregando uma pá de prata na mão direita, Lisey seguiu o som pela trilha que escurecia depressa. A lagoa ficava naquela direção, certamente a menos de um quilômetro de distância. Lá era seguro mesmo depois do anoitecer, e ela poderia tirar as poucas roupas que ainda vestia e se lavar.

7

Escureceu muito rápido depois que ela se viu sob a cúpula de árvores. Lisey sentiu o impulso de se apressar mais do que nunca; porém, quando o vento fez o sino tocar novamente — já estava muito perto, e ela sabia que ele estava pendurado em um galho por um pedaço de corda resistente —, ela parou, atingida por uma complexa sobreposição de recordações. Sabia que o sino estava pendurado por um pedaço de corda porque o vira na última viagem para lá, dez anos antes. No entanto, Scott o roubara muito antes disso, antes mesmo de eles se casarem. Ela sabia disso porque o ouvira em 1979. Mesmo naquela época ele lhe soara familiar, de um jeito desagradável. Desagradável porque ela odiava o som daquele sino muito antes de ele ter ido parar lá em Boo'ya Moon.

— E eu falei isso para ele — murmurou ela, trocando a pá de mão e penteando o cabelo para trás. O quadrado amarelo do regalo descansava sobre seu ombro. Em volta dela, as árvores adoráveis farfalhavam como vozes sussurrantes. — Ele não falou quase nada, mas acho que levou a sério.

Ela voltou a andar. A trilha desceu, depois subiu até o topo de uma colina onde as árvores eram um pouco mais finas e uma luz vermelha brilhava através delas. Ainda não era exatamente o pôr do sol, porém. Ótimo. E então o sino tocou, oscilando de um lado para outro o suficiente para produzir o mais leve retinir. Tempos antes, ele ficava ao lado de uma caixa registradora no Pizza & Café do Pat em Cleaves Mills. Não o tipo de sineta que você faz tocar com a palma da mão, o tipo discreto de saguão de hotel que faz um *blém!* e depois se cala, mas uma espécie de sino de prata do recreio em miniatura, com um badalo que faz *blim-blém* pelo tempo que você quiser ficar balançando. E Chuckie G., o cozinheiro de plantão na maioria das noites durante o período de cerca de um ano em que Lisey fora garçonete no Pat, *adorava* aquele sino. Às vezes, ela se lembrava de ter contado a Scott, ela ouvia aquele *blim-blém* irritante nos seus sonhos, junto com as ordens gritadas e retumbantes de Chuckie G: *Pedido saindo, Lisey! Vamos, depressa! Tem gente com fome!* Sim, ela contara a Scott, na cama, como odiava o sininho irritante de Chuckie G. — provavelmente na primavera de 1979, porque não foi muito depois que ele desapareceu. Ela nunca associara Scott ao desaparecimento dele, nem mesmo quando o escutara na primeira vez que estivera ali — muitas coisas estranhas acontecendo então, muitas informações estranhas —, e ele nunca falara nada a respeito. Na época, em 1996, enquanto o procurava, ela ouvira o sino de Chuckie G., perdido havia tanto tempo, e daquela vez o

(*depressa gente com fome pedido saindo*)

reconhecera pelo que era. E aquilo fazia todo um sentido maluco. Afinal de contas, Scott Landon fora o homem que achava a Auburn Novelty Shop o lugar mais engraçado do universo. Por que não teria achado uma ótima piada roubar o sino que tanto irritava a namorada e levá-lo para Boo'ya Moon? E pendurá-lo benhaqui, ao lado da trilha, para o vento tocá-lo?

Havia sangue nele da última vez, a voz profunda da memória sussurrou. *Sangue em 1996.*

Sim, e aquilo a assustara, porém ela seguira adiante assim mesmo... E o sangue não estava mais lá. O tempo que apagara o nome de Paul da cruz também limpara o sangue do sino. E o pedaço de corda resistente com o qual Scott o pendurara vinte e sete anos antes (sempre considerando que o tempo fosse o mesmo lá) estava quase totalmente puído — em breve o sino cairia na trilha. E a piada enfim chegaria ao fim.

Naquele momento, a intuição de Lisey se pronunciava com mais intensidade do que nunca, não em palavras, mas com uma imagem. Ela se viu largando a pá de prata ao pé da Árvore do Sino e o fez sem hesitação ou dúvida. Tampouco se perguntou o porquê; ela parecia perfeita demais largada ao pé da árvore velha e retorcida. Sino de prata em cima, pá de prata embaixo. Quanto ao *porquê* de tamanha perfeição... Precisaria se perguntar por que Boo'ya Moon existia, para começo de conversa. Ela achara que a pá serviria para a proteção *dela* daquela vez. Pelo jeito, não. Lisey lançou um último olhar para o objeto (era o máximo de tempo que podia gastar) e seguiu adiante.

8

A trilha desceu novamente, conduzindo-a para outra parte da floresta. Ali, a luz vermelha e forte do fim de tarde se reduzira a um laranja opaco; os primeiros gargalhantes acordaram em algum lugar mais adiante, nas regiões escuras da mata, as vozes terrivelmente humanas subindo aquela escala louca e quebradiça e fazendo os braços de Lisey se arrepiarem.

Depressa, babyluv.

— Tudo bem, eu sei.

Uma segunda risada se juntou à primeira, e, embora sentisse mais arrepios subirem pelas costas, Lisey pensou que estava bem. Logo adiante, a trilha contornava uma enorme pedra cinza da qual ela se lembrava com clareza. Além dela, ficava um profundo vale rochoso — ah, sim, profundo e prefeitamente eita-norme — e a lagoa. Na lagoa, ela estaria segura. Era assustador lá, mas também era seguro. Ele...

Lisey teve uma súbita e estranha certeza de que algo a perseguia, esperando que a última luz do dia se esvaísse antes de fazer sua investida.

De dar o bote.

Com o coração batendo tão forte que machucava o seio mutilado, ela se esquivou para trás da massa cinza da rocha proeminente. E lá estava a lagoa, estendendo-se lá embaixo como um sonho tornado realidade. À medida que olhava para aquele fantasmagórico espelho brilhante, as últimas recordações se encaixaram, e se lembrar delas era como voltar para casa.

9

Ela contorna a pedra cinza e se esquece completamente da mancha seca de sangue no sino, que tanto a incomodava. Esquece da aurora boreal berrante, tempestuosa, fria e reluzente que deixou para trás. Por um instante, ela se esquece até mesmo de Scott, a quem veio procurar e trazer de volta... Sempre considerando que ele queira voltar. Ela baixa os olhos para o fantasmagórico espelho brilhante da lagoa e se esquece de todo o resto. Porque ela é linda. E, embora nunca tenha estado ali antes, é como voltar para casa. Mesmo quando uma daquelas coisas começa a rir, ela não sente medo, pois sabe que aquele é um lugar seguro. Não precisa que ninguém lhe diga aquilo; sabe por instinto, assim como sabe que há anos Scott fala sobre aquele lugar em suas palestras e escreve sobre ele em seus livros.

Também sabe que aquele é um lugar triste.

É a lagoa de que todos nós vamos beber, em que vamos nadar, e em cujas margens pegamos um peixinho; é também a lagoa que algumas almas destemidas singram em seus frágeis barcos de madeira atrás dos peixes grandes. É a lagoa viva, a lagoa da vida, a taça da imaginação, e ela imagina que pessoas diferentes vejam versões diferentes dela, embora duas coisas nunca mudem: ela fica sempre cerca de um quilômetro e meio para dentro da Floresta das Fadas e é sempre triste. Porque aquele lugar não diz respeito apenas à imaginação. É também um lugar

(de renúncia)

de espera. No qual as pessoas apenas se sentam… e observam aquelas águas oníricas… e esperam. *Está chegando*, as pessoas pensam. *Está quase chegando, tenho certeza de que sim.* Porém, não sabem bem do que se trata, e assim se passam os anos.

Como você pode saber disso, Lisey?

A lua contou a ela, imagina, assim como a aurora boreal que lhe queima os olhos com seu brilho frio; o cheiro terroso e doce de rosa e véu-de-noiva na Colina do Carinho — acima de tudo, os olhos de Scott lhe contaram enquanto ele lutava para se agarrar, se agarrar, se agarrar. Para não ter de pegar a trilha que levava àquele local.

Mais vozes gargalhantes surgem nos recônditos mais profundos da floresta e algo ruge, silenciando-as momentaneamente. Atrás dela, o sino toca, voltando a se calar em seguida.

Tenho de me apressar.

Sim, embora perceba que a pressa seja a antítese daquele lugar. Precisam voltar para a casa deles na Sugar Top o mais rápido possível, e não pelo perigo de animais selvagens, ogros, trasgos e

(*vortos e símbios*)

outras criaturas estranhas das profundezas da Floresta das Fadas, onde é sempre escuro como um calabouço e o sol nunca brilha — mas sim porque quanto mais Scott ficar ali, menor será a probabilidade de que ela consiga levá-lo de volta. Além disso…

Lisey imagina como seria ver a lua ardendo como uma pedra fria na superfície parada da lagoa abaixo — e pensa: *Posso ficar fascinada.*

Sim.

Antigos degraus de madeira descem por aquela parte da encosta. Ao lado de cada um deles há um pilar de pedra com uma palavra gravada. Ela consegue lê-las em Boo'ya Moon, mas sabe que não significarão nada quando estiver de volta em casa; sua memória tampouco irá além da mais simples correspondência: XG significa *pão*.

A escada termina em uma rampa íngreme que desce à esquerda, desembocando, por fim, no nível do chão. Lá, uma praia de areia branca e fina brilha sob a luz que enfraquece rapidamente. Acima dela, esculpidos em fileira em um rochedo, há talvez duzentos bancos longos e curvados de pedra que dão vista para a lagoa. Talvez haja espaço para mil ou quem sabe duas mil pessoas sentadas lado a lado, mas não é o caso. Ela imagina que não deva haver mais de cinquenta ou sessenta ao todo, e a maioria delas está escondida sob panos diáfanos que parecem mortalhas. Se estão mortas, porém, como podem estar sentadas? Será que ela quer saber a resposta?

Cerca de duas dúzias delas estão espalhadas pela praia, talvez mais. E algumas — seis ou oito — estão na água. Estas flutuam em silêncio. Quando Lisey chega ao fim da escada e começa a andar em direção à areia, os pés seguindo com facilidade o sulco de um caminho que muitos outros trilharam antes dela, ela vê uma mulher se inclinar e começar a lavar o rosto. Ela o faz com os gestos lentos de alguém em um sonho, e Lisey recorda aquele dia em Nashville — como tudo parecia em câmera lenta quando percebeu que o Loiraço pretendia atirar no marido dela. Aquilo também parecia um sonho, mas não era.

Ela enfim vê Scott. Ele está sentado em um banco de pedra nove ou dez fileiras acima da lagoa. Ainda está com a trouxa da Mãezinha Querida, embora não esteja enrolado nela por fazer calor demais ali. Parte da manta está apenas jogada sobre os joelhos dele, com o resto amontoado nos pés. Ela não sabe como a trouxa pode estar tanto ali quanto na casa em View ao mesmo tempo e pensa: *Talvez seja porque algumas coisas são especiais. Assim como Scott é especial. E ela?* Alguma versão de Lisey Landon ainda está lá na casa da Sugar Top Hill? Ela imagina que não. Não acha que seja especial, não ela, não a Lisey lindinha. Ela acha que, para o bem ou para o mal, ela está totalmente *ali*. Ou *partiu* por completo, dependendo do mundo de referência.

Ela inspira fundo, pretendendo chamar o nome dele, mas desiste. Uma intuição poderosa a impede.

Shiuuuu, pensa. *Shiuuuu, Lisey lindinha, agora*

10

Agora você precisa ficar quieta, pensou ela, como pensara em 1996.

Tudo era como antes, ela apenas enxergava um pouco melhor porque viera um pouco mais cedo; as sombras no vale pedregoso que circundava a lagoa estavam apenas começando a se juntar. O corpo d'água tinha quase o formato de um quadril de mulher. Na extremidade da praia, onde os quadris adentravam a cintura, havia um triângulo de areia branca e fina. Sobre ela, paradas distantes umas das outras, havia quatro pessoas, dois homens e duas mulheres, olhando extasiados para a lagoa. Na água, havia outras seis delas. Nenhuma estava nadando. A maioria estava imersa apenas até as panturrilhas; um homem estava com água até a cintura. Lisey gostaria de ter conseguido ver a expressão no rosto dele, mas ainda estava muito distante. Atrás das pessoas na água e das que estavam paradas na praia — aqueles que ainda não tinham encontrado coragem o bastante para se molhar, Lisey tinha certeza — ficava o promontório no qual dezenas ou talvez centenas de bancos de pedra haviam sido esculpidos. Neles, bem espalhadas, havia cerca de duzentas pessoas sentadas. Ela se lembrava de apenas cinquenta ou sessenta, porém naquele fim de tarde sem dúvida havia mais. No entanto, para cada pessoa que via, outras quatro, no mínimo, estavam envolvidas naqueles

(*sudários*)

panos horríveis.

Há um cemitério também. Lembra?

— Sim — sussurrou Lisey.

O seio voltara a doer muito, mas ela olhou para a lagoa e se lembrou da mão dilacerada de Scott. Também se lembrou de como ele se recuperara rápido do tiro no peito que levara do louco. Ah, os médicos ficaram assombrados com aquilo. Havia um remédio melhor do que Vicodin para ela, não muito longe dali.

— Sim — repetiu ela, começando a descer o caminho que levava à praia, desta vez com apenas uma triste diferença: não havia Scott Landon nenhum sentado em um banco lá embaixo.

Logo antes de o declive terminar na praia, ela viu outra trilha que quebrava para a esquerda, afastando-se do lago. Lisey foi novamente soterrada por recordações assim que viu a lua

11

Ela vê a lua se erguendo através de uma espécie de fenda na enorme formação rochosa de granito que circunda a lagoa. O astro está inchado e gigantesco, como quando seu futuro marido a levou para Boo'ya Moon do quarto que dividiam no Antlers; na extensa clareira para a qual a fenda conduz, porém, sua face infecta e laranja-avermelhada se divide em segmentos recortados pelas silhuetas de árvores e cruzes. Várias cruzes. Lisey está olhando para o que poderia quase ser um cemitério rústico do interior. Como a cruz que Scott fez para seu irmão Paul, aquelas parecem de madeira — e, embora algumas sejam bem grandes e outras poucas estejam enfeitadas, todas parecem feitas à mão, e muitas estão caindo aos pedaços. Há também lápides arredondadas, e algumas delas talvez sejam de pedra, mas, na escuridão crescente, Lisey não consegue saber ao certo. O luar que vem de trás mais atrapalha do que ajuda, pois deixa tudo no cemitério envolto em sombras.

Se existe um cemitério aqui, por que ele enterrou Paul lá atrás? Será que foi porque ele morreu com a coisa-ruim?

Ela não sabe e nem se importa. O que lhe importa é Scott. Ele está sentado em um daqueles bancos como um espectador em um evento esportivo com pouco público e, se ela quiser fazer algo, é melhor começar logo.

— Não pare de mexer os pauzinhos — teria dito Mãezinha Querida; aquela é uma das que ela pescou da lagoa.

Lisey deixa o cemitério e as cruzes toscas para trás. Atravessa a praia na direção dos bancos de pedra onde o marido está sentado. A areia é firme e pinica um pouco. Senti-la contra a sola dos pés e os calcanhares a faz notar que está descalça. Ainda está com a camisola e com as várias roupas de baixo, mas suas pantufas não a acompanharam. A sensação da areia é desanimadora e agradável ao mesmo tempo. É também estranhamente *familiar* e, quando chega ao primeiro dos bancos de pedra, Lisey liga os pontos. Quando criança, costumava ter um sonho recorrente no qual zunia pela casa em um tapete mágico, invisível para todas as outras pessoas. Ela acordava daquele sonho agitada, aterrorizada e encharcada de suor até a raiz dos cabelos. Aquela areia dá a mesma sensação que o tapete mágico... Como se, caso dobrasse os joelhos e saltasse para cima, ela fosse sair voando em vez de pular.

Eu daria um rasante por cima daquela lagoa como uma libélula, talvez arrastando os dedos dos pés na água... Em direção ao lugar onde ela deságua em um regato... Seguindo até onde o regato se alarga até virar um rio... Voando baixo... Sentindo o cheiro da umidade se desprender da água, atravessando as

pequenas névoas que sobem no ar como véus até finalmente alcançar o mar...
E depois seguindo além... sim, além e além...

Arrancar a si mesma daquela visão poderosa é uma das coisas mais difíceis que Lisey já fez. É como tentar se levantar após dias de trabalho duro e apenas algumas horas de um sono pesado e maravilhosamente sossegado. Ela descobre que já não está na areia, mas sim sentada em um banco na terceira fileira acima da pequena praia, olhando para a água com o queixo apoiado na palma da mão. E percebe que o luar está perdendo o brilho laranja. Assumiu um tom amanteigado e logo ficará prateado.

Quanto tempo fiquei aqui?, ela se pergunta, aflita. Imagina que não tenha sido tanto, algo entre quinze minutos e meia hora, mas até aquilo é tempo demais... Embora certamente já compreenda como aquele lugar funciona, não é mesmo?

Lisey sente os olhos serem atraídos de volta para a lagoa — para a paz do lago, onde agora apenas duas ou três pessoas (uma delas é uma mulher com um embrulho grande ou uma criança pequena nos braços) flutuam no anoitecer cada vez mais denso — e se força a desviá-los para os horizontes rochosos que circulam o lugar e as estrelas que observam através do azul--escuro sobre o granito e das poucas árvores que se desenham lá em cima. Quando começa a se sentir um pouco como ela mesma novamente, Lisey se levanta, dá as costas para a água e localiza Scott mais uma vez. É fácil. A trouxa amarela só falta gritar, mesmo na escuridão crescente.

Lisey vai até ele, subindo de uma fileira para outra, como se estivesse em um estádio de futebol... Ela se afasta de uma das criaturas amortalhadas... Mas está perto o suficiente para notar a forma muito humana sob os panos diáfanos; órbitas ocas e uma das mãos aparecendo.

É a mão de uma mulher, com esmalte vermelho descascado nas unhas.

Quando alcança Scott, seu coração está batendo forte e ela se sente um pouco sem fôlego, embora a subida não tenha sido difícil. Ao longe, os gargalhantes já começaram a rir, subindo e descendo de tom ao zombarem juntos de sua eterna piada. Vindo do caminho atrás dela, baixo mas ainda audível, Lisey escuta o retinir espasmódico do sino de Chuckie G. e pensa: *Pedido saindo, Lisey! Vamos, depressa!*

— Scott — murmura, mas Scott não olha para ela. Scott está olhando extasiado para a lagoa, onde uma ligeira névoa, um mero eflúvio, começou a se erguer sob o luar. Lisey se permite apenas uma olhadela naquela direção antes de voltar a fixar os olhos no marido. Já aprendeu a não olhar demais para o lago. Ou pelo menos esperava que sim. — Scott, está na hora de voltar para casa.

Nada. Absolutamente nenhuma resposta. Ela se lembra de protestar que ele não era louco, que escrever histórias não fazia dele um *louco*, e de Scott lhe dizendo: *Espero que continue com essa sorte toda, Lisey lindinha.* Mas ela não continuou, continuou? Agora sabe muito mais. Paul Landon pegou a coisa-ruim e surtou até quase se matar, acorrentado a uma viga no porão de uma casa de fazenda isolada. Seu irmão mais novo se casou e teve uma carreira inegavelmente brilhante, mas agora chegou a hora de pagar a conta.

Um catatônico comum, pensa Lisey, tremendo.

— Scott — murmura mais uma vez, quase diretamente no ouvido dele. Ela pegou as duas mãos do marido nas suas. Elas estão frias e macias, moles e flácidas. — Scott, se você estiver aí dentro e quiser voltar para casa, aperte minhas mãos.

Por um tempo interminável, não há nada além do som das coisas gargalhantes nas profundezas da floresta e, em algum lugar mais perto, do grito apavorante, quase feminino, de um pássaro. Em seguida Lisey sente algo que é ou autossugestão ou é o mais discreto espasmo dos dedos dele contra os dela.

Ela tenta pensar no que deve fazer em seguida, mas só consegue ter certeza do que *não* deve fazer: deixar a maré da noite se erguer ao redor deles, hipnotizando-a com o luar prateado que desce do céu ao mesmo tempo que a afoga com as sombras que sobem do chão. Aquele lugar é uma armadilha. Ela tem certeza de que *qualquer* pessoa que fique na lagoa por muito tempo verá que é impossível sair. Entende que quem olhar para ela por algum tempo conseguirá ver tudo que quer. Amores perdidos, filhos mortos, chances desperdiçadas — tudo.

E sabe o que é mais impressionante sobre aquele lugar? O fato de que não há mais pessoas sentadas nos bancos de pedra. O fato de que não estão amontoados um ao lado do outro como torcedores em uma joça de partida de futebol da Copa do Mundo.

Ela percebe com o rabo do olho que há algo se movendo e olha para o caminho que conduz da praia para a escadaria. Vê um homem corpulento usando calças brancas e uma camisa branca esvoaçante aberta na frente

360

até o último botão. Um enorme talho vermelho desce pelo lado esquerdo do rosto dele. Seu cabelo cinza-escuro está de pé na parte de trás da cabeça estranhamente achatada. Ele olha em volta por um instante, depois sai da trilha para a areia.

Ao lado dela, com grande esforço, Scott diz:

— Acidente de carro.

O coração de Lisey dá um salto mortal no peito, mas ela tem o cuidado de não olhar para trás ou apertar as mãos dele com muita força, embora não consiga evitar um pequeno espasmo. Esforçando-se para manter um tom de voz normal, ela diz:

— Como você sabe?

Scott não responde. O homem corpulento com a camisa esvoaçante lança mais um olhar desinteressado para as pessoas sentadas em silêncio nos bancos de pedra, depois dá as costas a elas e entra no lago. Cachos prateados de névoa iluminada pelo luar se erguem ao redor dele e Lisey tem de se esforçar novamente para desviar o olhar.

— Como você sabe, Scott?

Ele dá de ombros. Seus ombros também parecem pesar uma tonelada — pelo menos é a impressão que ela tem —, mas ele consegue falar:

— Telepatia, imagino.

— Ele vai ficar bom agora?

Faz-se uma longa pausa. Ela acha que ele não vai responder, mas Scott diz:

— Talvez. Ele está… É fundo… aqui. — Scott toca a própria cabeça, e Lisey supõe que é para indicar algum tipo de dano cerebral. — Às vezes as coisas simplesmente… vão longe demais.

— Então eles vêm e se sentam aqui? Se enrolam nesses lençóis?

Scott não diz nada. O medo de Lisey agora é perder o pouco dele que encontrou. Não precisa que ninguém lhe diga como aquilo é fácil de acontecer; ela sente. Cada nervo de seu corpo sabe daquilo.

— Scott, eu acho que você quer voltar. Acho que é por isso que segurou tanto as pontas durante todo o dezembro passado. E acho que é por isso que carregou a trouxa. É difícil não a ver, mesmo no escuro.

Ele olha para baixo, como se visse a manta pela primeira vez, e chega a sorrir um pouco.

— Você está sempre… me salvando, Lisey — diz.

— Não sei do que você está…

— Nashville. Eu estava indo pro saco. — A cada palavra, ele parece ganhar vida. Pela primeira vez, ela se permite sentir esperança de verdade. — Eu estava perdido na escuridão e você me encontrou. Eu estava com calor, com tanto calor, e você me deu gelo. Lembra?

Ela se lembra da outra Lisa

(*Derramei metade da merda da Coca voltando para cá*)

e de como a tremedeira de Scott parou de repente quando ela enfiou um cubo de gelo na língua cheia de sangue do marido. Ela se lembra da água cor de Coca-Cola pingando das sobrancelhas dele. Ela se lembra de tudo.

— É claro que me lembro. Agora vamos sair daqui.

Ele nega com a cabeça.

— É difícil demais. Vá você, Lisey.

— Quer que eu vá sem você? — Ela pisca furiosamente, percebendo que começou a chorar apenas quando sente os olhos ardendo.

— Não vai ser difícil… É só fazer igual àquela vez em New Hampshire. — Ele fala com paciência, porém ainda muito devagar, como se cada palavra fosse um grande peso, e ele não a está querendo entender de propósito. Ela tem quase certeza daquilo. — Feche os olhos… Se concentre no lugar de onde veio… *Visualize*… E é para lá que você vai voltar.

— Sem *você*? — repete ela com indignação. Abaixo deles, lentamente, como um homem se mexendo debaixo d'água, um sujeito de camisa de flanela vermelha se vira para encará-los.

Scott diz:

— Shiuuuu, Lisey. Aqui você tem de ficar quieta.

— E se eu não *quiser* ficar? Isto não é uma joça de *biblioteca*, Scott!

Nas profundezas da Floresta das Fadas, os gargalhantes uivam como se aquilo fosse a coisa mais engraçada que ouviram na vida, uma piada de rolar de rir, digna da Auburn Novelty Shop. De dentro da lagoa vem um solitário barulho de água espirrando. Lisey olha para lá e vê que o homem corpulento foi… Bem, para algum outro lugar. Ela decide que pouco se importa se ele foi para debaixo d'água ou para a Dimensão X; o negócio dela agora é com o marido. Ele está certo, ela o está sempre salvando, pode chamá-la de Cavalaria do Exército Americano. E tudo bem, ela já sabia que o lado prático da vida não seria exatamente a prioridade de Scott quando se casou com ele, mas tem o direito de esperar uma ajudinha, não é?

Ele já voltou a olhar para a água. Lisey imagina que, quando a noite chegar e a lua começar a brilhar como uma lanterna submersa, ela o perderá de vez. A ideia a assusta e a enfurece. Ela se levanta e puxa a trouxa da Mãezinha Querida. Afinal, aquilo pertence à parte *dela* da família — e, se aquilo é para ser o divórcio deles, ela a pegará de volta, e *inteira*, mesmo que aquilo o magoe. *Principalmente* se o magoar.

Scott a encara com uma expressão de surpresa sonolenta que a deixa mais furiosa ainda.

— Beleza — diz ela, falando com uma tranquilidade frágil. É um tom estranho a ela e, ao que parece, àquele lugar também. Várias pessoas olham para trás, claramente incomodadas, talvez irritadas. Bem, elas que se danem junto com os vários cavalos (ou carros fúnebres, ou ambulâncias) que as levaram até ali. — Você quer ficar aqui e comer alface pela raiz, ou sei lá como se diz? Ótimo. Eu vou voltar pela trilha...

E, pela primeira vez, ela vê uma emoção forte no rosto de Scott. Medo.

— Lisey, não! — diz ele. — Saia daqui fazendo uma diviva! Você não pode ir pela trilha! Está muito tarde, quase *noite*!

— *Shiuuuu!* — faz alguém.

Certo. Ela vai calar a boca, shiuuuu. Passando a trouxa amarela mais para cima dos braços, Lisey começa a descer de volta os degraus. A dois bancos do chão, ela arrisca olhar para trás. Parte dela tem certeza de que ele a seguirá; afinal de contas, aquele é *Scott*. Por mais estranho que aquele lugar seja, aquele ainda é seu marido, ainda é seu amado. A ideia do divórcio passou pela cabeça dela, mas sem dúvida é absurda — uma coisa que as outras pessoas podem fazer, mas não Scott e Lisey. Ele não vai deixá-la ir embora sozinha. Porém, quando ela olha por sobre o ombro, ele está sentado lá com a camiseta branca e calça de moletom verde, com os joelhos unidos e agarrando as próprias mãos com força, como se estivesse sentindo frio mesmo ali, onde o clima é tão tropical. Ele não está vindo e, pela primeira vez, Lisey se permite compreender que talvez seja porque não *consegue*. Se for assim, suas escolhas se reduzem a duas: ficar ali com ele ou ir para casa sozinha.

Não, existe uma terceira. Posso blefar. Apostar todas as fichas, como se fala. Raspar o cofre. Então, vamos, Scott. Se a trilha é mesmo perigosa, tire sua bunda daí e me impeça de pegá-la.

Ela sente vontade de olhar para trás ao atravessar a praia, mas fazer aquilo seria demonstrar fraqueza. Os gargalhantes já estão por perto, o que significa que qualquer outra coisa que esteja zanzando nos arredores do caminho de volta para a Colina do Carinho também está. A escuridão será total debaixo das árvores, e ela imagina que terá aquela sensação de que algo a está perseguindo antes de chegar longe; aquela sensação de algo se aproximando. *Está muito perto, querida,* disse Scott naquele dia em Nashville, deitado no asfalto fervente, sangrando pelo pulmão e perto da morte. E, quando ela tentou responder que não sabia do que ele estava falando, ele pediu que ela não insultasse a inteligência dele.

Ou a dela.

Dane-se. Vou lidar com o que quer que esteja na floresta quando — e se — precisar. Tudo que sei agora é que a Lisey do papito Debusher finalmente engatilhou até o fim. Este ato misterioso que Scott dizia ser impossível de definir porque mudava de acordo com a situação. Agora é pra valer — ESPANE, babyluv. E sabe de uma coisa? A sensação é ótima.

Ela começa a subir o caminho que leva aos degraus, e atrás dela

12

— Ele me chamou — murmurou Lisey.

Uma das mulheres que antes estavam paradas na beira da lagoa agora se encontrava imersa até os joelhos naquela água estagnada, olhando sonhadoramente para o horizonte. A companheira dela se virou para Lisey, as sobrancelhas unidas em uma carranca de reprovação. A princípio, Lisey não entendeu, mas depois, sim. As pessoas não gostavam que você falasse ali, aquilo não mudara. Ela imaginava que, em Boo'ya Moon, poucas coisas mudavam.

Ela assentiu, como se a mulher carrancuda tivesse pedido uma comprovação.

— Meu marido me chamou pelo nome, tentou me impedir. Só Deus sabe o que isso lhe custou, mas ele fez isso.

A mulher na praia — seus cabelos eram loiros, mas pretos nas raízes, como se precisassem de um retoque — disse:

— Fique… quieta, por favor. Eu preciso… pensar.

Lisey assentiu novamente — por ela, tudo bem, embora duvidasse que a loira estivesse pensando tanto quanto acreditava — e entrou na água. Ela achou que estaria fria, mas, na verdade, estava quase quente. O calor lhe subiu pelas pernas e fez suas partes baixas formigarem de um jeito que não formigavam havia muito. Ela seguiu adiante, mas a água não foi além da sua cintura. Deu mais meia dúzia de passos, olhou em volta, viu que estava cerca de dez metros mais longe do que o mais avançado dos banhistas e se lembrou de que comida boa ficava ruim depois do anoitecer em Boo'ya Moon. Será que a água também ficava ruim? Mesmo que não ficasse, será que coisas perigosas não poderiam surgir dela, como apareciam na floresta? Tubarões de lagoa, por assim dizer? E, se fosse o caso, ela não poderia estar longe demais para voltar antes de um deles decidir que o jantar estava na mesa?

Aqui é terreno seguro.

Só que aquilo não era *terreno*, era água, e ela quis desesperadamente chapinhar de volta até a praia antes que algum submarino assassino cheio de dentes arrancasse uma de suas pernas. Lisey lutou contra o medo. Viera de muito longe — não só uma vez, mas duas—, seu seio doía como o diabo e, por Deus, ela conseguiria o que fora buscar.

Respirou fundo e, sem saber o que esperar, ajoelhou-se lentamente no fundo arenoso, deixando a água cobrir seus seios — o que estava intacto e o que estava gravemente ferido. Por um instante, o esquerdo doeu mais do que nunca; ela achou que a dor arrancaria o topo da sua cabeça. Mas aí

13

Ele a chama mais uma vez, alto e em pânico:

— *Lisey!*

O chamado vara o silêncio onírico daquele lugar como uma flecha com fogo na ponta. Ela quase olha para trás, pois há agonia além de pânico naquele grito, mas algo bem no seu íntimo diz que não deve fazê-lo. Se ela quiser ter alguma chance de salvá-lo, não deve olhar para trás. Já fez sua aposta. Ela passa pelo cemitério, quase sem olhar para as cruzes brilhando sob a luz da lua alta no céu, sobe os degraus com as costas eretas e a cabeça erguida, ainda segurando a trouxa da Mãezinha Querida bem erguida nos braços para não tropeçar nela, e sente um entusiasmo louco, do tipo que ela imagina que uma pessoa só sente quando coloca tudo o que tem — a casa o carro a conta bancária o cachorro — à mercê de um rolar de dados. Acima dela (e perto) está a enorme pedra cinza que marca o começo da trilha que leva de volta à Colina do Carinho. O céu está repleto de estrelas estranhas e constelações desconhecidas. Em algum lugar, a aurora boreal está queimando em longas cortinas coloridas. Lisey talvez nunca a veja novamente, mas acha que pode lidar com isso. Alcança o topo da escada, contorna sem hesitar a pedra, e é neste instante que Scott a puxa para trás contra seu corpo. Seu cheiro familiar nunca lhe pareceu tão bom. Ao mesmo tempo, ela percebe que algo está se movendo à esquerda deles, e rápido — não na trilha que conduz à colina de tremoceiros, mas bem ao lado deles.

— Shiuuuu, Lisey — sussurra Scott. Seus lábios estão tão perto que fazem cócegas na concha da orelha dela. — Pela sua vida e pela minha, agora você precisa ficar quieta.

É o garoto espichado de Scott. Ele não precisa nem dizer. Ela passou anos sentindo a presença dele cercar sua vida, como algo vislumbrado em um espelho com o rabo do olho. Ou, digamos, um segredo grotesco escondido no porão. Agora o segredo está à solta. Nos vãos entre as árvores à esquerda, correndo no que parece uma velocidade de trem expresso, é possível ver um grande e caudaloso rio de carne. Ele é liso em sua maior parte, mas, em algumas áreas, há pontos escuros ou crateras que podem ser manchas — ou até, supõe ela (ela não quer supor, mas não consegue evitar), cânceres de pele. Sua mente começa a visualizar uma espécie de verme gigante, mas se detém. A coisa atrás daquelas árvores não é um verme e, o que quer que seja, possui consciência, *porque Lisey consegue senti-la pensar.* Seus pensamentos não são humanos, não são nem um pouco compreensíveis, mas há algo de terrivelmente fascinante no próprio caráter alienígena deles...

É a coisa-ruim, pensa ela, gelada até os ossos. *Os pensamentos dele são a coisa-ruim e nada mais.*

A ideia é terrível, mas também *correta.* Ela deixa um som escapar, algo entre um gritinho e um gemido. É um som baixo, mas ela vê ou sente que a coisa diminui de repente o ritmo de trem expresso do seu interminável avanço, sente que ele talvez a tenha ouvido.

Scott também percebe isso. O braço em volta dela, logo abaixo dos seus seios, a aperta um pouco mais. Novamente, seus lábios roçam a concha da orelha de Lisey.

— Se a gente quiser ir para casa, precisa ser agora — murmura ele. Ele está totalmente com ela novamente, totalmente *ali*. Ela não sabe se é porque não está mais olhando para a lagoa ou se é porque está apavorado. Talvez os dois. — Está me entendendo?

Lisey assente. O próprio medo é tamanho que chega a ser incapacitante, e todo o entusiasmo por ter o marido de volta já desapareceu. Será que ele conviveu com aquilo a vida inteira? Se tiver convivido, *como* conseguiu? Porém, mesmo ali, no auge do horror, ela acha que sabe como. Duas coisas o mantiveram com os pés no chão e o salvaram do garoto espichado. Escrever foi uma delas. A outra tem uma cintura que ele pode envolver com os braços e um ouvido no qual ele pode sussurrar.

— Concentre-se, Lisey. Agora. Coloque o cérebro pra funcionar.

Ela fecha os olhos e vê o quarto de hóspedes da casa deles na Sugar Top Hill. Vê Scott sentado na cadeira de balanço. Vê a si mesma sentada no chão gelado ao lado dele. Ele está agarrando a mão dela com a mesma força com que ela agarra a dele. Atrás dos dois, os vidros cobertos de gelo da janela estão repletos de luzes fantásticas e oscilantes. A TV está ligada e *A última sessão de cinema* está passando mais uma vez. Os garotos estão no bar de sinuca preto e branco de Sam, o Leão, e Hank Williams está na *jukebox* cantando "Jambalaya".

Por um instante, ela sente Boo'ya Moon tremular, mas em seguida a música em sua mente — uma música que por um momento pareceu tão clara e alegre — desaparece. Lisey abre os olhos. Está desesperada para ver sua casa, mas a grande pedra cinza e a trilha que segue por entre as árvores adoráveis ainda estão ali. Aquelas estrelas estranhas ainda ardem no céu — a única diferença é que os gargalhantes estão calados, o farfalhar áspero dos arbustos parou e até o sino de Chuckie G. desistiu de tocar alucinadamente porque o garoto espichado parou para ouvir e o mundo inteiro parece segurar a respiração e fazer o mesmo. Está lá, a menos de quinze metros à esquerda; agora, Lisey consegue sentir até o *cheiro* dele. É como o cheiro de peidos velhos em banheiros de beira de estrada, ou como o fedor de burbom e fumaça de cigarro que às vezes você sente quando abre a porta e entra em um quarto de um hotelzinho barato, ou como as fraldas mijadas da Mãezinha Querida quando ela estava velha e delirantemente senil. A coisa parou atrás da fileira mais próxima de árvores adoráveis, interrompeu sua corrida pelo túnel das árvores e, bom Deus, eles dois não estão *indo*, não estão *voltando*, por algum motivo estão presos ali.

O sussurro de Scott agora é tão baixo que ele mal parece estar falando. Não fosse pela ligeira sensação dos lábios dele roçando a pele sensível da orelha, ela poderia quase acreditar que *aquilo* era telepatia.

— É a trouxa, Lisey. Às vezes algumas coisas passam para um lado mas não para o outro. Geralmente, coisas que podem ser *dobradas*. Não sei o porquê, mas é assim. Sinto como se ela fosse uma âncora. Largue a trouxa.

Lisey abre os braços e a deixa cair. O som que a manta faz não passa de um leve sussurro (como os argumentos contra a loucura caindo em algum porão definitivo), mas o garoto espichado o escuta. Ela sente uma mudança na cadência dos pensamentos inescrutáveis dele; sente a pressão hedionda do seu olhar insano. Quando uma das árvores se parte com um barulho explosivo de algo se despedaçando à medida que a coisa começa a se virar, ela fecha os olhos novamente e vê o quarto de hóspedes com mais clareza do que jamais veria outra coisa na vida, vê o quarto de hóspedes com uma intensidade desesperadora e através de uma perfeita lente de aumento de terror.

— Agora — murmura Scott, e a coisa mais extraordinária de todas acontece. Ela sente o ar virar do avesso. De repente, Hank Williams está cantando "Jambalaya". Ele está cantando

14

Ele estava cantando porque a TV estava ligada. Ela conseguia se lembrar disso com mais clareza do que de qualquer outra coisa em sua vida, e se perguntava como poderia ter se esquecido.

Está na hora de sair da Estrada da Memória, Lisey. Está na hora de ir para casa.

Todo mundo para fora d'água, como diziam. Lisey conseguira o que fora buscar; conseguira enquanto presa naquela última recordação terrível do garoto espichado. Seu seio ainda doía, mas o latejar feroz se reduzira a uma dor indistinta. Sentira-se pior quando adolescente, depois de passar um longo dia quente com um sutiã pequeno demais para ela. De onde estava ajoelhada com a água até o queixo conseguia ver que a lua, agora menor e quase totalmente prateada, subira para além de quase todas as árvores no cemitério — exceto pelas mais altas. Um novo medo surgiu para incomodá--la: e se o garoto espichado voltasse? E se a tivesse ouvido pensando sobre ele e voltasse? Aquele era para ser um lugar seguro, e Lisey achava que era mesmo — seguro dos gargalhantes e das outras coisas grotescas que viviam na Floresta Mágica, pelo menos —, mas imaginava que o garoto espichado poderia não estar sujeito a nenhuma das regras que mantinham as outras coisas longe dali. Ela achava que o garoto espichado era... diferente. O título de uma velha história de horror primeiro lhe veio à cabeça, depois ressoou na sua mente como um sino de ferro: "Oh Whistle and I'll Come to You, My Lad". *Assobie, meu rapaz, e irei até você.* Em seguida, lhe ocorreu o título do único livro de Scott Landon que ela odiara: *Demônios vazios.*

No entanto, antes que pudesse começar a voltar para a areia, antes mesmo de se levantar novamente, Lisey foi invadida por outra recordação, muito mais recente. A de acordar na cama com a irmã Amanda logo antes do amanhecer e descobrir que o passado e o presente haviam se embaralhado completamente. Pior ainda — Lisey chegara a acreditar que não estava na cama com a irmã, e sim com o falecido marido. E, de certa forma, fora verdade. Pois, embora a coisa com ela na cama estivesse vestida com a camisola de Amanda e tivesse falado com a voz dela, havia usado o dialeto interno do casamento dos dois e frases que somente Scott poderia conhecer.

Uma didiva de sangue está para vir, dissera a coisa na cama com ela — e, de fato, o Príncipe Sombrio dos Caçacatras aparecera, com o abridor de latas Oxo dela dentro da sua repugnante sacola mágica.

Fica atrás da roxidão. Você já achou as três primeiras estações. Faltam só mais algumas para ganhar o prêmio.

E qual prêmio a coisa na cama com ela prometera? Uma bebida. Ela supôs que fosse uma Coca ou um refrigereco, porque aqueles eram os prêmios de Paul, mas agora sabia que era outra coisa.

Lisey baixou a cabeça, enfiou o rosto machucado na lagoa e, sem se permitir pensar no que estava fazendo, deu dois goles generosos. A água ao redor dela estava quase quente, mas a que colocou na boca estava geladinha, doce e refrescante. Poderia ter bebido muito mais, porém algum tipo de intuição lhe disse para dar apenas dois goles. Dois era o número certo. Ela tocou os lábios e percebeu que o inchaço quase sumira. Não ficou surpresa.

Sem tentar fazer silêncio (e sem se preocupar em se sentir grata, pelo menos não por enquanto), Lisey chapinhou de volta para a areia. Pareceu levar uma eternidade. Já não havia mais ninguém boiando perto do litoral e a praia estava vazia. Lisey achou ter visto a mulher com quem falara sentada em um dos bancos de pedra com a colega, mas não conseguiu ter certeza, pois a lua não subira o suficiente. Ela ergueu mais o rosto e seu olhar parou em um dos vultos amortalhados a uns doze bancos acima da água. O luar cobrira um dos lados da cabeça velada da criatura com uma leve camada prateada e uma estranha certeza lhe veio à mente: aquele era Scott e ele a estava observando. E a ideia não fazia um certo sentido louco? Já que ele preservara consciência e força de vontade o suficiente para procurá-la logo antes do amanhecer, quando estava deitada com a irmã catatônica? Já que ele estava determinado a ter a última palavra uma última vez?

Lisey teve vontade de chamar o marido em voz alta, mesmo sabendo que fazê-lo seria uma loucura perigosa. Abriu a boca e água do seu cabelo molhado lhe entrou nos olhos, fazendo-os arder. Ao longe, ouviu o vento fazer o sino de Chuckie G. tilintar.

Foi então que Scott falou com ela, e pela última vez.

— *Lisey.*

A voz tinha uma ternura infinita. Chamando-a pelo nome, chamando-a para casa.

— *Lindinha.*

15

— Lisey — diz ele. — Babyluv.

Ele está na cadeira de balanço e ela está sentada no chão frio, porém é ele quem está tremendo. De súbito, Lisey tem uma recordação viva de vovó D falando *Apavorado e tremelicando no escuro* e percebe que ele está com frio porque agora a trouxa inteira está em Boo'ya Moon. Mas isso não é tudo — a droga do quarto *inteiro* está gelado. Estava frio antes, mas agora está *gelado*, e as luzes estão apagadas também.

O sussurro constante da fornalha parou e, quando ela olha para a janela congelada, vê apenas as cores extravagantes da aurora boreal. A luz da varanda dos Galloway se apagou. *Acabou a energia*, pensa ela, mas não — a televisão está ligada e aquele maldito filme ainda está passando. Os meninos de Anarene, Texas, estão à toa no bar de sinuca, logo irão para o México e, quando voltarem, Sam, o Leão, estará morto, enrolado em panos e sentado em um daqueles bancos de pedra sobre a la...

— Isso não está certo — diz Scott. Seus dentes estão batendo um pouco, mas ela ainda consegue reconhecer a perplexidade na voz dele. — Eu não coloquei a droga do filme porque achei que fosse te acordar, Lisey. E, além do mais...

Lisey sabe que aquilo é verdade — quando entrou lá daquela vez e o encontrou sentado a tevê estava desligada —, mas agora ela tem algo muito mais importante na cabeça.

— Scott, ele vai nos seguir?

— Não, *baby* — diz Scott. — Ele só consegue fazer isso se farejar bem o seu cheiro ou estiver fissurado no seu... — Ele se interrompe no meio. É com o filme que está mais preocupado, ao que parece. — E, além do mais, não é "Jambalaya" que toca nessa cena. Já vi *A última sessão de cinema* cinquenta vezes, tirando *Cidadão Kane* é o melhor filme de todos os tempos, e não é "Jambalaya" que toca na cena da sinuca. É Hank Williams, com certeza, mas é "Kaw-Liga", a música sobre o chefe indígena. E se a TV e o videocassete estão funcionando, cadê a droga da luz?

Ele se levanta e mexe no interruptor. Nada. Aquela ventania fria de Yellowknife finalmente cortou a energia deles e de Castle Rock, Castle View, Harlow, Motton, Tashmore Pond e da maior parte do oeste do Maine. Na mesma hora que Scott aperta o interruptor inútil, a TV *desliga*. A imagem encolhe até um ponto luminoso que brilha por um instante e depois some. Na próxima vez que ele testar a fita, descobrirá que um trecho de dez minutos do filme sumiu, como se tivesse sido apagado por um poderoso campo magnético. Nenhum dos dois jamais conversará a respeito, mas Scott e Lisey entenderão que, embora os dois estivessem visualizando o quarto de hóspedes, foi provavelmente ela quem os chamou para casa com mais força... E *com certeza* foi Lisey quem visualizou Hank cantando "Jambalaya" em vez de "Kaw-Liga". Da mesma forma que foi Lisey quem visualizou o videocassete e a tevê ligados de forma tão ferozmente que, quando voltaram, aqueles aparelhos *de fato* ficaram ligados por quase um minuto e meio, mesmo com o Condado Castle sem energia de uma ponta a outra.

Ele enche o forno a lenha da cozinha com pedaços de carvalho da reserva de madeira e ela improvisa uma cama — cobertores e um colchão de ar — no piso. Quando eles se deitam, ele a abraça.

— Estou com medo de dormir — confessa ela. — Estou com medo de que, quando acordar pela manhã, o forno esteja apagado e você tenha partido de novo.

Ele nega com a cabeça.

— Eu estou bem... Passou, por enquanto.

Ela o encara com uma mistura de esperança e dúvida.

— Você está falando porque sabe ou só para acalmar sua esposinha?

— O que *você* acha?

Lisey acha que aquele não é o Scott-fantasma com o qual ela estava vivendo desde novembro, mas ainda é difícil para ela acreditar em recuperações miraculosas.

— Você *parece* melhor, mas desconfio que isso é só o que eu quero pensar.

No forno, um nó de madeira explode e ela dá um pulo. Ele a abraça mais forte. Ela se aninha mais contra ele. Está quente debaixo das cobertas; quente nos braços dele. Ele é tudo o que ela poderia querer no escuro. Ele diz:

— Esta... Esta *coisa* que atormenta minha família... Ela vai e volta. Quando passa, é como uma câimbra indo embora.

— Mas vai voltar?

— Pode ser que não, Lisey. — A força e a certeza na voz dele a surpreendem tanto que ela ergue os olhos para conferir o rosto do marido. Não vê falsidade ali, nem daquele tipo que pretende acalmar o coração de uma esposa angustiada. — E, se voltar, possivelmente não vai ser tão forte quanto desta vez.

— Foi seu pai quem lhe disse isso?

— Meu pai não sabia muito sobre esse negócio de *partir*. Eu já tinha me sentido atraído em direção… Ao lugar em que você me encontrou… Duas vezes antes. Uma vez, antes de nos conhecermos. Naquela época, a bebida e o *rock* seguraram minha onda. Da segunda vez…

— Na Alemanha — diz ela.

— Isso. Na Alemanha. Lá, você segurou minha onda, Lisey.

— Quão perto você esteve de ir para lá, Scott? Quão perto você esteve de ir para lá quando a gente estava em Bremen?

— Perto — é só o que ele diz, e aquilo a deixa gelada. Se o houvesse perdido na Alemanha, teria sido para sempre. *Mein gott.* — Mas aquilo foi tranquilo se comparado a agora. Agora foi um furacão.

Ela gostaria de lhe perguntar outras coisas, mas o que mais quer é apenas abraçá-lo e acreditar quando ele diz que talvez as coisas fiquem bem. Do mesmo jeito que você quer acreditar em um médico, imagina ela, quando ele diz que o câncer está regredindo e talvez não volte nunca mais.

— E você está bem. — Ela precisa escutá-lo falar aquilo mais uma vez. *Precisa.*

— Estou. Novo em folha, como dizem.

— E a… *coisa?* — Não precisa ser mais específica. Scott sabe do que ela está falando.

— Ele conhece meu cheiro há muito tempo, e sabe qual o padrão dos meus pensamentos. Depois de todos esses anos, somos praticamente velhos amigos. Ele provavelmente poderia me levar se quisesse, mas precisaria fazer um esforço, e aquele sujeito é bem preguiçoso. Além disso… algo toma conta de mim. Algo no lado bom da coisa. Porque *existe* um lado bom, sabia? Você *tem* de saber, porque você é parte dele.

— Uma vez você me disse que poderia chamá-lo, se quisesse. — Ela fala isso muito baixinho.

— Posso.

— E às vezes você quer, não quer?

Ele não nega e, lá fora, o vento uiva uma nota longa e fria por entre os beirais. No entanto, ali debaixo das cobertas e diante do forno da cozinha, está quente. Está quente com ele.

— Fique comigo, Scott.

— Eu vou ficar — responde ele. — Até quando

16

— Até quando puder — disse Lisey.

Ela percebeu várias coisas ao mesmo tempo. Uma, que tinha voltado ao seu quarto e à sua cama. Outra, que teria de trocar os lençóis, pois voltara encharcada e seus pés úmidos estavam cobertos de areia de praia do outro mundo. Uma terceira coisa é que estava tremendo, embora o quarto não estivesse tão frio. Uma quarta era que já não estava com a pá de prata; o objeto ficara para trás. A última era que, se o vulto sentado fosse de fato seu marido, ela quase certamente o vira pela última vez; ele agora era uma das coisas amortalhadas, um cadáver insepulto.

Deitada na cama molhada com os shorts encharcados, Lisey desatou a chorar. Tinha muito a fazer agora, e voltara com a maioria dos passos claros na cabeça — achava que aquilo também poderia ser parte do seu prêmio no fim da última caça à didiva de Scott. Antes, porém, tinha de acabar de lamentar a morte do marido. Ela colocou um braço sobre os olhos e ficou deitada naquela posição pelos próximos cinco minutos, soluçando até seus olhos quase se fecharem de tão inchados e sua garganta doer. Nunca pensara que fosse desejá-lo tanto ou sentir tantas saudades dele. Foi um choque descobrir. No entanto, ao mesmo tempo, e embora o seio ferido ainda doesse um pouco, Lisey pensou que nunca se sentira tão bem, tão feliz de estar viva, ou tão pronta para botar para quebrar e tirar satisfações.

Como diziam.

XII. LISEY NA GREENLAWN
(O MALVA-ROSA)

1

Ela olhou para o relógio na mesinha de cabeceira enquanto tirava os shorts encharcados e sorria — não porque havia algo de intrinsecamente engraçado no fato de serem dez para meio-dia de uma manhã de junho, mas porque uma das falas de Scrooge em *Um conto de Natal* lhe veio à mente: "Os espíritos fizeram tudo em uma noite só". Parecia a Lisey que *algo* conseguira fazer muita coisa na sua vida em um período muito curto de tempo, a maior parte nas últimas horas.

Mas você precisa levar em conta que eu estava vivendo no passado, e isso toma uma quantidade impressionante de tempo de uma pessoa, pensou ela... E, depois de um instante de reflexão, soltou uma gargalhada enorme e galopante que provavelmente pareceria enlouquecida para qualquer um que estivesse ouvindo do fim do corredor.

Não tem problema, continue rindo, babyluv, só está a gente aqui mesmo, mais ninguém, pensou ela, indo para o banheiro. Aquela risada forte e desenfreada começou a sair de dentro dela novamente, mas parou bruscamente quando lhe ocorreu que Dooley talvez estivesse ali. Ele poderia estar escondido no porão ou em um dos vários armários do casarão; poderia estar no sótão, bem em cima dela, esperando ansiosamente aquele fim de manhã passar. Ela seria a primeira a admitir que não sabia muita coisa sobre ele, mas a hipótese de ele ter se escondido dentro da casa combinava com o que ela *sabia*. Dooley já se provara um filho da puta corajoso.

Não se preocupe com ele agora. Preocupe-se com Darla e Canty.

Boa ideia. Lisey poderia chegar à Greenlawn antes das irmãs mais velhas, não precisaria correr muito, mas também não podia ficar enrolando. *Não pare de mexer os pauzinhos*, pensou ela.

Ainda assim, não pôde se furtar a um instante diante do espelho de corpo inteiro atrás da porta do banheiro, com as mãos soltas ao lado do corpo, olhando diretamente e sem preconceitos para seu esguio e impecável corpo de meia-idade — e para seu rosto, que Scott certa vez descrevera como o de uma raposa no verão. Estava apenas um pouquinho inchado. Ela parecia ter dormido excepcionalmente pesado (talvez depois de um ou três drinques além da conta) e os lábios ainda estavam um pouco salientes, o que lhes dava uma estranha sensualidade que a deixou ao mesmo tempo desconfortável e um tiquinho alegre. Ela hesitou, sem saber ao certo o que fazer a respeito daquilo, e no fundo da gaveta de batons encontrou um da Revlon, cor Rosa Verãozão. Passou um pouco dele e assentiu, um pouco indecisa. Se as pessoas fossem olhar para seus lábios — e ela achava que olhariam —, era melhor lhes dar algum motivo em vez de tentar maquiar o que não dava para esconder.

O seio que Dooley operara com tal concentração ensandecida estava marcado por uma prega vermelha e feia, um arco que começava debaixo da axila e ia sumindo aos poucos acima da caixa torácica. Parecia um corte feio feito duas ou três semanas antes e que já estava sarando bem. As duas feridas mais superficiais não pareciam mais graves do que marcas vermelhas decorrentes de roupas com elásticos apertados demais. Ou então — se o observador tivesse uma imaginação fantasiosa — do que marcas de corda. A diferença daquilo para o horror que experimentara ao recuperar a consciência era impressionante.

— Todos os Landon se curam rápido, seu filho da puta — falou Lisey, entrando no chuveiro.

2

Lisey só teve tempo para uma chuveirada, e seu seio ainda estava dolorido demais para colocar sutiã. Vestiu uma calça e uma blusa folgada e jogou um colete sobre ela para evitar que ficassem olhando para seus mamilos. Isto é, considerando que os homens se dessem o trabalho de olhar para os mamilos de uma cinquentona. Segundo Scott, eles se davam o trabalho, sim. Ela se lembrou de quando ele lhe dissera, numa época mais feliz, que homens heterossexuais olhavam para qualquer coisa do gênero feminino entre os catorze e os oitenta e quatro anos de idade por conta de um circuito simples que ligava o olho ao pau, sem que o cérebro tivesse nada a ver com a história.

Era meio-dia. Ela foi para o andar de baixo, olhou para a sala de estar e viu o maço de cigarros que sobrara em cima da mesa de centro. Não sentia mais vontade de fumar. Em vez disso, pegou um pote fechado de pasta de amendoim da despensa (preparando-se para encontrar Dooley escondido em um canto ou atrás da porta) e a geleia de morango da geladeira. Preparou um sanduíche com ambas e deu duas deliciosas e grudentas mordidas antes de ligar para o professor Woodbody. A delegacia do Condado de Castle levara a carta com as ameaças de "Zack McCool", mas Lisey sempre tivera boa memória para números e aquele era moleza: o código de área de Pittsburgh, seguido de 81 e 88. Estava disposta a falar tanto com a Rainha quanto com o Rei dos Caçacatras. Uma secretária eletrônica, no entanto, seria inconveniente. Ela poderia deixar uma mensagem, mas não teria como saber se ela chegaria aos ouvidos certos a tempo de adiantar alguma coisa.

A preocupação foi infundada. O próprio Woodbody atendeu, e não parecia nada régio. Parecia contido e circunspecto.

— Alô, pois não?

— Olá, professor Woodbody. Aqui é Lisa Landon.

— Não quero falar com você. Conversei com meu advogado, e segundo ele não sou obrigado...

— Calma — disse ela, olhando avidamente para seu sanduíche. Não podia falar com a boca cheia. Por outro lado, achava que aquela conversa seria breve. — Não vou causar confusão. Nem com a polícia, nem com advogados, nem nada do gênero. Se o senhor me fizer um pequeno favor.

— Que favor? — Woodbody parecia desconfiado. Lisey não podia culpá-lo.

— Existe uma pequena possibilidade de que seu amigo Jim Dooley ligue para o senhor hoje...

— Aquele cara não é meu *amigo*! — berrou Woodbody.

Certo, pensou Lisey. *E você já está bem perto de se convencer de que ele nunca foi.*

— Beleza, companheiro de birita. Conhecido. Tanto faz. Se ele ligar, diga a ele que eu mudei de ideia, pode ser? Diga que coloquei a cabeça no lugar e que vou recebê-lo hoje à noite, às oito, no escritório do meu marido.

— A senhora parece estar se preparando para se meter numa grande encrenca, senhora Landon.

— E você sabe disso melhor do que ninguém, não é? — O sanduíche estava ficando cada vez mais apetitoso. O estômago de Lisey roncou. — Professor, ele provavelmente não vai ligar. Se for o caso, o senhor está feito. *Se* ele ligar, porém, passe a mensagem para ele e o senhor também está feito. Mas se ele ligar e o senhor não passar minha mensagem, que é somente "Ela mudou de ideia, pediu para você ir ao escritório de Scott hoje à noite, às oito", e eu descobrir… Então, meu senhor, ah… Que barraco que vou armar para o seu lado…

— A senhora não pode fazer isso. Meu advogado disse…

— Não ouça o que ele diz. Seja esperto e ouça o que *eu* estou dizendo. Meu marido me deixou dez milhões de dólares. Com uma grana dessas, se eu decidir te enrabar, o senhor vai passar os próximos três anos cagando sangue. Entendeu?

Lisey desligou antes que ele pudesse falar qualquer outra coisa, deu uma mordida no seu sanduíche, apanhou o suco de saquinho de limão na geladeira, pensou em pegar um copo, mas depois resolveu beber direto da jarra. Nham!

3

Se Dooley telefonasse no decorrer das próximas horas, ela não estaria lá para atender à ligação. Por sorte, Lisey sabia para qual telefone ele ia ligar. Foi até seu escritório inacabado no celeiro, diante do cadáver amortalhado da cama de Bremen. Sentou-se na cadeira de cozinha (ela nunca chegou a comprar uma boa cadeira de escritório nova), apertou o botão GRAVAR MENSAGEM na secretária eletrônica e falou sem pensar muito. Não voltara de Boo'ya Moon com um plano, mas com uma série de passos a seguir e a crença de que, se fizesse sua parte, Jim Dooley seria forçado a fazer a dele. *Assobie, meu rapaz, e irei até você*, pensou ela.

— Zack, quer dizer, senhor Dooley, aqui é Lisey. Se estiver ouvindo isso, estou visitando minha irmã, que está no hospital lá em Auburn. Falei com o profe e estou *muito* feliz de saber que as coisas estão se resolvendo.

Estarei no escritório do meu marido hoje à noite, às oito. O senhor também pode retornar para este número às sete e marcamos outra coisa, caso esteja preocupado com a polícia. Pode ser que haja uma viatura parada em frente à casa, ou talvez nos arbustos do outro lado da rua, então tenha cuidado. Vou ficar de olho nas mensagens.

Ela ficou com medo de que a gravação não coubesse na fita, mas coube. E o que Jim Dooley acharia se ligasse para aquele número e a ouvisse? Dado o nível atual de loucura dele, Lisey não ousava prever. Será que ele quebraria o silêncio e ligaria para o professor em Pittsburgh? Era possível. Se o professor iria ou não repassar a mensagem caso Dooley ligasse também era imprevisível, e talvez não importasse. Dooley podia achar que ela estava mesmo pronta para negociar ou que estava apenas o enrolando; para ela, dava na mesma. Só queria deixá-lo nervoso e curioso, do jeito que imaginava que um peixe ficaria ao ver uma isca saltitando na superfície de um lago.

Não deixou um bilhete na porta — era bem provável que o oficial Boeckman ou o oficial Alston o lessem bem antes de Dooley. De qualquer forma, aquilo provavelmente seria ir longe demais. Por enquanto, ela tinha feito tudo o que podia.

E você espera mesmo que ele apareça hoje à noite, às oito, Lisey? Que ele suba dançando as escadas do escritório, cheio de confiança e boa-fé?

Ela não esperava que ele viesse dançando, e tampouco que estivesse cheio de outra coisa além da loucura da qual ela já fora vítima — mas esperava, *sim*, que ele aparecesse. Viria desconfiado como qualquer bicho selvagem, esperando uma armadilha ou uma emboscada, possivelmente entrando às escondidas pela mata ainda no meio da tarde; Lisey, no entanto, acreditava que no fundo ele saberia que aquilo não era uma armação arquitetada por ela junto com a delegacia ou com a polícia estadual. Ele saberia pela vontade de agradar que escutou na voz de Lisey, e também porque, depois do que fizera com ela, tinha todos os motivos para crer que ela estaria assustada como um passarinho. Ela ouviu a mensagem duas vezes e assentiu. Ótimo. Na superfície, soava como uma mulher que só queria resolver logo algum assunto problemático, mas Lisey achava que Dooley conseguiria ouvir o medo e a dor subjacentes. Porque era o que ele esperava ouvir, e porque ele era louco.

Lisey também achou que havia outra coisa em ação ali. Ela ganhara sua bebida. Ganhara sua didiva, e aquilo lhe dera uma espécie de força primitiva. Talvez não fosse durar muito, mas não tinha importância, porque um pouco daquela força — um pouco daquela estranheza primitiva — estava agora na secretária eletrônica. Ela achava que, se Dooley ligasse, ele a escutaria e reagiria a ela.

4

O celular ainda estava na BMW, já completamente carregado. Ela pensou em voltar ao pequeno escritório no celeiro e regravar a mensagem na secretária eletrônica, acrescentando o número do celular, mas depois percebeu que não sabia qual era. *Eu quase nunca ligo para mim mesma, querida*, pensou, soltando aquela gargalhada enorme e galopante novamente.

Ela dirigiu devagar até o fim da entrada para carros, na esperança de que o oficial Alston estivesse ali. E ele estava, parecendo maior do que nunca e bastante primitivo também. Lisey saiu do carro e o cumprimentou. Ele não chamou reforços ou saiu correndo aos gritos ao ver o rosto dela; simplesmente sorriu e respondeu ao aceno tocando de leve o quepe.

Certamente passara pela cabeça de Lisey inventar uma história caso encontrasse algum policial em serviço, algo como "Zack McCool" ter ligado para ela e dito que decidira voltar pro seu cantinho em West Virginny e esquecer de vez a viúva do escritor; tinha muito policial ianque por aquelas bandas. Ela o faria sem o sotaque caipira, é claro, e achava que poderia ser bem convincente, especialmente em seu atual estado de graça batismal — no fim das contas, porém, decidiu que não. Uma história daquelas poderia acabar fazendo com que o xerife interino Clusterfuck e seus policiais ficassem ainda mais alertas — eles poderiam pensar que Jim Dooley estava contando historinhas para boi dormir. Não, era melhor deixar as coisas como estavam. Dooley conseguira encontrá-la uma vez; provavelmente conseguiria repetir a façanha. Se eles o pegassem, seus problemas estariam resolvidos... Embora, para dizer a verdade, ver Jim Dooley preso já não fosse mais sua solução preferida.

De qualquer forma, ela não gostava da ideia de mentir para Alston ou para Boeckman mais do que o necessário. Eles eram policiais, estavam protegendo-a da melhor forma possível e, além do mais, eram uma dupla de bobalhões simpáticos.

— Tudo bem, senhora Landon?

— Tudo. Só vim lhe dizer que estou indo para Auburn. Minha irmã está no hospital lá.

— Sinto muito em saber disso. No CMG ou no Kingdom?

— Na Greenlawn.

Ela não sabia ao certo se ele conhecia a clínica — pela maneira como seu rosto se retesou, porém, imaginou que sim.

— Bem, que pena... Pelo menos está um belo dia para dirigir. Mas tente voltar antes do fim da tarde. O rádio está dizendo que vai chover feio, principalmente aqui no oeste.

Lisey olhou em volta e sorriu — primeiro para o dia, que estava de fato esplendoroso como um dia de verão (pelo menos até aquela hora), e depois para o oficial Alston.

— Vou fazer o possível. Obrigada pelo aviso.

— Sem problema. Viu, o seu nariz está meio inchado do lado. Alguma coisa mordeu a senhora?

— Os mosquitos têm esse costume — disse Lisey. — Tem outra picada aqui do lado do lábio também. Dá pra ver?

Alston olhou para a boca dela, que Dooley estapeara várias vezes pouco tempo antes.

— Não — respondeu ele. — Não estou vendo nada.

— Ótimo, o antialérgico deve estar fazendo efeito. Tomara que não me deixe sonolenta.

— Se a senhora sentir sono, encoste o carro, certo? Faça esse favor a si mesma.

— Combinado, papai — falou Lisey, e Alston riu. Ficou um pouco vermelho, também.

— Por sinal, senhora Landon...

— Lisey.

— Sim, senhora. Lisey. Andy ligou. Ele gostaria que a senhora passasse na delegacia assim que puder para prestar uma queixa oficial sobre isso tudo. Sabe como é, algo que a senhora possa assinar para ficar registrado. A senhora poderia fazer isso?

— Claro. Vou tentar passar lá quando estiver voltando de Auburn.

— Bem, vou lhe contar um segredo, senhora Lan... Lisey. Nossas duas secretárias tendem a ir embora mais cedo nos dias em que chove forte. Elas moram lá depois de Motton, e aquelas estradas enchem só de olhar torto para elas. Precisam de bueiros novos.

Lisey deu de ombros.

— Vamos ver — disse. Olhou deliberadamente para o relógio. — Nossa, olha a hora! Tenho de correr. Pode usar o banheiro de casa se precisar, oficial Alston, tem...

— Joe. Se vou chamar a senhora de Lisey, me chame de Joe.

Lisey fez um joinha para ele.

— Entendido, Joe. Tem uma chave para a porta dos fundos debaixo da escada da varanda. Se você tatear um pouco, acho que consegue encontrar.

— Pode deixar, sou um investigador treinado — disse ele, sério.

Lisey caiu na gargalhada e ergueu a mão. O oficial Joe Alston, agora também sorrindo, faz o mesmo sob a luz do sol, perto da caixa de correio em que ela encontrara o gato morto dos Galloway.

5

No caminho para Auburn, ela pensou um pouco sobre como o oficial Joe Alston olhara para ela enquanto conversavam no fim da entrada para carros. Fazia um tempo que ela não atraía um olhar do tipo *você está uma gata* de um homem, mas conseguira um naquele dia, mesmo com o nariz um pouco inchado. Impressionante. *Impressionante.*

— É o Tratamento de Beleza Leve-Uma-Surra-De-Jim-Dooley — disse ela, rindo. — Eu poderia anunciá-lo na TV a cabo.

E ela sentia um gosto maravilhosamente doce na boca. Se um dia voltasse a desejar outro cigarro, ficaria surpresa. Talvez pudesse anunciar *aquilo* na TV a cabo, também.

6

Quando Lisey chegou à Greenlawn, já era uma e vinte. Ela não esperava ver o carro de Darla, mas suspirou de alívio ao ter certeza de que ele não era um dos cerca de meia dúzia espalhados pelo estacionamento para visitantes. Ela gostava da ideia de Darla e Canty estarem bem ao sul dali, bem longe da loucura perigosa de Jim Dooley. Lembrou-se de quando era uma garotinha (bem, quando tinha doze ou treze anos, nem tão garotinha assim) e ajudava o senhor Silver a separar batatas; ele sempre a alertava para usar calças compridas e manter as mangas enroladas quando estava lidando com a máquina separadora no barracão dos fundos. *Se você ficar presa nela, querida, ela vai te deixar pelada*, dizia ele — e ela o levava a sério, pois entendia que o velho Max Silver não estava falando sobre o que aquela gigantesca máquina de separar batatas faria com suas *roupas*, e sim com *ela*. Amanda fazia parte daquilo, desde o dia em que aparecera enquanto Lisey começava sem muito ânimo o trabalho de limpar o escritório de Scott. Lisey aceitava aquilo. Darla e Canty, no entanto, seriam uma complicação desnecessária. Se Deus quisesse, Ele as manteria no Snow Squall, comendo lagosta e tomando *spritzers* de vinho branco por *muito* tempo. Tipo, até a meia-noite.

Antes de sair do carro, Lisey tocou de leve o seio esquerdo com a mão direita, encolhendo-se diante da expectativa de uma dor lancinante. Tudo que sentiu foi um pequeno latejar. *Impressionante*, pensou ela. *É como tocar uma ferida feita há uma semana. Sempre que duvidar da realidade de Boo'ya Moon, Lisey, lembre-se do que aquele cara fez com seu seio, há menos de cinco horas, e de como ele está agora.*

Ela saiu do carro, trancou as portas com o controle do alarme e parou por um instante para olhar em volta, tentando gravar o local em sua mente. Não tinha nenhum motivo claro para fazer aquilo, nada de palpável, e não via necessidade para tal. Era mais como um esquema passo a passo, quase como assar pão pela primeira vez seguindo um livro de receitas — e, por ela, tudo bem.

Recém-asfaltado e pintado, o estacionamento para visitantes da Greenlawn lembrava bastante o estacionamento em que seu marido caíra dezoito anos atrás, e ela ouviu a voz fantasmagórica do professor adjunto Roger

Dashmiel, também conhecido como o sulistinha borra-botas, dizendo: *Nós vamos atravessar o estacionamento até o Nelson Hall — que tem, abençoadamente, ar-condicionado*. Não tinha nenhum Nelson Hall ali; o Nelson Hall ficava na Terra do Antes, assim como o homem que fora cavar uma pazada de terra e inaugurar a construção da Biblioteca Shipman.

O que ela viu se agigantando acima das cercas vivas bem aparadas não foi um Departamento de Inglês, e sim os tijolos e o vidro reluzente de um hospital psiquiátrico do século XXI, o tipo de lugar asséptico e bem iluminado no qual o marido dela poderia muito bem ter parado caso alguma coisa — algum germe que os médicos em Bowling Green acabaram resolvendo chamar de pneumonia (ninguém queria colocar *Causa desconhecida* no atestado de óbito de um homem cuja morte seria noticiada na primeira página do *New York Times*) — não tivesse acabado com ele antes.

Daquele lado da cerca viva havia um carvalho; Lisey estacionara de modo a deixar a BMW debaixo da sombra dele, embora pudesse — sim, podia — ver nuvens se juntando ao oeste, então talvez o oficial Joe Alston tivesse razão sobre aqueles pés-d'água de fim de tarde. A árvore teria sido um ponto de referência perfeitamente adorável se fosse a única, mas não era. Havia uma fileira inteira delas ao longo da cerca viva, e para Lisey pareciam todas iguais... Mas de que importava aquela joça?

Lisey se encaminhou para a entrada do prédio principal, mas algo dentro dela — uma voz que não parecia ser nenhuma das variações da sua voz interior — a instou a voltar, insistindo que olhasse novamente para o carro e para o lugar em que ele estava estacionado. Ela se pegou perguntando se algo queria que ela mudasse a BMW de lugar. Se fosse o caso, este algo não estava deixando suas intenções muito claras. Em vez disso, Lisey resolveu dar uma volta ao redor do carro, coisa que seu pai dizia que sempre devia fazer antes de começar uma viagem longa. Só que, nesse caso, a intenção era procurar por um pneu careca, uma lanterna traseira quebrada, uma suspensão arriada, coisas do tipo. Naquele instante, ela não sabia *o que* estava procurando.

Talvez eu esteja apenas adiando vê-la. Talvez seja só isso.

Mas não era. Era mais que isso. E era importante.

Ela olhou para a placa — 5761RD, com aquele desenho de pássaro idiota — e para um adesivo de para-choque *muito* apagado, uma piada em forma de presente de Jodi. Ele dizia: JESUS ME AMA, PODE APOSTAR, POR ISSO EU NUNCA ANDO DEVAGAR. Só isso.

Ainda não está bom, importunou a voz, e ela enfim viu algo interessante do outro lado do estacionamento, quase debaixo da cerca viva. Uma garrafa verde vazia. Uma garrafa de cerveja, quase certeza. Ou o pessoal da limpeza não a vira, ou ainda não a recolhera. Lisey correu até lá e a apanhou, sentindo um vago aroma amargo e agrícola vir do gargalo da coisa. No rótulo, um pouco apagado, havia um canídeo rosnando. De acordo com ele, aquela garrafa já contivera a Cerveja Premium Nordic Wolf. Lisey levou o objeto de volta até o carro e o colocou no asfalto logo abaixo do pássaro na placa.

BMW bege — ainda não está bom.

BMW bege debaixo da sombra de um carvalho — ainda não está bom.

BMW bege debaixo da sombra de um carvalho com uma garrafa de cerveja Nordic Wolf sob a placa 5761RD do estado do Maine com um pássaro desenhado e ligeiramente à esquerda do adesivo de para-choque engraçadinho... está bom.

Mas por pouco.

E por quê?

Lisey estava pouco se lixando com aquela joça toda.

Encaminhou-se depressa para o prédio principal.

7

Não foi problema entrar para ver Amanda, mesmo faltando meia hora para o horário de visitas da tarde que oficialmente só começava às duas. Graças ao doutor Alberness — e a Scott, é claro —, Lisey era uma espécie de estrela na Greenlawn. Dez minutos depois de dar o nome na mesa da recepção (que parecia menos do que era por conta do gigantesco mural estilo New Age de crianças de mãos dadas olhando extasiadas para um céu noturno), Lisey estava sentada com a irmã no pequeno pátio em frente ao quarto dela. Bebericava um ponche sem graça de um copo descartável enquanto assistia a uma partida de croqué no gramado irregular dos fundos que certamente dera o nome de Greenlawn — *gramado verdejante* — à clínica. Em algum lugar fora de vista, um cortador de grama soltava seu balido monótono.

A enfermeira de plantão perguntara a Amanda se ela também queria um copo de "suquinho", e interpretara o silêncio da paciente como um sim. Agora ele estava intocado na mesa ao lado enquanto Amanda, vestindo um pijama verde-menta e com uma fita da mesma cor no cabelo recém-lavado, lançava um olhar vidrado ao longe — não para os jogadores de croqué, pensou Lisey, mas através deles. Suas mãos estavam entrelaçadas sobre o colo, mas Lisey conseguia ver o corte feio que dava a volta na esquerda e o brilho da pomada fresca. Lisey tentara começar a conversa com Amanda de três jeitos diferentes, e ela não dera nem uma só palavra em resposta. O que, de acordo com a enfermeira, era de se esperar. Atualmente, Amanda estava incomunicável, incapaz de receber mensagens, em hora de almoço, de férias, visitando o cinturão de asteroides. Toda sua vida fora problemática, mas aquele era outro tipo de barato, até para ela.

E Lisey, que esperava visitas no escritório do marido dali a apenas seis horas, não tinha tempo para aquilo. Ela bebericou o drinque imensamente sem gosto, querendo uma Coca — proibida ali por causa da cafeína — e o deixou de lado. Olhou em volta para se certificar de que estavam sozinhas e arrancou as mãos de Amanda do colo dela, tentando não recuar diante da sensação pegajosa da pomada e das linhas protuberantes dos cortes que cicatrizavam logo abaixo da camada de medicamento. Se Amanda sentia dor ao ser agarrada daquele jeito, não demonstrou. Seu rosto continuou totalmente inexpressivo, como se ela estivesse dormindo de olhos abertos.

— Amanda — falou Lisey. Tentou fazer contato visual com a irmã, mas era impossível. — Amanda, me escute. Você queria me ajudar a arrumar as coisas que Scott deixou para trás, e preciso que você me ajude a fazer isso. Preciso da sua ajuda.

Nenhuma resposta. Ela continuou:

— Existe um homem malvado. Um louco. Ele parece um pouco com aquele filho da puta do Cole de Nashville, parece bastante, na verdade, só que não consigo dar conta desse sozinho. Você tem de voltar de onde quer que esteja para me ajudar.

Nenhuma resposta. Amanda olhava na direção dos jogadores de croqué. Através deles. O cortador de grama balia. Os copos de papel cheios de suquinho descansavam em uma mesinha sem quinas. Naquele lugar, quinas eram tão proibidas quanto cafeína.

386

— Sabe o que eu acho, Manda Coelhinha? Acho que você está sentada em um daqueles bancos de pedra com o resto daqueles pancadas zumbificados, olhando para a lagoa. Acho que Scott viu você lá em alguma das visitas dele ao local e disse a si mesmo: "Ah, mais uma que gosta de se cortar. Reconheço o tipo porque meu pai era membro desse clã. Que diabo, *eu* sou um membro desse clã". Disse a si mesmo: "Taí uma moça que vai se aposentar cedo, a não ser que alguém jogue água no chope dela, como dizem". Isso faz algum sentido para você, Manda?

Nada.

— Não sei se ele previu Jim Dooley, mas previu que você acabaria aqui na Greenlawn. Tenho duas certezas na vida: isso e que cocô gruda no lençol. Lembra como o papito costumava dizer isso às vezes, Manda? "Tenho duas certezas na vida: isso e que cocô gruda no lençol"? E quando a Mãezinha Querida ralhava com ele, ele dizia que cocô era igual droga, que não era palavrão. Lembra disso?

Nada vinha de Amanda. Apenas um olhar embasbacado, irritante.

Lisey pensou naquela noite fria com Scott no quarto de hóspedes, em que o vento ribombava e o céu ardia, e colou a boca no ouvido de Amanda.

— Se estiver me ouvindo, aperte minhas mãos — sussurrou ela. — Aperte com toda a força.

Ela esperou e dez segundos se passaram. Estava quase desistindo quando sentiu a mais leve contração. Poderia ter sido um espasmo involuntário ou apenas sua imaginação, mas Lisey duvidava. Ela achava que, em algum lugar distante, Amanda ouviu a irmã gritando seu nome. Chamando-a para casa.

— Certo — falou Lisey. Seu coração batia tão forte que parecia capaz de sufocá-la. — Isso é bom. É um começo. Eu vou buscar você, Amanda. Vou te trazer de volta para casa e você vai me ajudar. Está me ouvindo? *Preciso da sua ajuda.*

Lisey fechou os olhos e apertou mais ainda as mãos de Amanda, sabendo que talvez estivesse machucando a irmã, mas sem se importar com isso. Amanda poderia reclamar mais tarde, quando tivesse com quem reclamar. Se tivesse com quem reclamar. Ah, mas isso era o que não faltava no mundo, Scott lhe dissera certa vez.

Lisey reuniu toda a força de vontade e concentração que tinha e criou a versão mais clara da lagoa que conseguiu, visualizando a reentrância rochosa na qual ela ficava; a praia branca e límpida em forma de ponta de flecha com os bancos de pedra que subiam por ela em degraus ligeiramente curvados; a fenda na rocha e o outro caminho, parecido com uma garganta, que conduzia ao cemitério. Ela imaginou a água de um azul brilhante, reluzindo com milhares de pontinhos de sol, pensando na lagoa ao meio-dia pois já estava farta de Boo'ya Moon no crepúsculo, muito obrigada.

Agora, pensou ela, e esperou a atmosfera mudar e os sons da Greenlawn desaparecerem. Por um instante, achou que alguns deles tinham *sim* desaparecido, depois decidiu que era mesmo apenas imaginação dela. Abriu os olhos e o pátio ainda estava *benhali*, com o copo de suquinho de Amanda na mesa redonda. Amanda ainda ostentava sua profunda placidez catatônica, uma boneca de cera viva, com o pijama verde-menta com fechos de velcro porque botões poderiam ser engolidos. Amanda com a fita da mesma cor verde nos cabelos e com os oceanos nos olhos.

Por um instante, Lisey foi assaltada por uma dúvida terrível. Talvez aquilo tudo tivesse sido apenas loucura *dela* — tudo exceto Jim Dooley, melhor dizendo. Famílias perturbadas como os Landon só existiam nos romances de V. C. Andrews, e lugares como Boo'ya Moon só existiam em fantasias infantis. Ela fora casada com um escritor que morreu, só isso. Salvara-o uma vez, mas quando ele ficou doente em Kentucky oito anos depois, não pôde fazer nada, porque não dá para matar um micróbio com uma pá, não é mesmo?

Ela começou a soltar a mão de Amanda, mas depois a apertou novamente. Cada fibra do seu coração forte e da sua considerável força de vontade se eriçou em protesto. *Não! Foi real! Boo'ya Moon é real! Estava lá em 1979, antes de eu me casar com ele, voltei para lá em 1996 para encontrá-lo quando ele precisava ser encontrado, para trazê-lo para casa quando ele precisava ser trazido, e estive lá novamente hoje de manhã. Tudo que preciso fazer é comparar como meu seio estava depois de Jim Dooley acabar com ele e como ele está agora, se eu começar a ter dúvida. Não estou conseguindo ir porque...*

— A trouxa — murmurou ela. — Ele disse que a trouxa estava nos segurando como uma âncora, mas não sabia por quê. Você está nos segurando *aqui*, Manda? Alguma parte amedrontada e teimosa sua está nos segurando aqui? *Me* segurando aqui?

Amanda não respondeu, mas Lisey achava que era *exatamente* aquilo que estava acontecendo. Parte de Amanda queria que Lisey fosse pegá-la e trazê-la de volta, mas havia outra parte que não queria ser resgatada. Aquela parte realmente não queria mais saber de todo aquele mundo sujo e dos seus problemas. Aquela parte estava mais do que satisfeita em continuar se alimentando por um tubo, fazendo cocô numa fralda e passando tardes quentes lá fora no patiozinho, usando pijamas com fechos de velcro, observando o gramado verde e os jogadores de croqué. E para onde Manda estava olhando *de verdade*?

Para a lagoa.

Para a lagoa pela manhã, à tarde, ao pôr do sol e brilhando sob a luz das estrelas e sob o luar, com pequenos rastros de vapor subindo da superfície como sonhos amnésicos.

Lisey notou que ainda estava com um gosto doce na boca, o que geralmente acontecia apenas logo de manhãzinha, e pensou: *É por causa da lagoa. Meu prêmio. Minha bebida. Dois goles. Um para mim e um...*

— Um para você — disse ela.

De súbito, o próximo passo ficou tão belamente claro que ela se perguntou por que perdera tanto tempo. Ainda segurando Amanda pelas mãos, Lisey se inclinou para a frente até seu rosto ficar diante do da irmã. Os olhos de Amanda continuavam sem foco e distantes sob a franja reta e grisalha, como se estivessem olhando bem através de Lisey. Somente quando Lisey passou os braços por cima dos ombros dela, ajeitou-os e depois colou os lábios à boca da irmã, os olhos de Amanda se arregalaram numa compreensão tardia; só então Amanda lutou, mas era tarde demais. A boca de Lisey foi *inundada* de doçura à medida que o último gole da lagoa fez o caminho de volta. Ela usou a língua para segurar os lábios de Amanda abertos e, enquanto sentia o segundo gole de água que bebera jorrar da própria boca para a da irmã, Lisey viu a lagoa com uma clareza perfeita e solar que superou suas tentativas anteriores de concentração e visualização, por mais ferozes e determinadas que tivessem sido. Ela conseguia sentir os cheiros de véu-de-noiva e buganvília misturados a um aroma profundo e de certa forma triste de oliveiras que ela sabia ser o cheiro diurno das árvores adoráveis. Conseguia sentir a areia quente e compacta sob os pés, que estavam descalços, pois os tênis não tinham ido. Os tênis haviam ficado, mas ela não, ela conseguira, ela atravessara, estava

8

Estava de volta a Boo'ya Moon, sobre a areia quente e compacta da praia, desta vez com um sol forte brilhando no céu e fazendo não milhares de pontinhos de luz na água, mas o que pareciam milhões. Porque *aquele* corpo d'água era mais extenso. Lisey o observou por um instante, fascinada, depois fitou o imenso casco velho de um navio que flutuava ali. E, enquanto olhava para ele, compreendeu de súbito algo que o espectro na cama de Amanda lhe dissera.

Qual o meu prêmio?, Lisey perguntara, e a coisa, que parecia ser ao mesmo tempo Scott e Amanda, dissera que o prêmio seria uma bebida. Mas quando Lisey perguntara se aquilo significava uma Coca ou um refrigereco, a coisa falara: *Silêncio. A gente quer ficar vendo o malva-rosa.* Lisey supôs que a coisa estivesse falando de flores. Esquecera-se de que aquela palavra já tivera um outro significado. Um significado mágico.

Amanda falara do navio lá naquela água azul e brilhante toda... Pois *fora* Amanda quem falara; Scott quase certamente não sabia sobre aquele maravilhoso barco de sonho infantil.

Não era para uma lagoa que ela estava olhando; aquilo era um porto onde apenas um navio ancorava, um navio feito para corajosas garotas-piratas que ousavam procurar tesouros (e namorados). E quem era a capitã? Ora, a intrépida Amanda Debusher, sem dúvida, pois, tempos antes, aquele navio distante não fora a mais alegre fantasia de Manda? Tempos antes, antes de ela se tornar tão irritada por fora e tão amedrontada por dentro?

Silêncio. A gente quer ficar vendo o Malva-Rosa.

Ah, Amanda, pensou Lisey — quase se lamentando. Aquela era a lagoa aonde todos iam para beber, a verdadeira taça da imaginação, e por isso cada pessoa a via de maneira diferente. Aquele refúgio da infância era a versão de Amanda. Os bancos eram os mesmos, no entanto, o que levou Lisey a supor que eles, pelo menos, eram reais e concretos. Daquela vez, ela enxergava vinte ou trinta pessoas sentadas neles, olhando absortas para a água, e praticamente o mesmo número de vultos amortalhados. À luz do dia, estes últimos guardavam uma semelhança repugnante com insetos embrulhados em teias de aranha gigantes.

Ela não tardou a encontrar Amanda, sentada a uns doze bancos do chão. Lisey passou por dois dos espectadores silenciosos e por uma das assustadoras coisas amortalhadas para chegar até a irmã. Sentou-se ao lado de Manda e pegou novamente as mãos dela, que do lado de lá não estavam cortadas e nem mesmo com cicatrizes. E, quando Lisey as segurou, os dedos de Amanda se fecharam muito devagar, mas inexoravelmente, sobre os seus. Amanda não precisava do outro gole d'água da lagoa que Lisey tomara, e tampouco precisava que Lisey a convencesse a descer até a água para um mergulho medicinal. Amanda queria de fato voltar para casa. Uma grande parte dela queria ser resgatada como uma princesa adormecida em um conto de fadas... ou como uma corajosa garota-pirata encarcerada na mais vil das prisões. E quantos daqueles outros que não estavam amortalhados se encontrariam na mesma situação? Lisey viu os rostos calmos e olhares distantes, mas aquilo não significava que alguns não estivessem gritando por dentro para alguém ajudá-los a encontrar o caminho de volta para casa.

Lisey, que só podia ajudar a irmã — *talvez* —, afastou-se apavorada da ideia.

— Amanda — disse ela —, nós vamos voltar agora, mas você precisa me ajudar.

A princípio, nada. Mas depois, muito baixinho, muito abafado, como se estivesse dormindo:

— Liiii-sey? Você bebeu... aquele ponche horroroso?

Lisey não pôde deixar de rir.

— Um pouco. Por educação. Agora, olhe para mim.

— Não posso. Estou olhando o *Malva-Rosa*. Vou ser uma pirata... e navegar... — A voz dela começou a sumir. — ... os sete mares... tesouros... e Ilhas Canibais...

— Isso era faz de conta — falou Lisey. Odiou a aspereza que reconheceu na própria voz; era um pouco como sacar uma espada para matar uma criança que estivesse deitada placidamente na grama, sem fazer mal a ninguém. Afinal, aquele não era um sonho infantil? — O que você está vendo é só um truque deste lugar para enganar você. É só... só uma didiva.

Surpreendendo-a — surpreendendo-a e a *magoando* —, Manda falou:

— Scott me disse que você tentaria vir. Que, se um dia eu precisasse de você, você viria.

— Quando, Manda? Quando ele falou isso para você?

— Ele adorava este lugar — disse Amanda, e soltou um suspiro profundo. — Costumava chamá-lo de Boolya Mood, ou algo assim. Dizia que era fácil gostar daqui. Fácil demais.

— Quando, Manda, *quando* ele falou isso? — Lisey quis sacudi-la.

Amanda pareceu fazer um esforço tremendo... e sorriu.

— Da última vez que eu me cortei. Scott me fez voltar para casa. Ele disse... que todas vocês me queriam lá.

Naquele instante, muita coisa ficou clara para Lisey. Tarde demais para fazer alguma diferença, é claro, mas ainda assim era melhor saber. E por que ele nunca contara aquilo para a esposa? Porque sabia que a Lisey lindinha morria de medo de Boo'ya Moon e das coisas — de uma coisa em especial — que viviam lá? Sim. Porque sabia que ela descobriria sozinha na hora certa? Novamente, sim.

Amanda voltou a atenção mais uma vez para o navio que flutuava no porto que era a versão dela da lagoa de Scott. Lisey balançou o ombro da irmã.

— Preciso que você me ajude, Manda. Tem um louco que quer me machucar, e preciso que você me ajude a jogar água no chope dele. Preciso que você me ajude *agora*!

Amanda olhou para Lisey com uma expressão quase cômica de admiração no rosto. Abaixo delas, uma mulher usando um cafetã e segurando a foto de uma criança com um sorriso desdentado em uma das mãos olhou para trás e falou num tom lento e arrastado de queixa:

— Fiquem... quietas... enquanto... eu penso... por que... fiz... aquilo.

— Não se meta — respondeu Lisey com rispidez, e se virou de novo para Amanda. Ficou aliviada ao ver que sua irmã ainda olhava para ela.

— Lisey, quem...?

— Um louco. Um maluco que apareceu por causa dos malditos papéis e manuscritos de Scott. Só que agora ele está interessado em mim. Ele me machucou hoje de manhã e vai me machucar de novo se eu não... Se *nós* não... — Amanda estava se voltando mais uma vez na direção do navio ancorado no porto. Lisey pegou sua cabeça com firmeza entre as mãos para que elas voltassem a se encarar. — Preste atenção, Varapau.

— Não me chame de Vara...

— É só prestar atenção que eu não chamo. Sabe meu carro? Minha BMW?

— Sei, mas Lisey...

Os olhos de Amanda ainda tentavam desviar para a água. Lisey quase virou a cabeça da irmã novamente, mas algum instinto lhe disse que aquilo era uma rapidinha, no máximo. Se queria mesmo tirar Amanda dali, teria de ser com sua voz, sua determinação e, acima de tudo, porque a própria irmã queria aquilo.

— Manda, esse cara... Não é caso só de ele me ferir. Se você não me ajudar, acho que existe uma chance de ele me matar.

Naquele instante, Amanda olhou para ela com espanto e perplexidade.

— *Matar...?*

— Sim. *Sim.* Prometo que vou explicar tudo, mas não aqui. Se ficarmos tempo demais neste lugar, vou acabar não fazendo outra coisa além de olhar embasbacada para o *Malva-Rosa* com você.

Ela não achava que aquilo fosse mentira. Conseguia sentir aquela coisa puxando-a, querendo que ela a olhasse. Se desistisse, vinte anos poderiam passar como se fossem vinte minutos e, ao final deles, ela e sua irmãzona Manda Coelhinha ainda estariam sentadas ali, esperando para embarcar em um navio pirata que sempre as chamava, sem nunca zarpar.

— Eu vou ter de beber um gole que seja daquele ponche horroroso? Um gole que seja daquele... — A sobrancelha de Amanda franziu à medida que ela lutava para se lembrar. — Um gole que seja daquele suquiiiiiinho?

A maneira infantil como ela disse a palavra fez Lisey rir novamente de surpresa e, mais uma vez, a mulher de cafetã que segurava a fotografia virou a cabeça para olhar. Amanda alegrou o coração de Lisey ao lançar para a estranha um olhar insolente que dizia: *Tá olhando* o quê, *piranha...?* e depois lhe mostrar o dedo do meio.

— Vou ter de beber, Lisey?

— Chega de ponche, chega de suquinho, eu prometo. Por enquanto, pense só no meu carro. Você sabe a cor dele? Tem certeza de que se lembra?

— Bege. — Os lábios de Amanda afinaram um pouco e seu rosto assumiu aquela expressão Sabe-Tudo. Lisey ficou absolutamente encantada em vê-la. — Eu falei quando você o comprou que nenhuma outra cor fica suja mais rápido, mas você não quis ouvir.

— Você se lembra do adesivo no para-choque?

— É uma piada sobre Jesus, eu acho. Qualquer dia um cristão desses vai se irritar e arrancá-lo dali. Além de provavelmente deixar alguns arranhões na pintura para dar sorte.

Lá de cima, veio uma voz de homem em um tom carregado de reprovação:

— Se vocês precisam conversar. Devem ir. Para outro lugar.

Lisey nem se deu o trabalho de virar para trás, e muito menos de lhe mostrar o dedo do meio.

— O adesivo diz JESUS ME AMA, PODE APOSTAR, POR ISSO QUE EU NUNCA ANDO DEVAGAR. Quero que você feche os olhos agora, Amanda, e visualize meu carro. Quero que o visualize por trás, com o adesivo do para-choque aparecendo. Ele está debaixo da sombra de uma árvore. A sombra está se mexendo, porque está ventando. Você consegue fazer isso?

— Co-consigo… eu acho… — Os olhos dela desviam para o lado, dando uma última olhada para o navio no porto. — Acho que sim, se é para evitar que alguém machuque você… Embora não entenda como isso tem a ver com Scott. Ele já está morto há mais de dois anos… Embora… eu ache que ele me disse alguma coisa sobre a colcha amarela da Mãezinha Querida, e acho que queria que eu te contasse. Claro que nunca contei. Esqueci tanta coisa sobre aquelas vezes… de propósito, imagino.

— Que vezes são essas? *Que* vezes, Manda?

Amanda olhou para Lisey como se a irmã caçula fosse a pessoa mais idiota do mundo.

— Todas as vezes que eu me *cortei*. Depois da última… quando cortei meu umbigo… a gente estava aqui. — Amanda colocou um dedo na própria bochecha, criando uma covinha temporária. — Tinha algo a ver com uma história. A *sua* história. A história de Lisey. E com a colcha. Só que ele a chamava de *trouxa*. Qual era a palavra que ele usava? *Davida? Dávida? Dádiva?* Talvez eu tenha apenas sonhado.

Aquilo, vindo tão inesperadamente do nada, surpreendeu Lisey, mas não a distraiu. Se queria tirar Amanda dali, e sair ela também, tinha de ser *imediatamente*.

— Deixe isso pra lá, Manda, só feche os olhos e visualize meu carro. Cada detalhe que você conseguir. O resto eu faço.

Espero que sim, pensou ela — e, quando viu Amanda fechar os olhos, fez o mesmo e agarrou firme as mãos da irmã. Agora sabia por que precisava ver o carro com tanta clareza: para elas poderem voltar para o estacionamento para visitantes, e não para o quarto de Amanda, que ficava numa ala fechada como qualquer outra.

Ela visualizou a BMW bege (e Amanda tinha razão, aquela cor se mostrara um desastre) e depois deixou aquela parte para a irmã. Concentrou-se em acrescentar 5761RD à placa e na *pièce de résistance*: a garrafa de cerveja Nordic Wolf, parada no asfalto só um pouquinho à esquerda do adesivo JESUS ME AMA, PODE APOSTAR. Para Lisey, aquilo parecia perfeito, porém não sentiu mudança alguma no ar extraordinariamente doce daquele lugar, e ainda conseguia ouvir um som tremulante que imaginava ser o da brisa que fazia as velas balançarem. Ainda sentia o banco de pedra frio debaixo dela e sentiu um leve pânico. *E se dessa vez eu não conseguir voltar?*

Foi quando, vindo do que parecia ser uma grande distância, ela ouviu Amanda murmurar em um tom de perfeita irritação:

— Ah, droga. Esqueci da porra do desenho de pássaro na placa.

Um segundo depois, o estalar das velas primeiro se misturou ao balido do cortador de grama, em seguida desapareceu. Mas agora o som do cortador vinha de longe, porque...

Lisey abriu os olhos. Ela e Amanda estavam paradas no estacionamento atrás da BMW. Amanda ainda segurava as mãos de Lisey; seus olhos estavam bem fechados, e a sobrancelha franzida numa concentração profunda. Ainda usava o pijama verde-menta com os fechos de velcro, mas agora estava descalça e Lisey pensou que, quando a enfermeira de plantão voltasse ao pátio em que deixara Amanda Debusher e a irmã Lisa Landon, encontraria duas cadeiras vazias, dois copos descartáveis de suquinho, um par de chinelos e dois tênis com as meias dentro.

E então — e não demoraria muito para acontecer — a enfermeira daria o alerta.

Ao longe, lá na direção de Castle Rock e depois New Hampshire, trovões ribombaram. Uma tempestade de verão estava chegando.

— Amanda! — falou Lisey, e sentiu um novo medo: e se Amanda abrisse os olhos e não houvesse nada neles além daqueles mesmos oceanos vazios?

Os olhos de Amanda estavam perfeitamente alertas, porém, até um pouco alucinados. Ela olhou para o estacionamento, para a BMW, para a irmã e enfim para si mesma.

— Pare de segurar minhas mãos com tanta força, Lisey — disse. — Elas estão doendo pra diabo. Além disso, preciso de algumas roupas. Este pijama idiota é completamente transparente, e eu não estou nem de calcinhas, quanto mais de sutiã.

— A gente vai arranjar roupas para você — falou Lisey. Em seguida, numa espécie de pânico tardio, espalmou a mão no bolso da frente direito da sua calça e suspirou de alívio. A carteira ainda estava lá. O alívio durou pouco, no entanto. O controle do carro, que colocara no bolso esquerdo (sabia que sim, sempre fazia isso), sumira. Não viajara. Ou estava no pátio em frente ao quarto de Amanda com os tênis e as meias ou...

— Lisey! — gritou Amanda, agarrando o braço dela.

— O quê? *O quê!?* — Lisey girou o corpo, mas, até onde conseguia ver, ainda estavam sozinhas no estacionamento.

— *Estou acordada de verdade!* — gritou Amanda numa voz rouca. Havia lágrimas empoçando naqueles olhos.

— Eu sei — falou Lisey. Não conseguia deixar de sorrir, mesmo com a chave perdida para se preocupar. — É maravilhoso pra cacete.

— Vou pegar minhas roupas — disse Amanda, encaminhando-se para o prédio. Lisey quase não conseguiu agarrar seu braço. Para uma mulher que estava catatônica poucos minutos antes, sua irmãzona Manda Coelhinha estava animada como um pinto no lixo.

— Deixe suas roupas pra lá — falou Lisey. — Se você voltar para lá agora, garanto que vai passar a noite aqui. É isso que você quer?

— *Não!*

— Ótimo, porque preciso de você comigo. Infelizmente, acho que nossa única opção é pegar um ônibus.

Amanda quase berrou:

— *Você quer que eu entre num ônibus parecendo uma porra de uma stripper?*

— Amanda, eu perdi as *chaves do carro*. Ou elas estão no pátio lá dentro ou em um daqueles bancos... Você se lembra dos bancos.

Amanda assentiu com relutância, depois falou:

— Você não costumava manter uma chave sobressalente numa geringonça com um ímã debaixo do para-choque traseiro do Lexus? Que, por sinal, era de uma cor sensata para o clima do Norte?

Lisey ignorou a implicância. Scott lhe dera a "geringonça com um ímã" de presente de aniversário cinco anos antes e, quando ela trocara de carro, transferira a chave sobressalente do Beemer para a caixinha de metal quase sem pensar no que estava fazendo. Ainda deveria estar debaixo do para-choque de trás. A não ser que tivesse caído. Ela se abaixou, apoiando-se em um joelho, tateou embaixo do carro e já estava começando a entrar em desespero quando esbarrou no objeto, bem no alto e protegido como sempre.

— Amanda, eu te amo. Você é um gênio.

— Nem perto disso — disse Amanda, com toda a dignidade possível para uma mulher em um pijama verde quase transparente. — Sou só sua irmã mais velha. Agora será que a gente poderia entrar no carro? Porque o asfalto está muito quente, até na sombra.

— Pode apostar — falou Lisey, abrindo o carro com a chave sobressalente. — A gente tem de sair daqui, mas, putz, eu odeio... — Ela parou de falar, deu uma risadinha, balançou a cabeça.

— O quê? — perguntou Amanda naquele tom especial que queria dizer, na verdade, *O que foi agora?*

— Nada. Bem... estava só me lembrando de uma coisa que o papai me contou depois que tirei a carteira de motorista. Eu estava trazendo um monte de crianças da White's Beach um dia e... Você se lembra dessa praia, não lembra?

Já haviam entrado no carro, e Lisey estava saindo de ré da vaga debaixo da sombra. Até ali, aquela parte do mundo ainda estava tranquila, e era daquele jeito que ela pretendia manter as coisas.

Amanda bufou e colocou o cinto de segurança, com cuidado por conta das mãos feridas.

— White's Beach! Aquilo era só um buraco cheio de cascalho com um laguinho na ponta! — O desprezo em seu olhar se transformou em saudade. — Não chega nem perto da areia em Ventosul.

— É assim que você chama aquele lugar? — perguntou Lisey, curiosa contra a própria vontade.

Ela parou na entrada do estacionamento e esperou por uma brecha no tráfego para poder pegar uma esquerda na Minot Avenue e começar a viagem de volta para Castle Rock. O trânsito estava ruim, e ela teve de se controlar para não pegar a direita só para *tirá-las* dali.

— Claro — disse Amanda, soando um tanto irritada com Lisey. — Vento-sul é onde o Malva-Rosa sempre vem pegar suprimentos. Também é o lugar onde as garotas-piratas vão encontrar seus namorados. Você não se lembra?

— Mais ou menos — falou Lisey, perguntando a si mesma se conseguiria ouvir o alarme soando atrás dela quando descobrissem que Amanda sumira.

Provavelmente não. Não se deve espantar os pacientes. Ela viu uma pequena brecha no tráfego e enfiou a BMW nela, ganhando uma buzinada de algum motorista impaciente que só teve que diminuir a velocidade em uns oito quilômetros por hora para deixá-la entrar.

Amanda levantou os dois dedos do meio para o motorista — quase com certeza um homem, provavelmente usando um boné de beisebol e com a barba por fazer —, erguendo os punhos até a altura dos ombros e sacudindo os dedos para cima e para baixo rapidamente enquanto olhava para trás.

— Ótima tática — falou Lisey. — Um dia você vai acabar sendo estuprada e morta.

Amanda revirou os olhos de forma maliciosa para a irmã.

— Você está falando demais pra quem está toda encrencada. — Em seguida, quase sem uma pausa para respirar: — O que o papito te falou quando você estava voltando da praia naquele dia? Aposto que foi besteira.

— Ele me viu sair do meu antigo Pontiac sem tênis ou sandálias e disse que era contra a lei dirigir descalça no estado do Maine. — Lisey olhou rapidamente, cheia de culpa, para os pés no acelerador enquanto terminava de falar.

Amanda fez um som baixo e esganiçado. Lisey imaginou que ela estivesse chorando, ou pelo menos tentando. Depois percebeu que estava rindo. Lisey começou a sorrir também, em parte porque via logo adiante o desvio da rota 202 que lhe permitiria contornar o grosso do tráfego.

— Que bobo que ele era! — disse Amanda, arrancando as palavras do meio de outras explosões de riso. — Que velho mais bobo e fofinho! O papito Dave Debusher! Só tinha titica de galinha na cabeça. Sabe o que ele falou para *mim*?

— Não, o quê?

— Cuspa, se quiser saber.

Lisey apertou o botão que baixava sua janela, cuspiu e limpou com a mão o lábio inferior ainda um pouco inchado.

— *O quê*, Manda?

— Ele disse que se eu beijasse um garoto com a boca aberta, ficaria grávida.

— Fala sério, ele não faria isso!

— É verdade, e digo mais.

— O quê?

— Tenho quase certeza de que ele *acreditava* nisso!

E as duas caíram na gargalhada.

XIII. LISEY E AMANDA
(O LANCE DAS IRMÃS)

1

Agora que estava com Amanda, Lisey não sabia exatamente o que fazer com ela. Lá na Greenlawn, todos os passos pareciam claros; no entanto, à medida que seguiam para Castle Rock e as nuvens carregadas se amontoavam sobre New Hampshire, *nada* parecia claro. Pelo amor de Deus, ela acabara de raptar a irmã supostamente catatônica de um dos melhores hospitais psiquiátricos do Maine central.

Amanda, no entanto, não parecia nem um pouco maluca; qualquer medo que Lisey nutrisse de a irmã voltar para o estado de catatonia logo desapareceu. Havia anos, Amanda Debusher não ficava tão lúcida. Depois de escutar tudo que se passara entre Lisey e Jim "Zack" Dooley, ela falou:

— Certo. No começo, os manuscritos de Scott eram o principal, mas agora ele está atrás de você, porque é o típico doido que sente tesão em machucar mulheres. Como aquele esquisitão do Rader, aquele assassino em série lá de Wichita.

Lisey assentiu. Ele não a estuprara, mas tinha ficado com tesão, sim senhor. O que a surpreendeu foi o resumo de Amanda da situação toda, incluindo a comparação com Rader... De cujo nome Lisey jamais se lembraria. Manda tinha a vantagem de um certo distanciamento, é claro; contudo, sua clareza de pensamento ainda era impressionante.

Mais adiante, havia uma placa dizendo CASTLE ROCK 15. Ao passarem por ela, o sol navegou para trás das nuvens que se acumulavam.

— Você pretende dar cabo dele antes que ele faça isso com você, não é? Matar o cara e se livrar do corpo naquele outro mundo. — Acima delas, trovões ribombaram. Lisey esperou. *A gente está fazendo o lance das irmãs?,* pensou. *É isso que a gente está fazendo?* — Por quê, Lisey? Além de simplesmente porque você pode, imagino.

— Ele me machucou. Ele *ferrou* comigo. — Não achava que estivesse soando como ela mesma, mas, se o lance das irmãs fosse mesmo dizer a verdade (e ela imaginava que fosse), então era aquilo mesmo, sem dúvida. — E vou dizer uma coisa, meu amor: a próxima vez que ele ferrar comigo vai ser a última vez que vai ferrar alguém na vida.

Amanda ficou olhando direto para a estrada que se estendia diante delas com os braços cruzados sobre o busto mirrado. Por fim, disse, quase para si mesma:

— Você sempre foi a coragem dele.

Lisey olhou para a irmã, mais do que surpresa. Estava chocada.

— Como é que *é*?

— De Scott. E ele sabia disso. — Ela ergueu um dos braços e olhou para a cicatriz vermelha nele. Depois encarou Lisey. — Mate o cara — disse, com uma indiferença arrepiante. — Não vejo problema algum nisso.

2

Lisey engoliu saliva e escutou sua garganta estalar.

— Olhe, Manda, não tenho a menor ideia do que estou fazendo. Esteja ciente disso desde já. Estou agindo praticamente às cegas.

— Ah, quer saber, não acredito nisso — falou Amanda, em um tom quase brincalhão. — Você deixou mensagens dizendo que o receberia às oito da noite no escritório de Scott, uma na sua secretária eletrônica e outra com aquele professor de Pittsburgh caso Dooley ligasse para ele. Você quer matar o cara, e não vejo problema nisso. Ei, você deu uma chance aos policiais, não deu? — E, antes que Lisey pudesse responder: — Claro que deu. E o cara passou bem debaixo do nariz deles. Quase arrancou seu peito com seu próprio abridor de latas.

Lisey pegou uma curva e se viu atrás de outro caminhão madeireiro; igual ao dia em que ela e Darla tinham voltado depois de internar Amanda. Lisey pisou no freio, sentindo-se mais uma vez culpada por estar dirigindo descalça. Ideias antigas são duras de matar.

— Scott tinha muita coragem — disse ela.

— Eu sei. E ele a gastou inteira para sobreviver à infância.

— O que você sabe sobre isso? — perguntou Lisey.

— Nada. Scott nunca me falou nada sobre a infância dele. Você acha que eu não percebia? Talvez Darla e Canty não percebessem, mas eu sim, e ele sabia disso. A gente se sacava, Lisey. Do mesmo jeito que duas pessoas caretas se sacam no meio de uma bebedeira. Acho que é por isso que ele se importava comigo. E sei de outra coisa, também.

— O quê?

— É melhor você ultrapassar esse caminhão logo, antes que o exaustor dele me mate sufocada.

— Não dá para ver direito se tem gente vindo pela outra pista.

— Dá para ver *muito* bem. Além do mais, Deus odeia os covardes. — Uma pausa breve. — Isso é outra coisa que gente como eu e Scott sabe bem até demais.

— Mas Manda…

— Ultrapasse esse caminhão! Estou *sufocando* aqui!

— Não acho mesmo que dê pra ver…

— Lisey tem um *namorado*! Lisey e Zeke, em cima de uma árvore, se B-E-I-J-A-N…

— Varapau, você está sendo uma escrota.

Amanda, rindo:

— Lisey lindinha, beijoqueira e namoradeira!

— Se alguém estiver vindo na direção oposta…

— Primeiro vem o *amor*, depois o *casamento*, depois Lisey aparece com um…

Sem se permitir pensar no que estava fazendo, Lisey afundou o pé descalço no acelerador e jogou o carro para o lado. Estava emparelhada à cabine de um caminhão madeireiro quando *outro* caminhão madeireiro apareceu no topo da próxima subida, vindo na direção delas.

— Ai, caralho, alguém nos acuda, agora estamos fodidas! — gritou Amanda. Nada de risinhos roucos agora; ela estava gargalhando a plenos pulmões. Lisey também ria. — Pisa fundo, Lisey!

Lisey obedeceu. A bmw disparou com um prazer surpreendente, e ela entrou de volta na pista certa com tempo de sobra. Darla, refletiu ela, estaria se esgoelando àquela altura.

402

— Pronto — disse ela para Amanda. — Satisfeita?

— Sim — respondeu a outra. Colocou a mão esquerda sobre a direita de Lisey, fazendo carinho, convencendo-a a desistir de apertar o volante com toda a força. — Estou feliz de estar aqui e feliz por você ter vindo. Não queria voltar completamente, mas uma boa parte de mim estava... Sei lá... triste de estar longe. E com medo de que logo eu deixasse de me importar com isso. Então obrigada, Lisey.

— Agradeça ao Scott. Ele sabia que você precisaria de ajuda.

— E que você também precisaria. — O tom de Amanda agora estava cheio de ternura. — E aposto que também sabia que apenas uma de suas irmãs seria louca o bastante para ajudar você.

Lisey tirou os olhos da estrada tempo o suficiente para encarar Amanda.

— Você e Scott conversavam sobre mim, Amanda? Vocês conversavam sobre mim lá naquele lugar?

— Conversávamos. Aqui ou lá, não me lembro, e acho que não faz diferença. Conversávamos sobre como ele amava você.

Lisey não conseguiu responder. Seu coração estava cheio demais. Ela queria chorar, mas se chorasse não conseguiria enxergar a estrada. E talvez já bastasse de lágrimas. O que não significava que não haveria mais delas.

3

Então elas seguiram em silêncio por alguns minutos. Não houve mais trânsito depois que passaram pelo acampamento Pigwockit. O céu ainda estava azul, mas o sol já se enterrara nas nuvens que se aproximavam, deixando o dia claro embora estranhamente sem sombras. Amanda passara a falar em um tom de curiosidade reflexiva que não lhe era comum.

— Você teria vindo me buscar mesmo se não precisasse de uma parceira no crime?

Lisey refletiu sobre a pergunta.

— Gosto de pensar que sim — disse, finalmente.

Amanda pegou a mão de Lisey e a trouxe para mais perto de si, plantando um beijo nela — embora tão de leve quanto o roçar de uma asa de borboleta — antes de recolocá-la sobre o volante.

— Gosto de pensar que sim, também — disse ela. — É um lugar estranho, Ventosul. Quando você está lá, ele parece tão real quanto qualquer outra coisa *neste* mundo, e melhor do que *tudo* nele. Mas quando você está aqui... — Ela deu de ombros. De um jeito tristonho, pensou Lisey. — Ele é só um raio de luar.

Lisey pensou em quando estava deitada na cama com Scott no Antlers, observando a lua brigar para sair. Ouvindo sua história e depois *indo* com ele. *Indo.*

Amanda perguntou:

— Como Scott o chamava mesmo?

— Boo'ya Moon.

Amanda assentiu.

— Pelo menos cheguei perto, não cheguei?

— Chegou.

— Acho que quase todas as crianças têm lugares para onde vão quando estão tristes, se sentindo sozinhas, ou simplesmente entediadas. Elas os chamam de Terra do Nunca ou de Condado, ou de Boo'ya Moon se tiverem uma imaginação grande o suficiente e forem capazes de inventá-lo sozinhas. A maioria esquece. Os talentosos, como Scott, domam seus sonhos e os transformam em corcéis.

— Você também era muito talentosa. Não foi você quem imaginou Ventosul? As garotas lá de onde a gente cresceu passaram *anos* brincando disso. Eu não me surpreenderia saber que ainda há meninas na Sabbatus Road que continuam brincando com alguma versão daquele lugar.

Amanda riu e balançou a cabeça.

— Pessoas como eu não foram feitas para conseguir atravessar para o lado de lá. Minha imaginação só era grande o suficiente para me meter em encrencas.

— Manda, isso não é verdade...

— É — falou Amanda. — É, sim. Os hospitais psiquiátricos estão cheios de gente como eu. São os *nossos* próprios sonhos que *nos* domam e nos açoitam com chicotes macios, ah, tão gostosos, e nós corremos e corremos, sem nunca sair do lugar... Porque o navio... Lisey, as velas nunca são estendidas e ele nunca levanta âncora...

Lisey arriscou um outro olhar. Lágrimas escorriam pelo rosto de Amanda. Talvez não caíssem naqueles bancos de pedra, mas, sim, ali elas faziam parte da joça da condição humana.

— Eu sabia que estava indo — disse Amanda. — Durante todo o tempo em que estávamos no escritório de Scott... Durante todo o tempo em que fiquei escrevendo números sem sentido naquele bloquinho de anotações idiota, eu *sabia*...

— O bloquinho de anotações acabou sendo a chave para tudo — falou Lisey, lembrando-se de que tanto MALVA-ROSA quanto *mein gott* estavam escritos ali... Algo como uma mensagem numa garrafa. Ou outra didiva: *Lisey, é aqui que eu estou, por favor, venha me encontrar.*

— Você está falando sério? — perguntou Amanda.

— Estou.

— Que engraçado. Foi Scott quem me deu aqueles blocos de anotação, sabia? Praticamente um estoque para a vida toda. De aniversário.

— Foi?

— Foi, no ano anterior à morte dele. Disse que eles poderiam vir a calhar. — Ela conseguiu dar um sorriso. — Acho que um deles veio a calhar mesmo.

— É verdade — disse Lisey, se perguntando se todos os outros tinham *mein gott* escrito no verso, em letrinhas pretas logo debaixo do nome da marca. Talvez algum dia ela pudesse conferir. Quer dizer, se ela e Amanda saíssem vivas daquilo.

4

Quando Lisey desacelerou já no centro de Castle Rock, preparando-se para estacionar em frente à delegacia, Amanda agarrou seu braço e perguntou pelo amor de Deus o que ela estava pensando em fazer. Ela escutou a reação da irmã com um espanto cada vez maior.

— E o que eu vou fazer enquanto você estiver lá dentro dando seu depoimento e preenchendo formulários? — perguntou Amanda, em um tom cáustico. — Ficar sentada no banco diante do departamento de registro de animais com esse pijama, com meu farol aceso em cima e a periquita aparecendo embaixo? Ou é melhor eu ficar aqui fora ouvindo rádio? Como é que você vai explicar que está descalça? E se alguém da Greenlawn já tiver ligado para a delegacia para falar que é melhor ficarem de olho na viúva do escritor, porque ela foi visitar a irmã no Solar dos Birutas e agora as duas sumiram?

Lisey ficou, como diria o pai não-exatamente-brilhante, totalmente atarantada. Ela se concentrara tanto nos problemas relacionados a tirar Manda da Terra de Lugar Nenhum e lidar com Jim Dooley que se esquecera completamente de que as duas estavam em *trajes sumários*, isso sem mencionar as possíveis repercussões da Grande Escapada. Àquela altura, já estavam acomodadas na vaga apertada diante do prédio de tijolos da delegacia, com uma viatura visitante da polícia estadual à esquerda e um Ford sedã com DELEGACIA DO CONDADO DE CASTLE pintado na lateral à direita, de modo que Lisey começou a se sentir decididamente claustrofóbica. O título de uma música *country* — "What Was I Thinking?" — pipocou na sua cabeça. *Onde eu estava com a cabeça?*

Aquilo era ridículo, é claro — ela não era uma fugitiva, Greenlawn não era uma prisão e Amanda não era exatamente uma prisioneira, mas os pés descalços… Como explicaria as joças dos pés descalços? E…

Eu não estava pensando nem um pouco, não de verdade, estava apenas seguindo os passos. A receita. E isto é como virar uma página no livro de receitas e descobrir que a folha seguinte está em branco.

— E além do mais — prosseguia Amanda —, temos de pensar em Darla e Canty. Você foi ótima hoje de manhã, Lisey, não estou te criticando, mas…

— Está sim — falou Lisey. — E está certa em me criticar. Se isto ainda não deu zebra, daqui a pouco vai dar. Não quis ir para sua casa cedo demais ou ficar muito tempo lá, caso Dooley esteja de olho nela, também…

— Ele sabe a meu respeito?

E já saquei que tem uma irmã sua que tá meio biruta, não é?

— Acho… — começou a falar Lisey, mas se interrompeu. Aquele tipo de evasiva não daria certo. — Tenho *certeza* de que sim, Manda.

— Ele não é Karnak, o Grande. Não pode estar nos dois lugares ao mesmo tempo.

— Não, mas também não quero que os policiais apareçam. Não quero envolver a polícia nisso de jeito nenhum.

406

— Leve a gente até View, Lisey. Pretty View, lembra?

Pretty View era como o pessoal de região chamava a área de piquenique que dava vista para o Castle Lake e o Little Kin Pond. Era a entrada do parque estadual de Castle Rock; havia um monte de espaço para estacionar, e até um ou outro banheiro químico. E, no meio da tarde, com uma tempestade se aproximando, provavelmente estaria deserto. Um bom lugar para parar, pensar, fazer planos e matar algum tempo. Talvez Amanda fosse *mesmo* um gênio.

— Vamos, tire a gente da Main Street — disse Amanda, ajeitando a gola do pijama. — Estou me sentindo uma *stripper* numa igreja.

Lisey saiu de ré para a rua com cautela — agora que não queria mais saber da delegacia, estava absurdamente certa de que bateria o carro antes de conseguir deixá-la para trás — e tomou a direção oeste. Dez minutos depois, estava virando numa placa que dizia

PARQUE ESTADUAL DE CASTLE ROCK
ÁREA DE PIQUENIQUE E SANITÁRIOS DISPONÍVEIS
MAIO A OUTUBRO
ESTE PARQUE FECHA AO PÔR DO SOL
PARA SUA PRÓPRIA SAÚDE, CATAR LIXO É PROIBIDO POR LEI

5

O carro de Lisey era o único no estacionamento, e a área de piquenique estava deserta — nem um só mochileiro se embriagando com a natureza (ou com Montpelier Gold). Amanda caminhou até uma das mesas de piquenique. As solas dos pés estavam muito rosadas e, mesmo com o sol escondido atrás das nuvens, estava claramente nua sob o pijama verde.

— Amanda, você acha mesmo que isso…

— Se alguém aparecer, volto correndo para o carro. — Manda olhou por sobre os ombros e abriu um sorriso. — Experimente, a grama está um verdadeiro *sedaço*.

Lisey andou até a beirada do asfalto se apoiando nos calcanhares, depois pisou no gramado. Amanda estava certa — sedaço era o termo, o peixe impecável da lagoa de palavras de Scott. E a vista a oeste era um tiro certeiro nos olhos e no coração. Nuvens carregadas se despejavam na direção delas através dos dentes desiguais das White Mountains, e Lisey contou sete partes mais escuras nas quais as encostas mais altas haviam sido borradas por demãos de chuva. Relâmpagos brilhantes lampejavam dentro daquelas bolsas de temporal e, entre duas delas, ligando-as como alguma fantástica ponte de conto de fadas, havia um duplo arco-íris que saltava sobre o Mount Cranmore através de uma fresta azul no céu fechado. À medida que Lisey observava, o buraco se fechou e outro, acima de alguma montanha cujo nome ela não sabia, abriu-se, fazendo o arco-íris reaparecer. Lá embaixo, o Castle Lake era de um cinza-escuro sujo; o Little Kin Pond, mais além, preto como o olho de um ganso morto. O vento, cada vez mais forte, estava estranhamente morno; quando ele levantou seus cabelos das têmporas, Lisey ergueu os braços como se pudesse voar — não em um tapete mágico, mas na alquimia natural de uma tempestade de verão.

— Ei, Manda! — disse ela. — Estou feliz por estar viva!

— Eu também — disse Amanda com seriedade, estendendo as mãos.

O vento soprou seus cabelos grisalhos para trás e os fez esvoaçar como os de uma criança. Lisey fechou os dedos com delicadeza em volta dos da irmã, tomando cuidado com os cortes de Amanda, mas ao mesmo tempo consciente de que algo selvagem crescia dentro de si. Um trovão ribombou no céu, o vento morno soprou mais forte e, cerca de cento e cinquenta quilômetros a oeste, nuvens carregadas escoavam pelos antigos desfiladeiros das montanhas. Amanda começou a dançar e Lisey dançou com ela, os pés descalços na grama, as mãos unidas no céu.

— *Sim!* — Um trovão estourou e Lisey precisou gritar.

— Sim, *o quê?* — Manda gritou de volta. Ela estava rindo novamente.

— *Sim, eu quero matar aquele cara!*

— *Foi isso que eu disse! Eu vou te ajudar!* — berrou Amanda, e aí a chuva começou e elas correram de volta para o carro, as duas rindo e com as mãos sobre a cabeça.

6

Conseguiram abrigo antes do primeiro da meia dúzia de torós daquela tarde despencar, evitando ficar encharcadas, o que certamente teria acontecido se tivessem enrolado; trinta segundos depois das primeiras gotas caírem, já não conseguiam ver a mesa de piquenique mais próxima, a menos de vinte metros de distância. A chuva estava fria, o interior do carro estava quente, e o para-brisa embaçou em um instante. Lisey deu partida no motor e ligou o desembaçador. Amanda pegou o telefone de Lisey.

— Hora de ligar para a miss Prosinha — disse ela, usando um apelido de infância de Darla que Lisey não ouvia havia anos.

Lisey olhou para o relógio e viu que já passava das três. Não havia muita chance de Canty e Darla (antigamente conhecida como miss Prosinha, e como ela odiava aquilo) ainda estarem almoçando.

— Elas devem estar na estrada entre Portland e Auburn a esta altura — disse ela.

— É, devem mesmo — disse Amanda, falando com Lisey como se ela fosse uma criança. — É por isso que estou ligando para o celular da miss Buggy.

É culpa de Scott eu ser uma deficiente tecnológica, Lisey pensou em dizer. *Desde que ele morreu, fico cada vez mais para trás. Ora, ainda nem comprei um aparelho de DVD, e todo mundo tem um.*

O que ela *de fato* disse foi:

— Se chamar Darla de miss Prosinha, ela provavelmente vai desligar mesmo se perceber que é você.

— Eu jamais faria isso. — Amanda desviou os olhos para o temporal. Ele transformara o para-brisa da BMW em um rio de vidro. — Você sabe por que eu e Canty costumávamos chamá-la disso, e por que era tanta maldade nossa?

— Não.

— Quando tinha apenas três ou quatro anos, Darla tinha uma bonequinha de borracha vermelha. Ela era a miss Prosinha original. Darla adorava aquela coisa. Uma noite fria, ela deixou a miss Prosinha em cima de um aquecedor e a boneca derreteu. Meu Jesus carequinha da silva, que fedor.

Lisey se esforçou ao máximo para conter mais risadas e não conseguiu. Porque sua garganta estava fechada e sua boca também, o riso saiu pelo nariz, e ela assoou uma boa quantidade de ranho nos dedos.

— Eeeeca, quanto charme, o chá está servido, madame — disse Amanda.

— Tem uma caixa de lenços no porta-luvas — disse Lisey, corando até a raiz dos cabelos. — Me passa alguns?

Depois pensou na miss Prosinha derretendo no aquecedor, e a imagem se juntou com o que costumava ser o mais delicioso dos xingamentos do papito, *meu Jesus carequinha da silva*, e Lisey começou a rir novamente, embora tenha reconhecido a tristeza escondida como uma pérola agridoce atrás daquela hilaridade — algo a ver com Darla adulta, com seu jeito "estou-no-controle, faça-o-que-eu-digo-querida", e o fantasma da criança ainda escondido logo abaixo da superfície, aquela menina suja de geleia e geralmente furiosa que parecia sempre *estar precisando* de alguma coisa.

— Ah, limpa logo no volante — disse Amanda, voltando a rir também. Apertava a mão com o celular contra a barriga. — Acho que vou fazer xixi nas calças.

— Se você mijar nesses pijamas, Amanda, eles vão derreter. Me dê a porcaria da caixa de lenços.

Amanda, ainda rindo, abriu o porta-luvas e entregou a caixinha para a irmã.

— Você acha que vai conseguir falar com ela? — perguntou Lisey. — Com essa chuva toda?

— Se ela estiver com o telefone ligado, vou. E, a não ser que ela esteja no cinema ou algo assim, ele está sempre ligado. A gente se fala todos os dias, às vezes até duas vezes por dia quando o Matt está em alguma de suas orgias acadêmicas. Porque às vezes Metzie liga para ela e Darla me conta tudo que ela diz. Hoje em dia, Darl é a única na família com quem Metzie fala.

Lisey ficou fascinada com aquilo. Não fazia ideia de que Amanda e Darla conversavam sobre a filha problemática de Amanda — Darla certamente nunca falara nada a respeito. Ela gostaria de poder investigar a questão mais a fundo, mas imaginava que aquela não era a hora certa.

— O que vai dizer se conseguir falar com ela?

— Só ouça. Acho que já sei o que fazer, mas tenho medo de que contar antes para você faça a coisa perder um pouco do seu... sei lá. Frescor. Verossimilhança. Tudo o que eu quero é manter as duas longe o bastante para elas não aparecerem e...

— ... ficarem presas na máquina de separar batatas de Max Silver? — perguntou Lisey. No decorrer dos anos, todas elas tinham trabalhado para o senhor Silver: ganhavam vinte e cinco centavos por cada barril de batatas separadas, e acabavam tendo de tirar terra de debaixo das unhas até fevereiro.

Amanda olhou bruscamente para a irmã, depois sorriu.

— Mais ou menos isso. Darla e Canty podem ser enjoadas, mas amo as duas, então pode me processar. Eu certamente não gostaria que elas se machucassem por terem aparecido no lugar errado na hora errada.

— Nem eu — disse Lisey, com brandura.

Uma rajada de granizo acertou de forma ruidosa o teto do carro e o para-brisa; em seguida voltou a ser apenas chuva forte.

Amanda acariciou a mão da irmã.

— Eu sei disso, lindinha.

Lindinha. Não Lisey lindinha, só lindinha. Amanda não a chamava daquele jeito havia quanto tempo? E era a única que a chamava daquela forma.

7

Amanda digitou o número com alguma dificuldade por causa das mãos feridas, errou uma vez e teve de começar de novo. Da segunda vez, conseguiu, apertou o botão verde de ENVIAR e colocou o pequeno Motorola na orelha.

A chuva diminuíra um pouco. Lisey notou que conseguia ver a primeira mesa de piquenique novamente. O telefone estava chamando já havia quantos segundos? Ela olhou da mesa de piquenique para a irmã com as sobrancelhas erguidas. Amanda começou a balançar a cabeça, mas depois se empertigou no banco e levantou o indicador da mão direita como se estivesse chamando um garçom num restaurante chique.

— Darla...? Está me ouvindo...? Sabe quem está falando...? *Isso! Isso mesmo!*

Amanda esticou a língua e arregalou os olhos, imitando a reação de Darla com uma eficiência silenciosa e bastante cruel: uma participante de um jogo de auditório que tinha acabado de ganhar a rodada de bônus.

— Sim, ela está bem do meu lado... Darla, *calma*! Primeiro eu não conseguia falar, agora você não me deixa completar uma frase! Vou te passar para Lisey em um...

Amanda ficou ouvindo mais tempo daquela vez, assentindo e ao mesmo tempo abrindo e fechando o polegar e os outros dedos da mão direita num gesto de blá-blá-blá.

— Ahã, vou falar para ela, Darl. — Sem se preocupar em tapar o fone com a mão, provavelmente porque queria que Darla ouvisse a mensagem sendo dada, Amanda disse: — Ela e Canty estão juntas, Lisey, mas ainda estão no aeroporto. O voo de Canty ficou preso em Boston por causa das tempestades. Não é uma pena?

Amanda ergueu o polegar ao falar a última frase para Lisey, depois voltou a atenção para o telefone.

— Que bom que consegui falar com vocês antes de pegarem a estrada, porque eu não estou mais na Greenlawn. Lisey e eu estamos no Acadia Mental Health em Derry... isso mesmo, *Derry*.

Ela ouviu, assentindo.

— É, acho que é *mesmo* uma espécie de milagre. Só sei que eu ouvi Lisey me chamando e acordei. A última coisa de que me lembro é de vocês me levando para o Stephens Memorial em No Soapa. Depois eu simplesmente... ouvi Lisey me chamando, como se estivesse me acordando de um sono profundo... e os médicos da Greenlawn me mandaram para cá para fazer um monte de exames no cérebro que provavelmente custam uma fortuna...

Amanda continuou escutando.

— Sim, querida, eu quero *sim* dar um alô para Canty e estou certa de que Lisey também quer, mas estão nos chamando agora e o telefone não pega na sala dos exames. Vocês vêm para cá, não vêm? Tenho certeza de que chegam em Derry por volta das sete, oito no máximo....

Naquele instante, as nuvens voltaram a derramar água. A pancada de chuva foi mais violenta do que a primeira e, de repente, o tamborilar surdo dela encheu o carro. Pela primeira vez, Amanda pareceu completamente desesperada. Olhou para Lisey com os olhos arregalados e cheios de pânico. Um dedo apontava para o teto do carro, de onde vinha o som. Seus lábios formaram as palavras *Ela quer saber que som é esse.*

Lisey não hesitou. Arrancou o telefone da mão de Amanda e o colocou na orelha. A ligação estava claríssima, apesar da tempestade (talvez por causa dela, até onde Lisey sabia). Ouvia não só Darla como também Canty, as duas conversando em um tom agitado, confuso e exultante; ao fundo, conseguia escutar um alto-falante anunciando atrasos de voo por conta do mau tempo.

— Darla, é Lisey. Amanda está de volta! Novinha em folha! Não é maravilhoso?

— Lisey, não consigo acreditar!

— Só vendo para crer — disse Lisey. — Venha para a Acadia aqui em Derry e veja você mesma.

— Lisey, que *barulho* é esse? Parece que vocês estão debaixo do *chuveiro*!

— Hidroterapia, lá do outro lado do corredor! — falou Lisey, mentindo sem pensar duas vezes e pensando: *A gente nunca vai conseguir explicar isso depois... Nem que a vaca tussa.* — Eles abriram a porta e está uma barulheira danada.

Por um instante, não houve som algum além da chuva que caía firme. Darla enfim falou:

— Se ela está bem mesmo, talvez eu e Canty ainda possamos ir para o Snow Squall. É uma viagem longa até Derry, e estamos as duas famintas.

Por um instante, Lisey ficou furiosa com ela, mas em seguida ficou tão irritada por se sentir daquela forma que seria capaz de dar um murro na própria cara. Quanto mais elas demorassem, melhor — não era isso? Ainda assim, o tom petulante de vítima que ouviu na voz de Darla embrulhou um pouco seu estômago. Porém, Lisey imaginou que aquilo também fizesse parte do lance das irmãs.

— Claro, por que não? — disse ela, fazendo um círculo com o polegar e o indicador para Amanda, que sorriu em resposta, meneando a cabeça. — A gente não vai sair daqui mesmo, Darl.

Exceto talvez ir para Boo'ya Moon, para se livrar de um lunático morto. Isto é, se dermos sorte. Se as coisas saírem do nosso jeito.

— Você pode passar de novo para Amanda? — Darla ainda soava incomodada, como se não tivesse presenciado aquela terrível prostração catatônica e desconfiasse que Amanda tivesse fingido o tempo todo. — Canty quer falar com ela.

— Agora mesmo — falou Lisey, fazendo *Cantata* com a boca para Amanda enquanto dava o telefone de volta.

Amanda garantiu a Canty repetidas vezes que sim, estava bem, e que sim, era um milagre; não, ela não se importava nem um pouco se Canty e Darla seguissem o plano original de almoçar no Snow Squall, e não, ela definitivamente não precisava que as duas se deslocassem até Castle View para pegar nada na casa dela. Estava com tudo de que precisava, Lisey tinha cuidado de tudo.

Lá pelo fim da conversa, a chuva parou de repente, sem sequer diminuir um pouco de intensidade antes, como se Deus tivesse fechado uma torneira no céu. Lisey foi invadida por uma ideia estranha: era daquele jeito que chovia em Boo'ya Moon — em pancadas breves, furiosas e intermitentes.

Eu deixei aquele lugar para trás, mas não muito, pensou ela, e percebeu que ainda estava com aquele gosto doce e puro na boca.

Quando Amanda disse a Cantata que a amava e encerrou a ligação, uma improvável lança de sol úmido de junho irrompeu das nuvens e outro arco-íris se formou no céu; desta vez mais próximo, brilhando sobre Castle Lake. *Como uma promessa,* pensou Lisey. *Do tipo em que você acredita, mas não confia plenamente.*

8

A voz murmurante de Amanda a retirou de sua contemplação do arco-íris. Manda estava pedindo o telefone da Greenlawn para o Auxílio à Lista, que anotou com a ponta do dedo na base do para-brisa embaçado do carro.

— Vai ficar aí mesmo depois que o para-brisa estiver completamente desembaçado, sabia? — disse Lisey quando Amanda desligou. — Vou ter de passar limpa-vidros depois. Tinha uma caneta no console ali do meio, por que você não pediu?

— Porque eu sou catatônica — disse Amanda, estendendo o celular para ela.

Lisey apenas olhou para o aparelho.

— Para quem eu tenho que ligar?

— Como se você não soubesse.

— *Amanda...*

— Tem de ser você, Lisey. Não sei com quem devo falar, ou como você me internou lá. — Ela ficou em silêncio por um instante, cutucando as calças do pijama. As nuvens voltaram a se fechar, o dia ficou mais escuro de novo e o arco-íris poderia ter sido um sonho. — Digo, claro que sei — disse ela por fim. — Só que *não foi* você, foi Scott. Ele deu algum jeito. Reservou um lugar para mim.

Lisey apenas assentiu, sem ousar dizer nada.

— Quando? Depois da última vez que me cortei? Depois da última vez que o vi em Ventosul? Como ele chamava mesmo, Boonya Moon?

Lisey não se deu o trabalho de corrigi-la.

— Ele passou uma conversa em um médico chamado Hugh Alberness. Alberness concordou que você teria problemas pela frente depois de dar uma olhada no seu histórico e, quando você surtou dessa última vez, ele te examinou e internou. Não se lembra disso? De nada disso?

— Não.

Lisey pegou o celular e olhou para o número no para-brisa parcialmente embaçado.

— Não faço ideia do que dizer a ele, Manda.

— O que *Scott* diria, lindinha?

Lindinha. Lá estava o apelido de novo. Outra pancada de chuva, furiosa, mas de apenas vinte segundos de duração, castigou o teto do carro; enquanto ela tamborilava, Lisey se viu pensando em todas as palestras nas quais acompanhara Scott — o que ele chamava de *concertos*. Com a notável exceção de Nashville em 1988, a impressão que ela tinha era a de sempre ter se divertido, e por que seria diferente? Scott falava o que eles queriam ouvir; o único trabalho dela era sorrir e aplaudir nas horas certas. Ah, e às vezes tinha de fazer um *Obrigada* com a boca quando mencionada. Vez por outra, as pessoas davam coisas para Scott — presentinhos, lembranças — e ele os entregava para ela, que tinha que segurá-los. Às vezes elas tiravam fotos, e às vezes havia pessoas como Tony Eddington — Toneh —, cujo trabalho era escrever sobre o evento. Elas às vezes a mencionavam e outras vezes não, às vezes escreviam seu nome certo e outras vezes não, e certa vez ela fora identificada como a *Patroa* de Scott Landon, mas tudo bem, tudo estava *sempre* bem, porque ela não fazia estardalhaço, sabia ficar quieta, mas *não* era como a garotinha naquele conto de Saki, inventar coisas em cima da hora certamente *não era* sua especialidade, e...

— Olhe, Amanda, se você pretendia invocar Scott, não está dando certo; eu estou realmente perdida aqui. Por que você não liga para o doutor Alberness e simplesmente fala que está bem...? — Enquanto falava, Lisey tentou entregar o telefone de volta para a irmã.

Amanda levou as mãos mutiladas ao peito como recusa.

— Independente do que eu diga, não vai funcionar. Eu sou *louca*. Você, por outro lado, não só é lúcida como é a viúva do escritor famoso. Então faça a ligação, Lisey. Tire o doutor Alberness do nosso caminho. E agora.

9

Lisey digitou o número e o que se seguiu foi, para começo de conversa, parecido demais com a ligação que ela fizera na sua longa, longa quinta-feira — o dia seguinte às estações da didiva. Foi Cassandra que atendeu mais uma vez, e Lisey reconheceu novamente a música soporífera de quando foi colocada para esperar; desta vez, porém, Cassandra soou ao mesmo tempo empolgada e aliviada em ter notícias dela. Disse que ia transferir a ligação para a casa do doutor Alberness.

— Não desligue, hein — instruiu a atendente antes de desaparecer em meio ao que poderia ser "Love to Love You, Baby", a antiga canção *disco* de Donna Summer depois de uma lobotomia musical. *Não desligue, hein* soava um pouco ameaçador, mas o fato de Hugh Alberness estar em casa... Aquele certamente era um bom sinal, não era?

Ele poderia ter chamado a polícia tanto de casa quanto do hospital, e você sabe disso. Ele ou o médico de plantão na Greenlawn. E o que você vai falar quando ele atender? O que diabos vai falar para ele?

O que Scott falaria?

Scott falaria que a realidade é Ralph.

E, sim, isso sem dúvida era verdade.

Lisey sorriu um pouco ao pensar naquilo, e ao se lembrar de Scott andando de um lado para outro em um quarto de hotel em... Lincoln? Lincoln, Nebraska? Mais provavelmente Omaha, porque aquilo acontecera em um quarto de hotel, e dos bons, talvez até uma suíte. Ele estava lendo o jornal quando alguém enfiou um fax do seu editor por debaixo da porta. O editor, Carson Foray, pedia mais mudanças na terceira versão do novo romance de Scott. Lisey não se lembrava qual era, apenas que fora um dos últimos, os que ele às vezes chamava de "As Palpitantes Histórias de Amor de Landon". De qualquer forma, Carson — que acompanhava Scott desde, como diria o velho papito, *mil novecentos e lá vai fumaça* — achava que um encontro casual de dois personagens depois de cerca de vinte anos não fazia tanto sentido. "O enredo aqui está meio furado, meu velho", escrevera ele.

— Que tal esse furo aqui, meu velho? — resmungara Scott, agarrando as partes baixas com uma das mãos (e aquela mecha de cabelo adoravelmente rebelde caíra ou não caíra em cima das sobrancelhas dele quando fizera aquilo? É claro que sim).

Em seguida, antes que ela pudesse dizer qualquer coisa apaziguadora, ele apanhara o jornal, folheara os cadernos de qualquer jeito até a última página e mostrara a ela um artigo em uma coluna chamada *Mundo Estranho*. O título era CACHORRO ENCONTRA O CAMINHO DE CASA — DEPOIS DE 3 ANOS. Ele contava a história de um border collie chamado Ralph, que fora perdido enquanto estava de férias com os donos em Port Charlotte, na Flórida. Três anos depois, Ralph aparecera na mansão da família em Eugene, Oregon. Estava magro, sem coleira e com as patas um pouco machucadas — mas, fora isso, nada mal. Simplesmente subiu andando a entrada para carros, sentou-se na varanda e latiu para entrar.

— O que acha que o monsieur Carson Foray pensaria se isso aparecesse em um dos meus livros? — perguntara Scott, tirando o cabelo de cima da testa (ele caíra de volta na mesma hora, é claro). — Você acha que ele me mandaria um fax dizendo que o enredo ali estava *meio* furado, meu velho?

Lisey — ao mesmo tempo achando engraçado ele ter ficado ofendido e quase absurdamente comovida pela ideia de Ralph voltando depois de todos aqueles anos (e de só Deus sabe quantas aventuras) — concordou que Carson provavelmente faria aquilo.

Scott pegou o jornal de volta, olhou perniciosamente por um instante para a foto de Ralph, elegante com a nova coleira e bandana estampada, e o jogou de lado.

— Vou te contar uma coisa, Lisey — disse ele. — Romancistas trabalham com uma desvantagem imensa. A realidade é Ralph, aparecendo depois de três anos, sem ninguém saber por quê. Mas um escritor não pode contar uma história dessas! Porque o enredo é um pouco *furado*, meu velho!

Depois de se permitir aquela diatribe, até onde ela se lembrava, Scott fora reescrever as páginas em questão.

A música de espera foi cortada.

— Senhora Landon, ainda está na linha? — perguntou Cassandra.

— Ainda estou aqui — disse Lisey, sentindo-se consideravelmente mais calma.

Scott tinha razão. A realidade era um bêbado comprando um bilhete de loteria premiado, embolsando a bolada de setenta milhões de dólares e dividindo o dinheiro com sua garçonete favorita. Uma garotinha saindo viva de um poço no Texas depois de ficar seis dias presa nele. Um universitário caindo de uma sacada do quinto andar em Cancun e só quebrando o pulso. A realidade era Ralph.

— Vou transferir a senhora — disse Cassandra.

Depois de dois cliques, Hugh Alberness — um Hugh Alberness muito preocupado, julgou ela, mas não em pânico — falou:

— Senhora Landon? Onde a senhora está?

— A caminho da casa da minha irmã. Estaremos lá em vinte minutos.

— Amanda está com a senhora?

— Está. — Lisey estava disposta a responder às perguntas dele, mas nada além disso. Parte dela estava muito curiosa para saber quais seriam elas.

— Senhora Landon...

— Lisey.

— Lisey, muitas pessoas aqui da Greenlawn estão preocupadas, principalmente o doutor Stein, o médico de plantão, a enfermeira Burrell, que está responsável pela ala Ackley, e Josh Phelan, que é o chefe da nossa pequena, porém geralmente muito eficaz, equipe de segurança.

Lisey decidiu que aquilo era ao mesmo tempo uma pergunta — *O que você fez?* — e uma acusação — *Você deixou umas três ou quatro pessoas apavoradas hoje!* — e achou melhor respondê-la. De forma sucinta. Seria fácil demais cavar um buraco e acabar afundando nele.

— Sim, entendo. Sinto muito por isso. *Mesmo*. Mas Amanda queria ir embora, insistiu muito nesse ponto, e também insistiu bastante que não ligássemos para ninguém da Greenlawn antes de estarmos bem longe de lá. Sob essas circunstâncias, achei que o melhor a fazer era deixar a coisa rolar. Eu tive de tomar uma decisão.

Amanda levantou vigorosamente os dois polegares para ela, mas Lisey não podia se distrair. O doutor Alberness podia ser um fã eita-norme dos livros de seu marido, mas Lisey não tinha dúvidas de que também era excelente em arrancar das pessoas coisas que elas não queriam ou pretendiam dizer.

Alberness, no entanto, parecia empolgado.

— Senhora Landon... Lisey... Sua irmã está responsiva? Ela está consciente e responsiva?

— É ouvir para crer — disse Lisey, entregando o telefone para Amanda. Ela pareceu alarmada, mas pegou o aparelho.

Lisey fez *Cuidado* com a boca.

10

— Alô, doutor Alberness? — Amanda falou devagar e com cautela, mas claramente. — Sim, sou eu mesma. — Pausa para escutar. — Amanda Debusher, isso mesmo. — Outra pausa. — Meu nome do meio é Georgette. — Pausa. — Julho de 1946. O que significa que ainda não cheguei exatamente aos sessenta. — Pausa. — Tenho, sim, uma filha chamada Intermezzo. O apelido é Metzie. — Pausa. — George W. Bush, infelizmente; acho que esse cara tem um complexo de Deus pelo menos tão perigoso quanto o daqueles que chama de inimigos. — Pausa. Ela negou meticulosamente com a cabeça. — Eu... eu realmente não posso entrar em todos esses méritos agora, doutor Alberness. Vou passar para a Lisey. — Ela entregou o telefone de volta, os olhos implorando por uma avaliação... ou pelo menos por uma nota que desse para passar. Lisey assentiu com vigor. Amanda se largou no banco como se tivesse acabado de ganhar uma corrida.

— ... ainda está aí? — gritava o telefone quando Lisey o colocou de volta na orelha.

— É a Lisey, doutor Alberness.

— Lisey, *o que aconteceu?*

— Vou ter de resumir para o senhor, doutor…

— Hugh. Por favor. Hugh.

Lisey passara todo aquele tempo com as costas eretas diante do volante. Naquele momento, se permitiu relaxar um pouco contra o couro confortável do banco do motorista. Ele lhe pedira para chamá-lo de Hugh. Eles eram amigos novamente. Ainda precisaria ser cautelosa, mas provavelmente daria tudo certo.

— Eu fui visitar Manda, nós estávamos no pátio, e ela simplesmente acordou.

Apareceu mancando e sem a coleira, mas, fora isso, estava bem, pensou Lisey, e teve de segurar uma gargalhada louca. Do outro lado do lago, um relâmpago explodiu brilhante. Sua cabeça estava daquele exato jeito.

— Nunca vi uma coisa dessas — disse Hugh Alberness. Aquilo não era uma pergunta, então Lisey ficou calada. — E como a senhora… Ééé… fez para sair?

— Como?

— Como a senhora passou pela recepção da ala Ackley? Quem abriu a porta para a senhora?

A realidade é Ralph, Lisey lembrou a si mesma. Tomando o cuidado de soar apenas um pouco confusa, ela disse:

— Ninguém nos pediu para assinar o registro de saída nem nada; todos pareciam ocupados demais. Nós simplesmente fomos embora.

— E quanto à porta?

— Estava aberta — disse Lisey.

— Macacos me… — começou a dizer Alberness, mas se interrompeu. Lisey esperou ouvir mais. Tinha certeza de que haveria mais.

— As enfermeiras encontraram um chaveiro, um estojo de chaves e um par de chinelos. Além de um par de tênis com as meias dentro.

Por um instante, Lisey ficou pensando no chaveiro. Não percebera que o resto das suas chaves também havia sumido, e provavelmente era melhor não deixar que Alberness soubesse daquilo.

— Eu mantenho uma chave extra do carro debaixo do para-choque, numa caixinha magnética. Quanto às outras no chaveiro… — Lisey tentou uma risada parcialmente genuína. Não fazia ideia se tinha conseguido, mas pelo menos Amanda não empalidecera a olhos vistos. — Seria uma pena se eu as perdesse! O senhor pediria para guardarem para mim, por favor?

— Claro, mas nós precisamos ver a senhora Debusher. Temos de cumprir algumas formalidades se a senhora quiser que a deixemos sob os seus cuidados.

A voz do senhor Alberness sugeria que aquilo era uma péssima ideia, mas não foi uma pergunta. Foi difícil, mas Lisey esperou. Na extremidade do Castle Lake, o céu ficou novamente um breu. Outra tempestade estava indo na direção delas. Lisey queria muito terminar aquela conversa antes que ela caísse, mas, ainda assim, esperou. Tinha a impressão de que ela e Alberness tinham alcançado o ponto crítico.

— Lisey — disse ele por fim —, *por que* vocês duas saíram descalças?

— Não sei ao certo. Amanda estava insistindo que fôssemos embora logo, descalças, e que eu não levasse minhas chaves...

— Quanto às chaves, ela poderia estar preocupada com o detector de metais — disse Alberness. — Embora, nas condições dela, eu fique surpreso que... Esqueça, prossiga.

Lisey desviou os olhos da tempestade que se aproximava, já tendo borrado as colinas do outro lado do Castle Lake.

— Você se lembra de por que queria que nós saíssemos descalças, Amanda? — perguntou ela, inclinando o telefone na direção da irmã.

— Não — disse Amanda alto, depois acrescentou: — Só que eu queria sentir a grama. O sedaço da grama.

— O senhor ouviu isso? — perguntou Lisey.

— Algo sobre como ela queria sentir a grama?

— Isso, mas tenho certeza de que não era só isso. Ela foi muito insistente.

— E a senhora simplesmente fez o que ela pediu?

— Ela é minha irmã mais velha, Hugh. Na verdade, a *mais velha* das minhas irmãs. Além disso, tenho que admitir que estava empolgada demais em tê-la de volta ao planeta Terra para pensar direito.

— Mas eu, *nós*, na verdade, precisamos vê-la e nos certificar de que isso significa uma melhora de fato.

— Tudo bem se eu a levar de volta para ser examinada amanhã?

Amanda balançava a cabeça com força o suficiente para fazer seu cabelo voar, os olhos arregalados de surpresa. Lisey começou a assentir com a mesma energia.

— Não vejo nenhum problema — disse Alberness. Lisey conseguiu ouvir o alívio na voz do homem, um alívio sincero que a fez se sentir mal por mentir para ele. Porém, algumas coisas tinham que ser feitas quando você engatilhava de jeito. — Posso ir para a Greenlawn por volta das duas da tarde de amanhã para conversar com vocês duas. Está bom para vocês?

— Está ótimo. — *Supondo que estejamos vivas amanhã às duas.*

— Combinado, então, Lisey. Eu me pergunto se...

Naquele exato momento, logo em cima delas, um relâmpago ofuscante correu por entre as nuvens e atingiu algo do outro lado da estrada. Lisey ouviu o estrondo; sentiu tanto o cheiro de eletricidade quanto o de coisa queimada. Nunca estivera tão perto de um raio na vida. Amanda gritou, o som quase completamente perdido em meio à monstruosa trovoada que se seguiu.

— *O que foi isso?* — gritou Alberness.

Lisey achou que a ligação estava tão boa quanto antes, mas o médico que o marido cativara com tanto afinco cinco anos antes para o bem de Amanda lhe pareceu, de repente, muito distante e desimportante.

— Uma trovoada — disse ela, com calma. — Está chovendo à beça aqui, Hugh.

— É melhor parar no acostamento.

— Já fiz isso, mas quero me livrar deste telefone antes que ele me dê um choque ou sei lá. Nos vemos amanhã.

— Na ala Ackley...

— Isso. Às duas. Com Amanda. Obrigada por... — Um relâmpago brilhou no céu e ela se encolheu. Desta vez, porém, ele foi mais difuso; o trovão que se seguiu, embora alto, não ameaçou estourar seus tímpanos. — ... por ser tão compreensivo — concluiu ela, e apertou a tecla que encerrava a ligação sem se despedir.

A chuva caiu imediatamente, como se estivesse esperando que ela terminasse a ligação, açoitando o carro furiosamente. Esqueça a mesa de piquenique; Lisey não conseguia ver nem o fim do capô do carro.

Amanda agarrou o ombro de Lisey e ela pensou em outra música *country*, a que dizia que, se você trabalhar até seus dedos ficarem no osso, só vai conseguir dedos ossudos.

— Eu não vou voltar para lá, Lisey, *não* vou!

— Ai, Amanda, está me machucando!

Amanda soltou, mas sem recuar. Seus olhos ardiam.

— Eu não vou voltar para lá.

— Vai, sim. Só para conversar com o doutor Alberness.

— Não…

— *Cale a boca e me ouça.*

Amanda piscou e se recostou no banco, recuando diante da fúria na voz de Lisey.

— Darla e eu precisamos internar você lá, não tivemos escolha. Você não passava de um monte de carne com baba escorrendo de uma ponta e mijo descendo pela outra. E meu marido, que sabia que isso ia acontecer, tomou conta de você não só em um mundo, mas em *dois*. Você me deve essa, irmãzona Manda Coelhinha. E é por isso que vai me ajudar hoje e se ajudar amanhã, e não quero ouvir mais nada sobre isso além de "Sim, Lisey". Entendeu?

— Sim, Lisey — murmurou Amanda. Em seguida, olhou para as mãos cortadas e voltou a chorar. — Mas e se eles me obrigarem a voltar para aquele quarto? E se me trancarem e me obrigarem a tomar banho de esponja e beber suquinho?

— Eles não vão fazer isso. Não *podem* fazer isso. Sua internação foi completamente voluntária; Darla e eu nos responsabilizamos, já que você estava lelé a dar com pau.

Amanda deu uma risadinha triste.

— Scott costumava dizer isso. E, às vezes, quando achava que alguém era convencido, chamava a pessoa de esnobe a dar com pau.

— É — falou Lisey, não sem um pouco de dor. — Eu me lembro. Enfim, agora você está bem. É isso que importa. — Ela pegou uma das mãos de Amanda, lembrando a si mesma que deveria ser gentil. — Você vai até lá amanhã e vai deixar aquele médico de quatro com seu charme.

— Vou tentar — disse Amanda. — Mas não porque eu te devo isso.

— Não?

— Não, porque eu te amo — disse Amanda, com uma dignidade simples. Depois acrescentou, num fiapo de voz: — Você vai comigo, não vai?

— Pode apostar que sim.

— Talvez... Talvez seu namorado acabe com a gente e eu não precise mais me preocupar nem um pouco com a Greenlawn.

— Já falei para você não chamar aquele cara de meu namorado.

Amanda abriu um sorrisinho.

— Acho que consigo me lembrar disso, desde que você pare com essa merda de Manda Coelhinha.

Lisey caiu na gargalhada.

— Por que a gente não vai andando, Lisey? A chuva está diminuindo. E, por favor, ligue o aquecedor. Está ficando frio aqui dentro.

Lisey ligou o aquecedor, tirou a BMW de ré da vaga e manobrou em direção à estrada.

— Nós vamos para a sua casa — disse ela. — Se estiver chovendo tão forte lá quanto aqui, Dooley provavelmente não a está vigiando; pelo menos espero que não. E, mesmo que esteja, não vai conseguir ver nada. Nós vamos para a sua casa e depois para a minha. Duas mulheres de meia-idade. Você acha que ele vai se preocupar com duas mulheres de meia-idade?

— Pouco provável — disse Amanda. — Mas que bom que mandamos Canty e miss Prosinha em uma viagem longa, você não acha?

Lisey achava que sim, embora soubesse que, como Lucy Ricardo, protagonista de *I Love Lucy*, ela teria de dar algumas explicações mais para a frente. Pegou a estrada, que estava deserta, torcendo para não encontrar uma árvore caída no meio dela — embora soubesse que era provável. Um trovão rosnou no céu, parecendo mal-humorado.

— Chegando lá, posso pegar algumas roupas que sirvam em mim — dizia Amanda. — E também tenho um quilo de uma bela carne moída no congelador. Ela vai descongelar que é uma beleza no micro-ondas, e eu estou *faminta*.

— No *meu* micro-ondas — disse Lisey, sem tirar os olhos da estrada.

A chuva parara completamente, mas havia mais nuvens negras adiante. *Pretas feito a cartola de um vilão de teatro*, teria dito Scott, e ela foi invadida por aquela velha e angustiante saudade dele, aquele lugar vazio que jamais seria preenchido novamente. Aquele lugar cheio de carência.

— Você me ouviu, Lisey lindinha? — perguntou Amanda, e Lisey percebeu que a irmã estivera falando com ela. Dizendo algo sobre alguma coisa. Vinte e quatro horas atrás, temia que Manda nunca mais voltasse a falar, e lá estava ela, ignorando Manda. Mas não era assim que a banda tocava?

— Não — Lisey admitiu. — Acho que não. Desculpe.

— Típico de você, sempre foi. Viajando no seu próprio... — A voz de Amanda foi sumindo, e ela fingiu que estava ocupada olhando pela janela.

— Sempre viajando no meu próprio mundinho? — perguntou Lisey, sorrindo.

— Me desculpe.

— Tudo bem. — Elas pegaram uma curva e Lisey teve de desviar de um galho de pinheiro caído na estrada. Ela pensou em parar para jogá-lo no acostamento e decidiu deixar isso para a próxima pessoa que passasse por ali. A próxima pessoa provavelmente não estava tendo de lidar com um psicopata. — Se é em Boo'ya Moon que você está pensando, ele nem é meu mundo, na verdade. Parece que cada pessoa que vai para lá tem sua própria versão. O que você estava dizendo?

— Só que eu tenho algo que você talvez queira. Isto é, a não ser que já esteja engatilhada.

Lisey ficou pasma. Ela tirou os olhos da estrada por um instante para olhar para a irmã.

— O quê? O que você disse?

— É só modo de dizer — falou Amanda. — Quero dizer que tenho uma arma.

11

Havia um envelope branco e comprido preso no batente da porta de tela de Amanda — bem debaixo da sacada, e portanto protegido da chuva. Assim que o viu, a primeira coisa em que Lisey pensou, aflita, foi: *Dooley já esteve aqui.* Mas o envelope que Lisey achara depois de descobrir o gato morto na caixa de correio estava em branco dos dois lados. Aquele tinha o nome de Amanda escrito na frente. Ela o entregou à irmã. Amanda olhou para a impressão, virou o cartão para ler a marca em alto relevo — **Hallmark** — e falou com desdém uma única palavra:

— Charles.

Por um instante, o nome não significou nada para Lisey. Depois ela se lembrou que, havia muito tempo, antes de toda aquela loucura começar, Amanda tivera um namorado.

Gozadinha, pensou ela e fez um som estrangulado com a garganta.

— Lisey? — perguntou Amanda, erguendo as sobrancelhas.

— Só estou pensando em Canty e miss Prosinha correndo até Derry — disse Lisey. — Sei que não é engraçado, mas...

— Ah, tem lá sua graça, vai — falou Amanda. — Provavelmente isto aqui também tem. — Ela abriu o envelope e pegou o cartão. Passou os olhos por ele. — Ai. Meu. Deus. Olha. O que acabou de cair. Do cu do cachorro.

— Posso ver?

Amanda o entregou a ela. Na frente, havia o desenho de um menininho meio banguela — o que a Hallmark entendia como durão, mas ao mesmo tempo cativante (suéter grande demais, jeans remendado) — estendendo uma flor curvada. *Puxa, me desculpe!*, dizia a mensagem embaixo dos tênis surrados do moleque. Lisey o abriu e leu o seguinte:

Sei que te magoei e imagino que esteja chateada,
Escrevo só para dizer que você não é a única desconsolada!
Pensei em mandar um cartão para te pedir perdão,
Porque pensar em você na pior me deixou triste de montão!

Então deixe o sofrimento de lado! Seja feliz por um instante!
Volte a andar de cabeça erguida! Abra aquele sorriso radiante!
Imagino que hoje tenha deixado você meio tristinha,
Mas espero que ainda sejamos amigos
quando o sol raiar de manhãzinha!

Estava assinado *Seu amigo (Para sempre! Lembre-se dos Bons Tempos!!) Charles "Charlie" Corriveau.*

Lisey se esforçou imensamente para manter uma expressão séria, mas não conseguiu. Caiu na gargalhada. E Amanda se juntou a ela. As duas ficaram paradas na varanda, rindo. Quando as risadas começaram a diminuir, Amanda se endireitou e, com o cartão estendido diante de si como um hinário, declamou para o quintal da frente encharcado de chuva:

— Meu querido Charles, não posso esperar nem mais um minuto. Venha já aqui para eu te mandar à merda, seu puto.

Lisey se apoiou na lateral da casa com tanta força que a janela mais próxima tremeu. Ria de perder o fôlego, com as mãos sobre o peito. Amanda lhe abriu um sorriso orgulhoso e desceu marchando os degraus da varanda. Deu dois ou três passos no quintal, levantou o pequeno gnomo de jardim que vigiava as roseiras e fisgou a chave sobressalente escondida debaixo dele. Porém, enquanto estava agachada, aproveitou a oportunidade para esfregar rapidamente o cartão de Charlie Corriveau na própria bunda vestida de verde.

Sem se importar mais com o fato de Jim Dooley poder estar observando da floresta — sem nem pensar mais em Jim Dooley —, Lisey caiu sentada na varanda, ofegando de tanto rir, pois já mal conseguia respirar. Talvez tivesse rido daquele jeito uma vez ou outra com Scott, mas achava que não. Nem naquela época.

12

Havia apenas uma mensagem na secretária eletrônica de Amanda — e era de Darla, não de Dooley.

— Lisey! — dizia ela, com empolgação. — Não sei o que você fez, mas uau! Estamos a caminho de Derry! Lisey, eu te amo! Você é craque!

Ela ouviu Scott dizendo: *Lisey, você é craque nisso!*, e seu riso começou a minguar.

A arma de Amanda acabou se mostrando um revólver Pathfinder calibre .22. Quando ela o entregou à irmã, ele pareceu se adaptar perfeitamente à mão de Lisey, como se tivesse sido feito sob medida. Amanda o guardava em uma caixa de sapatos na prateleira mais alta do armário do quarto. Sem precisar mexer muito, Lisey conseguiu fazer o tambor saltar para fora.

— Jesus Cristinho, Manda, este negócio está *carregado!*

Como se Alguém Lá Em Cima estivesse descontente com a blasfêmia de Lisey, o céu se fechou novamente e mais chuva caiu. Instantes depois, granizo tamborilava e estalava nas janelas e calhas.

— E o que uma mulher sozinha deve fazer se um estuprador invadir sua casa? — perguntou Amanda. — Apontar uma arma descarregada para ele e gritar *bang*? Lisey, prende aqui pra mim, por favor? — Amanda colocara uma calça jeans. Agora mostrava as costas ossudas e a parte de trás do sutiã. — Sempre que tento minhas mãos quase me *matam*. Você deveria ter *me* levado para dar um mergulho naquela sua lagoa.

— Já foi difícil tirá-la de lá sem ter de batizar você nele, muito obrigada — falou Lisey, prendendo os ganchinhos do sutiã. — Coloque aquela blusa vermelha com flores amarelas, que tal? Ela fica linda em você.

— Ela deixa minha barriga de fora.

— Amanda, você *não tem* barriga.

— Tenho s... Pelo amor de Jesus, Maria e Josezinho, o Carpinteiro, por que você está *tirando* as balas?

— Para não dar um tiro no meu próprio joelho. — Lisey colocou as balas no bolso dos jeans. — Mais tarde eu recarrego — acrescentou, embora não soubesse ao certo se conseguiria apontá-la para Jim Dooley e apertar o gatilho. Talvez. Se evocasse a lembrança do abridor de latas.

Mas você pretende dar cabo dele. Não pretende?

Com certeza. Ele a machucara. Menos um ponto para ele. Ele era perigoso. Menos dois pontos. Ela não podia confiar em mais ninguém para fazer aquilo, menos três pontos e você está fora. Ainda assim, ela continuava olhando fascinada para o revólver. Scott pesquisara feridas causadas por armas de fogo para um de seus livros — para o *Relíquias*, tinha quase certeza — e ela cometera o erro de olhar uma pasta cheia de fotografias horríveis. Até então, não tinha percebido a sorte que Scott tivera naquele dia em Nashville. Se a bala de Cole tivesse atingido uma costela e se estilhaçado...

— Por que você não leva o revólver dentro da caixa de sapatos? — perguntou Amanda, colocando uma blusa com uma mensagem grosseira (ME BEIJE ONDE O SOL NÃO BRILHA — NOS ENCONTRAMOS EM MOTTON) em vez da camisa de botão de que Lisey gostava. — Tem algumas balas extras lá dentro também. Você pode fechar ela com fita adesiva enquanto eu tiro a carne do congelador.

— Onde você conseguiu essa arma, Manda?

— Charles me deu — disse Amanda. Ela virou de costas, pegou uma escova da penteadeira, olhou no espelho e começou a escovar os cabelos com fúria. — No ano passado.

Lisey colocou a arma, parecida demais com a que Gerd Allen Cole usara contra seu marido, de volta na caixa de sapatos, e observou Amanda diante do espelho.

— Eu dormi com ele duas vezes por semana, às vezes três, por quatro anos — disse Amanda. — O que configura intimidade. Você não concorda que isso configura intimidade?

— Concordo.

— Também lavei as cuecas dele por quatro anos, e raspava a caspa do couro cabeludo dele toda semana para que ela não caísse nos ombros dos ternos pretos que ele usava e o fizesse passar vergonha. Acho que essas coisas são muito mais íntimas do que trepar. O que *você* acha?

— Acho que você tem razão.

— Pois é — disse Amanda. — Quatro anos disso, e o que ganho de indenização? Um cartão da Hallmark. Aquela mulher que ele arranjou lá em St. John's Valley pode ficar com ele.

Lisey sentiu vontade de comemorar. Não, ela não achava que Manda precisasse de um mergulho na lagoa.

— Vamos tirar a carne do congelador e ir para sua casa — disse Amanda. — Estou *faminta*.

13

O sol se pôs à medida que elas se aproximavam do Mercadinho do Patel, projetando um arco-íris como um portal mágico sobre a estrada adiante.

— Sabe o que eu gostaria de jantar? — perguntou Amanda.

— Não, o quê?

— Um pratão bem nojento de macarrão instantâneo. Duvido que você tenha algo assim em casa.

— Eu tinha — disse Lisey, sorrindo com culpa —, mas comi.

— Vamos parar no Patel — disse Amanda. — Vou dar uma descida e comprar um.

Lisey estacionou. Amanda insistira em levar o dinheiro que tinha guardado em casa em um jarro azul escondido na cozinha, e sacou uma nota de cinco dólares amassada das próprias reservas.

— Você quer de qual sabor, Lisey?

— Qualquer um, menos *cheeseburger* — respondeu ela.

XIV. LISEY E SCOTT (BABYLUV)

1

Às 19h15 daquela noite, Lisey teve uma premonição. Não foi a primeira da sua vida; já tivera pelo menos duas antes. Uma em Bowling Green, logo depois de entrar no hospital em que o marido fora internado após desmaiar na recepção de um Departamento de Inglês. E certamente tivera outra na manhã em que pegaram o avião para Nashville, a manhã em que quebrara o copo de escovas de dente. A terceira lhe veio à medida que as nuvens carregadas se dissipavam e uma deslumbrante luz dourada começava a brilhar através delas. Ela e Amanda estavam no escritório em cima do celeiro. Lisey remexia nos papéis de Scott na mesa principal, também conhecida como Jumbona do Dumbo. Até então, a coisa mais interessante que encontrara era um maço de cartões-postais franceses ligeiramente indecentes com um recado adesivo em cima que dizia, no garrancho de Scott: *Quem me mandou ISTO???* Ao lado do computador desligado estava a caixa de sapatos com o revólver dentro. Ainda estava tampada, mas Lisey arrancara a fita com a unha. Amanda estava do outro lado, no anexo que abrigava a TV de Scott e seu aparelho de som 2 em 1. Vez por outra, Lisey a escutava resmungando sobre o desleixo com que as coisas tinham sido guardadas. Chegou a ouvir a irmã se perguntar em voz alta como Scott conseguia encontrar *qualquer coisa* que fosse.

Foi naquele instante que ela teve a premonição. Lisey fechou a gaveta que estava vasculhando e se sentou na cadeira de escritório de espaldar alto. Fechou os olhos e simplesmente esperou, enquanto algo vinha rolando em sua direção. Calhou de ser uma música. Um *jukebox* mental se acendeu e a voz nasalada, porém inegavelmente alegre, de Hank Williams começou a cantar: "*Goodbye Joe, we gotta go, me-oh-my-oh; we gotta go, pole the pirogue down the bayou…*". Era "Jambalaya".

— Lisey! — chamou Amanda do anexo em que Scott costumava se sentar para ouvir sua música ou ver filmes no videocassete.

Isto é, quando não assistia a eles no meio da noite no quarto de hóspedes. E Lisey ouviu a voz do professor do Departamento de Inglês da Faculdade Pratt — que ficava em Bowling Green, a menos de cem quilômetros de Nashville. *A uma cusparada de distância, madame.*

Eu aconselharia a senhora a vir para cá o mais rápido possível, dissera professor Meade ao telefone. *Seu marido está mal. Muito mal, temo dizer.*

"*My Yvonne, sweetest one, me-oh-my-oh…*"

— Lisey! — Amanda soava tão radiante quanto uma moeda recém-cunhada. Quem acreditaria que estava completamente chapada apenas oito horas antes? *Ninguém, madame. Ninguém, meu bom senhor.*

Os espíritos fizeram tudo em uma noite, pensou Lisey. *Sim, os espíritos.*

O doutor Jantzen acha que é necessário operar. Algo chamado traqueostomia.

E Lisey pensou: *Os meninos voltaram do México. Eles voltaram para Anarene. Porque Anarene era a casa deles.*

Que meninos, poderia saber? Os meninos em preto e branco. Jeff Bridges e Timothy Bottoms. Os meninos de *A última sessão de cinema.*

Naquele filme é sempre agora e eles estão sempre jovens, pensou ela. *Estão sempre jovens e Sam, o Leão, está sempre morto.*

— Lisey?

Ela abriu os olhos e lá estava sua irmãzona parada sob o batente da porta do anexo, com os olhos tão brilhantes quanto a voz — e, obviamente, ela segurava nas mãos a caixa do VHS de *A última sessão de cinema,* e a sensação estava… bem, voltando para casa. A sensação estava voltando para casa, *me-oh-my-oh.*

E por que era assim? Pois beber da lagoa tinha suas regalias e seus privilégios? Pois às vezes dava para trazer de volta para este mundo o que pegava naquele? O que pegava e engolia? Sim, sim e sim.

— Lisey, querida, você está bem?

Toda aquela preocupação calorosa, toda aquela joça de *maternalismo* era tão estranha à índole habitual de Amanda que fez Lisey ter uma sensação de irrealidade.

— Estou ótima — disse ela. — Só estava descansando a vista.

— Você se importaria se eu assistisse a um pedacinho deste filme? Encontrei no meio das outras fitas de Scott. A maioria deles parecia bem ruim, mas sempre quis ver este e nunca tive a oportunidade. Talvez sirva para me distrair um pouco.

— Por mim, tudo bem — disse Lisey. — Mas já aviso: tenho quase certeza de que está faltando uma parte no meio. Essa fita é velha.

Amanda analisava o verso da caixa.

— O Jeff Bridges parece uma *criança*.

— Parece, não é? — disse Lisey com brandura.

— E Ben Johnson está morto, é claro... — Ela se deteve. — Talvez seja melhor não. A gente pode não ouvir seu namor... a gente pode não ouvir Dooley, se ele vier.

Lisey destampou a caixa de sapatos, retirou o Pathfinder e o apontou para as escadas que desciam até o celeiro.

— Eu tranquei a porta da escada lá de fora, então só dá para subir por aqui — disse ela. — E eu estou de olho.

— Ele poderia começar um incêndio lá no celeiro — disse Amanda, nervosa.

— Ele não quer me ver cozida... que graça teria?

Além disso, pensou Lisey, *eu tenho um lugar para ir. Enquanto minha boca estiver tão doce quanto está agora, tenho um lugar para ir, e não acho que vá ser problema levar você comigo, Manda.* Nem mesmo dois pratos de macarrão e dois copos de suco de saquinho sabor cereja tinham tirado aquele gosto doce delicioso da boca dela.

— Bem, se você tem certeza de que não vai atrapalhar...

— Por acaso parece que eu estou estudando para as provas finais? Vá em frente.

Amanda voltou para o anexo.

— Espero que este videocassete ainda funcione. — Ela parecia uma mulher que descobria um gramofone e uma pilha de discos de acetato antigos.

Lisey olhou para as muitas gavetas da Jumbona do Dumbo, mas remexer nelas parecia inútil... e provavelmente era. Ela imaginava que havia pouquíssima coisa realmente de valor ali. Nada nas gavetas, nos fichários ou escondido nos discos rígidos dos computadores. Talvez houvesse algum tesouro para os mais fanáticos dos Caçacatras, colecionadores e acadêmicos que mantinham seus empregos em grande parte ao examinar o equivalente literário à sujeira de umbigo nos periódicos obscuros uns dos outros; idiotas pretensiosos que tinham estudado demais e perdido contato com a essência dos livros e da leitura, e que se contentariam em transformar palha em ouro de tolo em forma de notas de rodapé por décadas a fio. Todos os puros-sangues, porém, já não estavam mais no celeiro. A obras de Scott Landon que tinham agradado leitores comuns — pessoas presas em aviões entre Los Angeles e Sydney, em salas de espera de hospitais, atravessando preguiçosamente dias longos e chuvosos das férias de verão, alternando-se entre o romance da semana e um quebra-cabeça no jardim de inverno — já tinham sido todas publicadas. *A pérola secreta*, lançado um mês após a morte dele, fora o último.

Não, Lisey, sussurrou uma voz — e, a princípio, ela pensou que fosse a de Scott. Depois, veja que loucura, achou que era a voz do Velho Hank. Mas aquilo era *sim* loucura, pois não era uma voz de homem. Seria a voz da Mãezinha Querida, sussurrando na cabeça dela?

Acho que ele queria que eu te contasse alguma coisa. Tinha algo a ver com uma história.

Não era a voz da Mãezinha Querida — embora a colcha dela fizesse parte daquilo de alguma forma —, e sim a de Amanda. Elas tinham se sentado juntas naqueles bancos de pedra, olhando para o belo navio chamado *Malva-Rosa*, que sempre ficava ancorado, mas nunca zarpava. Lisey jamais percebera como sua mãe e sua irmã mais velha soavam parecidas até se lembrar dos bancos. E...

Tinha algo a ver com uma história. A sua história. A história de Lisey.

Amanda dissera mesmo aquilo? Era como um sonho, e Lisey não podia ter certeza, mas achava que sim.

E com a colcha. Só que...

— Só que ele chamava de *trouxa* — disse Lisey, em uma voz baixinha. — Ele falava trouxa e didiva. Não davida ou dádiva; didiva.

— Lisey — chamou Amanda do outro quarto. — Você disse alguma coisa?

— Só estou falando sozinha, Manda.

— Isso significa que você tem dinheiro no banco — disse Amanda, e depois tudo o que se ouvia era a trilha sonora do filme. Lisey parecia se lembrar de cada fala dele, de cada trecho arranhado da música.

Se você me deixou uma história, Scott, onde ela está? Não está aqui em cima no escritório, aposto que não. E nem no celeiro — não há nada lá embaixo além de didivas falsas, como Ike volta para casa.

Aquilo não era exatamente verdade, porém. Pelos menos dois prêmios de verdade estavam no celeiro: a pá de prata e a caixa de cedro da Mãezinha Querida, escondida debaixo da cama de Bremen. Com o regalo quadrado dentro dela. Era àquilo que Amanda se referira?

Lisey achava que não. Havia uma história naquela caixa, mas era a história *deles* — **Scott e Lisey: Agora somos dois.** Então qual era a história *dela?* E *onde* estava?

E, falando em onde, onde estava o Príncipe Sombrio dos Caçacatras?

Não estava na secretária eletrônica da casa de Amanda; tampouco na dali. Lisey encontrara apenas uma mensagem, e era uma do oficial Alston.

— Senhora Landon, a tempestade fez um belo estrago na cidade, especialmente na região sul. Alguém, espero que seja eu ou Dan Boeckman, vai passar aí para conferir se está tudo bem assim que possível. Enquanto isso, porém, estou ligando para lembrar a senhora de manter as portas trancadas e não deixar entrar ninguém que não consiga identificar. Isso significa pedir que a pessoa tire o chapéu ou o capuz da capa de chuva se estiver chovendo canivete, certo? E mantenha sempre o celular à mão. Lembre-se, em caso de emergência, a senhora só precisa apertar a DISCAGEM RÁPIDA e a tecla **1**. A ligação vai cair direto na delegacia.

— Ótimo — comentara Amanda. — Ainda vai ter sangue escorrendo das nossas feridas em vez de elas já terem estancado quando eles chegarem aqui. Isso provavelmente vai agilizar os exames de DNA.

Lisey não se deu o trabalho de responder. Não tinha intenção de deixar a delegacia do Condado de Castle lidar com Jim Dooley. Até onde sabia, seria mais fácil Jim Dooley cortar a própria garganta com o abridor de latas Oxo dela.

A luz da secretária eletrônica no escritório de Lisey no celeiro estava piscando, o número 1 aparecendo no painel de MENSAGENS RECEBIDAS; quando ela apertou o PLAY, porém, houve apenas três segundos de silêncio, uma inspiração suave e o som do telefone sendo desligado. Poderia ter sido engano — as pessoas discavam o número errado e desligavam o tempo todo —, mas ela sabia que não era o caso.

Não. Tinha sido Jim Dooley.

Lisey se sentou na cadeira de escritório, correu um dedo pela empunhadura de borracha do .22, depois o apanhou e girou o tambor para fora. Ficava fácil depois de treinar algumas vezes. Carregou as câmaras e girou o tambor de volta para o lugar. Ele fez um *clique* pequeno, porém definitivo.

No outro quarto, Amanda riu de alguma coisa no filme. Lisey sorriu de leve sozinha. Não acreditava que Scott tivesse exatamente planejado aquilo tudo; não planejava nem seus livros, por mais complexos que alguns deles fossem. Planejá-los, dizia ele, tiraria toda a graça. Scott afirmava que, para ele, escrever um livro era como encontrar uma linha de cor brilhante na grama e a seguir para ver onde ela daria. Às vezes a linha se partia e o deixava na mão. Mas às vezes — se tivesse sorte, coragem e perseverança — ela o conduzia a um tesouro. E o tesouro nunca era o dinheiro que ganhava com o livro, e sim o *próprio* livro. Lisey imaginava que os Roger Dashmiel do mundo não acreditavam naquilo, e os Joseph Woodbody achavam que deveria ser algo mais grandioso, mais sublime — mas Lisey vivera com ele, então acreditava. O que ele nunca lhe dissera (mas ela achava que sempre adivinhara) era que, se a linha não se partisse, ela sempre levava de volta à praia. De volta à lagoa de que todos vamos beber, em que vamos jogar nossas redes, nadar e, às vezes, em que nos afogamos.

E será que ele sabia? No fim das contas, será que ele sabia *que era o fim?*

Ela se empertigou um pouco na cadeira, tentando se lembrar se Scott a desencorajara a acompanhá-lo na viagem que fizera a Pratt — uma pequena, porém bem-afamada, escola de arte liberal na qual ele lera trechos de *A pérola secreta* pela primeira e última vez. Ele desmaiara na metade da recepção que se seguira. Noventa minutos depois, ela estava em um avião, e um dos convidados da tal recepção — um cirurgião cardiovascular arrastado para a leitura de Scott pela esposa — o estava operando numa tentativa de salvar sua vida, ou pelo menos mantê-lo vivo tempo o suficiente para ser levado para um hospital maior.

E será que ele sabia? Será que tentou me manter longe de propósito porque sabia que ele estava chegando?

Ela não acreditava *exatamente* naquilo — quando recebeu a ligação do professor Meade, porém, não entendera que Scott sabia que *algo* estava por vir? Se não o garoto espichado, aquilo? Não era por isso que suas finanças estavam tão perfeitamente em ordem, todos os documentos impecavelmente assinados? Não era por isso que ele vinha se dedicando tanto a cuidar do que poderia causar problemas a Amanda no futuro?

Eu aconselharia a senhora a vir assim que nos der permissão para a cirurgia, dissera o professor Meade. E ela fizera exatamente aquilo, ligando para a empresa de táxi aéreo que usavam depois de falar com uma voz anônima no escritório central do Bowling Green Community Hospital. Para o funcionário do hospital, ela se identificou como a esposa de Scott Landon, Lisa, e deu permissão ao doutor Jantzen para realizar uma traqueostomia (uma palavra que ela mal conseguia pronunciar) e "todos os procedimentos resultantes". Com a empresa de táxi aéreo ela havia sido mais taxativa. Queria o jato mais rápido disponível. O Gulfstream era mais rápido do que o Lear? Ótimo. Então seria o Gulfstream.

No anexo do lazer, na terra preto e branca de *A última sessão de cinema,* onde Anarene significava lar e Jeff Bridges e Timothy Bottoms sempre seriam garotos, o Velho Hank estava cantando sobre o destemido chefe indígena Kaw-Liga.

Lá fora, o ar começara a ficar vermelho — como quando o pôr do sol se aproximava em uma certa terra mística que fora descoberta certa vez por dois meninos assustados da Pensilvânia.

Tudo aconteceu muito rápido, senhora Landon. Eu gostaria de ter algumas respostas para a senhora, mas não tenho. Talvez o doutor Jantzen as tenha.

Ele não tinha, porém. O doutor Jantzen executara uma traqueostomia, mas aquilo também não servia de resposta.

Eu não sabia o que era aquilo, pensou Lisey, enquanto lá fora o sol avermelhado se aproximava das colinas a oeste. *Não sabia o que era uma traqueostomia, não sabia o que estava acontecendo... Só que, apesar de tudo que havia escondido atrás da roxidão, eu sabia.*

Os pilotos tinham providenciado uma limusine enquanto ela ainda estava no ar. Passava das onze quando o Gulfstream aterrissou, e já era mais de meia-noite quando ela chegou à pilha de blocos de concreto que eles chamavam de hospital, mas o dia fora quente e ainda estava quente. Ela se lembrava de ter sentido que poderia esticar as mãos, torcê-las e arrancar água do próprio ar assim que o motorista abriu a porta.

E havia cachorros latindo, é claro — o que parecia todos os cachorros de Bowling Green latindo para a lua. E, meu Deus, aquilo sim era déjà-vu, havia um velho encerando o chão do corredor e duas senhoras sentadas na sala de espera, gêmeas idênticas ao que parecia, as duas com no mínimo oitenta anos, e logo adiante

2

Logo adiante há dois elevadores pintados de azul-acinzentado. Um aviso em um cavalete na frente deles diz: FORA DE SERVIÇO. Lisey fecha os olhos e estende a mão para se apoiar contra a parede, sem olhar, convicta por um instante de que vai desmaiar. E por que não? Parece que viajou não só por quilômetros, mas também pelo tempo. Aquele não é o Bowling Green em 2004, e sim Nashville em 1988. Seu marido está com um problema no pulmão, sem dúvida, mas do tipo calibre .22. Um louco meteu uma bala nele, e teria metido várias outras se Lisey não tivesse sido rápida com a pá de prata.

Ela espera que alguém lhe pergunte se ela está bem, talvez até que a segure e a ajude a se equilibrar sobre as pernas trêmulas — mas ouve apenas o barulho da enceradeira do velho faxineiro e, em algum lugar muito distante, o leve repicar de um sino que a faz pensar em algum outro sino e algum outro lugar, um sino que às vezes ressoa por detrás da cortina roxa que ela fechou cuidadosamente sobre algumas partes do próprio passado.

Ela abre os olhos e vê que a mesa da recepção está vazia. Há uma luz acesa atrás da janela que diz INFORMAÇÃO, então Lisey tem certeza de que deveria ter alguém de plantão ali, mas a pessoa deu uma saída, talvez para ir ao banheiro. As gêmeas idosas estão com o olhar baixo, fitando o que parecem ser revistas de sala de espera idênticas. Além das portas de entrada, a limusine dela está prostrada atrás de seus faróis amarelos como algum exótico peixe abissal. Do lado de dentro das portas, um pequeno hospital municipal atravessa aos cochilos a primeira hora de um novo dia; Lisey percebe que, a não ser que *comece a botar a boca no trombone*, como diria papito, ela vai ficar na mão. A sensação que isso engendra não é de medo, irritação ou perplexidade, e sim de uma profunda tristeza. Mais tarde, voando de volta para o Maine com os restos mortais do marido dentro de um caixão a seus pés, ela pensará: *Foi naquele instante que soube que ele jamais sairia daquele lugar vivo. Ele chegara ao fim da linha. Tive uma premonição. E quer saber de uma coisa? Acho que a culpa foi daquele aviso na frente dos elevadores. Aquela joça daquele aviso de FORA DE SERVIÇO. Isso mesmo.*

Ela pode procurar pelo diretório do hospital, ou pedir informações ao faxineiro que está encerando o chão, mas Lisey não faz nada disso. Ela está certa de que conseguirá encontrar Scott na UTI se ele tiver saído da cirurgia, e que a UTI fica no terceiro andar. A intuição é tão forte que ela quase espera ver um tapete mágico grosseiro, feito de saco de farinha, flutuando ao pé da escada quando chega até lá, um quadrado farelento de algodão com as palavras A FARINHA NÚMERO UM DE PILLSBURY inscritas nele. Isso não acontece, é claro; quando chega ao terceiro andar, está melada de suor e seu coração lhe esmurra o peito. No entanto, a porta de fato diz BGCH UNIDADE DE TRATAMENTO INTENSIVO, e aquela sensação de estar em um sonho onde o passado e o futuro se juntaram em um ciclo interminável fica ainda mais forte.

Ele está no quarto 319, pensa Lisey. Tem certeza daquilo, embora possa ver que houve muitas mudanças desde a última vez em que foi visitar o marido ferido em um hospital. A mais óbvia delas são os monitores do lado de fora de cada quarto; eles mostram toda sorte de informações. As únicas que Lisey reconhece com certeza são as do pulso e da pressão sanguínea. Ah, e os nomes, os nomes ela sabe ler. COLVETTE-**JOHN**, DUMBARTON-**ADRIAN**, TOWSON-**RICHARD**, VANDERVEAUX-**ELIZABETH** (*Lizzie Vanderveaux, isso sim é um trava-língua*, pensa ela), DRAYTON-**FRANKLIN**. Ela está se aproximando do 319 e pensa: *A enfermeira vai sair com a bandeja de Scott nas mãos e de costas para mim; não vou ter a intenção de assustá-la, mas ela vai se assustar mesmo assim, é claro. Ela derrubará a bandeja. Os pratos e a xícara de café ficarão intactos, são velhos guerreiros de cafeteria, mas aquela jarra de suco se despedaçará em um milhão de pedacinhos.*

Mas é madrugada, e não manhã, não há ventiladores revolvendo o ar no teto e o nome no monitor sobre a porta do quarto 319 é YANEZ-**THOMAS**. Ainda assim, a sensação de *déjà-vu* é forte o bastante para fazê-la olhar para dentro do quarto e ver uma enorme baleia encalhada em forma de homem — Thomas Yanez — em uma cama de solteiro. Ela tem uma sensação de despertar que talvez os sonâmbulos experimentem; olha ao redor com pavor e espanto crescentes, pensando: *O que estou fazendo aqui? Capaz de levar uma bronca por estar aqui em cima sozinha.* Em seguida pensa: *TRAQUEOSTOMIA.*

E depois: *ASSIM QUE NOS DER PERMISSÃO PARA A CIRURGIA*, e consegue quase ver a palavra *CIRURGIA* pulsando em letras vermelho-sangue gotejantes e, em vez de ir embora, continua descendo rapidamente até a luz mais brilhante no centro do corredor, onde deve ficar o posto de enfermagem. Um pensamento terrível começa a vir à tona em sua mente

(*e se ele já estiver*)

e ela o empurra para longe, o empurra de volta para baixo.

No posto de enfermagem, uma enfermeira com um uniforme no qual personagens de desenho animado da Warner Bros. saltam loucamente está fazendo anotações em uma série de tabelas espalhadas diante dela. Outra está falando baixinho em um pequeno microfone preso à lapela do seu top de raiom branco mais tradicional, enquanto aparentemente lê números em um monitor. Atrás delas, um ruivo magricela está esparramado em uma cadeira dobrável com o queixo descansando no peito da camisa social branca. Um paletó preto que combina com as calças está pendurado no espaldar da cadeira. Está sem sapatos e sem gravata — Lisey consegue ver a ponta dela saindo de um dos bolsos do paletó. Suas mãos estão frouxamente entrelaçadas no colo. Ela pode ter tido uma premonição de que Scott não sairá vivo do Bowling Green Community Hospital, mas nem suspeita que está olhando para o médico que o operou, prolongando sua vida tempo o suficiente para que eles possam se despedir depois daqueles quase sempre bons — que diabo, quase sempre ótimos — vinte e cinco anos juntos; ela dá cerca de dezessete anos para o rapaz adormecido, e pensa que ele talvez seja filho de uma das enfermeiras da UTI.

— Com licença — diz Lisey. As duas enfermeiras pulam nas cadeiras. Desta vez, Lisey consegue assustar duas delas, em vez de uma. A enfermeira com o microfone terá um *"Oh!"* gravado na fita. Lisey está pouco se lixando. — Meu nome é Lisa Landon, e fui informada que meu marido, Scott...

— Senhora Landon, sim. Claro. — É a enfermeira com o Pernalonga em um peito e o Hortelino Troca-Letras apontando uma espingarda para ele no outro, enquanto o Patolino olha para cima parado no vale abaixo. — O doutor Jantzen está esperando para falar com a senhora. Ele realizou os primeiros socorros na recepção.

Lisey ainda não consegue entender aquilo, talvez em parte porque não teve tempo de procurar *traqueostomia* no *Dicionário de termos médicos*.

440

— Scott… o que houve, ele desmaiou? Teve uma síncope?

— Tenho certeza de que o doutor Jantzen lhe dará os detalhes. A senhora sabia que ele fez uma pleurostomia parietal além da traqueostomia?

Pleuro o quê? Parece-lhe mais fácil apenas dizer que sim. Enquanto isso, a enfermeira que estava ditando dados estende uma das mãos e sacode o ruivo adormecido. Quando seus olhos se abrem, piscando, Lisey percebe que se enganou a respeito da idade do homem, ele provavelmente é velho o bastante para comprar uma bebida em um bar, mas não vão dizer que foi ele quem abriu o peito do marido dela. Certo?

— A operação — diz Lisey, sem saber para qual integrante do trio está se dirigindo. Há um desespero inconfundível em sua voz; ela não gosta daquilo, mas não pode fazer nada a respeito. — Deu tudo certo?

A enfermeira da Warner Bros. hesita por apenas um instante, e Lisey vê tudo o que teme naqueles olhos que se desviam de súbito dos dela. Depois voltam a encará-la, e a enfermeira diz:

— Este é o doutor Jantzen. Ele estava esperando a senhora.

3

Depois das piscadelas desnorteadas iniciais, Jantzen desperta rápido. Lisey pensa que deve ser coisa de médico — provavelmente de policiais e bombeiros também. Certamente não era coisa de escritor. *Não dava nem para falar com ele antes da segunda xícara de café.*

Lisey percebe que acabou de pensar no marido no passado, e um calafrio levanta os pelinhos da sua nuca e arrepia seus braços. Ele é seguido por uma sensação de leveza ao mesmo tempo maravilhosa e terrível. É como se a qualquer momento ela fosse sair flutuando como um balão cuja linha arrebentou. Sair flutuando até

(*shiu Lisey lindinha não fale nisso*)

algum outro lugar. Até a lua, talvez. Lisey tem que fincar as unhas nas palmas das mãos para continuar de pé.

Enquanto isso, Jantzen está murmurando para a enfermeira da Warner Bros. Ela escuta e assente.

— Não se esqueça de registrar isso por escrito depois, hein?

— Antes de o relógio na parede marcar duas — Jantzen garante a ela.

— E tem certeza de que é assim que quer que seja? — insiste ela, sem questioná-lo sobre o assunto, seja ele qual for, pensa Lisey, apenas se certificando de que entendeu tudo perfeitamente.

— Tenho — diz ele. Depois se vira para Lisey e pergunta se ela está pronta para subir para a Unidade de Isolamento Alton. É lá, segundo ele, que está o marido dela. Lisey diz que seria ótimo. — Bem — começa Jantzen, com um sorriso que parece cansado e não muito sincero. — Espero que esteja com as botas de trilha. É no quinto andar.

Quando voltam para as escadas — passando por YANEZ-THOMAS e VANDERVEAUX-ELIZABETH —, a enfermeira da Warner Bros. está ao telefone. Mais tarde, Lisey entenderá que a conversa sussurrada era Jantzen pedindo que ela ligasse para o quinto andar e mandasse retirar Scott da ventilação mecânica. Isto é, se ele estiver consciente o bastante para reconhecer a esposa e ouvir seu adeus. Talvez até para dizer o próprio adeus a ela, se Deus lhe desse mais uma lufada de ar para que as palavras navegassem pelas suas cordas vocais. Mais tarde, ela entenderá que retirá-lo da ventilação mecânica encurtou sua vida de horas para minutos, mas que Jantzen achou que era uma troca justa, uma vez que, na opinião dele, quaisquer horas que Scott Landon ganhasse não lhe ofereciam esperança alguma de recuperação. Mais tarde ela entenderá que eles o colocaram na coisa mais próxima que aquele pequeno hospital comunitário tinha de um leprosário.

Mais tarde.

4

Na subida lenta e ininterrupta pela escadaria quente até o quinto andar, ela descobre o quão pouco Jantzen tem a dizer sobre o que há de errado com Scott — e o quão precioso é o que ele sabe. A traqueostomia, segundo ele, não era uma cura, apenas uma maneira de remover um acúmulo de fluidos; o outro procedimento foi para remover o ar preso nas cavidades pleurais.

— De que pulmão nós estamos falando, doutor Jantzen? — pergunta ela, e ele a aterroriza ao responder:

— Dos dois.

5

É então que ele pergunta há quanto tempo Scott está doente, e se ele procurou um médico "antes de a crise atual piorar". Ela diz que Scott não teve crise *alguma*. Que não estava doente antes. Ficou com o nariz escorrendo pelos últimos dez dias e andou tossindo e espirrando um pouco, mas praticamente só isso. Nem chegou a tomar antialérgico algum, embora achasse que fosse alergia, e ela também. Ela teve alguns dos mesmos sintomas; costumam aparecer todo fim de primavera, começo de verão.

— Nada de tosse profunda? — pergunta ele à medida que se aproximam do quinto andar. — Nada de tosse profunda e seca, tipo tosse de fumante pela manhã? A propósito, desculpe pelos elevadores.

— Não tem problema — diz ela, lutando para não resfolegar. — Ele *tossiu*, como eu disse, mas muito de leve. Ele fumava, mas parou há anos. — Ela pensa. — Acho que a tosse ficou *um pouco* mais forte nos últimos dias, e ele me acordou à noite uma vez...

— Na noite passada?

— Sim, mas bebeu um copo d'água e ela passou. — Quando ele abre a porta para outro silencioso corredor de hospital, Lisey coloca a mão no braço dele para o impedir. — Escute... sabe a leitura que ele fez ontem à noite? Houve uma época em que Scott teria aturado meia dúzia daquelas belezinhas mesmo com uma febre de quarenta graus. Ele teria se esbaldado com os aplausos e pedido mais. Mas essa época terminou há uns cinco, talvez sete anos. Se ele estivesse mesmo doente, tenho certeza de que teria ligado para o professor Meade, o chefe do Departamento de Inglês, e cancelado aquela joç... aquela droga de leitura.

— Senhora Landon, quando nós o internamos, seu marido estava com uma febre de mais de quarenta graus.

Agora ela só consegue olhar para o doutor Jantzen — com aquela cara nada confiável de adolescente — com um horror mudo e algo que não é exatamente descrença. Com o tempo, no entanto, uma imagem começa a se formar. Há provas o suficiente, aliadas a certas lembranças que não querem continuar totalmente enterradas, para lhe mostrar tudo o que precisa ver.

Scott pegou um táxi aéreo de Portland para Boston, depois embarcou em um avião da United de Boston para o Kentucky. Uma aeromoça do voo

443

da United que pegou seu autógrafo mais tarde disse a um repórter que o senhor Landon tossiu "quase o tempo todo" e estava vermelho.

— Quando perguntei se ele estava bem — disse ela ao repórter —, ele falou que era apenas um resfriado, que tinha tomado duas aspirinas e ia ficar bem.

Frederic Borent, o aluno da pós-graduação que foi buscar o escritor no aeroporto, também mencionou a tosse e disse que Scott pediu para ele parar em uma farmácia para comprar um xarope.

— Acho que estou ficando gripado — comentou ele com Borent. Borent disse que estava muito ansioso para assistir à leitura, e que esperava que Scott conseguisse fazê-la. Scott falou: — Talvez você se surpreenda.

Borent se surpreendeu. E ficou encantado. Assim como quase toda a plateia de Scott naquela noite. De acordo com o *Daily News* de Bowling Green, ele fez uma leitura que foi "absolutamente hipnotizante", parando apenas algumas vezes para as mais polidas tossidinhas, que pareceram facilmente abrandadas por um gole d'água do copo que ficava ao lado dele no púlpito. Enquanto falava com Lisey horas depois, Jantzen continuava impressionado com a vitalidade de Scott. E foi seu espanto, aliado à mensagem repassada pelo chefe do Departamento de Inglês, que abriu uma fenda, por mais momentânea que fosse, na cortina de autocontrole que Lisey vinha mantendo cuidadosamente erguida. A última coisa que Scott disse a Meade, depois da leitura e logo antes de a recepção começar, foi:

— O senhor faria a gentileza de ligar para minha mulher? Diga a ela que ela talvez precise pegar um avião para cá. Diga que eu acho que comi algo que não devia depois do pôr do sol. É uma piada interna nossa.

6

Lisey despeja seu maior medo em cima do jovem doutor Jantzen, sem nem mesmo pensar no que está dizendo.

— Scott vai morrer disso, não vai?

Jantzen hesita e, de repente, ela percebe que ele pode ser jovem, mas não é nenhuma criança.

— Quero que a senhora o veja — diz ele, depois de um instante que parece muito longo. — E quero que ele veja a senhora. Ele está consciente, mas isso pode não durar muito. A senhora pode vir comigo?

Jantzen anda muito rápido. Ele para no posto de enfermagem e o enfermeiro de plantão ergue os olhos do periódico que está lendo — *Geriatria moderna*. Jantzen fala com ele. Os dois conversam em voz baixa, mas o andar está muito silencioso, e Lisey escuta o enfermeiro dizer cinco palavras muito claramente. Elas a aterrorizam.

— Ele está esperando por ela — diz o enfermeiro.

Na outra ponta do corredor há duas portas fechadas com a seguinte mensagem escrita em um laranja brilhante:

UNIDADE DE ISOLAMENTO ALTON
CONSULTE O(A) ENFERMEIRO(A) ANTES DE ENTRAR
SIGA TODAS AS PRECAUÇÕES
PARA O SEU BEM
E PARA O BEM DOS PACIENTES
PODE SER NECESSÁRIO O USO
DE MÁSCARAS E LUVAS

À esquerda da porta há uma pia na qual Jantzen lava as mãos, e ele instrui Lisey a fazer o mesmo. Em uma maca à direita há máscaras de tecido, luvas de látex em pacotes fechados, protetores de sapato amarelos e elásticos em uma caixa de papelão com PARA TODOS OS TAMANHOS estampado na lateral, além de uma pilha bem-arrumada de aventais cirúrgicos verdes.

— Isolamento — diz ela. — Meu Deus, vocês estão achando que o meu marido está com a joça do vírus de *O enigma de andrômeda*.

Jantzen tergiversa:

— Nós achamos que ele está com algum tipo exótico de pneumonia. Talvez seja até a gripe aviária, mas, o que quer que seja, ainda não conseguimos identificar, e está…

Ele não conclui a frase — parece não saber como —, então Lisey o ajuda.

— Está fazendo gato e sapato dele, como dizem.

— Só a máscara deve ser o suficiente, senhora Landon, a não ser que a senhora tenha cortes expostos. Não prestei atenção quando a senhora estava...

— Não acho que precise me preocupar com cortes, e não preciso de máscara. — Ela abre a porta esquerda com um empurrão antes de ele conseguir se opor. — Se fosse contagioso, eu já teria pegado.

Jantzen a segue para dentro da UI Alton, colocando uma das máscaras verdes sobre a boca e o nariz.

7

Há apenas quatro quartos no fim do corredor do quinto andar, e apenas um dos monitores está ligado; apenas um dos quartos está emitindo os bipes de equipamento hospitalar e do fluxo suave e constante de oxigênio sendo bombeado. O nome no monitor debaixo do pulso terrivelmente alto — 178 — e da pressão sanguínea terrivelmente baixa — 8 por 4 — é LANDON-SCOTT.

A porta está entreaberta. Nela, há um aviso que mostra uma chama desenhada cortada por um X. Debaixo dela, em letras de um vermelho vivo, há a seguinte mensagem: FOGO E FAÍSCAS PROIBIDOS. Ela não é nenhuma escritora, certamente nenhuma poeta, mas naquelas palavras Lisey encontra tudo o que precisa saber sobre como as coisas acabam; é a linha traçada debaixo do casamento dela, da mesma forma que se traça uma linha debaixo dos números que se quer somar. *Fogo e faíscas proibidos.*

Scott, que partiu com seu costumeiro grito sem-vergonha de "Inté, Lisey-jacaré!" e uma explosão de *rock* retrô dos Flamin' Groovies saindo do CD *player* do seu velho Ford, agora olha para ela com o rosto branco como leite. Apenas seus olhos estão completamente vivos, e quentes demais. Ardem como os olhos de uma coruja presa em uma chaminé. Ele está deitado de lado. O equipamento de ventilação mecânica foi afastado da cama, mas ele consegue ver a gosma de catarro no seu tubo e sabe

(*shiu, Lisey lindinha*)

que há germes ou micróbios ou os dois naquela merda verde que ninguém jamais será capaz de identificar, nem mesmo usando o melhor microscópio eletrônico e todos os bancos de dados da face da Terra.

— Ei, Lisey...

A saudação é um sussurro quase inaudível — *Nada mais que uma lufada de vento por debaixo da porta*, teria dito o velho papito —, mas ela o escuta e vai até ele. Uma máscara de oxigênio de plástico está pendurada em volta do pescoço de Scott, sibilando. Dois tubos de plástico brotam do seu peito, onde um par de incisões recém-fechadas parece um pássaro desenhado por uma criança. Os tubos que se projetam das costas dão a impressão de serem quase grotescamente maiores em comparação aos da frente. Aos olhos desolados de Lisey, parecem do tamanho de mangueiras de radiador. São transparentes, e ela consegue ver um fluido turvo e pedaços sangrentos de tecido descendo por eles até uma espécie de maleta que está sobre a cama, ao lado dele. Aquilo não é Nashville; não é nenhuma bala calibre .22, e, embora seu coração proteste contra, um olhar basta para convencer a mente de Lisey de que Scott estará morto ao nascer do sol.

— Scott — diz ela, ajoelhando-se do lado da cama e pegando entre as mãos frias a mão quente dele. — Mas que joça você foi fazer consigo mesmo dessa vez?

— Lisey. — Ele consegue apertar um pouco a mão dela. Sua respiração é um chiado frouxo e agudo que a faz lembrar bem até demais daquele dia no estacionamento. Ela sabe exatamente o que ele vai dizer em seguida, e Scott não a decepciona: — Estou com tanto calor, Lisey. Gelo...? Por favor?

Ela olha para a mesinha de cabeceira e não vê nada nela. Olha por sobre os ombros para o médico que a levou até lá, agora o Vingador Mascarado Ruivo.

— Doutor... — ela começa a falar, e percebe que teve um branco. — Desculpe, esqueci seu nome.

— Jantzen, senhora Landon. E não tem problema algum.

— Poderia trazer um pouco de gelo para o meu marido? Ele está falando que está...

— Sim, claro. Eu mesmo vou pegar. — Ele sai imediatamente, e Lisey percebe que ele só estava esperando um motivo para deixá-los sozinhos.

Scott aperta sua mão novamente.

— Estou indo — diz ele naquele mesmo sussurro quase inaudível. — Desculpe. Te amo.

— Scott, não! — E, absurdamente: — O gelo! O gelo está vindo!

447

Com o que deve ser um tremendo esforço — a respiração dele chia mais alto do que nunca — ele levanta a mão e acaricia a bochecha da esposa com um dedo quente. As lágrimas de Lisey começam a cair. Ela sabe o que deve lhe perguntar. A voz apavorada que jamais a chama de Lisey, e sim de Lisey *lindinha*, aquela que guarda os segredos bem lá no fundo, protesta novamente que não, mas ela a empurra para longe. Todos os casamentos longos têm dois corações, um luminoso e outro obscuro. Lá está novamente o coração obscuro do casamento deles.

Ela se aproxima mais, adentrando a quentura moribunda dele. Consegue sentir o mais tênue fantasma do cheiro da espuma de barbear e do xampu que ele usou na manhã anterior. Aproxima-se até tocar com os lábios a concha quente da sua orelha. Ela sussurra:

— *Vá*, Scott. *Se arraste* até aquela joça de lagoa se for necessário. Se o médico voltar aqui e encontrar a cama vazia, eu invento alguma coisa, não tem importância, mas vá até a lagoa para se curar, faça isso, por mim, seu maldito!

— Não posso — sussurra ele, e tem um acesso de tosse quebradiça que a faz recuar um pouco. Lisey acha que o acesso vai matá-lo, que vai simplesmente parti-lo em dois, mas, de alguma forma, Scott consegue controlá-lo. E por quê? Porque ele quer ter a última palavra. Mesmo ali, no seu leito de morte, em uma unidade de isolamento deserta à uma hora da manhã em uma cidadezinha do Kentucky, ele quer ter a última palavra. — Não vai... dar certo.

— Então vou *eu*! É só você me ajudar!

Ele nega com a cabeça, porém.

— Deitado no meio do caminho... até a lagoa. *Ele.*

Ela entende imediatamente do que ele está falando. Olha com desespero para um dos copos d'água, onde às vezes dá para ver a coisa matizada. Ali, ou em um espelho, ou com o rabo do olho. Sempre na calada da noite. Sempre quando alguém está perdido, sentindo dor, ou ambos. O garotão de Scott. O garoto *espichado* de Scott.

— Dor... mindo. — Um som estranho sai dos pulmões em decomposição de Scott. Ela imagina que ele esteja sufocando e estende a mão para tocar a campainha, mas vê o brilho mordaz nos olhos febris dele e percebe que está rindo, ou tentando rir. — Dormindo no... caminho. Lado... alto...

céu… — Ele revira os olhos na direção do teto, e ela tem certeza de que ele está tentando dizer que o lado dele é tão alto quanto o céu.

Scott agarra a máscara de oxigênio no seu peito, mas não consegue erguê-la. Ela o ajuda, colocando-a sobre a boca e o nariz dele. Scott respira fundo várias vezes, depois faz sinal para ela tirar a máscara novamente. Ela o faz e, por alguns instantes — talvez por um minuto até —, a voz de Scott soa mais forte.

— Eu fui para Boo'ya Moon de dentro do avião — diz ele com algum espanto. — Nunca tentei nada parecido. Pensei que fosse cair, mas apareci na Colina do Carinho, como sempre. Fui de novo de dentro de um banheiro… no aeroporto. E a última vez… sala de espera, logo antes da leitura. Ele ainda estava lá. O velho Freddy. No mesmo lugar.

Cristo, ele tem até um nome para aquela joça.

— Não conseguia chegar até a lagoa, então comi umas amoras… Geralmente não tem problema, mas…

Ele não consegue terminar. Ela lhe dá a máscara mais uma vez.

— Já era muito tarde — diz ela enquanto ele respira. — Era muito tarde, não é? Você as comeu depois do pôr do sol.

Ele assente.

— Mas era a única coisa em que você conseguiu pensar.

Ele assente mais uma vez. Faz sinal para ela retirar a máscara de novo.

— Mas você estava bem durante a leitura! — diz ela. — Aquele professor Meade falou que você estava *ótimo*!

Ele sorri. É possivelmente o sorriso mais triste que ela viu na vida.

— Orvalho — diz ele. — Eu lambi das folhas. Da última vez que fui… de dentro da sala de espera. Pensei que talvez…

— Pensou que talvez fosse medicinal. Como o lago.

Ele diz *sim* com os olhos. Os olhos dele jamais a deixarão.

— E isso fez você melhorar. Por um tempo?

— Foi. Por um tempo. Agora… — Ele ergue um pouco os ombros num pedido de desculpas e vira a cabeça de lado. Desta vez, a tosse é mais forte e ela observa com horror que o fluxo dentro dos tubos é de um vermelho mais grosso e vivo. Ele estende o braço, tateando, e pega a mão dela novamente. — Eu estava perdido no escuro — sussurra. — Você me encontrou.

— Scott, não…

Ele assente. *Sim.*

— Você me viu por inteiro. Tudo... — Ele usa a mão livre para fazer um débil gesto circular: *Tudo na mesma*. Sorri um pouco ao olhar para ela.

— Aguente firme, Scott! Aguente firme!

Ele assente como se ela enfim tivesse entendido.

— Aguente firme... Espere o vento mudar de direção.

— Não, Scott, o gelo! — É tudo que ela consegue pensar em dizer. — Espere pelo *gelo*!

Ele diz *baby*. Chama Lisey de babyluv. E em seguida, o único som que há é o chiado constante de oxigênio saindo da máscara em volta do pescoço dele. Lisey coloca as mãos no rosto

8

e as retirou secas. Estava ao mesmo tempo surpresa e nem um pouco surpresa. Certamente estava aliviada; parecia que enfim terminara de passar pelo luto. Ela imaginava que ainda tinha muita coisa a fazer lá em cima no escritório de Scott — ela e Amanda mal haviam começado —, mas achava ter feito um progresso inesperado limpando as próprias tralhas naqueles últimos dois ou três dias. Ela tocou o seio ferido e quase não sentiu dor. *Isto é levar a cura espontânea a níveis sem precedentes*, pensou ela, sorrindo.

No outro quarto, Amanda gritava indignada para a TV:

— Ah, seu imbecil! Deixe essa piranha para lá, não está vendo que ela não presta?

Lisey inclinou uma orelha naquela direção e deduziu que Jacy estava prestes a convencer Sonny a se casar com ela. O filme estava quase terminando.

Ela deve ter avançado alguns pedaços, pensou Lisey — mas, quando viu a escuridão pesando sobre a luz do céu, percebeu que não. Ela estivera sentada na Jumbona do Dumbo revivendo o passado por mais de uma hora e meia. *Dando um jeitinho em si mesma*, como gostavam de dizer os adeptos da Nova Era. E a quais conclusões chegara? Que seu marido estava morto, só isso. Morto e enterrado. Ele não estava esperando por ela em algum ponto da trilha em Boo'ya Moon, ou sentado em um daqueles bancos de pedra como ela o encontrara certa vez; também não estava envolvido em uma daquelas coisas sinistras que pareciam mortalhas. Scott deixara Boo'ya Moon para trás. Assim como Huck, ele zarpara para os Territórios.

E o que causara sua doença final? Seu atestado de óbito dizia pneumonia, e ela não via problema naquilo. Poderiam ter colocado *Bicado até a morte por um bando de patos*, e o marido estaria morto do mesmo jeito — porém, ela não conseguia deixar de se perguntar. Será que encontrara a morte em uma flor que apanhara para cheirar, ou em um inseto que enfiara o ferrão sob a pele dele enquanto o céu se punha vermelho na morada dos trovões? Teria ele pegado a doença numa rápida visita a Boo'ya Moon uma semana ou um mês antes da última leitura em Kentucky, ou ela vinha esperando por décadas, como um relógio em contagem regressiva? Poderia ter sido um simples grão de terra que entrara debaixo de uma unha quando ele cavava o túmulo do irmão — um simples germe que ficara dormente por anos a fio, finalmente acordando certo dia quando, diante do computador, uma palavra relutante finalmente lhe veio à cabeça e ele estalou os dedos de satisfação. Talvez — aquele era um pensamento terrível, mas quem sabe? — ela pudesse ter trazido o germe consigo depois de uma de suas visitas, um ácaro letal em uma pequena partícula de pólen que ele tirara com um beijo da ponta do nariz de Lisey.

Ah, merda, agora ela estava chorando *para valer*.

Ela vira um pacotinho fechado de lenços na primeira gaveta esquerda da mesa. Ela o pegou, abriu, tirou dois lenços e começou a limpar os olhos com eles. No outro quarto, ouviu Timothy Bottoms gritar "Ele estava *varrendo*, seus filhos-da-puta!", e soube que o tempo havia dado mais um daqueles desajeitados saltos para a frente. Havia apenas mais uma cena no filme. Sonny voltando para a mulher do treinador. Sua amante de meia-idade. Em seguida, os créditos sobem.

Na mesa, o telefone fez um breve *ting*. Lisey sabia o que aquilo queria dizer, assim como soubera o que Scott queria dizer quando fez aquele gesto circular débil no fim da vida — o gesto que significava *tudo na mesma*.

O telefone estava mudo, as linhas ou cortadas ou arrebentadas. Dooley estava ali. O Príncipe Obscuro dos Caçacatras tinha ido pegá-la.

XV. LISEY E O GAROTO ESPICHADO (PAFKO NO MURO)

1

— Amanda, venha cá!

— Só um minuto, Lisey, o filme está quase...

— *Amanda, agora!*

Ela apanhou o telefone, confirmou o nada que havia nele e o colocou de volta no gancho. Sabia de tudo. O conhecimento parecia ter estado lá o tempo todo, como o gosto doce em sua boca. As luzes seriam as próximas e, se Amanda não viesse antes que ele as apagasse...

Mas lá estava ela, parada entre o anexo de lazer e o comprido cômodo principal, parecendo subitamente temerosa e velha. Na fita VHS, a mulher do treinador logo jogaria o bule de café na parede, irritada porque suas mãos estavam trêmulas demais para servi-lo. Lisey não ficou surpresa ao ver que as próprias mãos estavam tremendo. Pegou o .22. Amanda a viu fazê-lo, e pareceu mais assustada do que nunca. Como uma senhora que preferiria estar na Filadélfia, no fim das contas. Ou catatônica. *Tarde demais, Manda,* pensou Lisey.

— Lisey, ele está aqui?

— Sim.

Ao longe, um trovão ribombou, parecendo concordar.

— Lisey, como você sa...

— Porque ele cortou o telefone.

— O celular...

— Ainda está no carro. As luzes serão as próximas.

Ela estendeu a mão na direção da enorme mesa de madeira vermelha... *Jumbona do Dumbo é um bom nome,* pensou, *quase dá para pousar um avião de caça nesta joça de mesa...* E agora estava à distância de um tiro certeiro de onde estava a irmã, talvez a oito passos ao longo do carpete com as manchas marrons do próprio sangue.

Quando alcançou Amanda, as luzes ainda estavam acesas, e Lisey teve um momento de dúvida. Afinal de contas, não era possível que um galho de árvore solto pelas chuvas da tarde tivesse enfim caído, derrubando um cabo telefônico?

Claro, mas não é isso que está acontecendo.

Ela tentou entregar a arma a Amanda, mas a irmã não quis aceitar. O revólver caiu no carpete e Lisey se retesou esperando o estampido, que seria seguido pelo grito de Amanda ou pelo próprio depois que uma delas levasse um tiro no tornozelo. A arma não disparou, apenas ficou olhando ao longe com seu solitário olho idiota. Quando Lisey se agachou para apanhá-la, ouviu um baque vindo de baixo, como se alguém tivesse trombado com alguma coisa no celeiro e a derrubado. Uma caixa de papelão contendo em sua maioria páginas em branco, por exemplo — uma de várias empilhadas.

Quando ela voltou a erguer os olhos para a irmã, as mãos de Amanda estavam apertadas, a esquerda sobre a direita, sobre as mirradas saliências que eram seus seios. Seu rosto empalidecera; os olhos haviam se tornado lagos escuros de terror.

— Não posso segurar essa arma — sussurrou ela. — Minhas mãos... não está vendo? — Ela virou as palmas para cima, mostrando os cortes.

— Pegue a joça do revólver — disse Lisey. — Você não vai precisar atirar nele.

Desta vez, Amanda fechou os dedos com relutância em volta do cabo de borracha do Pathfinder.

— Promete?

— Não — disse Lisey. — Mas quase.

Ela olhou em direção à escada que conduzia ao celeiro. Era mais escuro naquela parte do escritório, e muito mais sinistro, especialmente agora que Amanda estava com a arma. A imprevisível Amanda, que poderia fazer qualquer coisa. Inclusive, talvez em cinquenta por cento das vezes, o que você pedia.

— Qual o seu plano? — sussurrou Amanda. No outro quarto, o Velho Hank estava cantando novamente, e Lisey soube que os créditos finais de *A última sessão de cinema* estavam subindo.

Lisey colocou um dedo sobre os lábios em um gesto de *Shiu*
(*agora você tem de ficar quieta*)
e andou para trás, afastando-se de Amanda. Um passo, dois passos,
três passos, quatro. Parou no meio da sala, no meio do caminho entre a
Jumbona do Dumbo e a porta do anexo, onde Amanda segurava o .22 desajeitadamente com o cano apontado para o carpete manchado de sangue.
Um trovão estourou. Música *country* tocava ao fundo. Lá embaixo: silêncio.

— Não acho que ele esteja lá embaixo — sussurrou Amanda.

Lisey deu outro passo para trás na direção da mesa grande de bordo
vermelho. Ainda se sentia completamente ligada, quase vibrando de tensão,
mas sua parte racional tinha de admitir que Amanda poderia ter razão. O
telefone estava mudo, mas lá em View era plausível esperar que ele estivesse fora de serviço pelo menos duas vezes por mês, principalmente durante
ou logo depois de tempestades. O barulho que ouviu quando agachou para
apanhar a arma... Será que *tinha* ouvido um barulho? Ou teria sido apenas
imaginação sua?

— Não acho que tenha *ninguém* lá emb... — começou a falar Amanda,
e foi então que as luzes se apagaram.

2

Por alguns segundos — intermináveis — Lisey não conseguiu ver nada, e
se amaldiçoou por não ter trazido a lanterna do carro. Teria sido tão *fácil*.
Tudo que podia fazer era ficar onde estava, e precisava manter Amanda
onde *ela* estava.

— Manda, não se mexa! Fica parada até eu mandar!

— Onde está ele, Lisey? — Amanda estava começando a chorar. — *Onde
está ele?*

— Ora, bem aqui, dona — falou Jim Dooley calmamente do breu onde
ficava a escada. — E consigo ver vocês duas com esses óculos que estou
usando. A senhora tá meio verde, mas consigo te ver direitinho.

— Não consegue, não. Ele está mentindo — disse Lisey, mas sentiu seu
estômago embrulhar. Não esperava que ele tivesse algum tipo de equipamento de visão noturna.

454

— Ah, madame... que eu caia duro se estiver mentindo. — A voz ainda vinha do topo da escada, e agora Lisey conseguia ver um vulto ali. Não conseguia ver seu saco de papel de horrores, mas, ah, meu Jesus, conseguia ouvir o barulho dele. — Estou vendo bem o suficiente pra saber que é a senhora Grandalhona-e-Magrela que tá com o berro. Coloque a arma no chão, dona Grandalhona. Agora mesmo. — Sua voz ficou mais ríspida e estalou como a ponta de um chicote cheio de pólvora. — Eu falei agora! *Larga ela!*

A escuridão era total lá fora e, se houvesse lua, ou ela não se erguera ou estava obstruída, mas a luz do céu oferecia iluminação o suficiente para mostrar a Lisey que Amanda estava baixando a arma. Ainda não a estava largando, mas baixando-a. Lisey teria dado tudo para estar com ela nas mãos, mas...

Mas preciso das duas mãos livres. Para eu poder agarrar você quando chegar a hora, seu filho da puta.

— Não, Amanda, fique com ela. Não acho que vá precisar atirar nele. Esse não é o plano.

— Largue a arma, senhora, *esse* é o plano.

Lisey falou:

— Ele entra aqui, onde não é o lugar dele, te chama do que bem entende e depois manda você largar a arma? *A sua arma?*

O fantasma quase invisível que era a irmã de Lisey voltou a erguer o Pathfinder. Amanda não o apontou para o vulto recortado que pairava nas sombras diante da escada, apenas a segurou com o cano apontado para o teto, mas a *estava* segurando. E tinha endireitado as costas.

— Falei pra você *largar* ela! — quase rosnou o vulto, mas algo na voz de Dooley disse a Lisey que ele sabia que a batalha estava perdida. O maldito saco de papel fez barulho.

— Não! — gritou Amanda. — Não vou largar! Pode... pode ir saindo daqui! Vá embora e deixe minha irmã em paz!

— Ele não vai embora — disse Lisey, antes que a sombra no topo das escadas pudesse responder. — Não vai porque ele é louco.

— É melhor não falar desse jeito — retrucou Dooley. — A senhora parece estar esquecendo que eu consigo te ver como se estivesse num palco.

— Mas você *é* louco. Tão louco quanto o garoto que atirou no meu marido em Nashville. Gerd Allen Cole. Sabe quem é ele? É claro que sim, você sabe *tudo* sobre Scott. A gente costumava rir de caras como você, Jimmy...

— Agora já chega, madame...

— A gente chamava vocês de Caubóis do Espaço Sideral. Cole era um deles, e você é outro. Mais esperto e mais cruel, porque é mais velho, mas não muito diferente. Um Caubói do Espaço Sideral é um Caubói do Espaço Sideral. Você *viaaaaja* pela joça da Via Láctea.

— É melhor *parar* com esse papo — falou Dooley. Estava rosnando novamente e, desta vez, Lisey pensou, não era só para fazer efeito. — Estou aqui a *negóços*.

O saco de papel fez barulho, e ela conseguiu ver a sombra se mexer. As escadas ficavam a uns quinze metros da mesa e na parte mais escura do comprido cômodo principal. No entanto, Dooley vinha na direção dela como se suas palavras o puxassem, e agora seus olhos haviam se adaptado completamente à escuridão. Mais alguns passos e os óculos bacanas dele encomendados pelo correio não fariam diferença. Eles estariam em pé de igualdade. Visualmente, pelo menos.

— E por que eu deveria parar? É verdade.

E era. De repente, ela sabia de tudo o que precisava saber sobre Jim Dooley, codinome Zack McCool, codinome Príncipe Sombrio dos Caçacatras. A verdade estava na ponta da sua língua, como aquele gosto doce. Ela *era* o gosto doce.

— Não o provoque, Lisey — disse Amanda, com uma voz apavorada.

— Ele se provoca sozinho. Toda a provocação de que precisa sai direto do motor superaquecido que ele tem na cabeça. Igual a Cole.

— Eu num sou *nadica* igual a ele! — gritou Dooley.

Compreensão reluzente em cada terminação nervosa. *Explodindo* em cada terminação nervosa. Dooley poderia ter ficado sabendo sobre Cole lendo sobre seu herói literário, mas Lisey não achava que fosse o caso. E tudo fazia um sentido tão perfeito e divino.

— Você nunca esteve em Brushy Mountain. Isso foi só uma história que contou para Woodbody. Conversa de bar. Mas esteve preso, sim. Essa parte é verdade. Você esteve no hospital psiquiátrico. Esteve no hospital psiquiátrico junto com Cole.

— Cala a boca, madame! Ouve o que eu tô falando e cala a boca *agora mesmo*!

— Lisey, *pare*! — gritou Amanda.

Ela não deu atenção a nenhum dos dois.

— Por acaso vocês ficavam discutindo seus livros favoritos de Scott Landon... Isto é, quando Cole estava medicado o bastante para falar racionalmente? Aposto que sim. Ele gostava mais de *Demônios vazios*, certo? E você de *A filha do acomodado*. Uma dupla de Caubóis do Espaço Sideral conversando sobre literatura enquanto o pessoal do hospital consertava uma coisinha ou outra na joça do seu sistema de orientação...

— Já disse que *chega*! — Nadando para fora da escuridão. Nadando para fora dela como um mergulhador emergindo da água negra para o verde da parte mais rasa, com óculos de mergulho e tudo. É claro que mergulhadores não levavam sacos de papel diante do peito para protegerem o coração dos golpes de viúvas cruéis que sabiam demais. — Num vou te avisar de novo...

Lisey não deu atenção. Não sabia se Amanda ainda estava segurando a arma, e já não se importava. Ela estava delirante.

— Você e Cole falavam sobre os livros de Scott na terapia em grupo? É claro que falavam. Sobre as questões paternas. E aí, depois que deixaram você sair, Woodbundão apareceu, igual ao Pai em um livro de Scott Landon. Um dos Pais bons. Depois que eles te deixaram sair do hospital psiquiátrico. Depois que te deixaram sair da *fábrica de gritos*. Depois que te deixaram sair da *academia do riso*, como se di...

Com um grito estridente, Dooley largou o saco de papel (ele retiniu no chão) e se jogou para cima de Lisey. Ela teve tempo de pensar, *Sim. É por isso que precisava estar com as mãos livres.*

Amanda também gritou, abafando o grito dele. Dos três, apenas Lisey estava calma, pois só Lisey sabia exatamente o que estava fazendo... Mesmo que não soubesse exatamente por quê. Não tentou fugir. Abriu os braços para Jim Dooley e o apanhou como uma febre.

3

Ele a teria derrubado no chão e caído em cima dela — Lisey não tinha dúvidas de que essa era a intenção dele — não fosse pela mesa. Ela deixou o peso dele a empurrar para trás, sentindo o cheiro do suor nos seus cabelos e na sua pele. Também sentiu a curvatura dos óculos penetrar sua têmpora e ouviu um clique rápido e baixo logo abaixo da orelha esquerda.

São os dentes dele, pensou ela. *São os dentes dele tentando morder meu pescoço.*

A bunda dela bateu contra a lateral da Jumbona do Dumbo. Amanda gritou novamente. Houve um estampido e um breve clarão de luz.

— *Deixe ela em paz, seu filho da puta!*

Muito bem dito, mas ela atirou no teto, pensou Lisey, e apertou mais as mãos entrelaçadas na nuca de Dooley enquanto ele a dobrava para trás como um parceiro de dança no fim de um tango particularmente amoroso. Sentia o cheiro de pólvora, os ouvidos zumbiam e ela conseguia sentir também o pau de Dooley, pesado e quase totalmente duro.

— Jim — sussurrou ela, abraçando-o. — Eu vou dar o que você quer. Me deixe dar o que quer.

Ele a soltou um pouco. Ela sentiu sua confusão. Em seguida, com um uivo felino, Amanda se jogou nas costas dele e Lisey foi prensada para baixo novamente, quase se esparramando na mesa. Sua espinha deu um estalo de aviso, mas tudo que ela conseguia ver era o borrão oval do rosto de Dooley — enxergava o suficiente para notar como ele parecia estar com medo. *Ele teve medo de mim esse tempo todo?*, perguntou-se ela.

É agora ou nunca, Lisey.

Ela buscou os olhos dele atrás dos estranhos círculos de vidro, encontrou-os e fixou o olhar neles. Amanda ainda estava uivando como uma gata em teto de zinco quente, e Lisey via os punhos dela esmurrando os ombros de Dooley. Os dois punhos. Então disparara aquele tiro no teto e depois largara a arma. Bem, talvez fosse melhor assim.

— Jim. — Deus, o peso dele estava acabando com ela. — *Jim.*

Ele abaixou o rosto, como se atraído pelo olhar fixo e pela força de vontade de Lisey. Por um instante, ela achou que, mesmo assim, não conseguiria prender a atenção dele. Mas, com uma última e desesperada investida — *Pafko no muro*, teria dito Scott, citando Deus sabe quem —, ela conseguiu. Sentiu o cheiro da carne acebolada que Dooley jantara ao colar sua boca à dele. Ela usou a língua para forçar os lábios do homem a ficarem abertos, beijando com mais força, e lhe passou o segundo gole da água do lago. Ela sentiu a doçura ir embora. O mundo que conhecia oscilou e começou a ir junto. Aconteceu rápido. As paredes ficaram transparentes e os cheiros misturados daquele outro mundo invadiram suas narinas: véu-de-noiva, buganvília, rosa, dama-da-noite.

— Jerômino — falou ela dentro da boca de Dooley.

E, como se estivesse apenas esperando por aquela palavra, o peso sólido da mesa debaixo deles se transformou em chuva. Logo em seguida, desapareceu por completo. Ela caiu; Jim Dooley caiu em cima dela; Amanda, ainda gritando, caiu em cima dos dois.

Didiva, pensou Lisey. *Didiva, fim.*

4

Ela aterrissou em um tapete de grama grosso tão familiar que era como se tivesse passado a vida inteira rolando nele. Teve tempo apenas de registrar as árvores adoráveis antes que o ar fosse arrancado de seus pulmões em um *uff* longo e ruidoso. Pontos negros dançavam diante dela no ar tingido pelo pôr do sol.

Poderia ter desmaiado se Dooley não tivesse saído rolando de cima dela. Ele tirou Amanda das costas com um jogar de ombros, como se ela não fosse mais do que uma gatinha impertinente. Depois saltou de pé, olhando primeiro pela colina abaixo, acarpetada com tremoceiros roxos, e depois virando para o outro lado, na direção das árvores adoráveis que formavam a vanguarda do que Paul e Scott Landon chamavam de Floresta das Fadas. Lisey ficou chocada com a aparência de Dooley. Ele parecia uma espécie de caveira coberta de carne e pelos. Logo em seguida, percebeu que era por causa da finura do rosto combinada com as sombras do fim da tarde e com o que acontecera com seus óculos. As lentes não tinham viajado para Boo'ya Moon. Seus olhos fitavam o mundo através dos buracos que elas ocupavam antes. Ele estava boquiaberto. Havia fios prateados de saliva pendurados entre seus lábios.

— Você sempre... gostou... dos livros de Scott — falou Lisey. Ela soava como uma corredora esbaforida, mas seu fôlego estava voltando e os pontinhos pretos diante de seus olhos estavam desaparecendo. — O que acha do *mundo* dele, senhor Dooley?

— Onde... — Sua boca se mexeu, mas ele não conseguiu terminar.

— Boo'ya Moon, à beira da Floresta das Fadas, perto do túmulo de Paul, o irmão de Scott.

Ela sabia que, assim que voltasse a pensar com o pouco de lucidez que tinha, Dooley representaria tanto perigo para ela (e para Amanda) lá quanto no escritório de Scott, mas mesmo assim se permitiu olhar por um instante para aquela longa colina roxa e para o céu que escurecia. Novamente o sol estava se pondo em um fogaréu laranja, enquanto a lua cheia se erguia do lado oposto. Ela pensou, como já fizera antes, que aquela mistura de calor e prata fria poderia matá-la com sua beleza febril.

Não que fosse com a beleza que ela precisasse se preocupar. Uma mão queimada de sol de Dooley caiu sobre seu ombro.

— O que a senhora tá fazendo comigo, madame? — perguntou ele. Seus olhos estavam arregalados dentro dos óculos sem lente. — Tá tentando me hipnotizar? Porque não vai conseguir.

— Nada disso, senhor Dooley — falou Lisey. — O senhor não queria o que era de Scott? E isto aqui com certeza é melhor do que qualquer história inédita, ou até mesmo do que cortar uma mulher com um abridor de latas, não é? Veja! Todo um mundo novo! Um lugar feito de imaginação! Sonhos fabricados do nada! Claro que é perigoso na floresta, é perigoso em *qualquer lugar* à noite, e já está quase anoitecendo, mas estou confiante de que um lunático corajoso e engatilhado como o senhor...

Ela viu o que ele pretendia fazer, viu seu assassinato claramente naqueles olhos estranhos e emoldurados e gritou o nome da irmã... Alarmada, sim, mas também começando a rir. Apesar de tudo. Rindo *dele*. Em parte porque ele estava muito ridículo com aqueles óculos sem lentes, mas principalmente porque naquele momento fatídico o desfecho de uma velha piada de bordel lhe veio à mente: *Ei, o letreiro de vocês caiu!* O fato de que não se lembrava da piada em si só tornou aquilo mais engraçado.

Então Lisey ficou sem fôlego e não conseguia mais rir. Conseguia apenas emitir um som rascante com a garganta.

5

Ela arranhou o rosto de Dooley com as unhas curtas mas nem perto de inexistentes e deixou três sulcos sanguinolentos em uma de suas bochechas, mas as mãos que envolviam a garganta dela não afrouxaram — pareciam até ter apertado mais. O barulho que emitia ficou mais alto, o som de algum mecanismo primitivo com sujeira nas engrenagens. O separador de batatas do senhor Silver, talvez.

Amanda, onde está você, cacete?, pensou Lisey, e Amanda apareceu. Esmurrar as costas e os ombros de Dooley não adiantara nada, então ela se ajoelhou, pegou o saco dele através do jeans com as mãos feridas... e o *torceu*.

Dooley uivou e empurrou Lisey para longe. Ela saiu voando até a grama alta, caiu de costas e se levantou novamente aos trancos, arquejando com a garganta em chamas. Dooley se agachou com a cabeça abaixada e as mãos entre as pernas, uma pose dolorida que fez Lisey se lembrar claramente de um acidente com uma gangorra no pátio da escola e de Darla falando em um tom casual: "Este é apenas *um* dos motivos que me deixam feliz de não ser um menino".

Amanda correu para cima dele.

— *Manda, não!* — gritou Lisey, mas era tarde demais.

Mesmo ferido, Dooley era incrivelmente rápido. Ele desviou com facilidade de Amanda e a afastou com um golpe do punho ossudo. Arrancou os óculos inúteis com a outra mão e os atirou na grama: ele os estilingou adiante. Toda pretensa sanidade abandonara aqueles olhos azuis. Ele poderia muito bem ser a coisa morta de *Demônios vazios*, que sai implacavelmente de dentro do poço para se vingar.

— Não sei onde a gente tá, mas vou te dizer uma coisa, madame: a senhora nunca mais vai voltar pra casa.

— A não ser que me pegue, é *você* quem nunca mais vai voltar para casa — falou Lisey, e voltou a rir. Ela estava assustada... apavorada... mas rir era gostoso, talvez porque sabia que o riso era sua faca. Cada som de sua garganta em chamas enfiava a ponta dela mais fundo na carne dele.

— Não vem com essa risada de cavalo pra cima de mim, sua puta, nem *ouse* fazer isso! — rugiu Dooley, correndo para cima dela.

Lisey se virou para fugir. Não tinha dado mais que dois passos apressados em direção à trilha que cortava a floresta quando ouviu Dooley gritar de dor. Olhou por sobre o ombro e o viu de joelhos. Havia alguma coisa saindo de seu braço e sua camisa escurecia rapidamente ao redor dela. Dooley se levantou com dificuldade e puxou o objeto, praguejando. A coisa protuberante se moveu, mas não saiu. Lisey viu um brilho amarelo correndo atrás dela, na forma de uma linha. Dooley gritou novamente, depois agarrou a coisa presa na carne com a mão livre.

Lisey compreendeu. O entendimento veio em um clarão, perfeito demais para não ser verdade. Ele começara a correr atrás dela, mas Amanda o derrubara logo em seguida. E ele caíra em cima da madeira que marcava o túmulo de Paul Landon. O pedaço da cruz saía de seu bíceps como um prego gigante. Ele o arrancou e o jogou para o lado. Mais sangue jorrou da ferida aberta, a vermelhidão escorrendo pela manga da camisa até o cotovelo. Lisey sabia que precisava garantir que Dooley não direcionaria sua raiva a Amanda, que estava caída indefesa na grama quase aos seus pés.

— *Você não me pega, você não me pega!* — cantarolou Lisey, recorrendo a uma provocação da infância da qual nem sabia que se lembrava. Em seguida mostrou a língua para Dooley, girando os dedos ao redor da orelha para completar.

— Sua puta! Sua *vadia!* — gritou Dooley, disparando na direção dela.

Lisey correu. Não ria mais, estava finalmente assustada demais para rir, mas ainda trazia um sorriso aterrorizado quando seus pés chegaram à trilha e ela entrou na Floresta das Fadas, onde já era noite.

6

A placa que dizia **PARA A LAGOA** sumira; porém, à medida que Lisey descia correndo a primeira parte da trilha — uma linha branca opaca que parecia flutuar entre as massas mais escuras das árvores ao redor —, gargalhadas entrecortadas surgiram à sua frente. *Gargalhantes*, pensou ela, e arriscou um olhar por sobre o ombro pensando que se seu amigo Dooley tivesse ouvido *aquelas* belezinhas, talvez houvesse mudado de ideia quanto...

Mas não. Dooley ainda estava lá, visível nos estertores da luz mortiça pois se aproximara dela, estava realmente voando em sua direção apesar do sangue negro que já cobria a manga esquerda da camisa do ombro ao punho. Lisey tropeçou em uma raiz no caminho, quase perdeu o equilíbrio e, de alguma forma, conseguiu mantê-lo, em parte ao recordar que Dooley estaria em cima dela em cinco segundos caso caísse. A última coisa que sentiria seria seu hálito, o último cheiro que sentiria seria o aroma azedo das árvores ao redor à medida que se transformavam em suas mais perigosas versões noturnas, e a última coisa que ouviria seria o riso louco daquelas coisas parecidas com hienas que viviam nas profundezas da floresta.

Consigo ouvi-lo arfar. Consigo ouvi-lo porque está chegando perto. Mesmo que eu esteja correndo o mais rápido possível — e não vou conseguir manter esse ritmo por muito tempo —, ele é um pouco mais veloz do que eu. Por que aquele apertão que Amanda deu no saco dele não o fez ficar mais lento? Por que a perda de sangue não fez isso?

A resposta àquela pergunta era simples, lógica, clara: as duas coisas *estavam* deixando-o mais lento. Não fosse por elas, ela já teria sido pega. Lisey estava na terceira marcha. Tentou engatar a quarta e não conseguiu. Pelo jeito, ela não *tinha* uma quarta marcha. Às suas costas, o som áspero e célere da respiração de Dooley se aproximou mais ainda e ela soube que, em um minuto, talvez menos, sentiria o primeiro roçar dos dedos dele nas costas da sua blusa.

Ou no seu cabelo.

7

A trilha se inclinou e ficou mais íngreme por alguns instantes; as sombras ficaram mais profundas. Ela pensou que talvez estivesse enfim ganhando um pouco de vantagem sobre Dooley. Não ousou lançar um olhar para trás para conferir, e rezou para que Amanda não houvesse tentado segui-los. Poderia ser seguro na Colina do Carinho e poderia ser seguro na lagoa, mas não era nem um pouco seguro naquela floresta. Jim Dooley não era nem de longe o maior dos problemas, tampouco. Agora, ela ouvia o sino de Chuckie G.

repicar baixinho, como em um sonho, roubado por Scott numa outra vida e pendurado em uma árvore no topo do próximo aclive.

Lisey viu uma luz mais forte adiante; não mais um laranja-avermelhado, e sim apenas um mortiço crepúsculo rosa. Ela vazava por onde as árvores ficavam menos espessas. A trilha estava mais iluminada também. Ela conseguia ver a pequena subida. Além dela, lembrou, o caminho voltava a descer, serpeando através de um trecho ainda mais denso da floresta até chegar ao pedregulho e à lagoa depois dele.

Não vou conseguir, pensou ela. A respiração que entrava e saía rasgando por sua garganta era quente, e ela começava a sentir uma pontada no lado do corpo. *Ele vai me pegar antes de eu chegar na metade daquele monte.*

Foi a voz de Scott que respondeu, rindo na superfície, mas, por baixo, surpreendentemente raivosa. *Você não veio até aqui para isso. Vá em frente, babyluv — ESPANE.*

ESPANE, sim. Engatilhar nunca parecera tão necessário quanto naquele instante. Lisey disparou colina acima, os cabelos grudados na cabeça em cordões suarentos. Ela engolia o ar aos bocados, exalava-o em explosões rascantes. Queria sentir o gosto doce na boca, mas dera o último gole da lagoa para aquela joça de maluco que a perseguia e agora sua boca tinha o gosto de cobre e cansaço. Conseguia ouvi-lo se aproximar novamente, sem gritar, guardando todo o fôlego para a perseguição. A câimbra no lado do corpo dela ficou mais forte. Uma cantoria aguda e melodiosa começou a soar primeiro em seu ouvido direito, depois nos dois. As risadas dos gargalhantes estavam mais próximas, como se quisessem estar presentes na hora. Ela conseguia sentir o cheiro das árvores mudando, como o aroma que antes era doce ficara acre, como o cheiro da hena antiga que ela e Darla tinham encontrado no banheiro da vovó D depois que ela morreu, um cheiro venenoso, e...

Não são as árvores.

Todos os gargalhantes se calaram. Agora havia apenas o som da respiração entrecortada de Dooley à medida que corria atrás dela, tentando vencer aqueles últimos poucos metros de distância. E ela pensou foi nos braços de Scott a envolvendo, Scott a puxando contra seu corpo, Scott sussurrando: *Shiu, Lisey. Pela sua vida e pela minha, agora você precisa ficar quieta.*

Ela pensou: *Ele não está deitado no caminho, como estava quando Scott tentou chegar até a lagoa em 2004. Desta vez está correndo do lado da trilha. Como estava quando eu vim buscar Scott no inverno da ventania de Yellowknife.*

No entanto, assim que vislumbrou o sino, ainda pendurado naquele pedaço de corda podre, a última luz do dia brilhando na curva do metal, Jim Dooley tomou um último impulso e Lisey sentiu de fato os dedos dele roçarem as costas da sua blusa, tentando agarrar algo, qualquer coisa, uma alça de sutiã serviria. Ela conseguiu conter o grito que subiu à sua garganta, mas foi por pouco. Disparou para a frente, ela mesma arranjando um pouco mais de velocidade, uma velocidade que provavelmente não teria adiantado nada se Dooley não tivesse tropeçado novamente, caindo com um grito — "Sua *PUTA!*" — do qual Lisey pensou que ele viveria para se arrepender.

Mas talvez não por muito tempo.

8

O tímido repique ressurgiu do que antes era

(*Pedido saindo, Lisey! Vamos, depressa!*)

a Árvore do Sino, e que agora era a Árvore do Sino e da Pá. E lá estava ela, a pá de prata de Scott. Quando ela a deixara ali — seguindo uma intuição poderosa que agora compreendia —, os gargalhantes tinham tagarelado histericamente. Agora, a Floresta das Fadas estava silenciosa, exceto pelos sons da sua própria respiração torturada e dos xingamentos esbaforidos que Dooley cuspia. O garoto espichado estava dormindo — cochilando, pelo menos —, e a gritaria de Dooley o acordara.

Talvez fosse assim que tinha de ser, mas não facilitava as coisas. Era horrível sentir o sussurro dos pensamentos não-exatamente-alienígenas do subconsciente dele despertando. Eram como mãos inquietas tateando tábuas soltas ou testando a tampa fechada de um poço. Ela se viu pensando sobre várias coisas horríveis que tinham, em diferentes momentos, abalado seu coração: um par de dentes ensanguentados que encontrara certa vez no chão de um banheiro de cinema; dois garotinhos chorando abraçados diante de uma loja de conveniência; o cheiro do marido dela deitado no seu leito de morte, encarando-a com olhos febris; vovó D caída no galinheiro, morrendo, com os pés a chacoalhar, chacoalhar, chacoalhar.

Pensamentos terríveis. Imagens terríveis, do tipo que voltam para assombrar na calada da noite, quando a lua se põe, o remédio acaba e a hora é nenhuma.

Toda a coisa-ruim, em outras palavras. Logo atrás daquelas poucas árvores.

E *agora*...

Naquele instante sempre perfeito e interminável chamado *agora*

9

Arquejando, choramingando, seu coração não mais que um trovejar de sangue nos ouvidos, Lisey se agacha e pega a pá de prata. Suas mãos, que sabiam o que fazer dezoito anos antes, também sabem o que fazer agora, mesmo com sua cabeça se enchendo de imagens de perda, dor e desespero amargurado. Dooley está vindo. Ela o escuta. Ele parou de xingar, mas Lisey ouve sua respiração chegando perto. Vai ser por pouco, mais do que foi com o Loiraço, embora *este* louco não esteja armado, pois se Dooley a agarrar antes que ela consiga se virar...

Mas ele não a agarra. Por um fio. Lisey gira como um batedor de beisebol tentando acertar uma bola perfeita, girando a pá de prata com toda sua força. A parte metálica reflete um último desabrochar de luz rosa — um buquê opaco — e a ponta de cima resvala no sino pendurado ao passar, ganhando velocidade ao passar por ele. O sino diz uma última palavra — *BLÉM!* — e sai voando para a escuridão, levando seu pedaço de corda podre junto. Lisey observa a pá continuar seguindo para a frente e para o alto, pensando novamente: *Cacete! Eu botei força mesmo!*, e a parte reta da parte metálica se choca contra o rosto em movimento de Jim Dooley, fazendo não um barulho de algo sendo esmagado — o som que ela recorda de Nashville —, mas uma espécie de som de *gongo*. Dooley grita de surpresa e agonia. É jogado para o lado, saindo da trilha em direção às árvores, balançando os braços, tentando manter o equilíbrio. Ela consegue ver por um instante que o nariz do homem está radicalmente virado para o outro lado, igual ao de Cole; vê também que sua boca está jorrando sangue pela parte de baixo e pelas duas laterais. Em seguida sente algo se mover à direita, perto de onde Dooley está se debatendo e tentando se levantar. É um movimento *vasto*. Por um instante, os pensamentos tristes, sombrios e temerosos que habitam sua mente ficam ainda mais tristes e sombrios; Lisey acha que vão ou matá-la ou enlouquecê-la. Em seguida, eles se desviam um pouco para outra direção e, ao mesmo tempo, a coisa logo atrás das árvores também desvia sua rota. Há um som intrincado de folhagem se partindo, de árvores e arbustos estalando e se despedaçando. E, de repente, ele está *lá*. O garoto espichado de Scott. E ela compreende que, assim que se vê o garoto espichado, passado e futuro se tornam apenas um sonho. Assim que se vê o garoto espichado, a única coisa que existe, ah, bom Deus, é o *agora*, prolongando-se como uma nota agonizante que jamais termina.

10

Quase antes de Lisey perceber o que estava acontecendo e certamente antes de estar preparada — embora a ideia de estar *preparada* para uma coisa daquelas fosse uma piada —, ele de repente estava lá. A coisa matizada. A personificação viva do que Scott queria dizer quando falava sobre a coisa-ruim.

O que ela viu foi um enorme lado cheio de placas, como pele de cobra rachada. Ele veio curvado por entre as árvores, entortando algumas e quebrando outras, parecendo passar bem no meio de duas das maiores. Aquilo era impossível, é claro, mas a impressão jamais a abandonou. Não havia cheiro, mas sim um som desagradável, resfolegante, uma espécie de barulho de *entranhas*, e a cabeça retalhada da coisa surgiu, mais alta que as árvores e eclipsando o céu. Lisey viu um olho, morto, porém consciente, negro como a água de um poço e grande como uma cratera, fitando através da folhagem. Viu uma abertura na carne da enorme cabeça rombuda e curiosa e intuiu que as coisas que ele engolia por aquele vasto tubo de carne não morriam exatamente, mas viviam e *gritavam...* viviam e *gritavam...* viviam e *gritavam...*

Ela mesma não conseguia gritar. Era incapaz de produzir qualquer som que fosse. Deu dois passos para trás, passos que lhe pareceram estranhamente calmos. A pá — com a parte de prata gotejando mais uma vez o sangue de um louco — escapou dos dedos de Lisey e caiu na trilha. Ela pensou: *ele está me vendo... e minha vida jamais me pertencerá de verdade novamente. Ele não vai permitir que ela me pertença.*

Por um instante a coisa recuou, amorfa e interminável com tufos de pelo crescendo em moitas aleatórias nas suas camadas de carne úmida e ondulante, o olho grande e estupidamente ávido pairando sobre a mulher. O rosa mortiço do dia e o brilho prateado do luar iluminaram o resto do que ainda repousava como uma cobra sobre os arbustos.

O olho da coisa então desviou de Lisey para a criatura que gritava e se debatia, tentando se livrar do pequeno arvoredo que a enredara — Jim Dooley, com sangue jorrando da boca destroçada, do nariz quebrado e de um olho inchado; Jim Dooley, com sangue nos cabelos. Dooley percebeu o que olhava para ele e parou de gritar. Lisey o viu tentando cobrir o olho bom, viu suas mãos caírem para os lados do corpo, soube que ele perdera as forças e, por um instante, sentiu pena dele, apesar de tudo; teve um momento de empatia que era de uma força terrível e de uma harmonia humana quase intolerável. Naquele instante, teria voltado atrás em tudo se aquilo significasse apenas sua morte, mas depois pensou em Amanda e tentou endurecer a mente e o coração horrorizados.

A coisa imensa emaranhada nas árvores se lançou para a frente de uma forma quase delicada e cercou Dooley. A carne em volta do buraco na tromba rombuda pareceu se enrugar por um instante, quase fazendo um bico, e Lisey se lembrou de Scott caído no asfalto quente naquele dia em Nashville. Assim que os roncos baixos e sons de mastigação se iniciaram e Dooley começou a produzir seus últimos e aparentemente intermináveis gritos, ela se lembrou de Scott falando, *Dá para ouvir ele se alimentando.* Ela se lembrou de como ele fizera um O apertado com os lábios, recordando com toda a clareza como o sangue jorrara deles quando Scott produzira aquele som resfolegante indescritivelmente detestável: gotículas cor de rubi que pareciam pairar no ar abafado.

E então ela correu, embora pudesse jurar que não sabia mais como. Disparou pelo caminho de volta para a colina dos tremoceiros, fugindo do lugar perto da Árvore do Sino e da Pá onde o garoto espichado de Scott estava comendo Jim Dooley vivo. Ela sabia que estava fazendo um favor a si mesma e à Amanda, mas sabia também que aquele favor era no mínimo um presente de grego — pois, se sobrevivesse àquela noite, jamais se livraria do garoto espichado, da mesma forma que Scott não se livrara dele nem por um dia desde a infância. Agora a coisa também a marcara e fizera dela parte do seu instante interminável, com seu olhar terrível que enxergava o mundo todo. Dali em diante, ela teria de ter cuidado, especialmente se acordasse no meio da noite... E Lisey imaginava que suas noites de sono tranquilo tivessem acabado. De madrugada, teria de desviar o olhar de espelhos e dos vidros das janelas e, principalmente, das superfícies curvadas de copos d'água, só Deus sabia por quê. Teria de se proteger da melhor forma possível.

Se sobrevivesse àquela noite.

Está muito perto, querida, sussurrou Scott, tremendo sobre o asfalto quente. *Muito perto.*

Atrás dela, Dooley gritou como se não fosse parar nunca. Lisey achou que aquilo fosse enlouquecê-la. Ou já a enlouquecera.

11

Logo antes de Lisey sair da floresta, os gritos de Dooley finalmente cessaram. Ela não conseguia ver Amanda, e aquilo a encheu de terror. E se a irmã tivesse fugido para sabe-se lá qual ponto cardeal? E se ainda estivesse por perto, mas caída em posição fetal, catatônica novamente e escondida pelas sombras?

— Amanda? *Amanda?*

Houve um momento interminável durante o qual ela não ouviu nada. Mas em seguida — meu Deus, até que enfim! — houve um farfalhar na grama alta à esquerda de Lisey, e Amanda se levantou. Seu rosto, já pálido e tornado mais pálido ainda pela luz da lua que se erguia, parecia o de uma assombração. Ou de uma harpia. Ela avançou aos tropeços, com os braços estendidos, e Lisey a abraçou. Amanda tremia. Suas mãos na nuca de Lisey estavam entrelaçadas em um nó frio.

— Ah, Lisey, achei que ele não ia parar nunca.

— Eu também.

— E eles eram tão agudos… Eu não conseguia saber… Eles eram tão *agudos*… Torci para que fosse ele, mas pensei: "E se for a lindinha? E se for Lisey?". — Amanda começou a soluçar contra a lateral do pescoço de Lisey.

— Eu estou bem, Amanda. Estou aqui e estou bem.

Amanda afastou o rosto do pescoço de Lisey para poder olhar para o rosto da irmã.

— Ele está morto?

— Está. — Ela não quis compartilhar a intuição de que Dooley talvez tivesse conquistado uma espécie de imortalidade infernal dentro da coisa que o devorara. — Morto.

— Então quero voltar! Podemos voltar?

— Sim.

— Não sei se consigo visualizar o escritório de Scott na minha mente… Estou tão abalada… — Amanda olhou ao redor com medo. — Isto aqui não é *nem um pouco* parecido com Ventosul.

— Não — concordou Lisey, envolvendo Amanda nos seus braços novamente. — E sei que você está com medo. Apenas faça o melhor que puder.

Na verdade, Lisey não estava preocupada quanto a voltar para o escritório de Scott, para Castle View, para o mundo. Ela achava que o problema agora seria *permanecer* lá. Lembrou-se de um médico lhe dizendo certa vez que ela teria de tomar muito cuidado com o tornozelo depois de tê-lo torcido feio patinando no gelo. *Porque depois que você distende esses tendões da primeira vez*, falara ele, *é mil vezes mais fácil distendê-los de novo.*

Mil vezes mais fácil acontecer de novo, certo. E ele a vira. Aquele olho, tão grande quanto uma cratera — ao mesmo tempo morto e vivo —, pousara sobre ela.

— Lisey, você é tão corajosa… — disse Amanda baixinho. Ela deu uma última olhada para a colina de tremoceiros íngreme, dourada e estranha sob o luar cada vez mais forte, e voltou a pressionar o rosto contra o pescoço de Lisey.

— Continue falando assim que eu interno você de novo na Greenlawn amanhã mesmo. Agora feche os olhos.

— Estão fechados.

Lisey fechou os dela. Por um instante, viu aquela cabeça rombuda que não era uma cabeça, mas apenas uma bocarra, um tubo, um funil que dava em uma escuridão repleta de um turbilhão interminável de coisa-ruim. Lá dentro, ela ainda ouvia os gritos de Jim Dooley, mas o som agora era fraco, e misturado com outros gritos. Com o que lhe pareceu um esforço tremendo, Lisey afastou as imagens e os sons, substituindo-os pela figura da mesa de madeira vermelha e o som do Velho Hank — quem mais? — cantando "Jambalaya". Houve tempo para pensar em como ela e Scott tinham sido capazes de voltar quando tinham precisado tanto, com o garoto espichado tão perto deles, tempo para pensar no

(*é a trouxa Lisey sinto como se ela fosse uma âncora*)

que ele dissera, tempo para se perguntar por que aquilo a fazia pensar novamente em Amanda olhando com tanto anseio para o bom navio chamado *Malva-Rosa* (um olhar de adeus por excelência), e aí o tempo acabou. Mais uma vez, ela sentiu o ar *virar do avesso* e o luar desapareceu. Teve a sensação de sofrer uma queda breve e acidentada. Em seguida, estavam no escritório e o escritório estava escuro, pois Dooley cortara a luz, mas ainda assim Hank Williams estava cantando — *My Yvonne, sweetest one, me-oh--my-oh* — pois, mesmo com a energia cortada, o Velho Hank queria ter a última palavra.

12

— Lisey? *Lisey?*

— Manda, você está me *esmagando*, sai *de cima*...

— Lisey, nós estamos de volta?

Duas mulheres no escuro. Caídas no carpete, emaranhadas.

"*Kinfolk come to see Yvonne by the dozens*" vindo do anexo.

— Estamos, mas saia de cima de mim, cacete, não consigo *respirar*!

— Desculpe... Lisey, você está em cima do meu braço...

"*Son of a gun, we'll have big fun... on the bayou!*"

Lisey conseguiu rolar para a direita. Amanda soltou o braço e, logo em seguida, o peso do corpo dela saiu de cima do peito de Lisey. Ela arquejou com uma inspiração profunda — e profundamente prazerosa. Quando a soltou, Hank Williams parou de cantar no meio de uma frase.

— Lisey, por que está tão escuro aqui?

— Porque Dooley cortou a energia, lembra?

— Ele cortou a *iluminação* — disse Amanda, com sensatez. — Se tivesse cortado a energia, a TV não estaria ligada.

Lisey poderia ter perguntado a Amanda por que a TV tinha *desligado* de repente, mas não se deu ao trabalho. Havia outros assuntos a serem discutidos. Tinham *outro peixe para fritar*, como diziam.

— Vamos para dentro de casa.

— Concordo cem por cento com a ideia — disse Amanda. Seus dedos tocaram o cotovelo de Lisey, desceram pelo antebraço e agarraram sua mão. As irmãs se levantaram juntas. Amanda acrescentou, em tom de confidência: — Não me leve a mal, Lisey, mas não volto aqui nem morta.

Lisey compreendeu como Amanda se sentia, mas seus próprios sentimentos tinham mudado. O escritório de Scott a amedronta *sim*, sem dúvida. Ele a mantivera longe por dois longos anos. Porém, achava que a principal tarefa que precisava ser realizada ali terminara. Ela e Amanda tinham mandado o fantasma de Scott embora, de forma gentil e — o tempo diria, mas ela estava quase certa disso — definitiva.

— Venha — disse ela. — Vamos para dentro de casa. Eu preparo um chocolate quente.

— E talvez um conhaquezinho para começar? — perguntou Amanda, esperançosa. — Ou as malucas não podem tomar conhaque?

— As malucas, não. Você pode.

De mãos dadas, tatearam o caminho até as escadas. Lisey parou apenas uma vez, quando pisou em algo. Agachou-se e apanhou um pedaço redondo de vidro de pelo menos dois centímetros e meio de grossura. Percebeu que era uma das lentes dos óculos de visão noturna de Dooley e a largou com uma careta de nojo.

— O que foi? — perguntou Amanda.

— Nada. Estou conseguindo enxergar um pouco. E você?

— Um pouquinho. Mas não largue minha mão.

— Não vou largar, querida.

Elas desceram juntas as escadas até o celeiro. Demorou mais daquele jeito, mas lhes pareceu muito mais seguro.

13

Lisey pegou seus menores copos de suco e serviu uma dose de conhaque para cada uma de uma garrafa que encontrou bem no fundo do armário de bebidas da sala de jantar. Ergueu o seu copo e o tilintou contra o de Amanda. Estavam as duas diante do balcão da cozinha. Todas as luzes do cômodo estavam acesas, até a luminária curvada no canto em que Lisey preenchia cheques em uma carteira escolar.

— Pelos dentes — falou Lisey.

— Pelas gengivas — disse Amanda.

— Atenção, barriga, lá vai — disseram juntas, e beberam.

Amanda se curvou e soltou uma lufada de ar pela boca. Quando se empertigou de volta, as bochechas antes pálidas estavam rosadas, uma linha vermelha se formava na sua testa e um pequeno triângulo escarlate aparecia na ponte do nariz. Havia lágrimas nos seus olhos.

— Puta merda! O que é *isso*?

Lisey, cuja garganta estava tão quente quanto o rosto de Amanda parecia estar, pegou a garrafa e leu o rótulo. CONHAQUE STAR, dizia ele. UM PRODUTO DA ROMÊNIA.

— Conhaque romeno? — Amanda parecia horrorizada. — Desde quando isso existe? Onde você arranjou isso?

— Foi um presente que alguém deu para o Scott. Ele o ganhou por ter feito alguma coisa, não me lembro o quê, mas acho que deram um conjunto com uma caneta também.

— É provavelmente veneno. Jogue fora enquanto eu rezo para não morrer.

— Jogue você. Vou fazer o chocolate quente. Suíço. *Não* da Romênia.

Ela começou a se virar, mas Amanda tocou seu ombro.

— Talvez devêssemos pular o chocolate quente e simplesmente sair daqui antes que um daqueles policiais volte para ver como você está.

— Você acha? — Mesmo enquanto fazia a pergunta, Lisey sabia que Amanda tinha razão.

— Acho. Você tem coragem de subir até o escritório de novo?

— Claro que sim.

— Então pegue a arma. Não se esqueça que está sem luz lá em cima.

Lisey abriu o tampo da mesinha em que preenchia os cheques e pegou a lanterna comprida que guardava lá dentro. Ela a ligou. A luz era boa e forte.

Amanda estava enxaguando os copos.

— Se alguém descobrir que estivemos lá em cima, não vai ser o fim do mundo. Mas se os seus policiais descobrirem que subimos com uma arma... E que calhou de aquele homem sumir da face da Terra por volta do mesmo horário...

Lisey, que pensara apenas até o ponto em que levava Dooley para a Árvore do Sino e da Pá (e o garoto espichado *jamais* fizera parte do que imaginara), percebeu que ainda tinha trabalho a fazer, e que era melhor começar logo. O professor Woodbody nunca comunicaria o desaparecimento do velho companheiro de bar, mas o sujeito devia ter parentes em *algum lugar* e, se alguém no mundo tinha um motivo para se livrar do Príncipe Sombrio dos Caçacatras, essa pessoa era Lisey Landon. É claro que não havia corpo (aquilo a que Scott às vezes gostava de se referir como *corpo de detrito*), mas, ainda assim, ela e a irmã haviam passado uma tarde e uma noite que poderiam ser interpretadas como extremamente suspeitas. E, além disso, o pessoal na delegacia sabia que ela vinha sendo importunada por Dooley; a própria Lisey dissera a eles.

— Eu vou apanhar os cocôs dele — disse ela.

Amanda não sorriu.

— Ótimo.

14

A luz da lanterna abriu um talho largo na escuridão e o escritório não lhe pareceu tão assustador quanto temia. Ter o que fazer lá certamente ajudou. Ela começou colocando o Pathfinder de volta na caixa de sapatos, depois passou a vasculhar o chão com a luz. Encontrou as duas lentes dos óculos de visão noturna, além de meia dúzia de pilhas AA. Supôs que pertencessem ao alimentador do apetrecho. O alimentador devia ter viajado, embora ela não se lembrasse de tê-lo visto — mas as pilhas, obviamente, não. Em seguida pegou a terrível sacola de papel de Dooley. Amanda ou se esquecera da sacola ou nem chegara a perceber que ela existia, mas as coisas lá dentro pegariam mal para o lado dela se fossem encontradas. Principalmente se combinadas com a arma. Lisey sabia que poderiam fazer testes no Pathfinder que mostrariam que ele fora disparado pouco tempo antes; ela não era burra (e assistia ao programa de tv *CSI*). Também sabia que os testes não revelariam que fora disparada apenas uma vez, no teto. Tentou pegar a sacola de um jeito que não fizesse barulho, mas fez assim mesmo. Lisey olhou em volta em busca de outros sinais de Dooley e não viu mais nenhum. Havia manchas de sangue no carpete, mas se *elas* fossem testadas, tanto o tipo sanguíneo quanto o DNA combinariam com os dela. Sangue no carpete pegaria muito mal em combinação com as coisas na sacola que ela agora trazia na mão, mas, sem a sacola, ficaria tudo bem para elas. *Provavelmente.*

Onde está o carro dele? A PT Cruiser? Porque tenho certeza de que o carro que eu vi era dele.

Ela não podia se preocupar com aquilo agora. Já escurecera. Era com a situação presente que ela deveria se preocupar, com o que estava benhali. E com as irmãs. Darla e Canty, que àquela altura estavam numa viagem infernal até o Acadia Mental Health em Derry, lá onde Judas perdeu as botas. Para não ficarem presas na versão de Jim Dooley do separador de batatas do senhor Silver.

Mas será que ela precisava se preocupar com aquelas duas? Não. Elas ficariam putas da vida, é claro… e *curiosíssimas*… mas no fim das contas ficariam quietas se ela e Amanda lhes dissessem que era absolutamente necessário, e por quê? Por causa do lance das irmãs. Ela e Amanda teriam de ser cautelosas com elas, e precisariam ter *algum* tipo de história (Lisey não fazia ideia de qual tipo fosse capaz de encobrir tudo aquilo, embora tivesse certeza de que Scott seria capaz de inventar alguma coisa). Elas precisavam ter uma história porque, ao contrário de Amanda e Lisey, Darla e Cantata tinham maridos. E maridos muitas vezes eram a porta dos fundos pela qual os segredos escapavam para o mundo.

Enquanto Lisey se virava para sair dali, a cobra de livros dormindo contra a parede chamou sua atenção. Aquele monte de publicações trimestrais e periódicos acadêmicos, aquele monte de anuários, relatórios encadernados e cópias de teses sobre a obra de Scott. Muitos contendo fotos de sua vida passada — podem chamá-la de SCOTT E LISEY! ANOS DE CASAMENTO!

Ela podia visualizar com facilidade uma dupla de universitários desmantelando a cobra e colocando os pedaços em caixas de papelão com nomes de bebidas na lateral, empilhando-as em seguida na traseira de uma caminhonete e levando tudo embora. Para Pitt? *Morda a língua*, pensou Lisey. Ela não se considerava uma mulher rancorosa; depois de Jim Dooley, porém, teria de nevar no inferno antes que ela colocasse mais coisas de Scott em um lugar em que Woodbundão pudesse consultá-las sem ter de comprar uma passagem de avião antes. Não, a Biblioteca Fogler na Universidade do Maine estaria bom demais — logo depois de Cleaves Mills. Ela era capaz de se ver por ali, observando as últimas coisas sendo encaixotadas, talvez trazendo uma jarra de chá gelado para os meninos quando terminassem o serviço. E, quando acabassem de tomar o chá, eles largariam os copos e lhe agradeceriam. Um deles talvez dissesse o quanto gostava dos livros do marido, e o outro que sentia muito pela perda dela. Como se ele tivesse morrido duas semanas antes. Ela lhes agradeceria. Depois, ficaria olhando eles irem embora com todas aquelas imagens congeladas da sua vida com Scott trancadas dentro da caminhonete.

Você consegue mesmo deixar isso para trás?

Ela achava que conseguiria. Ainda assim, aquela cobra que cochilava encostada na parede atraiu seu olhar. Tantos livros fechados, dormindo profundamente — eles atraíram seu olhar. Ela ficou observando por mais um instante, pensando que um dia houvera uma jovem chamada Lisey Debusher, com os seios firmes e empinados de uma jovem. Solitária? Um pouco, sim. Assustada? Sim, um pouco, mas isso fazia parte de se ter vinte e dois anos. E um jovem entrara em sua vida. Um jovem cujos cabelos estavam sempre caindo na testa. Um jovem com muito a dizer.

— Eu sempre te amei, Scott — disse ela para o escritório vazio. Ou talvez para os livros adormecidos. — Você e sua bocona grande. Eu era sua patroa. Não era?

E depois, jogando o facho de luz da lanterna diante de si, ela desceu as escadas de volta com a caixa de sapatos em uma das mãos e a terrível sacola de papel na outra.

15

Amanda estava parada à porta da cozinha quando Lisey voltou.

— Que bom — disse Amanda. — Estava ficando preocupada. O que tem na sacola?

— Nem queira saber.

— Então... tá — disse Manda. — Ele... você sabe, sumiu lá de cima?

— Acho que sumiu, sim.

— Assim espero. — Amanda tremeu. — Era um cara assustador.

Você não sabe da missa a metade, pensou Lisey.

— Bem — disse Amanda. — Acho melhor eu ir andando.

— Para onde?

— Lisbon Falls — respondeu Amanda. — A velha fazenda.

— *O quê...* — Mas se interrompeu. Fazia uma espécie de sentido estranho.

— Eu acordei na Greenlawn, como você disse para aquele doutor Alberness, e você me levou para casa para eu poder trocar de roupa. Aí eu surtei e comecei a falar sobre a fazenda. Venha, Lisey, vamos embora, vamos dar o fora daqui antes que alguém chegue. — Amanda a conduziu noite adentro.

Lisey, pasma, se deixou ser conduzida. A velha propriedade dos Debusher ainda estava de pé nos seus cinco acres no fim da Sabbatus Road em Lisbon, a quase cem quilômetros de Castle View. Legada em um testamento conjunto entre as cinco mulheres (e os três maridos vivos), provavelmente continuaria lá anos a fio, a não ser que seu valor de mercado subisse o suficiente para fazê-los desistir de suas ideias discordantes sobre o que deveria ser feito dela. Um fundo fiduciário criado por Scott Landon no fim da década de 1980 pagara os impostos devidos.

— Por que você quis ir para a velha fazenda? — perguntou Lisey enquanto deslizava para trás do volante da BMW. — Isso não está claro para mim.

— Porque também não estava para *mim* — disse Amanda, enquanto Lisey manobrava para cruzar a longa entrada para carros. — Eu só falei que tinha de ir para lá e ver a casa antiga se não quisesse, você sabe, voltar para a zona Além da Imaginação, então é claro que você me levou.

— Claro que sim — falou Lisey. Ela olhou para os dois lados, não viu ninguém vindo, principalmente nenhuma viatura policial, graças a Deus, e virou à esquerda, pegando o caminho que as faria passar por Mechanic Falls e Poland Springs até chegando, finalmente, a Gray e Lisbon. — E por que nós mandamos Darla e Canty para a direção errada?

— Eu insisti sem parar — disse Amanda. — Estava com medo de que, se as duas aparecessem, fossem querer me levar de volta para a minha casa, para a sua, ou até para Greenlawn antes de eu poder visitar mamãe e papai e depois passar um tempo na casa antiga. — Por um instante, Lisey não fez ideia do que Manda estava falando. Passar um tempo com *mamãe e papai*? Mas depois entendeu. O terreno da família Debusher ficava próximo do cemitério Sabbatus Vale. Tanto Mãezinha Querida quanto o papito estavam enterrados lá, junto com vovô e vovó D e só Deus sabe quantos outros.

— Mas você não ficou com medo de que *eu* a levasse de volta? — perguntou Lisey.

Amanda a encarou com indulgência.

— Por que *você* me levaria de volta? Foi você quem me *tirou* de lá.

— Talvez porque você começou a agir feito uma louca, pedindo para visitar uma fazenda que está deserta há trinta anos ou mais?

— Bah! — Amanda brandiu a mão no ar, desprezando aquilo. — Sempre tive você na palma da mão, Lisey. Canty e Darla sabem disso.

— *Porra* nenhuma!

Amanda se limitou a dar um sorriso enlouquecedor, sua pele em um tom verde estranho sob o brilho das luzes do painel, e não disse nada. Lisey abriu a boca para reforçar o argumento, mas voltou a fechá-la. Pensou que a história poderia funcionar, porque se resumia a duas ideias fáceis de entender: Amanda estava agindo feito uma louca (até aí, nenhuma novidade), e Lisey estava fazendo suas vontades (o que era compreensível, dadas as circunstâncias). Elas poderiam trabalhar com aquilo. Quanto à caixa de sapatos com a arma dentro... e à sacola de Dooley...

— Nós vamos parar em Mechanic Falls — disse ela a Amanda. — Onde a ponte corta o rio Androscoggin. Tenho de me livrar de algumas coisas.

— Tem mesmo — falou Amanda. Em seguida cruzou os braços sobre o colo, recostou a cabeça no descanso do banco e fechou os olhos.

Lisey ligou o rádio e não ficou nem um pouco surpresa ao ouvir o Velho Hank cantando "Honky Tonkin". Ela cantou junto, baixinho. Sabia cada palavra. Isto também não a surpreendeu. Algumas coisas eram inesquecíveis.

Ela passara a crer que as mesmas coisas que o mundo prático considerava efêmeras — coisas como canções, o brilho do luar e beijos — às vezes eram as coisas que mais duravam. Podiam ser bobagens, mas desafiavam o esquecimento. E aquilo era bom.

Aquilo era bom.

PARTE 3: A HISTÓRIA DE LISEY

Você é a pergunta e eu sou a resposta,
Você é o desejo e eu sou a realização,
Você é a noite e eu sou o dia.
Do que mais precisamos? Isto já é perfeito.
É a mais pura perfeição,
Você e eu,
Nada mais...
Estranho, como sofremos apesar disso!
D. H. Lawrence, *Look! We Have Come Through!*

XVI. LISEY E A ÁRVORE DA HISTÓRIA (SCOTT TEM A ÚLTIMA PALAVRA)

1

Assim que Lisey começou de fato a esvaziar o escritório de Scott, o trabalho foi mais rápido do que poderia ter imaginado. E ela jamais teria imaginado que acabaria contando com a ajuda de Darla e Canty, além de com a de Amanda. Canty ficou na dela e desconfiada por algum tempo — pareceu *bastante* tempo para Lisey —, mas Amanda não se deixou abalar nem um pouco.

— Ela está fingindo. Vai sair dessa e cair na real. É só dar um tempo para ela, Lisey. O laço entre irmãs é uma coisa forte.

Com o tempo, Cantata *caiu* em si, embora Lisey tivesse a sensação de que Canty jamais se livrou por completo da sensação de que Amanda inventara tudo aquilo para Chamar Atenção, e que ela e Lisey tinham Se Metido em Alguma Coisa. Provavelmente em Alguma Encrenca. Darla ficara perplexa com a recuperação de Amanda, e com a estranha viagem das irmãs para a velha fazenda em Lisbon — mas, pelo menos, jamais achou que Amanda tivesse fingido.

Afinal de contas, Darla a vira.

De qualquer forma, as quatro irmãs limparam e esvaziaram a suíte grande e tortuosa sobre o celeiro no decorrer da semana depois do 4 de Julho, contratando uma dupla de estudantes parrudos para ajudar com as coisas mais pesadas. A pior delas acabou sendo a Jumbona do Dumbo, que teve de ser desmontada (as partes separadas fizeram Lisey se lembrar do Homem Explodido na aula de biologia da escola, embora aquela versão precisasse ser chamada de Mesa Explodida) e depois içada com um guincho. Os estudantes gritaram palavras de incentivo um para o outro à medida que desciam os pedaços. Lisey ficou por perto com as irmãs, rezando feito louca para que nenhum dos dois perdesse um polegar ou outro dedo qualquer em uma das correias ou polias. Isso não aconteceu e, ao final daquela semana, todas as coisas do escritório de Scott tinham sido levadas embora, separadas em itens para doação ou para serem guardados em um depósito por tempo indeterminado enquanto Lisey descobria o que diabos fazer com elas.

Isto é, tudo menos a cobra de livros. Ela continuava lá, dormindo no longo e vazio cômodo principal — no cômodo principal *quente*, agora que os ares-condicionados tinham sido retirados. Mesmo com as claraboias abertas de dia e dois ventiladores para manter o ar circulando, era quente lá dentro. E por que não seria? O lugar não passava de um palheiro embelezado com *pedigree* literário.

E havia também aquelas manchas marrons feias no carpete — o carpete branco leitoso que não tinha como ser retirado até a cobra de livros sair. Quando Canty perguntou que manchas eram aquelas, ela disse que derramara verniz no chão sem querer. Amanda, porém, sabia que era mentira, e Lisey imaginava que Darla também tivesse suas suspeitas. O carpete precisava ser removido, mas não antes da cobra de livros, e Lisey não estava exatamente preparada para se livrar dela. Não sabia bem o motivo. Talvez porque fosse a última coisa de Scott que ainda estava lá em cima, a última parte dele.

Então ela esperou.

2

No terceiro dia da maratona de limpeza das irmãs, o oficial Boeckman ligou para informar Lisey de que uma PT Cruiser abandonada com placa de Delaware fora encontrada em um depósito de cascalho na Stackpole Church Road, a uns cinco quilômetros da casa dela. Será que Lisey não poderia passar na delegacia para dar uma olhada? Eles a rebocaram para o estacionamento, disse o policial, onde guardavam as apreensões e alguns "bagulhos" (o que quer que aquilo significasse). Lisey foi com Amanda. Darla e Canty não se interessaram muito; tudo que sabiam era que algum maluco andara por lá, torrando a paciência de Lisey a respeito dos manuscritos de Scott. Malucos não eram novidade na vida da irmã delas; durante os anos de celebridade do escritor, inúmeros tinham sido atraídos por ele como mariposas por uma lâmpada de matar insetos. O mais famoso deles, é claro, fora Cole. No entanto, Lisey e Amanda não tinham dito nada que fizesse Darla e Canty pensarem que aquele estava no nível do outro. Certamente não houve menção ao gato morto na caixa de correio, e Lisey se dera ao trabalho de convencer os policiais a também serem discretos.

O carro na Vaga 7 era um PT Cruiser, sem tirar nem pôr, de cor bege e aparência comum depois que se acostumava com seu formato ligeiramente espalhafatoso. Poderia ser o que Lisey viu enquanto voltava da Greenlawn para casa naquela longa, longa quinta-feira; poderia ser um dentre outros milhares iguais. Foi o que ela disse ao oficial Boeckman, lembrando-o de que, quando o vira, ele estava vindo quase diretamente contra o pôr do sol. Ele assentiu, desapontado. O que ela sabia no fundo do coração era que aquele *era* o carro. Conseguia sentir o cheiro de Dooley nele. Ela pensou: *Vou te machucar em lugares que a senhora não deixava os garotos meterem a mão nos bailes da escola*, e teve de conter um calafrio.

— É um carro roubado, não é? — perguntou Amanda.

— Pode apostar que sim — disse Boeckman.

Um policial que Lisey não conhecia veio andando. Ele era alto, provavelmente quase dois metros; parecia haver uma regra que obrigava aqueles homens a serem altos. Espadaúdos, também. Ele se apresentou como oficial Andy Clutterbuck e apertou a mão de Lisey.

— Ah — disse ela. — O xerife interino.

Ele tinha um sorriso brilhante.

— Não, Norris está de volta. Ele está no tribunal hoje à tarde, mas está de volta. Eu voltei a ser apenas o velho oficial Clutterbuck.

— Meus parabéns. Esta é minha irmã, Amanda Debusher.

Clutterbuck apertou a mão de Amanda.

— Prazer, senhora Debusher. — Depois acrescentou para as duas: — O carro foi roubado de um shopping em Laurel, Maryland. — Ele olhou para o veículo, os polegares enganchados no cinto. — Sabiam que na França eles chamam as PT Cruisers de *le car Jimmy Cagney*?

Amanda não pareceu se impressionar com a informação.

— Havia alguma impressão digital nele?

— Nem umazinha — disse ele. — Foram limpas. E quem quer que estivesse dirigindo tirou a tampa de proteção da luz do teto e quebrou a lâmpada. O que acham disso?

— Eu acho que soa *beaucoup* suspeito — disse Amanda.

Clutterbuck riu.

— Pois é. Mas tem um carpinteiro aposentado em Delaware que vai ficar muito feliz em ter seu carro de volta, com a luz do teto quebrada ou não.

— O senhor descobriu alguma coisa sobre Jim Dooley? — perguntou Lisey.

— Na verdade é John Doolin, senhora Landon. Nascido em Shooter's Knob, Tennessee. Mudou-se para Nashville aos cinco anos de idade com a família, depois foi morar com os tios em Moundsville, West Virginia, quando os pais e a irmã mais velha morreram em um incêndio no inverno de 1974. Doolin tinha nove anos na época. Oficialmente, um curto em luzinhas de árvore de Natal defeituosas foram a causa da morte, mas conversei com um detetive aposentado que trabalhou no caso. Ele disse que havia suspeitas de que o garoto teve algo a ver com o incêndio. Nenhuma prova.

Lisey não viu motivo para continuar prestando atenção ao resto, pois, independentemente de como ele afirmasse se chamar, seu perseguidor jamais voltaria do lugar para o qual ela o levara. Ainda assim, ouviu Clutterbuck dizer que Doolin passara um bom número de anos em uma instituição psiquiátrica no Tennessee, e continuava acreditando que ele conhecera Gerd Allen Cole lá e se contaminara pela obsessão dele

(*blém-blém pelas frésias*)

como se ela fosse um vírus. Scott tinha um ditado estranho que Lisey nunca entendera por completo até a história com McCool/Dooley/Doolin. Algumas coisas tinham de ser verdade, dizia Scott, porque não têm outra escolha.

— De qualquer forma, é melhor ficarem alertas — falou Clutterbuck para as duas mulheres. — E se parecer que ele ainda está por aqui...

— Ou que só deu um tempinho e decidiu voltar... — acrescentou Boeckman.

Clutterbuck assentiu.

— É, isso também é possível. Se ele voltar a aparecer, acho que devemos ter uma reunião com a sua família, senhora Landon... Para deixar todos inteirados. A senhora concorda comigo?

— Se ele aparecer, com certeza farei isso — disse Lisey.

Ela falou com seriedade, de um jeito quase solene — enquanto se afastavam do centro da cidade, porém, ela e Amanda se permitiram um acesso de riso histérico diante da ideia de Jim Dooley voltar um dia.

3

Uma ou duas horas antes de o dia seguinte amanhecer, arrastando os pés até o banheiro com apenas um olho aberto, não pensando em nada além de fazer xixi e voltar para a cama, Lisey achou ter visto algo se mexendo no quarto às suas costas. Aquilo a despertou rapidamente, fazendo-a se virar para trás. Não havia nada lá. Ela pegou uma toalha de rosto da haste ao lado da pia e a pendurou sobre o espelho do armarinho de remédios no qual vira o movimento, prendendo-a com cuidado até ela parar sozinha. Então, e somente então, terminou o que tinha de fazer.

Tinha certeza de que Scott entenderia.

4

O verão passou e, um dia, Lisey notou que os cartazes de MATERIAL ESCOLAR haviam aparecido nas vitrines de várias lojas na Main Street de Castle Rock. E por que não? De repente, já era a segunda metade de agosto. O escritório de Scott — exceto pela cobra de livros e pelo carpete branco manchado sobre o qual ela cochilava — estava esperando pelos próximos desdobramentos. (Se é que *haveria* algum desdobramento; Lisey começara a considerar a possibilidade de pôr a casa à venda.) Canty e Rich deram sua anual festa temática de *Sonhos de uma noite de verão* no dia 14 de agosto. Lisey foi disposta a encher a cara com o Long Island Iced Tea que Rich Lawlor costumava preparar, coisa que não fazia desde a morte de Scott. Pediu a Rich um duplo para começar, depois o largou intocado em uma das mesas do bufê. Ela achou ter visto algo se mover na superfície do copo, como se refletido nela, ou nas profundezas cor de âmbar, como se nadasse lá dentro. Era uma besteira sem tamanho, é claro, mas ela percebeu que sua vontade de tomar um porre federal tinha passado. Na verdade, não sabia ao certo se teria *coragem* de ficar bêbada (ou mesmo alegrinha). Não sabia ao certo se ousava baixar a guarda daquela forma. Porque se tivesse chamado a atenção do garoto espichado, se ele a estivesse observando de tempos em tempos... ou até mesmo apenas pensando a seu respeito... Bem...

Parte dela tinha certeza de que aquilo era bobagem.

Outra parte estava convencida de que não era.

À medida que agosto se aproximava do fim e o clima mais quente do verão chegava à Nova Inglaterra, colocando os humores e as redes elétricas do noroeste à prova, algo ainda mais angustiante começou a acontecer com Lisey... Dessa vez, porém — como as coisas que às vezes pensava, *talvez*, estar vendo em certas superfícies refletoras —, ela não sabia exatamente o que estava acontecendo.

Às vezes acordava se debatendo pela manhã, uma ou talvez duas horas antes do seu horário habitual, arquejando e coberta de suor mesmo com o ar-condicionado ligado, com a sensação que experimentava ao despertar de pesadelos na infância: a de que não escapara do que quer que a estivesse perseguindo, de que a coisa ainda estava debaixo da sua cama e fecharia a mão fria e deformada em volta do seu tornozelo, ou vararia seu travesseiro com ela para agarrá-la pelo pescoço. Nessas horas de pânico, ela corria as mãos por sobre os lençóis e depois pela cabeceira da cama antes de abrir os olhos, querendo ter certeza, certeza absoluta, de que não estava... bem, em nenhum outro lugar. *Porque depois que você distende esses tendões da primeira vez*, pensava ela às vezes, abrindo os olhos e olhando para o quarto familiar com enorme e indescritível alívio, *é mil vezes mais fácil distendê-los de novo.* E ela distendera uns certos tendões, não distendera? Sim. Primeiro puxando Amanda, e depois puxando Dooley. Distendera-os para valer.

Imaginou que, depois de ter acordado meia dúzia de vezes e descoberto que estava no lugar certo, no quarto que já fora dela e de Scott e que agora era apenas seu, as coisas melhorariam; mas não foi assim. Em vez disso, elas ficaram piores. Ela se sentia como um dente mole em uma gengiva doente. Até que, no primeiro dia da grande onda de calor — que rivalizava com a frente fria de dez anos atrás, e a simetria irônica daquilo, por mais que pudesse ser uma simples coincidência, não lhe passou despercebida —, o que ela temia finalmente aconteceu.

5

Ela estava deitada no sofá da sala de estar apenas para descansar os olhos por alguns instantes. O inquestionavelmente idiota mas vez por outra divertido apresentador Jerry Springer tagarelava na máquina de fazer doido — Minha Mãe Roubou Meu Namorado, Meu Namorado Roubou Minha Mãe, ou algo do gênero. Lisey estendeu o braço para pegar o controle remoto e desligar aquela droga — ou talvez tivesse apenas sonhado ter feito aquilo, porque quando abriu os olhos para ver onde estava o controle, estava deitada não no sofá, mas na colina de tremoceiros em Boo'ya Moon. O sol estava a pino e não havia sinal de perigo — certamente não havia sinal de que o garoto espichado de Scott (pois era assim que ela o chamava, e era assim que sempre o chamaria, embora imaginasse que agora ele era o garoto espichado dela, o garoto espichado de Lisey) estivesse por perto, mas ela estava aterrorizada mesmo assim, quase a ponto de gritar de desespero. Em vez de fazer isso, fechou os olhos, visualizou a sala de estar e, de repente, conseguia ouvir os "convidados" do *Springer Show* gritando uns com os outros e sentiu o formato retangular do controle remoto na mão esquerda. Um segundo depois, estava se levantando do sofá com um salto, os olhos arregalados e a pele toda arrepiada. Quase conseguia acreditar que fora tudo um sonho (sem dúvida faria sentido, dado o seu nível de ansiedade a respeito do assunto), mas a vivacidade do que vira naqueles poucos segundos ia contra aquela ideia, por mais reconfortante que fosse. Assim como a mancha roxa nas costas da mão que segurava o controle da TV.

6

No dia seguinte, ela ligou para a Biblioteca Fogler e falou com o senhor Bertram Patridge, responsável pelas Coleções Especiais. O cavalheiro foi ficando cada vez mais empolgado à medida que Lisey descrevia os livros que ainda restavam no escritório de Scott. Ele os chamou de "exemplares associativos" e disse que seria um prazer para o departamento de Coleções Especiais da Fogler recebê-los "e ajudá-la na questão do crédito de imposto". Lisey disse que seria muita gentileza da parte deles, como se estivesse preocupada havia anos com a questão do crédito de imposto. O senhor Patridge disse que enviaria "uma equipe de transportadores" no dia seguinte para encaixotar os exemplares e levá-los pelos quase duzentos quilômetros até o campus de Orono da Universidade do Maine. Lisey o lembrou de que o clima provavelmente estaria muito quente, e que o escritório de Scott, que não tinha mais ar-condicionado, retornara à sua forma original de palheiro. Talvez, disse ela, o senhor Patridge fosse preferir deixar os transportadores de sobreaviso até o tempo esfriar.

— De forma alguma, senhora Landon — disse Patridge, rindo expansivamente, e Lisey percebeu que ele estava com medo de que ela mudasse de ideia se tivesse tempo o bastante para reconsiderar. — Tenho dois jovens em mente que serão perfeitos para o serviço. A senhora espere só para ver.

7

Menos de uma hora depois da conversa com Bertram Patridge, o telefone de Lisey tocou enquanto ela preparava um sanduíche de atum com pão de centeio para a janta: uma refeição simples, mas era tudo o que queria. Lá fora, o calor se estendia pelo solo como um cobertor. O céu perdera completamente a cor; fulgurava em um branco perfeito de horizonte a horizonte. Enquanto misturava o atum e a maionese com um pouco de cebola picada, ela pensava em como encontrara Amanda em um daqueles bancos, olhando para o *Malva-Rosa* — o que era estranho, pois quase já não pensava mais naquilo; era como um sonho para ela. Lembrou-se de Amanda perguntando se teria de beber mais daquele

(*suquiiiiinho*)

ponche horroroso se voltasse — seu jeito de descobrir, supunha Lisey, se teria de continuar encarcerada na Greenlawn — e Lisey lhe prometera que não haveria mais ponche, não haveria mais suquinho. Amanda concordara em voltar, embora estivesse claro que não queria, que teria o maior prazer em continuar sentada no banco, olhando para o *Malva-Rosa* até, nas palavras da Mãezinha Querida, "a metade final da eternidade". Sentada lá, no meio daquelas coisas amortalhadas assustadoras e dos observadores silenciosos, um ou dois bancos acima da mulher de cafetã. A que assassinara o próprio filho.

490

Lisey largou o sanduíche no balcão, sentindo-se de repente gelada da cabeça aos pés. Ela não tinha como saber daquilo. Não tinha *a menor possibilidade* de saber daquilo.

Mas sabia.

Fiquem quietas, dissera a mulher. *Enquanto eu penso por que fiz aquilo.*

E em seguida Amanda falara algo completamente inesperado, não foi? Algo sobre Scott. Embora nada do que Amanda tivesse dito *naquela hora* pudesse ser importante *agora*, não com Scott morto e Jim Dooley também (ou *desejando* estar), mas ainda assim Lisey gostaria de se lembrar o que exatamente a irmã falara.

— Ela disse que voltaria — murmurou Lisey. — Disse que voltaria se fosse para evitar que Dooley me machucasse.

Sim, e Amanda mantivera a palavra, Deus a abençoe, mas Lisey queria se lembrar de algo que ela falara *depois* daquilo. *Não entendo como isso pode ter a ver com Scott. Ele já está morto há tanto tempo... embora... eu ache que ele me disse alguma coisa sobre...*

Foi então que o telefone tocou, estilhaçando o vidro frágil das recordações de Lisey. E, ao atendê-lo, uma certeza louca lhe veio à mente: era Dooley. *Olá, madame*, diria o Príncipe Sombrio dos Caçacatras. *Estou ligando da barriga daquele bicho. Como a senhora está?*

— Alô — disse ela. Sabia que estava agarrando o telefone com força demais, mas não conseguia fazer nada a respeito.

— Danny Boeckman falando, senhora Landon — disse a voz do outro lado da linha. O "senhora", em vez de "madame", não foi suficiente para acalmá-la, mas o sotaque ianque, sim; e o oficial Boeckman soava estranhamente empolgado, quase esfuziante, como um menino. — Adivinhe só o que aconteceu!

— Nem imagino — disse Lisey, mas outra ideia maluca lhe veio à cabeça: ele ia dizer que tinham tirado no palitinho para ver quem da delegacia ia ligar para ela e chamá-la para sair, e ele tirara o mais curto. Mas por que soaria tão empolgado com *aquilo*?

— Nós encontramos a tampa da luz do teto!

Lisey não fazia ideia do que ele estava falando.

— Como?

— Doolin, o cara que a senhora conhecia como Zack McCool e depois como Jim Dooley, roubou aquela PT Cruiser que usou enquanto lhe perseguia, senhora Landon. Disso, nós tínhamos certeza. E também tínhamos certeza de que ele estava deixando o carro escondido naquele depósito de cascalho entre as viagens. Só não conseguíamos provar, porque...

— Ele limpou todas as impressões digitais.

— Isso aí, e não deixou nem umazinha. Mas de vez em quando eu e Papa saíamos...

— Papa?

— Desculpe, Joe. O oficial Alston?

Papa, pensou ela. Percebendo pela primeira vez, e claramente, que aqueles eram homens de verdade com vidas de verdade. Com apelidos. *Papa*, pensou ela. *Oficial Joe Alston, também conhecido como Papa.*

— Senhora Landon? A senhora está aí?

— Sim, Dan. Posso te chamar de Dan?

— Claro que pode. Enfim, de vez em quando a gente saía para dar uma volta e ver se encontrava alguns prêmios, porque havia muitos sinais de que ele tinha passado muito tempo naquele depósito; embalagens de doce, umas duas garrafas daqueles refrigerecos, esse tipo de coisa.

— Refrigereco — disse ela baixinho, e pensou: Didiva, Dan. Didiva, Papa. Didiva, fim.

— Justamente, ele parecia gostar desse tipo de refri, mas nenhuma digital de nenhuma das garrafas no lixo combinava com as dele. A única combinação que conseguimos foi com as de um camarada que roubou um carro no fim dos anos 1970 e agora é caixa de mercado em um mercadinho lá em Oxford. A gente supôs que as outras digitais nas garrafas também fossem de balconistas. Mas ontem à tarde, senhora Landon...

— Lisey.

Houve uma pequena pausa enquanto Dan levava aquilo em consideração, depois prosseguiu.

— Ontem à tarde, Lisey, numa pequena trilha que sai daquele depósito, eu encontrei o maior prêmio de todos: a tampa da luz do teto. Ele a arrancou e a jogou para os duendes. — O tom de voz de Boeckman se elevou, tornando-se triunfante; não a voz de um xerife, e sim uma perfeitamente humana. — E ela foi a única coisa que ele esqueceu de pegar com as luvas ou limpar depois! Uma bela digital de polegar de um lado e uma boa e ve-

492

lha digital de indicador no outro! Onde ele segurou a tampa. Recebemos os resultados por fax hoje pela manhã.

— John Doolin?

— Isso aí. Nove pontos de semelhança. *Nove!* — Houve uma pausa e, quando ele voltou a falar, parte do tom triunfante já deixara sua voz. — Se ao menos conseguíssemos encontrar o filho da mãe...

— Tenho certeza de que uma hora ele vai aparecer — disse ela, lançando um olhar cobiçoso para o sanduíche de atum. Perdera a linha de raciocínio a respeito de Amanda, mas recuperara o apetite. Para Lisey, aquilo parecia uma troca justa, especialmente em um dia calorento daqueles. — E mesmo que não apareça, ele parou de me importunar.

— Ele deu o fora do Condado de Castle; aposto minha reputação nisso. — Um tom de inconfundível orgulho se insinuou na voz do xerife Dan Boeckman. — Imagino que tenha ficado quente demais para ele, daí ele se livrou do carro e foi embora. O Papa também acha. Jim Dooley e Elvis já não estão por aí.

— Papa... é porque ele é religioso ou coisa assim?

— Não, senhora. Na escola, nós dois éramos atacantes da equipe do Castle Hills Knights que ganhou o campeonato estadual da primeira divisão. Os Bangor Rams estavam três *touchdowns* na frente, mas a gente deu um sacode neles. Fomos o único time da nossa parte do estado a ganhar uma bola de ouro desde os anos 1950. E Joey, ninguém conseguiu pará-lo durante toda aquela temporada. Mesmo com quatro caras nas costas, ele continuava correndo, que nem o Papa-Léguas. Aí a gente chamava ele de Papa, e eu ainda o chamo.

— Se eu o chamar assim, será que ele vai ficar bravo comigo?

Dan Boeckman riu com entusiasmo.

— Não! Ele vai adorar!

— Então está certo. Eu sou Lisey, você é Dan, ele é Papa.

— Por mim está joia.

— E obrigado pela ligação. Vocês fizeram um ótimo trabalho.

— Obrigado por dizer isso, senhora. Lisey. — Ela conseguia ouvir o sorriso em sua voz, e aquilo a fez se sentir bem. — Entre em contato, sim? Caso a gente possa ajudar em mais alguma coisa. Ou se tiver notícia daquele vagabundo novamente.

— Pode deixar.

Lisey voltou ao sanduíche com um sorriso no rosto e não pensou em Amanda, no belo navio chamado *Malva-Rosa* ou em Boo'ya Moon até o fim do dia. Naquela noite, no entanto, acordou ao som de um trovão distante, com a sensação de que algo enorme estava... não exatamente a *caçando* (ele não se daria o trabalho), mas a *contemplando*. A ideia de que ela poderia estar na mente inescrutável de uma coisa daquelas a fez ter vontade de chorar e gritar. Ao mesmo tempo. Também a fez ter vontade de ficar acordada vendo filmes na TV a cabo, fumando cigarros e tomando café extraforte. Ou cerveja. Cerveja talvez fosse melhor. Talvez trouxesse o sono de volta. Em vez de se levantar, ela desligou o abajur do criado-mudo e ficou deitada, imóvel. *Nunca mais vou voltar a dormir*, pensou ela. *Vou apenas ficar deitada deste jeito até o sol despontar no leste. Aí vou me levantar e preparar o café que quero agora.*

Três minutos depois de pensar aquilo, porém, ela estava cochilando. Dez minutos depois, dormia profundamente. Mais tarde ainda, quando a lua se ergueu e ela sonhou estar flutuando sobre uma certa praia exótica de areia branca e fina no tapete mágico PILLSBURY, sua cama ficou vazia por alguns instantes e o quarto foi tomado pelos cheiros de véu-de-noiva, jasmim e dama-da-noite, aromas que eram ao mesmo tempo nostálgicos e assustadores. Mas ela logo voltou e, pela manhã, mal se lembrava daquele sonho no qual voava, voava por sobre a praia às margens da lagoa em Boo'ya Moon.

8

No fim das contas, o processo de desmantelamento da cobra de livros diferiu em apenas dois aspectos do que Lisey previra, e foram variações muito pequenas. Em primeiro lugar, um dos membros da equipe de duas pessoas do senhor Patridge era mulher — uma garota robusta de vinte e poucos anos, com um rabo de cavalo cor de caramelo passado pelo buraco de trás de um boné dos Red Sox. Em segundo lugar, Lisey não imaginara que o trabalho seria tão rápido. Apesar do calor espantoso do escritório (nem mesmo três ventiladores ligados no máximo adiantavam muita coisa), todos os livros foram encaixotados e acomodados em uma van do campus de Orono da Universidade do Maine em menos de uma hora. Quando Lisey perguntou aos dois bibliotecários do departamento de Coleções Especiais (que chamavam a si mesmos — meio brincando, meio a sério, pensou Lisey — de Lacaios de Patridge) se queriam chá gelado, eles aceitaram com entusiasmo e beberam dois copos cada um. A garota se chamava Cory. Foi ela quem disse a Lisey o quanto gostava dos livros de Scott, principalmente *Relíquias*, que afirmou ter lido três vezes. O rapaz se chamava Mike, e foi ele quem disse que ambos sentiam muito pela perda dela. Lisey lhes agradeceu pela gentileza, e foi sincera.

— Deve ser triste para a senhora ver o lugar tão vazio — disse Cory, inclinando o copo na direção do celeiro. Os cubos de gelo tilintaram lá dentro. Lisey teve o cuidado de não olhar diretamente para o copo, para evitar ver algo além de gelo nele.

— É um pouco triste, mas é libertador também — disse ela. — Eu posterguei o trabalho de limpar esse espaço por muito tempo. Minhas irmãs me ajudaram. Estou feliz por termos conseguido. Mais chá, Cory?

— Não, obrigada. Mas será que eu poderia usar o seu banheiro antes de pegarmos a estrada de volta?

— Claro. Depois da sala de estar, primeira porta à direita.

Cory pediu licença. Sem pensar — *quase* sem pensar —, Lisey moveu o copo da garota para trás da jarra de chá de plástico marrom.

— Mais um copo, Mike?

— Não, obrigado — disse ele. — Imagino que a senhora vá tirar o carpete também.

Ela riu, constrangida.

— Vou. Feio, não é? Resultado de uma das experiências de Scott como envernizador. Foi um fracasso. — Pensando: *Me desculpe, querido.*

— Parece um pouco com sangue seco — disse Mike, terminando o chá gelado.

O sol, turvo e quente, correu pela superfície do copo — e, por um instante, um olho pareceu fitar Lisey de dentro dele. Quando Mike o largou, ela teve de controlar o impulso de pegá-lo e escondê-lo atrás da jarra de plástico junto com o outro.

— Todo mundo fala isso — concordou ela.

— Nunca vi ninguém se cortar tão feio fazendo a barba — disse Mike, rindo. Os dois riram. Lisey achou que sua risada soou quase tão natural quanto a dele. Ela não olhou para o copo. Não pensou sobre o garoto espichado que agora era *seu* garoto espichado.

— Tem certeza de que não quer mais um pouco? — perguntou ela.

— Melhor não, estou dirigindo — disse Mike, e eles deram outra gargalhada.

Cory voltou e Lisey pensou que Mike fosse pedir para usar o banheiro, mas não pediu — homens tinham rins maiores, bexigas maiores, algumas coisas maiores, pelo menos era o que Scott dizia. Lisey ficou feliz por isso, pois, sendo assim, apenas a garota lançou aquele olhar estranho para ela antes de os dois partirem com a cobra de livros desmantelada na traseira da van. Ah, com certeza ela contou a Mike o que viu na sala de estar e o que encontrou no banheiro, contou tudo na longa viagem para o norte até o campus de Orono da Universidade do Maine, mas Lisey não estava lá para ouvir. O olhar da garota não foi tão ruim, pensando bem, pois Lisey não entendeu o que significava naquela hora — embora *tenha* apalpado o lado da cabeça, achando que talvez seu cabelo tivesse caído errado sobre a orelha, estivesse de pé ou algo do gênero. Só mais tarde (depois de ter jogado os copos de chá gelado na lava-louças quase sem olhar para eles), foi usar o banheiro também e viu a toalha pendurada no espelho. Lembrava-se de ter colocado a toalha de rosto cobrindo o espelho do armarinho do andar de cima; aquele, lembrava-se perfeitamente de ter tapado, mas quando tinha tapado *o do celeiro*?

Lisey não sabia.

Ela voltou para a sala de estar e viu que também havia um lençol pendurado em forma de cortina sobre o espelho sobre a lareira. Ela própria deveria ter notado aquilo no caminho — imaginava que Cory tivesse notado, o que era bastante óbvio —, mas a verdade é que Lisey Landon não passava muito tempo analisando o próprio reflexo nos últimos tempos.

Ela deu uma volta pela casa e descobriu que apenas dois dos espelhos do primeiro piso não tinham sido cobertos com lençóis, toalhas ou (em um caso) tirados da parede e virados ao contrário; em seguida cobriu também os dois últimos restantes, no espírito de o que é um peido para quem já está cagado? Enquanto os cobria, Lisey se perguntou o que exatamente a jovem bibliotecária, com seu moderno boné de beisebol rosa dos Red Sox, teria pensado. Que a viúva do escritor famoso era judia, ou adotara o costume de luto judeu, e continuava enlutada? Que ela decidira que Kurt Vonnegut esta-

496

va certo ao dizer que espelhos não eram superfícies refletoras, e sim *fendas*, portais para outras dimensões? E, na verdade, não era isso que *ela* pensaria?

Não portais, janelas. E eu lá deveria me importar com o que uma bibliotecária da Universidade dos Caipiras pensa?

Ah, provavelmente não. No entanto, a vida tinha tantas superfícies refletoras, não tinha? Não só espelhos. Havia copos de suco para os quais devia evitar olhar logo de manhãzinha, taças de vinho para as quais não devia olhar ao pôr do sol. As tantas vezes em que se sentava atrás do volante do carro e via o próprio rosto lhe devolvendo um olhar do console. Tantas noites longas em que a mente de alguma coisa... *de um outro*... podia vir até ela se não conseguisse evitar que sua mente se voltasse à coisa. E como fazer para evitar uma coisa dessas? Como não pensar em algo? A mente era uma maldita rebelde de kilt, citando o falecido Scott Landon. Ela poderia inventar... bem, cague fogo para não gastar seus fósforos, por que não dizer logo? Dava para inventar tanta coisa-ruim...

E tinha outra coisa, também. Algo muito mais assustador. Talvez, mesmo que ela não viesse até Lisey, era impossível deixar de ir até *ela*. Porque uma depois de distender as joças de tendões... depois que a vida no mundo real começava a parecer um dente mole em uma gengiva doente...

Ela estaria descendo as escadas, ou entrando no carro, ou ligando o chuveiro, ou lendo um livro, ou abrindo uma revistinha de palavras cruzadas e teria a sensação absurdamente parecida com um espirro se aproximando ou

(*mein gott, babyluv, mein gott, Leezy lindínea!...*)

com a chegada de um orgasmo iminente e pensaria: *Ah, cacete, eu não estou chegando a nada, estou indo, estou indo para lá.* O mundo inteiro pareceria oscilar e haveria a sensação de todo um outro mundo esperando para nascer, no qual tudo que era doce azedava e se tornava veneno depois do anoitecer. Um mundo que ficava a apenas um passo de distância, ao alcance de um movimento das mãos, ou do girar de um quadril. Por um instante, ela sentiria Castle View desmoronar ao redor e se tornaria Lisey andando na corda bamba, equilibrando-se para não cair. Depois voltaria, uma mulher sólida (ainda que de meia-idade e um pouco magra demais) descendo um lance de escadas, batendo a porta do carro, regulando a água quente, virando a página de um livro ou resolvendo palavras cruzadas: presente, em desuso, seis letras, começa com *D*, termina com *A*.

9

Dois dias depois que a cobra desmantelada foi para o norte, no que a sucursal de Portland do Serviço Nacional de Meteorologia classificaria como o dia mais quente do ano no Maine e em New Hampshire, Lisey subiu até o escritório com um CD chamado *Hank Williams' Greatest Hits* e um aparelho para tocá-lo. Aquilo não seria um problema, assim como não fora um problema ligar os ventiladores no dia em que os Lacaios de Patridge haviam estado lá em cima; no fim das contas, Dooley tinha apenas aberto a caixa de luz no andar de baixo e desligado os três disjuntores que controlavam a energia do escritório.

Lisey não fazia ideia do quão quente estava no escritório, mas sabia que estava próximo dos quarenta graus. Sentiu a blusa começar a colar no corpo e o rosto umedecer assim que chegou ao topo da escada. Lera em algum lugar que mulheres não *suam*, elas *brilham*, o que era uma *baita* conversa mole. Se ficasse lá em cima por tempo o suficiente, provavelmente desmaiaria de calor, mas não pretendia se demorar muito. Havia uma música *country* que ela às vezes escutava no rádio chamada *Ain't Livin' Long Like This* — *Não vou continuar vivendo desse jeito por muito tempo*. Não sabia quem compusera a canção ou quem a cantava (não era o Velho Hank), mas se identificava com ela. Não conseguiria passar o resto da vida com medo do próprio reflexo — ou do que poderia estar à espreita atrás dele —, e tampouco conseguiria viver com medo de que, a qualquer momento, pudesse perder o controle da realidade e se ver em Boo'ya Moon.

Aquele cocô tinha de acabar.

Ela ligou o rádio na tomada, depois se sentou de pernas cruzadas no chão diante dele e colocou o CD. Suor entrou no seu olho, ardendo, e ela o limpou com o punho cerrado. Scott botara muita música para tocar lá em cima, com o volume estourando. Quando se tem um aparelho de som de doze mil dólares e o anexo no qual a maioria das caixas de som tem isolamento acústico, você pode botar pra quebrar. Na primeira vez que ele tocou *Rockaway Beach* para ela, Lisey pensou que o teto sobre a cabeça deles fosse sair voando. O que estava prestes a tocar soaria baixinho e discreto em comparação, mas ela achava que seria o suficiente.

Presente, em desuso, seis letras, começa com D, termina com A.

Amanda, sentada em um daqueles bancos, olhando para o Porto de Ven-
tosul, logo acima da mulher infanticida com o cafetã, Amanda dizendo: Tinha
algo a ver com uma história. A sua história. A história de Lisey. E com a colcha.
Só que ele a chamava de trouxa. Qual era a palavra que ele usava? Davida?
Dávida? Dádiva?

Não, Manda, não era dádiva, embora essa seja uma palavra de seis letras,
um tanto em desuso hoje em dia, que começa com D e termina com A e significa
presente. Mas a palavra que Scott usava...

A palavra tinha sido didiva, é claro. O suor escorreu pelo rosto de Lisey
como lágrimas. Ela deixou.

— Como em Didiva, fim. E no final você ganha um prêmio. Às vezes
um doce. Às vezes um refrigereco da loja do Mullie. Às vezes um beijo. E
às vezes... às vezes uma história. Não é, querido?

Falar com ele não pareceu estranho. Porque ele ainda estava ali. Mesmo
sem os computadores, a mobília, o extravagante aparelho de som sueco, os
arquivos repletos de manuscritos, as pilhas de provas não corrigidas (dele
mesmo ou enviadas por amigos e admiradores) e a cobra de livros... Mesmo
sem aquelas coisas, ela ainda sentia Scott. É claro que sim. Porque ele não
dera sua última palavra. Tinha mais uma história para contar.

A história de Lisey.

Ela achava que sabia qual era, pois tinha apenas uma que ele nunca
terminara.

Lisey tocou uma das manchas de sangue secas no carpete e pensou
sobre os argumentos contra a loucura, os que caíam por terra com um leve
farfalhar. Ela pensou em como fora estar debaixo da árvore nham-nham:
como se estivessem em outro mundo, em um mundo só deles. Ela pensou
sobre a Gente da Coisa-Ruim, sobre a Gente das Didivas de Sangue. Sobre
como, quando Jim Dooley vira o garoto espichado, ele parara de gritar e suas
mãos tinham caído ao lado do corpo. Porque a força abandonara os braços
dele. Era isso que olhar para a coisa-ruim fazia, quando a coisa-ruim estava
olhando de volta.

— Scott — disse ela. — Querido, estou ouvindo.

Não houve resposta... exceto a que Lisey deu a si mesma. *O nome da*
cidade era Anarene. Sam, o Leão, era dono da sinuca. Dono do cinema. E do
restaurante, onde todas as músicas no jukebox *pareciam ser de Hank Williams.*

499

Em algum lugar, algo no escritório vazio pareceu suspirar, concordando. Provavelmente foi só imaginação dela. De qualquer forma, a hora chegara. Lisey ainda não sabia exatamente o que estava procurando, mas achava que saberia o que era quando encontrasse — com certeza saberia, se Scott deixara algo para ela — e estava na hora de começar a procurar. Porque não ia continuar vivendo daquele jeito por muito tempo. Não conseguiria.

Ela apertou o PLAY e a voz cansada e alegre de Hank Williams começou a cantar.

Goodbye Joe, me gotta go,
Me-oh-my-oh
Me gotta go pole the pirogue
Down the bayou...

ESPANE, babyluv, pensou ela, e fechou os olhos. Por um instante, a música ainda estava lá, porém abafada e muito distante, como se viesse do fim de um longo corredor, ou da garganta de uma caverna profunda. Mas em seguida a luz do sol brotou vermelha no interior de suas pálpebras e a temperatura caiu dez graus, talvez até quinze, de uma só vez. Uma brisa fresca, deliciosa com seu cheiro de flores, acariciou sua pele suada e soprou seu cabelo viscoso para trás, descolando-o das têmporas.

Lisey abriu os olhos em Boo'ya Moon.

10

Ela ainda estava sentada de pernas cruzadas, mas agora se encontrava à beira do caminho que descia pela colina de tremoceiros em uma direção e para debaixo das árvores adoráveis pela outra. Já estivera lá antes; foi àquele mesmíssimo local que seu marido a levara antes de ser seu marido, dizendo que tinha algo para lhe mostrar.

Lisey se levantou, afastando o cabelo úmido de suor do rosto com as mãos, deleitando-se com a brisa. Com a doçura do aroma misto que ela carregava, é claro, mas, acima de tudo, com o frescor dela. Conseguia ouvir cantando, pelo som que faziam, pássaros perfeitamente comuns — chapins e rouxinóis com certeza, provavelmente alguns pintassilgos e talvez uma cotovia para completar —, mas nada de coisas horríveis e gargalhantes na floresta. Era cedo demais para elas, imaginou. Nem sinal do garoto espichado, tampouco; e aquela era a melhor notícia de todas.

Ela encarou as árvores e virou para trás traçando um lento semicírculo. Não procurava pela cruz, pois ela ficara presa no braço de Dooley, que em seguida a jogara longe. Era a árvore que ela estava procurando, a que ficava só um pouquinho à frente das outras no lado esquerdo da trilha...

— Não, não é isso — murmurou ela. — Elas ficavam dos *dois lados* da trilha. Como soldados protegendo a entrada da floresta.

De repente, ela as viu. E uma terceira um pouco adiante da que ficava à esquerda. Esta era a maior, o tronco coberto com um musgo tão espesso que parecia uma pelagem. Na base dela, o solo ainda parecia um pouco afundado. Era lá que Scott enterrara o irmão que tentara salvar com tanto afinco. E, em um dos lados daquela parte afundada, Lisey viu algo com olhos fundos enormes a encarando do meio da grama alta.

Por um instante, ela pensou que fosse Dooley, ou o cadáver dele, de alguma forma reanimado e de volta para persegui-la — mas aí se lembrou de como, depois de afastar Amanda com um golpe, ele retirara os óculos de visão noturna inúteis e sem lentes e os jogara fora. E lá estavam eles, caídos ao lado da sepultura do irmão bonzinho.

É outra caça à didiva, pensou ela ao andar na direção deles. *Da trilha à árvore; da árvore à sepultura; da sepultura aos óculos. Para onde agora? Para onde, babyluv?*

A próxima estação acabou sendo o que sinalizava a sepultura, com a parte horizontal da cruz entortada de modo a parecer um ponteiro de relógio marcando sete horas e cinco minutos. O sangue de Dooley manchava cerca de oito centímetros do topo da cruz. Já estava seco, e ganhara aquela tonalidade marrom — não exatamente cor de verniz — das manchas no carpete do escritório de Scott. Ela ainda conseguia ver **PAUL** escrito na cruz e, quando a ergueu (com reverência sincera) da grama para olhar mais de perto, viu também outra coisa: um pedaço desbotado da linha amarela que fora enrolada várias vezes em volta da ripa vertical antes de ser amarrada com firmeza. Amarrada, Lisey não tinha a menor dúvida, com o mesmo tipo de nó que segurara o sino de Chuckie G. na árvore dentro da floresta.

501

A linha amarela—que já passara pelas agulhas de crochê da Mãezinha Querida enquanto ela assistia à TV na fazenda em Lisbon—estava amarrada na ripa vertical logo acima do lugar em que a terra escurecera a madeira. E, olhando para ela, Lisey se lembrou de tê-la visto correndo para a escuridão logo antes de Dooley tirar a cruz do próprio braço e a atirar longe.

É a trouxa, a que largamos diante do pedregulho sobre a lagoa. Ele voltou depois, algum tempo depois, a pegou e trouxe até aqui. Desfiou um pedaço dela, amarrou à cruz e saiu desfiando mais. E esperou que eu encontrasse o resto depois que tudo acabasse.

Com o coração batendo forte e devagar no peito, Lisey largou a cruz e começou a seguir a linha amarela que se afastava da trilha e corria pela beira da Floresta das Fadas, passando a mão por ela à medida que a grama alta sussurrava contra suas coxas, os gafanhotos saltavam e os tremoceiros exalavam seu cheiro doce. Em algum lugar, um gafanhoto cantou sua canção fogosa de verão e, na floresta, um corvo—seria *mesmo* um corvo? Era o que parecia, um corvo perfeitamente comum—emitiu um olá rouco, mas não havia carros, aviões ou vozes humanas perto ou longe dali. Ela andou pela grama, seguindo a linha da colcha desfiada, aquela na qual seu marido insone, assustado e enfraquecido se enrolara durante tantas noites de frio, dez anos antes. À sua frente, uma árvore do carinho se destacava um pouco das companheiras, estendendo os galhos, criando uma poça de sombra convidativa. Debaixo dela, Lisey viu um cesto de lixo de metal alto e uma poça amarela muito maior. A cor se tornara mais fosca, a lã manchada e disforme, como uma peruca loira enorme que tivesse sido deixada na chuva, ou talvez o cadáver de um gato grande e velho—mas Lisey a reconheceu assim que a viu, e seu coração começou a apertar. Na sua mente, ela conseguia ouvir The Swinging Johnsons tocando "Too Late to Turn Back Now" e sentir a mão de Scott a conduzindo até o chão. Ela seguiu a lã amarela desfiada até debaixo da árvore do carinho e se ajoelhou ao lado do pouco que restava do presente de sua mãe à filha mais nova e ao marido dela. Ela pegou a manta— e o que quer que estivesse lá dentro. Colou-a ao rosto. Cheirava a umidade e mofo, uma coisa velha, esquecida, que tinha mais cheiro de funeral do que de casamento. Mas tudo bem. Era assim que deveria ser. Lisey sentiu o aroma de todos os anos em que ela estivera ali, amarrada à cruz de Paul e esperando por ela, como uma espécie de âncora.

11

Um pouco depois, quando parou de chorar, ela colocou o pacote (pois com certeza era isso que a trouxa era) no mesmo lugar de antes e olhou para ele, tocando o local em que a lã amarela desfiava do corpo encolhido da colcha. Achou impressionante que a linha não tivesse arrebentado, nem quando Dooley caíra em cima da cruz, quando a arrancara do braço ou quando a atirara longe — quando a estilingara adiante. É claro que o fato de Scott ter amarrado o fio rente ao chão ajudou, mas ainda assim era incrível, principalmente se levasse em conta quanto tempo aquele negócio tinha ficado ali, exposto às intempéries. Era um *milagre de olhos azuis*, por assim dizer.

Mas é claro que, às vezes, cachorros perdidos voltavam para casa; às vezes, fios velhos não arrebentavam e conduziam ao prêmio no fim da caça à didiva. Ela começou a desembrulhar os restos desbotados da colcha, em seguida parou para olhar dentro do cesto de lixo. O que viu a fez rir melancolicamente. Ele estava quase cheio de garrafas de bebida. Uma ou outra parecia relativamente nova, e ela tinha certeza de que a que estava em cima o era, pois dez anos antes não havia nada parecido com aquele tipo de limonada engarrafada. No entanto, a maioria era velha. Era para lá que ele ia quando estava a fim de beber em 1996 — porém, mesmo bêbado de cair, Scott tinha muito respeito por Boo'ya Moon para sujar o lugar de garrafas vazias. E será que ela encontraria outros esconderijos se procurasse? Talvez. Provavelmente. Mas aquele era o único que interessava a Lisey. Aquele esconderijo lhe dizia que era para lá que ele tinha ido concluir sua obra.

Ela pensou que já tinha todas as respostas, menos as mais importantes, aquelas que viera buscar — como faria para viver com o garoto espichado, e como faria para evitar aquelas idas acidentais até ali, onde a coisa vivia, especialmente quando estivesse pensando nela. Talvez Scott tivesse deixado algumas respostas. Mesmo que não, *alguma coisa* ele deixara… e era lindo debaixo daquela árvore.

Lisey pegou a trouxa novamente e a tateou como tateara os presentes de Natal quando criança. Havia uma caixa lá dentro, mas não parecia nem um pouco com a caixa de cedro da Mãezinha Querida; era mais macia, quase mole, como se, mesmo embrulhada na trouxa e guardada debaixo da árvore, a umidade tivesse penetrado nela com os anos… E, pela primeira vez,

Lisey se perguntou quantos anos teriam se passado. A garrafa de limonada sugeria que não muitos. E a sensação da coisa sugeria...

— É uma caixa de manuscrito — murmurou ela. — Uma de suas caixas de manuscrito de papelão duro. — Sim. Ela não tinha dúvidas. Porém, depois de dois anos debaixo daquela árvore... ou três... ou quatro... Ela se tornara uma caixa de papelão *mole*.

Lisey começou a desembrulhar a colcha. Duas voltas foram o suficiente; era tudo o que sobrava dela. E *era* uma caixa de manuscrito, o tom cinza-claro escurecido pela umidade. Scott sempre colocava uma etiqueta na tampa das caixas e escrevia o título nela. As duas pontas da etiqueta tinham se soltado e enrolado para dentro. Ela as empurrou para o lado com os dedos e viu uma única palavra na letra firme, escrita a tinta preta, de Scott: **LISEY**. Ela abriu a caixa. As páginas lá dentro eram folhas pautadas arrancadas de um bloco de anotações. Havia talvez trinta ao todo, cheias de rabiscos apressados, feitos com um de seus canetões escuros de ponta de feltro. Ela não ficou surpresa ao ver que Scott escrevera no presente, que o que escrevera parecia assumir às vezes um estilo infantil e que a história parecia começar na metade. Aquela última afirmação era verdadeira, refletiu ela, apenas se você não soubesse como os dois irmãos tinham sobrevivido a pai louco, o que acontecera com um deles e como o outro não conseguira salvá-lo. A história só parecia começar no meio se você não soubesse sobre os pancadas, sobre os da coisa-ruim e sobre a coisa-ruim em si. Ela só começava no meio se você não soubesse que

12

Em fevereiro ele começa a me olhar esquisito, com o rabo do olho. Eu fico esperando ele gritar comigo ou até sacar o canivete velho dele e me cortar. Há muito tempo que ele não faz nada parecido, mas acho que seria quase um alívio. Isso não arrancaria a coisa-ruim de dentro de mim porque eu não tenho coisa-ruim <u>nenhuma</u> — eu vi a coisa-ruim de verdade quando Paul estava preso no porão, não as fantasias do papai a respeito dela — e eu não tenho <u>nada</u> parecido com aquilo em mim. Mas tem algo de ruim dentro <u>dele</u>, algo que os cortes não estão conseguindo botar pra fora. Não dessa vez, embora ele tenha tentado bastante. Eu sei. Vi as camisas e as cuecas cheias de sangue na roupa suja. E no lixo, também. Se me cortar fizesse bem pra ele, eu deixaria, porque ainda amo o papai. Mais do que nunca, agora que somos só nós dois. Mais do que nunca, depois do que a gente passou com Paul. Esse tipo de amor é um tipo de perdição, como a coisa-ruim. "A coisa-ruim é forte", disse ele.

Mas ele não me corta.

Um dia eu estou voltando do barracão, onde eu tinha me sentado um pouco pra pensar sobre Paul — pra pensar sobre como a gente se divertia zanzando por este lugar velho — e o papai me agarra e me sacode.

— Você foi lá! — grita ele na minha cara. E eu vejo que ele está mais doente do que eu imaginava. Ele nunca foi tão ruim assim. — Por que você vai lá? O que você faz lá? Fica de conversa com quem? O que tá tramando?

Não para de me sacudir e sacudir, o mundo balançando pra cima e pra baixo. Aí minha cabeça bate no lado da porta e eu vejo estrelas e caio lá na soleira com o calor da cozinha na minha parte de cima e o frio do pátio na minha parte de baixo.

— Não, papai — digo. — Não fui pra lugar nenhum, eu estava só...

Ele se inclina sobre o meu corpo com as mãos nos joelhos, o rosto bem em cima do meu, a pele branca exceto por dois círculos corados bem no alto das bochechas, e noto o jeito que os olhos dele estão indo de um lado para outro e sei que ele e o juízo pararam de trocar cartas. E me lembro de Paul dizendo: Scott, você nunca deve contradizer o papai quando ele perde o juízo.

— Não me venha com essa de que não foi pra lugar nenhum, seu filho da putinha mentiroso, EU RODEI ESSA FILHA D'UMA ÉGUA DE CASA INTEIRA!

Penso em falar pra ele que estava no barraco, mas sei que isso só vai piorar as coisas em vez de melhorar. Penso em Paul dizendo que você nunca deve contradizer o papai quando ele perde o juízo, quando ele está ficando malvado, e já que sei onde ele acha que eu estava, falo que sim, papai, sim, eu fui para Boo'ya Moon, mas só pra colocar flores no túmulo de Paul. E funciona. Por enquanto, pelo menos. Ele relaxa. Até agarra minha mão, me puxa para cima e dá uma limpada na minha roupa, como se estivesse vendo neve ou sujeira ou sei lá o quê em mim. Não tem nada, mas talvez ele esteja vendo. Quem sabe?

Ele diz:

— Tá tudo certo, Scottinhozinho? A sepultura dele está no lugar? Nenhuma coisa mexeu nela, ou nele?

— Tá tudo certo, papai — digo.

Ele fala:

— Os nazistas estão na ativa, Scottinhozinho, te falei isso? Devo ter falado. Eles estão adorando Hitler no porão. Têm uma estatuazinha de cerâmica do desgraçado. Eles acham que eu não sei.

Tenho só dez anos, mas sei que Hitler já está comendo capim pela raiz desde o fim da Segunda Guerra Mundial. Também sei que não tem ninguém da U.S. Gyppum adorando uma estátua dele no porão. Também sei uma terceira coisa: não devo contrariar o papai quando ele tá com a coisa-ruim, então digo:

— E o que o senhor vai fazer?

Papai se aproxima de mim e acho que dessa vez ele vai me bater com certeza, ou pelo menos começar a me sacudir de novo. Mas, em vez disso, ele gruda os olhos nos meus (nunca vi os olhos dele tão grandes e tão escuros) e agarra a própria orelha.

— O que é isso, Scottinhozinho? O que lhe parece, Scottinhozinho, meu velho?

— É a sua orelha, papai — digo.

Ele assente, ainda segurando a orelha e ainda com os olhos grudados nos meus. Todos esses anos depois eu ainda vejo aqueles olhos nos meus sonhos às vezes.

— Eu vou ficar só ouvindo — diz ele. — E quando chegar a hora... — Ele levanta o dedo e finge estar atirando. — Até o último deles, Scottinhozinho. Todos os nazistas filhos d'uma égua daquele lugar.

Talvez ele pudesse fazer aquilo. Meu pai, num glorioso acesso de fúria. Talvez até saísse uma daquelas matérias de jornal — RECLUSO DA PENSILVÂNIA ENLOUQUECE, MATA NOVE COLEGAS DE TRABALHO E SE SUICIDA, MOTIVO DESCONHECIDO —, mas antes de conseguir pôr aquilo em prática, a coisa-ruim acaba com ele de outra forma.

Fevereiro foi claro e frio, mas com a chegada de março o tempo muda e papai muda com ele. Conforme as temperaturas sobem, os céus ficam nublados e as primeiras chuvas misturadas com neve começam a cair, ele fica rabugento e quieto. Para de se barbear, depois de tomar banho, e por fim de fazer comida. Um dia, talvez já passado um terço do mês, percebo que os três dias de folga que ele às vezes ganha por causa do plantão dobrado viraram quatro... depois cinco... depois seis. Tenho medo de fazer perguntas, porque agora ele passa a maior parte do dia no quarto no andar de cima ou deitado no sofá do andar de baixo, ouvindo música country na rádio WWVA, que é transmitida de Wheeling, West Virginia. Ele quase não fala nada comigo em nenhum dos dois lugares, e vejo os olhos dele indo de um lado para outro o tempo todo, como se estivesse procurando por eles, a Gente da Coisa-Ruim, a Gente das Didivas de Sangue. Então — não, não quero perguntar a ele, mas não tenho saída, porque se ele não voltar a trabalhar, o que

506

vai acontecer com a gente? Com dez anos você já sabe que, sem dinheiro entrando, as coisas mudam.

— Você quer saber quando eu vou voltar a trabalhar — diz ele em um tom de voz pensativo. Deitado no sofá, com o rosto coberto pela barba por fazer. Deitado lá com um suéter de lã, calça jeans e o pé descalço apontando pra fora. Deitado enquanto Red Sovine canta "Giddyup-Go" no rádio.

— Quero, papai.

Ele se levanta e olha pra mim e eu vejo que ele partiu. Pior, que tem alguma coisa escondida dentro dele, crescendo, ficando mais forte, esperando a hora certa de atacar.

— Você quer saber. Quando. Eu. Vou. Voltar a trabalhar.

— Acho que isso não é da minha conta — digo. — Na verdade, só vim perguntar se o senhor quer que eu faça o café.

Ele agarra meu braço, e naquela noite vejo marcas azul-escuras no lugar em que os dedos dele me apertaram. Quatro marcas azul-escuras no formato dos dedos dele.

— Quer saber. Quando. Eu. Vou. Pra Lá. — Ele solta meu braço e se senta. Seus olhos estão maiores do que nunca, e não param quietos. Dançam nas órbitas. — Nunca mais vou voltar pra lá, Scott. Aquele lugar fechou. Aquele lugar foi pelos ares. Será que você não sabe nada, seu filho da putinha burro e cagão? — Ele baixa os olhos para o carpete sujo da sala de estar. No rádio, Red Sovine dá lugar a Ferlin Husky. Em seguida papai olha para cima novamente e é o papai, e diz algo que quase parte meu coração. — Você pode ser burro, Scottinhozinho, mas é corajoso. É o meu garoto corajoso. Não vou deixar que a coisa te machuque.

Depois papai volta a deitar no sofá, vira o rosto para o outro lado e me diz para não o incomodar mais, ele quer tirar um cochilo.

Naquela noite, acordo com o som da chuva com neve batendo na janela e ele está sentado na beirada da minha cama, sorrindo pra mim. Só que não é ele sorrindo. Não há nada nos olhos dele além da coisa-ruim.

— Papai — digo, e ele não responde. Eu penso: Ele vai me matar. Vai colocar as mãos em volta do meu pescoço e me sufocar, e tudo aquilo pelo que a gente passou, tudo que aconteceu com Paul, vai ter sido à toa.

Mas em vez disso ele fala, em uma espécie de voz estrangulada:

— Volta a durmi.

E se levanta da cama e sai andando de um jeito meio torto, com o queixo pra frente e a bunda balançando, como se estivesse fingindo ser um sargento instrutor numa parada militar, ou sei lá. Alguns instantes depois, eu ouço um barulho terrível de carne desabando e tenho certeza de que ele caiu escada abaixo, ou talvez se jogou, e fico deitado mais um pouco, sem conseguir sair da cama, torcendo pra ele estar morto, torcendo pra não estar, me perguntando o que vou fazer se ele estiver, quem vai cuidar de mim, pouco me importando com isso, sem saber o que quero mais. Parte de mim chega a torcer pra que ele termine o serviço, volte pra me matar, simplesmente termine o serviço, acabe com o horror de se viver naquela casa. Finalmente, grito:

— Papai, o senhor está bem?

Por um bom tempo, não há resposta. Fico deitado escutando o granizo, pensando: Ele morreu, morreu sim, meu papai morreu, estou sozinho aqui, mas aí ele berra da escuridão, lá de baixo:

— Sim, tudo bem! Cale a boca, seu merdinha! Cale a boca, a não ser que você queira que a coisa na parede te ouça e saia pra comer nós dois vivos! Ou você quer que ela entre em você igual entrou em Paul?

Não digo nada de volta, fico apenas deitado na cama, tremendo.

— Responda! — vocifera ele. — Responda, seu bocó, ou vou subir e fazer você se arrepender!

Mas eu não consigo, estou assustado demais pra responder, minha língua não passa de um pedacinho de bife defumado estirado no fundo da boca. Também não choro. Estou assustado demais até pra isso. Só fico deitado e espero ele subir e me machucar. Ou acabar com a minha raça.

Aí depois do que parece ser muito tempo — pelo menos uma hora, embora não possa ter sido mais de um ou dois minutos — escuto ele murmurar alguma coisa que poderia ser A porra da minha cabeça tá sangrando, ou Não para de chover granizo. Seja o que for, ele está se afastando da escada e indo para a sala de estar, e sei que vai se deitar no sofá e dormir por ali. Pela manhã, ele vai acordar ou não, mas, de qualquer forma, já não vai querer saber de mim esta noite. Mas ainda estou assustado. Estou assustado porque existe uma coisa. Não acho que esteja na parede, mas ela existe. Ela pegou Paul, e provavelmente vai pegar meu pai, e o próximo sou eu. Já pensei muito a respeito disso, Lisey,

13

Do seu lugar debaixo da árvore — na verdade, sentada com as costas apoiadas no tronco dela — Lisey ergueu os olhos, quase espantada, como teria ficado se o fantasma de Scott a houvesse chamado pelo nome. De certa forma, ela imaginava que era exatamente isso que acontecera ali — e, pensando bem, por que deveria estar surpresa? É claro que ele estava falando com ela, com ela e ninguém mais. Aquela era a história dela, a história de Lisey, e, embora lesse devagar, ela já passara por um terço das páginas manuscritas. Achava que terminaria bem antes do anoitecer. O que era bom. Boo'ya Moon era um lugar encantador, mas apenas à luz do dia.

Ela baixou os olhos de volta para o último manuscrito do marido e ficou novamente pasma por ele ter sobrevivido àquela infância. Notou que Scott escrevia no passado apenas quando se dirigia a ela, que estava no presente. Aquilo a fez sorrir e ela voltou a ler, pensando que, se tivesse direito a um desejo, seria poder voar até aquele menino solitário no seu altamente hipotético tapete mágico de saco de farinha e o consolar, nem que fosse apenas ao sussurrar no ouvido dele que, com o tempo, aquele pesadelo terminaria. Ou pelo menos parte dele.

14

Já pensei muito a respeito disso, Lisey, e cheguei a duas conclusões. Primeiro: a coisa que pegou Paul era real, uma espécie de entidade que o possuiu e que pode ter tido uma origem perfeitamente mundana, talvez até viral ou bacteriológica. Segundo, não era o garoto espichado. Porque aquela coisa não é semelhante a nada que a gente possa entender. É uma coisa única, sobre a qual é melhor nem pensar. Nunca.

Seja como for, nosso herói, Scott Landon, finalmente volta a dormir; naquela casa de fazenda no interior da Pensilvânia, as coisas continuam as mesmas por mais alguns dias, com papai deitado no sofá como um queijo rançoso, Scott fazendo a comida e lavando os pratos, a chuva misturada com neve batendo nas janelas e a música country da WWVA enchendo a casa — Donna Fargo, Waylon Jennings, Johnny Cash, Conway Twitty, "Country" Charlie Pride e, é claro, o Velho Hank. Aí um dia, por volta das três da tarde, um Chevrolet sedã marrom com U.S. GYPSUM escrito nas laterais sobe a longa entrada de carros, produzindo enxurradas de barro dos dois lados. Àquela altura, Andrew Landon passa a maior parte do tempo no sofá da sala de estar, dorme nele à noite e fica deitado nele o dia inteiro, e Scott jamais imaginaria que seu pai ainda conseguisse se mover tão rápido quanto se move quando ouve o carro, que claramente não é o velho caminhão Ford dos correios ou a van da companhia elétrica. Num piscar de olhos, papai está de pé e na janela que dá para o lado esquerdo da varanda da frente. Ele se curva, puxando a cortina branca suja um pouco de lado. Seu cabelo está levantado atrás e Scott, que está parado na porta da cozinha com um prato em uma das mãos e um pano de prato sobre o ombro, consegue ver a parte roxa e inchada do rosto do pai que sofreu o impacto quando ele caiu da escada. Nota também como uma das pernas da calça jeans está puxada quase até o joelho. Consegue ouvir Dick Curless no rádio cantando "Tombstone Every Mile" e reconhecer a vontade de matar nos olhos do pai e na maneira como seus lábios estão repuxados para baixo, mostrando os dentes inferiores. Papai desvia rapidamente da janela e a perna da calça volta pro lugar. Ele atravessa a sala até o armário, andando como uma tesoura louca, e o abre na hora em que o motor do Chevrolet para. Scott escuta a porta do carro se abrir lá fora, alguém se encaminhando para a porta da morte sem saber, sem ter a menor filha d'uma égua de ideia, e papai pega o trinta--zero-meia do armário, o mesmo que ele usou para tirar a vida de Paul. Ou a vida da coisa dentro dele. Sapatos sobem os degraus da varanda. São três degraus, e o do meio range como sempre, até o fim dos tempos, amém.

— Papai, não — digo numa voz baixa e suplicante, enquanto Andrew Landon, o Faísca, segue em direção à porta fechada no seu novo e estranhamente gracioso passo de tesoura, segurando o rifle na diagonal diante de si. Ainda estou com o prato na mão, mas meus dedos ficam dormentes e penso: <u>Vou deixar o prato cair. O filho d'uma égua vai cair no chão e quebrar e os últimos sons que o homem lá fora vai ouvir serão um prato quebrando e Dick Curless no rádio cantando sobre Hainesville Woods nesta casa abandonada e miserável.</u> — Papai, <u>não</u> — repito, suplicando com todo meu coração e tentando passar aquela súplica para os meus olhos.

Faísca Landon hesita, e recosta na parede de modo que, se a porta abrir (<u>quando</u> a porta abrir), ela o esconda. E, na mesma hora, batem várias vezes na porta. Não tenho dificuldade em ler as palavras que se formam silenciosamente nos lábios cercados de barba do meu pai: "<u>Então se livre dele, Scottinhozinho</u>".

Vou até a porta. Troco o prato que pretendo secar da mão direita para a esquerda e a abro. Vejo o homem parado diante dela com terrível clareza. O homem da U.S. Gypsum não é tão alto — com seus cerca de um metro e setenta e cinco, não é muito maior do que eu —, mas parece a própria encarnação da autoridade com o boné de aba preta, as calças cáqui com as pregas impecáveis e a camisa cáqui aparecendo por debaixo do casaco curto, que está semiaberto. Usa uma gravata preta e está carregando uma espécie de maleta pequena, não exatamente uma pasta (somente alguns anos depois aprenderei a palavra portfólio). Ele é meio gordo e tem o rosto liso, com bochechas rosadas e brilhantes. Está calçando galochas, do tipo que tem zíperes em vez de fivelas. Olho para a situação como um todo e penso que nenhum outro homem no mundo pareceria tão destinado a levar um tiro em uma varanda na roça quanto aquele. Até o pelo solitário que sai retorcido de uma de suas narinas declara que sim, aquele é o cara, sem dúvida, o sujeito enviado pra levar uma bala da arma do homem-tesoura. Até o nome dele, acho, é do tipo que você lê no jornal debaixo de uma manchete que grita ASSASSINADO.

— Olá, filho — diz ele. — Você deve ser um dos garotos do Faisquera. Meu nome é Frank Halsey, lá da fábrica. Diretor de RH. — E estende a mão.

Acho que não vou conseguir apertá-la, mas consigo. E acho que não vou conseguir falar, mas consigo fazer isso também. E minha voz sai normal. Sou a única coisa entre aquele homem e uma bala no coração ou na cabeça dele, então é melhor que saia mesmo.

— Sou, sim, senhor. Meu nome é Scott.

— Prazer em conhecê-lo, Scott — diz ele, olhando para a sala de estar às minhas costas enquanto tento adivinhar o que ele está vendo. Tentei arrumar o lugar no dia anterior, mas só Deus sabe que tipo de trabalho eu fiz; sou apenas a joça de uma criança, afinal. — A gente anda sentindo a falta do seu pai.

Bem, penso eu. O senhor está bem perto de fazer falta, senhor Halsey. No seu trabalho, pra sua mulher; pros seus filhos, se o senhor tiver algum.

— Ele não ligou pra vocês de Philly? — pergunto.

Não faço a menor ideia de onde aquilo está vindo, ou pra onde está indo, mas não tenho medo. Não daquela parte. Posso inventar histórias sem o menor problema. Meu medo é que papai perca o controle e comece a atirar através da porta. E atinja Halsey, talvez; nós dois, provavelmente.

— Não, filho, ele não ligou. — A chuva com neve continua tamborilando no telhado da varanda, mas pelo menos ele está protegido, então não sou obrigado a convidá-lo a entrar, mas e se ele se convidar? Como faço pra impedir? Sou apenas um menino, parado ali de chinelos, com um prato na mão e um pano de prato pendurado no ombro.

— Bem, papai tem andado numa preocupação danada com a irmã dele — digo, pensando na biografia de um jogador de beisebol que estou lendo. Está lá em cima, na minha cama. Também penso no carro do papai, que está parado nos fundos, debaixo da cobertura do barracão. Se o senhor Halsey andasse até a outra ponta da varanda, ele o veria. — Ela pegou a doença que matou aquele jogador famoso dos Yankees.

— Ela pegou a doença de Lou Gehrig? Que merda... quero dizer, que droga. Nem sabia que ele _tinha_ uma irmã.

Nem eu, penso.

— Filho... Scott... meus pêsames. Quem está cuidando de vocês enquanto ele está viajando?

— A senhora Cole, que mora mais lá na frente. — Jackson Cole é o nome do cara que escreveu a tal biografia, Iron Man of the Yankees. — Ela vem todos os dias. E, além do mais, Paul conhece quatro receitas diferentes de bolo de carne.

O senhor Halsey dá uma risadinha.

— Quatro receitas, é? Quando o Faisquera volta?

— Bem, minha tia não consegue mais andar, e respira assim.

Puxo o ar com força, fazendo barulho. É fácil, porque, de repente, meu coração começa a bater feito um louco. Estava batendo devagar quando eu tinha certeza de que papai ia matar o senhor Halsey, mas agora que vejo a possibilidade de ele se safar, está batendo seis vezes mais rápido.

— Que _meleca_ — diz o senhor Halsey. Agora ele tá achando que entendeu tudo. — Bem, essa é uma das piores coisas que eu já ouvi na vida.

Ele enfia a mão no casaco e tira uma carteira. Abre e saca uma nota de um dólar. Depois se lembra que eu supostamente tenho um irmão e saca outra. E, de repente, Lisey, a coisa mais estranha aconteceu. De repente, eu _quis_ que meu pai o matasse.

— Aqui, filho — diz ele. E, _também_ de repente, tenho certeza, como se pudesse ler a mente dele, de que ele esqueceu meu nome, o que me faz odiá-lo mais ainda. — Tome. Uma para você e outra para o seu irmão. Comprem alguma guloseima para vocês naquela vendinha mais à frente.

Não quero a joça do dinheiro dele (e Paul não pode fazer mais nada com aquilo), mas pego as notas e digo obrigado, senhor, e ele diz não tem de quê, filho, e despenteia meu cabelo; enquanto ele faz isso, olho pra esquerda e vejo um dos olhos do meu pai observando pela fresta da porta. Vejo o cano do rifle, também. E enfim o senhor Halsey desce os degraus de volta. Fecho a porta e meu pai e eu o vemos entrar no carro da empresa e começar a descer de ré o longo caminho de carros. Me vem à cabeça que, se ele ficar atolado, vai voltar e pedir pra usar o telefone e acabar morrendo de qualquer jeito, mas ele não fica e vai dar um beijo na esposa naquela noite, afinal, e lhe dizer que deu dois dólares pra dois garotos pobres comprarem alguma guloseima. Olho pra baixo e vejo que ainda estou segurando as duas notas e as entrego ao meu pai. Ele as enfia no bolso da calça quase sem olhar.

— Ele vai voltar — diz papai. — Ele ou algum outro. Você fez um bom trabalho, Scott, mas fita adesiva não segura um pacote molhado por muito tempo.

Olho firme para ele e vejo que *é* o meu pai. Em algum momento enquanto eu falava com o senhor Halsey, meu pai voltou. Essa é a última vez que eu irei vê-lo de verdade.

Ele percebe que estou olhando e meio que assente. Depois olha pro trinta-zero-meia.

— Vou me livrar disso — diz ele. — Já tô morto, não tem...

— Não, papai...

— ... não tem jeito, mas vou me ferrar bonito se levar um bando de gente como aquele Halsey comigo. Aí vão poder me colocar no noticiário das seis pros pancadas ficarem babando em cima de mim. Com certeza eles fariam isso. Vivos ou mortos, vocês seriam os garotos loucos.

— Papai, o senhor vai ficar bem — digo, e tento abraçá-lo. — Está bem agora!

Ele me afasta, meio rindo.

— Sei, e às vezes gente com malária consegue citar Shakespeare — diz ele. — Fique aqui, Scottinho, tenho de fazer uma coisa. Não vai demorar muito.

Ele desce o corredor, passando pelo banco do qual pulei, depois de muito custo, todos aqueles anos atrás, até a cozinha. Com a cabeça baixa, a arma de caça em uma das mãos. Assim que passa da porta da cozinha, começo a segui-lo, e estou olhando pela janela em cima da pia quando ele atravessa o quintal dos fundos, sem casaco, na chuva, a cabeça ainda baixa, ainda segurando o trinta-zero-meia. Ele o coloca no chão congelado somente pra empurrar a tampa de cima do poço seco. Precisa das duas mãos, porque o gelo colou a tampa ao concreto. Aí pega a arma de volta, olha pra ela por um instante — quase como se estivesse dizendo adeus — e a joga pela fresta que abriu. Depois disso, volta pra casa com a cabeça ainda baixa e pingos de neve escurecendo os ombros da camisa. Só então percebo que seus pés estão descalços. Acho que ele nem percebeu.

Ele não parece surpreso em me ver na cozinha. Pega as duas notas de um dólar que o senhor Halsey me deu, olha pra elas, depois olha pra mim.

— Tem certeza de que não quer esses dois dólares? — pergunta.

Nego com a cabeça.

— Nem que fossem as últimas duas notas de um dólar da Terra.

Vejo que ele gosta da resposta.

— Muito bem — diz ele. — Mas agora deixe eu lhe dizer uma coisa, Scott. Sabe o aparador com as porcelanas da vovó na sala de jantar?

— Claro.

— Se você olhar dentro da jarra azul na prateleira de cima, vai encontrar um maço de dinheiro. <u>Meu</u> dinheiro, não o de Halsey. Consegue entender a diferença?

— Consigo — digo.

— Aposto que sim. Você é um monte de coisas, mas burro você nunca foi. Se eu fosse você, Scottinho, pegaria aquele maço de notas, deve ter uns setecentos dólares, e meteria o pé na estrada. Colocaria cinco no bolso e o resto no sapato. Dez anos é muito pouca idade pra se estar na estrada, mesmo por pouco tempo, e acho que existe noventa e cinco por cento de chance de alguém roubar o seu dinheiro antes de você atravessar a ponte para Pittsburgh. Mas, se ficar aqui, algo de ruim vai acontecer. Sabe do que eu tô falando?

— Sei, mas não consigo ir — digo.

— Tem um monte de coisas que a gente acha que não consegue fazer e aí descobre que consegue quando se vê numa sinuca de bico — diz papai. Ele olha pros próprios pés, que estão cor-de-rosa e parecem feridos. — Se você chegasse até a cidade, acho que um garoto inteligente o bastante pra se livrar do senhor Halsey com uma história sobre a doença de Lou Gehrig e uma irmã que eu não tenho deve ser inteligente o bastante pra procurar o Conselho Tutelar na lista telefônica. Ou você poderia bater um pouco de porta em porta e talvez encontrar algo ainda melhor, isso se não se separar daquele maço de dinheiro. Setecentos paus divididos em parcelas de cinco ou dez dólares podem manter um garoto por algum tempo, se for esperto o suficiente para não ser apanhado pela polícia ou deixar que roubem mais do que estiver no bolso.

Repito:

— Não consigo ir.

— Por que não?

Mas não consigo explicar. Em parte é por ter vivido quase a vida inteira naquela casa, sem quase ninguém para me fazer companhia além do papai e de Paul. O que eu sei sobre outros lugares descobri praticamente de três fontes: a TV, o rádio e minha imaginação. Sim, já fui ao cinema e estive na cidade meia dúzia de vezes, mas sempre com meu pai e meu irmão mais velho. A ideia de ir sozinho pra toda aquela estranheza barulhenta me deixa apavorado. E, indo mais direto ao ponto, eu amo meu pai. Não da maneira simples e descomplicada (pelo menos até as últimas semanas) como amei Paul, mas sim, eu o amo. Ele me cortou, me bateu e me chamou de cabeça-de-bagre, bocó e borra-botas filho d'uma égua, aterrorizou muitos dos dias da minha infância e me mandou muitas noites pra cama me sentindo insignificante, burro e imprestável, mas aqueles momentos ruins renderam seus próprios tesouros perversos; transformaram cada beijo em ouro, cada um de seus elogios, até os mais improvisados, em coisas pra serem guardadas com carinho. E, mesmo aos dez anos de idade — porque sou filho dele, sangue do seu sangue, talvez? —, compreendo que os beijos e elogios dele são sinceros; são sempre verdadeiros. Ele é um monstro, mas o monstro não é incapaz de amar. Aquele era o horror em relação ao meu pai, Lisey lindinha: ele amava os filhos.

— Só não consigo — digo.

Ele pensa sobre aquilo — sobre se deve ou não me forçar, imagino — e depois apenas assente mais uma vez.

— Certo. Mas preste atenção, Scott. O que fiz com seu irmão foi pra salvar sua vida. Você sabe disso?

— Sei, papai.

— Mas se eu fizesse alguma coisa com você, seria diferente. Seria tão ruim que eu poderia ir pro inferno, mesmo se fosse alguma outra coisa dentro de mim que me mandasse fazer. — Seus olhos se afastam dos meus, e eu sei que ele os está vendo de novo, aquela gente, e que logo não vai ser mais com ele que estarei falando. Então ele volta a olhar pra mim e eu o vejo com clareza pela última vez. — Você não me deixaria ir pro inferno, deixaria? — ele me pergunta. — Não deixaria seu papai ir pro inferno e arder lá pra sempre, por pior que eu tenha sido com você às vezes, não é?

— Não, papai — digo, mal conseguindo falar.

— Jura? Pelo seu irmão?

— Juro por Paul.

Ele afasta o olhar novamente.

— Vou me deitar — diz ele. — Prepare alguma coisa pra comer, se quiser, mas não deixe a joça da cozinha toda cagada.

Naquela noite eu acordo — ou algo me acorda — e ouço a chuva misturada com neve cair sobre a casa com mais força do que nunca. Ouço um estrondo vindo dos fundos e sei que é uma árvore caindo por conta do peso acumulado nela. Talvez tenha sido outra árvore caindo que me acordou, mas acho que não. Acho que o escutei na escada, embora ele esteja tentando não fazer barulho. Não dá tempo de fazer nada além de deslizar pra fora da cama e me esconder debaixo dela, então é isso que eu faço, mesmo sabendo que é inútil, crianças <u>sempre</u> se esconder debaixo da cama e aquele vai ser o primeiro lugar em que ele vai procurar.

Vejo os pés dele passarem pela porta. Ainda estão descalços. Ele não fala nada, apenas anda até a cama e para do lado dela. Imagino que vá ficar parado ali como antes e talvez acabe se sentando, mas não. Em vez disso, ouço ele dar um tipo de grunhido, como nas vezes em que levanta alguma coisa pesada, uma caixa ou algo assim. Então ele se apoia nos calcanhares e eu escuto um zunido no ar, seguido por um SPUH-RUNNGG terrível, e tanto o colchão quanto o estrado de molas vergam no meio. Poeira sopra pelo chão e a ponta da picareta que ficava guardada no barraco atravessa a parte de baixo da cama. Ela para bem na frente do meu rosto, a uns dois centímetros da minha boca. Parece que consigo ver cada lasca de ferrugem nela, e também a parte brilhante que raspou em uma das molas. Ela fica parada por um ou dois segundos, depois ouço mais grunhidos e um guincho terrível à medida que ele tenta arrancá-la de volta. Ele faz muita força, mas está bem agarrada. A ponta fica sacudindo de um lado pro outro na minha frente, até ele desistir. Depois vejo seus dedos aparecerem debaixo da beirada da cama e percebo que ele descansou as mãos nos joelhos. Está se agachando, pretende olhar embaixo da cama e se certificar de que eu estou lá antes de soltar a picareta.

Não penso em nada. Só fecho os olhos e <u>vou</u>. É a primeira vez desde que enterrei Paul, e a primeira vez saindo do segundo andar. Tenho apenas um segundo pra pensar: <u>Vou cair</u>, mas não ligo, qualquer coisa é melhor do que se esconder debaixo da cama e ver o estranho que está vestindo o rosto do papai olhar lá embaixo e me ver olhando de volta, encurralado; qualquer coisa é melhor do que ver aquela coisa-ruim desconhecida que está tomando conta dele agora.

E eu caio, mas só um pouco, só alguns metros e apenas, imagino, porque acreditei que ia cair. Tem tanta coisa em Boo'ya Moon que é só uma questão de acreditar; lá, ver é <u>mesmo</u> crer, pelo menos algumas vezes... e desde que você não entre muito na floresta e se perca.

Era noite lá, Lisey. Eu me lembro bem porque foi a única vez em que fui para lá à noite de propósito.

15

— Ah, Scott — disse Lisey, secando o rosto. Cada vez que ele quebrava a narração no presente e falava diretamente com ela era como um golpe, mas um golpe cheio de ternura. — Ah, eu sinto muito. — Ela conferiu quantas páginas faltavam. Não muitas. Oito? Não, dez. Então se curvou sobre elas novamente, virando as que acabava de ler sobre a pilha que crescia no seu colo.

16

Eu deixo um quarto frio no qual uma coisa vestindo a pele do meu pai está tentando me matar e me sento ao lado da sepultura do meu irmão em uma noite de verão mais suave do que veludo. A lua vaga pelo céu como uma moeda de prata fosca, e os gargalhantes estão dando uma festa bem no fundo da Floresta das Fadas. De vez em quando, uma outra coisa — algo mais no fundo dela ainda, imagino — solta um rugido. Aí os gargalhantes ficam quietos por um tempo, mas acho que o que quer que os esteja divertindo acaba sendo mais forte do que conseguem aguentar em silêncio, porque lá vão eles de novo — primeiro um, depois dois, depois meia dúzia, e aí o maldito Instituto do Gargalhamento inteiro. Algo grande demais para ser um falcão ou uma coruja singra calando o luar, algum tipo de pássaro que caça a noite e é exclusivo daquele lugar, imagino, exclusivo de Boo'ya Moon. Consigo sentir o cheiro de todos os perfumes dos quais eu e Paul gostávamos tanto, mas agora eles parecem azedos, estragados e lembram, de alguma forma, xixi na cama; é como se fossem projetar garras até o alto do seu nariz e se enfiar ali se inspirasse muito fundo. Vejo globos de luz na forma de águas-vivas flutuando pela Colina Roxa. Não sei o que são, mas não gosto deles. Imagino que, se me tocarem, podem ficar agarrados, ou talvez explodir e deixar uma ferida sarnenta que se espalharia como erva-daninha se encostasse nela.

A É arrepiante o lugar perto da sepultura de Paul. Não quero sentir medo dele, e não estou sentindo, não exatamente, mas não paro de pensar na coisa dentro dele e de me perguntar se ela ainda não está ali. E que, se as coisas que são boas ali durante o dia viram veneno à noite, mesmo uma que estivesse hibernando bem no fundo da carne morta e em decomposição poderia voltar à vida. E se ela fizesse os braços de Paul brotarem do chão? E se fizesse as mãos mortas e sujas dele me agarrarem? E se o rosto sorridente dele viesse subindo até o meu, com terra escorrendo dos cantos dos olhos como lágrimas?

Não quero chorar, dez anos já não é idade para chorar (especialmente tendo passado pelas coisas que passei), mas estou começando a fazer careta de choro, não dá pra evitar. Aí vejo uma das árvores do carinho se destacar um pouco das outras, com os galhos esticados para fora no que parece uma nuvem baixa.

E, para mim, Lisey, aquela árvore parecia... <u>boa</u>. Não entendi por que na época, mas acho que entendo agora; depois de todos esses anos, eu entendo. As luzes noturnas, aqueles balões assustadores e frios que flutuavam rente ao chão, não se aventuravam debaixo dela. E, ao me aproximar, percebi que pelo menos aquela árvore tinha um cheiro tão doce — ou quase tão doce — à noite quanto de dia. É debaixo desta árvore que você está sentada agora, Lisey, se estiver lendo esta última história. E eu estou muito cansado. Não acho que consiga fazer jus ao resto dela, embora saiba que devo tentar. Afinal de contas, é minha última chance de falar com você.

Digamos apenas que um garotinho se abriga debaixo daquela árvore por... Bem, quem sabe? Não por toda aquela longa noite, mas até a lua (que sempre parece estar cheia aí, já notou isso?) baixar e ele ter cochilado uma meia dúzia de vezes, sempre acordando no meio de sonhos estranhos e às vezes agradáveis, sendo que pelo menos um deles mais tarde servirá de base para um livro. Por tempo o suficiente para saber que algo horrível — algo muito pior do que o mal insignificante que se apossou de seu pai — lançou seu olhar fortuito na direção dele... o marcou para mais tarde (talvez)... e voltou sua mente obscena e impenetrável para outra direção novamente. Aquela foi a primeira vez que senti a presença do sujeito que esteve por trás da minha vida quase inteira, Lisey, a coisa que foi a escuridão para a sua luz, e que também acha — como você sempre achou — que está sempre tudo na mesma. Esta é uma noção maravilhosa, mas tem seu lado sombrio. Eu me pergunto se você sabe disso. Se um dia vai saber.

17

— Eu sei — diz Lisey. — Agora eu sei. Que Deus me acuda, eu sei.

Ela olhou para as páginas novamente. Faltavam seis. Apenas seis, e aquilo era bom. As tardes em Boo'ya Moon eram longas, mas ela achava que aquela estava finalmente chegando ao fim. Já estava na hora de voltar. Voltar para casa. Para as irmãs. Para a vida.

Começara a entender como deveria ser feito.

18

Chega uma hora em que ouço os gargalhantes começarem a se aproximar da beira da Floresta das Fadas, e acho que as gargalhadas deles assumiram um tom sarcástico, talvez traiçoeiro. Olho em volta do tronco da árvore que me abriga e imagino ver vultos saindo da massa mais escura de árvores nos arredores da mata. Talvez seja apenas minha imaginação hiperativa, mas duvido. Acho que minha imaginação, por mais febril que seja, foi esgotada pelos vários choques daquele longo dia e daquela noite mais longa ainda, limitando-me a ver exatamente o que está à minha frente. Como se para confirmar isso, uma risada salivante vem da grama alta a menos de vinte metros de onde eu estou encolhido. Mais uma vez, não penso no que estou fazendo; apenas fecho os olhos e sinto o frio do meu quarto me envolver novamente. Logo em seguida, estou espirrando por conta da poeira agitada debaixo da cama. Endireito o corpo, o rosto contorcido numa tentativa quase cruel de espirrar o mais baixo possível, e bato com a testa no estrado de molas quebrado. Se a picareta ainda estivesse presa ali, eu poderia ter me cortado feio ou até perdido um olho, mas ela sumiu.

Uso os ombros e os joelhos para sair me arrastando de debaixo da cama, ciente de que uma luz fraca das cinco da manhã está atravessando a janela. Pelo barulho, está chovendo mais forte do que nunca, mas quase não percebo isso. Giro a cabeça ao nível do chão, olhando estupidamente para a bagunça que costumava ser meu quarto. A porta mais próxima foi arrancada da dobradiça de cima e está curvada como um bêbado para dentro do quarto, sustentada pela de baixo. Minhas roupas foram espalhadas e muitas delas — a maioria delas, ao que parece — rasgadas, como se a coisa dentro do papai tivesse descontado nelas o que não pôde descontar no garoto que as deveria estar usando. Ele também estraçalhou meus poucos e adorados livros — biografias de esportistas e história de ficção científica, em sua maioria —, o que é muito pior. Há pedaços das suas capas finas por todo lado. Minha escrivaninha foi virada, as gavetas atiradas para os cantos do quarto. O buraco por onde a picareta atravessou minha cama parece tão grande quanto uma cratera lunar e penso: <u>Era lá que minha barriga estaria se eu estivesse deitado na cama.</u> E há um leve cheiro de azedo. Ele me lembra do cheiro de Boo'ya Moon à noite, mas é mais familiar. Tento definir qual é, mas não consigo. Tudo em que consigo pensar é <u>fruta podre</u> — embora não seja exatamente isso, acaba chegando bem perto.

Não quero sair do quarto, mas sei que não posso ficar lá, pois alguma hora ele vai voltar. Encontro uma calça jeans que não está rasgada e a visto. Meus tênis sumiram, mas talvez minhas botas ainda estejam no vestíbulo. Meu casaco também. Vou colocá-los e correr pela chuva. Vou descer a entrada para carros, seguindo o rastro lamacento e meio congelado do carro do senhor Halsey até a estrada. Depois vou continuar por ela até a loja do Mulie. Vou correr para salvar minha vida, em direção a um futuro que nem posso imaginar. Quer dizer, isso se ele não me pegar e me matar antes.

Tenho de passar por cima da escrivaninha, que está bloqueando a porta, para chegar até o corredor. Uma vez nele, vejo que a coisa derrubou todos os quadros e abriu buracos nas paredes, e sei que estou olhando para mais exemplos da raiva dela por não ter conseguido me pegar.

Ali fora, o cheiro azedo de fruta é forte o bastante para ser reconhecido. Teve uma festa de Natal no U.S. Gyppum no ano passado. Papai foi porque disse que "seria esquisito" se não aparecesse. O homem que tirou o nome dele no amigo secreto lhe deu um galão de vinho de amora caseiro de presente. Agora, Andrew Landon tem um monte de problemas (e ele provavelmente seria o primeiro a admitir isso, se você o pegasse em um momento de sinceridade), mas álcool não é um deles. Ele se serviu de um copo de geleia daquele vinho antes do jantar certa noite — foi entre o Natal e o Ano-Novo, com Paul acorrentado no porão —, deu um gole, fez uma careta e começou a derramá-lo na pia, depois me viu olhando e estendeu o copo.

— <u>Quer experimentar, Scott?</u> — perguntou ele. — <u>Ver sobre o que todo mundo fica falando? Ei, se você gostar, pode ficar com o filho d'uma égua do galão inteiro.</u>

Tenho curiosidade em relação à bebida como toda criança, imagino, mas aquilo cheirava demais a fruta estragada. Talvez deixasse as pessoas felizes como vi na TV, mas eu nunca conseguiria aguentar aquele cheiro de fruta podre. Neguei com a cabeça.

— <u>Você é uma criança esperta, Scottinhozinho, meu velho</u> — disse ele, derramando a coisa dentro do copo de geleia pelo ralo.

Mas deve ter guardado o resto do galão (ou se esquecido dele), porque consigo sentir aquele cheiro agora, tão certo quanto Deus fez os céus e a terra, e forte.

520

Quando chego ao patamar da escada, já é um fedor, e ouço algo além do tamborilar constante da chuva nas telhas e do pequeno estalido dela nas janelas: George Jones. É o rádio do papai, sintonizado na WWVA, como sempre, tocando bem baixinho. Também ouço roncos. O alívio é tão grande que lágrimas escorrem pelo meu rosto. O que eu mais temia era que ele estivesse acordado no sofá, me esperando aparecer. Agora, ouvindo aqueles roncos longos e entrecortados, sei que não está.

Mesmo assim, tomo cuidado. Dou a volta pela sala de jantar pra poder entrar na sala de estar por detrás do sofá. A sala de jantar também está uma bagunça. O aparador da Vovó foi derrubado, e parece que ele se esforçou bastante pra transformar o móvel em um monte de pedaços de madeira. Todos os pratos estão quebrados. A jarra azul também, e o dinheiro dentro dela foi rasgado em pedacinhos. Tiras verdes foram atiradas pra todo lado. Algumas estão até penduradas no lustre como confete. Pelo jeito, a coisa dentro do papai não vê mais utilidade em dinheiro do que em livros.

Apesar dos roncos, apesar de estar protegido pela parte de trás do sofá, olho pra dentro da sala de estar como um soldado olhando por sobre a beirada de uma trincheira depois de uma barragem de artilharia. É uma precaução desnecessária. A cabeça dele está pendendo de uma ponta do sofá e seu cabelo, que não sabe o que é tesoura desde quando Paul ficou ruim, está tão longo que quase toca o tapete. Eu poderia ter marchado por ali tocando címbalos e ele não teria se mexido. Papai não está apenas dormindo nas ruínas caóticas daquela sala; ele está inconsciente.

Chego um pouco mais perto e vejo que há um corte em uma de suas bochechas, e que seus olhos fechados estão com uma aparência arroxeada, exausta. Seus lábios estão franzidos, deixando-o parecido com um cachorro velho que caiu no sono enquanto tentava rosnar. Ele forra o sofá com um velho cobertor navajo para protegê-lo da gordura e dos restos de comida e se cobriu com um pedaço dele. Deveria estar cansado de destruir coisas quando chegou até ali, pois se limitou a arrancar o tubo da TV e quebrar o vidro que protegia o retrato de estúdio da falecida esposa. O rádio está na mesa de canto, como sempre, e aquele galão está no chão ao lado dele. Olho pro galão e mal posso acreditar nos meus olhos: tem só uns dois centímetros sobrando. Quase não consigo acreditar que ele bebeu tanto — logo ele, que não está acostumado a beber nem um pouco —, mas o fedor à sua volta, tão espesso que quase dá para vê-lo, é bastante persuasivo.

A picareta está recostada na cabeceira do sofá e tem um pedaço de papel preso na ponta que varou minha cama. Sei que é um bilhete que ele deixou pra mim e não quero lê-lo, mas preciso. Está escrito em três linhas, mas tem apenas nove palavras. Muito poucas pra esquecer.

ME MATE
DEPOIS ME ENTERRE COM PAUL
<u>POR FAVOR</u>

19

Lisey, chorando mais do que nunca, virou a página para junto das outras no seu colo. Agora, faltavam apenas duas. As letras já haviam ficado um pouco descuidadas, um pouco tortuosas, nem sempre seguindo as linhas, revelando um óbvio cansaço. Ela já sabia o que viria em seguida — *Eu enfiei uma picareta na cabeça dele enquanto ele estava drumino*, ele lhe dissera debaixo da árvore nham-nham —, por que tinha de ler os detalhes ali? Havia algo nos votos matrimoniais sobre ter de se sujeitar à confissão de parricídio do falecido marido?

Ainda assim, aquelas páginas a chamavam, *gritavam* seu nome como alguma coisa solitária que perdera tudo menos a voz. Ela baixa os olhos para as páginas finais e, já que não tinha escapatória, decide terminar aquilo o mais rápido possível.

20

Eu não quero, mas pego a picareta assim mesmo e fico parado ali com ela nas mãos, olhando pra ele, o senhor da minha vida, o tirano dos meus dias. Odiei-o muitas vezes e ele nunca me deu muitos motivos pra amá-lo, sei disso agora, mas me deu alguns, especialmente durante aquelas semanas de pesadelo depois que Paul ficou ruim. E naquela sala de estar às cinco da manhã, com a primeira luz cinza do dia se insinuando, a chuva tiquetaqueando como um relógio, o som dos roncos ofegantes dele logo abaixo de mim e um anúncio no rádio de alguma loja de móveis em liquidação em Wheeling, West Virginia, que nunca vou visitar, entendo que tudo se resume a uma simples escolha entre as seguintes coisas: amor e ódio. Agora vou descobrir qual prevalece no coração de uma criança. Posso deixá-lo viver e sair correndo pela estrada até a loja do Mulie, em direção a uma nova vida desconhecida, e isso o condenará ao inferno que ele teme e merece. Merece <u>com louvor</u>. Primeiro o inferno na Terra, o inferno de uma cela em algum hospital psiquiátrico, e depois talvez o inferno para todo o sempre, que é o seu verdadeiro medo. Ou eu posso matá-lo e libertá-lo. A escolha é minha, e não há nenhum Deus pra me ajudar a fazê-la pois não acredito Nele.

Em vez disso, rezo pro meu irmão, que me amou até a coisa-ruim roubar seu coração e sua mente. Peço que ele me diga o que fazer, se estiver lá. E recebo uma resposta — embora imagine que jamais vá saber se ela veio mesmo de Paul ou da minha própria imaginação disfarçada de Paul. No fim das contas, não me parece haver diferença; eu precisava de uma resposta e consegui uma. No meu ouvido, com a mesma clareza com que falava comigo quando vivo, Paul diz: "O prêmio do papai é um beijo".

Então, agarro firme a picareta. O anúncio no rádio finalmente termina e Hank Williams entra cantando: *Why don't you love me like you used to do, How come you treat me like a worn-out shoe? Por que você não me ama como antes? Por que me trata como um sapato velho?* E

21

Ali, havia três linhas em branco antes de as palavras voltarem, desta vez no passado e se dirigindo diretamente a ela. O restante estava em letras apertadas, quase ignorando as linhas azuis do bloco de anotações, e Lisey teve certeza de que ele escrevera aquele trecho final de uma vez só. Ela o leu da mesma forma. Virando até a última página ao fazê-lo e prosseguindo, limpando as lágrimas continuamente para enxergar com clareza o bastante para entender o que ele estava dizendo. Descobriu que a parte de *visualizar mentalmente* era diabolicamente fácil. O garotinho, descalço, vestindo o que talvez fosse sua única calça jeans não rasgada, erguendo a picareta sobre o pai adormecido à luz cinza de antes da aurora enquanto o rádio toca, e por um instante ela fica apenas suspensa no ar que fede a vinho de amora e tudo continua na mesma. E depois

22

Eu desci a picareta. Lisey, eu desci a picareta com amor — juro — e matei meu pai. Pensei que talvez tivesse de golpeá-lo novamente, mas um golpe só foi o suficiente. E aquilo ficou a vida inteira na minha cabeça, por toda a minha vida aquele foi o pensamento dentro de cada pensamento. Eu me levanto pensando Eu matei meu pai e vou dormir pensando a mesma coisa. Essa ideia se moveu como um fantasma por entre cada linha que escrevi em cada romance, em cada conto: Eu matei meu pai. Falei isso pra você naquele dia debaixo da árvore nham-nham, e acho que aquilo me deu alívio o bastante pra eu não explodir completamente cinco ou dez anos depois. Mas afirmar não é o mesmo que contar.

Lisey, se você estiver lendo isso, eu já parti. Acho que meu tempo é curto, mas todo o tempo que tive (e foi um tempo muito bom), devo a você. Você me deu muito. Peço que me dê apenas mais isso: leia estas últimas palavras, as mais difíceis que já escrevi.

Nenhuma história pode retratar o horror de uma morte dessas, por mais instantânea que ela tenha sido. Graças a Deus não o atingi com um golpe mal dado e não tive de dar outro; Graças a Deus ele não gritou ou se arrastou pelo chão. Eu o acertei em cheio, bem onde devia, mas até mesmo a misericórdia é feia aos olhos da memória; esta é uma lição que aprendi muito bem quando tinha apenas dez anos. O crânio dele explodiu. Cabelo, sangue e miolos espirraram pra cima, sujando todo o cobertor que ele tinha estendido nas costas do sofá. Ranho saiu voando do nariz e a língua dele caiu de dentro da boca. Sua cabeça pendeu pro lado e eu ouvi os sons baixos e preguiçosos de sangue e miolos pingando de dentro dela. Respingou um pouco nos meus pés, e estava quente. Hank Williams ainda estava tocando no rádio. Uma das mãos do papai se fechou, depois voltou a se abrir. Senti cheiro de merda e percebi que ele tinha cagado nas calças. E soube que ele estava morto.

A picareta ainda tava enfincada na cabeça dele.

Eu me arrastei inté o canto da sala, me inculhi e chorei. Chorei e chorei. Acho que drumi um pouco também, num sei, mas aí teve uma hora que ficou mais claro e o sol tinha quase saído e acho que já devia ser quase meio-dia. Se fosse mesmo, acho que tinham passado umas sete horas. Foi aí que tentei levar o papai pra Boo'ya Moon pela primeira vez e num consegui. Achei que podia ajudar se eu comesse alguma coisa, mas comi e continuei sem conseguir. Aí pensei que se tomasse um banho e tirasse o sangue de mim, o sangue dele, e arrumasse um pouco da bagunça de lá onde ele tava talvez desse certo, mas não. Tentei e tentei. Parava e tentava de novo. Por dois dias, acho. Às vezes eu olhava pra ele embrulhado no cobertor e imaginava ele falando: Continua tentando, Scottinho, seu filho da puta, você vai conseguir, como numa história. Eu tentava, e aí arrumava a bagunça, tentava e arrumava a bagunça, comia alguma coisa e tentava mais. Limpei aquela casa todinha! De cima a baixo! Uma vez fui pra Boo'ya Moon sozinho pra provar que não tinha perdido o jeito e consegui, mas não conseguia levar meu papai. Eu teimei tanto, Lisey.

23

Várias linhas em branco ali. No fim da última página, ele escrevera: **Algumas coisas são como uma ÂNCORA, lembra, Lisey?**

— Lembro, Scott — murmurou ela. — Lembro. E seu pai era uma delas, não era? — Perguntando-se quantas noites foram ao todo. Quantos dias e noites sozinho com o cadáver de Andrew Landon, o Faísca, antes de Scott enfim parar de tentar e convidar o mundo a entrar. Perguntando-se como, em nome de Deus, ele aguentou aquilo sem ficar completamente louco.

Havia um pouco mais no verso da folha. Ela a virou e viu que ele respondera uma das perguntas dela.

Passei cinco dias teimando. Finalmente desisti e embrulhei ele naquele cobertor e joguei ele no poço seco. Na próxima vez que parou de chover, fui até a loja do Mulie e falei: "Meu pai pegou meu irmão mais velho e acho que eles me deixaram pra trás". Eles me levaram pro xerife do condado, um velho gordo que se chamava Gosling, e ele me levou pro Conselho Tutelar e eu fiquei "sob a tutela do condado", como eles dizem. Até onde eu sei, Gosling foi o único policial que foi lá em casa, o que é a mesma coisa que nada. O próprio papai disse uma vez que "o xerife Gosling não conseguiria achar a própria bunda depois de cagar".

Depois disso, havia outro espaço de três linhas e, quando as letras reapareceram — as últimas quatro linhas de comunicação do seu marido —, ela conseguiu ver o esforço que ele fizera para se controlar, para encontrar seu eu adulto. Fizera aquele esforço por ela, pensou Lisey. Não, *teve certeza*.

Babyluv: se <u>você</u> precisar de uma âncora para segurar seu lugar no mundo — não Boo'ya Moon, mas o que nós compartilhamos, <u>use a trouxa</u>. Você sabe como voltar. Beijos — pelo menos uns mil,

Scott

P.S. Tudo na mesma. Te amo.

24

Lisey poderia ter ficado sentada ali com aquela carta por muito tempo, mas a tarde era fugaz. O sol ainda estava amarelo, mas já se aproximava do horizonte e logo assumiria aquele tom laranja berrante do qual ela se lembrava tão bem. Não queria estar na trilha nem perto do pôr do sol, e aquilo significava que era melhor começar a se mexer naquele exato momento. Decidiu deixar o manuscrito de Scott ali, mas não debaixo da Árvore da História. Em vez disso, ela o deixaria em frente à pequena depressão que marcava o jazigo de Paul Landon.

Ela andou de volta até a árvore do carinho com o tronco peludo de musgo, a que parecia estranhamente com uma palmeira, carregando os restos da colcha amarela e a caixa de manuscrito úmida e mole. Colocou tudo no chão e pegou a cruz com PAUL pintado no braço horizontal. Estava lascada, cheia de sangue e toda torta, mas não exatamente quebrada. Lisey conseguiu endireitar o braço horizontal e devolveu a cruz no lugar de antes. Quando fez isso, espiou algo caído lá perto, quase escondido na grama alta. Sabia o que era antes mesmo de pegá-la: a seringa hipodérmica que jamais fora usada, agora mais enferrujada do que nunca, ainda com a capa.

Cê tá brincando com fogo, Scottinho, dissera o pai dele quando Scott sugerira que talvez eles pudessem drogar Paul... E ele tinha razão.

Cacete, pensei que tivesse me espetado!, Scott lhe dissera quando a levou para Boo'ya Moon do quarto deles no Antlers. *Isso sim seria uma piada, depois de todos esses anos, mas ela ainda está com a capa!*

E ainda estava com ela agora. E a coisa de botar a gente pra dormir ainda estava lá dentro, como se todos aqueles anos que haviam se passado não tivessem existido.

Lisey beijou o vidro fosco do cilindro da seringa hipodérmica — não saberia dizer o porquê — e a colocou na caixa com a última história de Scott. Em seguida, enrolando os restos gastos da colcha de casamento da Mãezinha Querida nos braços, andou em direção à trilha. Olhou rapidamente para a placa caída de lado na grama alta, as palavras nela mais apagadas e fantasmagóricas do que nunca, mas ainda discerníveis, ainda dizendo **PARA A LAGOA**, e passou por debaixo das árvores. A princípio, andou na ponta dos pés em vez de caminhar — o medo de que uma certa coisa estivesse à espreita, de que a mente estranha e terrível notasse sua presença, dificultando seus passos. Depois, aos poucos, relaxou. O garoto espichado estava em algum outro lugar. Passou pela cabeça dela que ele talvez nem estivesse em Boo'ya Moon. Se estivesse, fora para as profundezas da floresta. De qualquer forma, Lisey Landon era apenas uma pequena parte das preocupações dele e, se o que estava prestes a fazer funcionasse, ela se tornaria uma parte menor ainda, pois suas últimas intrusões naquele mundo exótico, porém assustador, tinham sido involuntárias e estavam prestes a acabar. Com Dooley fora da sua vida, ela não conseguia pensar por que precisaria voltar para lá de propósito.

Algumas coisas são como uma âncora, lembra, Lisey?

Lisey apertou o passo e, quando chegou ao lugar em que a pá de prata estava caída na trilha, a parte metálica ainda escura com o sangue de Jim Dooley, passou por cima dela sem lhe dedicar mais do que um olhar distraído.

Àquela altura, estava quase correndo.

25

Quando voltou para o escritório vazio, a parte de cima do celeiro estava mais quente do que nunca, mas Lisey estava fresca o bastante, pois pela segunda vez voltara molhada até os ossos. Desta vez, amarrada em volta da cintura dela como algum estranho cinto grosso, estavam os restos da colcha amarela, também encharcados.

Use a trouxa, escrevera Scott. E lhe dissera também que ela sabia como voltar — não para Boo'ya Moon, mas para *este* mundo. E é claro que ela sabia. Entrou na lagoa com ela amarrada em torno de si e saiu de volta. Em seguida, parada na areia branca e firme daquela praia pelo que quase certamente seria a última vez, olhando não para os espectadores tristes e silenciosos nos bancos, mas para longe deles, para águas sobre as quais a lua eternamente cheia logo ia se erguer, ela fechou os olhos e simplesmente... O quê? Desejara voltar? Não, era algo mais dinâmico do que isso, menos melancólico... embora não ausente de tristeza.

— Eu me chamei de volta para casa — disse ela para a sala longa e vazia, vazia agora das mesas e dos processadores de texto dele, dos seus livros e das suas músicas, vazio da sua vida. — Foi isso. Não foi, Scott?

Mas não houve resposta. Parecia que ele finalmente dera sua última palavra. E talvez aquilo fosse bom. Talvez fosse melhor assim.

Enquanto a trouxa ainda estivesse molhada com a água da lagoa, Lisey poderia voltar para Boo'ya Moon com ela amarrada nos ombros, se quisesse; com uma magia úmida daquelas em volta do corpo, talvez fosse capaz de ir até mais longe, para outros mundos além de Boo'ya Moon... Pois não tinha dúvidas de que estes mundos existiam, e de que as pessoas que descansavam naqueles bancos um dia se cansavam de ficar sentadas, levantavam-se e encontravam alguns deles. Com a trouxa em volta de si, talvez até conseguisse voar, como nos seus sonhos. Mas ela não faria isso. Scott sonhara acordado, às vezes de forma brilhante — aquele, porém, era o talento e o trabalho dele. Para Lisey Landon, um mundo já era mais do que o suficiente, embora suspeitasse que sempre reservaria um lugar solitário em seu coração para aquele outro, no qual vira o sol se pôr na morada dos trovões enquanto a lua se erguia em sua morada de silêncio prateado. Mas, ah, que grande joça. Tinha um lugar para pendurar o chapéu e um bom carro para dirigir; tinha trapos para vestir e sapatos para calçar. Também tinha quatro irmãs, uma das quais precisaria de bastante ajuda e compreensão para atravessar os anos que teria pela frente. Seria melhor deixar a trouxa secar, deixar sua carga bela e letal de sonhos e mágica evaporar, deixá-la se tornar uma âncora novamente. Ela acabaria cortando-a em pedacinhos e sempre guardaria um deles consigo; um pouquinho de antimagia, algo para manter seus pés no chão, uma proteção contra os devaneios.

No meio tempo, ela queria secar os cabelos e tirar aquelas roupas molhadas.

Lisey andou até as escadas, pingando gotas escuras em alguns dos lugares em que sangrara. A trouxa escorregou até os quadris e ficou parecida com uma saia, exótica, até um pouco *sexy*. Ela se virou e olhou por sobre o ombro para a sala longa e vazia, que parecia sonhar sob os raios empoeirados de luz do sol de fim de agosto. Ela própria estava dourada sob aquela luz e parecia rejuvenescida, embora não soubesse disso.

— Acho que acabei o que tinha para fazer aqui em cima — disse ela, sentindo-se subitamente hesitante. — Estou indo. Tchau.

Ela esperou. Pelo quê, não sabia. Não houve nada. Havia uma sensação de *algo*.

Ergueu a mão como se fosse dar adeus, depois a deixou cair de volta, envergonhada. Abriu um pequeno sorriso e uma lágrima escorreu pelo seu rosto, sem que ela percebesse.

— Eu te amo, querido. Tudo na mesma.

Lisey desceu as escadas. Por um instante, sua sombra continuou lá em cima, e depois também foi embora.

A sala suspirou. E caiu em silêncio.

Center Lovell, Maine
4 de agosto de 2005

NOTA DO AUTOR

Existe mesmo uma lagoa em que *nós* — e neste caso o *nós* significa o imenso conjunto de pessoas que leem e escrevem — vamos beber e jogar nossas redes. *Love — A história de Lisey* faz referência, literalmente, a dezenas de romances, poemas e canções numa tentativa de ilustrar tal ideia. Não estou dizendo isso para tentar impressionar ninguém com minha inteligência — muita coisa aqui vem do coração, e quase nada tem a ver com inteligência —, mas porque quero agradecer a alguns desses peixes maravilhosos e lhes dar o devido crédito.

I'm so hot, please give me ice (Estou com tanto calor, por favor me traga gelo): *Trunk Music*, livro de Michael Connelly.

Suck-oven (alto-forno): *Cold Dog Soup*, livro de Stephen Dobyns.

Sweetmother (Filho d'uma égua): *The Stones of Summer*, livro de Dow Mossman.

Pafko at the wall (Pafko no muro): *Submundo*, livro de Don DeLillo.

Worse Things Waiting (Coisas piores à espreita): título de uma coletânea de contos de Manly Wade Wellman.

No one loves a clow at midnight (Ninguém gosta de um palhaço à meia-noite): citação de Lon Chaney.

He was sweeping, ya sonsabitches (Ele estava varrendo, seus filhos da puta): *A última sessão de cinema*, filme com roteiro de Larry McMurtry.

Empty Devils (Demônios vazios): *A tempestade*, de William Shakespeare ("O inferno está vazio, todos os demônios estão aqui").

"I Ain't Livin' Long like This" foi escrita por Rodney Crowell. Além da versão de Crowell, a canção foi gravada por Emmylou Harris, Jerry Jeff Walker, Webb Wilder e Ole Waylon.

E, é claro, tudo do Velho Hank. Se existe um fantasma nessas páginas, é tanto o dele quanto o de Scott Landon.

Quero tomar um pouco do seu tempo para agradecer à minha mulher, também. Ela não é Lisey Landon, tampouco as irmãs dela são as irmãs de Lisey, mas há trinta anos gosto de observar Tabitha, Margaret, Anne, Catherine, Stephanie e Marcella fazerem "o lance das irmãs". O lance das irmãs muda de um dia para o outro, mas é sempre interessante. Pelas coisas que acertei, agradeça a elas. Pelas que errei, me dê um desconto, pode ser? Tenho um grande irmão mais velho, mas *sou* desprovido de irmãs.

Nan Graham editou este livro. Muitas vezes os críticos literários — especialmente de romances de pessoas que geralmente vendem muitos livros — dizem que "Fulano poderia ter lucrado com um trabalho melhor de edição". Para os que se sentirem tentados a dizer isto sobre *Love*, eu teria o maior prazer em apresentar algumas páginas do meu primeiro manuscrito com as observações de Nan. Já vi redações de calouros do curso de francês voltarem mais limpas. Nan fez um trabalho maravilhoso, e eu lhe agradeço por me fazer sair na rua com a camisa dentro da calça e o cabelo penteado. Quanto aos poucos casos em que rejeitei as sugestões dela... Tudo que posso dizer é "a realidade é Ralph".

Obrigado a L. e R. D., que estavam presentes para ler estas páginas no primeiro manuscrito.

Por fim, muito obrigado a Burton Hatlen, da Universidade do Maine. Burt foi o melhor professor de inglês que tive. Ele foi o primeiro a me mostrar o caminho até a lagoa, que ele chamava de "a lagoa da linguagem, a lagoa dos mitos, de que todos vamos beber". Isso foi em 1968. Eu trilhei o caminho que conduz até ela muitas vezes nos anos que se seguiram, e não consigo pensar em um lugar melhor para se passar os dias. Lá, a água ainda é doce e os peixes ainda nadam.

S. K.

Eu chamarei você de volta para casa.

1ª EDIÇÃO [2021] 3 reimpressões

ESTA OBRA FOI COMPOSTA PELA ABREU'S SYSTEM EM WHITMAN
E IMPRESSA EM OFSETE PELA LIS GRÁFICA SOBRE PAPEL PÓLEN SOFT DA
SUZANO S.A. PARA A EDITORA SCHWARCZ EM ABRIL DE 2022

A marca FSC® é a garantia de que a madeira utilizada na fabricação do papel deste livro provém de florestas que foram gerenciadas de maneira ambientalmente correta, socialmente justa e economicamente viável, além de outras fontes de origem controlada.